茅盾文学奖获奖作品全集

我的田园

你在高原 第六部

张炜 著

人民文学出版社

目录

卷一

卷　二

卷　三

卷 四

你在高原　我的田园

卷一

第 一 章

滨 海 之 秋

一

来此地定居的决定是三年前作出的。那时这里不过是东部平原上的一处残破园子,葡萄架东倒西歪,稀稀落落的几棵树也即将埋入荒野流沙。可是我第一眼看到它就记住了,并且再也没能忘记。那几年正是我在东部山地和平原上游荡的日子,就像一粒种子渴望落地。而这里恰是我的出生地,记忆中儿时的那幢小茅屋离这片园子也不过近在咫尺——它们的直线距离只有十华里。静下来想一想,好像几十年的游走都在自觉不自觉地环绕着它、走向了它。这里仿佛就深埋了一块生命的磁石。站在园边放眼四望,满眼都是记忆中的景致:沙原和海岸,无边的灌木,被风雨洗白了海草屋顶的小房……这片园子在一处国营园艺场的附近,它与大海之间是一些大大小小的沙丘链,是一株株碧绿的钻杨。

当时我心底渐渐泛动起一个奢望:如果能拥有一片葡萄园多好啊,哪怕它只伴我十年二十年,也都是一件足以安慰下半生的事情啊!要知道当年我就是从这里走开的,离开这里就意味着背井离乡,意味着漂泊。怪不得我要一次次归来,在这里前后左右地徘徊,原来这里真的埋了一块生命的磁石——随着年龄的增长,我越来越感到了它那绵绵不绝的、长久而强韧的吸引力。

一个念想就像一粒种子,那次牢牢地植入了心头。最后我终于获得了这片园子。

在差不多一年的时间里,我就把这里变了个模样。接着就是我所经历的最好的一个秋天了。那个秋天令我终生难忘——直到现在想起来还有忍不住的感动。我生来第一次知道,一个人竟然可以拥有一个完整的季节。真的,这种强烈而美好的感觉可能一生里只有一次。那时我觉得自己与秋天贴在了一块儿,亲昵得掰也掰不开。

整个葡萄园都在风中陶醉,原野上全是葡萄的香味。夜晚,我安憩在园子当心的那座小茅屋中,倾听露滴洒落的声音,别提多么惬意。多么好的秋天,我每天都在葡萄的香息中睡去。我的梦做得好长,我大概进入了几十年来最好的睡眠……这里让我找到了一种全新的工作节奏,过得那么充实。这一切对我来说都不算迟,我实在是一个幸运的人。我多年来设想或预计的那个未来,似乎正在一点点变成现实。

说起来可能有些巧合,离我的园子十余里外——穿过或绕过那个国营园艺场还有一个葡萄园,一个海草小屋就坐落在那个凋零的园子里,里面有不多的几株葡萄树和果树。所不同的是所有那些树木都老苍苍的,比如说葡萄树,藤蔓足有碗口粗——我努力回忆着,朦胧中记得小时候见过这样一片园子:它从几十年前就像无人过问似的,所有的葡萄树都无精打采;小屋门窗紧闭,偶尔出来一个眼睛都懒得睁一下的中年妇女……现在的主人是一位六十岁左右的老太婆,不知还是不是当年那个女人。她长得怪模怪样,看人时总是一副冷脸。

那一次我听说这个女人会算命,就半开玩笑半是认真地请她算了一回。令我吃惊的是,后来发生的一切基本上都与她的预言吻合;至于更遥远的未来,那还需要时间去证明。

老太婆叫毛玉,人与名字相距甚远:粗胖健壮,说话粗鲁,有时能在生人面前毫无忌讳地吐出一串串脏字。她当时说,我会得到那片园子,并在里面过上三年安稳日子。

后来果然一切如她所言,我得到了那个园子并在里面安顿下来,过得充实而幸福。好时光总是很快,仿佛一晃就是三年。扳指算来,到眼下这个秋天正好是三周年整。预言的期限一到,好像什么都有点儿不对劲儿,中年人紊乱的梦境、时睡时醒的漫长午夜,都一股脑儿追到了这片园子里。而开始那三年除了香甜的夜晚还有幸福的午睡:中午醒来往窗外瞥一眼特别舒服,那些葡萄树好像正在冲着我微笑。不过今天,这一切可能真的过去了。我睁开眼睛,再也看不到葡萄树的笑容。许久没有看到城里的朋友了,我在荒原上独身一人——这天下午一觉醒来,突然心底泛起了一阵阵凄凉。在这片清冷的海滨葡萄园里,我听不见喧闹,看不到往昔的伙伴。我一直躺在那儿,思忖着,倾听着,心里空空荡荡。直过了许久我才听到斑虎在远处吠叫,有人扣响了他的猎枪——是拐子四哥。远处还有人在呼喊,那是谁?一会儿又响起了呵斥的声音,我听出是大老婆万蕙。鸡咯咯叫着。有人响亮地打着口哨。

一切如旧,这个葡萄园不过像往常一样,正在度过它的又一个秋天。

…………

二

我虽然在这儿待了三年,因为忙碌也因为其他原因,与那个到处算命的毛玉见面并不多。我其实并不喜欢装神弄鬼的人,也不喜欢说话粗鲁的人。我后来知道她是一个无儿无女的孤老太太,凭借一身绝技或其他一些谁也说不清的原因,成为海边上一个万事不求人的“自在人家”。所谓的“人家”,即指她有一处自己的园子,园子当中还有一座房子;“自在”,是说她过得无忧无虑。人这一辈子无论是居住在城里还是乡下,要想活得“自在”可不容易。大有大的难处小有小的难处,人人都有一堆烦心事。而这个老太太却能在海边一座独屋中一生安居,吃穿不愁,心满意足,有时难免让人有点儿羡慕和好奇。她与我相同的是,都有一处属于自己的园子,都住在离大海不远的海草茅屋中。不同的是她比我闲适了许多:对那几棵葡萄树和果树几乎不管不问,实在需要干点儿什么了,就往小村里打声招呼,那时就会来人到她的园子里拾掇一番。余下的时间全是她自己打发:抽烟,酿酒,熬补药,做各种好吃的东西。如果有人转到茅屋那儿,她就给人看看相算算命,拉一些稀奇古怪的故事,一张大嘴不停地蹦出一些粗话,把荤故事讲得流畅自如。有人说她的好日子多少也来自这些故事和算命的特长:不少人喜欢她需要她。

我的园子除了拐子四哥夫妇,再就是从周围村子里找来的帮工,最忙的季节还要加人。闲着的时候拐子四哥偶尔也到毛玉那里去,他有一次从那儿归来就想纠正我一个错误,说那女人不叫什么“毛玉”,大半是“猫玉”。也许吧,因为她屋里的确养了一只肥胖油亮的黑白花大猫,像她一样有了一把年纪,也同样是狡黠,生气勃勃。四哥对毛玉的评价是:这个女人能为大了。

他并没有解释她有什么“能为”,只是随口说了一句。我想那是指她坐享其成的本事吧。

我身上沉沉的,有些乏力。这种倦怠在过去是让我厌恶的。我一个人走在葡萄树阴下,尽可能不去惊动他人。在下午三四点钟的这段时光里,我透过一行行葡萄树往南遥望——那是园艺场西南边一点儿,就在那个地方,几十年前也有一片不大的园子,园子当心也有一座茅屋,我就是在那儿出生的。多么不可思议啊,我现在正不知不觉地复制着自己的童年……一遍遍想着母亲和外祖母,还有父亲和外祖父。他们的命运起伏坎坷,构成了一部悲惨的传奇。他们是这个世界上最悲惨的男人——父亲直到离开人世的那一天,不,直到今天,沉冤仍然未能昭雪。

我的思绪长时间停留在一棵巨大的李子树上,它就在当年的茅屋旁,让我一遍遍攀爬依偎。在树上,我会久久遥望南边的山影;下了树,我就缠着外祖母讲一个个故事……一切如在眼前,时光轻轻一晃,几十年就过去了。如今那个攀爬大李子树的人四十岁了,在这个秋天的下午正一阵阵莫名的惶悚,急于寻找依恋、爱护和关照。如果这时一个头发花白的老妈妈迎面走过来,哪怕她不说一句话,只把手扶在我的肩头,静静地望我一眼,我也会涌出满心的感激。

葡萄马上全部成熟了。第一批葡萄就要采收。那些紫黑的颗粒真正是圆润如珠,我的那个朋友——酒厂工程师又要朝它们竖起拇指了……可是这个秋天好像太长了一点儿,这是个迟迟走不到尽头的秋天。

一只鹰正从空中俯视我的葡萄园。它会看到什么?一片宽阔的原野上有一片不大的、挺好的绿洲。它那么规整,茂盛,四周围了篱笆,白色的石桩葡萄架井然有序,像一排排站立的士兵。它的中间是一座古旧茅屋。茅屋四周是香椿树,是马尾松。它在荒原上显得这么孤单和高傲。那只鹰也许在心底发出了嘲笑——它嘲笑一个中年人走在自己的人生之旅上,一不小心就陷入了一个古老的圈套。

如果真是一个圈套,那么设置它的又是谁?是这片荒原上老实巴交的乡下人吗?我摇摇头。真是荒唐。我在这个下午竟然变得焦灼起来,老想找一个埋怨的对象。小茅屋里就放了我的行李,它使我看上去就像个匆匆过客,好像我随时都可以拎起来就走。

直到今天下午我才觉得有什么不对劲了:我在这个茅屋里生活了整整三年。这三年好像一闪而过,什么也没有留下来,甚至也没有留下我期待的那种欣慰感和满足感。我当年从遥远的那座城市来到这里时,到处还是一片新鲜和陌生;可是今天我对此已经无动于衷。我想极力追溯三年前的那种激动、那种深深的眷恋……我从头仔细回顾这一切,从头咀嚼。

当年啊,一棵棵葡萄树为什么微笑?

阳光从葡萄叶隙里零零散散飘落到身上。我迎着叶隙望去,刺眼的阳光又让我闭上双目。“三四点钟,三四点钟,下午……”我自语着,品咂着这一刻若有若无的领悟。

我在一棵葡萄树下放慢了步子,离它越来越近。好像我第一次看到这棵葡萄树一样。多好的葡萄藤蔓,多么结实的藤蔓,粗壮有力,在春天和冬天被精心地修剪过,经过一个温暖的夏天,它饱含汁水;从暴起的褐色斑皮上,一根根细小的绿枝又抽出来,正沿着支架上的铁丝攀缘。它的样子让我想起一种奇怪的舞蹈。一对对叶片相互眺望,流露出顽皮的神色:它们下边就是肥大的葡萄串穗,沉甸甸饱胀胀,往下坠着,像乳房饱含了甘甜的汁水,这会儿正急着哺育。它们哺育谁呢?我眼前闪现出一对水灵灵的眼睛,长长的睫毛……遥远、遥远的一个人……又一个人……一个稚嫩的、纯洁的永远牵挂着我的人。是她和他的眼睛吗?

所有的葡萄串穗都饱胀着,向着一个方向垂挂。它们的乳汁仿佛会在一瞬间喷射出来,溅你满身满脸。我不知怎么抬起了双手——我的手在阳光下清晰起来,它筋脉暴起,汗毛稀疏,粗糙不堪。手指像芋头皮。这双手如果按在城里人的脸上,他们会大声尖叫:“像砂纸一样!”我这会儿就用这“砂纸”打磨了一下自己的脸,然后把一个枯败的葡萄叶掐下来。我看到叶梗上汁水晶莹。我小心翼翼地揩掉了,像揩掉一滴泪水。

这个季节里竟然还有那么多葡萄花，它们小得像米粒一样，一串一串。它们慢慢也会鼓胀起来。当这个秋天快要结束的时候，它们将变成紫黑色的颗粒：这是一棵葡萄树所能结下的最后一批果实了，它们甘甜中透着微微的酸涩……

三

几年前的那个秋天宛如眼前。也许就是面前的这棵葡萄树，就是它，与我在这荒滩平原上结识了。那时这棵植物的精灵急于告诉我一些故事，尽管我当时正急匆匆路过，还是抑制不住好奇停留下来。我们攀谈起来……那一次准确点儿说我是要到旁边的那个园艺场，老葡萄树半路拦住了我，然后诉说起自己的故事。在它的指点下，我看到了荒原上一棵棵无家可归的葡萄树，风沙日夜抽打它们的躯体，霉烂的葡萄在支架上发出一股酸臭，成群成群的灰喜鹊扑过去叮啄。它们正在度过残生。

“谁是你的主人呢？”我问。

“谁都是我的主人，谁都不是。”

“为什么？”

“因为都顾不得，他们太穷了。”

“你的主人太穷了？”

“大家都一样。我们都太穷了。”

…………

我那时就在心里盘算起来。如果我足够富有，我能够收留和挽救它们吗？还有，我可以当它新的主人吗？那时候我的心里一阵发烫，紧紧挽住了眼前这棵又粗又老的葡萄树……

从这儿往西，穿过园艺场就看到了那幢孤零零的海草茅屋，它在另一个小小的园子中。它被风雨洗得灰白的屋顶强烈地吸引了我。那时我想，自己梦寐以求的不就是这样的一处居所吗？我于是径直走了进去,结果也就结识了毛玉,有了她的那次预言。说到我刚刚见过的那片破败不堪的园子,她说:“那不是别人的,它呀,就是你的。”

恍惚间我还以为她记错了地方,在说我的少年时代,说我们一家呢。这让我身上有些战栗。

从她那儿出来,我就一直往南,踏入了那个让人心口灼烫之地。这儿已没有了那棵巨大的李子树,也没有了茅屋。我蹲下来,伸手抚摸着一片片泥土,觉得它就像有脉动似的。我在心中念叨:是的,这就是命运啊,转了一大圈,还是要回来,回到我的出发之地。

不久我就回到了城里。可是我心里清清楚楚,自己已经被葡萄的精灵给缠住了,再也不会有一刻的安宁。在城里,身边的一切都好像在向我暗示什么,让我不安而烦腻;内心深处有什么被摇动了,我就再也不能像以前那样待在这里了。当然,我明白这绝不仅仅是一次远足的结果。可能在很久很久以前,就有一只无形的手在摇动我的根了。

我开始连夜失眠,夜间常常不由自主地发出叹息。梅子看出了什么,那双眼睛在角落里注视我。我无暇顾及,越来越深地陷入了思念;我沉入了自己的内心,常常走神。梅子觉得有什么不对劲儿,她睁大了一双眼睛。

小宁比母亲要聪慧。他有一次问我:“爸爸,你又要出远门去吗?”

我点点头。

“妈妈,爸爸又要出差了!”

梅子没有做声。

我在这座城市有点待不住,总想走开。可是工作又缠着我,使我没有更多的机会走出去。这儿无头无尾的街巷、蜂拥的人流和车辆,都成了阻止我飞翔的蛛网。谁来帮帮我呢?我需要回到一个角落里,在那里修复某些创伤——有什么破损了,有了深深的划痕,它在悄悄渗流……这些都是我自己的隐秘,它们无从诉说。可是只要待在这座城市里,危机就会日益逼近。急死也没用,一切都是茫然。我的处境,我的内心,它们形成了多么深刻的、永远也不可调和的矛盾。我知道这种不安,这种无时不在的冲突将会毁掉我。渗流,悄悄地渗流……远处有一只手在摇动,一个声音在召唤。我会迎着它走过去。这是迟早的事。

直到那些夜晚我才明白,这个时刻来临了。我原来要寻找一个葡萄的精灵。

深夜我听着梅子均匀的呼吸。她闭着眼睛。微弱的月光下,我看到了她整齐的睫毛。旁边的小宁睡着了。梅子并没有入睡。她大概感到了我目光的压力,睁开了眼睛。她的眼睛一如既往地明亮。

"……想走吗?"

她问得多么突然。我摇头又点头。

"怎么?"

我叹了一口气:"只想去试一下。在这个年头儿里,梅子,你知道,"我挠挠头说下去,"你知道有很多人都在做各种各样的尝试。他们有的胆子相当大……"

梅子坐起来听着。

"我的胆子太小……可我不想再做胆小鬼了。我是说,我终究还应该像一个男人吧。"

梅子转了转头。我不知道她是否在一边苦笑。

一个男人!一个男人又该怎样呢?在这个夜晚微弱的月光里,真正的男人该作出一个什么样的决定呢?我在内心深处探问着……

那个夜晚之后，不久就有了一次出差的机会，正好是去东部！我开始急急地打点行装。

契 约

一

一块陌生的平原正开始改变着什么。这种改变既可怕又撩拨人心。好像从泥土中一下子涌出了一群贪婪而又热情的生灵，令人惊惧。不过大多数人仍然漫不经心——村落街道上的人稀稀落落，他们懒散地晒着太阳。就像很早以前有神灵做了巧妙的安排一样，在这偏远之地仍然有等待我的一个归宿，那是预留给我的一个角落。在那个国营园艺场里，一个朋友简陋的家成为我长途跋涉的驿站。那天我们喝了许多瓜干烈酒，交谈中语气变得越来越急促。我们谈到了远远近近发生的一些事情，特别是越来越多的平原人去城里打工、到南部大山参加包工队等。后来谈到了有人再也不像过去那样迷恋土地、纷纷弃土而去的时候，我有点儿忍不住了。他告诉我，海边的那片葡萄园现在已经成了村里人的一个心病：没有人敢去当它的主人，因为无论怎样也没办法服侍这块园子了。这年头葡萄像人一样娇气，爱闹各种疾患，总有一天他们要用镢头刨了它们……

他扳着手指，一个一个数过了这几年向葡萄园伸过手的村里人，他们差不多都蚀了本。总之，因为各种各样的原因，这里已经完全不适合种葡萄了。我有些不解，问：

“可是园艺场呢？这里的葡萄长得就蛮好。”

“那是土好。这边的水土好，要不当年国家能在这儿建一处园艺场？可能是因为靠河近吧……”

我无言以对。对这种事儿我实在弄不明白。

“再说,这里主要是苹果树……”

可是我觉得自己越来越不甘心了。我踌躇了一会儿,问道:

“如果我接手来做那片园子呢?”

他笑了:“你?你不要说侍弄它了,你就是一个月来看一眼,路费也花不起呀。”

“不,我是说把家也搬过来,就住到葡萄园里。我觉得从头开始,会让它像个样子的。到时候背上一杆猎枪,再养一条狗……”

“玩笑哩!”

他一个劲儿说我玩笑,说这事儿不靠谱。我不得不严肃起来。

我为自己找了不少理由,最后不知费了多少口舌才让他相信这种盘算的认真与可行。后来我们总算进入了真正的筹划。我设计这园子由自己承包下来——十年?二十年?我不知关于这方面的具体规定,想实打实地算一笔账。

他说:“在这个地方,早没那么多规矩了。你要能出一个价码,他们说不定会把园子卖给你哩。”

“土地可以买卖吗?”

“管他哩,前一段工区里有一个工人就想买下这片园子,没成。他出的价码太少,村头儿不愿意。”

“他是买葡萄园的种植权还是所有权?我想土地的租用期最多几十年,这是有法律规定的……”

“卖了就是卖了,什么种植、所有,庄稼人不懂这些。你如果买走了,它就成了你的,那会儿园子烂掉了也没人管;你把葡萄全毁掉种植别的也没人管。”

可我记得土地最多租用七十年……不过,在这个特殊的时刻、特殊的地方,也许一切都可以变通。感谢神灵,我将要与这个小村做一笔挺好的交易——如果长期租下来，他们会让我出多少钱呢？我心里暗暗盘算，一声不吭了。我这会儿想起了前一天那个毛玉的预言，一阵激动。

这个夜晚我满脑子都是葡萄。怎么办呢？让我回到城里？回到梅子身旁？跟他们讲我蓄谋已久的一个计划吗？这也许会让他们一家大吃一惊的，他们会觉得我疯了。不过我不会妥协的……可同时我又怀疑起自己的权利——我自己有权决定这么大的一件事吗？半夜里我询问着，一个人坐在院子里，看满天繁星。“我如果没有这个权利，”我喃喃自语——“那么谁有呢？梅子？小宁？或许小宁有这个权利……”孩子还小，我的决定也许太突兀。这个决定不能不影响到他的未来。我想起了出发前的半夜里，我攥住他柔嫩的小手捏弄时的感觉：那时他正睡着，把小手弯过母亲的颈部伸过来。我无意中碰到了这只软绵绵的小手。我抚摸着，捏弄着，不知怎么两眼潮湿起来。奇怪，当时我什么也没有想。没有什么悲哀的事情，没什么让人难过的事情。但我仍然觉得有什么东西滴在了他小小的巴掌上，就小心地给他擦拭了。这小手掌那么软，像棉花，可是比棉花更滑腻、比棉花更有弹性。这圆圆的小指顶、小指甲，真是完美极了。多么好的小手掌。夜色里我把它按在长满了胡茬的脸上，亲吻着，又把它按在我的胸口上，让咚咚心跳敲击着它。多么小的手掌，多么好的一只小手掌。我把它小心地从梅子头上绕过，放到了他自己身侧……

我在这个星夜里久久沉默——小宁将来会向父亲说些什么呢？他知道父亲跌跌撞撞地向前走，已经走过了人生的一半吗？这以后可能是更加艰难的里程，难道这会儿不该抓住机会来一个转折吗？要知道人生并没有太多的机会，你的父亲已经不敢再犹豫了。

二

那个夜晚我在院子里走了很久,抽了很多烟。我想起了学生时代,还有城里的那帮朋友。我和朋友们无数次地设想未来,没有一个安生于这座城市。我们曾因为怎样离开它而进行了激烈的争辩……后来一部分人真的发誓顿足,到远方去了。可是弄到最后,他们为此受尽了苦楚,最后还是要重新返回。他们的那一次出走连一次长久的滞留都算不上——那不过成了一次纯粹的远足。不过经历了那一次之后他们当中有人也算安定下来,开始认命。而更多的人却仍旧在幻想,在寻找新的机会——只要是真正切实可能的计划,随时都可以拿来实施。

眼下我所要决定的,似乎就是一次真正的行动……

那个夜晚我没有想出个结果就回到了屋子里,天亮以后随便吃点儿东西,差不多没跟朋友说一句话,就一个人走向了那个村子。我向人打听村头儿的名字。他们问:"你是找老驼吗?"

"对,我找老驼。"

那个老乡伸手往一边指了指。

一所比较体面的房子,门虚掩着。我敲了敲,里面有了应声。一个慈祥的老人迎接了我。他大约有五十多岁,非常温和。我介绍了自己,他连连点头:

"知道了知道了,你不就是那个、那个城里人?"

"是。"我应着,对他灵动的消息感到多少有点儿吃惊。

他开始倒茶让烟。我谢了他。他让我到暖烘烘的炕上去坐。在这海边的村子里,找不到一张床。除了炎热的夏天之外,所有时间里到暖烘烘的大炕上卧坐都是人生的一大乐趣。我抚摸着热乎乎的炕席子,看着苇席上美丽的纹路。我说:

"我想跟您商量商量葡萄园的事。"

老驼眼里闪过了一丝什么。

我这会儿才觉得他比我刚刚感觉到的要精明得多。

“我想承包下那片葡萄园。”

老驼看了看破烂的屋顶,摇摇头。

“怎么?”

“承包是村里人的事情。”

“我也同样可以和你们签订合同。你们同样可以得到应有的收入……”

老驼把眼睛瞪圆了,奇怪地看着自己的两个拇指,嗯嗯几声,说:

“包下么,不如另一个方法痛快哩。”

我屏住呼吸。

“你把它买去算啦！你是个有钱的主儿,村里人也不蒙你,不会让你吃大亏。你不过是多交几个钱,买走了它,死掉烂掉都由你,俺也不去一次次麻烦你。”

“可是土地……不准买卖的。”

“我们准,”老驼说,“我们自己说了算,你买去就是了。只要我老驼按了手印,神仙也治不了。有人以前也跟我商量过,没成。”

我满脸的惶惑,可是只有我心里知道自己这时候隐藏了多大的欣喜。我从此将有一片自己的葡萄园,这可是实实在在的一片土地啊。一个欢快的声音在我心底鸣响,我觉得一种前所未有的希望出现在自己面前。我将拥有一片土地了,这可非同小可啊。不过我故作平静,只问:

“你准备卖多少钱呢?”

“以前我们几个做主的商量过,十五万怎么样?”

我的心噗噗跳起来。这个巨大的数字吓了我一跳。我没有这么多钱,大概朋友当中也没人会有这么多钱。

老驼说:“告诉你一个底细,这片葡萄园十来年没收成了。可是以前它在兴旺时候,一次就收入过几万哩!”

这又是一个大数,我的心里活动起来。

我不是一个吝啬鬼,也没有过多地考虑到钱。可当我真的与人讨论起钱的问题,就变得小心翼翼了。钱有时候它能毁掉也能赐予我一份挺好的东西,比如一种自由自在的生活。眼下我可不能由于一时的冲动而失去了什么。如果从此失去了一份安宁,那我将后悔一生。我没有做声,不自觉地咬住了嘴唇。

“十五万,再也不能少了,这是最低价码了。如果再少,几年以后村里人会把我吃了。”

老驼说到这里,伸手按了按发黄的胡子。

我觉得他说的是真话。我实在认为,要买走那么大一片土地,这些钱的确不能算多。因为我可以临时筹集这个大数,买到的却是永久的权利。试想我们如果在这偏远的海滨村落里偷偷制定一个契约,那么它即便不太合法也会是很权威的一份文件。我极有可能默默地不动声色地在这里度过一年又一年——不,在自己的土地上过完一辈子。我会在这片园子里投入劳动,尽心尽意地打扮它,会在这里做成一点儿梦寐以求的事情。我可不想做一个旧式庄园主,也没有那样的野心。我只想经营一片挺好的自己的园子。我一定要说服梅子,带上我们的小宁来这里过日子。我会辞去公职——也许仅仅是停止我的公职。反正这是一次由来已久的、小心翼翼和徘徊不前的尝试。这种尝试的意义不仅仅属于自己。我觉得我在替很多城里朋友找出一条新路。我有很多朋友,大家年龄相仿,从事着大体相近的工作。他们都有自己的一份不甜不酸的小日子。伙计们,也许这次我真的要先走一步了。

我最后对老驼说:“你让我再想一想,你们也想一想。你看怎么样?”

"怎么不行？这是件大事哩，怎么不行呢？"

三

我从老驼家出来，直接向着村落以北的那片荒凉走去。

春天的沙土旋成一个又一个小丘，凡是有草的地方，凡是生长了丛林的地方，沙丘都堆起很高。这儿地处东部半岛的边缘，属于滨海平原。几百年前，我脚踏的这一片还是封闭的潟湖。眼下，那像小山一样的远远近近的隆起，就是最古老的沙丘链了。满地都是刚刚泛青的百蕊草、结缕草，还有死去的风轮菜、荚莲……旱柳和枫杨长得特别短小，桲栎只长成了灌木棵。一两只麻雀蹲在枯枝上叫着。

我爬过几道沙坡，这才看到了那片葡萄园。

它的四周还留有残破的篱笆，篱笆根上围满了沙土，所以就像挡了矮矮的沙墙。园子当心的茅屋已经破败不堪，不过在我眼里它还算挺好的四间茅屋呢。大片大片的葡萄树都死去了，很多葡萄树虽然活着，但因为好久没有修剪，枝条在地上爬着长蔓。一个冬天的风雪还没有吹掉架子上干结的葡萄串穗。这是一些自生自灭的葡萄树，它们遭到了遗弃。看上去，这片葡萄园的规模还可以，如果它真的成了我的葡萄园，那我一定会是一个挺好的主人。我相信自己，我会让这些植物感到幸福，让它们过上挺好的生活。真的是这样，我们——我和葡萄树之间，彼此会相处得很好。

夜晚老驼家里点起了蜡烛，很多人围过来。我的那个朋友也来了。从这天下午开始，这个家就一直是热热闹闹的，连村里的长辈老经叔也来了。屋子里满是酒肉的气味。很多人都知道了这里正在做一件不凡的大事：俺村子要与一个城里怪人签订一份契约了。契约是由老驼找一个最老的小学教师拟定的。在我听来，它的措辞古气拗口，以至于因为极其文雅而变得难以理解；但大致的情形还是能够说得清楚。那契约上主要说明了某年某月、因何原因、这片园子要交到何人手里、证明人是谁、做约人是谁,等等。

给我印象最深的是契约在描述葡萄园四边的标界之后使用了这样的四个字:四至分明。这是多么规范多么简洁的字眼啊。我立即想起了那片方方的葡萄园,心里美滋滋的。

老驼身边的人一边咳嗽一边喝水,提高声音念那份契约。念过之后,由一个人主持,我和老驼分别在自己的名字下面用力按了一下食指。两个红印留在了纸上,均匀地相对:我发现老驼的指印整整比我的大一倍。奇怪的是这个时刻我心里反倒轻松了。我和老驼为首的一方将各自保存一份契约。这是我生来第一次面对这么庄严的事情。好像我整个儿在那一刻都给押在了契约上。我绝不仅仅是指这张淡黄色的契约上面画着十五万元的字样;我发现有什么难以辨析的东西正在这张契约上蜿蜒蠕动,它引诱我迷惑我,让我慌促起来——以至于没有来得及与家里人商量,就匆匆地把一切都做了。我害怕失去——不仅是失去土地,而更主要的是失去那份决心。这张纸片显然预示和决定了未来的什么。我从小黄木桌旁边站了起来。

我按了自己血红的手印,只能是义无反顾了。所有的人都如释重负,长长地舒出一口气。这时我才发现这间小屋里已经充满了呛人的浓烟:十几支长长的烟锅在一刻不停地往外喷吐烟雾。我看见那个叫老经叔的人坐在一个角落里,两手扶膝,一声不吭,一直在看着我。怪不得在很长的一段时间里我都觉得身上有什么不对劲儿的地方。我注视着黑影里的老人,不知怎么站起来朝他弯了弯腰。老经叔还是没有吭声,仍像刚才那样两手扶膝,腰板坐得笔直。他原来是坐在一把大圈椅子上。那把椅子大约是老驼家里最体面的一件家具了。圈椅的扶手被磨得油渍渍的,所有的红漆都剥落了。我想这件器具至少使用了一百年。

“喝酒，喝酒。”老驼满面红光地吆喝着。

另一间屋里有人急匆匆地跑进跑出，他们搬弄桌子，收拾碗筷，嚷着：

“好了，好了，快入席。老经叔……”

我很快明白，整个的事情到了欢愉的末尾。但它的主角是谁我却越来越模糊了。是老驼，是我，还是老经叔？人们搀扶着那个老人走向主座，我和老驼分坐在他的两边。菜肴很简单，是地瓜丝蘸了面粉又被油炸过的什么；还有虾和鱼。

这些海产品在城里已经是很好的东西了，在这里却不太被人重视，还比不上白菜和韭菜，比不上萝卜条。大家客客气气祝酒，小心翼翼夹菜，都说：“真是一件好事情。”我喝得很痛快。这些瓜干烈酒在往常我是不敢多沾的，可是这个夜晚，不知怎么，不用别人规劝我就喝得半醉了。老驼和村里人都认为遇到了一个“海量”。他们拍手赞扬我，竖起了拇指。到后来我不想喝了，他们反而劝起酒来。我索性大喝一场，喝得好不痛快！后来不知到了什么时候，也不知怎样，这场酒宴就结束了。我糊糊涂涂地被一个人扶着，顺着街巷往前走。当我后来发现扶我的是园艺场的朋友时，就说：

“去——那个茅屋！”

他没有阻拦，就扶着我径直向那片残败荒凉的葡萄园走去。

夜里起了风，细细的沙末打在脸上，渗进眼里；我不断揉着眼睛，咳嗽着，说：

“好冷的天儿。”

我踉踉跄跄，吐着嘴里的沙末。四周好像飞舞着一些粉色的花瓣，它们柔软极了。我深一脚浅一脚地往前走。粉色的花瓣簇拥了我，扑在我脸上、手上。一只软软的小手掌伸过来，伸过来……我捏住了它。多么圆的小指顶啊，还有小指甲。我亲吻着这只小手掌。微弱的月光下我没法看清掌心里的纹路……我说：

“我们走，我们往前走，别停下，我们往前走。”

我觉得迈过了一道门槛，接着坐在了一个土炕上。我抚摸了一下，炕上没有席子。这就是园子当心的那个茅屋了。有什么野物在屋角里蹿了起来，接着从破败的窗子上蹦出去。屋里黑洞洞的，什么也看不见。屋顶和窗户上响着呜呜的风，扑进一股股的沙子。朋友不停地吐着，说：

“吓人！吓人！”

我没有吭声。我一直坐着。

多么好的一个茅屋，我倒觉得这儿才像一个家……后来我呕吐起来，呕吐着还在笑。

今晚的一切简直太妙了，太好了。我把胃里翻腾着的全部东西都呕吐干净，吐得一点儿不剩……

我在黑影里实实在在地丈量了我的葡萄园。它的四周都印满了我歪歪斜斜的脚印。夜色里我看见了那棵老葡萄树在向我微笑。

我走到了园角的一口水井边。这是一口坍塌的水井，井里已经没有水了。我明白，要侍弄这片葡萄园，第一件事也许就是要把井里的淤土掏出来，让它重新涌出清水；接下去还要修理我们的茅屋，再找一条精明强干的狗。当然还要有一支枪。这片荒野上什么东西都有，甚至会有狼，有各种狡诈的野兽。从此我要在这里过起日子来了。

我不知道要留给那个绵软的小巴掌什么东西，我只渴望着把什么至为重要的东西交给他。我得交给他点儿什么。

四

那个夜晚我想起了一个人——他是我平原上一个了不起的朋

友。他就是拐子四哥。我今夜急着要告诉他:我发了一次疯,我的病根很深很深,就是那个病根把我引到了这片荒凉的葡萄园里。

我相信拐子四哥会帮助我,还有他的老婆万蕙。因为长期以来他们差不多算是一对流浪人了——而如今我和他们算是一样了。我们今后要走在一起,一拐一拐地踏遍这片荒原。我知道跟上拐子四哥就没有做不成的事,他会和我把这里的日子拨弄得红红火火。还有胖乎乎的大老婆万蕙,她的头发上总是扑满了土末。她是一个多么好的女人。

拐子四哥不会对我追根问底。但我会把一切都告诉他。这个人什么都明白,他的目光可以射入我的心里——他是一个实实在在的流浪汉,曾经在南南北北的一片阔土上游荡过。我如果成为一个歌手,哪怕是一个蹩脚的歌手,就要为他写一首长歌,那歌的名字就叫《四哥游荡》……

我知道从今夜起,有什么结束了,又有什么开始了。

那个夜晚我久久地蹲在地上,两手攥满了沙土。我觉得它们像金粒一样,滑润光洁,沉甸甸的。我把这片沙土攥得紧紧的,久久不想松开。后来,是一阵风把我吹醒了,我突然想起了离这儿不远的另一个人——我想起了她。一颗心立刻噗噗地跳起来——怎么跟四哥讲起这个人呢?也许他会因她而误解了我,以为我又陷入一个嚼烂了的庸俗故事。

我所要做的那一切当然远比这个故事深奥难解得多。

不错,在这个夜晚里,在这个非常重要的时刻里,我想起了她。她就在离这儿很近的那个园艺场里。我有一段简直把她当成了一个奇异的导师,一想到她就感到有些奇怪的自卑。这会儿,这个夜晚,我真想即刻就跑到那儿,把刚刚发生的一切全告诉她。

我用了多大的力气才压抑了这种冲动。虽然那是一种非常强烈的欲念,但我还是忍住了。我只把这个夜晚里的激动留给了自己……

几十年之后,我一定还会想起这个荒凉而又温煦的春天,想起今夜、它的无情的风沙、它偷偷藏起的美意!

那个国营园艺场离我的葡萄园仅一箭之遥。我像一个狡黠的猎人一样小心翼翼四下观望。我想如果没有记错的话,我在那个夜晚之前并没有把这一切细节告诉梅子,她什么也不知道。当然了,小宁也不知道。不过我知道自己签下的契约里并没有掺杂其他东西。我心里清清楚楚:我把全家,也把我的一份滚烫烫的东西,一块儿抵押在这片葡萄园里了。

春天过去风沙就会稀落,那时候我们就要利用这段时光栽树固沙;我们要把残破的枝条重新修剪,让它长得像梅子的浓发……

第二天我就匆匆返城。一脚踏上市区的那会儿,我突然有些胆怯了。我想自己也许做了不该做的事情——多么莽撞!

我知道一场争执在等待着我们。

我开始只跟最好的几个朋友传递了这一消息——连他们都有点儿惊讶。再后来就是大家伸手帮忙,一声不响地帮我筹集资金。事情比我想象的要容易一点。可我搞到了这笔钱时,却又一次犹豫了。必须告诉梅子了。我没有权利再隐瞒这一切。好在我会非常坦然地告诉她到底为了什么——只怕我讲不清……

记得我筹到了最后的一笔款子,满怀心事又是浑身放松地在拥挤的人流里往前挪动的时候,真想唱上喊上几句什么。我知道这都是那棵老葡萄树向我一笑的结果。

第 二 章

女 教 师

一

有时我想,一个人沉迷于心事重重的游荡之中还真不错。人在特殊的时刻里,会觉得除此而外已经没有了别的过法。这大概是一种根性,它或许就是从我童年的朋友——拐子四哥那儿来的。一种不停地在土地上奔走的欲望驱使了我。就这样,我从小走到大,一路看到了崭新的和陈旧的城市,看到了宽宽窄窄的河流,看到了褐色的、红色的、黄色的和黑色的泥土,看到了各种各样的植物……这一派斑驳令我有说不出的愉悦。"又要出去吗?"梅子好像把这句话挂到了嘴边。我点着头,一边熟练利落地整理背囊。我的行装很简单。我的大背囊和旅行用具都是在地质学院和03所那时候用过的,也是我专业行头的一部分。它们已经用得十分陈旧。

那次出发一开始就让我心情激动,步履也有些莫名的慌促。前方有什么在等待我吗?这在事后想起来还觉得有点儿奇怪——当时恨不能一步就跨到目的地。到了那儿之后,把要做的事情赶紧做完,又萌生了另一个念头:到海滨园艺场去一趟——这会儿好像觉得如果不去那儿,就有什么东西让我放心不下似的。

我就那样匆匆赶去了,住在了园艺场的招待所里。

那是个非常诱人的环境。当时正值深秋,满园的果子都熟了,秋风在园子里吹拂,到处都是扑鼻的香气。我住的招待所正好离果园子弟小学不远。在孩子们的欢歌笑语中,我注意到了一位女教师:她看上去与当地人是完全不同的,大约有二十三四岁,或许再大一点儿;不过她的确很年轻,举止间却透着一股特别的成熟和爽利。她的脸庞有些红,好像总是挂着一层极其细密的汗珠。我一眼就看出她是这个园艺场里一个奇怪的存在,但是与这个时代里那些美丽而时髦的青年毫不相干。她看上去端庄、矜持,还有一种特别的温柔与随和。她跟园子里的陌生人和熟人一样地点头微笑,亲亲热热地打着招呼。孩子们围着她,她抚摸着他们的小手、头发,一脸的恬静。我觉得她在这儿过得不错,正享受着一份从容自信的生活——而这在今天一般而言是极其难得的。我凭直觉就可以明白她不是当地人,而且也不是来自附近的城市。我想她可能是一个刚刚分配来不久的大学生——可又很快否定了这个判断,因为一个刚走出校门的大学生不会像她这样安静和沉着,也不会像她这样热情和练达。

早上我到园子里散步,正好碰上她在一口石砌水井旁洗衣服。她起身提水,倒水,全然没有看到我走过来。那一天她穿着蓝色的条绒长裤,红色的上衣;她的两条腿显得很长,腰那么柔软。她一下一下缓缓地搓洗衣服,像在干着一件最有趣的事。我继续往前走去,踩着满地落叶。果树下面,洁白的沙子上生长着茂盛的千层菊花。我从那儿走过,看着落叶哗哗地在地上滚动。

秋天正在深入,接着又该是冬天——我在这片田野、这个果园里寻找什么?难道在我来说这是一次次没有终点的游荡吗?我深深期待的又到底是什么?!

我在千层菊花旁边久久地寻思。

二

我后来时不时地想起她,虽然对她还一无所知。她很美丽,那双漆黑的眼睛当时只是轻轻地瞥过来一次——她还不认识我。日后我才知道她叫肖潇,是从很远的一座城市里主动要求来这儿工作的。她的父母至今还在那个城市里生活,那里还有她的哥哥、弟弟。她的做法令人费解,独自一人生活在这里,当地没有一个亲属,这至少在一开始会招人议论和猜测。可是我并不觉得这有什么好诧异的。我不知为什么觉得她正好属于这个果园,属于大海边的丛林。在这个深秋里,她在浓绿茂盛的树木间活动,构成了多么和谐的一幅图画。

我们后来交谈起来,彼此竟没有像刚刚相识的人那样隔膜。那时只是随便地扯起来。她好像一点儿都没有把我当成一个陌生人。她对所有的人,比如那些两手老茧的园艺工人,还有到场里来出差的各色各样的人等,都一视同仁。她可以无拘无束地与任何人谈话。不过当她得知我的出生地就在这儿,特别是我作为一个地质工作者曾数次来大山和平原勘察时,当即表现出了极大的兴趣。她甚至让我看了小小的办公室。这个简朴的地方拥有一架破旧的风琴,她为我一边弹琴一边唱歌。老实讲,她的歌喉并不怎么好,却极其质朴,流露出少见的率性。我站在一旁,长时间地伫立。那时候窗外风和鸟的啼鸣、树叶的沙沙响声都混合在了一起。她的歌声好像是为大自然做出的和弦。我注意到她的办公桌上有一本诗集。令我惊讶的是,那正好是一本我喜欢的书。我拾起来翻着,飞快地翻着书页。她笑了:"你找什么?是不是找这个?"说着把书拿到手里,轻轻地翻了两下。一片绿色的树叶掉出来。我把树叶接到手里,一种淡淡的清气立刻飘进肺腑。我发现就在夹放树叶的那一页上,有我要找的那一首。肖潇点头:"我刚来这个果园时随身携带东西很少,可这本书还是带来了。是老师送给我的。他是个大胡子,一个倔强的好人。"

那一天我们一起到园子里散步。我们沿着一排很大的李子树、迎着晚霞向西走去,一直走到了芦青河边。傍晚的河水十分安详。我们甚至看到了河边苇丛旁一尾一尾小鱼。它们游着,不慌不忙,也是那么从容。在这暮色的河流里,在这不停地奔向大海的一条古老的河流里,我看到水藻也在默默地浮动,等待着黑夜的来临。

西面的云彩烧得暗红。云彩上方已经出现了一两颗星星。太阳就要沉没了,水汽沿着苇棵、荻草和蒲丛弥漫起来;河对岸有水鸟扑扑拍动翅膀的声音;远处,好像有什么小动物跳进水里,发出"咕咚咕咚"的声音。我们沿着河堤向南走下去。

肖潇说:"我今天过得很愉快。很久没有这么愉快了。这个晚上我才明白,原来我也很想念城里啊。"

"每个人都是这样。在一种环境里过久了,就需要另一种环境。"

肖潇把手抄到做工非常讲究的上衣里,站下了。她看着前边,一会儿又往前走去……月亮出得很早,我们踏着皎洁的月光,直走了很久才返回场部。

夜晚,她一个人又弹起了那架破旧的风琴。她的歌声洋溢着欢乐。我被这声音召唤出来,走出屋子倾听了一会儿,直到风琴的声音消失、夜露打湿了我的衣衫。

这次果园之行留给了我什么暂时还不明白。我只是知道,有一个人更早地告别了什么,又开始了什么。她竟然比我更早地出城而去,找到了自己的一片园林。我觉得她眼下的日子令人羡慕。

三

园子里清新的空气和孩子们响亮的笑声,都是我极其需要的。

我长途跋涉的疲惫好像一瞬间就被涤荡了。我觉得肖潇是一个聪慧的姑娘。那时我想了很多,也想过她离开那个城市的原因。那里或许有什么深深地刺痛了她,也许什么都没有发生。一个年轻姑娘的独自出走很容易让人想得很多,比如说遭遇背叛之类。可我很快就否定了这种想法。人们常常会自觉不自觉地陷进一个俗浅的故事里去,会用那样的思路想问题……实际上关于她的一切都那么平常。她在那个城市里的生活是自然而然的,父亲母亲十分疼爱她。她不在亲人身边,他们牵挂她,思念她。两个老人在她决定离开的那个关键时刻,并没有强烈地挽留她。他们信任自己的孩子。在老一辈人看来,孩子长大了,也就有理由决定自己的一些重大问题,包括出门寻找崭新的生活。他们只是给了她一些适当的提醒。当然肖潇也费了很多周折——从那个城市到这个果园有一段艰难的历程。她是在一个偶然的机会发现了这片果园的,然后就萌动了一个想法。她也知道天底下不会有一片绝对安逸的绿色,那里也不会仅仅给人以安慰,甚至会有比蒙昧和寂寞更可怕的东西。那里绝不仅仅只是一份宁静和浪漫。可是那里毕竟有她最需要的东西,有她在那个时期最想要的选择,这就够了。

我曾问:“你离开那座城市很久了,你经常回去看看吗?”

“当然想那样。不过如果这里忙起来,也就顾不得了。”

我讲了一些城里的事情,她听着,好像没有多少感慨。

“你不想家里人吗?”

“想,怎么会不想。”

她又说思念就像金钱一样,积攒得越多,花起来越痛快。当她好久好久没有见到他们的时候,那会儿真想一头扑进他们怀里——对一座城市也是这样。她急匆匆地踏上旅途,像离弦的箭一样飞向她的出生地,在那里,热乎乎的一切都在等待她;随着越来越接近,一种熟悉的气味会扑面而来。她扑在母亲怀里、伏在父亲肩头,就像偎在了这座城市的怀抱里。她的兄弟环绕着她,大家的脸庞紧贴在一起。那是一个多么动人的欢聚场景,我完全想得出来。

她在园子里的日常生活就是这样,每天和孩子们在一起,教他们唱歌识字。她像他们的大姐姐,又像他们的母亲。有时候她要抱住他们,比如说他们从树上滑下来的时候,她就要把他们接住。有时候,她还要亲吻他们的脑壳,比如当她觉得他们发烧的时候,就用嘴唇试试他们额头的温度。也许就因为这样生活久了,才使她越来越像一位母亲。

她给我讲了很多有趣的故事。她讲夏天里到海里洗澡,渔民们怎样逮到一些活鲜的鱼,让她一起去拉网绠,等等。她还告诉我冬天的茫茫大雪怎样覆盖了整片果园和海滩;告诉我怎样到结冰的河面上用一种奇怪的工具逮鱼。果园里的老工人一到了冬天就打扮起来,戴上皮帽,打上裹腿,到河里海里去了。他们总是吆喝她一块儿去,让她做帮手。她一点儿不怕冷。有一次,她的手被钓钩的丝线勒破了,她还是一声不吭。捕鱼的人没有发现钩丝沾上了她的血。她回忆起这一切的时候是那么愉快。冬天里,雪野上奔跑着各种野物,它们小小的蹄印绘成了美丽的图案。她现在已经可以毫不费力地根据蹄印辨认出各种动物来:"这是野兔,这是獾,这是狐狸,这是一种长腿鸟,你看,这是野鸡……"

她认识海滩上数不清的花草,各种树木的名字都叫得上来。我觉得她真了不起。一般的城里人只认识李子树、梨树和几种苹果树。她领我去看了一棵樱桃。这棵樱桃大极了。我还是第一次看到这么大的一棵樱桃树。当时樱桃早已经收获过了,只剩下了朱红色的像刷了一层亮漆似的树干、它的漂亮的叶子。她告诉我,这棵樱桃树一次可以收获两马车果子。我有点儿不信,可是她坚持说这是真的。

我想到了春天，樱桃开花的时候，那真是漂亮极了，樱桃花蒂梗特别长，樱桃花瓣特别白。

“你知道这儿的李子树有多么大吗？”她问着，后来把我领到了果园的西南角上。

四

那里有一口砖井，就在井的旁边，我看到了一棵真正的树王。这棵李子树的主干大约要三四个人才搂抱得过来。粗粗的树干长到一人来高，又分成几个巨桠向下四下伸延。每一个巨桠又长出无数的大大小小的枝丫。奇怪的是它的枝桠差不多都长在了一个水平面上，形成了一个又一个巨大的摇篮床。我们都攀到了树上，每人坐在一个摇篮床上，在风中随李子树晃动。我一看到这棵李子树，心中就怦然一动。我想起了童年的那棵树：它们之间何其相像啊！当年的大李子树下也有一口砖井。仿佛一切都在，只是没有外祖母了……“到了春天，这棵李子树结出一团团银色小花。那时它就是个花王，数不清的蜂蝶都围着它旋转，嗡嗡叫。银花和蜂蝶像一片白雾……这棵李子树不知活了多少年，它就是园子里的尊长。”

后来我们又看了几棵高大的梨树和品种奇特的杏子树、桃树。每棵树在她看来都有自己的性格，它们结出的果子是什么样子，什么气味儿，都被她描述得活灵活现，我仿佛亲口品尝过这些果子似的，已经满口甘甜……我记忆中的那片园子还要往南，正处于园艺场的南端，至少有上百年的历史了。它几经变迁，历尽坎坷，有时衰败有时繁荣；它的规模比原来或许已经小了很多——果园的四周在几十年前还是很茂密的丛林，到处都是柳树、橡树和高大的杨树，里面有数不清的野兽，有真正的猎人，还有靠采药为生的一生出没丛林的人；他们的生活就是一部传奇。仅仅是十几年的时间，这一切都消失了。我们毁灭一种东西是多么容易……而今的小果园已经并入了国营园艺场,有了农学院和林学院的毕业生,有了我们自己的园艺师,但愿他们会更好地照料它。

“你想听听这里的故事吗?”肖潇问我。

她接上讲了很多果园里的故事。这些故事在我听来都平淡得很,够不上新鲜。但肖潇自己早已溶解于她的故事里去了。她说正因为这一切每天都在发生着,所以才改变了她在这儿的日子。她对这些一点儿也不觉得厌烦。她觉得这里最令人羡慕的倒是这一片绿色,是这里的安宁。可接下去肖潇却告诉我,这里也有坏人出没,有一些完全可以称之为强盗的人物,他们在林子里拦路、掠夺财物。这使我深深地吃了一惊。一个很好的园林故事即刻变得兴味索然。我感到了恐惧。

肖潇笑了:“哪里都一样。你这样的人还会害怕吗?”

主要是扫兴。我觉得我们的故事里不该有这样的一笔。

她说:“一片林子里必然会有各种野兽……”

在那一瞬间,我觉得她的眉梢上跳动着极其令人神往的东西。她比我想象的还要成熟。我相信她在那座城市或这片园林里,在她仅仅生活过二十几个年头儿的这个世界上,已经获得了至为宝贵的什么,她远不是那么稚嫩的人。她的目光极其犀利。她的胸间潜有一种过人的心智。她如果想要攫取什么,我想大概也会成功。她在当代生活里不会是一个弱者。由此我更加坚信,她离开那个城市并不是一次退却,而是一次积极的寻找。

我在快要离开的一段日子里与她接触多了一些。我们不由自主地扯起了什么生活的意义啦、价值啦,都是一些很大路的话题。可是这些话题并没有因为被人嚼烂了就变得索然无味。但是我闭口没提那棵大李子树旁的故事,没有说到树下的那座茅屋,茅屋里不幸的一家,特别是有一个蒙冤的父亲……这些话题实在太沉重了。

当我发现自己在这个果园里已经住得足够长了时,不禁有些惊讶。走的那天我因为动身太早,生怕打扰她的休息,犹豫了一下,还是没能找她告别——看上去她只是我在旅途上所结识的无数人中的一个。不过她会让我记住的,并且很难在短时间内遗忘。

我重新踏上了旅途。后来我竟有几次机会路过肖潇以前居住的城市,不过没有停留。在我看来这座旅途上匆匆而过的城市也多少有了几分亲近感。这座城市喧闹如故,一切照旧,可是它最好的一个女儿却离它而去了。

有时我想起肖潇一个人待在那样一片果园里,又觉得她有些孤单,这种孤单似乎不应该让一个女孩子承受。回忆跟她相处的那段时间,我们竟然没有多少陌生感。互相谈了那么多,就像一对相熟很久的朋友。可是直到分手,她大概连我的名字都没有记住。而我却很难忘记她的名字。那一次我究竟怎么住进了那个果园,并且一口气滞留了那么多天,连自己也想不明白。

后来又有机会路经果园,因为行程紧迫没有在那儿停留,也没有跟她打一声招呼。像往常一样,我只是一个人,从那片平原上穿行而过。

月下茫野

一

在正式获得这片葡萄园之前,我终于找到了自己的挚友,我童年时期的兄长:拐子四哥。他现在仍住在园艺场西南部的一个村子里,离大海的距离不过十四五华里。

我们那一次玩得真够痛快,喝了很多瓜干酒。拐子四哥已经显得有些老了,窄窄的额头四周渗出了微微有些发红的白毛。像过去一样,他翘翘的鼻子还是那样可笑。五十多岁的人了,才刚刚结婚。他的老婆万蕙大约比他年轻十岁,长得肥胖,见了我没有一丝生疏感。她张罗不停,为我们做了一些乡间菜肴。我看得出,拐子四哥结婚后过得也并不那么得意。他烦躁不安,满腹牢骚,尽管将这一切在我面前竭力加以隐藏,可我还是看得明白。我询问了他这些年的生活,问他那条拐腿下雨天里还像过去那么疼吗?他一一回答,笑微微的。是的,他也许还想一拐一拐地走下去,走到很远,留下一些深深浅浅的脚印。他要我好好看看他这座小房子,这个全村里最破的土屋是他几年前一手造起来的。我记得很小的时候,我见到的拐子四哥连这样一所小屋也没有。那时他从东北一所兵工厂里刚刚回来,没有老婆,也没有住处,只带着一肚子的辛酸故事。在所有人眼里他都是一个传奇人物,是一个活生生的谜语。他满腹经纶,又放荡不羁,一天到晚在辽阔的海滩平原上游荡。那时他是惟一一个愿意与我交谈、领我玩耍的人。如今看那是他的一段无忧无虑的岁月。而我当时是这片原野上最孤单的一个孩子。我从他身上汲取了那么多的欢乐……

我饮着瓜干烈酒,问:“还记得海滩上的那片果园吗?”

拐子四哥说:“有点儿。”

不过他也说不出果园现在是什么样子,他大约很久没有到那儿去了。

我又问了很多这些年园艺场的事情。我发现拐子四哥并不比我知道得更多。他重复的差不多全是一些老话:很早以前那里是密不透风的丛林,他的爷爷和老爷爷都在林子里迷过路,他很小的时候就跟父亲到了东北,再后来就进了兵工厂。那时候战乱刚停,他们的兵工厂还是一个准军事部门。他背着漂亮的匣子枪,有多么神气……他的很多浪漫故事是跟枪连在一起的,他从很早以前就给我讲过很多。所有的人都喊他“拐子四哥”,他差不多成了当地所有人的“四哥”。

我很想告诉他我在果园里看到了怎样一个人,告诉他我见到的这个姑娘以及……我没有说出来。我还是有些顾忌。

拐子四哥和我谈到了深夜,把他的小油灯一次一次拨亮。我们在灯下吸着劣质烟草。大老婆万蕙在另一间屋子里睡着了,发出了轻微的鼾声。我提议出去走一走,拐子四哥没吭一声就和我出去了。

多么皎洁的月光!到处一片银辉!在这样的月野之下,人一下就陷入了美好的怀念和忆想。从这儿往西不远是芦青河,往北就是茫茫海滩,这里到处都踏满了我和他的脚印,那时我还是一个纤弱的少年,跟在一个一拐一拐的瘦高个子身旁——时光一晃就过去了几十年,而今我又重新回到了他的身旁,回到了月光照耀的这片野地,这一切简直像梦境一样……拐子四哥的烟斗一闪一闪放出红光,我看见月光下映出一张古铜色的脸,这张脸上皱纹纵横,有着一双好看的眼睛。他戴了一顶黑色的泛着汗碱的脏腻帽子,帽檐拉得很低。他一拐一拐往前走去,我紧紧伴着他。我们走得很慢,只是随便地往前走。他长时间不吭声,后来拔下烟锅,突然问我一句:

“日子过得和顺?”

“和顺。”

“那你怎么老往外跑哇?”

“我有事情……”

拐子四哥用烟锅敲一敲那条伤腿的膝盖:“谁没有事情?你要过日子哩。”

说到过日子,我想起了别的,说:“有一个人——一个姑娘家,还没到独立生活的时候呢,父母疼爱她,千方百计地照料她,可她自己从一座大城市跑到海边果林里来了,而且——"

拐子四哥打断了我的话:"你在说谁?"

"是一个姑娘——她一个人舍下了家里人,所有的亲人,住到了园艺场里。这里又没有她的恋人,而且看样子,她也没有失恋……"

"这种事你不会知道。"

"知道。一个失恋的人能看得出来。我,我们,世上一多半人大概都失恋过。可是人在那时候会有一副不一样的神气,他们脸上打了记号。我看得出来——这个你也明白。真的,拐子四哥。"

他笑了,咂着嘴。

"所有失恋的人都容易看出来。不过她不是这样的人。我知道失恋的人不会像她那样,从从容容和和气气。你听明白了吗,四哥?"

他收起烟斗,盯着天上疏疏的星斗,转头寻找着北斗七星,咕哝说:"'从容'? 哼哼……那她是还没到那个年纪啊……"

我逗他:"你就是一个失恋的人。"

拐子四哥朝我眨了眨眼。

很远很远的那片月影里有他的家,他那个小土屋里正响着老婆万蕙均匀的鼾声。我知道四哥的命已经与那个女人的命合在了一起。可我总觉得他还是一个失恋的人……他差不多一生下来就注定了是一个被遗弃的人、一个失恋的人。我所以对园艺场子弟小学的女教师感到惊讶,是因为一个人这么年轻,竟然可以背弃一座城市——她背弃的其实是现代与时髦。而在别人,在大多数人那儿都是反过来的,他们只要一有机会就会蒙头扎进热热闹闹的城市里去,直到死也不出来!所以说发生在我们身边的这个故事倒也足够新奇的,它简直有点儿不可思议。如今这个姑娘在园子里生活得很好,一天到晚微笑着,领着一大帮孩子。

我挽着四哥的胳膊向前走去了。后来我发现我们走的方向,正是那片国营园艺场——它在月色朦胧的莽野上黑魆魆的,伸向北面的一端显出了深色的轮廓。

“啊呀,好大的月亮啊!把海滩上的树啊草啊都照亮了!伙计,你还记得小时候咱们月亮地里去河边踩鱼的事吗?”

四哥兴奋起来,大声喊着。我愉快地回答他:

“我全都记得,当然记得……”

二

第二天又是一个晴朗月夜,我和拐子四哥同样睡得很晚,喝了酒,然后一直走到了野地里。四哥先是伴我走了一会儿,后来见我一直往前,就没有随上来。他可能以为我又要走向那个园艺场,或许今夜要找什么人的——其实我只是随便走走。我回身喊他,他却坐下来一个人吸烟,朝我不停地摆手。

我一直往前走去……停下步子的时候,这才发现自己已经站在了园艺场的西边一点儿。我心里可能仍在挂记那片荒芜的园子。然而从这里去那儿要走上半天,这段距离实在太长了。月色下的海滩莽野空无一人,多么寂静。海边的月亮越升越高,整个沙滩铺上了一层荧光。

静静呆立,可以听到不远处的水声,那微微的声息像是儿童戏水,是水浪在一下下抚摸沙岸。没有风,海上的每一点儿声音都清晰可辨,甚至可以捕捉到鱼跳溅水。一只飞鸟从大海的方向折回,不知是迷路还是追寻同伴,翅膀匆匆掠过气流时发出了嗞嗞声。另一只小些的鸟儿在低空里跳荡,嘴里抛出一连串细碎的呢喃。这片茫野啊,每一个角落都如此熟悉,恍若昨日,它既深深地诱惑过我的童年,又吸引了我中年的脚步。从园艺场的西侧一直往北,踏着一片平平展展的荼草和莎草往前,不断地惊起一只野兔、一只准备歇息的大鸟。

海浪声越来越清晰的时候,一抬头又看到了那幢海草小屋。那是毛玉的居所,它孤零零地踞于一片破败的园子当中,海草屋顶在今夜泛着童话般的光泽。如果放低视线,远远看去可以将这座小屋想象成一条不大的小船,它正行驶在波浪起伏的青草的海洋上。我仿佛看到了那个小屋主人,那个古怪的老太太正怀抱那只黑白大猫,伏在窗前看着今夜月光。

我踌躇了一下,迎着那座小屋走过去。

在离它几十米远处我渐渐放慢了脚步。我正在犹豫是绕开它还是走进去的时候,突然发现了有什么在小屋那儿活动。我蹲下来凝神盯住——真的,小屋的木栅栏墙上有一个活动的影子,是一个人,他翻身跳了出来……这个人一落地就踉跄了一下,差点儿跌倒。他急急地爬起,然后一直向着东南方向一跳一跳地跑开了……

月光下看不见那个人的脸,但能分辨出这是一个高个男子,一个青壮年。

我停留了十几分钟,继续往前。有了这一幕,我不想突兀地造访这个老人,而是小心翼翼地从小屋西侧稍远一点儿的地方走过。不知那个男子是不是夜入民宅的盗窃者?如果是,那么他一定会大失所望的——我以前到过小屋,知道里边没有任何让人垂涎之物。

我回身看着小小窗户透出的微弱灯光,心里一直纳闷……

我准备折回了。可是刚刚走了没有多远,又一次看到了怪异的事情——就在小屋东南,离我几十米远处,有一个人影正在一丛苫草下边闪过。那是一个人猫着腰走路——对方大概知道已经被我发现了,这会儿索性站了起来。

我想这就是那个翻墙出来的家伙,但仔细一看才知道是另一个人——这人尽管戴了一顶帽子,但从身形体态上看她是一个女的。我心里发出了一声惊叹。

她在原地站了几分钟,像是在琢磨什么。最后她没有转身离去,而是大胆地迎着这边走来——走走停停,像是试探一下我是否害怕。渐渐离得近了,我可以清楚地看出:一个细高身量的姑娘,戴了一顶旅游帽,两手抄在衣兜里。我担心她藏在衣兜里的手会握了武器之类。这个夜晚独自出来的女子颇不平常——想起刚刚看到的那个翻墙而出的男子,让我心里一悸。

她终于走到了我的对面。这让我看得更清——原来她穿了一身黑色夹克,裤子紧绷腿上,还束了一条皮带,皮带上垂挂了一个皮囊,里面插了一把短柄刀子……月色下看不清她的面容,只觉得一对大眼闪闪有光。她在端量我。我琢磨她是不是从园艺场出来的? 正这样想着,她开口了:

“你刚刚从那儿出来? 从那座草屋?”

“没有,我是从海边那儿——我散步过来,路过这里……”

她不信任的目光审视着,蹦出两个字:“散步?”

“是的。”

她抬眼去看那座泛着白色的小草屋,口气里带出了嘲讽:“咱们这里也有了夜晚出来散步的人……了不起!”

“你是什么意思?”

“没什么意思,”她把帽檐拉得更低了一点,“我想问问你,刚才你看到一个人从小屋里跳出来吗?”

我未加思索就说:“是啊,那个人很怪的……”

“你不认识这个人?”

我不高兴了:“我怎么会认识他?”

“你们不是一起的?”

“你是什么意思?”

她可能在夜色里掩着一丝得意,这会儿说:“没有什么意思。我是想告诉你,那个人是贼!”

这种判断并不出预料。问题是自己被审了一番,我也该问问她了。我问:“那么你呢?”

“我是抓贼的人。”

“真了不起。你大概是园艺场出来巡逻的人了……”

“算你说对了一半吧!”

她这样说着,转身往一旁跨出一步,然后头也不回地走开了。

我站在原地,长时间看着这个月色里摇动的身影,又回身望望那个静穆的海草小屋……一切都像童话。

三

夜晚睡不着,一直在想那片银色的月光——莽野下所见到的一切。小屋,翻墙而出的身影,侠客似的高个子姑娘……如此诡谲。我想起了肖潇:她也许会为我解答今晚的谜团。一道温煦的目光正穿过遥远的田野看着我,整个夜晚都是果园的气息。

睡意蒙眬中,粉红色的苹果花像雪片一样落下来,简直要把我的全身都埋起来了。我轻轻地把它拂开。好像是在果园里,是在春天……到处都是干净的沙土,洁白的沙子发出一种甜丝丝的气味。雨水像玻璃球一样圆润,一滴一滴落下。沙子上开始萌发绿色的叶芽,接着,长长的瓜蔓长出来,瓜蔓上结出一个个金黄色的瓜。一只只小兔不知从什么角落跑出来,睁着一双锃亮的聪慧的眼睛,从容不迫地走到那株小香瓜跟前,轻轻拍打一下,把它摘走了。它们像人一样把小香瓜扛在肩头上,迈着大步走到丛林里去了。

丛林密密的枝丫像小山一样攀缠在一起。我尾随着它们,穿过一片丛林，看见了滚动着波浪的草地。很远的前方，又是船帆。那里蓝色的一片，点缀着银白的浪花。我看到了岛，岛上的灯塔，灯塔银白色的闪光。后来又是猎人的声音。一个人背着黝黑的长枪出现了。他用迷惑的眼睛看了看我，又转向另一个方向。可就在他转身的那一瞬间，我看出他的腿一拐一拐。“拐子四哥！”我喊了一声。他转过脸来，目光好像在向我暗示什么。他为什么不再开口？他为什么在用哑语制止我的呼喊？一会儿出现了一个胖胖的女人，那不是大老婆万蕙吗？万蕙也悄悄地打着手势，然后径直从我面前走过。他们两人搀扶着往前走去了。

我紧紧地跟着他们。走啊走啊，眼前出现了一条光洁的沙土路。这条路就通向那个果园。他们两人搀扶着一直走在前面。再前面，就是一群热情洋溢的儿童，他们像鲜花一样簇拥起一位姑娘——他们亲亲热热地往前走，让我空空地嫉妒。我沮丧地沿着来路往前。

不知过了多久，我听到了一声枪响。我知道发生了什么，急急地奔跑起来……又看到了毛玉的海草房子，它的前边有一个人，正是拐子四哥。我发现他手里提着那杆枪，枪筒还冒着烟呢。再看不远处——毛玉的小草屋子旁边躺着一个男人，他蜷曲在沙地上，流出的血把沙子都染红了一片……

我说：这就是那个翻墙逃出的男人。

梦境如此清晰……第二天晚上我直接去找了肖潇。她见了我有点儿惊讶，但看上去非常愉快。我们只在屋里停留了一会儿，我就提议出去走走。

踏上园子当心那条东西大路时，月亮正好也升起来了。刚升起的月亮在法桐树冠中间闪烁出砖红色，而且大得出奇。我们一直走出了园艺场的边界，走到了那片草野上，月亮正升到了树梢上方，这会儿它不再羞涩了，明媚的笑脸照亮了无边的大地。

“昨天晚上就在这里,就是这片苦草地上……”

我指着不远处的小草屋,讲了所见到的一切。我特别细致地描述了那个姑娘的形貌,她说出的每一句话。“也许她的话是真的,也许故意骗我……可是他们如果在合伙作案,那真是傻极了。”

“为什么?”肖潇一直像听一个有趣的故事,笑眯眯的。

“因为那个老太太屋里我去过,里面什么都没有。”

肖潇摇头:“那他们就不是偷东西的人。”

“那也不一定,外地盗贼也会扑空的……不过那个女的十有八九没有说谎,她大概真的是你们场里的人。”

肖潇思忖着:“你说的很像一个人——她就是这样的高个子,刚来我们场不久。不过,她怎么会一个人窜到这儿?这不可能啊……”

“她是谁?”

“哦,我只是想起她来,还不一定……将来遇到时我会指给你看的。”

剩下的一段时间我们一直往前,走到了大海边上。今夜的风稍稍大了一些,海浪噗噗地打在沙岸上,离得很远就能听得清晰。我们在沙岸上走着,感受着大海腥咸的气息。多么好的月夜,这样的大海和沙岸竟然只有两个人享用。我说:“看看吧,如果在城里,这样的季节,这样的夜晚,这里的人会密密挤挤……”她点头。我问:“你平时一个人敢在晚上来这儿吗?”“我会约上其他人一起。”我想起了昨晚的那个姑娘,就说:

“除非是一个女侠,带上武器。”

肖潇口气里带着羡慕:“那多么好啊,那个女侠如果让我遇到该多好啊——我想我们一定会成为朋友的!我要问她,你为什么要扮成女侠?你这一套行头是什么时候搞来的?多有意思啊……”

她说到这儿,一抬头看到了那个小小的海草房子,立刻不再笑了。

“多么怪的一座小屋啊,里面的主人更怪……”她像自语。

我差一点儿说出那个老太太为我算命的事,但最后还是忍住了。

第 三 章

三 口 之 家

一

当梅子听说我们从此拥有了一片葡萄园时，笑了。她说你真会开玩笑，这个年头儿人们都学会了在家逗老婆孩子。结果我不得不费了好大的劲儿才让她明白这是真的。接着她十几分钟没有合拢嘴巴，呆坐在那里，又把小宁扶到膝盖上。这使我立刻想到了整个事件的突兀、对她构成的多多少少的伤害。我语调艰涩，但总算讲出了事情的全过程。我说，如果顺利的话，如果你同意，不出一周，我们就可以举家东迁。我看着她和宁子。我发现母子两人的目光看过来，像望着一个陌生人。

梅子面容苍白，长时间没说一句话。

我知道为这片葡萄园，家里的积蓄全部搭上也只凑得上几分之一。这全靠朋友们一起筹款……我说要办成一件像样的事儿就得豁上。不过我知道一个人生到这个世界上来就是一次最大的豁上！当然梅子全然没有想到这些。她是一个稳妥的女人。她有令人吃惊的妥协精神，所以她过起日子来有可能赢。不过此刻我只需要她对我也拿出那么一点点、一点点的妥协精神。我期待着。

她咬着嘴唇一声不吭，搂抱着小宁。孩子不安地看看母亲，又看看父亲。

我站起来:“你应该相信我,这完全是真的。”

“我现在不怀疑了。”

她说着向另一间屋子走去了。门,轻轻地但是严严地合上了。

小宁和我待在了外间。我想这样也很好。小宁要和我讲话,我摆了一下手,没有吭声。我想这个时刻越安静越好,让她一个人待着吧。

粉色的苹果花像雪片一样往下坠落。它像鹅毛一样轻柔。

小宁伸出手来:“爸爸,爸爸。”

粉色的苹果花落到他的手上。

“你看,你看。”

粉色的苹果花瓣在微微颤抖。

我扯过他的手,紧紧地握住了。

屋子里传出了咳声。我走进去。梅子伏在梳妆台上。我扶起她的脸。

“本来应该早商量的,不过这也来得及。你说吧,我听你的……”

她重新去看镜子里的自己。我也去看。我发现我们两个还相当年轻,当然我们都有了皱纹,梅子脸上的比我要少得多。我有几道皱纹很深很深,比如眼角那儿。我还发现了耳朵上方那几根刺眼的白发。这就是不会妥协的代价。梅子注视着镜子中的自己说:

“你早就该这么做了。”

我吓了一跳。

“我知道你早就在打算什么,这也不是一天两天的事儿了……”

我不知该说什么。

“不过你没有这个权利——我先不讲该不该这样做。我只是说你没有这个权利。因为这不是你一个人的事。你一开头就该跟我好好商量……”

我急急打断：“不，那会有一场没头没尾的争执，也许争上一辈子！我是害怕，我怕争到头发白了……”

梅子抬头瞥了我一眼。

“当然这样也许很不应该，我真的错了；不过我在一开始还是回避一点儿好。现在该是争的时候了，你有什么全说出来吧……”

我这样说的时候，不知不觉把两只拳头握紧了。

小宁从外间扑进来，喊：

“你们要干什么？”

梅子把他揽到身边，拍拍他的头。宁子的手指插到嘴里笑了。

我说：“宁子，你坐下来。”

“不，你一个人出去玩吧，我和爸爸要谈事情。”

“不，”我说，“小宁也坐下，你坐下来好吗？这是我们全家的事情。孩子听下去，就会知道爸爸犯了个错误。”

“爸爸犯了什么错误？”宁子大眼忽闪着。

“爸爸有个事儿没有和你们商量……”

“那……”小宁说。

当孩子说出这个字的时候，我看到梅子眼角有一滴泪珠在颤动。她伏到了桌子上，久久没有抬起头来。我跟她讲什么呢？似乎什么都清清楚楚。我把手按在她的肩头上，说下去：

“你早就看出来了，我这个人不能老待在一个地方，那样就会憋闷得生病。我简直挨够了。我们俩是不同的，我是从那片平原、那座大山里出来的，而你一直在城里长大。你也知道这个，要不也不会容忍我一次次出差去外地。我这些年到处游荡，像个流浪汉。我有家庭和孩子，我知道男人身上有很多义务。可这些都没能束缚我。你没怀疑过我的忠诚,你一直忍着,我一想到这些就从心里感激你。大概我这个人成熟得很慢,对这个时代、这个城市,都反应得很慢。不过既然认识到了这些,就更不能再犹豫下去了,我这次下了很大的决心,这你会想得到……”

梅子没有拒绝倾听,她的呼吸慢慢变得平缓了。可她并没有抬头看我。我终于明白她什么都懂,于是就停了嘴巴。

二

整个一天我们都没有多少话。梅子也没有去上班——她大概觉得已经暂时没有必要按照惯常的节奏去生活了。她这样做很好。我要求她的也许就是这样简单:暂时停止。这样的设想既不狂妄又不虚幻,因为城里很多人已经停止了自己的工作。这个年代赋予了人们这样的机会和权利。我们完全可以去做新的尝试,不管它成功与否。很多人已经在这样做,我们为什么就不可以呢?

如果我这个行动来自简单的模仿,那我就会感到羞愧。好在事情绝不是这样,因为我从一开头就清楚自己要做什么,也知道从更早的时候就开始了这一切。一种巨大的不安在胸中涌动,是它一直催促我赶紧作出决定。我已经无数次和我的挚友阳子、吕擎和吴敏讨论过这一切了。我或许就是在一次次的讨论中接近了一个重大的决定,所以说,我的那些朋友们反而深深地理解我。而这会儿我才惊讶地发现,我偏偏与梅子缺少这种讨论。

是什么阻断了它呢?

梅子在屋里走来走去。她整理了自己的一些小小的日用品。当然,她不是在做远行的准备。她是一个整洁的人,只要一有时间就动动这儿擦擦那儿。整个一天里,她就这样消磨着时光,从里屋走到外屋。我也像她一样走来走去,像在尾随着她。好像这会儿我的整个希望都攥在她的手里。我知道我深深地依恋着她。我的行动也许有很大的一部分是为了她。我们绝对需要互相安慰,需要更多地待在一块儿。但她像所有女人一样不愿冒险,因为她有了丈夫,并且还有了孩子。

我们的讨论仍然进行不下去。后来她突然问了一问:

“事情还能挽回吗?”

我还没等回答她又接上一句:

“我问这个干吗……”

“不是。完全可以挽回,比如说,我们可以撕毁那份契约……”

梅子笑起来。她笑得真美丽。她的眉毛弯得很厉害,露出了白而整齐的牙齿。我很久以前就喜欢她的牙齿。我发现一百个人里面很少有一个人能够长出这么好的牙齿。她笑得真好,我希望她总是这样笑着。

小宁大概知道爸爸妈妈遇到了什么严重的问题,再不插话,睁大眼睛坐在屋角。他原来是很懂事的。我这个时刻才意识到他安安静静待在了一个角落里。不少人认为他是一个女孩,因为他的头发长了点儿,眉眼也有点儿妩媚,可是只要仔细看,仍然能够从他闪动的眸子里看到早早来临的一丝男子汉气概。因为我们的谈话有了他的注视,这会儿就显得愈加庄严和沉重。当然这种谈话也绝不会因为梅子的一笑就变得轻松。

“你到底为什么弄了这份契约呢?”

我一时无语。她在逼我讲一些最难以表达的、我从一开始就回避的一个话题。为什么?我想说为了发财。因为这个年头儿所有的人都在忙着弄钱,这成了一个准则。背弃这个准则的,差不多就成了整个时代的异端。我这样回答在任何人听来都会是合情合理的,可惟有梅子不会相信。她知道我不是一个财迷,不会为了花花绿绿的票子到千里之外的荒滩上去安家。为了寻找安逸吗?她知道我的职业,我的性格,我的能力,待在城里也满可以维持那一份安逸。为了内心的宁静吗？不，她知道我将要迎接的那一切也许会换来一场更大的动荡，因为这样一来一切都要从头开始。我会焦头烂额。那到底是为了什么？

在深夜，在我一人独处时，我也曾无数次地询问自己。我真的无法回答，因为它仅仅是我内心深处的一种渴望——是它在驱使我一次又一次走向远方，走得很远很远。我有时风尘仆仆地出差却没有个具体目标，尽管单位领导交代得清清楚楚——我先是草草地完成了任务，然后就是趁机来一个长长的游荡。我甚至不是为了寻找一种“意义”。我还没有那样的纯洁，那么美好的信念。我只是如此地不安，急切地从甲地到乙地，从一个旅程到另一个旅程。这其间会产生比“意义”更为有意思的那么一点点东西吗？它只属于某种恶习和惯性吗？如果那样大概够糟的了。反正我不知道，我挖空心思也只能是比较接近地去描述它。我不能也无力穷究。因为如果一切都是清晰透明的，我也就没有必要这样匆匆远行了。

不管怎么，这种渴望来得深长无比。它从一开始就左右了我。让我身不由己。

我出生在那片荒原上，几经折腾来到了这座城市。我曾经到重峦叠嶂的山区独自谋生，曾经赤着脚奔跑……我回忆和总结这一切的时候，不过是弄明白了一点点，那就是，我比任何人都难以被一座城市挽留。

三

一个人与一个城市的关系是最为奇特的了。我在这座城市里，真说不清是受到了礼遇还是遭遇了屈辱。它不是任何人强加给我的。不是。它是自然而然的，它原来就在这里。我不过是走向了它，是一次自投罗网。这个结局除了解释为命运，我再没有别的好说。

我发现一个人长久的依赖就是找点儿什么事情干，干得有滋有味。这就是劳动了。我觉得再也没有什么比劳动更能安慰一个人的了。劳动永远伴随着我，并且让我心甘情愿。我总在心中呼唤，让不停歇的劳动来伴随我的生命吧。但尽管到处都有劳动，到处都可以满足这种欲望，那一个人为什么还要奔走和寻找？因为像任何事情一样，好的劳动也需要一个立足点，就像杠杆需要一个支点一样。我是在寻找一个好的支点……

我还是讲不清。我后来吞吞吐吐地说出了两个字——我说我想寻找一种更好的方式和更传神的那种生活……

梅子被那个关键的字眼儿给吓住了。她半天才尖叫了一声——一点儿不错，她发出了一声尖叫。

“传神……你听听！”

“我不仅……”

“你是不仅……”

“你这是什么意思……”

“多么巧妙，要寻找一种‘传神’的……好哇，它早晚毁掉我们，毁掉我们全家。”

我急急争辩下去：“不，不会毁掉。也许我表达得不准确，也许它并不是这个意思……其实我们什么时候都可以保留公职，保留我们城里的这两间房子。我们不在的时候，可以让家里人来照看一下，比如让内弟。这样不是挺好吗？”

……这样谈着，天黑了。

不知为什么，晚饭的时候我喝了很小的一杯白酒，然后又喝了一大杯葡萄酒。我端着酒杯对梅子说：

“你看，这就是那个平原上出产的葡萄酒。那里有亚洲最大的葡萄酒厂。我们的葡萄园就是为这个大厂家生产葡萄的。那时候我们可以天天喝到这样的酒。”

梅子一直冷着脸没有答话。她把我的话当成了调侃。其实完全不是。我实际上已经十分神往于自行设计的那种生活了。

晚上,我提议到外面走一走。

这是个盛春季节。外面的白杨树发出了绿芽,树皮已经泛出很好看的青绿来。我手扯着小宁,小宁老要拍打路边的杨树。他抚摸着它们说:

“它们在跳。”

我说:“对,它们有脉搏。”

“我怎么试不出呀?”

梅子在一旁纠正:“它们没有。”

“可爸爸说它有。”

梅子没有做声——她觉得类似的纠正在平常已经太多了。

我们都没有说错,因为这是我自己的一种感觉,而梅子没有。怪谁呢?如果硬要在我们两个之中找出一个错者——杨树真的没有平常所说的脉搏,那么梅子是对的;可是从另一种意义上讲,它作为一个生命,完全有可能引起我的那种感觉和联想——一跳一跳的脉搏。至此,梅子又错了。我们究竟遵守哪一种原则更好呢?

我们就这样走走停停,任孩子拍打着杨树。

“你看,”我说,“春天来了,城里所有树木都要泛绿长芽了。大家在春天都要往外跑,谁也不愿待在家里。可惜这儿好玩的地方也就那么多,可看的树木也就那么多。一个人出生在城里,不怎么出远门,没有看到大片大片的丛林,没有看到一片一片田野上的春天是个什么样子。这可太亏了,这样过春天那可太亏了……我总想,人把一辈子都撂在这样的地方有些亏……”

梅子看看前面排列整齐的杨树,说:

“那么你就多往外跑吧——你会找到比春天还好的……许多

许多!”

我从她的话中听出了一丝嘲讽。她的意思很明白,她只想刺激我一下。我无需反驳。我只送去了一句真正的调侃:

“你也一样。”

我们相视一笑,没有再说下去。

我们走了很远,直到浑身都有点儿疲累了才往回走。

四

春天一点儿一点儿深入了。我知道,由于季节的关系,留给我在城里徘徊的时间已经不多了,我必须尽快履行那份契约,而后以最快的速度投入春天的工作。我知道这对于整个葡萄园来说是至关重要的。

一想到我的葡萄园还在那儿荒着,可怜巴巴地期待着新的主人,我就忧心如焚。我到后来实在忍不住,不得不向梅子要求,至少我自己要先走一步了——“你即便不支持我,也让我先试一下吧。等我把葡萄园搞得红火起来,那时候再扛着猎枪、领着我的狗到城里搬老婆孩子!你权当我是又一次出差去好了!”

梅子哼一声:“你准能发财,你去干吧。不过我不会等你回来……”

“为什么?”

…………

我一直琢磨她没有说出的意思。

睡不着的时候,我常常想到一个穿皮衣打裹腿、满脸胡茬的男人的形象;他当然扛着猎枪,领着他的一条神气的大狗。他在原野上穿行,脚踏沙土嚯嚯有声。他的挎包里装满了子弹。这个人当然就是我了。他从原野上大踏步地往城里走来,当走到那些熟悉的街巷时,所有人都会用惊讶的目光看他。他们指指点点,说长道短。即便是最熟悉的朋友也会深感惊讶……这样想一想也怪来劲儿。

可怕的是梅子的态度越来越坚定了。我怀疑她找了什么人商量过,而她的那些好朋友永远也不会脱离生活的常轨——一般而言,通常就是由这样的一批人维持着一种死气沉沉的生活。老天爷,有这样的一伙儿人,就有这样的一座城市。

然而我们的日子只会变得越来越沉重。我们将一再地重复。我们最可宝贵的东西——时间,就会在这种重复中消耗净尽。

出　城

一

梅子那儿没有通融的余地了,正像我这里也没有什么通融的余地一样。彼此都赌着一股劲儿。

我在加紧收拾东西。我的行装比平常出发时复杂不了多少。我收拾着,进行着细心的准备。我相信这种准备也包括了心理和意志方面。我该摆脱最后的一道樊篱,从那个杂志社离开了。我想到:自己离那个海边老太太的预言真的又走近了一步。剩下的一些手续将很容易。我的这个举止会使好多人感到费解,但最终无论是否得到他们的支持,我都将走下去。

当这一切开始的时候,我找到了阳子。我生活中一些重大的决定差不多都是与朋友共同作出的,起码是在关键时刻首先通知了他们。这一次也没有例外。

阳子比我小得多,我既然可以与四岁的儿子交换严肃的看法,那么这个二十六七岁的青年已经是十二分的成熟了。他已经帮助我作出了许多不算轻松的决定,比如说我从地质学院毕业后,从一个单位移动到另一个单位、我的专业选择等,都是与他一起讨论的。

阳子长得微胖,头发乌黑。人们从模样上看会担心他有些笨拙,可他实在是灵巧得很,而他的思维又比他的举止灵巧十倍。他的嘴巴,我是说那轮廓有些特殊的嘴唇,显示了他的憨厚和纯洁。他不像我这样执拗,可是他十分正直。他内心热烈,懂得挚爱,而且像所有这一类人一样,是一个极有才华的、内心敏感而纤细的人。我认为,他的画在我们这个城市里是无与伦比的。就我的理解来看,还没有一个同龄人能够超过他。他的笔比我的笔要好用得多,从这个意义上讲他也值得我请教。

这次,当我把全部计划向他一五一十说出来的时候,他沉默了一会儿。

我问:"连你也犹豫吗?"

"不,我是考虑能不能和你一起到那里去……"

这句话让我感动。我重重地攥了一下他的手臂。

"我知道小涓暂时不会同意。像梅子一样——她们女人就是这样。做大事别和她们一块儿。"

我很想纠正他,我想指出历史上一个又一个义无反顾的女性。可我没有做声。阳子说:

"这事儿不管怎么说挺大胆的。当然好极了,它比我们所能预想的还要好……不过我觉得有点儿怪,他们怎么能把那么大一片地卖给你呢?这违法呀。"

"就算长期租用也是一样。再说世上的一切都在随着时间变化,我们最重要的还是抓住眼前。好在我们有契约,就让我攥住这张纸片往前奔吧。我要争取一个好的开始。"

"这真是太棒了,我敢说在我们这些朋友当中,你是第一个搞来一大片地的家伙。”

他这样说过之后，一直盯住我看。后来他把脸转向窗外，像在自语：

“好哇，自己的一片葡萄园，自己的一座房子，自己的狗，自己的猎枪。当然了，还要雇用一些园艺工人。每天在园子里边走，计划工作，有时也要亲手干一会儿。如果有时间，还会拿起笔来写写画画，不过那时候落在纸上的东西就会完全不同了。这是艺术的奥秘。我知道会是这样。可惜一个人要获得这种机会，付出的代价是太大太大了。这需要一种勇气。这其实也是一种试验，人的一生来上一次也就足够了；当然了，最好一开始就把家迁过去，这样也就完整了。人活着总有一种残缺感，它让人心底发凉……”

阳子咕哝着，摇了摇头。

“没有办法，”我说，“我只能一点一点修复自己，就像我尽力修复残败的葡萄园一样。先自己干吧，从头开始。也许我会狠狠地赔上一笔。这笔钱够我苦苦还它一辈子。不过赔了钱我也不会逃掉，反过来挣了钱我倒说不定会逃得远远的。我或许会到远处，比如到西部去游荡他半辈子。”

阳子点点头：“你去吧。等你的葡萄园真搞起来的那天，我会带上小涓，再约上吕擎吴敏他们一伙往海边上跑。我们会帮你去摘葡萄，会好好勒索你一顿。”

是啊，那一天真要来临该有多好。差不多也就是为了获得这样的一个结局，为了这帮朋友的热望，我也要坚持下来。

我正想与他谈谈海边那个老太太，谈谈她怪异的预言，小涓进来了。她还完全是个孩子，年龄比阳子还要小好多。她常常是毫不掩饰地顽皮。她的眼神，缩起的嘴角，都有一种奇怪的顽皮神气。她很尊敬我，可是她表示尊敬的方式总是让人不能接受。她这会儿大大咧咧地放下一个朱红色挎包，扯着腿上套的护膝，胡乱扔到一边。她跳跃着,嘴里哼着一支歌,到另一个屋子里去了;一会儿,她端来大大小小的杯子,像一个家庭主妇那样给我和阳子每人倒了一杯饮料。我们于是一边啜着饮料一边讨论问题。小涓只有这时候才一声不吭,她在听。待她慢慢听出了眉目,就立刻发表意见。她的意见简单明了:“去,怎么不去?傻子才不去!自己有片葡萄园多好哇,随便吃葡萄,到了夏天大家都去乘凉、摘葡萄。我们都帮你摘。去干好了,宁哥。”

奇怪的是她这样鼓励倒使我犹豫起来。我想,天哪,这可不太妙——在一个孩子眼里的那种好事,那种简简单单就会获得的成功,往往都是极不可靠的事情。不过这种念头只在脑际一闪而过。我对小涓说:

“那你准备好去吃葡萄吧……”

小涓拍着手笑了。她转过身去。她的轮廓很美,人长得很苗条。她的体态让我想起了一个人……不过那个人比她安静多了。

我与阳子讨论了事情的每一个细节,比如我们这笔款最后怎么来偿还,具体由谁去处理,等等。后来我们又一块儿找了吕擎商量。我们从头计划,一切都做得很细。

城里的朋友都看出,我再有不久就真的要动身了。我的事经杂志社一传,有越来越多的人知道了。他们无一例外地感到吃惊。他们大概以为我成了怪物,再不就是突然在一个早晨疯了。真是的,这个年头儿要拥有一份好的职业,那是比登天还难啊,有人竟然要主动放弃……接连不断有人到我们家来打听虚实,用怪异的眼光看我。他们长时间看着我的脸,好像我已经染上了葡萄汁的颜色。

二

梅子脾气越来越躁了,她再也没有我们一开始讨论时的沉着

和幽默了。她用一个女人全部的力量来阻止我。连小宁也感到家里出现了从未有过的危机,并且从一开始就站在了母亲一边。他说:

"爸爸不要走。"

"儿子应该支持爸爸啊。"

"为什么?"

"因为你是我的儿子。"

"妈妈呢?"

问得好。问题就在这里。我给他擦去手上的灰渍,试着说:

"你应该支持爸爸啊,你是个男子汉;你也到葡萄园里去,那里比城里要好上一万倍。我们全家都种葡萄,和叔叔伯伯们一起。你就在那个平原上读书,你会长得很高。你看,这个城里的烟雾把你弄得脸色发白,身上脏脏的。那里有干干净净的沙子,有一片一片的绿树,有大海,各种鸟儿多得数都数不过来。难道你不喜欢这些吗?"

"喜欢!"

"那就好了,那就该支持爸爸了……"

小宁又欢快又疑惑地看着我。不过到后来他还是咂着手指到他母亲身边去了。

"你毁了自己,也毁了我们娘儿俩。"

她总是重复这句可怕的话。这种重复弄得人心烦。我咬着牙关,手里的一本笔记重重地抛到了桌子上。

梅子哭了。她哭出了声音。这简直不像她自己。我第一次看到她这样哭。她哭得毫不出色,只是哭着。当然了,也就是这种哭声把我的心给揉皱了。我不知怎样才好,在外间屋里走来走去。后来我走进里间,想让她安静。可是她越发不能安静。她的胸脯急剧起伏,两手拧着,像要把手指拧断。我想她真的害怕了。作为一个女人，她经不起这种颠簸。不过事情真的要从这里开始了，我无法在这座城市里再待下去。我觉得这里的一切正在把我淹没，我必须挣扎出来喘一口气。可以毫不夸张地说，它关系到我的生死存亡……可是她在哭泣。这是谁的过错？这座城市的过错，我的过错，或者她的过错？都不是。我不知道。

我只是知道，在任何时代里，都会有人走进或走出一座城，城市并不一定使每一个人都感到受用。比如说我，今天一定要背弃它，从而走向那个葡萄园，走向那片原野。我感到自己需要一片土地，它起码可以使我像一棵树那样扎下根来……梅子！我已经疲惫不堪，我脚上已满是裂口——我还要穿过那片平原，走完那么长的路呢。我没有更多的力量了……我轻轻地松开了她的手：

“你不该用哭声送我，梅子。你会阻拦我，不过你使用的力气已经太大了……”

我对她已经不存奢望。我明白这一次远行仍然只会是我自己。我不抱怨什么。我应该忍受，应该倾听。好了，我明白了，继续打点行装吧。我相信世界上再也没有比我更犹疑更迟缓的准备者了，因为我这个决定的确已经很久很久了，直到今天还仍旧不能上路。我只是在四十岁的时候才伸出了手指——那一刻它没有颤抖，只一下就把清晰的指印按在了契约上。就这样，我得到了一份土地。

三

在我一切准备妥当、即将离开的时候，严厉的岳父出现了。

他像个胸有成竹的将军一样横在我前进的路口上。他的话一开始很简单，只说：“算了，你连想也不要想这事儿。”

我沉默着，琢磨怎么回应他老人家。

他脸上的皱纹不停地活动，那双沉沉的眼睛看着我。

我终于吐出一句:“为了这一天,我已经准备了很久……”

“多久?原来你是蓄谋已久……”

我的心猛地一沉。我真想迎着他大喊一声:“是的!是的!”这会儿我闭上了眼睛,压抑着胸间即将喷涌而出的愤怒的岩浆……蒙冤的父亲在盯着我,这目光让我不敢抬头。我的脑海里又一次闪过那一天——岳父又谈起了他在山区和平原的生活,那些血与火的经历,每逢这时候,除了岳母偶尔插话之外,全家人都要洗耳恭听:

“……不错,我参加了对这几个叛徒的审讯!有的人曾经因为‘六人团’的案件平反,也跟着平反——我说这不行!这是两码事!他们除了与‘六人团’有牵连,还有别的呢;就算‘六人团’是一个冤案,别的呢?在我的主持下,案犯重新押起来……也许这太严厉了一点儿,可是没有办法啊,当时正处在你死我活的关头,我们牺牲了那么多人……”

我当时两耳响起了巨大的轰鸣声——我不知从什么时候开始有了这样的毛病,只要一听到一些敏感的字眼,耳郭里就会震响起这种声音,接着在长达一两分钟的时间里什么都听不见……“六人团”——这是母亲和外祖母在世时提过的,她说到它时脸都变色了,说那是自己队伍里的一个冤案,一拨人对另一拨人下了狠手,杀掉的都是纵队的创立者,其中有的还是从国外回来的……“你父亲几个人就因为同情‘六人团’,后来也被关了起来,幸亏案件平反得早,要不也会处决。可是审他们的人仍旧咬住别的问题不放,就这样你爸再也没有翻身……”

那一刻我紧紧盯住岳父。我的嘴唇发颤。

“我们都是纵队的人,我盯了他们已经好久了——有的人身份变来变去,那也是斗争的需要。可我是决不会放过一个坏人的……当然了,后来又有别人接手了这个案件,我到南边去了……”

……那是一个无眠的夜晚。我一整夜都听着他们母子的呼吸。天亮以后梅子看着我的脸色:“怎么？不舒服?”我摇摇头。

一块沉沉的石头压着我。我一次次远行,想把它抛在遥远的旅途上。是的,岳父说得对,我蓄谋已久。

接上所有的话我都充耳不闻。我执意离去。后来岳父那边就没有消息了。我推迟了行期,试图从梅子嘴里探听到一点儿什么,可她守口如瓶。这样过了两天,梅子搬到娘家去住了。紧接着传来一个讯息:我完全可以不考虑他们这一家人了,完全不必了,因为我走开的时候,也就是我和梅子分开的时候。

这深深地震撼了我。我知道这可不是玩笑,也是我从没想到的。我居住的这个房子也是梅子父亲搞来的。我在这座城市里如果失去了他们,可以说没有立锥之地。要知道我是一个人曲曲折折走到这座城市里来的。我踏过了大片的荒原和一座座的山岭走过来,在这里安家立业。我对他们心怀感激,从没有背信弃义,也没有伤害他们。为了梅子,这时候我真的犹豫了。我想抱一抱自己的小宁,想把心里的话向他诉说,可他也被母亲领走了。

深夜,我正在床上辗转反侧,突然有人在窗棂上轻轻敲了一下。我马上想到了梅子,呼一下坐起来。

我去开门,真的是她。她在门外说不进来了。我打开窗户,她就在那儿抱住了我的头,抚摸着我的头发。我感到了她的泪水。我说:

“你真的要……要那样吗?”

她说:“我想问你。”

“我真的要走。”

梅子没有吭声。

我说:“如果真的因为这个分开,那咱俩可就活得太窝囊了——”

梅子又一次哭出了声音。我替她擦去泪水。我觉得今晚天上的星星就像岳父沉沉的目光。

“我很快就要走了。不过我安排停当了就要把你和孩子接到葡萄园。你听到了吗?”

四

黎明前的一段时间,我又一次给她讲了一家人出城的故事。那正是我们家的故事——这个故事说明,我们一家原来也是城里人,只不过在某一天、因为某种原因,他们弃城而去……

那也是一个秋天,是晚秋,树叶被寒风驱赶着,全扫到了墙角旮旯、坑坑洼洼处。海边小城的凌晨显得格外冷,好像马上就要到了严霜铺地的日子。一辆马车驶出了街巷,车轮碾着石板路,发出咯噔咯噔的声音。离太阳出来还有一个多小时的时间,到处灰蒙蒙的。当天刮着北风,这就意味着一路上都要顶风而行了。赶车的是一个中年汉子,头上过早地围上了蓝色围巾,坐在车辕上,不时看看车里。车上装的是几只木箱和一些大大小小的包袱,杂物中间挤着一位头发花白的老太太和一位三十多岁的妇人。她们神色凝重。年轻一些的女人一出城就往北遥望,老太太就拍拍她的肩膀,又把滑下来的紫色毛巾给她围上去。“还要走多远?”“两个钟头,顶多三个……听见海浪声也就差不多了。”老太太像在安慰她。

马车夫不说话。他知道雇这辆车的主儿是谁,知道这是出门逃难的一对母女。刚刚驶出的那个大院是全城最著名最显赫的府邸,以前想进去一次都等于做梦。如今这一家人遭了大难:老爷被人暗杀,剩下的一个男主人也被刚刚进城的一伙人逮捕,府邸被征用了。转眼之间,这对母女成为天底下最可怜的人——她们这会儿要逃到海边的荒原上,去那里找一个草窝安顿下来。

出城前老太太对马车夫说:你就把我们往北——最北边拉吧,等你听到海水声了,再也没路走了,那大约也就是到了。马车夫不太明白,说再远也总该有个地名吧?老太太说暂时还没有名儿,因为那里还不是一个村落,那里只有一户人家,有一个老人在等我们……马车夫在不解和疑惑中摇动着鞭子,一直寻着往北的路径。

大约走了两个多钟头,城郊的村落再也看不见了,前面渐渐出现了一片生满茅草和灌木的沙野,道路也变得越来越窄,路软软的。马车夫担心车轮陷在沙里,好在车负的重量有限。最后的一截路两个女人和车夫都下来走,只让两匹马拉着那几只木箱和包袱。老太太被女儿搀扶着,小心翼翼地绕开沙地上的酸枣棵和灌木丛。

太阳已经偏西了,如果在天黑前仍然找不到那个地方,这一夜就要在荒原上露宿了。马车夫有些不安,问:"你们以前来过吗?"她们只好摇头。他叹了一声:"这还有谱吗?"她们求他再忍一忍,也许等一会儿——也许说到就到了。"如果提前有个准备就好了……"他咕咕哝哝,开始埋怨。

这时候最后悔的就是老太太了。是的,没有任何准备,因为世事发生得太突然了,眼前的这一切简直就像一场噩梦,一场突来的骤雨。不过一切总还值得庆幸:正在她们母女俩走投无路的时候,竟然记起有个人就在远处等待她们,而且这场等待从十几年前就开始了!如果这不是由神灵一手安排,那又该怎样解释呢?

几十年前,刚刚主持府里事务的新主人想让老大不小的男仆清滆成家立业,给了他很大一笔钱。谁知这个清滆说老爷一家待他恩重如山,无论如何也不要这笔钱,死也不离开,说要在府里服侍一辈子。这可怎么办呢?从海外归来的老爷一脑子新思想,严厉批评了他,一定让他早些自立。清滆没有办法,最后哭着离开了。但他并没走得太远,而是出了城一直往北,在海边买了一块荒地，搭了座茅屋、种了片果树住下了。他只花去了那笔钱的几十分之一。他回过府里几次，有一次竟说道："我不会去别处的，我就在那儿等老爷一家。"

而今看，这真是一句令人心惊的谶语。

马车在荒原上走啊走啊，最后艰难地徘徊起来。当太阳快要落下去的时候，母女俩终于大声呼喊起来：那个瘦骨嶙峋、剃了光头的男人正站在一片晚霞中呢，他在向这边遥望……

他真的等到了府里的人。

"我的眼神不好使了，天哪，天哪，这真的是太太和小姐吗？我的天哪……"清滆大声喊叫，于是母女两人明白，他的耳朵也不好使了。

老太太对在他的耳边说："清滆，是我们，我们真的投奔你来了……你当年的那句话算是说着了，我们娘儿俩真的来了……"

"老爷他们呢？我是问——老爷、老爷……"

"再也没有老爷了——今后只有这幢茅屋，只有我们仨了……"

第四章

四哥

一

我终于赶在春天结束之前来到了葡萄园。

这一次我像往常去东部出差一样,先乘火车穿过大片的冲积平原,然后进入半岛的“屋脊地带”。它们之间是浅丘坡状地,越往东山势越高,海拔七百米以上的山峰渐渐多起来。我曾在进入地质学院的第一个暑假期间徒步跋涉过,那时随身携带简易帐篷,入夜就宿在山里。记得这儿最高的鼋山山脉主峰让我整整攀登了两天。它的北坡是五百米以下的低山,低山之间就是宽广的河谷平原。芦青河与栾河都发源于鼋山,站在分水线北望,可以看到细流交汇的复杂水网,被历年大水切割的变质岩河阶;再往北,就形成了它的第一段辫形河流。通常我可以沿着河阶走下去,走上几天几夜,一直走到滨海平原,踏上离芦青河入海口不远的连岛沙洲,再往东,进入我的出生地……而这个春天里我迎着急急的呼唤,早已有点儿归心似箭了。下了火车马上改乘汽车,仅用了一天一夜的时间,我的眼前就出现了无边的风成沙丘。一丛丛紫穗槐灌木在风中舞动,海乳草的淡红色小花像星星一样闪亮……我一下蹲在了松软的沙土中。

大片大片的葡萄树在冬天里死去了。它们再也不会苏醒……

我径直走进了园子中央那个破茅屋,把老大的背囊放在坍塌了一角的土炕上。我长时间望着海滩上抖动的干草、远远近近的沙丘和丛林。也许没人相信,我就这样孤单单一人来到了自己的领地。除了那个背囊我简直什么也没有。没有帮手,没有猎枪,也没有狗。我再没跟那个园艺场的朋友打过多的交道,因为所能做的他已经做过了。我从他的口气里也探听出,他也不愿在我的事情上搅得太深。这里面也许有说不清的一些缘故。当葡萄园真的落到一个外乡人手里,小村人会有很奇怪的心理。还有经济上的风险问题,因为不少村里人都认为我十有八成是要毁在这片荒滩上了。在他们眼里,这片园子在几年以前就已经不复存在。我从一些人含笑的眼神上察觉到他们心中的秘密,那是一丝狡黠和幸灾乐祸。

可是我心中隐藏了什么,他们并不知道。我真的要好好感谢那个朋友,好好感谢这个小村呢。

还有,我要感谢那个孤独的老太太毛玉。

我倚在黑黑的门框上,让初升的太阳照得眯了眼睛。我那时在想拐子四哥。他该是我天生的合伙人——从童年到壮年,一直到今天。我必须和他一起开始我的这份营生,尽管这一切我以前连想也没有想过。这是命运吗?

我相信拐子四哥的智慧足以帮助我,但我希望于他的似乎还远不止这些。

第一天我就到朋友家托付了几样事情,请他代买一点儿日用品,比如说油盐酱醋、一口大锅、一张席子等。我要的是"一口大锅",那表明要有很多人在这里用餐。我定购的这件炊具也证明了未来事业的规模。显然我是主人。不过这与平常意义上的那种主人会有很多不同。我们需要一种全新的关系,这一切还要靠我自己一点儿一点儿去建立。

二

最重要的是我尽快地找到了拐子四哥。

他对我的事情并没有多少惊奇,他天生就是这样一个人,内向而又爽朗,天大的事儿也满不在乎,有一副真正的流浪汉性格。万蕙也像他一样,好像他们早就知道我要来种这片葡萄园似的。

“我们一起来侍弄吧。咱们在一块儿什么都不怕了。如果你不去,我晚上都睡不着,我会怕鬼。”

“鬼倒没有,不过荒滩上那些乱七八糟的野物也能吓你一阵子。”

万蕙一旁说:“俺什么也不怕哩。”

我本想用很多话去说服万蕙,谁知这根本就用不着。她的一句话让我心里发烫。好啦,我们先一块儿去收拾那个茅屋,总得有个抵挡风雨的地方。几乎没怎么商量,拐子四哥和大老婆万蕙就拿定主意离开他们的土屋了。我想两个人在这个土屋里生活的时间本来就不长,而且这也是一个绝对可以让人放心离开的窝。他们可以挂上一把大锁,一走了事。拐子四哥有一条很好的狗,名叫斑虎。斑虎大概早已经伴随他走了很多地方,转遍了荒原上的边边角角。它对客人十分友好,一开始就对我笑脸相迎。

我提出让四哥帮忙买支猎枪,他说:“这个太好办了。”不久他就在村里为我买了一杆模样丑陋但是威力强大的土枪。我掂了掂,真有分量啊。与枪一同买来的还有一大包霰弹。为了试枪,四哥和我一块儿在屋北的小杂树林子里把枪筒斜向半空,朝着飞过的一群麻雀开了一枪。巨大的轰鸣声震得耳朵嗡嗡响。虽然一只麻雀也没有打下来,但我明白这支枪的威力的确可以。

斑虎和这支枪,都将是我们葡萄园里两个脾气最坏的东西。

万蕙尽快把屋里杂七杂八的东西包了两大包,然后就坐在炕上瞅着我和她的男人,好像说:我们连夜赶路好了,今夜就宿在新地方。四哥倒沉得住气,他留我在土屋宿下,说:

“不用慌急哩。”

他在当地熟人很多,什么事情都会慢慢办好。“先把住的地方收拾好,然后再打算别的。施肥要赶紧动手,还要把园子里的淤沙清出去,浇水时它们碍事哩。”四哥慢吞吞地说。

晚饭时万蕙为我们炒了一盘萝卜丝,烫热了一大壶瓜干酒。平常和拐子四哥在一起的时候,万蕙一口酒也不喝,可这次她大概觉得马上要离开土屋,跟上两个男人去干一件了不起的事了,忍不住喝了一小杯。她胖胖的脸立刻红了起来。拐子四哥伸手在她的脑瓜那儿砍了一下。我不知是什么意思。万蕙再也没有端起酒盅。我们喝得十分痛快。拐子四哥喝了一会儿就敞开了衣怀,仰脸看着焦黑的屋顶说:

“人哪,活着还不就是这么回事儿。人要活得好,就得痛快地喝酒,痛快地交朋友,痛快地干活,再有条好狗,这才是过一辈子啊——宁伽老伙计,我和你走这一遭,你可不能半截把我甩下。咱在一块儿我是觉得有意思,挣了赔了我不在乎。人哪,什么事情都不能想得太细——战战兢兢什么都怕吃亏,最后就要吃个大亏。我在东北那会儿是赔了还是挣了?我他妈的赔上了一条好腿!”

说到这儿他飞快地瞥了万蕙一眼。我老想笑。他又喝了一口酒,说下去:

“咱们今后想喝酒就喝酒,想干活就干活,想躺在家里睡觉就睡觉,高兴了就背上这杆枪,领上斑虎到荒地上转那么一圈,打上仨俩野物,回来又是一顿好酒。”

他说完咧开嗓子唱起来。这歌声生人听了会觉得奇怪,不过我早就熟悉这种歌唱。他吐字不清,或者原本就没有什么固定的词儿。他的歌哩哩啦啦,传递出一种少见的欢快和自由,还有深刻的忧伤。我记得在小时候,在我万分寂寞的日子里,就是这种歌声把我引诱出来,让我在荒滩上跟着他越跑越远,直跑上十里二十里。我追逐着这歌声,也追逐着自己的欢乐……他一路给我讲了那么多故事,全都离奇古怪。这会儿我想,如果每个人仅仅依靠自己的经历,那他知道的事情也就太少太少了。

歌声里闪过了几十年的时光,像梦一样模糊。无数的往事从眼前飞过,让人要用力地忍住什么……

我捏着酒杯,轻轻地呷酒。拐子四哥酒喝多了,什么都不顾了,一个劲儿唱下去。我发现他酣热的胸脯上是一片枣红色;他的裤子只是用一根布条胡乱系着。他赤着脚,裤脚已经破烂不堪。谁能想出很久以前他是一个身背短枪的英俊少年?他有漆黑的浓发,闪闪发亮的眸子,温柔的女性最乐于伸手抚摸他的头发,感受着异样的润滑……当年那个幸福的少年如今就坐在我的对面,坐在铺了半截苇席的土炕上,面对一盘炸煳了的萝卜丝激动不已。

拐子四哥正喝着,斑虎撞开门跑进来了。它对我十分友好,这时伸出像樱桃一样颜色的舌头,哈哈喘气,长久地注视着我。我心里琢磨:我们会成为很好的朋友,你也会喜欢那个地方。那里可比小村街巷开阔多了。

万蕙取一些炸萝卜条抛起来,斑虎很容易地在半空里把它们接住,来不及咀嚼就咽下肚里了。我想到斑虎长这么胖,显然它的主人喂它很精心。令人难以置信的是,拐子四哥说万蕙在冬夜里就把这条狗唤上炕去,他们三个共同盖着一条破旧的被子。斑虎很老实,夜间把胖胖的四蹄蹬在万蕙的肚子上,让她嘻嘻笑。该起床的时候斑虎就用长长的鼻子把万蕙弄醒。万蕙那时眯着眼睛。拐子四哥一到了早晨就高兴得手舞足蹈,坐在炕上拍打着两个膝盖。他说万蕙要让斑虎碰过了脸才会懒洋洋地起来穿衣服,这时斑虎就随着拐子四哥跳下炕去……

斑虎极为懂事,比如它这会儿知道主人正在宴请客人,于是并不蹿上炕来,只乖乖地坐在下面。我发现它长得非常俊美,两只耳朵很神气地耸着,眼睛上方正好有两道黑色的花纹,就像男子长的那两道昂扬的眉毛。它的眼睫毛是酱红色,眼睛非常清明,那鼻梁给人十分坚硬的感觉,鼻头锃亮。栗黄色的皮毛上有着一朵朵黑灰色的斑点,这大概就是它名字的由来。这些斑点比底色要深得多,亮得多,简直像漆过一样。我想它正处在最健壮的年龄,没有任何疾病,全身都充满力量。它的四肢富有弹性,在原野上奔跑起来一定很壮观。斑虎太使我满意了,它会成为我的好伙伴。

天刚蒙蒙亮,我和四哥夫妇扛了枪,领着斑虎,带了几个大大小小的包袱走出屋来。我们要告别这个土屋了。对于四哥一家来说,这该是一件非常大的事情。可我见四哥出门后,只随随便便地抓过门扣,“叭”地一下把门锁上。破败的门板不堪一击,如果有人要破门而入,那是很容易的。还有窗子上的几根木条,都要腐朽了,壮汉只要伸手一推就会哗啦啦地滚落下来。

我们头也不回地朝前走。拐子四哥刚走了几步就站住了,我和万蕙也只得站住等他。

我不知道他要干什么。停了一瞬,我看到他随手从地上捡起一块红土,紧捏着走到土屋跟前,略一踌躇,就在门上画了一个大大的叉子,然后拍拍手,一拐一拐地往前走了……

三

我们三个人,还有斑虎,一起住进了园子当心的破茅屋里。这第一夜就起风了,一阵阵风沙猛烈地抽打屋子北墙,打在屋顶上,发出噗噗的声音。野物在远处嗥叫。它们在用力表达着什么。我知道任何野物都不是贪婪的,我毫不厌恶它们的呼号。海浪在风里发出怒吼。尽管这里离大海还有六七里之遥,可这午夜的狂涛就像直接拍在了我们的屋顶上。它压倒了所有声息,使人担心海浪或许随时都能把一切吞没。这个忧虑当然也并非毫无道理,因为我知道还有海啸这回事儿。

我大睁着眼睛,一个人抵抗着失眠的痛苦。隔壁屋里住着四哥一家,还有斑虎。那一间屋就相当于他们过去的那座土屋。我想他们大概可以睡得香甜,因为他们或许已经习惯了这种声音。我觉得这与我听惯了的午夜里汽车火车的轰鸣声相去甚远。可能是刚刚开始的缘故,这里的午夜简直有点儿让人恐惧。我在这样的夜晚睡不着,就想到了一个重要事情,那就是要赶紧在葡萄园边栽上防风林带。好在原来就有一片灌木,不过它被人不近情理地砍伐了,留下了很多茬子,它们在盛春抽出一些稚嫩的枝条。沙丘正悄悄地往南移动,用不了多久就会吞没我们的葡萄园。我知道园子要想保住,必须在四周特别是西部和北部发展灌木和乔木。我们要赶紧买高大的乔木苗,让它在这个春天里就扎根生芽。

最初的几个夜晚我没能睡好,但后来就是沉沉地入睡了。葡萄园里的工作量大得惊人,我们三个人几乎一刻也没有停歇。我们都知道,必须尽快地把旋进园内的沙子清除,把死去的葡萄棵全部拔掉,然后再插上崭新的枝条。我们做这一切的时候,四哥就嘟嘟囔囔:

“赶紧添置人手,赶快。”

于是后来只留下我和万蕙在园里劳动,他接连几天跑出去雇工。我对这事儿多少捏着一把汗,因为我觉得我们还没有这样的力量,雇来的人手要花去很多使费。如果是远处雇来的人,我们还要让他住下,与他朝夕相处。不过这里的活儿三个人可忙不过来,雇人是迟早的事儿,四哥是对的。我必须听从这位兄长,我把一切都托付给他了。

园子里只剩下我和万蕙的时候,我们常常沉默。万蕙也不愿说话。我几次想和她谈点儿什么,她总也不愿搭话。万蕙是一个奇怪的女人,她几乎谈不上温柔,而且一点儿也不好看。她的脸像一个圆圆的大南瓜,胖大,还多少有点儿扁平。我曾经在强烈的阳光下稍微细致地观察过她的眼睛。她的眼睛微微呈现出一点儿灰蓝色,还是相当好看的。可惜她的眉毛过分浓重了些,虽然那是很好的两道眉毛。她的额头太窄,这额头不知怎么与自己的男人有点儿相似:凸出,并且也在四周生出了稍稍发红的毛发。他们的结合我认为是一个谜。因为我知道关于四哥的很多故事,那些故事真真假假,只让我觉得有趣极了。万蕙也是这些故事的一个组成部分。

有人说,有一天拐子四哥又到很远的地方去游荡了——他在二三十岁以前是不屑于在一个地方停留的。人人都说他心里有一把火,就是这火烧得他日夜不能够停息,只得不停地赶路。他遇到大海就折回来,遇到高山就翻过去。当河水变浅的时候,他就涉水而过。如果不是有人亲眼见过,谁也不会相信他是一个十分出色的乞讨者。无论对方是多么吝啬的人,他都会从这人手里讨出一份干粮。可是没有一个人说他是个懒汉,因为他们曾经见过他多么舍得力气做活儿。传说他那次游荡到一条河边,看到一个胖胖的姑娘在河边上洗菜,那姑娘穿着花衣服,两手浸在河水里,浸得赤红。四哥悄悄地接近了她,蹲在那儿看了足足有半个多钟头。他眼里的这个姑娘肥胖可爱,腿粗,胳膊也粗,脸庞鲜亮逼人。当她洗涤东西的时候,两只肩膀一动,高高的胸部就颤颤地诱人。四哥在河边上被迷住了。他悄悄地凑上去,从后背一下子抱住了她。他的两只冰凉的手按住了姑娘……好像这姑娘很久以来就在河边上等这样一个人似的,当时哼都没哼一声,只把身子往后一仰就偎进了四哥怀里。两个人做得一声不响,很甜蜜地晒着春天的太阳。最后四哥还帮她洗好了一篮子菜,挽着她的手,一块儿往家里走去了。

她就是今天的大老婆万蕙。人们对四哥能娶回这样一个女人多少都有点儿费解,因为那时候他还是一个仪表堂堂的人。尽管他的腿拐了,可他那种特殊的步态在许多人看来竟是十分潇洒。没人觉得他有什么丑态,也没人在乎他身上的残疾。他的一双眼睛非常好看。很多人都迷过他的眼睛。

四

关于他的眼睛有一些更离奇的传说。比如人们说他站在街口上,如果有一群做活儿的青年从他身边走过,如果当中有一个漂亮的姑娘,那么他用这双眼睛稍稍瞥上几下,那个姑娘就像中了魔法一样。她随着人群继续往前走,可那步子就迈得再也不起劲了。再后来,那个姑娘就要寻找机会取笑四哥,学他拐腿的样子,一拐一拐地从他跟前走过。当然了,四哥这时就必定要气愤地追赶她,那姑娘就必定会奔跑,直向着浓密的青纱帐跑去,跑得并不快。四哥差不多就要揪到她的辫子了。他们就这样一追一赶。如果四哥累了坐下喘息,姑娘也坐下来;如果四哥恢复了力气,那么姑娘也就爬起来重新奔跑;四哥实在感到腻烦了准备折回去,那姑娘就一定要重新学他拐上几下,于是四哥也就再次鼓起勇气往前追去。他们就这样,最终远远地消失在灌木丛里。

就是这样的一个人,竟然领回了万蕙,在土屋里安安分分过起了自己的日子。人们眼里这土屋就像一只土锅子,慢慢焐熟了一对甘甜的红薯。据说有好几个姑娘在当年因为万蕙的到来而羞愤,哭红了眼睛,狠狠地跺脚,诅咒着。

拐子四哥有了万蕙之后像换了一个人,游荡的时间也变少了。他差不多在好长一段时间里成了一个安分人。再没有任何人发现他的荒唐。他成了一个没有劣迹的好人。可是这种状况维持了没有很久,有人又发现他一拐一拐地在河边、在原野上奔走了。他领着那只心爱的狗,打着婉转的口哨。他有时清早出门,直到天黑才回来——究竟这一天里这个人做了什么,那就不得而知了。

拐子四哥在渐渐衰老。他的脸变得粗糙,变得黑红,头发也不那么油亮了。只有那对黑色的眼睛还依然如故。有人说他的全身都破旧不堪了,如果将其比喻为一架机器,那么所有的零部件都磨损得不成样子,惟有那双眼睛还是崭新崭新的——它还能使用好几辈子。

万蕙也慢慢褪去了鲜亮的颜色,只是肥胖如初。她把花衣裳脱去了,长年穿着青灰色的衣服,上面沾满尘土。她浑身有劲,腕力很好,可以一个人按倒一头健壮的牛犊。四哥曾指着她告诉我:

“你看,这家伙可真有些力气。她可以打败所有男人。谁想欺侮她,那他就活该倒霉了。我等于是找了个警卫员——我这个人也该有个警卫员了,因为我从小给别人当警卫员,这会儿咱也有了不是。”

拐子四哥的话让万蕙听了很舒服,她长久地仰脸看着自己的男人,一副受用的样子。她大概对“警卫员”的理解有些特别,以为就是“贴心人”的意思。她听从男人的每一句话,好像她活着就是为了他。男人不高兴的时候她也不高兴,有时还无声地流泪。她似乎没有自己的主意,只有用不完的温顺和善良。她偶尔也引起男人的厌烦,那是因为她太顺从了。当他厌烦她的时候,就用手掌推开她,让她离得远一些。可是万蕙全然不知这一切。她什么也不明白。她不明白男人有时候为什么要把她推开。她一直不能忘怀的是这个男人第一次对她的拥抱。回忆起那一次,她就毫不掩饰地对别人说:

“那回真好哩。”

在葡萄园里,她一个人做的活儿比得上我好几倍。铁锹在她手里用得熟练极了。她只是三两下就把深深的葡萄根掘出来,把死去的葡萄秧铲开老远。她把旋进来的沙土往外扬着,一甩就是十几米,而且并不气喘,脸上笑吟吟的。我看出这种劳动对于她成了一件快事。我知道她和拐子四哥把葡萄园当成了自己的。再也没有什么能比这一点更给人鼓舞、给人力量和信心的了。在此之前,我常常想到的只是梅子和小宁;来到园子里之后,我想得更多的是这里刚刚开始的、让人费心流汗却又无比欣悦的一切。每天差不多都要忙到深夜才吃晚饭,爬到炕上时已经是半夜了。全身酸疼,骨节像被拆卸过一样。有时我不得不躺在那儿哼叫几声。

闲下来我就想:这是多么奇怪的一个循环啊,我如今竟然再次与拐子四哥走到了一起。好像几十年的时光白白走过,毫无所得地转了一圈,又回到了原来的起点上,回到了童年时代,重新接续了我们共同的游荡。

劳动间隙里,万蕙一拍手掌就唤来了斑虎。斑虎在茅屋门口独自呆坐,十分寂寞。在主人的吆喝声中,它几乎是欢跳着冲过来的。万蕙这时也像换了一个人,身子往前倾斜,伸开两手往前跑去,两条腿好像一下子轻快了许多,还令人发笑地边跑边蹦。我发现这时候她和斑虎跑动的姿势几乎完全相同。

万蕙差不多和斑虎撞到了一块儿。斑虎呼地一下立起,只用两条后腿立地。万蕙与它紧紧地搂到了一块儿。斑虎的两只前爪伸长了,使劲地抱着万蕙。万蕙的两手也插在它的腋下。斑虎长长的嘴巴在一张胖胖的脸上探来探去,印上一个个杏子大小的湿印。我忍不住笑起来。

小鼓额

一

这天傍黑时,拐子四哥领来了两个人。

一眼看到他们时,马上令我大失所望。他们还离得老远,我就看出这是两个没有用处的人。他们都矮矮细细,跟在拐子四哥身后默默地走着,小心翼翼,每一步都迈得很小,每人背上还有一个黑黑的行李卷。我还着急地盼望四哥能领回几个棒劳力呢!我怔在了那儿,什么也没说。这是四哥做的事情,可他的道理在哪里呢?我放下手里的活儿,迎着他们走去,走得越近越是失望。

紧跟在四哥身侧的是一个约莫十四五岁的女孩子。她给我最突出的印象,就是高高鼓起的额头。她的高额头放着光亮,沉甸甸的低下一点儿,好像她细细的身躯,特别是细细的脖颈承受不住那额头的重量似的。额下是一对圆圆的黑眼,这对眼睛又太大了些……春天了,天还很冷,可是她的衣服却十分单薄,这衣服甚至都裹不住细瘦的身躯。她瘦得太可怜了。我想她还不足三十公斤重。这还是个孩子呢,她怎么能劳动?如果让她做饭,她甚至还端不动一盆水。

我从见她的第一眼开始就在心里怜悯起来。我在心里轻轻咕哝了一句:“鼓额!”

我一低头,看到了她破碎的裤脚下是黑黢黢的脚背,一双家做的花布鞋破了,露出两个又红又圆的小脚趾。她的头发也有些黄。

四哥介绍说:“她今年十七哩,就愿出来做活。我跟她妈说妥就领来了。这是个老实孩子,你一眼就能看出,是不?”

我无可奈何地应了一声:“老实孩子。”

“别看她人小,腿脚可勤快。她妈说了,‘俺孩儿干什么都不知道累,俺孩儿在家一分钟也不闲’——你听听!”

我重复着:“一分钟也不闲……”

鼓额亮晶晶的大眼睛望着我,那目光陌生得可怕。在她眼里,我大概是一个十分奇特的、可畏的城里人。她有点儿慌促。我对她点了点头。

离四哥稍远一点儿的是一个黑乎乎的小男孩。这个小男孩比鼓额要高一些,可几乎像鼓额一样细瘦,头发焦黄焦黄。他简直没有生出中国人的头发,额头四周是一些闪亮的细细的绒毛。看上去他总在微笑。我承认这个小男孩的笑容很迷人。只从这笑容上看,他是一个很具观赏价值的小把戏。他的鼻子、嘴巴,他的眼睛,一切都搭配得挺好。这是一个小巧玲珑的孩子。我知道他的年龄不会大于鼓额,问了一下,他刚刚十六岁,叫肖明子。天哪,见多识广的四哥给我领回这么一对儿,他们简直是一对童男童女。

我把他们引进另一间茅屋里。好在住的地方还宽敞。他们自己动手搭地铺,我让万蕙帮他们。在他们忙这一切的时候,我把四哥叫到一边,问:

“四哥,你怎么雇来两个孩子啊?他们不是来帮我们的,倒是要我们来抚养他们。”

四哥挠了挠头:“唉,没有办法,这年头的村里人都忙,像样的都出远门打工去了。你要雇到他们,除非花上一笔好钱。你知道还要管他们的饭。这两个孩子要的工钱少。我们可雇不起那些壮汉子。好在这两个孩子都老实勤快,这个我会看。我从眼神上一下就知道这是两个好孩子。你听我的话没错。再说他们人小,心事小,好经管……”

我还有什么好说的,这些话多少安慰了我。我让万蕙为我们做一锅饭,亲手帮两个孩子一块儿搭着地铺。开始的时候,两个地铺挨得很近,搭到半截的时候,我才想起有什么不对劲儿,就把肖明子领到了我的屋里,说:“你和我一块儿睡这大炕吧。”肖明子不情愿地离开了地铺。可是拐子四哥不同意这样,他认为我必须一个人待在屋里,说:

“别人和你住在一块儿,会耽误你想事情。”

他说我要“办公”。

他把肖明子领到了另一个屋里,这个男孩一个人待在一间屋里,还有鼓额,她也是一个人了。我担心这两个孩子晚上会害怕。

晚饭万蕙做得很好。她熬了一锅很稠的糊糊,里面放了豆子和甘薯叶;我怎么也想不到的是,她还在里面放了几条小鱼。这是我和四哥在海边溜达时捡到的。这锅又稠又腥、透着鲜味的糊糊让我们五个人饱餐一顿。还有喷香的窝窝,那是她前几天蒸好的。糊糊同时又佐以咸菜,我们吃得满头大汗。斑虎和我们吃的完全一样,也一样香甜。饭后它用舌头抿着嘴角,快乐地看着大家,还特别关照了一下鼓额和肖明子——它走到两人身边,用鼻子嗅了嗅他们的脸,又用身体偎了偎他们。鼓额胆怯地往后退了几步,四哥就说一声:"不要紧,它要和你好。"肖明子倒一点儿也不怕,嘻嘻笑着,伸手去抚摸斑虎。斑虎也许嫌这种过分的亲昵来得太早了些,发出了呜的一声。肖明子飞快地收回手去。

我马上发现肖明子机敏过人。不错,这两个孩子差不多已经让我喜欢了。

二

春天的太阳晒着葡萄园,让斑虎的毛色更加鲜亮。四哥的脸上渗出一层黑油,鼓额和肖明子活蹦乱跳。他们的身体都出奇的柔软,好像特别适合在这春天的沙土上滚动。他们毫无羞涩地在一起劳动,厮打玩耍。我看着他们,心里无比愉快。

我在这个春天里想起了童年的一棵树。

它长在我们的小茅屋旁边。那是一棵巨大的、一到春天就开出密密花朵、招引了无数蜂蝶的李子树。蜂蝶在我头顶旋转,发出嗡嗡的声音。银亮的李子花在月色下闪光。安静的夜晚没有一丝风,没有任何一个人来打扰我。我就攀在李子树粗粗的枝干上,像一只大鸟那样伏卧着。我沉浸在奇怪的幻想里,那时候我刚刚十七岁。我想象我会走很远很远的路,我将做一个传奇人物。所有的树木、狗、人,所有的一切都不能伤害我。有一种神灵在暗暗护佑着我,她在向所有的人无声地宣布:这可不是一个平凡的人物,这是一个能够改变土地和天空的人……我狂妄地伸展着身子,细小的枝丫被我压折了,我丝毫都不怜惜……那些夜晚我神气十足地在李子树上举目远望。朦胧的月色下,我能看得很远。我汲取了那一片园林深长的香气和真正的营养。

当然了,我那时所有傲慢的打算后来差不多无一例外地落空,只有一点变成了现实,那就是后来真的走到了远方。我独自踏上了崎岖的山路,两只脚差不多都给磨穿了。手上、胳膊上,到处都是野荆子划成的口子。有一次我从山上滚落下来,差一点儿失去了生命……

我这会儿久久地想着与我的童年连在一起的那棵树。在这个春天里,我好像第一次意识到童年一去不再复返。与童年有关的一切,能够决定我的童年的那些人和事,让我深深地怀念;那些妨害了我,加害于我的人,已经无从痛恨,我甚至不愿意回忆他们。我刚刚进入中年,就像一个饱经沧桑的老人一样宽容了,这真是奇怪啊……

温暖的阳光下面,略微有些烫人的沙子上,鼓额和肖明子在嬉闹……

我被太阳晒得蜕了一层皮,第二层皮也很快就要蜕掉。我的头发里布满了沙子。我觉得全身都被沙土沾满了。我没有地方洗澡,也不想洗澡。我只等天气转暖的时候到海里和河里去浸泡。艰苦的劳动把我完全换了一副模样。我觉得我的纤细的情感和我的细嫩的皮肤一块儿蜕掉了。

四哥还关照我要有一间办公室。我要“办公”,可土屋里连一张桌子也没有。拐子四哥不忍心这样,就动手用土为我筑了一张写字台。他是完全根据记忆,照着那个老厂长的写字台的模样筑出来的。当这座泥巴写字台干了以后,他就找了一些水泥袋纸把它糊了一遍。看上去这张写字台蛮好,沉重而硕大。有了它,我就真的自觉不自觉地坐着办起“公”来。

深夜,睡不着的时候,我就坐在这张写字台前,捻亮一盏罩子灯。不过,我一个字也没写。我脑子里过去曾装满了一些字和词,它们在短短的时间里都被我弄得一片模糊。我脑子里这会儿最清晰的只有绿色的葡萄树。

春天就要消逝了,风沙渐渐减弱。葡萄树下有野花开出来,紫的,红的,粉的,甚至是蓝色的花、黑色的花,一株株开放着。蝴蝶来了,蜜蜂来了,这儿的真正的春天倒是这样迟缓地来到了我的身边。我留心地看着四周,叫着它们的名字:裂叶牵牛、石香薷、青杞、画眉草……

葡萄园被修整一新。葡萄树缺苗断垄处,新栽上了小小的葡萄树。

我们买来了肥料,买来了小推车。我们正一点儿一点儿地把一个苟延残喘的园子抢救过来。我们想让它在第一个春天里就焕然一新。

第五章

葡萄之夜

一

在这个完美无缺的秋天里,空中的白云带着吉兆慢悠悠地行走。整个东部平原进入九月以来几乎没有刮一场大风,葡萄的丰收已成定局。葡萄园里的所有客人都让我喜欢,烦恼第一次离我这么遥远。我甚至真的要摊开纸写下来这平原后的第一首歌了,可是我笨拙的握笔姿势让自己都有些发窘。修剪葡萄藤蔓的刀剪、松土的锄头、施肥用的铁锹,就是我今天最好的笔。我用它书写也算是恰如其分。这让我幻想有朝一日会成为一个真正的行吟诗人、一个游荡的歌者。总之我开始变得心存奢望了。纸页上的诗是扁平的,泥土上的诗才能站立。我在这个秋天里突然像恍然大悟一般。当我忘掉了诗的时候,诗意却真的簇拥在我的身边。四哥那些浪迹天涯的故事让我一阵阵神往。我不由得想到:古往今来,无不如是,一个人要挣得一点点自尊,有时就要舍上长长的一生。

谁要做一个拒不低头的人,谁就得流放自己……

整个葡萄园都被拐子四哥经营得井井有条。在这里,绝对听他指挥的有万蕙,还有肖明子和鼓额。最繁忙的季节里,四哥还要从附近村里找来一些零工。那时他更忙乱也更精神了。他有时候一整天都没有时间与我说一句话,他总是有自己的事情。他很少呵斥别人,可是他的每一句话都不能更改。我简直不敢想象园子里如果失去了拐子四哥会是多么狼狈。在他面前,我真的感到了自己的笨拙。对于这片田园来说,我只是一个最初的规划者和倡导者。四哥窄窄的额头晒得更黑,额头四周发红的绒毛在阳光下闪闪发亮。他很少像我一样陷入沉思,他只是不停地活动。葡萄园甜甜的风使他的气色好起来,这个瘦长个子一拐一拐走着,但更加潇洒。

一年之后的葡萄园已经完全像一个样子了,出人意料的是,我们这一年的收获十分可观。不过我听从四哥的话,且把它作为一秘密压在心底。一盘挺好的收支账只装在我们两人心里。我把这一喜讯告诉了梅子,还有那些城里朋友,他们才是最牵挂我的人。我很少回城,即便回去也是匆匆忙忙。我在这片遥远的土地上尽心尽意地工作,我已经很难离开它了。我现在知道,一个人到了中年已经不易冲动了,但一旦产生了冲动就更加不可遏制。

我常常想跟四哥聊聊过去的故事,他那些四处游荡的故事。可刚一开口,他就发出一连声的哈欠。他说自己倦了。

四哥一拐一拐从我身边走开了……

葡萄很快就要成熟,真正的繁忙之季很快到来。每逢这时候我们就担心初秋的不祥之风,我们要抢在可能来临的风暴之前把它们摘下,小心翼翼地装到葡萄筐笼里,然后设法卖掉。当然了,我们最好的买主就是这片平原上那个举世闻名的酒厂。我和拐子四哥对这条牢靠的销路太渴望了。不知打了多少门路,费了多少心思,那个酒厂的大门还是对我们关闭着。好在我们的葡萄还不至于烂到架子上,因为我们的产量毕竟有限。我们雇上马车和拖拉机把它们拉到市场上,仅仅靠零售也能赚回一笔钱来。一些小型葡萄汁厂也对我们感兴趣,可他们在价钱上又过分挑剔。

收获葡萄之前的一段时间也许该是我们尽情享受的时候。这时没有太重的劳动,只要把装葡萄的筐笼准备好,就可以等待了。可是成群成群的灰喜鹊总是在一阵香风里涌进来捣乱,它们是受保护的动物,我们顶多只能吓唬它们一下;有时眼瞅着它把长长的嘴巴插进葡萄颗粒里,真是让人气得要命。拐子四哥要按时当空勾响他的土枪,把灰喜鹊吓走。这些顽皮的家伙总是躲在园子四周的树木上,只要一有机会就重新旋到葡萄架上。鼓额和肖明子只好在园里来回奔走,他们嘴里不停地发出嗬呀、嗬呀的声音,轰赶着它们。我们还试图使用假人,在葡萄架上系一些彩色布条等,结果毫无用处——灰喜鹊精灵得很,它们竟飞到了假人身上。比起灰喜鹊,园子里的草獾、小狐狸、兔子、野鸡们,也就可爱得多了。它们在洁净的沙子上尽情嬉耍,有时连人也不怕。刺猬在葡萄架间蹭来蹭去,忙忙碌碌,与我们两不相扰。

二

护秋成了一件大事。那些赶海的人往往趁着夜色爬进园子里,一动不动地伏在架子下。他们仰着脸,伸手揪着一串鼓胀胀的葡萄往嘴里塞着。当这样尽情享受了一顿甘甜之后,再从架子下像蜥蜴一样四肢着地,无声无响地爬走了。早晨,数一数摸爬的印痕就知道我们这个夜晚又遭受了多大损失。

我们不得不轮流守夜。四哥和大老婆万蕙差不多一个月没有在一起睡觉了,因为他们要分开带班。四哥领着鼓额,万蕙领着肖明子,他们执意不让我参加守夜。他们说我是一个“操心的人”,尽量让我有一个完整的夜晚“养脑子”。可我从不服从这种特殊安排;另外,我觉得夜晚走在黑乎乎的园子里也算一种奇特的享受。那正好是冥思玄想的时刻,怀念的时刻。到了半夜,我常常醒来,然后就踱到了园子里。斑虎总是随人守夜,它能像一个精细的人那样一声不吭地伏在一处。

我猜测着他们此刻在哪个角落。虽然这片园子不算太大,可也不算太小,我常常要走上好长时间才能找到他们。那时候他们就哈哈大笑。半夜里,我们蹲在葡萄架下,或者把蓑衣铺在地上仰躺着。这样,园子边缘上有细小的沙沙声也可以听得到;甚至那些小虫爬在葡萄叶上我们都会感觉得到。没有什么可以瞒过守夜人。有时斑虎独自跑走,它在人们不注意的时刻就完成了一次巡逻。当它在园角发出吠叫和厮打的声音时,这边的守夜人就赶紧跑过去,走到近前,一定会发现有几个黑影在惊慌窜逃。

午夜里的生活有时十分诱人。因为拐子四哥的带动,夜里值班的人几乎无一例外地喝起了瓜干酒。也由于他的倡导,我们茅屋里设了一个永久的酒坛,里面装满了冰凉的瓜干酒。当酒坛里的酒灌不满壶时,他就赶紧设法再去弄一些回来。我曾经劝过四哥,不让他给肖明子和鼓额劝酒——他们还只是两个孩子。可四哥用那双任性的眼睛瞥了瞥我,说:

“你知道什么?孩子、大人,还不都是一样。半夜里湿气重,你不让他们赶赶寒气?你怎么就懂得半夜里出门抵抗露水还要披上蓑衣?告诉你吧,瓜干酒就是最好的蓑衣!”

他还劝我每天喝上一点儿,我拒绝了。可是在半夜里,当我迎着守夜人的火光走过去,看到他们支起的小铁锅里翻动着一条鱼或是一些花生和红薯时,也忍不住要接过酒葫芦灌上一口。

我曾小声问鼓额:“你能喝多少酒?”她那沉重的脑瓜往下埋了埋,小声说:

“两小口儿……”

三

鼓额在这个秋天里穿着万蕙给她做的紫碎花小布衫,十分可爱。小布衫领口开得很低,露出一片胸脯。她的脖子和胸部都被强烈的海边阳光晒成了黑红色,闪着一片光亮。她本来就不够白,这个季节就变得黑乎乎红扑扑的了,整个儿就像一块精心烤制的小红薯。我看见她的不大的手掌上满是老茧,却丝毫不失灵巧。夜晚她坐在那儿,不时往锅里扔些花生,扔一条小鱼,再捏点儿盐花。她把地上的蓑衣展得很平,顺手拣去了上面的草叶和葡萄梗蔓。她总是把躺卧的地方弄得干干净净。她往小锅下面塞着柴草,有时低下头去吹火。当她做这一切的时候,斑虎就神情肃穆地盯着她。

鼓额对四哥无比依恋。她觉得这个五十多岁的人是最可信赖的。四哥像对待自己的孩子一样照顾她,出去时总捎来一些她喜欢的东西。肖明子和鼓额打闹,如果他不小心把鼓额弄疼了,四哥就跺脚发火。他和万蕙早该有个孩子了,我想他们是把一种温柔的心情移植到了鼓额身上。

有一天夜里我到园里去,发现除了斑虎之外,鼓额和四哥两人都睡着了。要不是我亲眼看到,我怎么也不会相信眼前这幅奇景——身边的火熄灭了,天有点儿冷,鼓额在半夜里不知怎么把她光光的脚板伸进了四哥的怀里,四哥就让这双脚掀开衣襟顶在热乎乎的胸脯上。这个顽皮的孩子!她的那个取暖的方法多么有效又多么奇特啊!

我想四哥被这样一双脚蹬踏着,也许睡得会格外甜蜜。他打着鼾,闭着眼睛。我在一边注视着,伸手抚摸着斑虎的脑壳。我看见,斑虎用疑惑的目光盯着鼓额的两只脚。

它就这么看着她,一动不动。我拍拍斑虎,又在它的脖子那儿抚摸了几下,然后轻手轻脚离开了。

温煦的目光

一

这个夜晚我一个人走着,突然倚到石桩上一动不动了。我想起了一件事情,或者说它在这个时刻从心底泛出。我来这片平原上已经很久了,很久以来我都不得不压抑着一种渴念。我应该去那个园艺场一次了。

我每天忙忙碌碌,却仍然不能遗忘。我的所有操劳好像并非隐蔽在一个角落里,而是一直照耀在一双温煦的目光下。是的,我相信她已经看到了这里的一切。是她,而不是我,对发生在这里的一切秘而不宣……如今已不可能再瞒着她了。

其实自从几年前出发遇到她之后,她就再也没法使人忘记。我想现在应该去找她了,带着我的葡萄园。

届时我不知该对她说点儿什么,我只想让她看看现在的葡萄园,让她来做客。

我对四哥谈了自己的这个想法,谈了我在那个园艺场里的一个特殊的朋友。四哥嘴里惊讶地唔了一声,瞥我一眼。我觉得他的目光分外犀利。我只说:"你见到她就会明白的。"

四哥再没有问起什么,只是忙活起来。他让万蕙认真准备饭菜,又到园子里搞了一些早熟的葡萄。我们动手把最好的一间屋子收拾出来,在那里摆上了一张小桌。好像我们都料定她即刻就会来到似的……我写了一封信,其实只是非常简单的一行字:

请您到我们的葡萄园来做客。宁伽。

四哥看了看那张条子,把它掖到怀里上路了。我开始掩饰自己的激动。鼓额和肖明子不知要出什么事了,一齐看着我。他们明白这肯定是一个不平常的日子。万蕙把一切都准备好了,搓着大手站在门口遥望。

那个国营园艺场离我们这儿很近,它该是我们这个葡萄园最好的邻居。万蕙不知我会请回一个什么人来。我也在等待,但很自信。虽然很久很久没有与她联系了,不过我想她在这个秋天里一定不会离开这个平原。她一定会在园艺场里,也一定不会忘掉我们那次相遇、那几天的深谈……我默默等待。

这样过去了几个小时,我终于看到两个人影出现了——一个是细细高高的拐子四哥,另一个就是那位姑娘了。我真想跑过去迎接,但不知为什么还是一动不动地待在了园子里。

脚步声渐渐近了,我走出葡萄树的绿阴。肖潇的眼睛里好像没有过多的惊讶,只是无比明亮。她说:

“啊,真的……”

四哥快乐地咧开了嘴巴。那时我看到四哥的牙齿非常洁白。他摊开手说:

“进来吧。你看看,这是俺自己侍弄的园子。你对这片园子也许还不太熟悉,你不知它原来是个什么样子哩!”

肖潇说:“我知道,我知道,这是一片刚长起来的葡萄树,是你们重新经营起来的。”

她说着把目光转向了我,嗓子稍稍压低了一点儿。她在说:“你是个不动声色的人。不过那时候我就明白,有的人可以把他的力量深藏起来。你走了以后我在想,也许你会做出什么让人吃惊的事儿来,瞧这会儿,成了真的……”

二

我发现肖潇一丝都没有变化。她还是显得那么轻松、安静。

她整个举止都自然、熨帖极了。进了茅屋后,她好像并没怎么仔细端量四周,而是很快与鼓额、肖明子、万蕙他们熟悉起来。我发觉她跟肖明子谈得特别多,她说他与自己同姓,真像她的弟弟。肖明子也很喜欢肖潇,短短的时间里他们真的像姐弟俩了,一会儿就忙里偷闲地小声说上几句什么。肖潇握着肖明子脏乎乎的巴掌,问他这样那样的一些话。肖明子咬着舌头,把鼻子蹙起来——他愉快时总是这样子。

肖潇吃了我们亲手种出来的葡萄,说:“真甜。这是我今年吃过的最甜的葡萄。”

万蕙说:“你们园艺场里不也有葡萄树吗?”

“它们长得不好。我想那是因为果树挡住了阳光。你们的园子才是专门长葡萄的。”

拐子四哥大笑。他在屋里一拐一拐地活动。万蕙见男人高兴,就拍着手:

“多好,多好哩,你这闺女——四四方方的一个大闺女啊!”

我被她这句话逗乐了。我端量了一下肖潇,发现她长得的确方方正正。文雅点儿讲,她就是那种极其端庄的姑娘。她不像上次见面时那么苗条,好像丰硕的秋天使她微微有一点儿胖了,但绝不臃肿。她匀称,也很结实。

吃饭的时候,四哥非让肖潇喝一点儿酒不可。肖潇怎么也不喝。可是万蕙竟然那么固执地站在男人一边。

“好闺女,喝吧,这是瓜干酒,好哩。”

我不想让肖潇喝酒,因为我觉得这是强人所难。但后来不知怎么我也跟着劝起来。肖潇于是就端起一个拇指大的小玻璃杯,轻轻地抿了一口。

鼓额在一边说:“一点儿也不辣……”

她把肖潇杯里剩下的酒一饮而尽。

肖潇摸了摸她鼓鼓的脑壳说：

“你长得真有趣！”

“就是丑吗？”

肖明子拍了一下鼓额的屁股，说：

“最丑了！”

鼓额有些恼。肖潇就小声对肖明子说：“男孩子可不能那样拍。”说过后就把他们两个一下子揽在了自己胸前。万蕙拍着巴掌笑了，说：

“啊哟哟，大姑娘家，啊哟哟……”

四哥愉快地搔着头皮。

肖潇穿了做工极其讲究的西装，口袋上还装饰了红色的绸布胸花。我一点儿也没觉得她跟我们的破茅屋有什么不和谐的地方，只觉得我们的葡萄园里就应该有肖潇这样的客人。

饭后我领她参观了办公室。我有这么一间办公室，她说真是想不到。风沙被我们隔在外面，这里是我自己的一方安静天地。我这张又大又平滑的写字台特别引起了她的好奇。她抚摸着，一会儿抬起头来。她的眼睛真美……她像自语似的说：

“这儿多好。我想你才没有必要跟那么多人在城里挤呢。”

我明白她的意思。我觉得有好多话一下子被她撩拨起来。那些话头儿一经提起就难以终止，只不过我们现在都不想说那么多。这让我想起了几年前的初遇，想起了那时的讨论。这会儿我们站在一起，简直是在一瞬间领悟了很多。我想我们今后的交往彼此都不会失望的。我想一定是这样的。

就她的年龄而言，她懂得已经够多了。她的成熟和练达，她的没有一丝矫饰的举止，都让人有些费解。我脸上的皱纹刻下了我的阅历，可站在她面前，又像是遇到了一个洞悉一切的人，有着说不出的拘谨。我们好像是同龄人，站在了生活中的同一条起跑线上。我很羡慕这个坦荡的城里姑娘,其中当然包括她比我更早地来到这片平原上的缘故。她多多少少也算一个先行者了。

三

午饭之后我们走出屋子。初秋的天气温差很大,中午简直像炎热的夏天。这时肖潇提到夏天去海上洗澡的事,一下子引起了肖明子和鼓额的极大兴趣。肖潇问他们:“会游泳吗?”

鼓额不答。肖明子抢先说:

“我会。我能游好远。”

“你怎么游呢?”

肖明子做了几个动作。

肖潇说:“我教给你蛙泳好吗?”

肖明子跳起来拍手。

肖潇看看四哥、万蕙和我,真的提议要到海上游泳。我担心水凉,可她和肖明子一伙热情很高,说中午的太阳下完全可以,要骑自行车去。

我屋子里放着四哥的那架老旧自行车。肖潇的兴趣太浓了,她到场部去骑自己的自行车了——只一会儿就回来了,那是一辆很好的红色小赛车,她还戴了她的花布斗笠。我觉得她这会儿又多少有些任性,玩心多重啊。不过我不想使她扫兴。由于只有两辆自行车,四哥和万蕙就主动提出不去,我们就分别带上两个孩子到海边去了。

我这会儿没有多少心思游泳,只是不好意思拒绝肖潇。

海水很平、很蓝。海边的沙子白得可爱,还微微烙脚。肖潇穿好了泳衣,扯着明子和鼓额,朝我点了点头,向水里走去。我一直跟在他们后边,与他们保持十几米的距离。肖潇的皮肤有点儿黑,那说明她常来这儿游泳。她游泳的姿势真的不错,我想这是在游泳馆里练出来的。肖明子对肖潇有些着迷,鼓额只是站着,让水印到胸际,一动不动地看。

肖明子聪明极了,他一会儿就学会了新的游法。肖明子以前的姿势是来自乡间的高招。

不远处有一群拉网的人,他们吆吆喝喝顾不上看我们。我们游了一会儿,那边也上网了,巨大的吆喝声让我们知道这是一次很可观的收获。

肖潇说:“走,看看去。”

我们向拉鱼的人跑去。他们都穿了很少的衣服,这时候神情专注地捣弄网里的鱼。眼看网就要上来了,已经看得见密密的鱼在跳动。海上老大吆吆喝喝、骂骂咧咧地指挥着几个年轻人,让他们跳到浅水里去按住网脚。他骂人骂得好凶。所有人都在这骂声里变得十分勤快,他们跳着,喊着,满身都是沙子,头发就像麻绺一样乱。网一点点被拉上了海岸,里面有鱼、蟹子,还有长着长须的虾,都在翻腾跳跃,银色的肚皮被太阳照得耀眼。可也就是这会儿,海上老大那凶狠的目光转到我们几个身上——他一看到肖潇立刻变得温和了。他打着招呼走过来,一边走,一边掏出打火机点燃了嘴角的烟。原来他们是老朋友了。

肖潇跟他握手。我看见海上老大那么腼腆地跟肖潇讲话,语调又平稳又柔和。他们谈的事情我不太懂,那都是关于大海的。我注意到,一个漂亮的姑娘,穿着紫红色的泳衣站在这儿,立刻就可以制服一个粗野的男人。我看见海上老大吸烟的姿势也很优雅。

鱼被收拾在几个大竹篓里,好多人腾出手来向这边围拢。他们当中的不少人都认识肖潇,这时候都胡乱在短裤上擦了几下手,过来握手。我觉得这不怎么雅观。打鱼人的短裤太小了点儿,还湿淋淋地贴在身上。

肖潇最后和他们谈了一会儿,就离开了。

四

回来的路上我们谈了不少葡萄园的事情。它的前途、经济状况,我一点儿也没有向她隐瞒什么。我说:

"就现在看,前景会是很好,我也许真的要有点儿钱了。不过到了那一天,我又不知道自己会怎样。"

肖潇嗯了一声,问:

"你没想做点儿别的吗?"

"也许,我要在葡萄园里干点俗事儿,比如与人合办一份杂志什么的。"

她的眼睛亮了一下。

我说:"这听起来有点儿荒唐,不过你想想看——葡萄园的入口处挂上了我们杂志的牌子!那种样子!我那会儿要请人做一个最漂亮的牌子。我们的杂志也许就该取名为《葡萄园纪事》。到那时候我想你会是我们最好的读者,同时也是最好的撰稿人。"

肖潇显然有些兴奋。

"这个设想太好了,不过可能做起来是很难的。我不知道难在哪儿。不过你现在已经做成了葡萄园的事……"

我摇摇头。

"这也许永远是个梦想,不过我一定会找机会的。我们要办这样一份杂志,并且争取一个最好的装帧和印刷,把封面搞得漂漂亮亮。最好再有一些彩色插页。每一期杂志的末页都要写一下葡萄园,它可以是一种普普通通的记录,记录我们这里发生的事情,简单而又朴实。只是告诉别人一些很普通的事情。当然了,我们的葡萄园就是这份杂志坚实的经济后盾。"

"大概最重要的问题还不是经济问题吧。"

“是啊。我有很多朋友,他们都会喜欢我的葡萄园,喜欢我的杂志。我并没有其他的想法,我只是喜欢。那些人会明白我的好意。谁也没有理由来阻止我啊。”

“没有理由。可是,要阻止你的会是你的朋友吗?”

我苦笑了一下:“明白。不过这份杂志真要弄起来也需要一个很长的过程。我是说要允许朋友在一段时间里用大家都理解的方式、用力所能及的办法来支持我。我们要一起好好想些办法……”

“你有很多城里朋友,他们能在那儿帮你。不过为了这份杂志,到时候你不愿回去也得回去,因为很多麻烦事儿要待在城里才能处理。葡萄园弄不好只成了你的一个落脚点……”

“落脚点”几个字一下拨动了我的心弦。我不知说什么才好……

我们一边讨论一边往前走,一抬头看到了偏西方向的那个发白的海草屋顶,我就站了下来。她告诉我那儿住了一位会算命的老太太,也有自己的一片园子。——我这时一声不吭。我想起了那个月夜的事情。这样停了一会儿我问:

“还记得那天晚上的事吗?”

她理了一下被海风吹散的头发,“记得。”

“那个姑娘是你们场里的人吗?”

“我试着问过她,她很吃惊的样子——可能不是。”

我一直盯着前边的海草屋子。

“不过,我们场新来的那个姑娘可算个人物——她漂亮极了,你有一天会见到她的——你说的那个姑娘打扮得像一个侠客,我就想到了她。她总喜欢奇装异服……”

“哦,多么有意思的人!比你还漂亮吗?”

肖潇没有回答,只看着不远处的小屋。

“想不想去看看老太太呢?”

她看看我,略一犹豫,然后点了点头。

我们俩进门的时候,毛玉正在屋里训斥着谁,口气严厉而执拗:“你说你这样不让我生气吗?气死我了。我知道你想干那事儿,谁不想?你干不成就找我撒气,我招惹你了吗?春天过去这么些日子了,也该安稳些了,妈了个巴子,你看看你干的这些好事……”

我们刚开始还以为她和谁吵架,进到屋里才知道她和那只老猫说话。她见了我们还不闭嘴,只是声音小下来了,发出一串琐碎的咕哝。她朝我们一蹙鼻子,算是打过了招呼。她对我拉着长声说:

“领大闺女来了?”

那只猫见了肖潇立刻仰脸嗅了嗅,一下跳到了她的身边蹭起来。老太太马上提醒客人:“这是一只公猫,它想干那事儿哩。”

肖潇脸红了,同时躲开一点儿。

老太太马上夸奖她:“对,这么着它就占不着你的便宜了!你不知道它多浑,急得找不着伴儿,就往我枕头上撒尿——我要不看它年纪大了,早一顿棍子抡上去,再不干脆给它剜下一只蛋来——让它劲儿少上一半……这个不正经的物件啊,气死我了!”她说着一低头又叫起来:“你俩看它翘得多高!牙碜啊……”

我觉得真不该和肖潇待在这间屋里。

屋子里有一股奇怪的气味,原来连着大炕的灶上正熬着一罐黑茶,旁边还有一个药锅。“喝碗老茶?”老太太龇着一口黑牙问我和肖潇。我们赶紧谢绝了。

狩　猎

一

秋天在慢慢深入。最繁忙的季节就要到来。我们做着收获前的各种准备，备下箩筐，约定好装运葡萄的车子，到村子里谈好雇短工的事。最后就剩下加倍警醒地守夜，剩下了等待。

我们都有些疲惫。有一天，四哥突然提议忙里偷闲去打一次猎。我明白，他这个人不能长时间闷在一个地方，需要找个机会到远处蹿上一趟。

我们收拾了一下挎包，装了很多霰弹和吃的东西，然后就往林子里走去了。斑虎一颠一颠跟在后面，样子很放松。我们要穿过芦青河进入西面那片杂树林子，四哥说他已经有好几年没去那儿了。那里曾是一片无边的莽林，是许多猎人和采蘑菇的人最乐于光顾的地方。很可惜，这些年那片林子不仅范围缩小了，而且已经变得稀疏了。一路上，四哥一边走一边告诉他过去在林子里打猎遇到的一些有趣的事。他讲了一段又一段，这不禁让我想起了关于他的那些传闻，特别是他与女人的那些浪漫故事。周围没有其他人，我就问起他来。

这一次四哥笑眯眯地看着我，好像压根儿就不打算反驳。

我说："你的腿并不是像你讲的那样，不是一次工伤——我听说它是欢迎外国友军的时候，一场误会给造成的……听说那座大城市当时刚解放，有许多帮忙的外国军人。外国军队进城时，上边组织人出来欢迎。你那时候长得小巧玲珑，他们就把你打扮成一个漂亮的女孩儿，别提多么妩媚可爱！耳朵上还拴了两个红辣椒。你和大家一块儿扭秧歌，满大街上的人都被你这个'小迷人精'给吸引住了，他们压根儿就没想到你是个男的，外国军人就更看不出了。这些大个子男人火气大，有两个粗暴的军人寻机会把你拖到了小巷子里，你就哭哭啼啼——人家听不懂中国话……直到最后的那一刻才发现你是一个男孩。上当受骗的外国大兵又急又恼，提起枪托一阵乱捣，任你求饶也不行。结果，好生生的一条腿硬是给捣瘸了……"

拐子四哥笑出了眼泪。我想这故事一定有人给他讲过几次了——不过由我这样说上一遍,他会觉得格外有趣。我听说平原上的不少人故意使用这个典故,每逢见到一些女声女气的男人、那些拍起马屁嗲声嗲气的男人,就会大不以为然地吆喝一声:“四哥的腿是怎么瘸的?!”

当然了,四哥的腿的确是在兵工厂的一次工伤中落下的残疾。

我们谈笑着穿过了芦青河桥。半路上饿了,就坐下来吃万蕙备好的干粮。我们支起了一个小铁锅子,点上火烧一点儿米汤。野餐总是给人特别的愉快——坐在地上,我心上游走的渴望又给搅动起来。这儿多么好,这种生活多么好。我们真该经常到这里来啊……

这天在林子里转悠了半天,打到了几只很小的野物。斑虎表现得非常出色。它很久没有扑剪腾挪的机会了,真想一下子使出全身的本事。有一次我见它蹿起来,差不多蹿到杨树半腰那么高。

大约是下午四五点钟,我们突然听到了远处传来的枪声——不用说那又是一个猎人。

拐子四哥的兴致立刻来了,他要看看除了我们还会有谁到这么远的地方来打猎。我们迎着枪声走去。

二

穿过了一片橡子林,来到了一片小叶杨棵子里。这里的灌木枝条很密,树种很杂,有腺齿越橘、杠柳、牡荆和胶东卫矛,紧贴地表蜿蜒的是刺苞南蛇藤和杂草,几乎没法过人。我们很费力地往前走着,衣服都给扯破了。

斑虎后来呜呜叫,背上的毛立起来。

只一会儿,一个长得非常高大、装束也很奇特的红脸汉子出现了。他在向我们招手。

这个人大约四十多岁，比我稍大一点，头上戴着一顶奇怪的用柳条编成的直筒帽子。他浓眉大眼，模样有些粗鲁，手掌也很大，握在粗粗的枪杆上手指还余出一截。我想这倒是一个很典型的猎人。他的裹腿打得也很在行，而且那装束极为适合在灌木丛里奔跑。这显然是一个林中老手，一个豪爽人，一见面就没有什么陌生感，痛快地问这问那。当得知我们是葡萄园的人之后，立刻把我和拐子四哥的肩膀按住了，又往一起轻轻一碰，说：

"知道吗？我就是那个葡萄酒厂的总工程师。我叫武早。"

武早我们没听说过，不过那个酒厂却是响遍了半个世界的。我身子被他摇撼了一下，很快乐。

精明的四哥连连说："听说过听说过，了不得哩。"

他提出跟我们借点儿子弹，四哥当然慷慨得很。

武早好像被我们的大方给感动了，伸出舌头抿了一下嘴唇。接下去我们就一块儿打猎了。我发现武早的枪法很好，心想就因为这个他才自信地独往独来吧。交谈中得知他常常把几个假日攒到一块儿，然后就骑着摩托一个人跑出来。他喜欢这样痛痛快快地玩。他把摩托放在离这儿不远的一个村子里，打一天猎，再回那里去宿下。我们立刻提议他到葡萄园去住。武早倒也爽快，说：

"行，交个朋友。"

就这样，天黑以前我们到了那个村子，武早骑上他的摩托，我们一块儿往葡萄园里来了。

三

万蕙她们早已经习惯于接待陌生人，不用吩咐就赶紧做起饭菜。这些粗糙可口的食物让武早大为兴奋，更想不到的是，一个酿酒工程师会对四哥所喜欢的烈性瓜干酒如此中意。他哈哈大笑，连连说很久没有喝到这么刺激的饮料了。

四哥有些不快："酒嘛，怎么是饮料！"

武早说："对，瓜干烈酒。这是英雄才喝的酒啊！"

一句话让拐子四哥大笑起来，他不知怎样喜欢武早这个新朋友才好。我对工程师说："你们厂的葡萄酒可是名扬天下。"

可是武早连连摇头："那种东西，有也行，没有也行。不过谁也别在我面前骂那种酒。"

四哥又一次大笑起来。

武早喝了很多酒。他一个人出来打猎，好像为了摆脱满腹心事似的，这让我看出来了。他喝过了酒，突然咕哝了一句奇怪的话——后来我才听明白那是一首悲凉的古诗。这使我想到他的内心远不像他的外表那样粗糙，他毕竟是个酿酒师呢。他握着我的手，一下子跟我接近了很多。这真是一个奇怪的人。接下去我从交谈中得知，这个酿酒工程师既入迷地喜欢屈原，同时也能背诵莱蒙托夫和叶赛宁。他真正懂诗，并且很容易就沉浸到另一个世界里去。他不像某些"假斯文"，并不急于卖弄。

喝了一会儿，他叹息一声，胡乱抓过一支枪。我发现他错抓了四哥的枪。但我没有阻止他。他背起枪，有力的大手按在我的肩膀上，扶着我，踉踉跄跄地走到葡萄园里去。

满天的星星，一阵一阵的风有些凉。武早把他的夹克衫扯开，让风吹拂着，抚摸着自己宽大的胸脯。他粗粗的嗓门说：

"伙计，我不问你啦。我觉得你不是这儿的人——我也不是。我们都是顶呱呱的家伙。"

这是少见的直爽也是少见的傲气。我说谢谢，拍了拍他的手臂。

他接上很痛快地介绍了自己，说自己是一个不幸的人。我这才知道，原来我眼前的这个家伙是许多年前聘到这个大酒厂工作的，他有很多时间要在国外跑。他参加国际博览会，还在澳洲和美洲待过。他仔细讲着那里的袋鼠和犰狳。这家伙喜欢一个人跑到老远老远,就像这次打猎一样。但他显然不仅仅是出去游玩。他研制出的美酒使成千上万的人陶醉,令那些狂傲的外国人竖起大拇指。可他自己,他这会儿,显然是满腹悲伤。刚开始我觉得像这样一个大汉时不时地闹点儿伤感什么的很好玩,后来才知道他是为了逃避一个人。他不是厌恶那个人,而是没法抵挡她的魅力。让人费解的是,那个人竟是他的妻子!

他告诉,妻子只比他小两岁,如今也有四十岁了。"可是,"他的大手使劲按住我的肩膀,"你这辈子也见不到那样的四十岁女人了。她抵得上一百个我。不过我得明明白白告诉你,她是一个'流氓'。"

我差不多吓得跳起来。我说:

"妈的。"

他朝我点点头:"真的。不过不该这样喊她。只是这个通俗易懂的叫法你更容易理解嘛。当然了,你得听我慢慢讲她。"

他的那个宝贝妻子叫象兰,不过早就与他离婚了。他从离婚的那一日起就痛不欲生,到后来,随着时间的流逝,伤口却没能愈合。他没有一时一刻不盼着与她复婚。照理说他这样的一个人,一个高大的男子汉,一个有名的工程师,一个在事业上取得了炫目成就的人物,完全不该这样……他谈着,最后嗓子哑下来,又咕哝了两句,那是莫名其妙的诗句。

"美丽少女遍地飞翔,我只爱这个黑黝黝的姑娘……"

他用力拍了拍自己的脑壳。

四

从他嘴里得知,象兰是一个奇怪的人,受过良好的教育。可是她自己并不看重这些。她是一个没有规范的人。这个女人显然十

分美丽,但我觉得仅凭这一点还不足以吸引这个大汉。我听下去,只觉得那是一个精通魔法的奇怪女人。他说:

“她差不多不看重一切,这个世界上大概没有什么让她看重。她只专心地过自己的日子。她这人很少有火辣辣的爱情,可是它一旦出现了,她也就没法抵挡了!”

武早就是被卷进这样的一场爱情中去的。刚开始的一阵,象兰疯狂地爱着他。武早说他一辈子也没法忘记那些岁月,没法忘记和她在一起的日日夜夜。他们在一起差一点儿生了个孩子——象兰高兴得要命,但后来不知为什么,没有让孩子生出来。她有无比旺盛的生命力,就像一个人可以不歇气地一直舞蹈下去。别人都看得眼花缭乱了,她自己却没有气喘吁吁。她这人也直爽得惊人,在别人看来必然成其为秘密的,在她那儿都可以随便地讲出来。她可以讲出自己最隐秘的一些感觉和渴望,可以直接倾吐对别人的倾慕和爱恋。在那个城市她差不多同时喜欢上了好几个小伙子,并且又毫不隐瞒。她请他们到家里来,和他们诉说心事,打扑克,玩,还和武早一起招待他们。她那时还要回忆更早时与一些小伙子的交往,回忆那些无穷无尽的“幸福生活”,这样一次又一次对武早讲,对别人讲,这种直率最后终于让武早受不了啦。

“有一个头发拳曲的高个子青年十分喜欢她,他们两人一度好得要命,形影不离。我几次阻止她,她就说:

“‘你看他有多帅气!’

“我满腔气愤:‘那你就喜欢他好了。’

“她说:‘我不是早就喜欢他了吗?你真是!’”

他们没有办法继续生活下去了。当武早提出自己的想法时,象兰笑了,说:

“你看你这个人真俗气,你怎么能这样来报复我呢?咱们一块儿过得挺好的。你一只胳膊就可以把我抱起来,我像个孩子一样伏在你胸口上——你还要这么嫉恨我。你这个人真是小心眼儿。”

武早说,他当时的巨大怨气被她的几句话给弄得不知所措。他简直没有办法发泄自己的怨恨。因为他知道,象兰又是一个极其善良的人,她总是想安慰和帮助所有的人。如果她衣袋里有钱,那么她就随手给了那些需要帮助的人们,弄到最后家里没有了任何积蓄,而且过得可怜巴巴。两年多的时间里,象兰差不多把家里的收音机、录音机都送了人。有一个朋友羡慕她家里惟一的一个蓝花瓷坛子,她也送给了他。她还送给别人衣服、手表等。她简直不知道生活中还需要有自己的财产、自己的家当。她对待钱财也像对待自己的情感那样……

武早说他对其感到敬佩的,除了善良,还有她所拥有的另一种“贞洁”——“贞洁?”这有点儿不好理解,我不能不大惊失色望着他。武早点点头,说:“是的。”他说他自己无法用其他字眼来描述这个人。他因此而更加痛苦。

武早只是没完没了地讲他的象兰:

“她喜欢歌唱,喜欢在任何场合向希望倾听的人歌唱起来。她活得天真烂漫,不懂得提防,也不被人所提防。奇怪的是她如今四十岁了还极有风韵,简直是个不会衰老的人,脸上没有一丝皱纹。她高兴了可以一连几天在野外过夜,她说她这是喜爱大自然……”

第二天我们要与武早分手了。分手时武早突然问了我一句:

“你讨厌不讨厌象兰?”

还没等我回答,他就说:

“你可能也不十分讨厌——那好吧,有一天我会领她到你的葡萄园来。你那时可千万不要讨厌她!”

第 六 章

老 驼

一

好像是故意添乱似的，村头儿老驼三番五次地让人传我去开会。开始我觉得有点儿可笑，因为我觉得自己与这个村子没有什么关系。可是当来人的态度一次比一次更加生硬的时候，我就有些忍不住了。我不是不愿意去他们那儿，我只是不愿意开会；还有，我对传递这个消息的人有一种莫名的畏惧。

“老驼让你去开会，快点儿走吧！”来人这么讲。

我这一生不知要开多少会、各种各样的会。我从经营自己的葡萄园那天起就没有开过会，我不记得和拐子四哥他们开过什么会。为什么要开会，这连我也有点儿糊涂了。是不是应该去开这个会？来人的口气中有一种不容置疑、理所当然的意味，而且还有些烦。看来也只好去了。最后一次来人喊我时，我没有说什么，放下手头儿的事情就随他去了。

那个熟悉的小屋里已经围了好多人，老驼，还有几个我不认识的人，大概都是村民委员会的什么人吧。他们见我来了，长长地舒了一口气。老驼吸着烟，眼皮也不抬，像是说给其他人，又像是说给我听：

“嗯,到底还是来了。”

后来他又用烟锅朝我坐的方向点划了一下,小声对周围的几个老者说:

“人家场长才四十郎当岁。”

我不知道这是什么意思。他随口封了我个“场长”。我问:

“开什么会啊?”

“开个……嗯……村民委员会——议事会吧。”

“我又不是委员。”

老驼说:“你看看,见外了不是? 你以为来的都是委员吗?”他用烟杆点划着身边的两个人说,“他们也不是委员,可他们都是些大户,俺有什么重要事情,都要找找大户。大户贡献大哩。有事能不找他们商量? 别看你是城里人,买了咱的园子就得跟咱商量事情。俺要不叫你来开会,你又要说俺小看你了。”

我恍然大悟,突然明白了——我买了他们的园子,这就是我们之间的联系。那就开会吧。我准备好好听下去。会议的内容好像是关于村办小学房舍改造之类的事情,又说村子要修一条路。总之需要很多钱。老驼说:

“钱嘛,还靠大伙儿。你们有人就帮个人缘儿,有钱就帮个钱缘儿。如果研究一回不行,咱大伙就再研究一回,咱有的是工夫,研究起来看,嗯。”

他的话使我打了个冷战。也就是说,我如果不拿出一笔钱的话,那么这样的会将要一直开下去。

老驼吸着烟,不紧不慢地对我咕哝:

“你尽管不是咱村里人,可也得过组织生活啊。一个人没有组织怎么得了? 有一年上,咱这地方来了个游击队员,那时候还是打仗的年头儿,这人手艺倒不错,一枪就能撂倒一个鬼子。可他仗着枪法好,眼里没有咱庄稼人,遇事也不和咱商量。你知道咱村子里是有组织的，有时候咱做了面汤啊、面叶啊、高粱糌子米饭啊，想到林子里找他出来喝上一口，暖暖身子，都找不到哩。他不来。他有事情只给上边说去。结果哩，哼哼——差一点儿让鬼子打死。咋哩？那毛病就出在傲气上边，出在不来过组织生活上边。一个人离了组织哪行？”

我想张嘴申辩，想说我辞职了，不是在组织的人，可刚张开嘴巴，老驼身边的另一个人就说了：

“天底下没有不在组织的人。不是在这样组织，就是在那样组织。村有村规，国有国法，都在一个地盘上混，就得遵照一个地盘的规矩办事。人人都不听话，那还不闹糟？”

我的头嗡嗡响，好不容易熬到了散会。

二

这天夜晚我失眠了。我觉得遇到了一个全新的问题。

这天一大早，我就包好了两千元，谁也没有讲，急匆匆赶到村子里。我刚要敲开老驼家的门，又一想这样不妥，如果他把钱自己掖起来怎么办呢？我起码需要交到组织上啊！正在门口犹豫，想不到恰好老驼出来了，他热情招呼着回屋，我只好跟进去。我对老驼说：

“驼叔，你最好再找几个干部来。我缴款子来了。这是我对村子的一点儿心意。”

老驼看了看我手里方方的纸包，说：

“一沓子都是？”

“都是。”

“那好，”他对孩子说，“喊你大去。”

我说：“自家亲戚恐怕不妥吧？”

“什么亲戚？俺这里除了伯就是叔。”

我将信将疑地看着孩子跑出去。一会儿小孩子领来两个人,其中有一个是我在开会时认识的,这才有点儿放心了。我当着他们的面把钱交给老驼。老驼毫不含糊地从柜顶上取来一个纸包,从里面抽出一张卷烟纸大小的白条,在上面写了几个字,又按了个手印——这就是收据了。

老驼往外送我的时候满面微笑,赞扬说:“到底是文化人哪,办事利落,心里有组织啊!今后村里人也会帮衬你,有什么大事小情,只管来喊——葡萄熟的时候歹人多不?”

“不多不多。”

“嗯,不多就好。你这笔钱先放在村子上存着,嗯。村子富了那天,也不能忘了你。你现在是个发了大财的人啦。”

他说到这里四下看看,对在我耳朵上问:“少说也有四十万吧?”

“老天,我连四万也没有……”

“哎,咱都是在组织的人啦,不用瞒来瞒去。我心里是个明镜。打你种葡萄那天,从这路上拉出去几车葡萄,你驼叔心里都有数。过一辆车,我家二小子就在西墙上画一道黑杠,如今这小黑杠子已经有一尺长啦。一斤葡萄少说也有一块几毛钱,那你算算看。”

我说:“可是还有本钱呢!再说葡萄园刚刚发展起来……”

老驼用烟锅使劲敲着头,嘿嘿地笑了:

“哼哼……莫骗老叔,莫骗老叔。村上人的脾气是有酒大碗喝。嗯,莫骗老叔。”

我也笑了,差不多笑出了眼泪。

回到园子里,我发现拐子四哥心事重重地站在那儿。他见了我就问:“头午哪儿去了?”

我说:“出去走一走。”

他拍着腿:“你一走好了,来了三五个民兵,背着枪,说是要来巡逻。他们这一巡逻可好,一人摘走了一大兜子葡萄。”

我的心沉了一下。我倒不在乎这些葡萄,我害怕的是他们没完没了地来巡逻。我知道他们来时我还没有把钱交到村子上。我不愿讲这些,只对拐子四哥说:

“千万不要把他们惹恼。你让他们高高兴兴走开好了。”

“我倒是这样,可是斑虎不愿意,老要往上扑。到后来一个民兵把枪栓拉响了。我一看不好,赶紧抱住斑虎……”

秋　歌

一

尽管葡萄园历尽磨难,但最初的担心总算没有了——原来最挠头的葡萄销路,由于有了豪爽汉子武早,几乎已经不成为问题。不仅销售稳定,而且还可以卖最高的价钱。用武早的话说,我们的葡萄园出产的葡萄是最优质的,他是秉公办事。

武早成了葡萄园的常客。这里已经成为他远游的一个根据地。每次打猎他都把摩托车放在这儿,如果有时间,总是由我或拐子四哥陪伴他。虽然如此,他还是很难从那种绝望的情绪里摆脱出来——无论什么时候,他只要回忆起象兰就万念俱灰,做什么都觉得没意思。他说:

“我跟你讲过,有一天我要把她领到你的园子里来。那时候你见识见识吧。我相信你从来也没有见过她那样的人。那真是个没法捉摸的小怪人儿……到时候再看吧。”

我只能应付着他的话。说实话,就我对象兰的一知半解而言,我决不会喜欢这个人的。当然我们的园子也不会拒绝她,我们这里可以结识各种各样的人。真像他说的那样,这个女人到底又有什么好留恋的?当今之世类似的轻浮男女数不胜数,在他那儿怎么就成了一件千追万寻的宝物?不过总让我心里纳闷的是:这只是一个放荡的四十岁女人而已,竟使一位豪迈英俊的大汉如此迷恋,不能自拔。我不愿意得罪武早,更不愿让他失望。我只好说:"那是的,当然一定是的。"

武早是我们葡萄园的救星,也是我在这个平原上所遇到的真正不同凡响的一个人物。我不仅指他的见多识广,也不是指他涉足艺术,而是因为我的确发现了一个极有趣味的人。这是一个任何时候都不会让人感到枯燥的人。这样的人在茫茫人海里实在难得一遇。像很多优秀人物一样,他稍稍有那么一点点神经质,整个人敏感得很。我渐渐相信与他的交往绝不仅仅是建立在一种世俗的需要上,不只是为了我们的葡萄园。当然我们极其需要他,而他也需要我们,他需要一种安慰,一种谅解。一个人在他的特殊时刻里总得找个说话的人,找一个适合自己的环境。我敢说他好不容易才寻到了这个葡萄园。我能看出他非常喜欢这儿。

总之我们彼此需要,他需要这个田园和这些人,我们则离不开他爽朗的笑声——那是一种极有感染力的声音,这声音响彻在海浪与林木的和鸣之中,让我们感到格外舒畅。就像一个酒徒必须按时找到一种酒才行,我们二者之间彼此都算是对方的烈酒。不同的是那一方只是简简单单的一个人,而我们这一方却是土地园林及人、这一切的综合……我不知该怎样准确地表述,只觉得二者相互交往的过程,真像是一场场的畅饮和陶醉。他寻到了这个葡萄园,而我们则通过他进入了一个完全陌生和新鲜的世界:酒的世界。随着时间的推延,我稍稍有些吃惊地发现,这个孔武的汉子竟然长了一颗如此多情缠绵的心。

我们财运亨通了。这个葡萄园与那个伟大的酒厂相比,简直是九牛一毛，可是我们确实在走向兴旺发达。一想到这里，我就从心里感激武早。大概也正是因为这个缘故，我越来越多地受到了骚扰，比如我被叫去开会的次数显然是更加增多了。我对老驼抱怨说：

“钱也交了，怎么还要开会呢？你知道我们园子里的事情蛮多，耽误不起这么多时间啊！”

老驼说：“城里人嘛，还有不忙的？不过，再忙，也不能不过组织生活啊。有一年上，有那么个游击队员，他傲得可以哩，结果哩……”

我知道他接下去又要讲差一点儿被鬼子打死的那个人了，就连忙说：“现在早就没有鬼子啦……”

“就是啊，可是野物蛮多哩。什么野物还伤不得你？你一个人出门在外，靠的就是朋友，小村里不顾怜你，我这个村头不给你长着眼色，还有什么葡萄园？任是什么也得给野物弄毁……”

听到这里，我心中渐渐明白了他的“野物”到底是个什么概念。我想他的话倒也不假，如果发生了哄抢或其他更可怕的事情，仅有拐子四哥的土枪是无济于事的。我们这个葡萄园原来是多么脆弱和单薄啊。我们只有淳朴的没有任何邪念的万蕙，有不堪一击的纤弱细瘦的鼓额和那个肖明子……想到这里倒也坦然平静了许多，只想安安静静地听从他的劝告，按时赶去开那一场场会了。

二

漫长的会一开就是几个小时。我不会吸烟，可在这时却要饱尝老辣的烟叶味儿。会上什么都议论，渐渐，我连这个村子的历史也烂熟于心了。我知道了村子里有多少怪异的事，比如曾有人一口气养了十二个孩子，还有人连生了三对双胞胎；有人得了一种奇怪的病，如在大拇脚趾上生了一个小疮，三五天就死去了；有的人发了大财又逃之夭夭，携带巨款跑上东北，又跑到外国，那里叫什么“斯克斯克斯克”！这种“组织”的生活使我不敢厌倦，我觉得这个村子里的人即便有一万条缺点，有一条优点还是难能可贵的，那就是他们的乐观精神和深深的幽默感。他们对自己的土屋、单调的日月、贫乏的文化生活丝毫也没感到忧虑和不安。他们总是向前看，看得很远，看到子孙后代，从容沉着。在他们红红火火又腻腻歪歪的日子里，我感到了一种了不起的韧性和乐观品质。不过我究竟能从他们身上学到什么还很难讲——在这漫长的闲扯的会上，我常常想到了这样一些问题。

有一次我不知怎么问到了那个独居一处的老太太，老驼立刻噘着嘴说：“啊呔！”我等着听下去，他却把烟锅咬得使劲往上翘着，含混不清地咕咕噜噜。后来我总算听明白了一点：这可不是一个平凡人物，早年可以说是一个“女革命家”哩，后来不知怎么跟上了一个“筋经门派”，就是练气功武功的教门里的男人，从此就不再革命了。不过因为总还是老资格吧，上级专门来叮嘱过，所以村里还是得事事高看她一眼……我听到这儿长长吐了一口气，问：

“她是什么‘女革命家’？”

“哦，就是支队在海滩上那会儿，她参加过。人勇啊，能就地十八滚，双手打枪。别看她年纪不显，其实是民国十六年生人，快七十了……可惜啊，人一沾上教门，革命意志也就衰退了……”

好不容易要熬过秋天了，一些穿了深色衣服、头戴大盖帽子的人物也光顾我们的小茅屋了。他们无一例外地都要掏出一沓子花花绿绿的单据和表格让我来填。我发现我在这些表格上已经占据了一个显著位置，我那会儿被称作“纳税人”。我不得不追问：我已经经营了几年葡萄园了，为什么在一夜之间变成了“纳税人”呢？

大盖帽子们说：“那是因为你刚刚干，光景艰难，我们替你免了。”

我从心里感激他们,可又觉得眼前的数额有点儿太大了,虽然交得起,却不很情愿。我知道从道理上讲大多数人都应该是“纳税人”,我当然也不能例外;可我这个突如其来的“纳税人”,常常受到冷落的“纳税人”,该向他们解释些什么呢?

我顺从地在表格上填了数字。当填完了表格,笔杆从手里滑脱的时候,我好像什么感觉也没有了,只木然地瞅着对方犀利的目光。到后来我竟在心里羡慕起他们来。我眼前这些人的生命力多么旺盛啊,瞧瞧,从面部看他们无一例外地健康。我甚至有了个奇怪的发现,即他们的脸差不多都长得一样,粉粉的,有些嫩红,不过毛孔显然是过大了,每个人的神情也差不多。就是这些人忠于职守,执法如山,他们都长了一副逻辑发达的然而又是糊糊涂涂的头脑。总之我渐渐地喜欢上了这些穿戴整齐的人,心想那要多少健康的母亲才能生出这么一些大孩子啊!我跟他们拉呱儿,扯闲篇儿,最后他们都很高兴。

后来,即便不填表格的时候他们也常常光顾这里。他们爱询问一些杂七杂八的事情,有时还停下来逗一逗做活儿的鼓额。他们弹弹她的脑壳,跟她开个玩笑,还给肖明子起了个外号,叫他“黑皮带”。实际上我们的肖明子确实被晒得很黑,又像一根皮带那么柔软细长。这些人热闹一阵走了,我倒常常感到空虚。拐子四哥与我不同,他特别愤怒。他觉得这是勒索。他说:

“我游荡了一辈子,也没纳什么税。你太老实了。你是个书生啊,就让人欺侮去。你该去打打官司看。”

我没有应声。因为我甚至不知道这些税务人员是从哪里突然冒出来的,他们又居住在哪儿,他们的办公地点,他们是怎么闻着气味寻到这么远的海边上来的,等等。我到哪里去找他们呢?我只有默默地等待和承受。我相信以后还会有各种各样的人到这儿来,正像我们也等来了武早这样的人一样。我想我们应该安于这种生活——这些话虽然以前没有说出来,但实际上我已在默默地遵循。我学会了特殊的忍耐。因为我觉得能活这四十年,很重要的一条,就是依仗了某种忍耐精神。我在那座城市就因为不够忍耐,结果惹下了大大小小的麻烦,让梅子一家叫苦不迭。关于我因为不够忍耐而招致的痛苦,三天三夜也说不完。年轻啊,毛头小子啊,耐不住啊,满腔正义和一肚子委屈啊,就是这一沓子事情搅在了一块儿,积成了我的四十余圈年轮。我从海滩平原上赤脚奔波、跨过山脉和河流、跨过一些陌生的小镇,才走入了那座大城市,今天又走了回来。这是疙疙瘩瘩的一大圈。得了,还是忍耐吧。我这种忍耐的功夫,主要是看着岳父瘦削而坚硬的头颅练成的——从他吐出"六人团"那几个字到如今,我一直在忍耐。一个人没有这种忍耐的本事,那就什么都做不成。我从一来到这里,就知道一种新的忍耐开始了。我发疯地干活,以便忘掉一切。只有在这劳作中,我才能渐渐压住心底的各种思念和其他欲望。我用力地挥动铁锹翻土,推车运肥,扛葡萄筐笼,忙得来不及叹息。我可以和斑虎一个小时一个小时地交谈。我相信斑虎什么都听得明白,只不过像个高深的智者一样不愿轻言,腹富口俭。它越来越英俊了,像一个懂得藏讷的男子汉,胸脯很结实地向前昂着,站在那儿何等挺拔。它有时在强烈的阳光下老要皱着眉头,我想它一定也被思索所累。我像按摩师那样给它揉着眼睛四周的肌肉,用手舒展着它的眉头。我发觉那样它很舒服。它的头有时也昏昏沉沉吧。我觉得一个用乏了的脑子,敲一敲就像一块实心木头。我有时间就给它按摩起头颅来。它的头颅很大,怪不得这样聪明。我问:

"你跟在我们身边,天长日久不觉得无聊吗?"

它鼻子里发出呜吠一声,是肯定还是否定,不得而知。

三

我和鼓额在一块儿劳动,心中充满了另一种安慰。她是一个令人怜惜的孩子,把这里当成了自己的家。我多次和拐子四哥催促她回去看看老人,她答应下来,只很少回家,而且每一次回来眼睛都有些红肿。我不知道这是为什么。我觉得她有一点儿强烈的独立生活的愿望,这一切不是来自其他人的影响,而是自然而然地形成的。她那么勤快,当累得疲乏了,就换一种轻活儿,只不愿闲下来。她不爱说话,鼓鼓的脑壳装满了隐秘。她对这个园子寄托了无比的希望,这从她的眼睛里就能看出。她希望从这里得到一种稳定的生活、一份未来的保障。她希望葡萄园日益兴盛、不再遭受任何磨难。这是怎样珍贵的一份情感,想一想让人感动。她和肖明子的薪水较高,比起平原上的同类雇工要高得多。我总觉得亏欠鼓额和拐子四哥他们一份情意,而且很难偿还。

我问鼓额:“你如果有什么不高兴、有什么要求,一定告诉我们啊。”

“俺欢喜哩。”

“就是说,你很满意这儿的工作,是吗?”

“满意死了。”

“你觉得比在家里好吗?”

“老好了。”

回答简单到了极点。我又问:“爸爸妈妈不挂念你吗?”

她迟疑一会儿说:“家里太累太难了,哪顾上喜欢我。爹火了就打俺……腚。”

最后的那个字犹豫了一下,还是说出来了。

“俺妈一不顺心,就拧俺。”

我想,这么一个瘦弱的女儿怎么能忍心拧她打她呢?我心里有些酸楚,说:“那么你就安心地待在园子里吧。园子是我们大家的。万蕙待你多好,她还要给你做件新衣服。”我在说这句话的时候,不自觉地瞅了瞅在她身上已经变得有点紧儿绷的那件布衫。

这一瞥让我发觉鼓额比刚来时长高了一点儿,也微微胖了,那两个小乳房已经像苹果似的凸起。

鼓额嗯嗯着,淡淡地笑了。她脸上永远油渍渍的,太阳怎么晒风怎么吹,这张脸都不会粗糙。我从她身上看到了一种力量,一种最可宝贵的东西。

肖明子在前边打着口哨,腰上扎了一条桑皮做成的武装带。这个小伙子的确有点儿威风了,由于长时间没有理发,头发很乱地覆盖在脑壳上,像个野地骑士。他漫长的小凹脸里蓄满了庄重的神情,很快就要十八岁了。他常常一个人跑到那个园艺场里去玩,回来时口袋里总是装满一些吃的东西。我知道这都是肖潇给的。他还说她的宿舍是天下最干净的地方,没有一丝灰尘;床什么样子,桌子什么样子,行李什么样子,他都描述了一番。他听她弹过风琴,唱过歌。

他说起这些样子有些自豪。我发现,他的手,还有衬衫里露出来的一截胳膊上边,都凸起着青青的筋脉。真的,这已经是一个生猛的小伙子了。他只经过了一两个秋天就长成了这样,鼻子下面的小胡子已经在稍稍变黑;嘴唇那么柔嫩,那么红,显然谁都没有吻过。他和肖潇姐弟般的友谊,让我在感动中又有了一丝小小的嫉羡——这是真的……我不知该说些什么才好。我们一块儿做起活儿来,我们把葡萄藤蔓往架子上搭着,小心地用草筋把它系起来。肖明子这会儿话多起来,他和我无话不谈。

当我们在园子里劳动的时候,万蕙就要给我们操办伙食。她的卫生状况刚开始让我有点儿担心,可后来才发现这大可不必。她比我们大家都干净。我很喜欢吃她做出的饭菜,出自她手的不论是主食还是菜肴,都有一种大为不同的味道。万蕙做的饭菜是十足的乡村风味——不,是十足的流浪汉风味。她的手艺完完全全由拐子四哥训练出来。她的饭菜做得随意而自由,多数时候就地取材,总是有各种各样的野菜、野味儿。她用园子里的蘑菇熬汤,用未成熟的葡萄汁代替米醋;她做的窝窝、蒸的红薯,常常就粘在了一块儿:吃窝窝的时候也正好要咬到红薯;还有蒸豆角、蒸花生棵和高粱穗,那是整枝整枝、整棵整棵地投在锅里。它们香甜可口,带着一种原生气,带着一种青草味。它绝对是让人健康的食物。我心里对万蕙和拐子四哥充满了感激。这真是一场美好的相遇。

四

随着秋天的深入,园子里的麻烦多得让人心焦。穿制服的人隔三差五就要闯进来,他们的服装虽然大同小异,但的确有细节上的差异,所以也就有了不同的公务和要求。村里的民兵似乎更加起劲地巡逻起来,他们和夜里赶海的渔人搅在一起,有时会大模大样地从园子当心穿过,惹得斑虎愤怒大叫时,民兵就拍拍肩上的枪说:“有家伙呢。”四哥有一次实在忍不住,就背着枪逼近了说:“咱也有家伙呢。”民兵瞥瞥他哼道:“你那是连发枪吗?”四哥说:“不是连发的,不过打出去的霰弹能成一个扇子面。”民兵装作害怕的样子退开两步,喊道:“我们连部还有转盘子枪,那个你有吗?”四哥说:“那个我没有,不过我会下兔子套扣,先套住狗日的脚,再使手里的家伙。”

因为骚扰太多,夜间几乎不能好好休息。鼓额一天早晨起来告诉:她的房间后窗那儿总有人往里探头看。我们转到屋后观察了一下,发现那儿真的有一些凌乱的脚印,还有扔下的烟蒂。四哥找来碎玻璃放在了小窗下的墙基边,还说会买一只大号黄狼铁夹放上。半夜里,原来有那么多的人不愿睡觉,他们在园子四周走动,叫喊,有时直接喊着大老婆万蕙的名字,吐出一些粗字眼儿。四哥不止一次光着膀子跑出来,有一回真的放响了一枪:大家都出了屋子,这时四哥手里的枪正冒着烟。万蕙去夺他的枪,说老头子不得了啊。四哥笑眯眯的,朝我挤挤眼说:“咱枪口抬高了二寸哩!”

因为不能安眠,早晨起来眼睛里多了些血丝。我洗一把脸,胡乱吃了几口饭,就走出了园子。一开始我脑子里闪过了老驼,想直接去村子里一趟,后来走着走着不知怎么进了园艺场。但我并没有停下来,而是继续往前,最后穿场而过——前边不远就是那个老太太毛玉的园子了,它静静地待在那儿,此刻海草屋顶白得刺眼。我已经走得很近了,可是因为主人没有养一条狗,所以也就没有声音报告我的到来。在我离木栅栏一两米远时,突然那只大黑花猫从一根木橛上跳起来,呜喵一声蹿进了屋子。嘭一声,小窗推开了,一个戴了黑绒帽的头颅探出来,咦咦叫着又缩回去。

毛玉见我进门,并不意外地抄着手坐在炕上,面前是烟笸箩和敞开的点心盒子,盒子里装了地瓜糖、芝麻糖、爆玉米花和蛋糕等,最奇怪的是还夹杂了一些硬币和小面值的纸币。她抓起一块芝麻糖塞到了嘴里,又把盒子往我跟前推了推,一边嚼着一边说:“那天你领来的大闺女好生不错。”我一听立刻想起了那天的情景,就不高兴了:“您不该说那么粗的话呀,人家一个姑娘……”她咽下嘴里的东西说:“呸。俺从来没见这么多毛病的人。她们经男人的手是早晚的事,瞎鸟躲闪什么!我要是你,早上手了……”我正气不打一处来,她又大声咕哝:“前年村里新娶来一个小媳妇,就仗着文化怪大,死活不让男人上身,没法了主家来找我,我见那男人急得可怜,就给他配了一服喜药——回去给小媳妇吃下,你猜怎么着?她二话不说,搂住他硬亲硬亲……”

那只大黑花猫端坐一边,毛玉就把它抱起来,将大襟衣服一展裹在了怀中,说:“它呀,一年里只有三天舒服日子,其余不是冷就是热。它们猫儿家都是这样。”我发现这只猫任她抱得紧紧的,身子在怀里修挺,脖子直立,像孩子一样的神气。“老杆儿不使坏的时候是个好人,它是男的,男人都这样,不使坏的时候都是好人。”她伸手捏捏它的鼻子那儿,像是要捏去它的鼻涕,没有。我知道了这只大猫叫老杆儿。我想起了什么,问:“你这园子好僻静啊,谁也不来折腾……那些打鱼的,还有民兵,可真够人受的啊!”老太太听了立刻说:

“我操!他们还嫩了点儿。老娘干革命的时候,那些人还不知在哪里哩。都给我老实点儿。我这辈子就图个安静,就图个自家的园子,这才是最要紧的。你记住:其余都是扯鸡巴蛋。要不是恋着园子,我今儿个多大的官也干上了。我在三纵二支队那会儿,一个眼神首长就爬到我炕上来了。我在队伍里说话算一半。我有战功,我是受过伤的人哪……”她说着飞快扯开了衣带,结果令我回避不及地看到了小腹上的一处疤痕。她一边缓缓地系着裤带一边说:“有人想跟我较劲,那他离死也就不远了。”

我吸了一口凉气。我在想老驼的话。可她不让人安静,这时又笑嘻嘻地问:

“那个大闺女什么时候再来?”

“没问过。”

她拍拍腿:“该早些跟她好上。你闲着也是闲着……”

我的脸有些烫,看看她怀里的老杆儿,它也紧盯着我。我说:“请不要这样谈论她吧。”

“还‘请’哩。我呀,一辈子就是喜好这一桩。我年轻时候一有工夫就捣鼓那事儿。如今不行了,如今老了苗了。不过我还是喜欢看你们年轻人多干一些……”

我站起来:“什么呀!这么大年纪了……”

“我支持你们年轻人,也愿意帮忙。只要开了口的,咱都帮啊。”

我愤愤地说:“村里人,还有那些穿制服的,没少折腾我们葡萄园,那么您老就想法帮帮我吧!”

毛玉磕着一口黑色的短牙,幸灾乐祸地笑了。她笑出了口水,擦着嘴说:“噢,是这样啊,这样啊。这不算个事儿。这么着,你去找找老经叔,去看看他吧——你去时替我捎点儿东西,我这里有一袋子软枣……”她说着爬起来,一手仍然搂着猫,一手去半空的搁板上取下了一只白布口袋。

五

从她那儿回来,我当即决定明天就去见那个老人。

第二天由拐子四哥陪伴着我,我们打听到了那棵有大槐树的人家。我和拐子四哥敲开门,走进去。

老人家里有一股奇怪的霉味,看不见人。我们推开了院门,又推开了屋门,才看到里间屋里有一个老人正坐在太师椅上一口一口吸烟。他拉着长音说:

“来了么?”

我说:“来了,老经叔。您老好。”

老经叔把烟锅从嘴里抽出来,指一指身后背枪的拐子四哥:

“警卫兵么?”

我意识到了什么,就小声对拐子四哥说:“你背着枪进来,老经叔不高兴了。”

老经叔说:“你背着枪,打过鬼子吗?”

拐子四哥经不住这一问,不知客气了几句什么,就退出去了。

我首先捧上了毛玉托我带的那一小口袋软枣,想不到老经叔一看见它,两只手都抖起来,抖着一把揽到怀里,凑近了嗅嗅,连连说:“好好!好!她身子板可硬朗?”

“硬朗。”

“硬朗就好啊！我有一阵子没去看她了……老革命了！老革命了……”

我从挎包里拿出一盒精选的葡萄，又拿出一包上好的烟丝，两包点心。其中有一包是当地最著名的传统食品，它叫“肉盒儿”。

老经叔认真地看了看我的礼物，眼神里有掩藏不住的满足。

“老经叔，我来这里好长时间了，也没来看看你——这是晚辈的一点儿心意。”

老经叔吸几口烟：“年轻人出门在外不易，经叔心里明白，就不用破费了，我这里也不缺这些。”

“一点儿心意……”

“不用啦。这个地方不比你们城里人。这个地方的年轻人都是些礼道人。他们知道逢年过节提些礼物来看看经叔。经叔的东西多得吃不完。”他说着摸过身边的拐杖，“当”地捅开了柜子上的一个木箱。我一看，那个木箱里面全是大大小小的点心盒子。这下子我才明白，那股霉味原来就是从箱子里发出来的。我暗暗吃了一惊。

他说：“我家东西多得吃不完，你就不要送了，啊？”

我从他的语气里明白，他并不厌弃我，也不是嫌我的东西少，他确实有些满足了。

我朝他鞠了一躬，然后就走出来。槐树底下，拐子四哥掮着枪站在那儿。他见了我，捂着嘴笑起来。

我却一声也笑不出来。我们俩就这么一前一后地往前走。一路上，拐子四哥打趣地议论那个老人，我一声不吭。

事情奇怪到了极点，那些巡逻的民兵，还有其他人，以后真的再也没有到园子里闹腾。

深凹的眼

一

那个小村开始慢慢与我有了特殊的联系。它跟我达成了新的谅解——只是这样想着,后来发生的一件事却推翻了我的想法。

我发现在运葡萄的路上仍然埋伏着很多危险。比如为了不受骚扰,我们运葡萄的马车常常在天不亮时驶出葡萄园,可在通过小村时仍有很多顽皮后生拦住马车,嚷着要吃葡萄。他们拿走的不多,每人也就是几串,可天长日久毕竟也是一笔不少的损失;更气人的是,这毕竟是一种刁难。有的人拄着拐——年轻轻就拄着拐,而且没有腿疾,必是一个顽劣之徒;还有的没拄拐,却举着一个抓钩。我们雇来的赶车人常常因为这个而苦恼,有的再也不愿出车,有的要求成倍地增加运费。他们把那些情况夸张地叫做"拦路行劫"。其实那些年轻人一般没有太大的恶意,不过也偶尔发生几起可怕的事情——有人不知怎么在路口挖了陷坑,以至于车轮陷在了里面,还差点糟蹋了一匹骏马。赶车人完全吓蒙了,嚷着:

"出了这样的事,真是万万没有想到。以后有什么凶险咱还不知道哩,我得赶紧撂下鞭子……"

无论如何他都不为我们出车了。

这样的事情使我尴尬万分,一筹莫展。我觉得在这村外郊野里,在这远离城镇的偏僻荒原上,出现了哄抢事件也不会令人吃惊。我甚至听人讲,那个园艺场里也发生过类似的险情,他们与周围的村庄起了争端,后来多亏公安局出面,才阻止了事态的发展。我也去找公安局吗?我还没有那样的念头,也没有那样的胆子。

我知道葡萄园毕竟还不是一个国营企业。

看来老经叔也没有办法，因为这是一个村子里的顽皮青年，还有，就是他们太寂寞了。我相信当年打鬼子的时候就不会发生这样的恶作剧，因为那时候人人都有天大的事情要做，个个面临着大危机和大选择，他们完全可以把类似的机智用到鬼子身上。现在没有鬼子了，只有一个种葡萄的外乡人。

我费了好大劲儿才雇来一辆破车，一路上颠颠簸簸为我送葡萄，历尽艰辛。

有一天我到园艺场去，想请教一下他们的汽车班——我想那些老司机肯定会有一些办法。

汽车班里有几个人在打牌。其中的一个见了我就没有心思甩手里的牌了。有人催促他快出牌，我才听出他有一个奇怪的名字：太史艾奇。为了方便，有人就叫他“太史”。他在这拨人中非常出眼，大约三十多岁，长得挺帅，鼻子很高，眼睛深深地往里凹着，那样子多少有点儿像土耳其人。

他打着牌，一会儿瞥我一眼，后来索性把扑克牌扔给另一个人，像个老熟人一样走到我面前，一只脚蹬在凳子上，又从衣兜里掏出一盒进口香烟，甩给我一支，自己再叼上，“啪”一下打开打火机。我摆摆手，他就自己点上了，说：

“还记得我吗？”

我摇摇头。我相信绝对没有见过这个人。

“我认识你。你以前来过园艺场，咱们搭过话。”

我脑子里没什么印象，但他说的肯定是真话。

“我自己包了几辆汽车。其实你雇那些马车啊拖拉机的不合算——我一个人在业余时间就给你把活儿干得利利索索，再说我的价钱更公道。”

这时候汽车班的一个人也过来了，帮腔说：“就让太史给你干吧,他什么也不怕。有两个拦路的要找麻烦,一个让他打掉了门牙,另一个让他把嘴撕开了一道口子。没人敢找他的碴儿,你看他腰上有什么……"

我看了看他的腰,发现那里闪露着一个铁钉头。他笑笑:

"没什么。一节铁鞭。我练过武。"

这个人倒很痛快,人也长得干练。说真的,我有点儿喜欢这个人。如果说他开车是把好手的话,那么他还可以干一个更好的差事,比如说到一些惊险片里演一个硬派小生。我这样想着伸出手来,他就利索地拍了一下我的手掌:

"我来干吧,我不是揽你的活儿,我有的是活儿,不信你问他们。"

他叼着烟的嘴巴一歪,汽车班的人就说:"太史的活儿干不完,他是喜欢你……"

当那个人这样说的时候,他就握住我的手大步走出了院子。"伙计,我知道你,我早就听说你了。你是从城里来的,一个人出来闯天下。和你差不多,我原来在一个大机关里开小车,后来也辞了公职,干起了这个。如今我也算个有钱的主儿了。我想帮你的忙,没有别的意思。一句话:咱们差不多,我喜欢你这股劲儿。"

二

他的车就停在园艺场的一个角落里,这时候他招呼一声,让我上了车。我们一起往葡萄园里去了。路上我的脑子里闪过了类似的念头:我是一个被神灵暗暗相助的人,它总是在最困难的时候,给我送来最需要的什么援助。眼下的太史又是一例。他手下的人会驾驶飞速的铁马为我把葡萄运走,还可以把其他的东西运进运出——这都是使我伤透脑筋的事情。

太史车开得相当快,而且从坐姿到动作都有几分帅气,那神情很像一个得意的马背上的骑手。我想这人倒有一副侠义心肠,为人也十分痛快……我在一边端量他,发现他除了鼻梁尖得有点儿过分之外,整个脸上的线条都很有力量。不过这人偶尔闪过的神色里有一丝冷冷的东西,让人有点儿惧怕、一种深深的陌生感。他说话时面带微笑,一闭上嘴巴就是一副冷面。

车停在我们园子门口,马达声使所有人都跑出来了。万蕙手上沾着面粉;她身后是肖明子和鼓额。又停了一会儿,拐子四哥掮着枪领着斑虎出现了。斑虎没命地往前扑着,幸亏四哥紧紧揪住了它脖子上的锁链。太史向它打个口哨,还撑开了两根手指,做了个胜利的手势……

我觉得他的这个动作对斑虎来讲肯定好极了——我发现斑虎在慢慢平息自己的怒气。当然这也与四哥的劝解分不开,他抚摸它的脖子,把它耸起的毛发按下去,轻轻地说着什么。斑虎态度有点儿通融了,太史这才跟我们往园子里走去。

他一边走一边看着旁边的肖明子和鼓额。他把鼓额当成了比实际年龄更小的姑娘,故意引逗她,还做了个吓唬她的手势。我想鼓额一定会被逗笑,谁知她抬头看了一眼,马上害怕地往后缩去。太史大笑起来,说:"你们这个葡萄园哪,够劲儿。"

他没有进茅屋,而是跟我和四哥在园子里转了一圈。他拤着腰,四处里看着、评论着,每一句话都十分得体。我想这人见多识广,不愧是个走了很多地方的人,不是那种四肢发达头脑简单的粗人。他似乎懂得很多。我那会儿想,这个人如果像武早一样,真的参与了我们葡萄园的工作,那对于我们可能算是又一次意外的收获吧。我说:"让我们今后好好合作吧,欢迎你常来这里。"

四哥听到我的话,略有不安地瞥来一眼。我知道他的每一个眼神。我想他以后会理解我的意思。我当时抑制不住那种兴奋,话说得有点儿多。我往前走着,手不知怎么按在了他的肩膀上:

“认识你太好了。你如果觉得这还值得,咱们就合作吧。”

“我是主动投进来的。我喜欢嘛。我除了开车之外也许还可以干点儿别的,也跟你学学。咱们也可以一块儿谈谈城里,谈谈书什么的。”

最后一句让我有点儿惊讶。可他接上真的谈起了书。他原来也算个读书人,而且口味不低。我满以为他会谈一些供旅途上消愁解闷的读物,想不到他提到了几本不算通俗的著作——当然我并不期望他理解有多么深,可也不能说他对这些一窍不通。我感到奇怪的是:他从哪儿知道了这些书?谁给他提供了这份书单?

我感到惊异的同时,也有了更深的期待。

当我与他谈到了葡萄园所遭受的一些骚扰之后,他很严肃地看着南边的村落,看着远处的景物,狠狠地吐了烟蒂。他说:

“嗯。鬼东西,他们在一点儿一点儿包围你——是吧?他们在包围你!他们一丝一丝往前移动,你如果害怕了,他们就会呼啦一下爬起来,扑过来,最后把你啃得只剩下一副骨头架子。你得吼几嗓子,架起火枪,瞄准他们打……”

我说:“还没那么严重……”

“你是太轻信太善良了!其实世上的事儿都是硬碰硬的,你跟他们逗着玩,他们就会来真的——到时候什么都晚了,躲也来不及了……你以为别人不敢碰我,是因为我腰上有一根铁鞭吗?”

“我不知道。你说说看。”

他哼一声:“再好的铁鞭也挡不住一群狼。它们一齐抄过来,一根铁鞭有什么用?”

“那你依靠什么?”

“我知道无论干什么,只要想赢,就得准备打一场恶仗——有了这个想法垫底,其余的都好说了,比如说好好为人一团和气啊,去拜访一些什么人啊。”

我盯了一下他那双深凹的眼，又转脸去看别处……我寻思着他的话，想说："是啊，我也拜访过一些人……"

他慢吞吞说下去："每个地方都有'三老'、有'星宿'。你应该去拜访'三老'、拜访'星宿'。"

"就是老经叔那样的人吗？"

"他只是一个'小星宿'，他其实算不了什么……"

太史说到这儿，突然亲亲热热地扳上了我的肩膀。

第 七 章

思 念

一

最后一批葡萄摘下来之后,葡萄树就显得可怜巴巴,整个葡萄园都变得空荡荡的。

经过一阵紧张的操劳之后,我和葡萄园一样,进入了一段没着没落的日子。每逢这时候我就渴念起城里的朋友,分外想家。我用力忍住了不去想小宁和梅子……这时候突然觉得离城里的一切那么遥远。阳子和小涓已经很长时间没有消息了,他们大概故意将自己的踪迹隐匿起来。还有吕擎和吴敏——吴敏作为一个家用电器公司的经理,如今已经做得有滋有味了。吕擎这些年里改变了许多,学术上不仅谈不上勤勉,而且正在蜕变为大学里的一个冷嘲热讽者。他变得多少有点儿陌生,有点儿令人费解。他对本职工作再也不屑于投入任何情感。而以前他是绝对反对嬉戏的。他的母亲正是从儿子所在大学的教职上退下来的,一直对他寄予了莫大的希望,现在则充满了忧虑。

作为吕擎无所不谈的挚友,我真的害怕他成为这个时期里的某一类人,即我们一致厌弃的那些故作洒脱的概念化的痞子。这种人其实在知识分子当中最常见不过。我不相信吕擎会落入时代的窠臼。他是这样一副性格:做任何事情都不愿分心,谁也不可能把他的注意力从一个地方引开。而现在他是如此的松弛、慵懒,好像昨天的他已经变成了另一个人。

令人难忘的昨天。那时候的吕擎无法归类,放不进周围的任何时髦之中。他格格不入却又踏实认真,有一段曾经冒出一个强烈的念头,就是与身边的朋友一块儿,再约上三两个志同道合的大学生,到东北、西北和鲁南山区等地去自费考察,做一次关于中国穷乡僻壤的系统探究。这次长途旅行的动机和目的都严肃到了极点。那一段时间大家都忙着积极准备,甚至搞好了睡袋和帐篷……这种辛苦的远行时下会备受讥讽和嘲弄,并且一定会成为某些人士手中的反面标本被反复引用。因为时代的聪明者层出不穷,他们会一直得意到生命的尽头。

可是时至今日,我们仍然愿意相信,人和人是不一样的,有的人真的拥有一颗不同于常人的特别的灵魂……

吕擎作为他们当中的老大哥,当年已经三十多岁了。他理所当然地负责为一次次远行筹划经费。可惜他当年一点儿也不擅长此道。他笨模笨样地搞了很多经营,还试着当过图书批发商——这个行当当时产生过一些富翁,可吕擎不过是刚刚保住了本钱而已。再后来他又做茶叶生意,做现代化办公系列产品推销员,都没有成功。最后他们的这个计划由于各种原因又进一步给耽搁了。可是吕擎也恰好在这一段时间里有点儿长进,先扎扎实实开了一爿店,然后又成立了眼下的公司。吴敏也从一所中学音乐教师的位置上退下来,成为实际上的打理者。

我刚认识吴敏的时候,她还在大学里。那一次我到她所在的大学去参加一个讲座。当时她是音乐系一个出类拔萃的姑娘,刚刚二十来岁,像眼下的小涓一样年轻。她戴着眼镜,厚厚的近视镜片也没有遮去她那双温柔、深邃的眼睛。第一次见她跟吕擎坐在一块儿有点儿好奇。我早就熟悉吕擎,可不知此刻坐在身边的姑娘已经成了他的恋人。不用说,她让人一眼就看出是一个好姑娘。吴敏沉默寡言,对事物很有主意,她的温和多少遮掩了她的精明强干,这只在后来吕擎经营公司的时候才大大地显露了一手。我相信吕擎如果没有她的帮助将会一事无成。她本来是学钢琴的,如今摆弄账目、研究货架上的商品,就像摆弄琴键一样熟练……

我现在想的是:城里的这伙朋友还要重新出发——他们迟早还要出发的,还会走得更远。我知道在这个世界上,在任何时候,也仍然会有一些拒不低头的人。他们回答给强大无敌的物质世界的,仍旧是自己拒绝的声音。

这个世界上仍然有一些忧虑者,一些耿耿难眠的人,这是真的。这些人散落在世界上的各个角落,他们或沉默或呼号,或生气勃勃或奄奄一息。有的人直到死去都没人知道,有的人就在此时此刻,在今夜,已经耗尽了最后的一滴。我不想轻率地回想和总结自己这四十余年的生存,可我还是在午夜抚过了它的每一寸。我有忍不住的羞愧,为我的软弱和颓丧;我知道未来会有一个鉴别,它最终会这样,对此我不存奢望。在这片远离喧嚣的田园里,在这片难得的宁静之中,对人对己,有多少自忖和质疑都一块儿泛了上来……朋友,不知道未来的一天,你还能否记得起很久以前,那次激动人心的约定?

人是需要践约的。

二

我的思绪久久停留在很早以前的那段时光,那些动人心弦的日子——当他们约定远行的时候,我和梅子从四处为他们收集粮票,甚至连夜到很远的地方去为他们购买一副鸭绒卧具的情形。那天我们跑了很远也未买到一条睡袋。梅子焦急时甚至画了图,要亲自动手为他们做睡袋。那时我们愿意把自己的一切都贡献给这些远行者……当然即便在当时我们也知道，人生的功课是一回事，探究是一回事，但有些东西并不像某种矿物那样，一定要藏在偏僻的旮旯里。远行的意义有时也在于这种徒劳、艰辛和曲折本身。他们必会历经磨难。只有远离伤感才会变得深沉。苦难会围上他们，让他们绝望——一切荣誉和报偿、一切的虚荣之念，都必须悉数剪除。这个信念必须确立，并且作为一个原则及早定下，以免落下难以追悔的大哀伤。那才叫痛呢。

此时此刻，我究竟踏在了哪一个人生的站点？我仍旧像昨天一样，时而充满警怵地盯视内心，那个浑茫的幽暗的海洋？我将回答自己……

当我一个人出神的时候，鼓额就小心地绕开我。她不愿打扰我，走起路来蹑手蹑脚。我看见她离开一段距离之后，就专心地在那儿打量我了。她可能觉得我有点儿费解吧。

斑虎也在这时候安静下来，它再也不奔跑、不撒欢了，可是它不懂得躲开我。它就在离我很近的地方昂着头颅注视我……当它这样累了时就趴下，可它的眼睛还在望着我，专心地研究我。只有万蕙像平常一样忙忙碌碌，不声不响，只是搬动东西时才不断发出咚咚的声音。

肖明子也许正在园子深处，他在茅屋里待不住。如果他长时间不回来，那么他一定是到园艺场找肖潇去了。

拐子四哥抽着烟斗过来，拍拍我的肩膀说："你也该想想家了。不过你还是跟我到园子里走走吧……"

我们一块儿往园子里走去……

夜晚的露水啪啪地滴下来。海边露水总是很盛。葡萄树上的葡萄已经全部采收完毕。经过了多半个秋天的忙乱，无论是葡萄树还是我们自己，都有些疲乏了。接下来的会是一段少有的寂寥。

天气会渐渐变得严肃而凄凉,候鸟开始南飞。当树叶一片片扫向大地,西北风又该呼啸起来。那时候海水将变得乌黑,白色的浪花噗噗打到沙岸上——它会让我进一步面对这片激情荒野、这一代代人追逐流徙的神秘之乡;而我作为一个后来者,这又是一片奋力开拓或悄然隐遁的疆土……

这样的夜晚我无论如何还是要更多地想到城里的家。那里因为没有我,也许会使即将到来的冬季更加荒凉。我特别想念小宁——每次回去见到他,他的神情都有点儿让我忧伤。因为我发现他对我真的有点儿疏远了——不是遗忘我,而是把全部热情都埋藏起来。他在成长,因为他懂得了埋藏,即便是对自己的父亲。

四哥在一截躺倒的石桩上坐了,磕着烟斗说:“这里也许拴不住你,别看有这么多葡萄桩子……拴不住你,我想应该再有点儿什么才行。如果是一匹野马,那么最好的拴马桩是什么?我没事了就琢磨这个。你想要什么?咱俩去看场电影?找几本书来?我也不知道你到底想要什么。你从来不告诉我,也许是嫌我听不懂?也许……不错,你长大了,不是小时候了,我弄不懂你了。再不,你就经常到园艺场里去吧,我觉得你跟那个人——那个女教师蛮能拉得来……”

我从心里感激他。但我什么也说不出,只重重拍了一下他的手。他的手很硬,差不多全都包上了一层茧壳。我摇摇头,笑了。怎么跟他讲呢?我疲惫了,这里却使我变得生气勃勃;我就为了逃避深深的寂寞,但今天却落入了另一种寂寞。我显然不仅仅是在怀念朋友,而是怀念另一种熟悉的生活,它就包含在我亲手拒绝了的某种东西之中。我的这种情绪真是令自己厌恶,可一切又是真实存在的。我需要什么?我需要重新投入那片喧嚣和倾轧、没完没了的争执与呼告吗?不,我惧怕,整整花掉了四十年的时间,才算是告别了它。我终于投入了故乡的原野。可是我躺在这个孕育了生命的摇篮之中，却又在思念城里……

当然我可以到园艺场去，但那里也不能让我免除一种渴望——它如影随形般地追随我，纠缠我，让我不得安生。就是它让我在深夜醒来，伏在窗棂上看满天的星斗，让我在冰凉的秋露里走来走去……我面前的这个人，这个一拐一拐到处游荡的人，我们的心灵在多大的程度上能够沟通？只可惜我与你相处太短、重逢也太迟了。这是人生中多大的错误啊！记得从自己很小的时候，这个人就不能在同一个地方停留太久，他总是走啊走啊，足迹印遍了山冈平原，行色匆匆。他直到很晚的时候才有了一个家，而且十分简陋。他在更年轻的时候，在东北的城市，完全有能力建立一个更舒适更坚固的家。可是没有。他故意拖延下来，在等待，在找一个真正的归宿。他找到了吗？这个尖利的问号最好不要在他面前吐露啊……东北的那个兵工厂一直按月发给他抚恤金，尽管这是不大的一笔钱，也还是可以很好地利用。不过他似乎连想也没有想过这些。我记忆中他总是领着我在海滩上游转，一拐一拐立不住脚跟。他没法在一个地方久待。他所在的那个村子里分给了他一小块地，他似乎也没有心思耕种。万蕙曾种了一点儿粮食和蔬菜，收获极少。他眼神恍惚，不知道做点儿什么才好，仿佛对一切都失去了兴趣。他的朋友很少，不愿和大伙在一起交谈。他把大半生的时间都用在四处游荡上了。

我从心里感激他的，就是如此不能安生的一个人，却能与我一起经营这片葡萄园。而且他做得精心极了，事无巨细都要亲手料理，简直是一个不知疲倦的人。在他粗粗的吆喝声里，我觉得自己算是寻到了一位最好的兄长。他从来没有提过钱的问题。葡萄园里的所有收入支出，全都由他记在一个破旧的账本上。我看到四哥捏住一个很短的铅笔头在纸上用力地刻画，心里就一阵感动。他还是穿着那件破旧的青布衣服，如果头发长了，就让万蕙用修葡萄树的剪刀给他剪一剪……

“反正这会儿闲了，你到园艺场去吧，去找她借回几本好书。”

拐子四哥仍在催促我，这会儿没有一点儿打趣的意味。

我摇摇头。我知道他在想什么。

三

我当然想到园艺场、到她那里去。有时不是想，而是渴望。但奇怪的是，越是渴望，越是要一个人闷在这里。实际上与肖潇的每一次接触都会留下长久的愉悦。她的面容和神情令人无法回避也无法躲闪，她的声音会长时间地留在心上，使我稍稍不安起来……当年第一次见到肖潇，曾惊讶于她一个人远离家人生活在这里，并由此想到了人们常常忽略了的一种权利——自由择居。自己选择自己的生活、自己的环境，这当然是一个极重要的问题，这在凡人和智者那里都同样不会是一件小事。居于此而不居于彼，这好像不值得大惊小怪，但其实不然。这不是一个容易作出的决定。在一个人基本上丧失了这种选择的权利时，他会是一个幸福的人吗？又有谁为了捍卫这个基本的权利而抗争？我，我们许多人，都在苟活。我们活出了耐心和惰性，还收获了一种畸形的顽强。我们只好歌颂自己的悲剧，宣扬一种奇特的自豪感。

择居真的只是换个地方居住而已？果真如此简单？好像每个人都在忽视这种选择的勇敢，非同寻常的勇敢。人的肉体匍匐于大地，人的心灵失去了自由。一个人追寻这自由，有时就要深深地埋藏起一个沉默，然后开始无声的拒绝……

四哥掮着枪，踱着步子。这个夜晚他望着星空叹息：“我有时间还要给你讲讲东北哩，讲讲那个古怪地方。我告诉过你，我是在那儿出生的。他妈的，我把自己的年轻时候埋在那里了，值不值得？我算不清这个账哩。我越过越糊涂了。不过我一想起那段日子还是觉得挺有滋味儿。那时候我背着一支小枪,颠颠地跑来跑去,无忧无愁。我跟你讲过,我喜欢过一个比我大的姑娘。那时我十六七岁,就像肖明子一样,细细高高,浑身软软和和的。那些大一点儿的姑娘知道事情也多,她们给你好东西吃,抱你,把你当成她们自己的小弟弟什么的。她们扯着你的手去看电影,嗑瓜子的时候也忘不了你。她们剥出瓜子仁塞到你手里,其实你自己还不会剥吗?那是爱护你哩。她们身上有一种好气味,我很早就知道这是姑娘的气味。有一个姑娘偷着亲我,那会儿,嗯,可真不错!我还记得她们嘴里的那股青草味儿——告诉你吧宁伽,好姑娘身上都有一股青草味儿。等到这股青草味儿没了的时候,你可要远远躲开她了。"

他的话让我忍俊不禁。这可算他的一个奇怪发现。我这样想着,终于忍不住笑起来。

他说下去:"我经历事情多了才慢慢长大。告诉你,一个十六七岁的小伙子要长起来可不那么容易。他要长大,就得经受事情。我自己扔下的一段好日月就是在兵工厂那会儿。那时我有很多朋友,男的女的,很多;我有自己尊敬的首长,我为他背着枪……你想一想,首长一句夸奖会让我高兴半天,觉得什么都有了。这么规规矩矩火火爆爆的一大块日子,总算没有糟蹋过。可后来又怎么样?日子过得太快了,一眨眼什么都没了,就像抽了一袋烟一样,烟嘴从口中一拔,一股烟冒了就没了,嘴巴空空的……后来我就找了老婆,你知道男人最后还是得找老婆啊,那才是个牢靠东西。开始我挺犟,发誓不找她们,要一个人利利索索过下来。后来才知道不行,男人没有老婆麻烦大哩,比如说,半夜会心慌。男人要治心慌病,离了老婆不行。你想想,老婆会告诉你好多东西,会把自己经过的那些古怪事儿一样一样向你说出来。她为你缝袜子、钉扣子,一边拉着针线,一边把什么都拖拖拉拉地讲出来。这就治好了你的心慌病。她跟你讲过的故事你千万要相信哪,那没有错的,都是些好故事。冬天来了,她们热喷喷的身子就像黑乎乎的开花大馍,是揭开锅盖时喷着白气的一锅红皮地瓜。哎呀,她们做的那种稠嘟嘟的菜叶饭喝起来又咸又香。这就是过日子哩!这就是一种牢靠!别的东西拴不住人,她们能拴住人。是啊,任谁都得被她们拴住。只可惜我是个心眼儿会活动的古怪东西,会前前后后左左右右想个不停。想来想去,我就拍拍这条拐腿,大喊一句:'糟!事情要糟啦。'有时真想一抬手把好端端的窝毁了。可转念又一想,毁了窝,毁了土屋,再往哪儿去?还出去游荡吗?游荡到什么年头?要知道人老了,脸皮上有了黑斑,胡子也白了,还往哪儿去?就在这个节骨眼儿上,是你迎着我喊了一声,把我招呼到这片葡萄园里来。好家伙,你可能不知道,你这等于是救了我!老伙计,我这一辈子又想从头儿重新过下来了,我想好好地过下来了……"

四哥说着,声音有些发颤。我偷偷瞅了他一眼,看见他眼角上有什么晶亮的东西……

我低下了头,靠在了葡萄树上。我又记起了他在我小时候讲的那些奇奇怪怪的故事。那时他讲了多少闻所未闻的故事啊!当时有的能理解,有的压根儿就听不懂。我虽然记不住那些故事的具体内容,可突然间好像什么都明白了:那全是心中的焦渴化成的啊,那是一些永不安分的故事……

我们在园子里走走停停,直走了很久。斑虎在茅屋那儿急不可待地发出了哼唧声。

茅屋里飘来了饭菜的香味,万蕙又在为我们准备一桌夜餐了。每到夜里,我们这一大家子人坐到一块儿,什么忧愁都会忘掉……

万蕙不敢召唤自己的男人,只把碗筷弄出啪啪的响声,她用这种声音呼唤我们回去。

米色风衣

一

武早已经很久没有来了，他大概正在陷入象兰为他设置的苦恼之中。一天下午园子里突然响起了马达声，我立刻想到了武早——正是这个家伙，他戴了头盔，挺挺的鼻梁露出来，像个异族人。他高高大大的身躯后面好像还有什么。

他像往常一样打了裹腿，当身子一歪跨下摩托的时候，我才发现他身后坐着一个女人。因为离得远我看不太清，只看到那个女人修长的轮廓。还没等我这里反应过来，武早就在那边呼喊了：

“喂，宁伽，我给你驮来了一个宝贝……”

我大步走过去。我自己知道心里有多么愉快，因为我早就在盼望这个大汉了。鼓额和肖明子、四哥和万蕙，这时都从茅屋里跑出来了。他们没有一个不欢天喜地。武早推开头盔，兴奋地把右手往后一摆：

“这就是象兰！”

实际上大家早已经被那个女人给吸引住了。她看上去像二十六七岁的样子，真的很年轻。可是我知道她的实际年龄。看来她很会保养自己。她穿着一件米色风衣，身材比较瘦，因而比本来的身个儿显得高一些。她好像很严肃，一双警醒而美丽的眼睛看着我们大家，又飞快地扫了一眼葡萄园和茅屋。她笑了：“我们老武总夸你们的葡萄园，说一定要我来一趟、来一趟。我有好多事要做哩……原来这里真的不错！”

她像自言自语，一边拍了拍武早的肩膀。

这个女人的直爽一开始就让人感受到了,不过还好,并不让人厌烦。我发现她的下巴和额头,在树隙投下的光影里有些油渍渍的发亮。从这儿端量起来,她并不像个放荡的女人,她的脸上甚至有着很真挚的神情。她看看鼓额,又看看万蕙,很快把手扶在鼓额肩膀上,又把她轻轻一搂,让她靠在身边。我发现鼓额很不习惯这样,可又不好意思挣脱……过了一会儿,象兰在武早的积极引荐下,向一间间茅屋走去。

我发现武早此刻已经不是一个粗犷豪爽的汉子了,他甚至变得有点儿羞涩。他身边的女人倒是又说又笑,光彩四溢。我对她只表示了一点儿应有的礼貌,因为我觉得她的到来,不应该也不可能像武早一样受到欢迎。

二

四哥和万蕙不知道象兰的底细,只急着为新来的客人张罗东西,招呼鼓额和肖明子去搬桌凳,用清水冲洗葡萄等。象兰抓起了一串最好的葡萄,飞快地吃了几粒,说甜极了甜极了。她说这个葡萄园能长出这么甜的葡萄来,这儿的人怎么能不好?

她的话让鼓额和肖明子笑起来。万蕙也很愉快地看着她。我却觉得没什么值得发笑的,至少在眼下还没有感到面前这个女人有多么大的魅力。她只是比实际年龄显得更年轻,或多或少有一点儿青春的朝气而已。当然了,她很会打扮自己。米色风衣这会儿脱下来,露出了颜色和式样都很特别的毛衣。她穿的衣服做工十分精细。这方面有点儿像肖潇。她坐在一个陌生的地方,毫不拘束——这样的人当然不会拘束。她说着话,总是逗万蕙和鼓额发笑,又伸手弹击肖明子的脑壳,说:“我就喜欢你这样的小家伙。”我多少有点儿烦了。不过停了一会儿我很快发现:她在不知不觉间成了一个中心人物,竟然左右了我们这一伙儿的谈话。意识到这一点之后，我立刻大声与武早说起酒厂的业务来。可惜武早没有多少心思和我说话，只专注地看着象兰，只顾倾听她的谈话。

我有些不快，站了一会儿，使眼色，扯衣襟，好不容易才把他叫到隔壁的办公室来。

武早搓着潮湿的手说："你看你看……大家正说着话——什么事这么急呀？"

我说："我有要紧的事要问你，这么长时间了，你也不问问我们的园子怎么样了。大家都很想你这个老朋友呢。我有好多话要跟你说……"

武早摆摆头："时间有的是，我们准备在这儿过两天呢。你能不能说服一下象兰？"

"说服她什么？"

"……我们尽早复婚的事。你知道我这个人，离了她还是不行。我就为这个才让她来的，我觉得只有你才能说服她。你不要看她快言快语的，那可是一个有心眼儿的人。我想她需要有人用更深的道理去征服才行。这样的人在酒厂根本找不到，也只有你……"

武早的话不像玩笑。这让我想了一会儿。没有办法，也只好答应他。

当我们一起回到那间屋子里时，发现所有的人都被象兰逗得哈哈大笑，连拐子四哥也笑得满脸开花。他可不是容易被逗笑的人。这个象兰显然非同一般。不过我对她还是不太喜欢。

大家又玩了一会儿，武早就急不可耐地把其他人引开。我也很想离开，可武早恶狠狠地对我使了个眼色。我只得硬着头皮坐下。

屋里只剩下了我们两个。象兰说："武早嘴里老是提到'宁伽、宁伽'，原来你就是一只拧下来的茄子呀。你一个人搞了这么一大片葡萄园,真不容易!”

我没有吭声,只是听。她说着脸色开始严肃起来,目光盯着自己的脚尖。她再一次仰起脸来的时候,我看到的完全是另一副面孔:眼神里充满了忧郁和探询。我试着说了句模棱两可、同时又是颇有寓意的话:

“没有什么,凡事只要好好做、往好处去做,就一定会有好的结果。”

她摇摇头:“不完全是这样。可以说大半不是这样——”

我怔怔地抬头看着她。

“你知道生活的道理可不是这样,起码不这么简单。我们这个年纪都懂得这份复杂,蛮难的……”

她停顿了一下,又叹了一声:“武早为什么老要叫我来,我心里清楚,他是想向一个人求助——可我知道谁也帮不了他,帮不了我们。不过我还是来了——他找的人做不到,我却要做自己想做的事情——我是说,我想让你劝劝武早,让他别再缠着我了。我相信你会替我去做这个事情的。”

我立刻站起来:“不不,我不插手,我两边都不说吧,因为我什么也办不了,那是你们俩的事……”

“不,你最后一定会帮一个人,你会帮我。”

我被她的执拗惹得有点儿生气。接下去我不再做声,合着手掌坐在那儿。我想听听她到底要谈点儿什么、心里装了什么机关。

“武早可能早就告诉你了,我是一个很够劲儿的女人——”

听到“够劲”两个字,我心里暗暗发笑。她很会变通。这两个字里面包含的东西可真是太多了。泼辣、难缠,甚至是不贞,都可以用这两个字解释。真是够劲儿,她可不好对付啊。一般的男人根本不是她的对手。

三

她继续说下去:“我并没有怎样,不过是不愿把自己锁在一个笼子里。谁又愿意?我不过是想有自己的一份日子。可是这不成,男人娶了你,就得把你变成他的私有物品,再好的男人都会犯这个臭毛病。我当然不干了。”

我相信事实并非那样简单,忍不住指出:“可是,你也有你自己的责任,而且还要遵循共同的……规范。”我强忍着没有在“规范”前边加上“道德”两个字。

“不错,我遵循这种规范,所以我才和武早结婚——本来一切都挺好的,他也有承诺,我们在一开始就说好了的,就是不准他学习和保留一般男人的恶习!他也一口答应了我,还说:你把我看成了什么!我会让你从头到尾高兴下来……”

她说到这儿顿了顿。我在想“从头到尾”这几个字究竟意味着什么?是她的“头尾”即身体,还是一个过程?当然是整个婚姻的过程。遗憾的是这个过程没能进行下去。责任嘛,我直到这会儿仍然认为主要在她。

“可惜后来我才发现,他根本做不到。他还是一个没能脱俗的人,一个差了十万八千里的家伙——无论他怎么说、怎么下保证都没有用!他根本做不到,做不到还是做不到,就是这样……人们都在自觉不自觉地遵循一种他自己的规范,不会去管别人。比如说,我从一开始就告诉过他:我、还、会、爱、上、别、人!”

我一股火气在心里窜动。我想即刻就找到武早问一句:你真的在一开始就答应了她这个?你会这么贱这么宽容这么胡扯蛋?我暂且忍住,听她继续说下去。

“你一定会看到一些你喜欢的异性,我是说一个姑娘,她活灵灵地站在你面前,充满了青春的那股火爆劲儿。你看到她就会忍不住,你最后还是被她深深地给打动,你没有办法就得找她,因为你受不了,因为这真的受不了。然后呢?你还是要找她,要找她就不该有任何虚情假意——你总不该骗她吧?当然了,这也不是一厢情愿的事儿。不过你会白天晚上想起她——既然是这样一种情况,我怎么能忍心又怎么会理直气壮地去指责你呢?可是也有另一种人,他会把情感深藏起来,俗话说那叫'闷头色',这种人憋急了会干出一大堆坏事来!他们什么坏事都干!我可不是那样的人!我一看到酒厂那些漂亮的小伙子,他们当中的某一个,我就受不了。我真是喜欢啊!我还那么年轻,我才刚刚开始哩。我早晚要找机会告诉这个小伙子,告诉他'我真喜欢你啊,真的啊!'他一开始会吓跑了,不过——你知道的,最后他鼓鼓劲儿也就走过来了。他睁着那双清亮亮的大眼睛,一个劲儿地亲我。你知道这是怎么一回事,你早就是过来人了——你说说,这种情况能拒绝吗?我心里一遍遍叮嘱自己:一定要做个好人,要对所有人都好,更要对武早好!我太幸福了!我得对所有人都好!这就是我那会儿想的,这是我的心里话啊……"

象兰站起来,一只手紧紧地握着自己的另一只手。

我简直不敢相信自己的耳朵,可对我说这些话的人就站在我的面前。我看出她的眼睛确实美丽,神色纯洁。她可以打动一批又一批人。可她无论如何都是邪恶的……我也站起来:"你,你这样做要受到惩罚的——你会毁坏自己,接着还要毁坏别人……世上的事从来都是这样的,不会有例外……"

象兰喘息着坐下,口中喃喃:"是的,我知道这种惩罚就要来了。可我没法管住自己!不过我一开始就对武早说过:我和别人不一样,我会爱上别人,你找了我,害怕不害怕?他那时大笑,说一点儿都不怕!我让他还是好好想一想,我说这不是一句大话就能挡过去的,你得想好了,想好了再来找我,别弄到最后要死要活的,到那时候反而成了我的错了——我们俩要君子一诺，一诺千金！我们当时并没立什么字据，也没来赌咒发誓那一套，因为我们都是君子！真可惜，他压根儿就没想遵守那个承诺。他想骗了我再说，他是个骗子！他敢这样做，就是依仗了人多势众，因为大家都会把我看成一个不道德的人——依仗人多势众来欺负一个女人，这没什么光彩！看看我周围吧，那些指责我的人回头也想打我的主意！可是正因为他们有这种劣迹，有把柄抓在我手里，他们才没有办法。他们一方面板着面孔训斥我，一方面又想偷偷得到我。我是谁？我才不会喜欢他们，就是死了也不会让他们挨近一点儿！我就是这样的人……”

“那么武早呢？他为你心碎心酸，有时候痛不欲生，他是一个多么好的人！”

“是的，好人！谁不是这样的好人！这样的好人太多了，这能等于爱？你明明知道这是两码事……老天，这根本就不是问题。我本来也想让武早回到当初的承诺，因为我仍然爱他，他多可爱。他的鼻梁多好看，他多么高大，脸色红红的，长得就像个古代武士！他也有不错的修养，这一点对一个男人来说太重要了。这样的人太难得了，我愿意他一辈子都是我的好丈夫！可他像所有男人一样，先把我骗到手，然后恨不得用绳子把我捆起来……”

我知道象兰的所有话都很真实也很坦荡，这大概就是她富于魅力的地方。可是我无论如何不能同意。因为我们如果容忍和赞同了她确立的这种原则，让男人回到那个所谓的承诺，那么我们的生活就将陷入一片混乱。无论这个主张的实践者有多么好的用意，我们大家都将无法保护这个世界上的情感和伦理秩序……正因为是如此，如果我是武早，惟一的办法也只能用绳子将她捆起来，我将没有任何办法。至此我再也不想说服她了，因为我发现自己没有这个力量。她像一个疯长的向日葵，永远追逐着自己的阳光,追逐着那团滚烫烫的亮色……我这时才发现原来并未好好打量过,她长得真像一个新疆姑娘,微微有点儿黑;她的身材一点儿也没有因为年龄而变得臃肿。她没有孩子,所以还不像一个母亲。她更像一个姑娘,却又比姑娘多了一些母性的温馨和慈爱。她绝对不像一个放荡的人。可惜她实在是一个臭名昭著的人——虽然她比许多有着好名声的女人更为可爱……

在我沉默的时候,她已经在专注地端量我了。我觉得她的目光像一团火在我的脸上扫来扫去。我心里不住地念叨着:"不管怎么说,你仍然是一个放荡的女人,一个可恶的家伙……"我克制着没有让它发出声来。

她一口气讲了那么多,声音颤颤抖抖,却很泼辣。那是因为激动而颤抖。停了一会儿她又开始说了,这一次声音缓慢而低沉:

"我必须告诉你我真实的感觉,我如果在这儿待久了,说不定也会爱上你,这我已经感觉到了。瞧你好极了,完全像一个四十多岁的男人!你的目光里有一种东西,它使我弄不明白……我喜欢它——别误解,我不会要求你来回答我;你讨厌我也与我无关——我这会儿要告诉你,我已经开始有一点儿喜欢你了,不过你可以厌恶我……"

我愤怒地拍了一下膝盖说:"不!厌恶你,这没有必要!"

"你可以厌恶我的……"

"我不厌恶你——你这个混蛋!"我狠狠地捶了一下桌子,又一下坐在凳子上。天哪,这是怎么啦?这是来到了一个什么地方?我就在自己的葡萄园里嘛!我简直被弄糊涂了。我真的给气着了。

一会儿我听见窸窸窣窣的声音。她在穿自己的风衣。后来,她又从衣兜里摸出了一条白色的头巾,缓慢地包着自己的头发……哦,终于过去了。她终于要离开了。我心里说:总算结束了，一场可怕的风暴过去了。可我同时发现，面前这个女人就像施展了什么魔法似的，包上白头巾之后似乎又变了一个人：脸庞更亮，双眼深邃，正抬头望着远方，一脸的端庄。

她看了看四周，走出门去。我听见她最后说的是：

"让我们到葡萄园里走一走吧，这里的黄昏多美，这里的黄昏可真美啊……"

卷二

第 八 章

母 与 子

一

午夜的星空竟如此逼近。我长久地仰靠在葡萄架上,让豆粒大的露珠滚落脸上……葡萄园里已经没有人守夜。我可以一个人享受这个夜晚,感受泥土扑扑的脉动。隐藏在暗处的一些小生灵正透过葡萄藤蔓向我盯视,它们猜测着,窥探着……今夜又是那个春夜迎接飞旋流沙、脚踏绵软踽踽前行时的奇特感受。粉色的苹果花轻柔地落下来,遮掩着黝黑的泥土。葡萄架上的石柱如此冰凉并透出清冽的芬芳。

这熟悉的气味让我想到了那个春天的许诺——我会将他们母子接到一片蓬勃的绿色里来……朦胧中我看到那个幼小的身影在奔跑,他一蹦一蹦,好像在欢呼跳跃,两手捧满了花瓣,一直向我跑来。越来越近,越来越近,接着一头扑进了我的怀里。我的孩子,我的孩子,你为何独自一人?在这个无边无际的夜色里,你不怕迷失吗?你要到哪里去呢?母亲呢?

孩子只是笑着,隐而不答。"你看见大海了吗?"他摇摇头。我伸手指向北方,告诉他那里是大海。孩子仰脸转向北方。那片无边无际的大水一直铺展到天际,没有尽头。我终于知道:孩子从局促的街巷跑出来,来到了开阔的平原上,来寻找他的父亲。母亲在那一端,他跑啊跑啊,娇嫩的双足迈过布满荆棘的长路,好不容易跑向了这一端,一抬头,看到父亲睡在一棵葡萄树下……

我极力想活动一下,可身体像被粘住一样一动也动不了。我搔着自己的头发,低头寻找缚住了我的葡萄藤蔓——什么都没有。这竖着的葡萄桩架间隔均匀,让我想到一个时而巨大时而狭窄的笼——那个笼缀满了地衣似的绿色和红色的丝络,覆盖了一道道的铁栏。秋风吹过,所有的覆盖物开始枯萎,露出了铁青的颜色。它像寒冬一样冰凉,我有点儿不敢挨近它,只在它的当心立定,紧紧收缩自己的躯体——我想怎样从这儿脱身……星星就在头顶剧烈燃烧,它们旋转着,发出了烤人的热流。我拥紧了孩子单薄的身体,等待一个时机。

天色漆黑,一个个巨大的星星逼视着我们。

孩子仰头看着,微张着嘴巴,一片纯稚的神情。

那些星星由于剧烈燃烧,正滴落一些滚烫滚烫的熔岩。天空如今都是闪亮的碎屑了。再看四周的葡萄树,它们像人一样激动,睁大了眼睛向上遥望,它们也在颤抖……孩子一声不吭,呼吸都变得轻轻的。我觉得这会儿正在撕扯那些花花绿绿的地衣丝络,一伸手触到了那个巨大的笼子,冰凉的棂子让我两手一抖……

宁子一笑,顽皮地伸出舌头:他在嘲笑父亲。

我惊异地看着他。

他纤细柔软的身体一攀一跃,那么从容地穿过了冰凉的棂子、那一道道坚实的桩柱。

我也像他那样攀住,因为极度用力,额上的青筋都暴起来……我粗粗的躯体死死地卡在了桩柱上,没有任何穿越的可能。

小宁狡黠地闭上一只眼睛,又在笼子内外往返了几个来回。他仿佛在说:瞧你们造起的笼子,还以为我们这些孩子也能关得住,可就是忘了我们和你们不一样!

我这才恍然大悟——可是——我看见有那么多的孩子就一直待在笼子里,他们在里面咀嚼着食物,一直到长得很高很大,那时也就真的逃不出来了——他们这之前就没有尝试一番,看来远没有小宁聪明!那些孩子总是效仿大人,以为大人们总是不会错的,于是就一动不动地待在里面,一直待到再也没有希望逃脱的那一天。

今夜的发现多么重要,我真想告诉所有的孩子:趁着天真无邪的时候,趁着刚刚来到这个世界不久、浑身骨骼柔软手脚灵巧的时候,快快逃出这个笼子吧,外面有个无比辽远的世界……

二

露水像雨滴一样洒在我的额头上……这个秋夜好凉啊。我裹了裹衣服站起来,拨开葡萄藤蔓,信步往前走去。夜雾低低潜伏,它们还没有升到葡萄架那么高。等启明星出现的时刻,雾气就会慢慢升腾起来,漫过葡萄架和杨树梢,去迎接新的朝霞……

十几年前那个芬芳四溢的早晨,我看见一道门轻轻开启了,迎面的一间屋子里有一个姑娘,穿着一身红白两色的衣服站在打字机旁。我们惊讶对视,仿佛都毫无来由地僵住了……那次见面不久,我们一起寻了个机会去登泰山。在这座莫名其妙的大山上,我们看到了很多古迹。那些古迹其实简单得很,它们由苹果花似的汉字交攀堆积,最后变成了一座稍稍晦涩的、多少令人敬畏的山。那天的攀登可真累。我们一直走在一起。也就是在这座山上,我越来越明白了,自己心里多么期望得到这个弱小娇柔、同时又骄傲得不知如何是好的姑娘……一切都很好,一切都在心里变得明朗自然了。那座山当时正处于一个特殊的季节,山雾突然涌起来,它们漫过竹林,在石崖上缓缓涌流,像水像涛,像她没有见过的大海——奇怪得很,她连海都没有见过,我那时真有点儿可怜她哩。

那时候我多么热情!这种热情给她造成了多么大的误解。热情也可以遮去误解,但它一旦消退,误解也就赤裸裸地显露出来。这有点儿像潮汐与礁石……漫长的日子来临了,她眼睁睁地看着我一个人在大地上来回奔跑,看着我不安地从东到西,又从西到东。她对自己流浪成性的丈夫毫无办法。

时间在流逝,我们对必将来临的一切无奈而自信。尽管一开始我们有过许多奇怪的、华而不实的约定,但它们最终还是无法实行。世上没人能够一一履行那些热情四射的许诺,与此相反,它们很快就会被遗忘。这种淡漠也可以叫成背叛,虽然它一点儿都不复杂也不困难,它甚至并不需要考虑许多——因为此刻他们都要面对具体而庸常的生活。

人的背叛其实每时每刻都在发生。所以说,当年的约定在后来没有一个人提起过,彼此好像压根儿就没有记起。我们好像走向了一种极其简单的结局。可是与此同时,深夜,某个时候,一种难言的痛楚还会在他们心底渗出。

这个夜晚我一阵阵地思念梅子和小宁。此刻但愿他们不要大睁着双眼,像我一样被忧思缠住。梅子是一个刚强的人,有时候真是义无反顾。她越来越瘦了,这让我想到她为了维持这种表面上的刚强付出了多少。她在竭力压抑自己,忍受着。这个夜晚我多想安慰她几句,向她从头诉说。头顶是燃烧的星云,它溶化着人类千百遍温习的誓言、那些永不反悔的诺言。我要像一个真正的兄长那样告诉她,告诉她那个有着一棵大橡树的院落里,到底隐藏了什么。她出生在大橡树下,却被一只神灵的手推到了我的面前,让我们不再分离——而我是出生在一棵大李子树下的人,我们彼此携带着完全不同的生命密码。我们将经受一个漫长的解码期,这段时间将会可怕地缓慢和枯燥,结果也许惊心动魄。准备承受吧,我们要有足够的顽强……到了未来的一天,我不会博取她的同情和谅解。我只是要诉说、诉说,把这种诉说送给至亲。

我试着遗忘自己蒙冤的父亲。我试着遗忘那个可怕的事实:腥风血雨的日子,转战流徙的纵队,这其中有两个男人,他们分别是你的父亲、我的父亲——他们有迥然不同的命运……他们之间也许隐下了一个可怕的故事,这对于后一代太残酷了。还是让我遗忘吧,让我静静地躺在这片海角园林里,永远也不要苏醒。

我只需要记住,她是我的妻子,她为此付出得已经太多了。我们最好的结果还是结伴而行,因为我在旅途上不止一次看到这种动人的情景:两人相互携扶,用一只有着缺口的破碗舀起河水解渴,在水洼里洗脸洗手——这样直到满头雪发,牙齿残缺。这对白发人总是紧紧依偎,抵挡着北风。严寒也不能使他们回返。他们就一直那么往前走、往前走。随身的行囊单薄——这一切当然是为了赶路……

依 偎

一

我在一个失眠的长夜里,为了驱赶那个残酷的故事,就给梅子讲了另一个故事,它同样是真实的,而且是我亲眼目睹的。

我曾看到一对年老的乞丐,他们大约一生下来就是一对好夫妻。因为我觉得他们像一对可爱的连体,一对不可剥离的生命。那时候我在一个小城里住了一段,差不多每天都能看到这对穿得破破烂烂却洗得干干净净的老夫妻。他们已经很老很老了,没有儿女。他们提着篮子,完成了一次艰难的乞讨,正在往自己家里赶去。他们走不了多远就要歇息一次……

有一天,我看到那个老头子坐在地上,从衣兜里掏出了一个纸团,那双枯手费力地扒着解着,纸团中露出了一个苹果核——我一眼就看出这是别人吃剩下的,不过它没有啃干净。这显然是他捡来的。他把苹果核推给他的老伴,老伴又推回去:"你吃吧,还是你吃吧。""不,你吃了吧。"最后老伴拗不过,就把那个苹果核全部吃掉了。她嚼得那么甜。我在一边看了不知说什么才好。我想买一包苹果送给他们,可又不想立马就这么做……他们歇了一会儿往前走去。我尾随着他们,想知道他们住在哪儿。我见他们拐进了一个脏胡同,胡同的尽头是一个不到半人高的小茅屋,它的墙是用泥坯垒起来的,那一截小门像窗户一样四四方方,他们矮小的身子要弓起来才能钻进去。

我停留了一会儿,忍不住走近了敲门。

门开了。这时候我才发现,这个小屋的下半截是卧在地下的。这样可以冬暖夏凉,还可以节省大约一半的建筑材料。也就是说,这个小土屋是盖在一个四四方方的深土坑上的。我小心地迈着台阶走进去,这一对老夫妇不知怎么又愉快又感激地看着,还生怕对不住我,用衣袖到处擦着灰尘。他们让我坐下来。

屋里的所有陈设差不多都是泥土捏成的,比如说泥坛子、罐罐、凳子、衣橱等都是。我不知道这个小城的边角里还藏着这样一对老人。我也不想问他们在这儿藏了多久、乞讨了多少年,这些我都不想问。我只是从他们的举止里看到了无比的友爱和温暖,他们说话的时候两双手还要扯在一块儿,要身子挨着身子——这样做并不是为了表示一种亲热,而是不自觉的一种习惯。交谈中我知道,原来这对老人只是在几年前才走到一块儿的。很早以前他们都不认识,都是孤零零的。他们做过各种各样的活计,饿了就乞讨。农忙的时节,帮郊区农民打打短工,从一个地方走到另一个地方,最后才在这里落下脚来——他们在半路上相爱了。

就这样,两个人没声没响地结合了。他们虽然没有因为这种结合变得比过去富足,可是却变得比过去幸福了。他们志同道合,没有其他要求,心愿只有一个,就是碰碰好运气,讨到一点儿更好的食物。他们都六十多岁了,由于常年奔波,筋骨已经过早地衰败,所以腰弓了,腿也伸不直,头发像芦花一样,牙齿也脱落了。

老太太说:“你别看俺吃东西不干不净,俺从来也不得病。”

老头子补充说:“俺俩半年里一次也没闹肚子。”

炕上是一团乌黑的老棉絮,我捏了捏问:“冬天里不冷吗?”

老头子抢先说:“不冷,她烤着我哩。”

老伴说:“冷什么?他把我烤得出汗呢。”

我说:“是啊,如果一个人就受不住。”

“可不,俺搂抱着睡,冬天也就不怕。”

我又问:“你们以前都没有儿女——没有结婚吗?”

老太太笑笑:“俺这以前压根儿没跟过男人。俺这模样谁能稀罕,也就是俺这个老头子吧!”

老男人咧着缺牙少齿的嘴巴:“一点儿不错,俺也是,不过俺那时不知是她在后面等着哩。”

我说:“你们这样过不容易啊,越来越老,该有人帮帮你们才好。”

老太太说:“不用不用,俺有老头子哩!”

老男人接上:“那是哩,咱有她哩,有她什么都中……”

我那会儿听着,不知说什么才好。环顾这个纯粹是泥土做成的小屋,伸手抚摸了每一件器具,觉得这些器具在主人捏弄它们的时候,都印上了指纹,带上了体温,它们全都热乎乎的。

那天我在小土屋里待了一段时间。这样的两个老人还是第一次遇到。他们真了不起,盖了这样的小土屋,藏在了城里的某个角落——哪里比这里更温暖呢？什么才能够换取这一切呢？没法估量，没法判断。

二

时隔不久，我买了很多水果，有李子、桃子、苹果，还有无花果、有南方的枇杷。我找到了那个胡同，去敲那个小土屋子的门——那个门却紧紧关着。

我想他们又出外乞讨去了。如果把这袋水果拴在门上，又担心丢失。就这样，我在小屋门前等啊等啊，直等到天黑还是没见一点儿踪影。那天我不知上来了什么倔脾气，就那么席地而坐，一直等下去。我想：即使我在这儿等上一夜，也要等上你们。

那个夜晚，我第一次看出了星星在天空剧烈燃烧——整个天空都被它们辉映得碧蓝碧蓝。我感受着它们的灼热，似乎看到了它们甩出大滴大滴熔岩……我等啊等啊，启明星出现时，才听到了一阵拖拖拉拉的脚步声。抬头一看，真的是这对老人，他们满脸尘土，互相搀扶着走来了。

他们惊讶地瞪大了眼睛看我。

我那时候已经瞌睡得睁不开眼了。我迷迷糊糊想站起来时，踉跄了一下，跌倒在屋墙下面。老头子气喘吁吁地走上来，伸手捏了捏我的脸，又拍拍我的头说："噢哟……噢哟，是个大官人。"老太太说："是官人吗？"老头子说："是个大官人。"

我听得清清楚楚。我被他们文雅古旧的叫法逗得笑起来。这一笑身上立刻来了力气，扶着墙一下站起来。

看得出，眼前的这一对老人又到远处乞讨去了。可能是这一次走得太远，他们走走停停，瞌睡了就在街头困一会儿。不过他们还是恋着这座小土屋，这是自己的家——太阳还没有出来的时候，他们终于打开了自己的家门……

如上就是我讲给梅子的真实见闻。

她显然被这故事打动了。我记得那个晚上她一言不发。我们没有说得更多,因为有这样一个故事就够了。

很久以后,当我差不多把什么都忘记了时,她突然又想起了那个故事。她说:“真正幸福的夫妻,不在于多么富有……”

一句平实的、不知被重复了多少次的“名言”,然而它在此刻有了更切实的内容。那个故事传递的,不仅仅是一个相依相伴和互相忠诚的故事。尽管这两个不起眼的生命蜷在一个土屋里,在坎坎坷坷、布满烟尘的泥路上踟蹰,自生自灭,可它的确表达了一种生存的永恒、一种真实的生活……

我仍旧要不停地出行,而且次数越来越多——那是一种没有尽头的焦渴。我只想走,走到很远很远。

三

在梅子眼里,那个有着大橡树的院子里,我们身边,也有一个迷人的故事。

有一个人从十二岁起就是一个战士。他那时候身高还达不到常人的胸肋,瘦小得可怜。可是他什么都不需要,扎了个武装带,打着笨拙的裹腿,而且还过早地拿起了武器,尽管只是一把菜刀。后来他跑进了深山,跟一些很不安分的人在一起,开始了惊天动地的生活。他大约在十六七岁的时候就砍死过一个人,还没有成年就懂得了什么叫生死搏斗。这个人成长得很快——在这不久,他竟然还获得了一种温柔体贴的生活。

他当上了团长,遇到了一位漂亮的护士。这个护士美丽但是稍稍肥胖,差不多博得了所有在那里养病的首长的喜爱。她在当时是一个很有名的女人,正像我们所理解的那样,是一个很会爱也很愿意去寻找爱的女人。就是她,最终和那个年轻的团长结合了……

自然,他们就是我的岳父和岳母。他们彼此忠诚,从结合的那一刻起就没有出过故障。战场上有时候很久不能见面,但任何分离都会更加炽热地点燃他们之间的爱火。

后来日子太平起来,他们转入了更加安定的生活。真的,现实生活中并没有多少人有幸获得这样的经历。他们从如火如荼的岁月走来,一切都变成了美好的记忆。直到如今人们还能从岳母的脸上看出她当年的风韵。

只有岳父变成了另一种人,他瘦削、高大,惟有头颅变得越来越小,上宽下窄,肌肉紧紧地贴在骨骼上,咀嚼肌很发达。那对饱经风霜的眼睛显得奇大,可是毫不空洞:它变得更加富有内容,尖利而严酷。如果没有与其长时间相处,就很容易对他产生畏惧。他是一个很生硬的人,说起话来不打折扣,办事也从不含糊。我多么愿意相信,他一辈子毁掉的都是企图破坏美好的丑恶对手。他因为善良才去咄咄逼人地进攻,去毁灭它们。

我曾想象两位老人把我当成自己的儿女。他们至少在某个阶段也喜欢过我,不过后来还是发现了一些不可原宥的弱点。他们极其失望,并且很快把这种情绪感染给了自己的女儿。

梅子对我也渐渐失望——不过我却能够用自己的办法不断地挽回一点儿。只是我决无任何办法唤回岳父的热情了,这也只好让他失望。我所能做到的只是躲到一边,躲开他的目光。我甚至想从两位老人的经历中寻找出某些“渊源”。比如梅子为什么会是现在的样子?他们给了她什么?他们给了她骨骼和血肉,也给了她一种不可改变的精神。这是革命与战斗的精神吗?显然不是。我觉得从品格上来讲,我才更具有这种精神。

她的父母戎马一生,却没有给自己的儿女一点点漂泊的渴望……

也就在老人不断回忆纵队战斗生活、谴责和声讨叛徒的时候，我却从中寻觅到一些可怕的踪迹。心底的那根老弦被一次次痛苦地拨动、牵拉，最后终于发出了一声巨大的鸣响：它断裂了。一滴滴血在谁也看不见的地方渗流，痛楚使我日夜挣扎。也就从那一天开始，我的游走再也停不下来——一直走向东部，从山区到平原，因为我想让每一步都踏在先人的脚印上……纵队，叛徒，“六人团”，最残酷的杀戮——这其中就交织着两个男人的故事，岳父与父亲的故事……

在一切都未能清晰之前，我将对梅子守口如瓶。父亲啊，你蒙受了不白之冤，你死不瞑目。作为后一代，我已经无法停止追寻。

除非有一天我将一切遗忘……

我害怕看到梅子抱着小宁、一声不吭的样子。她坐在那里，有时纯洁得没有一丝瑕疵。她抱着自己的孩子，抱着一个刚刚成长的人，坐在那儿，目不斜视。那时她全身的温暖都倾注在了孩子身上，抚摸他，安慰他，好像他刚刚遭受了巨大的惊吓——当然谁也没有去惊吓她的孩子，没有。无辜的人，母与子。我们只是有过沉默，有过不易察觉的一丝不愉快。小宁在怀中变得很老实，他用陌生的目光看着他的父亲，他这么久久地望着、望着，那目光直接穿越了这个遥远的秋夜，穿过葡萄园的深深的稠稠的夜色，落在我的身上。他的目光能够透过一个个枝叶浓密的葡萄架，像星光一样逼近了我。

这目光沉沉的让我不能忍受。我做错了什么？我一直在穷究它的意义。可是，经历了这么长的时光，我真的有点儿气力不支了。有时候我真想马上起步，赶紧地走，快快地走。我想在太阳升起之前就赶回那个城市，赶回他们母子身边……我渴望奔到那个散发着热烘烘的气息的家。可是……我的后背紧紧倚住的是葡萄架上的石柱，后背像被粘住了一样。我正在缓慢地化为一棵葡萄树，根须一点点扎下去、扎下去……

这个午夜我真的感到了疲惫。露滴从葡萄叶上滑下来，大滴大滴落到我的脸上。我该好好歇息了。睁开眼睛，远远近近的葡萄树像山影一样叠压着——它又一次让我感到了难以承受的一种沉重。我想世上的一切，只有它深深地嵌入你的视野时，你才算真的看到了它；只有印入你的灵魂之中，你才算拥有了它。如果这会儿有个陌生的过客看见这片葡萄园，会觉得它微不足道。它只不过是一次非常偶然的闪现，它在路边。那么它旁边的园艺场，南边的那个村落，也都是很偶然地搁置在平原上吗？同样如此。它们对于那些过客仅仅是一次偶遇，而对于另一些人却是要血肉相连，生死相依。也就是眼前的这片葡萄园，它已经使我难分难离。

四

有什么在柔柔地抚摸着我——啊，原来是斑虎！我紧紧地捧住了它的脸……它是我们当中最敏慧的一个生灵。大概它深夜坐起来，揉一揉惺忪的眼睛，突然发觉茅屋中的一个不见了——没有了他的鼾声嘛。它侧着耳朵倾听，发现了一个人正在园子深处喃喃细语，听到了他的心声。它激动了，不知道发生了什么事情——我沉浸在一片回想里，它就蹑手蹑脚地走到了我的跟前，那湿乎乎的鼻梁一下触在了我的脸上。

它这会儿那么冲动地围着我扭动，舔着我的脸和手，往我身上紧紧依靠，每一根毛发都在颤抖。它也许担心我做下什么出乎意料的事情，怕我一个人就此走开，再不回返，抛弃了这座茅屋。它好像很少记得我一个人这么孤零零地在园子里待上一夜，露湿衣衫。这个人要干什么呢？它用力地用脸颊压迫我，逼迫我说出真实的想法、心中的秘密……

我搂着斑虎低语道："你不明白，你什么也不会明白，我只是要安静一会儿。我只是睡不着,失眠了,一个人出来走一走。也许我们一块儿跑跑,就会赶走那些不愉快了,天也快亮了,是不是斑虎?”

它显然听得明白,腾一下站起来。于是我们就奔跑起来。斑虎愉快极了,它不明白我为什么要跑得这样慢,既然是跑嘛,就应该撒开丫子狂奔。它觉得不过瘾,就不断地跳跃起来,把前爪举到我的耳朵上方。它呼呼的喘息声真像一个长跑运动员。后来我们竟跑出了葡萄园——刚刚出了园子,斑虎就跑到了前头,奋力地向着通向园艺场的那条光洁的土路跑去。我说:“不,不,我们往北、往北。”

我们向着大海跑起来。一丛丛的灌木被我们甩到了身后。沙滩上有的地方寸草不生,只留下一片洁白的沙子,太让人喜欢了。我有时倒下来,斑虎就扑到了我的身上,用湿热的牙齿含住了我的胳膊,只是不舍得用力。它肉乎乎的爪子搭在我的胸脯上一推一推,像是要故意胳肢我笑。我大声求饶:“斑虎!斑虎!”斑虎发出了亲昵的声音。它想用这些赶走我满腹的心事和不快。我弹了弹它的脑壳,爬了起来。

这个黎明我极想看一眼大海。跑啊跑啊,斑虎紧紧地跟在身后。它有时看看我,有时抬头看看天空。我想:在它的眼里,星星会是什么模样呢?它也是旋转着、燃烧着,甩出粉色的苹果花似的熔岩吗?也许它还会听到噼噼啪啪的爆裂的声音……我们终于跑到海边了。

斑虎见到大海,也像我一样突然沉默起来。这片无边的水在轻轻动荡,斑虎伫立着,昂头远视。直过了许久,它才低下头来,嗅嗅跟前一块腥咸的石子,摇摇尾巴往一边走去了。它伫立的那一刻在想什么?

回去的路上,我们抄了一条近路,径直向着一片密密丛林走去。我们一起嬉闹,跑跑停停,互相呼应。可是,当我们走到密林深处的时候,才发现迷路了。斑虎也有些惶恐,因为我的情绪在感染它。天上的星星在黎明前变得一片迷乱,我辨不出哪个是北斗。我想倾听海潮,可到处都是呜呜的声音。在这密密的丛林中,一些不安分的野物在跳跃,一个刺猬像滚动一样从树林跑了出来,一耸一耸的圆球让我忍不住要躲闪,可一抬脚又踩到了一条蛇的身上——一根冰凉的鞭子抽打过来,像电一样击在了我的身上。斑虎勇敢地扑上去。我把它引开了。

我们费力地扒着枝条往前走去,费力地穿过青杨林,又走进了槐树林。我分外小心了,因为灌木和乔木交错一起,槐刺不时刺疼了我。露水洒在身上,像雨水一样弄得我的头发湿漉漉的。我闭上眼睛安静了一会儿——人在迷路的时候就需要这样——我期待着再一次睁开眼睛时,能够依靠潜在的一种辨识能力寻到自己的方位。

在这片荒原上,丛林往往呈现不规则的形状。它们有时呈带状,有时呈菱形,你如果走偏了,也许会在其中摸索半天。我过去大部分时间是和拐子四哥一块儿进出丛林的,所以还没有真正地迷过路……结果,我和斑虎直到太阳升起很高时才走出了丛林。那时我才发现:原来我们正在园艺场的西北方,它离葡萄园整整有十几里呢!阳光使我的心情转好起来,一夜沮丧立刻变得无影无踪。我大声地喊着斑虎,迎着初升的太阳向我们的葡萄园跑去。我说:“让我们来一个长跑比赛吧!”

我们俩都随着一天里最好的时光而变得愉快起来。我们跑着,一轮太阳一直照耀着我们。后来,当我们接近葡萄园的时候,都看到阳光怎样把葡萄架映得一片金黄,葡萄叶上一片灿烂,跳跃着光点。各种鸟儿成群结队在园里嬉闹,从一个架子落到另一个架子上。灰喜鹊一群群在园子里起落。各种喧哗的声音震人耳膜——这是一天里最热闹的时刻。

我们接近园子时,我和斑虎的声音都给这片喧闹覆盖了。我觉得这阳光、这鸟雀、这一切欢腾跳跃的生命一块儿涌向我们。我们的葡萄园浑身都披满了阳光!我唤着斑虎跑进了园子——这时我才看见拐子四哥掮着枪,正心事重重地站在茅屋前的空地上,向远处遥望。我扬起手来,向他吆喝:

“喂——”

四哥像迎接一个久别重逢的朋友那样,拐着跑出来。他回身向屋里喊了一句什么。万蕙也出来了。

四哥说:“好家伙,你们跑到哪儿去了?”

我说:“我回了一趟城里。”

拐子四哥撇了撇嘴。他当然不会听我的信口胡诌。

鼓额已经学会用心地梳洗打扮了,她用一把木梳把头发梳得顺顺溜溜,正费力地往上套一个橡皮筋。她一边套着,一边走出屋子,那双黑眼睛在急急地寻找……

第 九 章

女园艺师

一

如果没有冥冥中的护佑,这片葡萄园也许早就毁掉了。

毁灭的力量有时是非常陌生的,它或许暂时被我们击退了,却仍然潜伏在这片平原上。一个春天接着一个春天,一个秋天接着一个秋天,我们的葡萄园都安然无恙。可谁也想不到这种力量正在悄悄地、不知不觉和不动声色地包围过来。

倒是鼓额无意中发现了这一危机。她有一天早上到园子里去解溲——说起来可笑,我们这儿至今还没有建起一座茅厕,这真有点儿让人难堪。也许是我们都模仿了拐子四哥的缘故——他如果有这个需要,就一个人跑到园子深处,跑到茂密的葡萄藤蔓下。我觉得这也新奇有趣,这事儿万蕙做得自然极了——她那时撩着衣襟,迈着特别可笑的碎步消失在一片绿色里。鼓额就是这样的一次偶然的机会,蹲在那儿,发现了眼前几棵葡萄树的根部有些异样——她伸手扒了扒,发现它们正在腐烂,几根并列的枝条已经变了颜色——如果不是十分细心的话,也许看不出丝毫的异样。她很认真地一连查看了几株葡萄,然后急火火地来报告我和拐子四哥——我心上好似被什么轻轻弹了一下。我预感中的那种可怕的力量真的逼近了。

我和拐子四哥整整一天都在葡萄园里。不知查过多少株葡萄,情况与鼓额描述的都差不多。我明白这是降临到葡萄园里的一场瘟疫。它大概像人间的瘟疫一模一样。在这之前,我们曾有效地遏制了其他疾病,购买了喷雾器和很多药品。我们也曾多次求助那个园艺场里的技术员。眼下的情况还是第一次发生,我们都知道绝不能耽搁。

我急急地去园艺场找来了技术员。他是一个五十多岁的技术科长,胡茬很浓。他的手按在黑色的下巴上看了一会儿,显出很没有把握的样子:他让我们把所有生病的葡萄树都挖下一截,露出底部根须,让阳光晒着它们,并喷洒了一种蓝色药水……

很多天过去了,所有人都忐忑不安地挨着。后来我渐渐发现,有的葡萄叶已经开始枯萎。

我以前见过被一种奇怪的田鼠咬过的葡萄棵,现在的情况多少有点儿与那次相似。那些可恶的家伙在深夜里掘洞,咯咯地咬着娇嫩的葡萄根茎。当我们发现葡萄树叶有点儿枯萎的时候,一切都已经晚了——而这次的遭遇似乎更为可怕,因为这种致命的力量是无形的,看不见摸不着,而只能感觉。它正像潮水一样徐徐漫过来,直到淹没整座葡萄园。

拐子四哥脸色冷冷的。万蕙抄着手在那儿站着。这个胖乎乎的女人在沉默的男人面前很快失去了主意。鼓额的小脑袋显得更加沉重,低垂着一声不吭。肖明子再没有往日的顽皮,也无心去找肖潇玩了。可这时候只有我一个人想到了肖潇。我在焦灼中并未对她寄托别的希望,我只想把这些早些告诉她。

她听了说:"以前园艺场的葡萄树也生过这种病。没有任何办法,只能把死去的葡萄棵全部刨掉,隔一段时间再重新补栽小葡萄树。"

“马上就栽吗?”

“好像不行,至少得经过几个冬春,那时这种病菌就自然失效了。”

这多么可怕!我觉得这种等待太残酷了。我说:“你们园艺场有那么多的园艺师,他们都是白吃饭的吗?”

她皱皱眉头:“谁也不能责怪他们——园艺场里的园艺师我都熟悉,你找的就是最有经验的一个了。他做不到,别人就更没有希望……”

我颓丧极了:“我的葡萄园不比园艺场,它的规模小得多。我不能让葡萄园就留下那么稀稀落落的几棵葡萄树……”

肖潇没有说话。我看出她的情绪十分低落,微笑也很勉强。这样停了一会儿她突然说:“我们这儿还有一个——她在学校实习时曾表现得十分出色,现在已经破格上岗了,是我们这里最年轻的一个园艺师。”

“我认识每一个园艺师,她是谁?”

“不,你不知道——她差不多不在这儿,她长期在外地学习,最近刚刚回来。她去进修了,实际上也是出去玩,她叫罗玲,很贪玩的。她与其他人是完全不同的,你见到她就知道了。”

罗玲这个名字好像有点儿耳熟,但我怎么也想不起在哪儿见过。

二

肖潇即刻领我去见罗玲。

她的宿舍在园艺场家属区的一个角落里,那幢房子很小很小。我们离得老远就听到一阵音乐从窗户传出。那种音乐的节奏很急促。敲了一会儿门,里面没有声音。后来肖潇才发现门上挂了锁。我说:“音乐还响着,她走不远。”肖潇说:“她这人可不一定。”

我们等了一会儿没有等到，就只好离开。

肖潇让我先回去，说会让她尽快到园子里去一趟。“她这个人喜欢新人、新地方，我一讲她马上就会去的。”我点点头。临走时我才注意到，肖潇今天穿了一双灰色长筒靴子，筒口上有毛茸茸的一圈灰兔皮。那么小巧的靴子。我觉得那靴子柔软极了，踏在地上一定会很舒服……肖潇注意到了我的目光，于是故意在地上踏动了两下。

她沿着那一排繁茂高大的李子树走去了。李子树下的身影被阳光照耀着，轮廓清晰。她走路的姿势很好看，两手插在上衣的小口袋里——我记得她一直是这样走路的。我从没见她跑过，好像这世上还没有什么可以让她急火火地奔跑起来……

我回到了园子里，等待那个叫罗玲的女园艺师。

我们等了一整天。拐子四哥有些沉不住气了。

第二天上午，天暖融融的，露水早早消失了。我正和斑虎站在园子边上。肖明子和鼓额在那儿摆弄一群鸡——我们在万蕙的倡议下养了很多鸡，还有一头猪、两只羊、几只鸭子。从那时起我们的生活就好起来，大家有鸡蛋吃，还能听黎明时分公鸡的啼叫和猪的哼哼。大家一大早都可以喝上羊奶，脸色也滋润了。园子四周种上了一种长长的豆角和其他蔬菜，整个茅屋四周都变成了很好的菜圃。我们的生活开始变得极有条理又丰富多彩。每当我摘了豆角扔在地上，斑虎就把它们归拢到一块儿，然后咬成一束，颤颤悠悠地叼回茅屋伙房。它干得十分认真。斑虎完全成了我们的一员，它和我们一块儿忧虑、一块儿高兴。鼓额和肖明子抢着为它洗澡，给它身上搓出一片雪样的泡沫。如今我们每一个人都熟悉了它的那种特殊的笑容。

我抬手去揪架顶上那些肥胖的豆角时，看到了小路上走来了一个姑娘。她穿一身米黄色的风衣，这使我想起了来过葡萄园的象兰,她们的打扮竟然有点儿相似。不过她头上没有包白色的头巾,只露出乌亮茂盛的头发。她走路和肖潇完全不同,两条腿显得极有弹性,好像随时都可以开始一场欢快的舞蹈。她大概比肖潇还要年轻一点儿,个子比肖潇要高。她的眼睛很好使,离我很远就挥手招呼起来:

"喂,你就是宁伽吗?"

我赶紧从架子下钻出来。

她喊着:"我是罗玲——那个园艺场的。"

她踢踢踏踏地快步跑过来,还半顽皮半认真地向我打个敬礼:"肖潇传达了您的指示。让我们来看看吧。"

她走在前面,我要快些迈步才能追得上。她急急匆匆,风风火火,这样的园艺师会有多少本事吗?不过她生气勃勃,倒也让人愉快。她承担的可能不是挽救葡萄园的工作,而是其他的工作,比如说使我们沉闷的空气活泼起来,给我们一点儿精神方面的鼓舞,不再让人那么沮丧。

她穿着一双锃亮的长筒皮靴,这使她显得有点儿英武。她看起来更像一位"女侠"——这使我一瞬间想起了某一个月夜,惊讶得差点儿喊出来。老天,那天月色朦胧无法看清,我完全不敢肯定,可是她们的身个儿多么相像啊……当然这只是我的想象,有点儿离题万里。我赶紧把自己的思路收回到眼前。她的腿很长,有时走着走着干脆从矮一些的葡萄棵上跨过去。她不知哪儿让我想起了阳子的女朋友小涓——我想起她们走路都是踢踢踏踏的。

她在园子里走了没有多远,一回身看到了小屋,又折回了。

她刚坐下就跟我们要葡萄吃。拐子四哥和万蕙使着眼色。我知道他们对这样的姑娘压根儿就不信任。鼓额和肖明子,还有斑虎对她倒富有好感——他们喜欢所有具有孩子气的大人。斑虎一开始就把她当成了朋友,往前凑着,用长长的鼻梁去碰她的手——

我想一个姑娘总该害怕一条狗吧,可是罗玲竟能一下一下抚着狗的脑袋。她说:“你真聪明。你是一条好狗是吧?你叫什么?噢,你不会说话,不过你是条好狗。来呀,让我们亲近亲近。”

她说着搬起它湿漉漉的长嘴巴,在鼻梁那儿响亮地亲了一下。

“哼嗯?!哼哼……”四哥在一边发出了奇怪的惊叹。

斑虎一下连一下地抿着舌头,感受着这了不起的礼遇。我看见肖明子情不自禁地抿了抿嘴巴,搓搓手,做个鬼脸。这时候罗玲一转脸看到了肖明子,像刚刚看到一件宝贝似的直眼盯着:“真是一个奇怪的小伙子,好帅!喂,你叫什么?”

肖明子告诉了她。

拐子四哥和万蕙都感兴趣地围过来。罗玲扯着肖明子的手说:“你看你这头发黄绒绒的,不过很茂盛,不是枯黄,所以就不让人讨厌了。”

我笑了。

她又说下去:“你看你这对眼睛往上吊着,多么亮……哎哟,你好有劲儿。”她扳着肖明子的手腕,肖明子轻轻一用力就把她扳倒了。

罗玲满意地拍了拍肖明子的肩膀。

这时我发现:经过了两个秋天,肖明子长高了,也长得更好看了。他真像一个帅小伙子的模样,鼻子底下长出了一层细小的绒毛。他瞥一眼罗玲,脱口叫了一声:“长筒靴!”

长筒靴

一

鼓额一声不吭地盯着客人的长筒靴。罗玲站起来,很随便地参观着几间茅屋。她看得高兴了,还打了个响指。她那副得意洋洋的样子让人不太舒服。该有人想用什么办法杀杀她的威风。她特别留意地看了看我的那间办公室——那张泥做的写字台上铺了一块毡子,这让她羡慕不已,说:“嘿,完全是一股老气横秋的味儿。我喜欢你们这里。我要搬来住了,啊?你们要不要我?”

“当然欢迎,我们这里就缺一个园艺师,特别是女园艺师。”

她朝我警觉地瞥一眼:“哦?你觉得我真的会来吗?”

我说:“是你自己说要来。”

罗玲嘴角缩了一下:“也许我会来的,不过,你得小心我一来就不走了,跟你们一块儿分红——那时你又该心痛了。”

“那也不一定,也许我们的葡萄园这回完蛋了。都成了穷光蛋,赔进去,你也一样。不过你可不愿赔,你是个园艺师,轻轻闲闲就能赚钱。”

她用嘲笑的目光看了我一会儿,说:“那么你呢?你以为我不知道你吗?‘知己知彼,百战百胜’,我把什么都问清了才敢到园子里来呢。你是从城里跑来的,你以为你就是个‘省油的灯’?告诉你吧,我对什么生病的葡萄树呀、园子啊,都没多大兴趣——这些东西我见得多了——你让肖潇说来说去的,我倒想过来看看,是什么人迷住了咱园艺场的大闺女……”

我在一边听着,脸上烧了一阵。这个泼辣物件!我忍住,不想与她扯闲篇儿,眼下我们正焦头烂额呢!我把话题转开去,她却说:“喂,不要乱说,你想回避我吗?告诉你——谁也回避不了我。上次我陪着我们场长出去疗养,遇到一个挺好的按摩师,是个小伙子,他想回避我,看我的眼神躲躲闪闪的。我说:谁也没爱上你,你躲个什么?你这个不老实的家伙!我上去就弹了他的鼻子一下。他捂着酸疼的鼻子赶紧蹲下了,然后,老实了。我那一次跟他谈得不错,知道了许多事儿,他还给我起了个外号叫‘假小子’,欢迎我常到他们疗养院去。我说那要看头儿愿意不愿意了——头儿去疗养,我才能去;他洗温泉,我也洗温泉,他享受的我差不多也都一块儿享受了。可是我享受完了心里才想,不行吧:他怎么非要带上我去疗养不可啊?场部有好多人嘛。我可不是干这个的,我应该侍候果树葡萄什么的,我怎么侍候起他来了?可是还没等我搞得明白,我们场长就动手了——他的病差不多全好了,所以才有了闲心拈花惹草——一天傍晚他不停地夸我,还把我叫到他的房间里。他要跟我谈谈'工作',把我的手抓到他汗漉漉的大手里又是摸又是捏,还不停地拍打,说,小罗呀,一定要好好学习啊,一定要进步啊。我说:可不是要进步怎么的!他说:小罗啊,组织上对你期望很大啊,嗯,期望很大啊——听到这儿我故意装傻,问他是什么期望?期望我做什么?他说:'哎呀小罗啊,很好嘛,这样很好嘛,嗯,很好嘛。'我说:'什么很好嘛?'他抚摸着我的手,越来越用力,还搔起我的手心来,拍打我的肩膀说:'要进步嘛,要好好进步……'我那时候也不管进步什么的了,猛一甩手离开了他。我说:'放你妈的狗屁!'我一边骂一边跑开了,直跑到那个按摩师屋里,对他说:'你以后给场长按摩的时候,找一个痛穴,下手狠些,把这家伙按个半死,让他从今往后老实点儿,如果能废,干脆就废了他。'那个按摩师的眼睛雪亮雪亮的,看着我,说:'是,咱明白。'……"

好一场啰嗦!我听到这儿笑了,问:"场长废了吗?"

"谁知道,反正老实了不少。那家伙粗俗得够劲儿,别人正吃饭他就剔牙,是个恶心鬼。"接着又说:"那个按摩师也就成了我的一个好朋友,是没什么事儿的那种好朋友。当然啦,我们可以进一步好起来,可我不想那样。我们很自然地待在一块儿,成个好朋友就得了——哎呀,如果大家都能放松地做个好朋友那有多好。你发现异性之间别别扭扭地提防着,一拉手一摸头就想出事儿,可真是没劲啊!你说是不是?"

我说“是”。我被她的情绪感染了，真的“放松”多了。不过我真正挂念的还是那些葡萄树。可我一扯到正事儿上她就把话题拐回来，问：“你这个家伙怎么搞的？”我说：“怎么搞的？”她叹一声：“胡子特别黑！”

真是让人哭笑不得。她又看看我的衣服、裤子，还认真看了看我的鞋子，说：“我们场里可没你这样的人。我一看到你，就想到了我们学校里的一个副教授。那个家伙蠢极了，到现在还独身。”

“就因为蠢吗？”

“蠢是一方面。食书不化，一张口就打嗝儿……”

我喜欢这种比喻，故意问：“他到底怎么了？”

“怎么了？就像你们的葡萄树一样，得了烂根病……”

二

她从屋里出来，一直走在前边。这个人的嘴巴快而尖刻，与肖潇是完全不同的人。她的那种洒脱劲儿好像不是装出来的。我从侧面看了看她的脸廓，发现她的眉毛和鼻子，还有下巴，都能让人想起小时候见过的狐狸：漫长的翘翘的小脸。

她大步朝前走去，带起了一股风。她在葡萄棵下蹲一会儿站一会儿，眯眯眼，漫不经心地看了几株得病的葡萄，伸脚踢了踢它的根部——这个动作让我很不高兴。我担心她要再踢几脚，我非火起来不可。好在她接下去伸手揪住葡萄藤蔓仔细看着，又用指甲刮着表皮。她“嗯”了一声，在小本子上记下点儿什么。我问她什么她都不答，那表情比刚来时正经多了。她看了土壤，又转身看看四周，说：“好吧，让我们回去。”

我问：“有办法吗？”

“不知道。”

我想她说的是真话。我本来就没期望出现什么奇迹。我差不多能预料那个结局了。“那就算了，”我忍住了心底袭来的一阵痛楚，自语说，“我们只好由它去了……”

谁知她听到这样的话立刻不高兴了：“怎么能这样算了？算了你请我来干什么？你以为我就是个‘省油的灯’吗？”

我哭笑不得，我搓着手解释：“我已经请过最有经验的园艺师了，他都……”

她站在那儿，歪歪鼻子做出一副怪样：“那不是一回事儿。告诉你吧，我妈就是一个园艺师，名牌大学毕业，会四国语言。”她伸出了四根手指。

我愣愣地看着她。我不知道她干吗要扯那么远，炫耀？用不着吧。

“我妈就我一个女儿，疼我疼得不得了——我妈年轻的时候可比我强多了。不过她生下我也挺满意的。当然她这会儿老了，老得让人尊敬——戴着眼镜，往那儿一坐，你就得了吧……”“怎么？”“怎么？满怀尊敬地看着她，听她讲话呗！就是不讲话，你也得老老实实地敬着她。我母亲就是这样的人。我父亲从来没有跟她吵过架。”“你父亲是干什么的？”她不耐烦地伸出食指往一旁挑了一下：“不告诉你就不要问了，为什么要问呢？”

这个人太难说话了，我不想再讲什么，只由她唠叨下去：

“……我妈考察过几个国家的园艺，后来老老实实待在自己国家里，因为那时候不让她到处去了，只得待在家里。不讲这些了。我想告诉你的是，我可不是一般的园艺师。在专业方面，我聪明过人——你肯定没有遇到过我这样的人。”

我点点头：“没有遇到。”

“就是啊，你遇到的都是一般的、一些庸常人物，他们不会像你和我这样优秀。我是一个优秀的人物。”

我语调刻板地回应：“对，一个优秀的人物，让我们尊敬。”

罗玲哈哈笑了:“完了,你在说假话,你根本不尊敬我,只把我看成一个大言不惭的人罢了,觉得我蛮有观赏价值……你错了,你慢慢就会发现你是犯了一个错误——我最突出的还是使用价值。比如说我可以用出色的技术来帮助你,让你大吃一惊!”

但愿如此。我尽量让自己严肃起来。

“我不敢说在其他方面就比别人优秀,像肖潇,她在很多方面就比我优秀——我很喜欢她。不过她是另一种味儿的,像一种很好的老酒,很耐品尝——你们俩很好,是不是?”

我不知该怎样回答她。我点了点头。

“你看,是这样吧?哈,我什么都知道。我见过你跟在她后面走——不要不好意思——我也跟在她后面走过。不过那时我就想:一个四十多岁的人了,这么服服帖帖地跟在一个大姑娘后面走,太有意思了,太好笑了。我也很佩服你——”

“佩服我什么?”

“佩服你这个人并不在乎别人怎么看,像肖潇一样。你知道那些园艺工人在后面怎么挖苦你吗?他们说得很难听。”

我似乎也想得出来。

罗玲说:“不过我听他们骂你,觉得很好玩。那说来说去还是一种嫉妒,他们就没法像你这样接近肖潇。他们也不敢像你那样,只是‘闷头色’。肖潇可以征服所有的人,各种不同类型的人对她都要服帖。那些对她有非分之想的人,最后也会慢慢打消那些念头。我有时睡不着觉,老要想肖潇、想她怎么办。”

“什么怎么办?”

“就是最后她会有一个什么结局——像她这么成熟、这么好的一个姑娘,该找个什么样的男人才好?想来想去想不出。我有时在心里自作主张把她许给一个什么人,后来又觉得那人还是配不上她。有时候我想她该嫁给一个远洋货轮上的老船长……”

我笑了。

“真的，把她嫁给一个穿船长服的家伙，那张给风暴弄得又黑又糙的脸会吓住她。一般人可不行，一般人斗不了她，也管不住她。”

我觉得有趣。罗玲说下去：“如果找不到老船长也不要紧，那就嫁给一个流浪汉得了。但要是真正的流浪汉！绝不能是那些冒牌货，你知道现在这种人太多了，动不动就嚷‘我们民间……’，其实都是大尾巴狼，胆小鬼。不过我担心真正的流浪汉最后也要被我们的肖潇给软化掉——变成一只温和的‘老猫’。”

“老猫”这个词让我笑了。

她说到这儿好像泛上了什么心事，鼻头蹙起来：“那个老头儿背了杆土枪，他别火了照我放一枪就成——不过到时候枪口千万抬高一点儿啊。”

“你放心吧，我们决不会那样对待自己的客人。那是用来对付坏人的……”

罗玲的手抬起来：“你看我不像坏人吗？我身上有刀子！”说着噌地一下从身后抽出了一把雪亮亮的匕首。她熟练地在手里玩了一个花样，撩动一下说：“说不定我会使用它。告诉你吧，我已经用它逼走了好几个家伙——他们都害怕这东西，你摸摸，冰凉冰凉。”

我真的伸手捏了捏刀尖。蓦地，那个月夜身带短刀的女子又一次在我眼前闪过……

“凉不凉？”她说着又把匕首撩了一下，利落地掖进自己的皮袋。她得意地笑着，又像刚才那样摇晃起身子往前走：“告诉你吧，别害怕，我不过是吓唬你。我这把刀子是工作用刀——用它取样化验，刮刮树皮什么的，是一把工具。”

她说这些的时候，突然四下里看了看，见四周的人都离我们很远了，这才凑近一步，声音低低地说：“能找一个说话的地方吗？我就是为这个才来的……”

我吃了一惊,不认识似的看着她。

“不是玩笑。其他人不能听——隔墙有耳,这儿不行。你得找个地方,我真的有话要说……”

密 谈

一

这事情突然就郑重起来。我不得不让她再次进入茅屋,并且让四哥为我们瞭望着。这种神神秘秘的样子弄不好就是一种滑稽。但屋里只剩下了我们两人时,气氛一下就变了。我很快明白,这次是真的了,真的有什么就要发生了。我甚至想面前这个女人刚才的一番咋咋呼呼,起码有一多半是为了遮人耳目。她这会儿的神色是那么肃穆,就像换了一个人似的。她再次开口时嗓子也不像在屋外那样脆亮了,而是略带沙音的一种低沉:

“怎么说呢?我这样做还是太突兀了,不过我不想再拖下去了……还是从自己母亲说起吧。这话说来太长了,我只能拣主要的讲一下,以后有时间才能说得细发一些,只是你千万不要把今天的事情告诉任何人,就连肖潇也不能说……”

我想到了什么,马上打断她的话:“慢着,有个谜我得解开才行,我想问问,很早以前的一个月亮天里,我在毛玉的小屋南边遇到一个带刀的姑娘,她就是你吧?”

她将那把工具刀放到桌上:“就是这把刀吧。”

“可是你为什么……”

她点点头:“我会说的,还是从母亲说起吧……她以前就来过这儿,以考察的名义待过很长时间——当然是因为别的事情,更重要的事情。她其实是来找一位老人的,找这里的老场长。那人是个老红军,是她前夫的战友。母亲前夫是从国外回来的人,是纵队的创始人。他后来被自己人杀害了,属于被秘密处死的‘六人团’成员。这就是历史上那件有名的冤案……”

“‘六人团’!你在说……”我脱口喊了一声,打断了她的话。

她愣怔怔地盯我一眼,接着说下去:“这六个人当中有三个是从国外回来的,连同另外的两个,就这么死了。老场长当年要不是跑得快也得死,他也是六人之一……母亲就是为了丈夫的事才来这里的。那个老场长年纪一大把,身上又有伤,却主动来这片荒滩上建一个园艺场……”

我一句句听得仔细,心弦被强烈地拨动着。我在想父亲,想岳父的那次得意的谈话。我觉得心弦绷断处又开始渗血……

她说到这里身子不由自主地往前探了探,声音更低了:“我知道你为什么来这里,我一直要找你……”

我站起来:“这是我的老家……”

“我知道。这也是母亲告诉我的,她说在园艺场南边不远有一座小茅屋,当年里面住了一家从城里赶出来的人,男主人也牵在一桩冤案里,他也是纵队的人……那个人就是你父亲!”

我的一颗心嗵嗵跳起来。

“想想看,你在城里过得好好的,有老婆孩子,如果不是因为什么事情,绝不会来这里种葡萄的。我只想听一句真话——我想了好久,在园子边上来回走了多少次……千万不要闷在心里……”

她的呼吸有些急促。看得出,她有些按捺不住了。我压抑着心底的激动,看着她。面前的姑娘快言快语,却想不到暗怀一个如此重大的使命。令我羞愧的是,自己虽然对家族的命运耿耿于怀,却害怕纠缠而怯于行动。我经营这片园子的目的是单纯的——我摇摇头:“我只是厌烦了过去的生活;还有,我日夜都想回到自己的出生地来定居。至于父亲的冤案,它拖的年头太久了,从我母亲在世时就已经不抱希望了……”

罗玲认真听着,后来摇了摇头。她走到窗前,倚在那儿拂了拂头发,取下衣领处的纱巾,团一团塞在口袋里。她的声音仍像刚才一样低沉,只是变得更加缓慢了:“我来这儿是为了母亲,她太可怜了。父亲支持我这样做,同意我留在这儿。他知道母亲心里的那个疙瘩有多大,她只要活一天,就要为那个冤案奔波。她年纪大了……我看过母亲拿出的前夫照片:他有二十岁左右,西装革履的,是在国外学习时候照的。母亲说拍过这张照片的第二年他被派回来。两个人结婚不久他就牺牲了。照片上的人一头浓发,一双大眼睛看得人心疼。母亲说,没有他就没有纵队的创立……谁也想不到的是,后来形势险恶起来,他竟然被自己人杀害了!那个下达暗杀令的人已经是个高官,他直到今天还躲在暗处,将这桩罪行推到已经死去的人身上……”

我听着,觉得四周像冬天一样寒冷。我双臂抱紧了自己。“六人团”,这在岳父嘴里同样是讳莫如深的一个字眼。

二

罗玲又从头谈起来这里的始末:在大学读书的时候,她曾和几个同学结伴到远处去旅行。他们只带了一个绿色的挎包,就像当年的红卫兵串联似的。她觉得当年的红卫兵除去一点儿肤浅的热情,除去一点儿其他的东西,比如说那些无知和盲从、极端和偏执,还有对于文明的恶剿之外,有许多地方倒也可爱。比如说他们的远行精神——竟然能像红军一样长征远方。他们身上的浪漫和纯洁,连同他们的小黄帽子、军用皮带,今天看也没什么可非议的。总之他们那次旅行像流浪者,一口气走了很多地方。他们利用那个假期考察了几处园艺场,看到了各种各样的果园。他们到过原始森林、到过东北的长白山,还到过漠河。那一次远行最后苦极了,多少有点儿可怕。另一个假期他们又到了南方,到过中原,后来在黄河下游以东的平原上发现了这个园艺场。当时的园艺场绝不像现在,那时它纪律严明,有很好的领导——场长就是那个老红军,这人很有意思,蓄着大胡子。他的孩子们都被他管教得规规矩矩,安心在场里劳动。园艺场当时很热衷于搞民兵工作,这也许是因为有个老场长的缘故吧。因为这里地处海滨,他们所进行的都是一些准军事活动,令行禁止,跑步训练等。女职工也就是女民兵,她们一个个都很神气。她自己当时很羡慕这里的一切,当即起了个念头,毕业后要到这里来工作。

回到学校之后,她不断思念这个园艺场,一次又一次回忆起老场长。她怎么也想不到的是,当回家把这些告诉家里人时,才知道老场长早就和母亲熟悉。以前只知道母亲经常到东部出差,到一个什么地方一待就是许久。她那会儿甚至想歪了,以为母亲偷偷爱上了什么人——如果是这个老红军的话,那该是多么离谱啊。

"告诉你吧,不怕你笑话,我当时觉得母亲一谈到老场长就不对劲儿。我觉得她这些年里老跑那儿,一定是偷偷爱上了人家。我在心里可怜父亲了,但不敢说出来。后来我实在忍不住了,就对母亲讥讽了几句。谁知她一点儿都没有生气,只轻轻叹了一声,说:'问你爸去吧——'我就问了父亲。他这才说出了母亲与那个冤案的关系,还有老场长这个幸存者——原来他就是那个逃脱的'六人团'成员……"罗玲摇摇头,"真是想不到啊。当时只觉得那个老场长可爱、有趣,心想他一生做了多少大事,可是还不满足,还要把这片园艺场搞成这样。在他身边工作有多来劲儿。母亲和父亲讲了那些秘密以后,我突然觉得老场长再也不像看上去那么简单了,他比我看到的一切再复杂一千倍!有一点可以肯定,他也像母亲一样,对当年那五个先烈的惨死一直记在心上！老人每天忙忙碌碌,抓生产训练民兵,其实心里压了更重要的事情！我问过母亲,那个老人是不是已经找到了什么线索？母亲摇摇头说:‘太难太难了。’”

当罗玲说这些的时候,我的思绪又回到了那个小茅屋、那棵大李子树。那是一种永远不能忘怀的苦难岁月。我的外祖母、母亲,都为父亲的冤案受尽磨难。父亲更是九死一生,他的后半生差不多没有一刻安宁,从自己人的监狱放出来之后又是长长的苦役,是被民兵看押和监视的日子。最后的死让人不敢去想……

罗玲的脸有些红,两道秀美的眉毛微微上扬,显出一股英气。她说:“你会明白这儿的吸引力有多大。就这样我来了……可是来到这里才知道,仅仅几年的工夫什么都变了,老场长已经离开,全家人都迁走了。新换上的头儿是个色鬼,爱喝酒,有病没病都哼哼呀呀。不过我并不气馁,因为那个老太太还在……”

“哪个老太太?”

“毛玉。你可能想不到,老场长来这儿就是为了她,最后也是因为这个才给赶走的……”

“还有这样的事?”

“是啊。和我前脚后脚来到的还有一个人,他叫太史……”

我拍拍膝盖:“我认识他,他正让人帮我们运葡萄呢!”

“我想告诉你,这个人是突然赶来的,他以前在城里机关工作……如今他正盯紧了那个老太太,如果没有想错,他也是为了她才赶到这里的。”

“可是,可是这多少有点儿离奇……”

罗玲点头:“你还记得那天晚上吧？你看到有人从老太太的院子里翻出来——那个人就是太史……”

我吸了一口凉气。是的,那个夜晚的情形如在眼前。我一声不吭地听下去,屏住了呼吸。

三

“没有把握的事情我不想说,因为怕造成更大的误解……我说的是那个老太太,就是那个毛玉——我不知道你是怎么看的,这个老太太也太怪了。她一个人过日子,村里的人都要帮她。还有不少人,他们好像都多少有点儿怕她。她的经历太复杂了,以前参加过队伍,不过那是很早以前了,她早就脱队了。我听说以前的老场长总是偷偷地找她——我说‘偷偷’,就是说他们要在暗中接触。他每次去她那里都要瞒住别人,比如装作打猎路过,进她的孤房子喝水等。有一次他回家太晚,被老伴误解了——老伴比他年轻得多,是个小心眼儿,她闹起来别人才知道是因为这个老太太。这件事传来传去成了一件风流案,老场长就给调走了。要知道凭老人的资历,一般人是不能对他发号施令的——老人想在这里度过晚年,谁知上边连这个也不允许,硬是把他支派到了很远的地方。这个海边的孤老太太真的那么可怕吗?我问母亲,她告诉我:那个老太太啊,可不是一般的人;上边好像有人保护她,当地人谁都让她三分……”

我忍不住打断她的话:“就是那个毛玉?她除了满口脏话,实在看不出有什么……”

“是啊,我越发觉得这个老人有点儿神秘了。我试着去找过她。要知道她也是从战争年代过来的人啊,我问她当年队伍上的事情,她就胡说一通,不出三句就跑了题……让我不解的是,有几次看到太史偷偷摸摸从她屋里走出,我问她,她马上否认说:‘我不认识什么艾奇,哪有这个人?’她眯着眼说:‘咱不知道什么艾奇。反正来串门的人多了去了,咱不知道什么艾奇……’最后我才明白,她是故意回避这事儿。

“不久前太史见了我，一见面就谈那个小屋的老人，沉着脸吓唬我说：‘你可得小心着点儿，她可不是一般的人！’说完故意不再多讲，留一个悬念。我偏要刨根问底，他就磕着牙说：‘那老太太全身都是毒，那毒太大了，至少能毒死三头牛！’我说：‘那你为什么还敢找她啊？’他哼着不做正面回答，只说：‘告诉你吧，这个女人从年轻时候就有邪术，会施蛊——蛊这东西啊，听说过吗？你若中了蛊，就会不明不白地慢慢死去，死的时候头发全脱牙齿掉光，连公安局都没法为你破案……’他说得太恐怖了，那是想吓住我。

“这个太史不停地追我，什么办法都想尽了，要死要活的。可我一眼就看穿了，他只是想缠住我、接近我。他有兽性，可我明白他还有别的目的。终于，有一次他露出了马脚，一下谈到了我的母亲——这就引起了我的警惕。我心里有个强烈的信号响起来，就是提防他！他从哪儿知道了我的母亲？他说漏了嘴，竟然提到我是母亲再婚生的——他竟然知道母亲前夫的事情！还有，他其实一直在盯着那个孤老太太，阻止我们接近……”

第 十 章

田　园

一

罗玲全力挽救我们的园子。她一连几天都来这儿,连续查看施药后的葡萄树。她与过去的园艺师采取了差不多的方法,只是这一次把葡萄的根部掘得更深,用一种紫黑色的药水给它们仔细地刷过,然后再用土盖住,并在葡萄的枝茎上喷洒了另一种药水。她说:“如果四五天内不下雨的话,这种办法才可能有效。”

我们大家都担心下雨了。还好,四五天之内没有落一滴雨,太阳一直很好。除了太阳白天的照耀,晚上还有月亮。在可人的月光下,拐子四哥长时间地在园子里走动。我觉得这一段日子他已经有些憔悴了。他对葡萄树投入了太多的情感。他本来像我一样,是一个游荡不停的人,可如今竟能守在葡萄园里,如此痴迷。他不停地操劳,养鸡、养鸭,种了蔬菜,为它来回奔波……几天时间过去了,罗玲又来过几次,细细检查了几遍,认为情况也许令人满意。她说接下去如果葡萄叶不继续蔫下去,那就说明是有效的。

我的信心在增强,因为我渐渐觉得罗玲可以信托。她虽然在大家面前愿意开玩笑,说很多废话,还不免有点儿过分的嬉戏,可当她进入具体的操作过程时,却认真到了极点。她比我见过的所有园艺师都要严格和谨慎。我越来越能够在心中确认:她的快言快语和大大咧咧的举止都是故意的,无非是为了遮掩自己的心机和使命。这是一个聪明透顶的女青年。

效果在慢慢显现。

时间一天天过去,我们的希望也一天天增大。连我也看出葡萄树一点点儿变得精神了。有一天拐子四哥甚至对我讲:它们又发出了新的叶芽!我看了看,证明他说得是对的!他抑制不住兴奋说:“我去告诉罗玲吧,我这就去告诉她。”

老人一拐一拐地往园艺场跑去的时候,我是多么高兴。他喜欢上这个姑娘了,这比什么都好。那一刻我又想到肖潇——她也该来看看我们康复的园子啊。

那个一拐一拐的身影跃动着,渐渐消失在一片绿色里……

这真像是我们的一个特殊节日。就在我们的园子大喜过望地复苏之后,梅子在这个初秋里终于答应了我的邀请。接站的电话传来的那天我差不多彻夜未眠,拐子四哥半夜了还蹲在这儿吸烟,说:“好哩!孩子和他妈到底要来啦,你的苦日子到头了。我早就琢磨:这么好的园子嘛,还有不喜欢的?”我听了多么宽慰。但母子俩到底能在这儿待多久我也心里没数。可他们到底还是要来了。

天刚亮,我们就雇了一辆马车,要到稍远的车站去接他们。

开始的时候我想找一辆汽车,四哥却说:“用一驾马车吧,俺这地方年轻人娶媳妇,都是用一辆马车,搭上花席篷子,里面再铺上毡子,新媳妇坐在里面,车老板鞭子一挥,马蹄磕踏磕踏,那才像一回事哩。”

万蕙乐得合不上嘴,说:“早就想见大妹子哟,早就想见大妹子哟。”

叮叮当当的牲口铃声喜气洋洋。我觉得这真像去娶亲似的。我们在车上颠簸,全身暖融融的。这个秋天是那么富足、绚丽。车子两旁的庄稼地一片葱绿，高粱穗子刚刚变红，还有一片连一片的花生田，喷着绿气的红薯秧，抖着大叶片的玉米……各种稼禾的气味将我们团团围裹。我很久没有听到这样亲切的马蹄声了：磕踏、磕踏，这是一种非常踏实的古老的安慰。这种声音还让我想起了午夜的雁鸣，想起了我的童年，它们连带着多么久远的往事啊……在那座城市，我常常在深夜里醒来，听到寂静的街巷里传来磕踏磕踏的声音——这个城市白天不让马车进来，它们只能趁深夜穿城而过。它使我忘记了身处熙熙攘攘的城市，恍惚来到了一片原野……

我拍了拍正在车上沉思的四哥，说："四哥，你唱一唱吧，我很久没听到你那个粗咧咧的嗓门了。"

四哥说："没喝瓜干酒啊，你让我唱什么。"

"就等于是喝了吧。"

他咳嗽几声，看看马车夫。马车夫给他一个赞许的笑容。他唱了起来。

这歌声混混沌沌，颤颤悠悠，真是陪伴行路的好东西。我看见马车夫身子一颠一颠，把鞭子倒过来，用粗粗的鞭杆在牲口光滑的屁股上轻轻拍打，随着歌声打出了一种节奏。

接下去四哥的歌声就很少停过。原野上，各种野物都在忙碌，我看到有一只野兔箭一般驰过，在花生田里，那像绒球一样的尾巴一荡一荡地消失了。一只苍鹰在高空盘旋，有一段它简直是凝住了，一动不动；后来翅膀一仄滑翔下来，在我们的马车左侧漂亮地掠了过去。

"看哪！看哪！"四哥停止了歌唱，伸手指着远方——碧绿的薯秧田里有一个火红色的姑娘：头巾是红的，衣裤也是红的，站在那儿望着什么。这真是一幅美丽鲜亮的图画，我们三个不眨眼地看着。四哥说："只有新媳妇才这样哩！"他又重新唱起来……一直唱到了车站。

他们在那儿吗？他们在出站口那儿吗？我的眼睛急切地寻找着……

四哥问："他们什么模样？"

我让四哥他们待在一个地方，自己走进了车站。我急匆匆地寻找。好多下车的人扛着包裹，往这边汹涌而来。我只能逆流而上，伸长了脖子张望。最后我终于站在了停车场上。人影越来越疏，还是没有他们。我相信我的目光从每一个旅客的脸上都扫过了，没有，没有他们。那种沮丧像寒冰一样撒到了身上。

我又往回跑去，刚刚跑到出站口那儿，就看到了一个消瘦的女人领着一个同样消瘦的孩子——他们与拐子四哥紧紧地站在一起……

四哥对他们说："你看你看，他来了，他是进去接你们的，这会儿急坏了咧。"

梅子原地没动，轻轻地转过身来。啊，我敢说，这个时刻里正有什么热流在我们之间旋动，我身上热了一下。我抬起头——很快注意到她的气色不太好，她真的太瘦了。小宁往前走了两步，有点儿不好意思……

就这样，整个家庭沉甸甸地落在了一辆马车上，正驶过一片原野。

二

这是多么特别的一次重逢。我难以遏止的快乐感染了所有的人，肖明子和鼓额不停地笑，而且变得更加勤奋。万蕙和拐子四哥不让我做活儿了。万蕙说："你歇着吧，一年忙到头儿，家都不要了，看看你娃，都不敢跟你说话哩——那是生分，也是亲得哩。"

宁子被她说准了，这孩子不像过去那样多言多语。好像在这断断续续的分别里,他一个人悄悄地成熟了。我相信他母亲忙于自己的事情,并没有很多时间去教导他,他的父亲又不能随时跟他交流。他可能在这种奇怪的思念里悟到了很多。孩子的领悟能力往往是令人吃惊的,他大概已经感到了生活中有一种特殊的沉重,或是触摸到了它的边缘……他在这个秋天之后就要上学了。我感到心里有说不出的惭愧。

我几次想一个人把孩子叫到葡萄园深处,在安静的树阴下跟他长谈一次——或许在他明净安详的注视下,我什么也谈不出。

梅子一直伴在身边,像怕再一次失去什么。我们有好长时间没有团聚了,因为每到了秋天,我就变得无比忙碌。本来约好她与孩子夏天来消暑,可终于拖至这个秋天。我问梅子为什么?她说:"你不是在信里常常讲到这里的秋天吗?我想,第一眼就来看看秋天吧。"

"是啊,这时候来,你满眼里都是丰收。我故意雇了一辆马车,让你在路上慢悠悠颠着,让你好好看一看这个地方。我想你一定会喜欢上这里。你的眼睛被那座城市的灰色折磨苦了,这回让你好好看看外边,看看海边。到处都是绿蒙蒙的一片,蓬蓬勃勃的——你这回全看到了。"

梅子宽容地笑着。这笑容背后隐去了一个严厉的老人,我故意不去想他。我觉得她一笑老了好几岁。可是,说心里话,她像一个妇人那样变得成熟了也慈祥了。她不像过去那么容光焕发,可是这又增添了另一种温煦。她忠诚地思念——只有懂得思念的人才有这样的笑容……她说:

"我直到下了车还在想:到家了吗?宁子问我:'妈妈,还要多远到家?'我说,这就到家了。我认为娘儿俩只要踏上这个平原,就等于见到他父亲了。"

我心中一热,不知说点儿什么才好。

“宁伽,你知道我和你不一样,你出生在这片平原上,可我生在那个城市。过去出差时我也见过大片野地,我喜欢它们,可是我没有一丝一毫更特别的感情,因为我跟它们没有血缘关系,这就是我跟你的区别。”“那么现在呢?”“现在,我想平原就是你,你就是平原了,有时……有时候我一想到那些庄稼地就要流泪。我路上看着:这片绿蓬蓬的地方多好啊!你看花生棵里长了野茼、野花儿。我还在路边上看到了一丛曼陀罗,它们结出了那么一大捧带刺的果实。所有植物都长得好旺盛,原来这里的地这么肥啊。我看到这些就想:就是这个地方生了我丈夫,这会儿又把他夺走了。我一夜一夜想这些,有时真是度日如年……夜里我搂紧了小宁,觉得有点儿像孤儿寡母似的。我不愿回娘家,不想看父母可怜我的眼神。他们其实对你像我一样好,你不该误解他们,特别是我爸……宁伽,我这回亲眼看见你的脸被风吹得这么糙、晒得这么黑,还有手上这些老茧,这些血口子。我知道我们俩都不容易……不说了,不说了……说不明白,已经说得太多了……”

我不想听她一次次提到岳父。我招呼了一下小宁。

我一边扯上小宁,旁边是梅子,迎着温煦的南风走在葡萄架下。做活儿的人都看着我们。这是一个完整的三口之家。宁子慢慢变得随和了轻松了,他开始哈哈大笑,像获得了什么宝贝。一个黑斑大蝴蝶从头上翩翩飞过时,他们娘儿俩全呆住了。

“你看宁伽,你看见了那只蝴蝶吗?”梅子等它飞过了才敢小声呼喊。

“这种蝴蝶在这儿很多,你还会看到更好更大的蝴蝶。”

梅子兴奋起来了,眼睛变得雪亮雪亮。我的话刚停,一只绿色的差不多有碗口那么大的一只蝴蝶又飞过来。梅子和小宁一块儿跳起来,他们欢呼着,向那只蝴蝶招手。当然啦,那只蝴蝶很优雅地向一边飞去了。

“太好了,真是不可思议……”

梅子咕哝着,不停地赞叹。这种赞美让我高兴极了。这是一个家庭的陶醉。

梅子问:“你在这儿一定没工夫看书吧?”

“太忙了,你知道,我们每天要应付的事情多极了,有时简直是精疲力竭。我们这五个人忙不过来,最忙时还要雇上七八个十来个短工。我忙得喘不过气来,有时觉得腰都快折了。我差不多都握不住笔杆了,给你写信的时候,那些字都歪歪扭扭。”

“可是你的字蛮有劲的……”

我点点头:“对,我的笔有时候把纸页都刺透了,你发现没有?”

梅子笑了。

“那就是‘力透纸背’,我们过去只是这样讲,并不明白——我写东西笔画从来都是轻轻的,如今这会儿不自觉地就要把纸弄破。我想自己成了一个粗人了,不过也更加健康了,我不太失眠了。”

梅子说:“你治好了失眠,这可是园子的一大功劳。”

小宁没有注意我们的谈话,他光顾得去看葡萄园了。这儿在他眼里一定是好玩得了不得。他出生这么多年,还没有看到这么大的一片葡萄树呢。他没有听我们说话的兴趣,一个人蹦蹦跳跳的,一会儿跑到了别处,一会儿又不知从哪里钻出来。他头上沾满了绿色的草屑叶片,有一次还沾了一只蝉壳,他妈妈见了很惊讶,赶忙跑过去给他摘下来。我说:

“不要管他,这没有什么,这只是一只知了壳儿。你让他好好玩一次吧。”

三

我们在园子里走来走去,用脚丈量着这片土地。梅子说:“真不敢信,它是你买下来的!”

“你没见它刚到手那会儿,你看了会难受。大约三分之二的葡萄秧都死了残了,沙丘旋成一堆一堆,还有那个露天的茅屋,一到了晚上全是乱七八糟的野物,它们把墙下掏了一个大洞。园子北面那片防风林原来也没有这样密,是零零散散的几丛灌木,风沙从那个地方涌进来,那里成了风口。现在我们的园子多整齐——西边那个国营园艺场也并不比我们好。这都是拐子四哥和万蕙、是大家一块儿用汗水浇出来的……”

梅子想起了什么,说:“大家叫‘鼓额’的,就是那个脑瓜鼓鼓的小姑娘吗?”我点头。她说:“那个孩子看样子真老实,那个孩子要是给我们做保姆多好啊。你记得当年我们找保姆多难。”

我笑了:“现在宁子已经不需要保姆了,不过我们的葡萄园却需要一个保姆——‘鼓额’就是葡萄园的保姆,还有万蕙,她在这儿包办一切,是我们的总管。你看我们这个大家庭组合得有多么好!”

梅子听到“大家庭”几个字惊了一下。

我说:“晚上让万蕙做一顿野味欢迎你们吧。”

梅子皱皱眉头,有点儿玩笑地说:“我可不敢吃她做的饭,我不敢喝她做的粥。你行啊宁伽,能和她们热热乎乎搅到一块儿,真让我羡慕。”

“你了解了他们就好了,会觉得他们比我们干净得多。你注意四哥了吗?你有什么感觉?”

“我觉得他真是一个好人,一个天生帮助你的人。”

“你说对了,没有他就不会有这片葡萄园。”我望望远处,“我觉得自己的一生都跟这个奇怪的人连在了一块儿,我们肯定有特殊的缘分。我不到十岁就跟着他游荡,直到现在。他当年就这么一拐一拐地走,我跟在他后边。大概我们还要这样走上一辈子……”

梅子不吭声了。我察觉到什么,也停止了说话。

“你呀宁伽,害苦了自己。你没照照镜子?这会儿真像一个老农民。”

“你看到园艺场那些老工人了吗?他们夏天连草帽都觉得碍事,一年晒下来,眼睛都晒变了颜色,你会被那样的眼神吓一跳!”

整个葡萄园被看过一遍之后,她说:“这片园子好大啊,我明白你当年为什么到处筹款了。它卖得真的很便宜。如果现在出手能卖多少钱?”我想了想说:“起码会卖五十万元,也许更多。”

梅子惊讶地瞪大了眼睛。

“可是我们不会卖的。”

梅子笑了。我第一次看到她脸上荡起自豪和喜悦的笑容。她说:“告诉你吧宁伽,我这会儿像你一样喜欢这片园子,真的。”

“如果是这样,那你就会和这片园子在一块儿了。”

“不,我喜欢它也恨它——因为是它把你粘在了这里。”

“那你愿意放弃这片葡萄园吗?”

梅子睁大了眼睛:“那我愿意放弃你吗?你知道我没有像父亲说的那样——他那时候说了很多气话,惹得我哭了一场又一场;不过他完全是好意,你不要恨他,你知道他是一个老同志了,军人出身,办事从来都是干干脆脆。他也是迫不得已才作出了那样的决定。他也不会真的让我离开你。一年一年过去,他最后对你对我都失望了。我现在和父亲的感情也不太好,不像过去那样整天都想着他了。他生我的气,认为我们这样没有什么好结果,说:‘我们拼死拼活流血流汗,才换来这份安定日子,你们却要自己动手把它弄坏。这能够原谅吗?’我觉得父亲也有道理。没有办法,一边是父亲,一边是丈夫,我说服谁呢?……”

梅子的眼圈都红了。

我不再吭声。我害怕自己难以忍住,那样一番话会冲腾而出。我紧紧咬住牙关。梅子,你该什么时候听听“六人团”的故事呢?

远处,孩子在呼唤我们,我用粗粗的嗓门回应了一声。我的声音在园子里已经改变了很多,它粗犷有力,迎着南风,发出昂昂的声音。我的肺部被海边和旷野弄得更加健康,更加有力。

宁子欢快地跑过来。

篝　火

一

这天剩下的一段时间里我给他们母子介绍了我们的近邻——那个园艺场。我想一定找时间让他们跟那些朋友认识一下,他们在一起会玩得很好。

“你会同样喜欢她们,你们会成为好朋友。因为你和她们是同样的人……”一句话出口,我的心里不禁抽了一下。梅子和她们是同样的人吗?我不再吭声。秋风又一次掠过,发出一片刷刷的、细碎的声音……

肖明子这一天去了园艺场,把梅子和小宁的到来告诉了肖潇她们。他回来报告说:肖潇和罗玲她们晚上就来葡萄园,她们要来开一个欢迎会,大家在一起热闹一下。我听了非常高兴。

梅子在一旁问:“肖潇和罗玲是一对夫妇吗?”

我笑了:“她们是两个姑娘。”

梅子再没做声,睫毛眨动了两下。她仍然微笑着,看着一边正在摆弄一只蝉的小宁,说:“不要弄脏了衣服,今天晚上阿姨要来。”

我对拐子四哥说:“如果武早他们这会儿来了多好啊。”我不知怎么觉得在朋友的性别方面需要平衡一下。我刚才提到的人可是响当当的男子汉。我总想向梅子说一点儿新的感受,那就是劳动使人纯洁和健康,还会滋生不同于过去的友谊……我想说在那个拥挤和单调的城市,人们活动的天地太狭窄了——那里灰色的楼房、街道、拥挤的人群限制和缩小了人的视野。人们更多的时候要产生一种特殊的需要,特殊的联结方式——而当人们投身于一片绿色、投身于大自然的怀抱时,就会变得非常坦然,异性之间变得那么亲切自然……我说不清楚生活中是不是真的有这种差别、差别的程度,但我内心里认为它们是肯定存在的。

梅子看看太阳,我想她是急于让黄昏到来,想看到那两个女性。万蕙提前收工了;拐子四哥到海边为我们搞吃的东西去了。万蕙在厨房里忙活起来,梅子和鼓额跑去做她的帮手。我对梅子说:“这种特殊的菜肴你是插不上手的,你等着品尝就是了。”梅子还是走进了厨房。我想她大概对万蕙的卫生状况还是不放心。我知道万蕙每到做饭的时候就要反复净手,将头发用一条毛巾包起来,而且还要戴上一副洁白的套袖。

剩下的这段时间宁子就跟我单独在一起了。我们俩可以好好谈一次了。

我不知怎样开口,他完全被一只绿色的蝉给迷住了。他抚摸着它光滑的凸出来的两只眼睛,又试探着用指尖按了按它的嘴巴,问:“它吃什么东西?小虫子吗?”我说:“可能不是小虫子。”“你也不知道吗?它可是你们这里的动物啊。”“是啊,不过我没有研究过它,这要请教昆虫学家,他们才懂。”“昆虫学家?他们也知道那些蝴蝶是什么变的,知道各种各样的虫子吗?”“对。”“那我长大了也当昆虫学家。”“先立下这个志向吧,你还要经受许多变化,接受好多引诱呢,也许几年之后你还想做什么别的‘家’。不过我同意你做昆虫学家。”

宁子搂住了我的脖子,很不自然但又是深深地亲了我的鬓角那儿一下,弄得我痒痒的。我就势把他抱起来。我注意到了他那对乌黑的细眉马上就要变得粗黑,那四周正发出新的绒毛。这会是一个英俊的小家伙。他的眼睛像母亲一样。头发油亮,光滑极了,抚摸他的头发真是一大享受!我又摸了摸他的肚子,他的肚脐眼可笑地弯成一轮初月。我让他坐在我的膝盖上,他摇摇头:"不,这样你会累的,妈妈说这样她就很累。"这让我知道他在家常常这样坐在妈妈的膝盖上。我心里一阵发热。

"你和妈妈在家里想爸爸吗?"

"嗯,大概是吧。"

他的口气很像大人。我问:"怎么'大概'呢?"

"因为她老要拆一件毛衣,拆了又织。"

"什么毛衣?"

"就是你的一件毛衣,她说爸爸到了秋天就要穿毛衣。"

"可是她没有寄给我呀。"

"妈妈说你回去的时候,就给你穿。她还说爸爸肯定喜欢这个颜色的毛衣。可能她嫌式样不好,拆了好几次,她从夏天就织,一直织到这会儿。"

我没有做声。待了一会儿我问:"你听妈妈的话吗?每天很早就上床睡觉,是吧?"

他点点头。

"你上托儿所的时候,能早起吗?"

他又"嗯"了一声。不过我觉得这第二声要比第一声微弱多了。我笑了。我问:"你愿不愿一直留在葡萄园里?"

宁子腾地一下站起来:"愿意,我不跟妈妈回去了!"

我把他搂住,抚摸着他挺拔的后背,"你如果在葡萄园里待下去,那么就可以每天都研究昆虫了。你还可以到大海上去玩,可以去游泳……""大海在哪儿?""就在北面,我还要给你介绍一位叫肖潇的阿姨,她特别会游泳。对了,我们还要到海上看拉鱼的人……

海上老大喊着号子,各种鱼就拉上来了。""鱼咬人吗?""不,只是很凶,瞪着发红的眼睛看你……"

宁子无比神往的样子:"只要我留下了,妈妈也会留下,她不会让我自己在这儿的。"

我拍拍他的肩膀:"好孩子,那么你就帮帮爸爸吧。爸爸需要你和妈妈。"

宁子发誓般地说:"嗯,我帮爸爸。"

我觉得与自己的儿子突然处在了一个庄严的场合。儿子真的神情肃穆,鼻翼轻轻翕动。

二

屋子里涌出了浓浓的饭菜香味。香喷喷的蒸气使我想起:我们要大摆筵席了。这个晚餐一定十分丰盛——梅子好好看看我们的葡萄园、好好地领受一下这个平原的热情吧。西边的天空剧烈燃烧着一片红云,美丽的黄昏来到了。拐子四哥提着一些海鲜走进来,我知道他是用那些还没有完全成熟的葡萄把它们换来的——这种以物易物的方法从一开始就是他的发明。好极了,渔民们都喜欢我们的葡萄,喜欢这个快乐的一拐一拐的人。

肖潇和罗玲终于在太阳落山之前赶来了,而且都带了自己的礼物。肖潇送给小宁一辆电动小汽车,罗玲送给了孩子一些巧克力糖果。她们两人都给梅子带了礼物。我看出梅子对两个姑娘都很喜欢,可也只有我能看得出,她的眼神里还有一丝不易察觉的什么。我知道她在这个夜晚里会退到角落,用挑剔的目光去观察她们两个人。我想她会满意的,她会懂得她们。罗玲随身带来了一套小而精致的音响设备。

我们聚在最宽敞的那间屋里。肖明子和鼓额从来没有经历过这样的夜晚,搓着手掌,高兴极了。罗玲自从那一次熟悉了肖明子之后,简直比肖潇还要喜欢这个小伙子。肖潇已经完全像他的大姐姐,给他缝补衣服,甚至还给他理过发。肖潇曾告诉我,她在这里有了这么一个小弟弟。她以为肖明子身心健康,就是识字太少。她从一年级的课程开始教他,为其准备了一套完备的课本。在她那儿,肖明子像一匹驯顺的小马。而罗玲只是逗肖明子玩,肖明子对罗玲的态度也完全不同——他不怕罗玲,只是更加顽皮。奇怪的是,他甚至跟对方过早地学会了调侃——每逢这时候肖潇就有点儿不快,可罗玲一直鼓励他这样。

拐子四哥这个夜晚放开了酒量,还劝我喝一点儿。我觉得这个夜晚都不妨放开一点儿。我喊了一声跟武早学来的那句话:“豪饮!豪饮!”拐子四哥一听到这个字眼就激动起来,一会儿站起,一会儿又坐下,在酒桌四周走动。他被这两个字唤起了什么。当他坐下时,就一杯接一杯地饮起了瓜干烈酒。一会儿他的脸就红了,胸脯也变成了紫红色。他说:“好哇,好哇,这一晚好哩!都来哩,小朋友们都来哩!”他这样说着就唱起来。罗玲打着响指,还乘兴为我们跳起舞来。她的舞姿竟是这样优美!梅子也跟着鼓掌,可她停止鼓掌的时候,神色就稍嫌严肃了点儿。

饭后由罗玲和肖潇提议,在屋前空地上点起了一堆篝火。斑虎一看见火光就激动起来,叫声震人耳膜。肖潇说:“它这是欢呼,是唱歌。”拐子四哥说:“那是当然了!”万蕙招呼斑虎一声,让它到跟前去坐。她盘着腿坐在地上,暖烘烘地烤着火,搂着斑虎。斑虎终于安静下来。这时候罗玲把音响放到最大音量,拐子四哥就在音乐的节奏里一拐一拐地走,还掮着那杆土枪,大伙儿都笑了。斑虎一见拐子四哥这样走动,就挣脱万蕙扑上去。

拐子四哥扯着它的两只前爪跳起舞来。斑虎尾巴一颤一颤,大家乐不可支。万蕙在一边骂着:“这个死老头子!笑死俺了,活活把俺笑死!”

罗玲终于忍不住了，拖着肖明子就在篝火边跳起舞来。肖明子什么也不会，可罗玲摆弄着他，结果跳得很好。肖潇建议我和梅子跳舞，梅子同意了。我们跳得不像大家那么热烈，只一会儿就坐下来。

后来肖潇邀请了我；再后来又是罗玲。罗玲翻出不少的花样，一边跳还一边嚷："多棒啊，多棒的篝火晚会！"

火苗渐渐低下来时，音乐正好也停止了。肖潇和罗玲扯着梅子的手到一边坐下了。从神色上能看出，梅子渐渐安定下来，并且也开始愉快起来。我与拐子四哥、小宁坐在一起，不时向那边瞟上一眼。我心里有说不出的高兴。

这个夜晚我们一直玩到很久。四周变得越来越静，星星越来越亮，海浪声清晰极了……

三

这个夜晚，我们一家就睡在那间大办公室。大炕被烧得热乎乎的，我觉得舒服极了。可是梅子不习惯这种火炕，怎么也睡不着，不停地翻动身子。小宁倒很快就睡着了。我问梅子："怎么样，从坐上马车到现在的感觉？""我觉得这一天过得很闹。""我想你会满意的——是吧？"梅子淡淡一笑："我觉得这里风风火火的，全是你喜欢的那股劲儿。你们在一块儿火火爆爆的，倒也让人高兴。"我说："他们都保持了自己的原色原味儿，他们本来就是那样的人。他们从不掩饰自己……"

梅子瞥了我一眼。夜色里我觉得那目光非常犀利。我问了句："那两个姑娘，你喜欢她们吗？"

"你喜欢我就喜欢——你喜欢吗？"

"我喜欢。"

梅子不吭声了。这样停了一会儿，她突然说："我知道你舍不

得这片葡萄园,就像我舍不得自己的家。我想问问你,这儿离了你不行吗?"这次还没等我回答,她就说:

"我看,拐子四哥才是这里的主角,他和万蕙他们完全能把葡萄园弄好。我们如果把园子托付给他们,让他们打理,有什么不好呢?"

"很好,这主意很好。不过这主意只能是那种人才想得出来。"我的语气渐渐变得粗了。

"什么人?"

"老式庄园主。"

我觉得梅子身上动了一下。

我不客气地指出:"你这是庄园主的思想,你想找一个'大管家',我们自己在城里坐享其成,高兴了就来一趟——你是这个主意吧?"

梅子一下坐起来。她给宁子整了整被子,气呼呼的:"你又要一片土地,又反对做'庄园主'。我的意思你别误会。我是想让你有个葡萄园,又能有自己的家庭。"

"不!我实际上二者都有!你为什么非要在葡萄园和家庭之间难为我?难道你非得让我从中选择一个吗?这里有这么一大帮子人,就不能容下你吗?在这儿过日子有什么不好?"

"你让我来种葡萄吗?"

"你可以不像大家那样动锹动镐,不用动剪子,不用绑葡萄蔓、洒药水,不用扛葡萄笼子。可你完全可以去做其他工作,你愿意的话就调到园艺场来,到场部机关里去,再不就和肖潇一样,到园艺场子弟小学里去……"

梅子不做声了。她长长地叹了一口气。

我也好长时间没有说话。也许我太冲动了。我没有再去劝说她。我一个人安静地想了一会儿。我想这样也许对梅子要求得太过分了。可我至今也没要求她像我一样辞职啊。我只是要求她能够稍稍地容忍我。我多么需要她的支援。如果她实在做不到,我只能像一个在外地工作的两地分居的丈夫那样,在这长长的铁路线上来回奔波。我可以苦我自己,这没有什么——要害是他们母子太孤寂了……

梅子不停地翻动着身子。这样过了许久她又说:"宁伽,也许我刚才的话有点儿过,退一步说吧——你可以比过去更多地回到城里,回家时就让四哥照料园子,这样可以吧?"

"我也这样想过。只是我们的葡萄园还刚刚起步,我不能离开太长。最主要的,我是有点儿怕——你知道,我是咬着牙关才在这里扎下根来。我害怕回到那个城市——它有一万条看不见的触角,一沾上就会缚住我,使我再也不能脱身,分泌出的液汁会把我一点点溶化、分解,使我最后变成街角的一撮臭泥!我是怕这个……"

"真能夸张!神经质!可是大家在城里都过得很好,谁都没有怎么样……"

"好吧,就算它一切全都正常,那也要容许我挪挪窝儿——我可以吗?"

梅子喘着粗气,不做声了。

我心里有什么东西在这个夜晚激烈地冲撞。我知道我心里的那一切——全部的忧伤以至于愤怒,是无法向她表述的。我盯着黑夜,只想像它一样沉默。这一刻我总算明白了:我们彼此都难以挽留,梅子还会走的。可是她该明白自己的丈夫,哪怕只明白一点点:他的留居之地不是别处,而是他的出生地;这个葡萄园离他饱受苦难的那座茅屋旧址,也只有十几华里啊!

但我担心这一次分别会引起更长久的分离。我直盯盯地看着墨黑的夜。秋虫叫得如此纷乱。我一个人安静地忍受,一声不吭。

第 十 一 章

秋 风 起

一

拐子四哥把左腿使劲往前伸去,用力捶打着胯关节。“这里面的轴承我琢磨着是锈住了——”他以前告诉我胯部里面被医院安了个“不锈钢轴承”。我对此一直将信将疑,可他认真的样子又让我没法怀疑。

“你听见咯吱咯吱的声音了吗?”

我摇摇头。

拐子四哥拍了拍胯部:“这里面摔碎了,他们当年琢磨着,就给我换了个钢关节,其实就是‘轴承’,像机器上的那种东西。我用了几十年,你想想它还不磨坏锈住?天一泛潮它就咯吱咯吱响。”

四哥近来有些疲惫。这让我想起一个长途跋涉的人在倒下之前的状态。我真有点儿害怕了,问他哪里不舒服,他只是摇头叹气。

当他坐下来时,我就细细地给他搓揉后背和腿。这样好一会儿,他才晃一晃站起来。那支笨重的土枪放在一边,他只要一起身就要把它掮起。斑虎卧在一旁,它也毫不迟疑地站起,贴在四哥的腿上。万蕙也蔫蔫的,她的情绪总是随自己的男人变化。四哥除了疲惫之外,还有别的什么压在心里,这让我有所察觉,难以忍耐。几次想引四哥把心里的话都说出来,因为它越来越构成了我的一件心事。

我担心他想到了什么,想起了自己的一段痛苦的生活。自从梅子和小宁走后,他几乎再也没有高兴过。这里面总有些什么别的缘故。

有一天他突然说了一句:“宁伽,我想你是被我带坏了的人。”

我望着他。

“如果没有我,你就不会迷上这片园子。”

“那我也会迷上别的,反正我会到别处去——我不会一直待在城里……”

“不哩,”拐子四哥严肃地摇头,“我这些天就想这个事哩。我琢磨,你的那双脚从小跟着我走野了,成了野蹄子。要知道,野蹄子是不能安安稳稳过日月的。”他咂咂嘴,“我一看到他们娘儿俩心里就想,人家在骂我哩,这不是生生拆散了一家人吗?我觉得你拐子四哥身上有罪哩。”

我真想伸手去捂他的嘴巴,“快别讲了四哥,我只会感谢你,梅子他们放长了想也会感激你……”

四哥掏出烟锅吸着。他大口大口地吸,烟从嘴巴鼻孔一块儿喷涌而出。这样吸了一会儿,他问:“要是我有一天早晨领着万蕙,背上我俩的铺盖卷回那个土屋呢?”

“你不会,我亲眼看见你把土屋门上打了个大叉。”

“可我没点上一把火烧了它呀。土屋还在哩!”

我在琢磨四哥的话。我知道自己欠四哥的太多了,从过去到现在,再到永远……他在一个特殊的时刻里深深地安慰了我。是他伴我在那种漫漫游荡之中一点一点长大,又在最需要的时刻舍下那个小屋来帮我。不过一切正如他说的,是他领我磨出了一副

“野蹄子”……

也正因为如此,我才要感激一片田园。

我命中注定要和拐子四哥一起筑园。

二

肖明子越来越多地往园艺场跑了。我想他是迷上了那个地方。这对我来说好像并不是一个喜讯,因为我需要他更多地迷恋这片园子。他把这个葡萄园当成了自己的家,还是当成了一个打工场?我特别不希望是后者,因为我从来就没有把他当成雇佣的工人。万蕙没有孩子,她把鼓额和肖明子都当成了自己的孩子,问寒问暖,以最质朴的方式关怀着这“一大家子”。

我只在一旁注视,并不能阻止肖明子,我知道自己没有这个权利。如果有一天他执意要离开园子,那我的挽留也只会是象征性的——虽然那会使我深深地遗憾甚至痛苦。那时我就真的失去了一个小兄弟,而不是一个园艺工人。

我眼看着肖明子比过去长高了也长壮了。他就像一匹两岁小马一样,要甩开羁绊,去寻找自己的天地了。我内心里一阵莫名的苦涩。

鼓额倒与肖明子相反,她越来越不愿走出这个园子。她的身材虽然还是有些单薄,可是显然比过去更加成熟。莫名其妙的羞涩常常出现在她的脸上。她那么依恋葡萄园,回家的次数越来越少。有时我让她随着运葡萄的车回去看望父母,她都委婉地拒绝了。我让万蕙给她准备了一些礼物,带上一点儿钱,让她回家;可她每次回去总是住不久,几乎总是很快地返回。她对自己工作的环境、对这儿的一切都十分满意。她开始注意修饰打扮自己。一望而知的是,她那么害怕失去这个新的家。她每次看到我的忧虑、彷徨,看到拐子四哥阴沉着脸,就露出惶惶的神色。这个园子差不多就是她的全部。比起别人,她也许对这里拥有一个更美好也更长远的打算。这令我深深感动。我想无论是我还是葡萄园,都不该让鼓额失望的。

这个小姑娘还很小,很单纯。她的手脚由于劳动变得粗糙了,可还只是一双孩子的手脚。我注意过她的脚——肥肥的小脚丫套在一双粗布鞋子里,叭嗒叭嗒地赶路。它让我想起了小羊的蹄子,想起猫和小草獾的蹄子。她从我面前走过的时候,就散发出浓烈的青草气息。这使我想起了不久以前四哥的那句名言——所有的好姑娘都有一股"青草味儿"。真的,这起码在鼓额身上得到了充分的验证。

太史手下的人常常替我们出车,他本人也时不时地来园子里。这个人总叼着一支雪茄,戴着一顶特殊的帽子,故意打扮成一个美国西部牛仔的样子。我觉得他的装束多少有点儿刻意,或许已经做得有点儿过分。空闲时,他主动和我讨论读过的一些书,专挑艰深晦涩的——这家伙弄巧成拙,这时就流露出无法克服的浅薄。他说话可真不怕玄。不过这对他来说,仍然是懂得太多而不是太少。与他在一起时,我总是想到罗玲讲的那些事情,于是就小心地绕开那个孤老太太。我会不动声色地问着他的过去——他真的来自很远的那个大城市,在机关上开过车;至于为什么独自一人来到了这里,他给出的理由是"喜欢",再就是反正与妻子离异了,一个人想到哪里闯荡都行。

我发现他对过去的一段历史,特别是我们以前的那幢小茅屋极感兴趣。这让我多少相信了罗玲的判断:这个家伙有着不可告人的心事。

谈话时,如果鼓额在不远处,他高高翘起的雪茄烟就冲着她一动一动,让鼓额发笑。他的鼻孔里喷出的烟雾可以划出奇怪的曲线,鼓额也觉得好奇。他有时故意对鼓额开一些很奇怪的玩笑,还讲一些离奇的故事。鼓额瞪大了那双黑黑的圆眼，连连叫着："哎呀哎呀吓死俺了！"

这天他亲自为我们出车，我就让鼓额收拾好东西，随他的车回一次家，看看家里的两个老人。

鼓额有点儿不高兴。她咕哝说："老回去，老回去。"

"看看他们吧，他们会想你——爸爸妈妈不知道你这一段胖了还是瘦了，过得怎么样……"

鼓额不吱声了。我的话她很想句句都听。这反而让我有些为难。万蕙又给她包好了一包东西。鼓额没有办法，只好上了太史的车。

三

有人告诉我，近来那个酒厂工程师武早的事很麻烦。他酗酒越来越厉害，有时一连几天醉得不省人事。厂领导已经在为他着急了。我随太史的车去看过他，但两次都没能找到人。

我开始牵挂起来。他是一个好人，一个我十分喜欢的人——随着时间的推移，我对他理解和信任的程度大大加深。他作为我们的朋友，是其他任何人都无法替代的。我当然知道他酗酒的原因。折磨人的情感啊，居然可以这样销蚀一个壮汉……当然，象兰仍然没有同意他的请求，在他们复婚这件事上，我也许做得很蠢——象兰那次走了之后我真的去劝导过武早，让他放弃这个女人，因为他们压根儿就是不同的：一个特别钟情，而另一个恰好相反，认为自己这样做不但无可厚非，没有任何可以谴责之处，而且直接就是"纯洁高尚"。武早当时对我的劝导不以为然，而且十分恼火，说：

"象兰并不完全像她自己表白的那样，她那是言过其实！实际上就是因为她并没怎样，所以才大大咧咧地讲啊讲啊，讲个没完——好像她是天下第一花痴似的！她就是这样的人，我心里有数！”

真不知该怎样劝他才好。我最后着急起来：“武早，你这是怎么啦？为了说服我，宁可违背事实自欺欺人。你在否认你以前经常说的一些话，你明白吗？！”

武早气得脸都红了，他用拳头擂着自己的膝盖：“你这么大年纪了，难道就不知道事物之间的区别吗？厂里值夜班，象兰可以与很多男女朋友在一块儿，他们为了抵挡瞌睡，只好通宵拉呱儿，高兴时就哈哈大笑，实际上那都是很放松很自然的——这有什么大惊小怪的？！”

“那你认为象兰是一个非常贞洁的人了？”

“那当然也算不上。不过你可不要认为她是多么过分的人，不要以为她走得多么远——她要真那样，我早就跟她断绝了。”

总之武早利用一切方式一切机会为象兰辩护。不过有时我想，他是个见过世面的人，能够这样迷恋一个女人，大概也有自己的道理——从另一方面看，能让这样一个大汉痛苦的女人，也必定具有特别的魅力……

我眼前又闪过了象兰那朗朗的笑声、奇异的装束、像异族人一样的神态……

我听人讲象兰以前教过一段书，那是一所普通中学。那时她穿着灰色上衣，朴素到了极点，衣服洗得都有些发白了。大概就是那时候武早认识了她，为她送了很多酒。可那时候她一滴酒也不喝。一个偶然的机会他瞅见了这个姑娘会吸烟，就送了她很多香烟。后来才知道，她不过是吸着玩，一个月也吸不上三两支。

武早仍然怀念的，就是当年的那个姑娘。不过她真的会从一个极端变到另一个极端？我有些怀疑。

我知道，武早迟早要毁在酒上。我真替他着急。我现在最想做的一件事就是让他到我们葡萄园里来,让他在这儿安静一下,也清醒一下。我想在这里给他把酒戒掉。

天越来越凉了。在这个深秋里,好像所有人都有点儿情绪低落,有点儿惆怅。我在心底奋力抗争,想追寻往日那样一种生气勃勃。可是没用,失望的情绪随着秋风从四处围拢。一天,西北风把粗犷的拉网号子播散过来——那有力的、昂扬的、连绵不绝的吆喝声让我长时间伫立不动。我向着那个方向遥望。这号子声充满了生气和力量,它随着风势一阵阵增大,节奏分明,在旷野里昂昂回响……

可当这号子声消失了的时候,我也渐渐松懈下来。

我在园子里徘徊,用一把锹给葡萄培土。我似乎愈来愈离不开这片园子了,要在这里与它一起抵挡今年的严冬……

吸　引

一

鼓额过了很多天才回到园子里。这一方面令我高兴,一方面又多少有点儿出乎意料。我问她怎么这一次在家里住得这么久?她吞吞吐吐,最后才说:

"俺在等顺路的马车。"

"太史回来的时候,不正好可以捎上你吗?"

"俺不愿坐他的车。"

"为什么?"

"俺不愿意。"

"坐他的车多好,"我说,"那样很方便,又顺路。你不愿坐汽车吗？你晕车吗？”

“嗯，”不过她说完又立刻摇头，“俺怕颠得慌，俺再也不坐他的车了，俺害怕汽油味儿。”

我笑了。这个小姑娘多有意思啊，我们没有再谈下去。

太史没事的时候就到园子里来。他想跟我讨论一些关于个人生活方面的事情。在这个话题上我不想说什么。他愈是谈得多了，我愈是觉得对他一无所知。另外，我明显发现他有一种探寻秘密的企图，这让我倍加警醒。他说：“我愿意一个人，这样多好。这样我就永远是自由的，爱到哪里去就到哪里去。我过得很舒畅。”他说到这里还埋怨起我来：

“老哥，你最大的失误也许就是结婚——你这样的人是不该结婚的。”

我反问一句：“是吗？为什么？”

“因为你拥有真正的事业。家庭会妨碍你，你越来越会感到这一点。”

我拒绝了他的聪明：“不，你错了，我的家庭也帮助了我的事业。我这个人很需要家庭，它给我温暖——只有从家里出发我才能走到很远，才能对付那些沟沟坎坎。”

太史一笑：“你也可以这样讲。不过总有一天你会在心里否定这些话……”

他太自信了。我这会儿真想把他那支粗粗的雪茄从嘴角给他揪下来。

他又说：“我爱过很多女人。我这个人，你知道不是个安分的东西。这点我想大概我们俩都差不多吧。”

这家伙这一会儿像个混蛋，过一会儿又像个君子。我忍耐着听下去。

“我曾经为一段恋情要死要活——我自杀过。”

我真看不出他还有这样的勇气。

“真的,不过我的药吃得没有足量,所以就活过来了——再加上抢救及时……”

“下一次你把药吃足量就是了。”

太史大笑起来。可是那支粗粗的雪茄烟还在嘴角上粘着,并没有掉下来。笑过之后他又拍手:“你说对啦,你说对啦。我想自杀,可又想活着,这是一对矛盾。我就在这一对矛盾夹缝当中摆来摆去。我想,这辈子就这样死去也太他妈亏了。当然了,这会给她——给对方造成一定的痛苦。可她的痛苦我也不知道啊。最好是让我稍稍看一看这次行动给她带来的痛苦才好,于是我就给自己留了一点儿睁眼的力气。”

我也忍不住笑了。

他小心翼翼地谈到了罗玲。我想这可能是他的正题吧。他说:“那闺女,嘿!”

我听着,他却没有下文了,只用眼角瞄着我。

我只不做声。他终于憋不住,说开了:“这闺女初来乍到,什么也不知道,还敢去老虎头上蹭痒呢!”

“不明白你是什么意思。”

“我是说,她还敢去海边找那老太太玩儿! 我知道她是太寂寞了,不过那也不能进她的屋子呀……”

“为什么? 她又不吃人。”

他龇着牙:“老天,那比吃人还厉害。那老妖婆会下蛊! 她有这个嗜好,爱捉弄人,动不动就给人下蛊——你只要中了蛊,也就一点儿一点儿完了……”

“是吗? 第一回听说。”

“老伙计,千万躲着她点儿。要不是因为她是个老资格,就这一条,也早就把她……嗯嗯……”他说着做了个手势。

“你这是什么意思?”

“砍头,枪毙,结果了她!”

二

因为夜间想了一些事情,脑子很乱,直到凌晨才睡着。罗玲那一天在茅屋中的密谈让我从头思虑了一遍,从那个消逝的老红军到罗玲的母亲,到我饱受磨难含冤而亡的父亲,最后就一直在想我们那座茅屋,想那棵大李子树。母亲和外祖母闪闪烁烁的目光还在眼前,那是她们惧怕在我面前提到父亲。父亲就在南部那一溜黛蓝色的山影里,在那里服没有尽头的苦役。我们家里也发生过与罗玲家里相似的一幕:母亲拿出了一个年轻男人的照片,他就是我的父亲。何等英俊啊。炯炯有神的眼睛,笔挺的衣服,浓发……是的,含冤而亡的父辈个个如此。就因为他们的心灵和面容同样地美好,所以才会遭到同类的嫉恨,落得那样悲惨的结局。

这一夜我在想这片田园:它远离城区闹市,靠近一片荒原,可是仍然没有想象中的那般隐匿和超然——令我惊讶的是不止一个人在注视和窥测,在用心揣摩……罗玲最后终于鼓足了勇气,借一个机会闯入了园子。她托出了心中的秘密,这种信赖仅仅源于一种最基本的判断:一个男人无论如何不会忘掉蒙冤的父亲。她是对的。

直到午夜两点我还在想另一片园子:那个孤老太太。她阴沉的面容如在眼前。许久以来,直到今夜,我只能将其看成一个异数,而难以把她与一位资历深长的女革命者联系在一起——事实上她也是一个早就脱队的人,一个沉沦于生活底层的糟糕女人。罗玲说到的那位老场长与这个女人的神秘交往,还有太史的行迹和反常表现,我宁可相信是罗玲的某种“过度诠释”。

也许这个老人身上真的携带了或多或少的秘密,不过经过了极其漫长的历史烟尘,岁月的销蚀和湮灭,而今还会有多大的价值可言?

我知道,看任何一个人都不可过分地注重外表,也就是说不能犯“以貌取人”的错误,但我们面前的这位老太婆也大可不必被神话,那样就太不着边际了。

这样想着,整整多半夜都不能摆脱她的影子。后来总算睡着了,梦中出现了一个温煦美丽的面容:一个似曾相识的女性,她一直坐在旁边,看着我入睡。我在她目光抚慰下终于越睡越沉,直到黎明的来临。第一束霞光投在我的脸上时,我仍然眯着眼睛。梦中的那个形象开始浮现出来,这会儿比任何时候都更加清晰——她正是肖潇啊!这时我才意识到,自己内心深处多么渴望一个人的帮助,每当我处于紊乱和焦虑的时刻,她的话语和神色总能使我一点点平静下来。有时不过是寥寥数语,对我来说却无法替代,无法言喻。

这个秋天啊,我一贯厌恶的伤感还有软弱,原来一直潜伏在四周,它们正伺机袭向我……上午八九点钟,我在屋子里待不下,就去园子里走了一会儿。斑虎跟了几步,但它也许觉得这时候我只想一人独处,就很快止住了步子。它看着我一直往前,在园门那儿略一耽搁,继续往西走下去——那是园艺场的方向。

这是一个星期天,像过去一样,肖潇待在自己的宿舍里。她那个纤尘不染的小屋子我以前只拜访过一次。这次提前连个招呼都没有打就来了,进门后才觉得有点突兀。她却一如既往,高兴地招呼我坐下,然后端来了一杯碧螺春茶。

淡淡的茶香环绕着我们。这里可真安静。多么好啊,安静与青春,此刻一块儿驻留在这个房间里了。我发现她的脸色那么红润,一丝微笑漾在了嘴角。她喝茶,话很少,闪闪动人的眸子时不时地扫过来一次,让人感到一种轻灼。是的,我试过多次,想在她的面前安然自如地坐一会儿,或者交谈什么,总是很难,好像越来越难。以前,我是指半年之前,似乎还能够做到……现在就困难了,我总是自觉不自觉地回避着她。但这样做的结果反而加剧了目前的情状。无所不在的超强的磁力线渐渐穿越了从园艺场到葡萄园的这段距离——即便是在那个茅屋里,也仍然可以感受到一些铁屑在可怜巴巴地颤抖。就是这样一个问题,它出现了。虽然这是人类当中最古老的一些问题,但它一旦出现了就变得刻不容缓,需要一个人拿出极大的精力以至于智慧,才能够妥善处理。一个人即使有再高的知识与文化修养,似乎也并不能说明什么,未必就能够利落痛快地解决这类问题。总之它非常复杂。

直爽一点说,我在这个平原上真的遇到了棘手的一个问题——今天,我不得不花上上午的一整段时间来到这里,就足以说明事情的严重性了。我甚至相信,这个时刻这间小屋里的奇特氛围,在她来说也会感受得到的。但我们都保持了足够的矜持,这是必需的。

我们没有多少话。因为对于我和她这样的人来说,这个时刻都需要谨言慎行。要知道这时候的莽撞,这种年轻人常犯的错误,对于一个四十甚至五十多岁的人来说,也并不罕见。经验和实例都会告诉我们,一个七八十岁的老翁在这种时候,处理问题的能力也并不比一个少年好到哪里去——非但不够利索,而且还会哆哆嗦嗦乱上加乱。可见这就是我们人生所要克服的诸多难题之一,它很难办,它十分艰巨。

总之我在喝茶的时候显得拘谨有余,小心翼翼的,以至于最后不得不由对方主动打破这种僵僵的局面:

“天很快就要凉了……”

“是啊,”我抬头看看她,目光在她藕荷色的外套上停留了一会儿,“这里的冬天也很好,在海滩上踏雪,那是一种享受……”

“今年冬天我想学学那个孤老太太，在炉子上煎一种老茶。”她笑眯眯地说，眼睛并不看我。

“毛玉……”我一触到这个名字就仿佛注入了一种清醒剂似的，马上从眼前的气氛中挣脱出来。我眼前又闪过了那个女人头上的黑呢帽，帽檐下那双灰蒙蒙的眼睛。我又在想罗玲关于她的一席话。

“我们出去走走怎么样？这比闷在屋里好吧？”肖潇突然说。

这样的提议恰好也是我想说的。是的，一出门我们两个人都会放松许多，而在这里就不成。这里太别扭了，手心里老要出汗，连句像样的话都说不成。我们已经成为不宜于过多地待在屋里的那种男人和女人了——一想到这一点，我心里又有了一种暗自高兴的劲头儿。好嘛，要犯一般人常犯的那种错误了，我们当然需要彼此提防着点儿。如果某种边界掌握得火候恰当，那也是很好的一种关系。但愿如此。

三

我们通常总是一出园艺场的大门就往北，因为那是大海的方向。这次也不例外，我们很快就走到了海边。在秋风里起起落落的海鸥让我们注视了很久。更远处，茫海里有一层雾幔，这使我们很难望到往常那两个岛屿。在上午十点强烈的海边光线下，她的头发闪射出淡淡的紫色，眼睛则是更深的紫褐色。海风吹拂着她。当她一转脸发现了我的目光时，立刻侧开身子移动两步，说：“海鸥的叫声，听，婴儿似的……”

我们沿着海岸往西走了一两公里，然后再折向南。不一会儿那个黑乎乎的园子就出现了，它洗得白白的海草屋顶从这里看去可真美啊。我们两个谁也没有打量对方，一直迎着它走去。肖潇问：“你说这个荒了多半的园子，怎么就不好好打理一下呢？”我摇摇头:“大概年纪太大的人就这样吧,没心没绪的。”“这个园子有多久了?”这倒是一个新问题,它真的让我无法回答——由于它一直存在那儿,所以我相信所有人都忽略了它存在的时间。但按小时候的记忆,我想它出现的年代起码要远早于旁边这座园艺场。当我说出了自己的判断时,肖潇马上惊讶地说了一声:“啊,也是的,瞧那些葡萄树吧,多老了啊!”

在木栅栏那儿,像上次一样,那只叫老杆儿的大黑花猫见了我们,马上一个弹跳回屋去了。我想它的作用大概也相当于一只狗吧。

进门后一点儿声音都没有,原来是老太太已经抱起了她的大猫,眯着双眼在炕上摇晃身子。我们站在炕边刚要开口,她就拦在我们前边说了:“噢,又领了大闺女来了!”这个称谓让我高兴,肖潇也觉得有趣。老太太还是闭着眼睛说下去:“你们园子里上好的大闺女真多,一个赛似一个,都长得水灵灵嫩葱一样,馋死小伙子不偿命啊!”她睁开眼瞥瞥我,咧着打破碗花似的嘴巴:“你馋不馋呀? 嗯?”

“我嘛,我们现在最想听的,就是一些战斗故事,是你当年亲身经历的那些事儿……”我灵机一动,接答了一句。

毛玉把怀中的老杆儿推到了炕上,骂了句:“妈拉个巴子!”

肖潇还以为是我惹着了她,吓得瞥瞥我。

老人接上骂:“这老杆儿越来越没正形儿,在我怀里放屁,臭死我了。唉,它年纪大了,收不住腚了。”

“收不住腚”这个说法我还是第一次听到,笑起来。我小心地观察了一下肖潇,怕这种过分粗俗的幽默让她一时难以习惯。我倒希望她能对这些生活底层的东西习以为常,那将使我们之间的交谈相应地轻松一些。我不喜欢粗俗,可也讨厌过分的书呆子气。毛玉正眼儿看了看肖潇,抹抹鼻子说:“大闺女奶儿不小。”

这一次肖潇终于难以招架了。她马上转身，拉出一副要走的架势。谁知老太太的反应比任何人都快，紧接着又说："我和你这么大的时候，不，比你小多了——那会儿就参加了革命。咱双手都会使枪。"她瞪起大眼，把头上的黑呢绒帽啪地扔到一边，紧接着一个后仰躺在炕上，双腿举起很高，飞快地在炕上打了两个滚，两腿随之绞剪了一下，腰部挺起又落下，两手做成枪状，交互挥舞，嘴里发出"啪啪、啪啪"的声音——然后又一个鲤鱼打挺儿蹲了，端坐炕上。

整个过程突然而迅速，前后也不过一两分钟。我被吸引住了，愣怔怔地看着。肖潇也满脸惊愕。再看老太太，脸不变色心不跳，心定气闲，只是重新眯上了眼睛，收收衣襟，更紧地把老杆儿抱在了怀里。

我还没有从一场惊讶中反应过来，开口时竟有些口吃："您老这、这是武功还是……"

"都不算，不过打仗时用得着，这叫'就地十八滚'。"

肖潇看看我，嘴里发出"啊"的一声叹息。

老太太这才将目光转向她："不过我这人没有常性儿，贪玩哩，见了好小伙儿就忍不住往上凑合，从来不管什么名声——名声都是害人的东西，说到底都是害人的东西。我在这些方面不客气说，可有不少高招儿。海滩上有些中药材，嚼巴嚼巴吃下也就不会有身孕了——要知道战争年代怀了孩子可就糟了，那时要身子利索……就因为太贪玩了，在队伍里干不长，队伍里'同志'来'同志'去的，规矩太多了。那不是人遭的罪，我就开溜了。第一站就是这里，这个园子……"

我忍不住打断她的话："这里？从那时起你就住到了这里？"

"是啊！我要从队伍上离开，战友不让啊！他们舍不得啊，发疯一样留啊。首长也找我——首长找起人来更凶！首长一个个狼吞虎咽的,说‘快找找快找找’,下边的人还不拼了老命来喊咱啊!可我一跑开他们就找不到了,我藏哩,藏在这个园子里——有一个好男人把咱窝藏了。这个男人不是别人,就是后来四下村子传得神乎乎的武功师傅。他是南方人,大名山响的‘筋经门派’,是他们的人。其实他和我一样,也是受不了那个门里忒多的规矩,犯了大忌才跑到这儿,种了这片园子躲藏的。就这样,俺俩是同病相怜吧,他先是藏下了俺,再后来就要下了俺——本来人家是不沾女色的人,你想想练那样功法的人只会躲着女人——可谁让他遇上了咱哩?咱当年身上那股风骚气顶风也臭十万八千里,他抵挡不住哩!就这样,俺俩还是结成了夫妻……”

肖潇和我都听出了神。这会儿肖潇问一句:“你男人呢?”

老太太扭一下老杆儿的鼻子:“死了个熊的!好人不长命,祸害一千年,我那男人是个好样的,要不怎么死得早呢。那些祸害我男人的,个个都得下地狱!我有一天见了他们,会把他们活皮儿撕了!我最后喜欢上的这个人啊,跟你俩说吧,那是男人中的尖儿!”

老太太说到这里像是突然发觉了什么,立刻把嘴巴收束一下,然后不吱一声。

“说呀,你说呀!”我催促她。

她哼哼着,斜视着,使劲咬着嘴唇,像是下定决心不再吐声。

我和肖潇待下去,还想听点儿什么,可对方就是不再开口。她后来干脆把下巴偎到了那只大猫头上,与它一起睡着了。

第十二章

鼓额的家

一

鼓额突然失踪了。

那会儿拐子四哥和肖明子都不在葡萄园里,万蕙一个人在茅屋里做饭。据她讲,她曾听到斑虎在园子深处发疯地嚎叫,还以为它在跟野物打斗,就没有在意。

这真让人心焦。天快要黑了,鼓额还没有回来。她能到哪里去?如果回家也决不会不辞而别。我和拐子四哥查看了园子里的每一个角落,又找过了周围一些地方。后来我们才发现了斑虎的眼角有点儿浮肿。我扳住它仔细看了看,赶紧招呼四哥:

“有人打了斑虎,你看,这不是野物咬的!”

拐子四哥拂开它的毛发看着,说:“不错,哪个混蛋打了我的狗!”

斑虎这时极力挣脱我们的手,只向着一个方向吼叫。于是我们松开它。它在前面奔跑,我们跟在后面。在一棵老葡萄树下,我们看出地上有一片扑打的痕迹。那里还杂有斑虎的蹄印,一些混乱难辨的脚印。我在土中发现了一只粉红色的发卡。我和四哥,还有园子里的所有人,大家都能认出这是鼓额的——她每天都戴着它。事情再清楚不过了,鼓额在这里遇上了坏人。可以肯定的是,园子里发生了什么可怕的事情。

我蹲下来翻动泥土,又找到了几绺扯下来的头发。我的心揪紧了。这个纤弱的小姑娘这时候在哪里?难道她被一个可怕的人给掳走了吗?我的心怦怦跳起来,我想如果是这样的话那就太不幸了,我、我们所有的人,都将无脸去见那两个不幸的老人……

我们都在想坏人会来自哪里,一时不知所措。这片荒滩上有各种各样的人,来来往往的有采药的、拉大网的,还有一些园艺工人。村里人也经常在园子四周转悠。总之我们完全有可能遇到了自己意想不到的恶手。我冷静了一下,认为不管怎么说还是应该马上到鼓额家里去看看。拐子四哥同意了。

整个过程中肖明子一直脸色蜡黄,站在一边气喘吁吁——本来他要和鼓额一块儿在园里做活儿,可他见拐子四哥不在,就偷偷地溜到园艺场去玩了。这会儿他吓坏了,像在专心等待着惩罚。我只扫了他一眼,什么也没说。这时候说什么都是多余的了。我让他们好好看护园子,然后就上路了。我想在半路上搭一辆车子,尽快赶到那个村庄。

一路上我的心绪糟透了。我一遍遍地想象着鼓额可能遭到的不幸。这事情对我来说太突然了,它不由得让我想到,这几年来我对她的关照太少了。我每天奔忙于一些杂事,很少注意到她的事情。实际上她正在一天天地长大,却仍旧是孤单无助。这个世界对于她是危险的。也许那种可怕的征兆很早以前就有过某些迹象,而我却毫无察觉。今天如果发生了什么恶性事故,那么悔恨已经太晚了。

我的脚步像心情一样紊乱,不知怎样才穿过了一大片黑黝黝的庄稼地。荒野里乌鸦粗糙的叫声令我惶恐,真后悔没有带上四哥的那杆枪。

不知走了多久才遇到一辆马车,他同意捎我一段路。然而这样我也只能搭到半程。太阳冒红的时候我终于走进了那个村庄。

这些平原上的村落在我看来简直是个个一样。它们紧密相挨,颜色陈旧,有时让人很难区分……我费力地打听,才拐进一条小巷。巷子里的人家大都住了矮矮的瓦顶小房子,还有个别屋顶是麦草做成的。这些人家都很勤快,一大早就起床,在各自的门口忙着什么。有人挑着一对粪筐正掀开院门走出来,见了我惊讶地瞪大眼睛,从头到脚打量了一遍,又急匆匆地往大街上走去了。

在小巷的尽头,我找到了鼓额的家。这时候我在心里默念:她如果回家了那该多好啊,让我一推门就遇到她吧——我最怕的是她无影无踪,那时候我将真的无法面对两个老人。"我的孩子呢?"我害怕听到这样的询问。

二

一下一下敲门——门内响起了刷刷拉拉的脚步声,伴着费力的咳嗽。我心里开始紧张。里面的人边咳边问:"谁呀?进来就是呀。"

"大伯,是我。"

"你是谁呀?"一边问着,门开了一道缝。

他眯起一双老花眼看着我。

"大伯,您在葡萄园做工的女儿回来了吗?"我这样问,心怦怦跳。

"哦,回来啦,回来啦。你是——"

"我就是那个园子的……来看看她。"我马上松了一口气。

老头子听了立刻躬下腰,"这孩子是自己跑回来的,满身泥巴,头发抓得稀乱……"他呻吟起来。

"天哪!"我在心里叫了一声,心想不管怎么说鼓额总算回到了自己家里。刚才我慌得来不及端量这个老人,这时才看清他有六十多岁,干瘦干瘦,黝黑干硬的皮肤贴在了骨骼上,好像被阳光给烤得没有了一丝水分。他身上的衣服是脏脏的,裤子单薄,只搭到膝盖下边一点儿。这使我想到鼓额刚来葡萄园时的那身打扮虽然寒酸,还算是这个家中最好的穿着。

他几乎是搀扶着我跨进了屋子里——左脚刚刚迈进门槛就被磕了一下,因为屋内地面要远远低于屋外。这儿无一例外的是,村里人家为了取暖,也为了节省建筑材料,都故意把屋内挖得很低。这样冬天好一些,夏天就要提防漫来的雨水……炕上坐着一个生病的女人,她就是鼓额的母亲。她还不算太老,头发还没有全白,脸上的皮肤也不像男人那么粗糙。可是她的脸黄得厉害,没有一点儿血色。她半卧半坐在炕上,一片胸脯露在外面,黝黑干瘪的乳房低垂着。这会儿她赶紧整了整衣服,试图从炕角挪过来,一边打着招呼。

屋里有一股刺鼻的气味。我想坐下,可又找不到地方——好像也没什么地方可坐,到处都堆放了杂物,如没有剥过的玉米和豆棵,还有一些高粱穗子。炕上的女人用衣袖抹了抹炕沿,让我坐在那里。我请大伯也坐下,老人慌促地摆着手,颤颤抖抖地坐在炕边上,对妻子说:

"这就是东家,大恩人哩,大恩人哩!"

老太太拍了一下手,像磕头似的身子一俯一仰喊着:"了不得了,了不得了!看看让你这么远跑来了,了不得了!"

这真让我不知如何是好。我还没有看到鼓额呢。葡萄树下那种可怕的搏斗的痕迹还在眼前闪动……她在哪儿?我不敢询问,就这样呆坐着。停了一会儿,我听到大伯跑到另一间屋里,吭吭哧哧劝解着什么——我明白了,他在跟鼓额说话。

我屏息静气,只想听到她的一点儿声音。鼓额这会儿就在隔

壁,我多想即刻过去看她,又怕冒昧。我坐立不安。女人说:

“唉唉,孩子不懂事哩。跌跌撞撞跑回来,进门就哭哩。我说,有人欺负你啦?她也不吭。我说东家可知道?她还是不吭。到后来我才知道,东家不知道哩。我说天哩,这可怎么办!天哩,了不得哩!”

她不知怎样表达那种歉疚的心情才好。我听不下去,这真让我无法忍受。这是天底下最难以忍受的一种声音。我扶住了她一俯一仰的身子:“大娘,您不要这样,是我们对孩子照顾不够,我们的心太粗了……她伤得重吗?”

“这还算伤?也就是磕磕碰碰掉点儿头发。再说哪里没有坏人,哪里没有几个不长进的玩艺儿?都怨她自己没眼色,给东家添累。我让她爹揍她一顿,她爹下不了手。这会儿在东间里赌气哩。”

“您不该这样,她可没有一点儿错啊!”

“就该打!恩人哩,孩子哪次回来都捎那么多好东西,还有钱。俺前世积下什么功德,今生今世都没法报答你哩……”她两手扑打着炕席子。

三

我一句话也说不出。我从来没遇到这样的情景,简直无话可说。他们反而要深深地感激我,感激一个愧对他们的人。我再也听不下去,只想快些去东间屋里。

那扇门关得严严的,怎么叫也不开。老人在屋里急得跺脚,大概要给我开门,鼓额就在里面大声喊着阻止。我站了一会儿,说:

“鼓额,是我,你不让我见你吗?”

老人在里面小声呵斥:“不懂事的孩儿,东家来哩!不懂事的孩儿!”

我听见鼓额对父亲小声哀求:"爸,别哩。爸,别开啊!"

我又站了一会儿。门终于被打开了。

老人满脸都是歉意,一迭声地埋怨自己的女儿——鼓额蜷曲在炕角,这时不知怎样对待我才好,全身抖着,大口大口地喘息……她喘得说不出话来,突然哇的一声哭出来。

"好孩儿莫哭莫哭,见了东家好哭吗?"

我走近一些,看着她伸手梳理脏乱的头发——我从未见她的头发乱成这样。她的头发总是梳得那么光滑,先是用一个皮筋儿或是花手绢、后来又用那个粉色的发卡扎成一束。我看出,尽管她自己不停地擦,头发上这会儿还是沾了泥土,仔细些看还有一丝血迹。她的嘴唇那儿破了,脖子上有一道明显的伤痕。我拍拍她颤抖不停的后背,她一下捂住了脸,任我说什么也不再抬头。

她哭着,抖得那么厉害。我拍打她,安慰她,不知该说什么才好。我很少像今天一样不知所措。我用力地忍住了。后来我不停地说着,却不知在安慰自己还是对方。

渐渐,她停止了泣哭,身子也平静下来。可她并未抬头,那双小手紧紧地按在脸上,口中喃喃:"宁伽哥,我走时没有告诉你,谁也没有告诉。我怕你们看了我的模样会厌弃——我就,我就一口气跑回家来了……"

我点点头:"大家急坏了。不要紧,一切都过去了,你回家了就好,这下就好了。"

这时候老人在一边说:"不懂事的孩儿啊,多不懂事!愁死我了,这孩儿该揍哩!"他这样说着,口气却越来越缓,几乎是退出了这间屋子,然后把门轻轻合上——我听见两个老人在西间屋里高一声低一声地议论,不断重复一句话:"恩人哪!真是恩人哪……"

我开始询问事情的原委,鼓额抬起头:"没有怎么,我挣开了,我跑开了……"

“他是怎样一个人？你以前见过没有？”

“没有，我不知道……”

“鼓额，不要紧，以后我们会好好保护你的。这个家伙胆敢踏进园子一步，四哥的枪就饶不了他……”

信　任

一

接下去的一段时间鼓额一直在哭。她一哭就完全像个孩子，身体抽搐起来，什么话也说不出。我只得等待她平静下来。就这样，她哭着，说着，我反而一句也听不明白。我安慰她说：“不要害怕，不要着急——你慢慢想好了再说。”

我终于听到了她的轻声呼唤：“宁伽哥，我要一直在葡萄园里干活儿——我要一直在那里做活儿！”

“当然，这是我们大家的葡萄园……”

“我在园子里高兴死了，我长这么大也没这么高兴过。我喜欢和大家在一起做活儿，我不愿回家——我今天是害怕才跑回来。”

“你不想爸爸妈妈？”

她抹了一下眼睛：“谁说不想——要不想他们就不回了。我想，可我不愿回来。”

我还是不太明白她的话。我掸掉她肩上的一点儿泥巴，她说：“不用了，我反正得好好洗，好好洗——我给弄脏了！那个人硬硬地按住我，我吐他，用沙子扬他，他就打我。他打我的手，胳膊，还有，打我后边……”

我看出她胳膊上一处处发红发紫的斑痕。那是怎样凶狠的一个家伙！“他的力气太大了，按住我两只胳膊，又压住我的腿，我一动也动不了。我吐他，我没有别的办法……最后亏了斑虎……它不知从哪儿扑过来，像飞一样从半空里下来，咬住了那个人。这时我才爬起来，可是什么也看不见了，眼前的东西都在打转儿。斑虎在和那个人厮打，扭在一块儿滚着。那个人流血了，哇哇叫着用什么东西去打斑虎……我趁这会儿从葡萄架下钻过去，然后就跑起来——我跑啊跑啊，一直没停，跑了老远才站住，这才明白是往自己村子里跑。就这样，我一口气跑回来了……”

我松了一口气。好在这个孩子总算从恶狼爪下逃开了。不过还是应该亲手杀死那个恶棍。我问：

“他长得什么模样？”

“看不清他的脸，我认不出……”

“一点儿都不熟悉这个人，他以前也没有来过园子？”

鼓额摇头：“看不清……天快黑了，他扑过来那会儿我还以为是狼。两只爪子按一下我的胳膊，胳膊上就是十个青印。他咬我的头发，一绺绺都给咬断了，他大概想把我嚼一嚼吃了……”

我不再追问下去，只让她好好休息。我要到她父母那儿去，可她伸手挡着不让我离开。我只好坐在炕边。她一声不吭，躺下时，一双眼睛还在注视我。她躺在那儿，扁扁的像一条小鱼。

二

两个老人在那儿合计着，执意要留我吃饭。我同意了，但决不让他们为我张罗。两个老人快要急得哭出来了，女人说：“天哩，东家，你还让俺露个脸不？”我说：“如果你们为我出门买东西，那么我现在就离开这里。”他们见没有一点儿通融的余地，也只好答应下来。

两个人立刻忙活起来，翻箱倒柜，好像不仅要做吃的，还要找穿的一样。到后来我才明白,柜子里藏着一点儿花生和绿豆。他们还从一个角落里找出了一瓢白面。接着我闻到了香喷喷的气味。锅里的油在滚动,我看不清他们在做什么。我已经没法再劝阻他们了,只好等待。这段时间我一个人坐在炕上。我伸手摸了摸被子,发现这被子像牛皮一样硬,油亮油亮,已经看不出纹理了。这被子里面好像絮的不是棉花,而是别的什么东西。我想这被子差不多能敲出声音来,晚上怎么御寒。我仰起头,看到的是熏得焦黑的高粱秸屋顶。从高粱秸顶棚上还垂下一个口袋,沉甸甸的。因为它吊的位置非常奇怪,引得我站起来捏了捏。那是半口袋玉米粒,可能是留做种子。炕上的两个枕头也让我惊讶,因为它们纯粹是用麦秸捆成的两个疙瘩,没有布面包裹——好像就这样枕了几十年,已经乌黑油腻,一时还辨认不出是什么做成的。炕席子早就破烂不堪,用布头钉过,又用牛皮纸糊了一遍。如果我不是亲眼所见,怎么也不会相信还有这样贫穷的人家……我不知为什么又想到了那片葡萄园,想到了它在那个春天的寒酸,想到了它原来的主人……

该吃饭了。一张小小的四方桌上摆得很满,看上去一桌菜肴金灿灿的,十分好看,飘出的气味也好闻得很。凑近了一看才发现,它们差不多全是用咸菜条、玉米面和花生、绿豆变着法儿做出的——每一样都用油炸过,然后再配上一点儿青菜煎炒。我真佩服他们的巧手,竟可以把如此简单的东西做得这么好看,这么丰盛。由此我又想到了那个万蕙,终于明白了平原上的人到底怎样练成了如此独特的手艺——他们可以做出色彩斑驳野味十足的饭菜,原来最好的导师不是别的,而仅仅是贫穷本身。

他们不知从哪里搞来了一瓶瓜干酒——这是平原自己的烈酒。鼓额没有与我们一同吃饭,因为两个老人坚决不同意。他们这样做也是依照了这个平原上的规矩:女人是不能上席的。鼓额的母亲也坐在一边，看着我和老头子夹菜喝酒。那个小酒杯在他手里显得更小了，他喝酒时老要发出吱吱的声音，怪诱人的。看得出，这一顿饭让他们费尽了心思，同时又让他们无比兴奋。

“喝哩，东家，庄稼人没有好吃物。”

我吃了每一样菜，它们的味道都差不多，很香，也很粗。我几乎从来没吃过这么多凝聚了智慧和汗水、极富创造性的奇特菜肴。我今天的饭量和酒量大概让人惊讶，他们见我吃得这么香，喝得这么多，不知要怎样感激才好。鼓额母亲在一边拍着膝盖：“俺有福哩东家，让俺遇上你这么个恩人。俺孩儿他不争气，东家多担待些吧……”

我想安慰她，却寻不到一个准确的词儿。老伯伯粗暴地阻止女人说：“东家喝酒哩，别来扰乱。一边去哩！”

我已经完全不能控制自己了。我以前从未真正喝醉过。因为我的酒量小，总不敢大口畅饮。可这一次我吃了好多菜，瓜干酒也喝得很多。我只想让他们高兴，也真的因为有惊无险的鼓额而高兴。我从桌边站起时差点儿跌倒，于是旁边的两个人一块儿过来搀我。我不得不扶住墙壁。我要呕吐，但我用力地忍着。我终于没有跌倒，因为我咬着牙关站立着。

这时候我听到了女人埋怨男人的声音。

后来我还是大口大口地呕吐起来。吃过的东西不断从我的嘴里喷出来。我真狼狈。我被他们扶起来，全身再没有一点儿力气，脑子嗡嗡鸣响，眼睛也恍惚起来。可我这时候恍恍惚惚看见那个小鼓额像匹小马一样从东间屋里一跃而出，严厉地指责两个老人。她大约在埋怨两个老人不该把我灌成这样！两个老人在争辩，鼓额气得跺脚。一会儿我觉得有两只手在忙，接着是一块湿毛巾擦脸，最后又敷在我的额头上。那个熟悉的声音指挥着家里人把我抬到炕上——抬到了她的那间屋子里。我拒绝着，可我的话他们根本就不听。我给放到了炕上，鼓额一直蹲在一边，后来又盘起腿坐着。她像对待一个病人那样照料我。

我不知挣扎了几次，最后还是被她按下了。就这样我睡了过去。

醒来时已经是半下午了，我知道必须离开了。试了试，尽管身上还有些难受，头像要裂开，但还是坐了起来。鼓额说：

"不要走宁哥，你就睡在这间屋里，我和爸妈挤在一块儿就成。"

我坚持要走，告诉她四哥他们急坏了，他们正等我的消息呢。"园子里还有好多事情，你安心在家里休养，好了以后我让车子顺路拉你回去。你不要担心别的。"

她的眼睛闪了闪："那我就跟你一起走，我们一块儿走吧。"

"这不行，你要在家里陪陪老人。你听话好吗？"

鼓额连连摇头。我不顾她的反对，到西间屋里去告别。

两个老人听了我们的谈话，这会儿正商量着怎么挽留我。我从兜里掏出了随身带的一点儿钱。两个老人像见到烧红的铁块一样躲闪、推辞，连连说："天哩，了不得哩！"

我恳求他们收下、收下……老头子连连嚷着："使不得哩东家，使不得……俺不能接下这钱，不能啊。"

这笔钱太少了。它太微不足道了……我不知费了多少口舌才说服他们接受了。从这一刻起他们就再也没法使自己安静：说不尽的感激话，一次又一次挽留。我坚持要走，并让老人替我在村里雇一辆马车——我知道醉酒呕吐之后已经很难徒步赶路了。我的头痛得厉害。

老人跑到街巷去，一会儿回来说马车找到了，它就在前面的大槐树下——"你带上孩儿吧，她愿意跟你走哩！"

我无法拒绝，点了点头。我久久地握着两个老人的手。这两双青筋凸起的老手啊,我没法忘记它的模样……走吧,鼓额,走吧——大槐树底下有辆大车……

鼓额的母亲流出了眼泪,目不转睛地看着我们。

三

直到深夜我们才回到葡萄园。园子里安静得很,所有的人都在疲倦的等待中睡去了。我们让马车在离园子一华里左右的地方返回了,因为我们不想让马车把斑虎惊动起来,它会吵醒所有的人。

这个夜晚没有月亮,到处漆黑一团。

鼓额走近了我们的葡萄园,不知是激动还是害怕,紧紧地贴在了我的身上。我们往园里走去,可她不愿马上踏进那个茅屋,一动不动地站在一棵老葡萄树下。

“鼓额,我们回去吧。”

…………

她好像有什么要紧的话要说。她这会儿也许想起了什么……灰蒙蒙的园子里什么都看不清,四野沉寂,我能听得见她急促的呼吸。我觉得她身上抖得厉害,就问:“你冷吗?”她的声音小得几乎听不见:“嗯。”我脱下外套给她披上。她伏在那儿,蜷曲着,小极了。我像自语又像劝慰,喃喃道:“不要害怕,不要……”她的头抵紧在我的衣服上,抱紧了我的手臂。

黑影里我感受着她温热的呼吸,当她仰起脸的时候,热气就扑到了我的脸上。一股浓烈的青草味儿。她已经精疲力竭,几乎没有了站的力气。“走吧,我们到家了……”我扶她起来,碰到了硬硬的茧花和大大小小的疤痕。多少沉重的劳动强加在她单薄的身上。她还不足二十岁,而且发育不良。她再也不应该去掘土担肥,只能去捆绑葡萄藤蔓,去摘葡萄……

我今天亲眼看到了一户小村人家,看到了小屋内的生活。这种贫穷让人愤怒和诅咒。

“我害怕有一天你……会离开这里……”

“这是谁说的?”

“肖明子,他听别人说的……”

我的心上一动:“不会的。我会一直在这儿,和你们一起……”

当我像悄语一样说出这句话的时候,却感到了一阵阵的胆怯。我伸手去扶她的时候,又碰到了那个凸出的额头。微弱的光亮里,我又一次看到了高高额头下那一对黑亮黑亮的眼睛。

浓烈的青草气味一阵阵从她身上散发出来。

我一直扶住她,以免她倒在地上。就像牵着小宁的手,我小心翼翼地牵住她……

第十三章

沙　丘

一

罗玲得知鼓额的事情专门来到了园子里。她几乎没有与其他人说什么,直接就约鼓额到她的小屋里谈了半天。我想她是要询问一些现场的情况。从鼓额那儿出来,她一个人在园子里走了半天,不愿与我们说话。她有时低头看看葡萄树,蹲下来研究一下曾经得过病的根部,从裤兜里掏出那把闪亮的匕首样的工具刀在藤蔓上刮几下……我已经很长时间没有见到她了,听肖潇说最近她又一次离开这里,去了遥远的南方。对于这个女技术员的时常外出,场里人已经习惯了,并且都以为那个场长对其另眼相看。

她在园子里独自转了一会儿,然后就走向我。这时斑虎从一旁穿插过来,它和她一下子拥在了一起。罗玲完全顾不得我了,和它亲热着,扳着它的头,然后认真地研究着那处伤痕,斑虎竟然一动不动地任其抚动着毛发……她搓搓手走到我跟前,点点头:"它真是勇敢。那个凶手如果再打偏一点儿,它的一只眼睛就完了。它的肋骨那儿也有伤,它跑动时你会看出来。"这在以前我和四哥都没有发现,我佩服她的细心。这样待了一会儿,她突然提议说:

"我很想去园艺场南边——你家过去的茅屋那儿看一看,可以吗?”

我迟疑着,告诉她早就没什么茅屋了。她说这个知道。

我回头与四哥打了个招呼,然后就和她一起出了园子。从这里到那个地方的直线距离约有十二三华里,可是因为要绕路,实际路程也并不短。我们本来可以从园艺场内部走,但为了避开那些好奇的目光,还是沿着它外面的栅栏绕行起来。这里安静极了,除了我们两人踏着落叶发出的沙沙声,再也没有其他嘈杂。一路上要翻过一片片沙丘,这些沙丘有的在逐年增高,有的在缓慢地移动,它们当中有不少像巨大的坟丘一样:我每次看到它们都要想起一个令人心酸的故事,那仍然是关于父亲的故事。

那一年他刚刚从监禁地放出来,因为不知道母亲和外祖母已经带领我们全家来到了这片荒原上,所以就一头扎到了那座小城里去了,去寻找我们的老宅——这座有名的府邸早就被当地政府占用了,有人告诉了这一家人的去向,说得不清不楚。父亲用了多半天的时间才算弄明白了落难的一家人正在哪里等他,就踉踉跄跄地往荒原上赶。他到了茫茫海滩上,一头扑倒在这些风成沙丘上,就再也不愿挪窝了。

这里到处都让他想起过去。战斗最激烈的日子里,他们的队伍从山区转入了这片荒原,并打过几次残酷的血战。他见到这些沙丘就想到了战友的墓地,可就是不知该趴在哪一座沙丘上哭泣,因为它们大都一样,分不清它们是坟头还是空空无人的沙丘。是的,这里真像世界上最大的坟地,它们连绵几十里,一直沿荒滩蔓延下去,一眼都望不到边。

父亲那一天在这里走啊走啊,直到全身再也没有一点儿力气,一下子倒下了。他又饥又困,昏厥了几次,最后才算是找到了那个小小的茅屋,它原来就隐在一片小小的果园中,在一棵巨大的李子树下……

而今这棵李子树已经没有了。像我们习惯于消灭这片土地上任何奇迹一样,大李子树作为我们一家、我的童年的最重要的见证,已经没有了。代它而起的是另一些李子树,它们有的也长了很大,但已经不是当年的那一棵了。我总是把现在这一带所有的李子树都想象成它的子孙。

罗玲走着,终于说到了最近的一次远行。原来她一次次的外出并非像一般人认为的是"游玩"——那不过是掩人耳目的一种借口。实际上她只为找一个人,他就是原来的老场长。费尽周折,怎么也找不到这个人。一个大名鼎鼎的老红军竟然从人间蒸发了。尽管如此,她从不灰心,直到如愿以偿了。说到这里她十分兴奋:

"他给打发到了南方。老人身子骨还是那么硬朗,每天打一通拳,写写回忆录。他见到我,当弄明白了我是谁,一下就拉住了我。老人的手抖得厉害,我知道那是激动啊。他半天不说一句话,最后松开我的手,吐出一句——'你母亲,真不容易啊!'我看到老人眼里有泪花一闪一闪的,差点哭出来。老人的房子很宽敞,就让我住在家里。他告诉我说:'孩子,我这一辈子主要的经历都在北方,所以我还想回去。我在哪里居住应该是自由的,我身上负了好几处伤,总该有选择居住的权利吧?'我说那当然。他又说:'可是只要我一提出挪挪窝儿,立刻就有人来劝说,说还是南方好啊,这里才有利于你养病……我不会听的,我最多这一二年里就搬回北方……'老人把大量时间用来谈往事,这让我像重新活了一次似的……"

二

罗玲长长地叹气:"宁先生,我在这些年里与母亲父亲,特别是与老红军、毛玉这些人的交流中,觉得人活着真累,真麻烦!这麻烦不是一个人造成,也不是哪个人能把它赶走,你生下来,也就等于接受了它。不管是谁,全都一样!”

她的话我非常同意。不过她一开头叫我“宁先生”,至少在我听来有点儿调皮。漂亮姑娘都多少有点儿调皮,因为她们不调皮,遇到的麻烦会更多。我点点头:“是这样,人生下来,就等于坐到了一条工业生产的流水线上,剩下的就是按照设定好的一套程序不停地干下去了,这程序是别人设定的,所以你就不能自由。有一个德国人说过——‘活在你的世纪,但不要做它的奴隶。’可惜这多多少少只是一个良好的愿望而已。”

“像老红军,一辈子出生入死,想换一个住的地方都难。他在南方看起来环境不错,一个大庭院,有花啊树的,有鹅卵石小道。老人在这里打拳的时候,你会觉得他很幸福。只有知道了另一些事情你才会可怜他。老人整天被心事压着,它太沉了,好像海边上的那些沙丘,都压在他的心上。我的母亲也是一样。有时我想,哪怕就为了能卸下一点点他们心上的沙子,我也要加倍努力啊!躲是躲不开的,像那个毛玉,她当年肯定是为了躲开什么,这才找到一个男人嫁了。她住到这么偏远的一个园子里,最后还是不行。四周都在盯着她,让她不得清闲——也许她现在后悔了,后悔不该脱离队伍?她没有说,我只好猜一猜……我发现老红军一说到她就长时间不再吱声,他想起了很多事情,一时想不明白,就不说了。我已经是第二次去见老红军了,他一说到我的母亲就不能平静,一个劲儿地问她现在的情况:工作怎样?身体好不好?我说母亲有父亲在身边,一切都很好。老红军可怜我母亲……”

她的嗓子低沉下来,身子转到了一边去。我想她是不愿让我看到眼里的泪花吧。她在想自己的母亲。

“我想在入冬以前再去看他一次……他说过要迁到北方,说也许年内就会办这个事情,他不想再拖下去。”

“迁来这个园艺场吗?”

“不,没那么容易,顶多迁到东边的城里,上边会有安排……”

“那样我们就可以一起去看望老人了!不知他会不会拒绝我?”

“不会的。我第二次见老人时,在他面前说到了你,我特别告诉他——请你一定不要怪我,我当时一阵冲动,就把心里的许多疑惑和猜测都说了出来。我说了你们一家当年蒙受的冤案,特别是你父亲的一些情况……”罗玲说到这里胆怯地看着我,“我真的说得太多了,可是面对那样的一位老人,我有点儿忍不住。事后我就后悔了……”

我不知说什么才好。我真不希望她说到那些事情——而且,我并不认为她这样年轻的一个女孩子,会理解我们这样的一个家族。罗玲在我沉默的一会儿也许洞悉了什么,赶紧解释道:

“……我想告诉您,那天见您时没有说得太细——其实我在您来到葡萄园之后,就已经了解了很多。再加上母亲说的,我知道得已经够多了。特别是知道您的父亲当年也是那个纵队里的人、也受了冤案的牵连,就立刻觉得我们是在一起的——我的这个想法或许有点儿幼稚,不过您会理解我当时的心情,我在这儿没有一个帮手。”

我看着她美丽的面庞,一动一动的鼻翼和长长的眼睫,觉得真是一个可爱的孩子。她那么执拗、刚强,还有些幼稚。在她这样的年龄,幼稚是难免的——问题是这个世界上年纪轻轻就老谋深算、像鬼一样机灵的人太多了。我没有再次责备,只是怜惜和喜欢这个年轻女孩。不过我还是告诉她:“我父亲当年只在纵队里干了不久,后来很快就转到了另一个系统——因为他的叔伯爷爷是另一边身居高位的人,所以组织上认为他更有利于做地下工作……还有,他受的牵连主要是另一件冤案,从时间上看要晚一些,开始只因为同情‘六人团’……”

她抿着嘴,目不转睛地看着我。

“我父亲主要是因为解放海港小城前后的事情,他与纵队接管城市的首长还有其他一些战友、与地方上的同志发生了许多矛盾和误解。有些历史旧账纠缠起来就很麻烦,虽然讲不清,也没有任何证据,还是把他逮捕了。从此父亲一生的苦日子也就开始了。好在这毕竟是接近取得政权或更以后的事了,形势还没有那么险恶——如果在更早的时候,我父亲就是有十条命也保不住的!这都是母亲在世时说过的,她说你父亲活下来了,总算不幸中的万幸……”

三

我和罗玲来到了一片小果园里。这儿现在也成为了园艺场的一个组成部分,尽管与其隔开了一道沙岭、一片高高低低的沙丘,但仍然算是它的属地。原来的老树还有,可见树比人的寿命长得多。但的确有不少新的树木移栽过来了。现在的树木栽得更密了,所以没有一棵能够长成昨天那么大。现在是新的矮化品种,据说它们身个儿矮小,却能够更早地结果收获,并且因为需要的生存空间更小,所以按每亩产量来计还要合算得多呢。可是我仍然怀念那些威风凛凛的大树。我一想起那棵茅屋旁的大李子树心里就感动不已。那是我童年的依傍,我昨天的象征。我在大树原址徘徊时,罗玲问:

“就是这里吗?”

“是的,这儿是大李子树,它的南边一点儿就是那口砖井,我的外祖母常常在这里洗衣服。再往东南边大约十几米远处,就是我们的茅屋了。”

罗玲四下看着,大口地呼吸。她喃喃着:“当年这里会多么美啊,真正的田园风光……可惜啊!”

她没有说出的话就是:再好的田园一旦与人间苦难缠在了一起,立刻就丧失了全部的美——它还存在着,只是生活在其中的苦命人只有挣扎,已经无暇顾及了。

我在一个地方伫立——这里开着一朵多么美丽的小蓟花,它多刺的叶子中间挺起一簇粉红色的丝状花瓣。它好像是昨天的回应,是安慰和微笑。我蹲下来看着。

罗玲问:"你还能找到当年的墙基吗?"

我说当然。我用步子丈量着,大致确定了小屋的准确位置。罗玲立刻说:"啊,它多么小。"

是的,昨天所有的东西在今天看起来都小得吃惊。可也就在这看似窄小的空间里,着实发生了一些惊天动地的事情。"它当年的样子有点儿像你们园艺场西边——毛玉老太太的海草屋。不过它没有那么白的屋顶,这可能是因为离海边还有一段距离吧。就是这么个小屋,那会儿庇护了我们一家。说起来它的历史更远了,因为它并不是我们家里人动手盖的,而是外祖父家里一个仆人的小屋,是他留给我们的。算了,这话说起来就更长了,留待以后吧……"

就在这儿,就是脚下,有一段时间,几乎每个晚上都有一个持枪的人站着,他在暗中监视我们。他们在四周巡逻,抽烟,最后就站在这个地方,听屋里人的鼾声。我记忆中父亲能够打鼾,能够熟睡,这真是了不起的一个本领。他大概太疲劳了,吃的是最粗糙的食物,却每天被押到一个地方出牛马一样的苦力。

"您经常来这里看看吗?"罗玲问。

我摇摇头。真的如此,我很少来这里。我心疼。但我常常向这里行注目礼。

这是一个太过沉重的地方。我每次走到这里双脚都会沉得拖不动,离开后也要有几天不能安静。这大概是置身事外的人不能体味的。在我眼里,这里仍然响着一片呵斥,还有母亲的叹息,外祖母洗衣槌的声音,父亲的喷气声,父亲奋力一脚踢碎一件器具的声音……总之这里全是忍受和煎熬的声音,是活着和等待的声音。我要离开它一点儿,但不能太远——我经过了四十余年的辗转,再次来到离它十余里之处,只为了能够隐隐约约听到这一切……是的,不要太近,也不要太远。我必须能够随时听到嗅到摸到,就像现在。这里的每一寸泥土都是灼热烫人的,我不能过于挨近,可是我要按时寻来。

罗玲眼睛望向南方:"那位老人也知道这个小茅屋,知道一点儿这里的故事。不过他不认识您的父亲……他是在园艺场的时候听说的,而且还来这个地方看过。他听了我的话就说:'哦,记得,那是在场子南边,一处很小的果园。'他的记忆力很好。"

我一声不吭地听下去。

"老人的心一直放不下。他见到我就想起了母亲,想起被自己人杀害的那五个人,他说那是历史上最悲惨的事件,是悲剧中的悲剧!有人希望这段历史被时间淹没,但很难。老人告诉我,一切都是从前几年开始的:一份内部资料突然披露了有关这个冤案的回忆录,作者是一个老人,他去世前留下了这份极有价值的回忆。可惜有关这个冤案的部分并没有说得太清。但这毕竟是第一次啊!老红军当时把这份资料看了不知多少遍,他说那个老人大概也只能说那么多了——一方面仍然时机不到,另一方面极有可能也就知道那么多——真正的知情人肯定还有,我们所要做的就是赶紧,因为这个人即便活着,年纪一定也很大了,我们是在与时间赛跑啊!这个冤案一天解不开,老人,还有我的母亲,到最后都闭不上眼睛。老人在那几天里对我讲了五个人遇害的前前后后,我一边听一边流泪……怪不得这片园子长得这么茂盛啊,原来这里被那么多人的血浇灌过!怪不得大风要把沙子吹来搬去,堆成一座座大坟似的沙丘,那是因为死不瞑目的冤魂太多了……"

一纸密令

一

纵队在大山里与敌人周旋时,胜算并不多。当时正处于最危险的时期,敌军整合了几个师的兵力,如数压到了东部,想一举歼灭这股红色力量,不留后患。纵队不得不化为几个支队,分别在不同的地区牵制和迷惑敌人,尽量争取自己的生存空间。这段时间大约持续了一年多,待战争的大局有所改变,敌军的主力部分南撤之后,前线的巨大压力才算得到了一点点舒缓。这以后纵队又有了战略和战术上的主动性,在山地和滨海荒原整个一片开阔的地域与敌人展开搏击,长达两年多的时间里占领了经济与战略要地,是海边小城的实际控制者。但是最艰难的岁月在这之前,即纵队在大山里活动的那个时期。当时首脑机关一度与前线部队分离,只有一个分队与部分领导驻扎在海边荒原上,这里无边的林野和错综复杂的沙丘链、间杂在其中的海边村落,也就成为最好的生息地。

机关上的领导人大部分时间并不在一起活动,他们要分别去各自分管的区域,都有相当繁忙和危险的工作要做。警卫首长的小分队是一帮忠精顽强的青年,个个经受了严酷环境的磨炼和考验,在忠诚和勇敢方面没有任何问题。这些人都是贫苦子弟,几乎是清一色来自南边省份,是老区的孩子,执行起任何命令都不打一点儿折扣。这一点非常重要,因为那个极端严峻的时候什么状况都能出现,背叛是极有可能发生的,人和人之间除了极度的信任就是极度的怀疑,总是在这两极之间摆动。如果听说某人被叛徒出卖或投敌了,牺牲了或自杀了,用不着半点儿吃惊。

当时几位首长中的一位是刚从上边派下来的,初来时只是几个领导人之一,不久升任主要领导即书记,因为原来的书记在一次突围中牺牲了。这个人像几位首长中的另外两位一样,有国外学习和工作的背景,但以前与其他几位并不熟悉。随着斗争越来越激烈形势越来越危险,组织内部的关系也紧张起来。书记当时的化名为"沙青",人们只称呼为"沙",对其命令严格遵从。因为按当时的纪律和工作规则,一旦发生了什么问题未能取得统一意见,出现了最棘手的局面时,沙本人拥有"最后决定权"。也就是说,这种权力巨大而且无可置疑,但非到万不得已是不能使用的。沙与上边保持直接联系,这种联系的紧密与非常渠道,许多时候是不容他人置喙的。这是冷酷的斗争环境所决定的,在当时似乎也没有什么更好的办法。因为生存与死亡的较量,其结果有时就取决于一念之间。

沙是一个话语很少的人,年纪轻轻却异常内向和成熟,苍白的脸色泛着一层蜡光,眉毛粗而短,长了一双阴沉的眼睛。由于没有时间也无心整理,他的头发通常很长,所以警卫人员最熟悉的形象,就是一个长发芜乱披着大衣在房间里走来走去的人。没有人敢与之开一句玩笑,也没有人与之交流什么,这个人本身更没有与他人说话的欲望。所有人都认为这个人在思考全区乃至于全国的和国际间的重要问题——每一个问题都是致命的神秘的,是一般人也包括其他首长所不能理解的,所以也就不存在什么交流的必要了。有一次一个警卫员甚至听到了他在屋里一边踱步一边自语,只言片语立刻让其进一步增加了神秘感和恐惧感:这人使用的是外语!自言自语时尚且要用外语,可见他头脑中转动的问题是何等陌生而巨大……警卫是一天到晚保卫他的人,两人一组日夜不眠,其使命就是准备在某一时刻为了这个在屋内踱步的披头散发的人献出生命,而且会毫不犹豫。每个人都明白这种献身的光荣性和必要性,并且从来没有怀疑过。

其他首长如果从不同的地方汇聚到这里,也要带来自己的随身警卫,但数量要略少于沙的。一般首长会带三个警卫,但这三个人也是铮铮铁汉,这是不必说的。这些随首长赶来的警卫人员通常与沙的警卫班战士都认识,并且相互友好亲切到了极点,他们许久没有见面,一见面就拍打亲近,开开玩笑。但关于首长之间,特别是沙的一切事情也包括生活细节,是绝对不能议论的。警卫们只相互谈论他们之间的事情,那纯粹是个人的私事。

首脑机关在沙这里开会,有时一次会议要一口气开上十天。可见首长们所要解决的问题是多么重大、多么繁杂,以至于极少休息地紧张讨论上半个月。警卫们离得近了会听到首长们在激烈地争吵,这几个人都是争论的好手,他们大多互不相让,有时还要弄到拍桌子。沙的声音不高,可是最沉最重,这个人总是动不动就打断其他人的谈话,像扔石块一样抛出一句,将对手压得半天说不出话来。可是一旦对手反过劲儿来,就会发生更剧烈的争吵。警卫们在最紧张的时候甚至要怀疑这些人马上就会干起来——当然这种担心都没有必要,因为这些争执再凶,也是对事不对人,是为了整个战局、为了对纵队作出的某些决定。至于纵队,警卫们极为迷惑的就是,这里远离前方,首长们在这个角落里作出的决策,又怎么能指挥那里的行动呢?要知道战事每时每刻都在发生变化啊,稍有一点儿情报上的耽搁以至于误会,就会铸成千古大错啊!可是关于纵队的一些决定仍然在源源不断地作出,并且以密码电报发往前线。而纵队上的首长也是首脑机关的成员,他们只是由于要留在前线指挥战斗,这才不能赶过来开会。警卫们弄不清这些首长们相互是怎样的一种关系,特别是他们之间的分工和辖制权,只是听着没完没了的争执，担惊受怕。说实在的，警卫们最怕的就是首长们聚到一起开会了。

首长们在一起的最大危险，当然不是几个人之间发生的争吵，而是来自外部的敌情。那时形势实在难料，一天之内就有预想不到的变化，有时半天时间就要将驻地转移两次。往往是正开着会，一个消息传来，首长们立刻就要动身开拔。所有的家当也不过是几只大木箱，里边除了日常生活用品，最沉的就是一些书籍。几乎每个首长都有一些书，这是他们最舍不得丢下的宝贝。时间长了，警卫们都认为首长差不多也就等同于书籍。特别是那个沙，他的书要比一般人多出两倍，所以他才是拥有最后决定权的人。至于说开会的争吵，大家都发现，沙除了与别人声音上有所差异，再就是这个人会时不时地扔出几句外国话。而其他人没有一个是这样的。

二

一般情形之下，几位首长的警卫人员是固定的。但沙做了第一领导之后，除了自己的警卫班依旧不动之外，其他几位首长都进行了交错互换。至于说为什么，这是不能问的。沙的警卫班长同时也成为沙的生活秘书，负责吃喝拉撒睡，并且还要代他传递一些重要指示。一位二十三岁的姑娘是打字员兼首长内勤，长得面容姣好，也是从老区来的，是原来的书记最信任的人。那个首长待她就像父亲一样，首长的死让其痛不欲生，她不停地哭了一个多月，那双美丽的大眼睛差不多一直是肿的。这就让新任首长沙不太高兴。当有一天她又哭哭啼啼地记录他的口授命令时，终于惹得他火起，猛一拍桌子问了句："够了，你还准备哭到什么时候？"她立刻不哭了，说："首长，我错了，请您继续吧。"谁知沙仍然紧紧盯住对方："你还没有回答我的问题——你准备哭到什么时候？"她这一次真的慌了，大张着嘴巴看着他，说不出话。他再次追问："什么时候?”她咬紧牙关才蹦出两个字:“今天。”“今天什么时候?”“……现在。”“那好,咱们继续吧!”

以前打字员经常为原来的首长洗洗衣服晒晒被子什么的,现在仍然为沙做这些。沙与她没有一句工作之外的话,也从来不问她任何生活上的事情。而以前的首长闲下来会问起她的家里人、想不想家以及其他之类问题。沙总是在她一件接一件做着手里的活计时有些焦急和不耐烦,不停地看表。她给他打扫了床铺,将上面的草屑和掉下的扣子烟头之类捡起——她感到奇怪的是新的首长竟然如此邋遢,床铺上什么东西都有。当她认真地一丝不苟地做着时,沙就说:“算了算了,你回去吧。以后这床铺不需要你动了。”她“哦哦”应着,退了下去。但是她仍然要在首长忙过一天之后为他整理一下室内,就像以前一样,只要看到他开始在窗前抽烟、眉头舒开的时候,就知道应该把刚刚洗好的衣服什么的送进去了。

那是一个闷热的夏天,海边一带出奇的热,所有人都只能穿很少的衣服。警卫班的人有一半以上打赤膊,连着装一直比较严格的沙也不得不换上了短裤和一件小背心。打字员穿了一条花裙子,上身是浅紫色小碎花洋布衫。她记得这身衣装曾经让原来的首长好好夸奖了一番。她坐在打字机旁,沙在慢慢踱步,走过来走过去地口授,语流不畅。她发现他近来常常这样,仿佛有什么事情再也拿不定主意了。有一次她好像听到了沙在重重地喘息,人离得很近,因为他身上特有的那种烟味混合了男性的某种怪味变得十分浓烈。她这时候总是低着头。可是这一次的气味实在太呛人了,就稍稍抬了一下头——只一瞥就让她吓了一跳——她清清楚楚看到,或者说准确地意识到:沙正目不转睛地盯着自己的胸部,而且那目光已经穿越了薄薄的衣衫,刺得人发疼!她害怕了,因为她知道自己一点儿都不会看错,对这双阴阴的眼睛真是太熟悉了……她的身体不安地移动了一下,也许是侧了一下吧。也就在这时，沙恶狠狠地咬了一下牙关，把头扭向了一边。接着他还是踱步，不过这时的踱步声变得沉重有力了，那简直是在跺脚。她一咝咝吸气，身上害怕得打战。

就在第二天，沙像大病了一场，耷着眼皮，却是十分郑重地告诉她：以后除了打字这种必需的工作之外，她不能再进首长的房间了。她口吃起来，问那些换洗的衣服和其他一些日常杂务怎么办？沙垂着厚厚的眼皮说："这就不关你的事了。"也就从这一天开始，改由警卫班长肩负起沙所有杂七杂八的事务，两人的关系似乎也较前密切了许多。这位班长是一个脸色黝黑的粗壮汉子，平时不言不语，脾气多少有点儿像沙。他来自北方大山一带的贫苦之家，自小失去双亲，参加队伍后即把这里当成了家，把上级首长当成了父母，执行所有命令绝对分毫不差。

每次首长们开会争执时，警卫当中只有一个人可以靠近开会的屋子，这就是班长。他有时听到剧烈的争论手心就要冒汗，一直冒到会议结束。他发现每次散会后，沙的脸色都苍白极了，就像一张陈旧的糊窗纸似的，而且呼吸急促，需要立刻躺到炕上歇息。他赶紧为沙拧干一块热毛巾，为其敷上额头。他的手挨近了首长时，觉得这额头烫得像火一样。他害怕了。最激烈的会议之后，如果没有更要紧的事情，沙会一直躺在炕上，并且一整天里不起来吃饭。这会儿只有班长知道，首长躺在那儿，其实并没有休息，而是在深入思考更重要的问题。整个山区和平原上的大事、未来的前途，都押在这个身躯瘦削单薄的人身上了，一想到这里他就有忍不住的怜惜和敬佩。

那个电报员姑娘有时要把一些急电送给首长，这就免不了要在首长休息的时候去那个房间。这会儿是班长最头疼的时候，因为他不知道该阻止还是该放行——尽管他自己不识字，可按规定他是不可以接触机要电报的，所以也就不能由他转交这张灰色的纸片。他每次都咬住牙关,一边放其进去,一边小心地倾听里面的动静,最害怕和担心的就是首长因为这种打扰而发怒。还好,每一次都算顺利,屋内并没有传出什么异常的声音。

可是有一天凌晨两点又来了急电,当她匆匆赶到门口时,班长实在为难了。他犹豫了一下,只好放行。他知道这个时候首长正在熟睡,首长已经忙了一整天外加多半夜。他侧耳听着,里面先是咳嗽,接着是几声“嗯嗯”。沉默了许久。一点儿声音都没有。这样大约过去了半个多小时甚至更长,突然响起了一声尖叫:尽管是压得低低的,他浑身的毛发还是竖起来了。就像条件反射似的,他抓紧枪杆一低头就冲了进去。眼前的一幕让他一生都搞不明白——姑娘的脸侧向了一边,肩头一耸一耸;沙坐在床边,像肚子痛似的双手按住小腹,发出了若有若无的呻吟……“首长,我……”沙头也不抬,向他摆摆手:“这里没你的事,走吧。”他刚转身还没走上两步,沙又喊住了他:“你,把她也带走。以后,以后就由你亲自、把电文、送进来……”

三

就在一次长达三天的首长会议之后,一股敌军突然包围了驻地。好在当时正是初秋,荒滩上林木茂盛,警卫班在熟悉地形的老乡帮助下,迅速把首长们转移了出去。这次会议实在太重要了,所以尽管刚刚逃入沙丘灌木林中,惊魂未定,就在沙的主持下继续开起会来。这次野外会议发生了最激烈的辩论,沙的情绪无法控制,由于没有桌子可以拍得啪啪响,他就拍打面前的沙子,每一次挥手都要把一些沙子甩到半空,以至于有几次迷了其他首长的眼。大家不得不坐得分开一点儿。可是沙为了强调自己的观点,一次次往前凑近,真正是咄咄逼人,将外语和骂人的粗语混杂一起,令人畏惧。争执实在激烈到了白热化的程度,最后沙大口喘息着站起,望了望远处,又坐下来。大家都知道争执结束了——沙要行使“最后决定权”。果然如此。沙垂下厚厚的眼皮,从低哑的嗓子深处吐出几个字:“这样吧,不争了。”

各位首长离去后,警卫班开始寻找新的驻地。形势吃紧,这可能是一年来最糟糕的一段时间。前方战况十分不妙,纵队里不断传来最坏的消息,不是重要的指挥员牺牲,就是某个支队冒死突围的惨烈。海边荒原之大,竟然没有了首脑机关的立足之地。最后好不容易才找到了河口附近的几间颓屋,这是前些年的渔人留下的,现在已经塌了大部。警卫班苦苦收拾了半天,这才勉强让沙等人住下。这个驻地可以得到较长时间的利用,因为这里地处河海交叉地带,大片的红梢河柳长得茂盛极了,一旦有什么情况,安全转移是十拿九稳的事情。

在新驻地这儿,沙一天到晚阅读,好像忘记了其他一切危险,也忘记了前线的事情。班长前后几次把电报交给他,他只有一二次草拟了回电。大约是半月之后的一天深夜,约莫凌晨一点左右,沙突然从屋里走了出来。班长有些吃惊,刚要说什么,只见沙示意他进屋。他赶紧跟了进去。沙从枕头下抽出一张不大的纸头,上面是几行字,最下边是一个签名。他估计是沙的签名。他不敢肯定,因为他不识字。沙按住这张纸头儿一字一字念道:

“……尽速行使最后之决定权,解决某某及其同伙,果断执行之,就地……并将结果密报……”

班长听不明白。待沙向他解释之后,他差不多吓呆了。沙明确无误地说:上级命令,立即逮捕并就地处决三个人,连带他们下边三位同伙,共计六位。这六位全是钻到我们队伍中的最阴险的敌人,由于情况万分紧急,需要他行使最后决定权处治,不可有丝毫疏失。班长结结巴巴说:“可,可他们都是首长啊……”沙阴着脸说:“不,从现在开始,他们就是最凶恶的敌人了。你的任务是马上执行——立即、赶快、迅速、铁拳——集合警卫班,给他们来个措手不及……”

班长咬着嘴唇,咬出了血,一边咬一边点头。

“你以驻地开会的名义,通知这六个人迅速前来。随从人员到达后要立即下掉武器,并宣布一个新的纪律。”

“可是,我,我怎么让警卫班全体人都、都执行这个命令?”

沙在桌子上重重一拍那张纸头儿:“你让识字的宣读一下。”

“嗯,好……”他取起了纸头儿。

沙又上前扳住他的肩膀,一字字严厉叮嘱:“宣、布、一、个、纪、律——待命令传达到全体警卫之后,你要随即将这个密令烧毁,不可存留一丝一毫,切记!”

班长满头生出了豆大的汗粒,握紧枪杆大声说道:“是,首长!”

出了这个门,他发现自己的衣服全都被汗水湿透了,头有点儿发蒙。他仰脸看了看天空——一天的繁星在不停地闪烁,弯月就在那儿垂着。嗯,这里一切如旧。冷风一吹,他打了个抖,也明白自己并没有做什么噩梦。

回到班里,他按照沙的指示一一做过。众人大睁惊目,他就伸手做了个砍头的姿势。再没人吱声。这是一个不眠之夜。所有人都在做着可怕的准备。给那六个人的会议通知已经设法送出,估计他们将在第二天上午前后抵达。这些人抵达后,随行警卫人员将立即与之分开,他们将分别留在自己的房间里,不得外出。如果有人提出要见首长沙,就称沙已经外出执行特别任务,需要天黑才能赶回——会议大约要推迟到午夜才能正式开始。

一切都如设计好的那样,只是六位赴会者缺了一位,其余都在第二天先后抵达。几位首长万分焦急地在自己的房间里踱来踱去,几次出门都被警卫们严厉制止,并被告知:形势极为险恶,首长沙指示任何人不得擅自离开,直到他的归来。五个人的随行人员也分别待在了不同的地方，同样不得随便离开。

天黑下来。风起了。无边的红梢河柳在风中搅动。越来越猛的风把沙子扬起来，天空有点儿昏沉沉的。星月开始隐匿。一阵阵大风呼啸声夹杂了沙子的扑打，再掺着轰轰的海浪，让关在黑屋里的人头发梢都竖了起来。那五位赶赴会议的首长，还有随从们，终于不安起来。其中有一位首长隔着窗户向警卫们发令，命令他们打开房门。令这位首长吃惊的是所有持枪者都充耳不闻，表情冷峻，连眼睛都不转过来。

时间一分一秒过去。凌晨一点，先是警卫班长咚咚跑起来，接着所有持枪的人都呼一下围住了房门。他们子弹上膛，哗哗拉响了枪栓，然后猛地把门推开。“你们要干什么？怎么回事？”黑影里有一位首长发出了厉声质问。没有一声回答。那位首长习惯地去腰上拔枪，摸了个空，这才记起武器在刚到驻地时就被警卫班代为保管了。所有反抗为时已晚，几个人甚至还没有来得及喊出一句完整的话，一拥而上的警卫就扭住了他们，然后用手巾麻利地堵住了嘴巴。每个人都给倒剪双手，五花大绑，然后一溜儿押出了驻地，一直向着伸手不见五指的黑夜深处走去。

在河口左侧的一片寸草不生的淤泥上，五个人给推在了一块儿。他们一开始拼命挣扎，用身体撞击背枪的人，警卫们只得捆住他们的腿脚。这时又有人扛着两把大砍刀从后面赶来——为了防止枪声暴露目标，这次要使用砍刀。

外祖母的故事

一

“那个古怪的年头比长毛造反还厉害。七八个草头王都叫司令啊，他们连起手来像拉网一样，一遍遍在海边、在平原，在南南北北这么一大片地方拉过来拉过去。成天劫掠，鬼哭狼嚎，老百姓死不了也活不成……”

外祖母在大李子树下洗衣服时，我就趴在她头上的树桠上，从上往下看着。她的白发下有一个深凹，母亲说那是被老奶奶的木槌打的。我从树上滑溜下来，抱住她的脖子。这时候她就不再干活了。我缠着她讲故事，讲啊讲啊，讲个天昏地暗才好。这是我赖以生存的粮食。不吃饭可以，不听故事可不行。我会赖着不走，不回茅屋。妈妈喊我了，接着又喊外祖母。父亲不在，父亲如果在旁边妈妈就不敢这样喊我了……“我讲我讲。今天啊孩子，今天我要讲的是一桩怪事，是这里上年纪的人都知道的事呢，不过他们都闭上嘴巴不说……他们害怕老天爷怪罪，顶多在黑影里低头弯腰咕哝几句。听说有一个人不信这个，仰着头就说起这桩怪事，刚一张嘴巴你猜怎么？一股从北边刮来的黑风就塞进他的嗓子眼里了，结果他就一个跟头栽到地上，再也没有爬起来……”

外祖母弯着腰，紧紧搂住我，用她又大又厚的左边开口的衣襟包住了我，像呵气一样在我耳边讲了起来。她一边讲一边打抖呢。这果然是一个非同小可的故事，是让人一辈子都要记牢的故事。

二

那是秋天的一个晚上，本来大白天什么都好好的，谁想到日头一落山就变了脸。老天爷可不是人脾气，他老人家说恼就恼。得了，只听得沙沙一阵响，家家窗户上都被什么黑乎乎的东西糊了一层。伸手一摸是黑泥，是粘上的黏沙。这些东西有一股腥气，就像河汊子里沤过了一千年那样。出门一看，老天爷，吓死人啊！天上一颗星星都没有，一股贼风老往人的衣领里扎，一扎进来就钩皮钩肉，像被蝎虎子咬上了一样。一个大扫帚星挂在东南边，尾巴就像老狼一样拖着拽着，连满天的乌云都遮不住它，你说这是什么征兆？再听听街上的狗，平日里它们一黑下天来就咬啊咬啊，那是咬二十里外的刀光——不管是什么时辰，只要它们扬着脖儿往一个方向嗅一嗅，那就得没命地咬，因为那儿一准有杀人的刀斧手被阎王爷雇了去，刚刚办完了事儿，正享用他的一壶烧酒呢。那一群狗就是咬这个的，它受不了空气中这样浓的腥气。土匪司令比阎王爷的刀斧手厉害十倍百倍，他们动了杀伐，那股腥气就冒起来，像一股黑烟一样，上杵天下杵地。那一群狗就是咬这个的。可是今个夜里怪了，狗都一声不吭了。它们吓得蜷在自己的窝里，连哼都不敢哼一声。

那是怎么了？原来是大灾星离得近了，连狗都吓蒙了，尾巴夹起来了，躲进旮旯儿里了。那个大扫帚星十有八九就是灾星，它是从河边上映进河里，然后又映到天上去的。那个大灾星就在离河不远的地方，可它到底藏在什么地方咱还不知道哩。有老乡事后说：如果事先知道了大灾星在哪儿就好了，因为世上凡是这种大凶的物件，都有个从小到大的空当儿——就像七步蛇和恶狼毒蝎一样，在它小的时候，像小拇指那么大的时候，人用脚后跟一碾就碾死了它；可若是等它长大了——它一见风就长啊，风一吹它就要飞快地长起来，长啊长啊，眨眼长成了一个大灾星，到那时候谁也制不住它、收拾不了它了。它张开血盆大口咬死千千万万的人都不偿命，吐一口恶气就能毒死成百上千个村庄，后腚前身喷吐的都是恶水和毒气，一喊云彩都打战战，连月亮不小心都得跌下来摔个粉身碎骨。遇到天冷的时候，月亮就变得脆生了，嘭哧一声跌下来，啪啦啦摔成了一地碎屑子，然后就没有月亮了。没有月亮的大黑天正是大灾星可着劲儿折腾的时候，它长大了，性子凶了，在河两岸上上下下蹿腾，一门心思就是播灾造难。

那天晚上风越刮越大，有一声声瘆人的闷叫掺在风里，一闭眼睛就能听见。这声音才叫吓人呢,老人小孩都两手伸出来堵耳朵,趴在地上炕上直哼哼。后来连蜷在窝里的狗也被这声音吓得蹿出来了,它们不会像人一样堵耳朵,只能在这声音里上蹿下跳,用蹄子扒地。有几只狗当场就吓死了,口吐白沫一伸腿就不动了。天空有一霎突然就凝住了,星星再也不闪了,风也止了,就像一座钟表猛丁儿停了摆一样。可这不过是一霎儿,这一霎儿,都听见咔嚓嚓响了几声,接着就有一道紫光从扫帚星那儿刷地溅了个满天满地——大风立马就呜呜刮起来,刮那个凶!这风夹着沙子黑泥漫天里冲荡,那股血腥气又阵阵顶人的鼻子了。人们呛得慌,都跑回屋里,关门堵窗,再用被子蒙头。

大约是下半夜了,从天上掉下什么东西,啪啦啦又打窗子又打门,而且一阵儿猛似一阵儿。大伙儿吓得趴不住了,从被子探出头一看,老天爷,不得了啦,窗户上有一只只大手在用力地拍、拍,拍一下就有血水顺着玻璃往下流。这是发生了什么凶案,在告急、在招呼咱出门?再看那拍动不停的大手,只有巴掌和一小截儿胳膊,并没有连在活人的身上……这一看哪,十个有八个吓得昏死过去。这断手断掌拍那个凶啊,直拍了半个时辰,越拍越轻,越拍越轻,最后一只只全都掉到了地上……大伙儿还是大气都不敢出,一直蜷着。直蜷到天亮了,风停了,霞光射到了窗上,这才敢试着打开一道门缝。

在屋外,都想找掉在地上的断手断掌,结果什么也没有——地上铺了厚厚的一层什么,低头一看原来是河边红梢柳的枝叶——那红色梢头上的颜色浓极了鲜极了,看着看着就忍不住伸手去摸,一摸却沾在了手上:那鲜红的东西原来是血……

第十四章

血与沙

一

忙碌的秋天即将结束了,难以忍受的冷寂和疲倦接踵而来。

我像染上了一种奇怪的病痾,浑身沉若千斤,难以举步,有时一下伏在那儿半天不愿活动。四哥的手一遍遍推我摇我,我仍然紧闭双目。我在满地熏香的秋野走进了长眠……到处是喧哗呼号,谁来帮帮我的瞌睡?谁来驱赶这无边的吵叫?我知道自己好不容易盼来一个安静的日子,朋友离去,炊烟飘散,拐子四哥的瓜干酒缸压上了又厚又沉的柞木盖儿……

……我的脑海里交织着整个秋天的笑声,还有永远不能消失的长长的争执。无论白天还是夜晚,斑驳陆离的影子总是笼罩着我,细碎的声音一会儿淡远一会儿逼近,缓缓地溶进了海里,又与寒冷的波浪一块儿翻卷过来。恍若白昼的长夜和灿烂的正午难以区分,我像被人驱使和催促不停,走上了一条混乱的思绪铺成的长路。

我极力想望穿这条长路,然而它被无边的尘埃遮蔽了。那些活跃的人影在跳动,奔突,背景是雷鸣和万里阴霾……

武早的笑声随着一阵巨大喷嚏消失了。一匹铁马在跳跃,灰尘像云彩一样把他高高托起。武早伏在铁马背上,如火的尘云正向相反的方向移动。铁马甩开蹄子向前狂奔,一片尘埃飘向大海。武早和他的那匹铁马跳荡如一粒弹丸,划一道弧线不见了踪影——它弹进了炽热的太阳里。

葡萄沉甸甸地捧在我的手上,瞌睡让我睁不开眼。一个又一个人向我走来。他们向我微笑,笑容里有一种特别的魅力,最后引得我和他们一起走去。好长的队伍啊,我收住了哈欠,一阵逼人的干渴袭来。我们要到哪里去?我们又从哪里来?脚下是无边的沙漠,是众人踏起的尘埃。这尘埃像浮云一样托着一匹铁马。我听见了头顶的嘶鸣,有什么开始哗哗地滴落下来,下雨了?不,是汗水。口渴……口渴得要命,喉咙眼看就要干裂了。"水……水……"我听见我和另外几个人高声呼喊。每个人的脚上都有铁链子,鲜血顺着脚踝流下。这么多的血,沙土都变得黏稠起来。我看见我们的脚踏过的地方,有一滴滴凝固了的黑紫色的东西。"它们在未来会变为苞朵的。"有人预言。"我们到哪里去呢?"我两手扯住了铁索,问一个满身都是黑毛的家伙,他咧着大嘴呼呼喘息——这人肥胖得很,腰上系了一个宽宽的尼龙索带;肚脐深深,像酒盅那么大。我紧紧盯住他的肚脐。他哈哈大笑。

"你们被流放啦——"

有一个巨大的声音在头顶炸响,好像是武早在呼喊。

"为什么?!"我,还有我的朋友一同诘问。

我看见吕擎愤怒地摘下眼镜擦了擦又重新戴上。还有阳子、小涓……原来所有的人都在这个队伍里。

"你们记得象兰吗?"

"象兰?这个名字好陌生又好熟悉,对,我们每个人都见过她。怎么了?"

"因为你们亵渎了我的女人,我要流放你们!"

一个无情无义的东西,他忘记了自己痛不欲生的时候我们这一伙儿是怎么安慰了他的。我们把他安置在葡萄园里,让他的泪水浇灌着葡萄。

“你们这帮混蛋!恶少!她用乳汁把你们喂饱了,你们这帮无耻的家伙!进地狱吧!你们这一辈子也别想再回来了!”

武早成了一个暴君,我们连惊愕都来不及。大家一步三回头往前走去。我知道我们是在沿着与芦青河相反的方向踟蹰。葡萄园越来越远了。我频频回头,吕擎、阳子他们也在遥望。阳子还好,可是吕擎呢?好像吴敏还滞留在葡萄园里……“拐子四哥——”我大声喊了一句。这声音凄惨极了。我看见拐子四哥放响了他的土枪,斑虎紧紧地贴在他的腿上。我看到万蕙跪在地上哭喊,有人揪住了她的头发,狠狠地踢打。鲜血从万蕙的鼻孔流下来,嘴角也撕烂了。撕心裂肺的哭喊。

梅子领着小宁匆匆赶来。他们像上次一样坐着马车,迎着风,站在狂奔的马车上。小宁喊着父亲。“这一次爸爸真的走了……”宁子说。梅子捂上了孩子的嘴巴。可是疾风中这声音还是射穿了一片尘埃。梅子的头发乱得不能再乱,她像一个疯女人一样,催着车夫。车夫的鞭子一声连着一声。大车轱辘辘向前狂奔……再后面是四哥和斑虎,是追赶的万蕙。我看见四哥追上马车,把鼓额从大襟衣服里面推出来,推在了马车上。梅子发狠地往下挤鼓额,小宁却紧紧地抱住她。梅子还在往下推。鼓额哀求着,搂住了她的腿……

“鼓额……鼓额……”我发出了呼唤。我想定定地站在这大漠里等待他们。尘土打着旋飞过来,让我紧闭双眼。一阵可怕的轰鸣声过去了,我才睁开眼睛。身边的伙伴都给沙土蒙住了,他们化为了一个个土丘。这些小土丘活动着,活动着,最后才露出一张张肮脏的脸。

阳子握住我的胳膊，咬紧了牙关，我听见他牙缝里的声音："千万不要倒下去，这时候如果倒下去也就完了。"我点着头，说："你看……"他身边有个小一些的土丘，它一动不动。阳子用手扒开这个土丘，露出了脸色铁青的小涓。"她完了。"他把食指放在她鼻孔上，"她完了。"阳子这家伙脸上没有一丝悲伤。我简直不相信自己的眼睛：小涓的脸色本来就有点儿苍白，有点儿不正常，可是这会儿我才明白了什么叫做死人。有人走过来，把她身上的锁链解开——只需要半个钟点，黄沙就会重新覆盖她，让她在这里永远地安息了。

二

我太疲乏了，最后马车的辘辘声、马蹄的踏踏声我都听不见了。我被人牵扯着往前走去，闭着眼睛。我在这条苦役之路上睡得好沉哪，睡梦中反而什么都看见，什么都听见。我深一步浅一步向前走，不知走了多远。到处是荒野……好可怕的一次流放。

我们走到哪里？走到何时？恍惚中已经走过了冬天，又走过了春天，接着是酷热的夏天，迎来了更加焦渴的旅途。走啊走啊，一丛丛人都倒下了。可是我和阳子、吕擎他们还在往前挪动。

我们一直走到了秋天，可是荒野上再没有绿色，没有红色的果子，也没有甘泉。接下去就是白雪皑皑的冬天了。可怕的冬天。狂风呼啸的季节还有什么希望呢？走啊，走啊，不要停止；走啊，锁链咔咔响着，锁链如果被冻裂，那么我们将死得更惨。我们就被这一串串铁链捆绑着、牵扯着，一块儿向前……

不知又走过了多少个冬天，才迎来了一个春天。粉色的苹果花瓣像雪绒一样无声地飘落，柔柔的、软软的。芳香使我重新苏醒，嘴唇刚一挨上花瓣，我就感到了那种清香和暖意。我伸手去抚摸它、抚摸它……遥远处跳跃着一片红色的高原，我看见肖潇——

不,是另一个人,她在那儿向我微笑。她笔直地站着,穿着深蓝色的背带裙子,上身是红色的衣服。她的齐耳短发在风中撩动,摄人魂魄的双眸像星星一样闪亮。她的微笑就是召唤。她站在高原上,久久地注视:

“你不要停止,你不要倒下,你要紧紧抓住锁链!”我听见了这邈远而清晰的声音,吐着沙子:“我会的,我会的。”后边,千里万里之外是辘辘的马车声,是踏踏的马蹄声。梅子和小宁仍在呼喊。阳子、吕擎,我亲爱的朋友,我患难与共的伙伴,你们告诉我、告诉我!告诉我要走到哪里?告诉我是否听得到千里万里之外的马车声?那是拐子四哥拖着腿在追赶,他知道再也追赶不上了,摘下了肩上的土枪。他要干什么?我看见他缓缓端起了枪,瞄准前面的马车——有一个人——她是鼓额,从车上一跃滚了下来。与此同时四哥的枪勾动了扳机。一声巨大的轰鸣,马车上被击落的木板砰砰炸飞,顷刻间化成了一团屑末……

我迎着它跪了下来。我面向着南方——在这片大漠里,那是一座城市的方向。

沙雾又一次涌动起来,它们像海浪一样扑向我们。大家不由得把衣襟撩起,蒙住了自己的脸。狂沙的声音像万马奔腾,有数不清的蹄子从我们身上踩过去、踩过去。我们都清清楚楚地感到,自己变成了一摊血肉。我们忍受着。一阵可怕的轰鸣过去了,我们奋力地拱破压在身上的沙丘。先伸出胳膊、手,接着是头颅。我们睁开眼睛,吐掉嘴里的沙土,极力向前遥望。

千里万里之外沙烟飞扬,什么都看不见,阳光也射不透它们。偶尔沙烟平息下去,让我看到那片旷野上闪动的一条土路。土路上有深深的辙印。“你看——”阳子伸手往前一指,我和吕擎都看到了。

那辆马车还在奔跑、还在奔跑。马车上坐着梅子和小宁,鼓额和四哥仍在后面追赶,他们后面是满头脏发、血迹和泥土的万蕙。马车在狂奔。我们眼瞅着那条有辙印的土路拐进了一片春天的园林里。

我高兴极了,我知道那是一片繁花似锦的地方,有泉水,有蜜蜂和蝴蝶。我甚至看清了那棵巨大的李子树。李子树开着银色的数不清的花朵,一球一球的花,上面糊满了蜜蜂。它不可思议地开放着,粗大的树桩有三四个人才能搂抱得过来。它逸出的枝丫构成了一个个摇篮床。

在这个春天里,我们没有更多的机会来观察这棵奇特的李子树了。它真是一个神秘而怪异的存在。

"我希望你们好好看一看它。"一个柔和的声音告诉我、告诉那辆奔驰的马车。

巨　树

一

我们好像是在不同的时空里一块儿驻足:仰望着李子树,像朝拜一处圣迹那样注视着它。吕擎、阳子,所有的人,似乎还有肖潇,都肃穆地站在那儿。我们好像是从遥远的地方、从高原上,穿过冬雪和春天的沙烟走来的。我们久久地看着这棵李子树,没有人敢伸手去抚摸它。大家都屏住呼吸。

它在这个春天里还来不及伸出更多的叶芽。那些柔嫩的像人的眼睛一样湿润的小叶片仅有一厘米长,小得让人不曾注意。惟有一树李子花瓣洁白洁白,团团簇拥。看过去,它就像一片如烟似雾的银灰色。那当然是因为微小的叶片和枝丫掺杂点缀造成的。

没有任何一个人可以计算出到底有多少朵李子花，它的数目只掌握在神灵的手里。我不知为什么，眼前突然闪过一个念头——我朦朦胧胧觉得这棵大树蕴含了一种奇怪的暗示：所有人类都在这棵李子树上寄生着，一个生命就是一朵花。是的，看吧，它们紧紧依附在李子树粗糙苍老的枝干上，在上面开放、睡眠。有的花会结出果子，有的花结不出。这些花把巨大的枝干似乎都压得倾斜了，这一切只要用心去看一看，就会明白是一个伟大的奇迹。

一种带着微微药香的奇异气味在这个春天里飘散，把大气都熏透了。树下的白沙无比洁净，因为李子树每天都要往上洒一些露水。我看到这些花朵紧紧地拥抱，差不多没有一点儿缝隙。所以它们就成球成团，以至于你不能从一小朵一小朵去感觉它们，而是从一个团块一个团块去理解它们，它们具有极大的重量和质量。你觉得它们是固体，是一个个花的拳头；它们又像凝固了的笑容，永久地在那儿微笑。我们都眯上了眼睛，往后退了一步，这样只是为了更好地感觉它的微笑。它们在笑什么？奇异的李子树的笑容！不错，我们都感到了它们在微笑；而且，我觉得没有任何力量可以抵挡这种微笑。在它平静坦然的仪态之下，狂暴的烟尘、奔腾的马车，还有那个疾跑的斑虎，铁链……一切的一切都平静下来，安息下来。

我们凝神静气，在这儿驻足。这片园林里有一棵巨大的李子树，这就是我们所看到的。它在这春天里一动不动地伫立。天上有多少颗星星，它就绽放开多少苞蕾……你也许能在星星和李子花之间寻找到一种奇怪的对应——这种精确的对应肯定是存在的。李子树把所有的星云都呈现在你的面前，原来李子树就是星星驻足的地方。每一颗星星都在疲劳地闪烁之后，像露珠一样凝结到李子树上。它们在这儿互相照耀，发出自己的芬芳。

天哪，谁也不要碰它，不要折它的枝条。你如果折掉一团李子花,那么有多少星星将要在那个黎明的时刻陨落——让我们相信这种推论吧。

你还记得那片粉色的花朵往下飘落的时刻吗?那是什么?那是一些星星,是一些生命,是它们在一丝丝覆盖土地。你在那柔软的泥土上向前行走,你知道所有的泥土都是花瓣汇成的,而花瓣又是一些星星化成的——生命的芬芳被你充分地领略了,可你还一无所知……

我听见了一个人在喃喃絮语,回过头,我见到了肖潇。她走向前去,把她处女的脸颊贴在了李子树粗糙的树干上。我想:这等于是一个少女在依偎着一个老人。老人用他沉着的大手搭在她的肩膀上,她发出了嘤嘤哭声。老人的皮肤充满皱褶,胡子是银灰色的,还有他的眉毛和头发。老人盘腿坐在那儿,微微眯着眼睛。他在这个难得的春天里晒着太阳。阳光使他的银发放出了光亮,闪烁着芳香,引来了千里万里之外的蜂蝶。它们嗡嗡着,在他的耳边鸣叫。老人就在这种音乐里沉睡。这个疲乏的暖融融的春天,谁都要打瞌睡。我看到肖潇为老人驱赶着那些顽皮的蜂蝶:只有这时候老人才微微睁了睁眼睛。他用目光阻止了肖潇。我似乎听到他在说:“好孩子,你不要这样了,你让它们给我挠挠头发。你知道我像你们一样,头皮有点儿发痒。它们拨动拨动我的头发丝,我就舒服一些。”

老人一直那么安详地坐着。他的声音只有他的女儿肖潇能够听得见。那是一种天籁之声。作为他的女儿,肖潇此刻让人分外嫉羡。他只有这样一个女儿。肖潇可以攀缘,可以去扳弄它的枝条、它的臂膀、它的头发,而其他任何人都没有这种机缘。我们只有远远地注视,不能化为他的儿女。可是肖潇却与他有着血缘关系。

老人在这个春天里端坐,银发如雪,安然沉静。我们还没有一个人攀缘到它的身上,像孩子攀在母亲身上那样,乞求一口乳汁。那些蜂蝶也许就是它亲近的孩子,它们在获取花粉,获取自己的蜜。我看见这些蜂蝶都生活得很好,它们十分幸福。我们这些满身沙土和泥浆、在旅途上奔波、双脚皲裂了血口、脚腕上戴着铁链磨伤的人,是用怎样的目光注视着这棵巨大的李子树啊!我们一动不动地注视,直到它的女儿从树上走下来,伸手指着沙土说:

"挖掘吧,这里有清泉。"

二

所有的人都伏在了地上,伸出了十根手指挖着。挖呀挖呀,后来他们就紧紧地伏到了地上吸吮。好一顿饱饮,大家身上重新有了力量,两眼又放出了光亮。

"你们要到哪里去呢?"李子树的女儿一个一个地探问这些头发蓬乱的人。车夫回答:"我们到远处去。"

"到哪里去呢?"

"不知道。"

这时我才发现,马车上的人已经没有梅子和小宁了。他们都是一些陌生的人。我从中寻找着我的亲人。可这是徒劳的。所有的人都不认识……那个幸运的女儿此刻仍在询问:"你呢?到哪里去?""我也不知道。""可是……"有个人吞吞吐吐地说,"可是,我见到了李子树,我也就知道了。"

"你知道什么?"

"我知道我到远处去,就是去寻找这样的一棵树。"

所有的人都鼓起勇气大声说:"对!就是来寻找这棵李子树。"

"那么你呢?"幸运的女儿又在问我。

我这会儿毫不犹豫地回答:"我也是!让我就像你一样吧。让我待在老人的脚边,让我也为他疏松泥土,为他驱赶嘈杂的鸟雀,为他浇水……”

肖潇笑了:“谢谢你的一片好意,可是你接下去就会明白,李子树什么都不需要,它只需要你安安静静地守在它的身边。夜晚它给你讲一些故事,白天它为你遮着阴凉。它的香味能够使你入睡,进入梦乡。它还能驱逐你一个又一个恐惧的噩梦,让你快些平静下来,让你四肢舒展。你会感到从未有过的舒服,得到真正的休息。可是你不能背叛它,你如果离开了它,那么你就将一无所有,重新走进呼啸的狂沙里,因为干渴而扑倒在地。”

“我如果重新回来,李子树还会要我吗?”

“它会要你,也会原谅你。它知道你还会背叛它。不过这并不重要,因为在它看来,你和你的朋友都会背叛它,这没有什么大惊小怪的,就像天总要下雨、下雪一样,你们这些人总要背叛。”

我无可奈何地垂下了手,悲从心来。我说:“不,也许我是一个例外。”

肖潇摆摆手:“不,李子树什么都明白,你不要争辩了,这是它告诉我的。”

大团大团的花朵像云雾一样,渐渐化为了模糊的一片。我再也看不清那些花瓣了。浓烈的香气一阵阵让我眩晕。我高声喊叫,试图挣脱什么,可是我不能够。无形的大手把我紧紧地搂在怀里,我感到了一阵噗噗的脉动。我亲吻着柔软的花瓣,觉得又重新返回到小宁的年龄,我的头发又变为过去那样的柔软和稠密。一只苍老的手抚摸着我的脸颊:“你会永远年轻,孩子。你不要走得太远。当你感到恐惧、感到焦渴、感到烦躁的时候,就赶紧回到我的身边。你记住返回的路径,记住马车印在地上的新痕,寻找马蹄印,就随着它往前追赶。当听到嗒嗒的马蹄声时,你就走对了路,就继续往前吧,不要着急。再接下去蜂蝶会把你引到我的身边,你老远就能望见我白发苍苍的头顶。”

“是的,我,还有我的朋友,永远也不会背离你。我们会在你的身边,遇到危险就会攀到你的身上,躲在你的摇篮床里。”

花朵在我眼前又渐渐清晰,我又重新看到了李子树的微笑。

阳子和吕擎,还有四哥,都站在那儿。他们不眨眼地看着这棵李子树。我相信他们每个人只能看到一个枝丫。因为他们离得太近了,而这棵树却是大到不能想象的地步。我想问他们鼓额的下落——那个从马车上跌落的孩子,她当时沉重的头颅很厉害地磕到了车板上。她去了哪儿?

我问着,没有一个人回答。他们都全神贯注地望着李子树。

鼓额!我想起了她的父母,小村里那两个贫穷的老人,她破破烂烂的家。李子树啊,头顶雪白的老人,你能告诉我她沉甸甸的头颅里藏下了什么?她为什么要长这样一个鼓鼓的额头?为了思索?为了把苦难都装到里面?

李子树没有回答。可我亲眼见到它的一个花朵里很快盈满了泪水。它颤抖着,于是有一滴微小的露珠落下来。

它的气息一瞬间变得无比浓烈。我觉得这片原野上再也没有其他的气味可以与之匹敌。它笼罩了一切,覆盖了一切。我们可以走向很远很远,但只要我们足踏着平原,足踏着这一片泥土,就会永远笼罩在它的气息之下……

就是此刻,透过密密的李子花,我又看到了那个身影,看到了那片红色的高原。

春天的哺育

一

我独自一人,在一片又陌生又熟悉的园林里久久徘徊。后来,我走到了园林深处,站在一棵樱桃树下。

樱桃花开了,比起那个李子树来,它显得那么幼小。它长长的蒂梗纤尘不染,没有一丝污垢。它的叶片已经长大……身后响起了脚步声——罗玲来了,她站在我的身边,伸手托起了一枝长长的花蒂。

花蒂在她手上颤抖,花朵娇羞地贴住她手掌的纹路。我看到她银光闪闪的晶亮的手指甲与一些花朵连在了一起。她惟恐损伤了这些花朵,只轻轻地托着、托着。樱桃树的表皮像紫铜一样闪闪发亮。这种奇怪的肤色让我想起了沙滩上那一溜溜拉大网的人……樱桃树的皮肤不知何时受了伤害,伤口上结着暗红色的树鳔,真正像凝结的血迹一样。

我们再往前走,看到了一棵大山楂树。山楂叶儿一片翠绿,上面的白花一朵一朵。这棵山楂树好像是很早以前就有过的,它似乎是那棵伴我度过了童年的树。我对罗玲说:“我记得这棵山楂树,它那时候就在我出生的那座茅屋的西北方,离开我们只有一百多米远。”

罗玲说:“山楂树的西边呢?”

“那是一片杏子树,杏子树的边上,就是一排高大的洋槐。这些洋槐原来像篱笆一样站成一行。灌木丛把它们的树干编织起来,使任何人都不能穿过去。”

“可是……”罗玲说,“这棵山楂树好像被移开过。你仔细看看,它是原来的那棵山楂树吗?”

“它就是原来的那棵山楂树……”

我们又往南,走到了那棵被沙土压住了半截树冠的桃子树前。它的枝条一直往上蹿,形成了一片灌木丛,开出了一片烂漫的桃花。这些枝条只有两人来高,我想如果把它们从沙土里解放出来,那会是多么挺拔俊秀的一棵桃子树……外祖母告诉我,它们结出的桃子是最甜的,可惜没有人来收获。它们自己成熟,又自己散落在深秋里。一个个鲜亮的桃子就这样慢慢剩下一个桃核,让新一年的沙土把它们覆盖。它们发芽、生长,春天来临的时候,你会看到一排排小桃树苗——那时候你伸手挖一下,可以发现土中有鼓胀胀的桃核,它破裂了,从缝隙里钻出一株可爱的小桃苗;桃苗的根部有通红通红、就像刚刚染成的红指甲那样的一颗小桃籽豆……每到了新春我就到处找这些桃籽豆。我想把它们移栽到远离它们父母的地方,让它们成长起来,成一片桃林——我这样做时总是看到李子树赞许的目光,它一直望着我。我的后背上永远压着它沉甸甸的、温暖的目光。我栽种着桃树,我背负着李子树的目光。

在它的目光下,我寻到了那片新长成的桃林。这是一片崭新的世界,它与整个的这片园林连在一起,正在成长。我看着罗玲说:

"我们去找那棵大李子树吧。外祖母在那儿等我,她要接上讲那个故事——"

"那是多么可怕的故事啊……"

"我已经四十多岁了,不再怕那样的故事。"

罗玲看着我。我想:她的目光里有一种似曾相识的东西。我回忆着,却想不起来。再后来,我终于明白了,那是我在那棵巨大的李子树云雾般的花朵上曾经领略过的。对,就是那样的一种目光。

我们久久地徘徊在这片园林里。突然,我又听到了远处辘辘的马车声,听到了踏踏的马蹄奔跑。我再也不能在这儿滞留了,我想起了什么。我匆匆地一个人向前跑去。

她在身后喊我,我像没有听见。我拼命追赶那驾马车。

马车跑啊跑啊,车上隐隐约约有几个人影,那是梅子、小宁,还有鼓额……我紧追不舍。远处,狂怒的猎枪在爆响。那是拐子四哥!他正从另一个方向追赶着马车。他在用枪声发出警示!

跑啊跑啊,阳光炽烈,周身尽湿。可是马车依然离我那么遥远,车上的人影越发模糊。我的头一阵阵眩晕,几次差点儿跌倒在那儿,不再爬起。可我还是紧紧地咬住牙关,继续向前。

马车消失在一片葡萄园里——我亲眼看见马车跑进了标界分明的秋天。

二

直到踏进那片富足的土地,我才长舒一口,摘下头上的斗笠。所有的亲人都在园子里等候我,四哥扯了万蕙的手站在茅屋门口。万蕙头发梳理得非常整齐,嘴角已经没有了血迹。她的眼睛洋溢着笑意,好像从来也没有遭遇暴力。可我没有看到那辆马车。马车呢?它仍然停留在李子树下?我分明看到它在我的前面奔驰。驾车的人不是武早就是太史,他们把马车赶到了什么地方?

一个尖尖的嗓子在葡萄架后面呼叫。那是鼓额的声音。我的心像被什么揪住了一样,不顾一切地拨开人群往葡萄园深处奔跑。我看到葡萄架后面有两个人在厮打,看到了一对穿着皮靴的脚狠狠地踢着一对小小的赤脚,那就是鼓额了。我看见压在鼓额身上的人衣服往上褪去,露出了腰上捆绑着的铁鞭。他奋力地扑压着鼓额,鼓额像一只可怜的羔羊在那儿颤抖。后来,又是剧烈的挣扎,小羊羔终于忍无可忍,狠狠地咬住了那人的肩头。他嗥叫着,用那只石块似的老拳猛击在了鼓额的头上。鼓额昏厥了。一道黑色的闪电倏然亮起。闪电落在那个人的身上——斑虎只一下就把他的衣服撕裂了。他不得不从鼓额身上蹦开,架起了拳头,另一只手悄悄地解着铁鞭。斑虎又一次扑过来。铁鞭发出了咔嚓嚓的声音,斑虎额头落下了一道血印。它不顾一切往前扑咬。那个人奋力抵挡,铁鞭耍成了花。这时候鼓额像一只小斑鸠一样悄悄爬过葡萄架……我也弄不清她怎样扑到了拐子四哥的怀里,这会儿正用手指点着。拐子四哥脸色铁青,慢腾腾地攀上葡萄架的石柱,从肩上摘下那支笨重的土枪。鼓额用手指点着——一个人满身沙土,步子沉重、拖拖拉拉地往前走去。拐子四哥暴怒一喊,那个人转过脸来,脸上还有斑虎留下的爪痕。他像个恶鬼一样往这边张望,两手不知怎么往前伸了伸——黑洞洞的枪口指向了他。他的嘴巴活动着,但没有喊出来。我没有说什么,一声不吭地盯住了一张狰狞的脸。他的一双手还在往前伸着。拐子四哥毅然地扣了一下扳机。我亲眼看见那个人扑倒在地上。他身上中了无数的霰弹,在泥土上扭动、抽搐。他的双手深深地抓进了沙土里。鲜血从他的脸上、脖子上、手上,从他的全身渗出来,很快又被绵绵沙土吸干了。

我们差不多一块儿听到了辘辘的马车声。我若有所悟地看了一眼拐子四哥,迎着车声走去。我知道马车是从很远很远的地方回到了葡萄园,正迎着我们驶来。

通向葡萄园的笔直的泥路上,马车窄窄的双轮犁开了泥土,泥泞的土底又露出了坚硬的石子。车夫还是我原来熟悉的那个人,他奋力驾驶着车子。车上坐着我的梅子和小宁,他们身后是一些包裹。车夫吆喝了一声,马车停下了。

我走过去,梅子和小宁的眼睛一亮。

他们都睁大了眼睛。我吻过了小宁,然后把他放在地下,又去搀梅子。梅子久久地抱着我,两手按在我的肩膀上。我的身上到处都是伤痕,这些伤痕是怎么落下的?我来不及诉说,因为关于它们有一万个故事。我相信我们以后总有时间来诉说这些伤痕。我一声不吭,梅子哭了。她很少哭得这么厉害,全身都在颤抖。我只能紧紧地拥住她,拍打她。我想,她哭一会儿会轻松许多。

车夫垂着头,注视着我们一家三口,看着车上的包裹。这是一个真正的家庭,这是一个经历了无数次分离的家庭,终于在旅途上团聚了。我们再也不会分开了。

我扯上孩子的手,又扯上梅子,一起往前走去。车夫赶上拉着行李包裹的车,轱辘辘跟在我们身后。园子里,鼓额、肖明子、肖潇,还有武早、拐子四哥、万蕙,他们站在了前面——这么多的人都默默地注视我们,看着一个家庭向园里走来。

宁子可能经过了长途跋涉,又渴又饿,这会儿偎到母亲怀里要吸吮。梅子不好意思地看看我。我说:"你应该哺育孩子。""可他大了。""不,你看……"

宁子乞求的目光看着母亲。

梅子把他抱在了怀里。我看到长长的葡萄架上垂挂着葡萄树的肥硕的乳房,它们等待哺育。我看到宁子攀附在葡萄架上,贪婪地吸吮,葡萄树的叶片像手掌那样柔和地活动起来,抚摸着我的孩子的头发。他从这棵葡萄树奔向了另一棵葡萄树,用力地惬意地吸吮着。这么多母亲,她们的手掌都一样地抚摸着孩子的头顶。"宁子在园子里就要被娇惯坏了。"我听见梅子这样说。他跑到这棵葡萄树下依偎一会儿,又跑到那棵葡萄树下。他在这里变成了真正的孩子。

梅子又想起了小涓和吴敏,抬起眼睛四处寻找。我告诉:

"她们都在那一次残酷的跋涉中失散了,如今孤零零各处一方。"

"她们在哪里呢?"

"不知道,我只见过阳子和吕擎,他们像我一样去寻找过那棵李子树。"

"什么李子树?"

"你见到就明白了,那是一棵非常非常大的树,一棵巨树。你从来没有看到过。你如果见到它一定会……”

梅子立刻要去看那棵李子树。我们重新坐上了马车。

三

我们一出葡萄园,立刻从秋天驶进了标界分明的春天。

在马车的辘辘声里,终于出现了一片绿色的原野。原野上有两道深深的辙痕。梅子让马车快些奔驰,车夫于是扬起了手中的鞭子。辘辘声响个不停,绿色的原野往后闪跃。前进的车痕越来越深,越来越深。我告诉梅子——这说明有很多马车曾经从这条路上驶过。

“它们都是奔向李子树的吗?”

“是的。”

这才是真正的春天。原野上,色彩斑斓的花在风中摇动。各种各样的花让人叫不出名字。我告诉梅子:只有一个人可以辨认这么多花,她就是肖潇。

梅子说:“她,还有罗玲她们,都好吗?”

我说:“你们分手很仓促,她们很想念你。她们把你看做真正的朋友——你跟她们分别的时候连一声招呼都不打……”

梅子理了理头发,没有做声。她看看宁子说:

“不,是宁子不愿再见到她们。他还是个不懂事的孩子。”

车子一会儿就把我们带到了那片园林。一片片粉色苹果花一层一层叠在一块儿,仍在纷纷坠落……还离它很远,宁子就站在马车上,像个小男子汉那样,把手一挥说:“你们看,爸爸,妈妈!”梅子没有跟车夫打一声招呼就跳下来。她突然变得这样灵巧和敏捷。我们都看到她在往前飞跑,那束长长的头发在后背飘舞。

车夫喝停了牲口,我们一块儿向前走去。

李子树像以往一样微笑。它的目光让我们每一个人都感觉到了。它温和地看着走来的这几个人,雪白的须发安然地垂着。有一个人——她是肖潇,从花丛中探出头来,向我摆了一下手。无数的蜂蝶落在她的手上。这时候罗玲、阳子、吕擎,还有小涓和吴敏,都出现了——他们不知什么时候相聚在李子树下。

大家紧紧拥抱。我看到李子树的叶片比过去伸展得更长了,已经差不多有两厘米长。柔嫩的叶片脉络清晰,叶脉四周发出了油亮湿润的光泽,让人想起孩子的嘴唇和唇上细小的皱褶。叶片也像嘴唇那样湿润。我看见宁子抓住一片叶子吻了吻,他的小嘴正好贴在了叶片那粗长的、将整个叶片一分为二的叶梗两边。他再也不愿离开李子树了。

肖潇在李子树的摇篮床上招呼着宁子,宁子急切地攀上了大树——他在这棵大树上变成了一个蜂蝶那么大小。他几乎是扑进了摇篮床里,躺下,再也不愿活动了。他的四周都是密密的李子花,正把他团团簇拥。他和鲜花在一块儿,仅仅成为这棵大树的一个花瓣;还有肖潇,她也仅仅只是一个花瓣——我想我们所有的人攀上大树,都只会化为一个小小的骨朵。它会把我们全部溶解。我一遍又一遍叮咛孩子:“你千万不要碰掉李子花,千万不要……”

宁子小心翼翼,他像蜷曲在母亲怀里那样笑着,微眯着眼睛。我看到李子树的女儿——肖潇——把孩子抱住了。他们躺在摇篮床里,一声不吭。宁子拥在肖潇怀里,姑娘高高的胸部上印着一个可爱的头颅。宁子不停地活动着,他的手在衣服上抚摸着。

肖潇的脸红了。可是,她没有拒绝。

众人都注视着巨大的李子树,注视着那个摇篮上躺着的两个人。孩子到底是孩子,他急切地寻找,不顾一切地拥抱着肖潇。肖潇的眼睛里含着泪花,她的手按着宁子的头发,一下一下地抚摸。

宁子急切地寻找,终于找到了。他不顾一切地吸吮着。我看见梅子感激地望着巨大的李子树。李子树静静的,一动不动……

肖潇搂抱着宁子,轻轻地拍打着……宁子吸吮着、吸吮着,在这醉人的梦乡里,仿佛要安然睡去。

我最后一眼,是透过李子花的缝隙,看到了肖潇沾满泪珠的睫毛……

卷三

第十五章

泣 哭

一

一个人在心绪纷乱的时候可以遗漏许多,却不会忽略那个悄悄走近的预感。不安的春天逝去了,接上是汗水淋漓的夏天。渐渐,一个显赫的季节在逼近。风凉了。万蕙最早发现了什么,不止一次对我耳语:“肖明子这孩儿也许出事了。”我开始并没怎么在意,弄不懂她在说什么。有一天她终于急火火地找到我:

“快去看看吧,那孩儿哭哩!”

肖明子在哭?这可是大事。我随着她到西间屋里一看,见肖明子一个人坐在那儿,果然用手抹眼睛。他听到脚步声,赶紧站起来。

“你怎么了,明子?”

“没怎么呀。”他语气挺轻松。

我端量了一会儿,觉得这个孩子的气色有点不对劲儿:面色蜡黄,皮肤也有点儿糙。“你病了吗?”“没有。”“想家了吗?”“没有。”

是的,他不会想家,因为他比鼓额回家的次数多得多。那么就是病了。

“你觉得哪里难受?”

“宁哥,我真的没病。你相信我好了。我要去做活儿了。”说着飞快地走出了屋子。

万蕙走过来,搓着手:“这孩子饭量也少哩。过去他吃一大碗饭,昨个只吃了半个窝窝、捏着半个走哩。我跟到屋里一看,那半个他用纸包好,掖在被子下。”

我掀开被角,真的看到一块干硬的窝窝。

我去问鼓额,她捏弄着手指说:“这一段明子老爱出神。他过去老逗我玩,再不就和斑虎闹。现在什么也不愿做了。在园里做活儿也不勤快,盯着葡萄树,一待就是半天。有时我叫他,他也听不见……”

我想起了什么。我发现他已经许多天不到园艺场去了。我突然记起,有一天罗玲来葡萄园里,我跟她讲话,她只是搪塞着;原来她是要找肖明子。她和他在园子深处谈了很久。那天他们好像在争执什么,后来就没有声音了。当时我觉得有点儿奇怪,后来事情忙乱起来,就把这些抛到脑后去了。

我想这里面会有什么奇怪的事情。我想去问一下肖潇,因为我知道她对明子就像对一位亲弟弟那样无微不至:给他织毛衣,为他买崭新的鞋子。我觉得明子算是掉到福窝里去了,除了肖潇之外,这里还有万蕙和拐子四哥照料他。肖明子的事情又让我联想到了鼓额。自从发生了那场事故之后,我和拐子四哥都分外上心。我们一直想追寻那个对她施暴的人,可她什么也说不清。四哥为这个急得不知如何是好。

我想起了一个人。我在梦中直接把他当成了那个家伙。那天醒来后我一直出神,甚至想:就看看梦境是不是真的灵验吧!我没有把梦中的情景告诉四哥,我还没有那么离谱。但我真的觉得事情有些蹊跷,因为那个人也许久不来园子了,我甚至认为这是因为他的胆怯——即便鼓额在那一刻无法记忆和分辨,那么斑虎也会认出他来。也就是说这个人当然有充分的理由躲开这里。可惜我还没有其他证据。

可肖明子又是怎么回事？不过我心里越来越清楚的是：他们真的都不是孩子了，早就不是了。他们都将拥有自己的故事，这是肯定的。我担心的不过是其他。我不愿让罗玲成为这个故事中的角色，虽然这种可能是少而又少的、荒唐的。不过出于一种隐隐的关切和好奇，我还是找一个机会去问了罗玲。

令我惊讶的是，她一接触肖明子这个话题就不太自然，躲躲闪闪的语气，还有脸上的红润，都让我心生疑窦。一个如此机警和心怀执拗的姑娘，从城里到园艺场这一路经历了多少事、见识了多少男人，她该不会出这样的岔子吧？如果是真的，那简直不可思议。她不再说下去，我也不便多问。

二

有一天斑虎在园子里突然大声吼叫，吓了我一跳。跑出去一看，见太史的汽车正停在离园子不远的地方。我喊他，迎着汽车走过去——也许他根本就没有听到我的喊声，也许驾驶室里坐的根本不是他，反正在我距离十几米远的时候，汽车就呼的一声开走了。

我当时站在那儿好长时间，看着汽车腾起的烟尘……这个奇怪的年轻人来去都有点儿突然，他第一次出现在我们的葡萄园里时，就曾给我留下了极其深刻的印象。我不信他会就此消失。我预感到他在我们的生活中还将扮演一个重要的角色。

我后来试着问鼓额："出事的那一天，还有前后的几天，你见过太史吗？"

她的眼中很快溢满了泪水，摇头："不，没有，不是他，我觉得不是他……"

我的语气不由得有些急躁："鼓额，你可千万不要瞒着我啊。你如实告诉我，也让我有个提防。你该把什么都告诉我，包括心里的疑虑,我就会根据这些作出判断……”

“嗯哪,俺一定告诉,可俺黑影里认不出那个人啊。我会告诉你哩!”

“你不认识他,那你怎么告诉我?”

“不认识,可我会慢慢地想——也许我见到他的时候就会认出来,我会把他指给你看……”

多么奇怪的逻辑。我又问:“斑虎认识他吧?”

“斑虎……它不会说话啊……”

它不会说话,可是它见了那个家伙会直接用行动表达……我们的斑虎是绝对聪明的,它不会放过那个人。假如这个人真的出现在我们眼前,那么四哥就会毫不犹豫地给他一枪……

秋天很快来临了。我们不得不把其他事情放下。与过去不同的是,这个秋天里的重重心事和收获的忙碌一块儿压过来……每到了葡萄采收,园子里就到了一年里最繁忙的季节。可是这一年的秋天真的与以往迥然不同。也许一切都驾轻就熟,反而再也没有往日那种兴奋和热烈紧张的气氛。无论是鼓额还是肖明子,都被什么东西给缠住了似的。他们好像在一夜之间长大了,再也没有过去那样的孩子气,那样的欢蹦跳跃。这使我有点儿怅然若失。他们两个本来应该像刚刚长成的葡萄树那样,枝叶闪亮,通身油绿,迎着南风一节节往上蹿。在我的心中,他们仍然是园子里的两株小树啊。

四哥在醉酒的时候仍像过去一样歌唱,可是那种调子变得让人悲伤。夜晚,我陪着他到园子里走着,冰凉的露水溅到我们手上、脚上,凉丝丝的感觉直透到心里。他披着蓑衣,走着走着就坐下来,用力捶打那条伤腿:“我老了,过去走多么远的路都觉不出累。可这会儿就像拖着一条木头腿哩。宁伽,也许我不能陪着你走到底哩。”

我给四哥揉着那条腿，给他按摩。“四哥，我们无论走多么远，我都会搀着你。”

“不哩！我知道你还停不下来，还要往更远处。你和我不一样，你还要走老远的路哩。这里有万蕙，她会服侍我。”

“那我们也不能分开……”

他点点头：“从好多年前，从你那次离开这里回城的时候，我就明白了，你也不是个能指望的人，不是我长久的伴儿。”

“哪一次？离开？”

“就是二十年前，你从山里回来看我，我在家里拨弄一把琴。你抓过去胡乱弹着，我就胡乱唱。那一回我们炒了萝卜条儿，记起来了吧？咱俩喝上了瓜干酒，那个唱哩，唱得昏天黑地。你胡乱拨弄那把琴，捣得咚咚响。那时候你才二十多一点儿。嘿嘿，那天咱俩玩了一个通宵。那一回你走了我就想，我这个年轻的伴儿可算长大了，他会飞到天边的。我嘛，也不能老是一个人，我要娶老婆了——就是那会儿我下了决心，娶来个万蕙……”

三

这是个有月亮的夜晚。四哥回到了屋里，我一个人走出了园子。当我发现自己正在通向园艺场的土路上踟蹰时，立刻止住了脚步。时下我最不想打扰的两个人，就是肖潇和罗玲了。我心里有许多话，可是不知该怎样说才好。我不想那么莽撞，不想造成不必要的误解。男人在漂亮姑娘面前惯有的拘谨，在这个秋天里越来越重了。我心里明白，在她们两个面前，像我这样一个中年人，可不想留下什么笑柄，不想自找尴尬。我比她们大得多也成熟得多，正因为独居一地，如果不懂得小心谨慎，那就很容易招致诸多误解——显而易见的是，在这个东部海角上，这两个人对我构成了完全不同的吸引。这渐渐令我察觉并渐渐不安起来，真有点儿徒增烦恼。

我知道，也许真正严重的问题是自己不能悉数解脱，不能稍稍离开那种本能的向往和由此而来的抑郁……她们甚至已经成为我心中一个美丽的谜团。我还记得与肖潇一起去那个海草房子时，老太太怎样面对面地开起了粗俗的玩笑。那时肖潇突然给置于一个十分难堪的境地——而我的内心却会涌起一种类似幸灾乐祸、一种男性才有的欣悦和不可遏止的冲动。肖潇是如此的不同，她有时会让我心里有一阵灼烫烫的什么倏忽袭过……可我不会放肆地表达，我像一个老狐狸那样知分识寸，始终守住了那条清晰而顽固的界限。这多么重要。

男人过了四十岁，迟早都是一只狐狸。然而作为一只粗尾巴动物，我开始在肖潇这儿尝到了苦涩和不幸的滋味。因为她有一种可怕的成熟和练达，这对我来说可真是要命。

我坐在路旁一块冰冷的石头上。这样不知过了多久，远处响起了踏踏的脚步声。我看到一个身影——当我渐渐看出那是罗玲时，马上吃了一惊。我发现她是借着夜色的掩护去我们葡萄园的。我坐着没动，可惜她还是发现了我，想躲开已经有点儿来不及了。她略有惊讶地看着路边的我，猛地止住了脚步，那个苗条的身子往后仰了一下。

“啊……是您！”她叹气一样说道。

我站起来。因为这种出其不意让我多少有些抱歉。我搓着手，不知这会儿该请她到我们的园子里，还是作出别的提议。正犹豫着，她抬头看了看四周，突然说：“一起走走好吗？”多么聪明。我知道她其实并没有这样的愿望，这只是一个临时决定而已。我说：“你去园子里有事，就忙你的吧，我自己在这儿坐一会儿……”话一出口，觉得那么愚蠢和笨拙。

她怔怔地看着我，脸上是一种秋天月色下才有的冷笑。

我很快补充说：“如果你有时间，我们就……不妨走一走。”我一边说一边迈开了脚步往前走去。她很快跟上来。

我们沿着葡萄园的一边向南,没有进入园子,也没有往园艺场的方向走。一条细细的小路靠紧了篱笆,那是我们园里人采豆角时踩成的小径。草叶上的露水扫湿了裤脚,有一丝凉意。月亮很大。这是一个多么难得的好夜晚,可惜彼此都有一些心事,辜负了这个美好的时刻。走了一会儿,她的脚步越来越迟缓,后来干脆把后背倚在了篱笆上。她不走了,正在出神。我只好等她,沉默着,尽量不开口惊扰她。

四周多静。是的,在这样的时刻,我们之间也许该好好说点儿什么了——从头说起。今夜与往常不同的是,我们很难再有过去那种自然而深入的交谈了,就连开头都很不容易。而在过去,由于我们有着共同的隐秘和探求的心愿,也就自然而然地具备了神圣的默契,二者之间交谈起来既沉重又急切。我们所涉及的内容极有可能是独一无二的——关于她母亲前夫的沉冤,关于我们一家的苦难,关于那个老红军……

"也许……我应该早就告诉你的。现在说有点儿太晚了……"罗玲的目光从我脸上一闪而过。

我听着。可是接上她却一声不吭了。我在月光下注视她,发现她正把脸庞转向一边。尽管如此,我还是看到了突然涌满了眼眶的泪水。

我知道,下面即将说出的,就是关于她和肖明子的故事。

筋经门逸客

一

等她泪水擦干的时候,我看到的却是与刚刚的一瞬完全不同的神色:一张相对平静的面容。我马上明白她这会儿有些后悔了。她刚刚拿定主意要告诉我的某件相当重要的事情,此刻却被她否定了——她改变了主意,而且有些突然。我相信她的目光注视过来的这一刻,才悄悄改变了内心的打算。今夜,她的目光让我感受到了一丝丝陌生和冰凉……

她决定暂且放下一个故事,去说另一个故事。好像她在一瞬间意识到,对于面前的这个人,今夜,更适合讲述的还是另一个故事。这对她来说既是一种必需,又是一种缓解之方。在没有考虑好怎样解释那个棘手的事件之前,她也许真的需要这样。这不是搪塞,而是一种临时置换。然而这两个故事都是真实的,一个离我们更近、有关她的自身;一个则是相对遥远的、关于别人的。

我对前一个故事有着不能闲置的好奇心,而对后一个却沉沉地期待着。

显然,她是经过了长时间的探究才进入这个故事的,时至今日终于可以从头叙说了。我想这个故事也许主要只来自两个人:老红军和她的母亲。

这是早已淹没在沙尘里的往事,而且不会有第二个人再来发掘。与这个故事纠缠在一起的人,仍然活在人世间的,大概也不会超过两三个人了。然而这却是至为重要的两三个人,他们的存在,将搅得许多人寝食不安,死不瞑目。这个故事的中心词为“筋经门”,一个极为陌生的武功门派。我记得第一次听到这个词时,还是刚买到这片葡萄园不久,从小村里的一个老人——老经叔口中听来的。老人嘴里有些别扭地吐出这个字眼时,并没有引起我太大的注意,就像我当时并不特别关注那个孤独的老太太毛玉一样。但是如果有人将这个门派的事情与昨天可怕的隐秘稍稍地交织一下,那就完全不同了。如果这个门派的某个人与那个纵队惊心动魄的故事哪怕发生一点点关联,都会让我屏息静气地听下去。

倾听罗玲的叙述需要有点儿耐心。因为涉及的时间久远，人物也太陌生，这得让人毫不走神才行。好在这对我来说完全不是问题。

筋经门是一种道家的秘传功法，独立于诸法之间，属于阳功范畴，专于筋络路数。这个门派的高人都有超绝的武功，道家武术高强，精于剑术、棍、八卦掌等。除此而外这些人还长于疗伤，能医治各种疑难杂症，个个都会冶炼秘丹。他们动功静功皆备，专于技击，步法有丫雀步、鹰飞步、猫步、揉球步、阴阳合步。由于功法深精，内气也就盈足，内气外放时，能点穴、注气，最厉害的角色能够站在遥遥数丈之外以掌断物……这些绝非传说流言，而是实打实的真事。这里说的一个人原居湖北，在门派内的名字为“铁力沌”。一般人都误写成“铁力饕”。因为是湖北沌河边生人，所以“沌”字与“饕”字同音。

铁力沌这个人自小经过了高人的严格培植，在道门里一步步走过来，绝非急于求成之辈。他从八岁开始跟从长辈学形意拳、岳家拳，同时精研道家经典，识得天文历数、阴阳五行、子午流注。然后才是研习医术，逐步掌握制丹要诀。到了十三四岁，已经访过了青藏天山，频频拜会内地大侠。二十岁再入丹房，进一步精研点穴术。可惜三十岁那年参加技击，误伤了门内师徒。说来也是命运劫数，三十五岁又屡屡犯下门内规矩，结果终生不得在门内安身。这一段说起来颇为曲折，总之铁力沌空有一身精绝武艺，最后不光不能在门内立身，又得罪了其他门派，结果连南方都待不下去了。他只得一个人偷偷北上，一走再走，直走到一个海角上，被一片大水阻挡，这才不得不停下来。他平生最怕的一件事就是坐船。海边这里武风炽盛，然而与筋经门毫无关涉。当地最受推崇的是方士流派，精于炼丹，还盛行一种“螳螂拳”，这倒也使他半路取经，受益良多。

不幸的是几年后南方一派门内出了一个恶追恶报的家伙，一心要找到逃逸的铁力沌。可能是害怕他在异地另立门户吧，非要将其赶尽杀绝不可。铁力沌其实对这些早有防备，所以才远远逃到北方。为了最后能在大海边上安顿下来，他种了一片葡萄，头顶斗笠日日劳作，过起果农生活，只忙里偷闲苦练武功。园子中盖了一座海草房，看上去平凡到了极点，与当地人的居所毫无二致，实际上内部却大有玄机。这里设了丹房，不过经过了精心伪装，外人看不出究竟；另外还有地下暗道，曲曲折折通向远处，只在葡萄树间藏了出口。地下贮有各种耐饥食物，更有秘药膏丹一类。这都是用来防备万一的。再加上园子地处偏远，知道这里的人并不多，只有个把打鱼的人经过，也不过将其当成了一个经营园子的外来散户而已。惟一不利的是他的外地口音，这常常让人知道他是一个远客。

铁力沌与当地人交流武功甚为小心，所以来往功友也是少而又少。他只是将自己装扮成一个跟当地人苦学螳螂拳并酷爱民间医术的外乡流民而已。除非是闯进园子里的渔人和猎人，他不得不端上一杯苦茶而外，几乎不曾将任何闲杂人等招引过来。对这里知晓一二的无非是一些做海上营生的人、采药的人。当时并没有大规模的酒厂，葡萄酒也只是私酿一点儿，所产葡萄主要是去集市上销售。铁力沌从不嗜酒，但还是跟当地人学会了酿造葡萄酒，为抵御海风，偶尔自己也饮上一杯。

二

随着世道一天天混乱，当地先是出现了杂匪，后来竟发展成几支队伍，最后在山里和平原地区一口气形成了八大司令。这些司令之间不断发生火拼，可有时又好成了一团。他们无恶不作，抢粮拉夫，当地人一听到“司令”两个字就吓得浑身筛糠。匪兵一般都在人烟稠密的村子里活动,因为人多的地方才有酒有肉有女人。可是偶尔也有个把散匪会跑到海边上来,见了铁力沌的海草小屋就直接钻进去,要酒要肉要鱼,主人一时交不出来就会遭到大声呵斥,甚至拳打脚踢。铁力沌总是百般忍让,用一张又小又破的网为他们去海边捕鱼、用兔子套为他们逮来野物,还要摘下最好的葡萄招待他们。这些家伙喝的是这里自酿的葡萄酒,常常因为喝起来没什么劲道,就当成了红水喝个不停,结果最后都醉倒在地,又吐又呕。铁力沌最不可忍受的就是弄脏了他的屋子,因为他从来喜欢干净。还有就是他喜欢养猫,因为这也是练功之需:以猫为师。他总是从猫儿的极静到极迅之间感悟功法原理,学它的腾跃剪扑。猫儿平时懒洋洋浑身无骨一般,可是一旦跳腾起来,又是筋力弹性十足,迅疾如电。另外还有它的媚与美,绵与柔,都为他所爱。他没有妻子儿女,猫儿对他就是这一切相加的意义。所以那些醉酒的土匪如果弄脏了屋子、打了他的猫儿,他就两手发痒。

那双手痒一阵忍住了就好。痒得厉害,他就在裤子上摩擦。不到半年时间,他已经把好生生的两条裤子都磨破了。这裤子让他无比珍惜,因为那时买条像样的裤子实在不易,几筐葡萄去集市上变成钱,才能换回一条裤子。土纺布做成裤子还要找村里人,因为他不会针线活计。

第三条裤子又开始摩擦了。他不动声色地看着胡吃海喝的一个土匪,看着他吐了一炕脏物。当这家伙看见从外面走进的猫,提着它的一条腿就要往墙上扔时,铁力沌终于作揖道:“老总饶了它吧!”土匪把猫放下,塞到自己的屁股下,对准它的鼻子放了个屁。猫儿大力挣扎嚎叫,土匪却死死按住不放,哈哈大笑。铁力沌于是扳了一下他的手腕,他立刻尖叫了一声。“老总,饶了它吧。”土匪大骂:“你差点折了我的腕子!啊呀你妈好大劲道好大胆!”“老总,我实在不是有意的。”土匪从腰上拔出枪来,照着铁力沌的手就是一枪。铁力沌一闪没有打中，赶紧跳着滚着出了屋子。土匪一直追出来，啊啊大叫，踉踉跄跄，在门前站住点射。啪啪的枪声在海边格外惊人。铁力沌在沙地上打滚、腾跃、翻转，那家伙许久都没有得手，竟然打他不中。“哦哟你是兔子变的不成？老子不知打了多少兔子哩！”他一枪连一枪地打，直到最后把子弹全打光了。

铁力沌见对方没了子弹，这才返回来。土匪见他竟敢回来，就频频点头：“好、好样的，这下你、你死定了。”一边说一边解下腰带，待对方走近了就抡成了花儿。奇怪的就是抽他不中。“咦？这他妈又是怎么回事？”“老总酒喝多了。”“咦，我日你妈还真打不中哩！”土匪骂个不休，扔下皮带“嗯”一声抱住了他，然后将皮带往他身上捆，一边咕哝：“这得提着裤子回去交差哩。”刚说完这句话，只听“啪啦”一声，皮带断掉了。土匪愣怔着，不再吱声，满头是汗，酒也醒了大半。醒酒后的土匪瞪着他，猛地拔出了一只匕首：“我剥了你的皮！”话起刀落，那尖刃儿迎着他的头顶就是一下。只听得“咔嚓”一声，刀尖上溅出了几点火声，却不见一丝血迹出来。土匪脸变了色，刀子当一下掉了。铁力沌只是直眼看着。土匪跪下来。

不久平原和山区相传：不得了啦，这里又有了第九个司令。然后又有人更正说，第九个不叫司令，而是有更新奇的叫法：纵队。人们说所有的司令就因为有了新来的这支纵队争食，所以八司令之间相互再也不打不闹了，只一心团结起来对付那个新手。于是当地人都知道，纵队的灭亡也就是早早晚晚的事儿。可奇怪的是，一年都快过去了，那个纵队还是没有被八个如狼似虎的司令咬死。不过这个纵队到底还是招架不住，他们天天狂窜，一会儿山里一会儿平原，有时还要往更远的地方去，一口气跑到河西的湖区。

这期间不止一支队伍差人来找过铁力沌：听人说你的螳螂拳打得着实不错，快快加入司令的队伍吧，军饷不低。他一一作揖谢绝。最后有一支队伍不得不用绳子捆上他，他给拖着走，走到半路上再挣脱回来。这段时间是最为混乱的时期,铁力沌几次想弃园而逃,几次都在最后一刻忍住:看着亲手盖的这幢海草屋、栽下的这片葡萄树,还有隐下的丹房、地下地上那些暗道机关,还是留了下来。他心里想,大江南北大概无一处安稳地方,逃到哪里也还是个挨,说不定遇到门外仇家更是难逃一命呢。

三

这就熬到了来年的深秋。葡萄全都下架的日子,造酒的葡萄也入了大缸,铁力沌难得没人打扰,每天除了暗自练功就是苦学方士,熬制膏丸丹散。他服丹时有个讲究:食下两粒红丹,而后就衣服宽松趿拉鞋子在园子里走动,这是为了让丹丸发散。待一股热力从丹田涌出,他立刻将脚步放缓放慢,以感受那热气一丝丝漫开,沿四肢流动不息,直流到十根脚趾之上。他吞食红丹的时间一般都在午夜时分,以待身上阴气泛起消解一些丹丸的燥力。绿丹则在中午吞下,顶着大大的太阳走在园子中,让天空里光滑的银线缠绕周身,有一种大惬意。一年里四个季节都备有不同的丹丸,再加上特制的膏汤,这些使得他周身清爽,日日苦做而没有劳伤。入冬前是大补虚劳的日子,这个季节他总是谨慎有加,对饮食再三节制,如海中腥咸,他多半要仔细研判一番才敢食下。对地上果蔬则随意多了,初霜一降,所有亲手种下的菜果都成为亲近之物,令他爱惜之极。这时节猫儿也温柔深沉了许多,对他百般依恋。这是一只母猫,因为远离村烟没法寻觅异伴,偶尔大发怨怒,他则深感歉意。春天对猫儿而言是难过的日子。铁力沌年过四十,身体强健,半生恪守真力,不近女色,深知无性之苦,所以对猫儿也就格外顾怜。

有一天夜里刚食下红丹,正在葡萄架间缓缓而行,突然听到了脚步声——尽管轻到极点,却无法瞒过他的耳朵。他立刻屏息蹲下，只一会儿就发现了园边蹑手蹑脚走来一人，是个娇弱女子，头发不整，衣衫破损。只见她在树下蹲了一会儿，直眼去瞄那间海草小屋。她大概饥困之极，浑身没有一丝力气，只差没有一头栽倒地上了。铁力沌耐心等待，等她从这里走开。可惜他的这一打算终究落空：她再也走不动了，只瞄了一会儿，就扑向了那间海草小屋。她突然变得轻快的脚步就像兔子一样，这时倒让他吸了一口凉气。

那个女子独自进入空无一人的屋子，却并不出来。这边的铁力沌只等她出门，可是直等了一个多时辰也不见结果，无奈只好回屋。这一进屋让其惊了一下：披头散发的女子歪着身子躺在炕上，就像在自己家里一样，已经呼呼大睡起来。他既不忍把她喊起，又不能到炕上歇息，只好和衣打坐。待一夜过去，日上三竿，女子仍然大睡。这样直到半下午时分，她才一个呵欠醒来，惊魂未定就索食要水。原来她已经奔跑逃窜了三天三夜，躲过无数兵匪危难，这才绝路逢生一头扑进这间海边小屋。她脸上身上到处是伤，有的地方血痕初凝，有的还在渗流。铁力沌一见血迹就搬出药匣，敷过后，还喂她吃下一服汤药。就这样她睡睡醒醒，一转眼两天过去。第四天又有兵匪窜来，铁力沌只得将其藏到了暗道里。

女子浑身伤痕初愈，人也解了困，只是不走。其实她是无处可去。他催促她早日上路，她则泪水盈盈哀求：我是一个被人追杀的苦命女子，求大恩人一救到底吧。他问为何追杀？她语焉不详。为逃婚？为情事？为家族械斗？她都摇头。

第四天凌晨她终于吐露了实情，一张口就问听没听说过纵队？他说当然。“我就是那个纵队的人。”他啊了一声，咬牙屏息。真看不出她是行伍出身。她说：我是做机要事情的，就是每天收收电文打打字什么的。至于为什么跑出来，那是长长的一席话了。有许多关节他怎么也听不懂，大致是：纵队上出了天大的冤情，头儿们之间开了杀戒，她作为知情人吓坏了，连夜逃出——可她就是不想离开队伍,又从总部冒死逃到了前线,找到了另一些首长管辖的队伍。谁知总部那个最高首长知道了,非要置她于死地不可。她明白,这全是因为她手里握有那个秘密啊。前线首长可怜她,给她留了一线生路。她改扮一个村姑逃出,一直逃了三天三夜。

她差一点儿就要跪下了,说好心的恩人就留下我为你烧水做饭吧,我为你做什么都行,只是不要赶我走了。那样我就死定了,我不是饿死冻死,也会被纵队上的那个人逮到杀死。他不会留我这个活口。铁力沌难坏了,仰天长叹一声:我像你一样,也是一个在教门犯了事的人,也因为遇上了索命鬼,这才一个人隐名埋姓逃到这里。女子一听长跪不起,说:原来咱是一路人哪,既然这样,大恩人为什么还要赶我?铁力沌叹息:"我是一人守住身子守住功,独身从头走到底的那种人啊,我身边有女人就糟了!"女子大哭,说:"我算什么女人啊,我是个拼了死才挣出一条命的行伍人,你就把我当成男人好了!你要瞧得起我,就收我做个门徒吧,我会像男人一样下死命苦力,跟你学会武功,为你做饭洗衣来报答,这样行不行啊?"

铁力沌被哭得心软。不过他心里早已决心铁定:身边不要女人。只是他一时不忍将其赶走,只答应让她在这里暂且住些日子——待天下稍稍太平一些,你必得离开。

女人只好答应下来。

隐　秘

一

"我听明白了,这就是毛玉和那片园子的由来……它原来藏了这么多故事!”我忍不住惊叹,看着她。

罗玲却停下来,欲言又止。这个故事才刚刚开始,更多的话还在后边。她偏偏不再说下去,只回身看着葡萄园。这样待了片刻,我发现她的胸脯又急剧起伏起来,眼睛里再次泪花闪烁。一些小动物轻轻跑动,它们在她和我的脚边嗅了嗅,然后又摇摇头走开了。她的鼻中沟动了动,长长的眼睫一闪一闪,抬头去看月亮。这样待了一会儿,她低下头,一只脚轻轻踢着地面,像在下一个决心。她终于抬起头,说道:

“前些天你问起了肖明子的事,我什么都没说。那时我不想告诉你,怕你失望……不过你肯定已经发现了什么,他还小,根本不会装样子……反正早晚你都会知道,今天就让我告诉你吧,告诉你我犯了一个多么大的错误……”

我听着。我似乎能够猜到一点儿什么。

“怎么说呢,一切都怨我自己,我不想责备肖明子。你知道我一直像对待一个小弟弟一样对待他,就像肖潇一样。可我没有肖潇那么成熟,我太冲动而且……我也不知该给自己下一个什么判定、什么罪名。反正我喜欢这个孩子,只觉得他是个孩子。直到最后才知道这是自欺欺人,他已经长大了,正经是一个大小伙子了。我说过,自己从来没有认真对待过其他男性,也不在乎他们嘴里说的爱呀恨的,听了就丢在一边。我不想在这里待上一辈子,只想完成了母亲的心愿就走,回到应该去的地方。父亲母亲年纪大了,我得回到他们身边去啊。有了这个打算,就不想在园艺场或周围的什么地方找男朋友了。不过也因为这样,我一开始就太放松了,心想反正就是你园子里雇来的一个短工嘛,我和他又会怎样啊,再说他又这么小。我承认自己喜欢他又轻看了他,不愿正视他是个大小伙子这个事实,也更不愿承认自己太寂寞了。我没有这方面的朋友,没有一个男朋友;我在努力压抑自己的情感。其实我也老大不小了,心里也会有些想法——我对你没忌讳没遮拦地说出这些,是为了让你明白我说的全是真话,你不会瞧不起我吧?我必须、我只能如实地说出来……”

“我不会的,我在听,我能够理解。你说的全是真话……”

“那就全说出来吧,然后你怎么责备都行。开始是肖潇和肖明子来往密切,你知道他们一直在一起,她还给他买了许多东西。我知道他们的关系挺纯洁的,一点儿什么别的都没有。我说过,我还一直想肖潇该找个什么样的男人呢,因为她和我不一样,她是立志不回城里的人,那就该在这里安个家。不过她和我不一样,她的心比我细比我远,她到底想了什么我一辈子都不会明白。她很善良,我是说她的心比我细比我远,在男人这个方面……”

我觉得罗玲在说肖潇的时候,眼睛一直观察着我。她在这明亮的月光下盯住我,也许想看出我有什么异样的表情。是的,她一提到那个名字,我的心就在动。尽管我和肖潇之间什么事情也没有发生,但无论是拐子四哥还是眼前这个人,似乎都觉得我和那个姑娘有什么特别的默契——或者是一点点秘密。我不动声色地听下去。

“不过我知道肖潇喜欢肖明子,也不仅是因为同情他。可能她像我一样,第一眼就觉得这个小伙子有一股特别的神气,那是很少见过的一个大男孩——头发又细又密,眼睛又深又大,黑亮亮地盯人……这是只有野地里、海边上的大太阳底下才能长出来的人。我承认第一眼印象深极了,差不多一下就被他吸引了。后来逗他玩,和他开开玩笑,摸摸他的头发,高兴这样。他找肖潇的次数少多了,一有时间就到我这儿,我们一起吃东西,听音乐,在一块儿消磨时间。我们夏天去海边河边游泳,烧烤东西,喝酒,一天下来真是愉快。我和他在一起除了因为喜欢,还总觉得对方是个孩子——他发育得比较晚,其实年龄没有看上去那么小,我也知道。

说到底这不过是欺骗自己麻痹自己，至少有那么一点点……就这样，我们越来越依赖，越来越多地在一起了……”

罗玲说到这里咬着嘴唇，轻轻摇头：

“我们在一起过了两夜……”

我似乎从这句话中听出了痛苦和欢悦的交织。夜露滴在了脸上。我抬头看北方的七颗星星，发现它们的下部已经被秋野遮住了。

“那两夜我让他睡长沙发，我睡在床上。半夜里他说冷，就拱到了床上。开始我没敢动他一下，可是再也睡不着。后半夜他睡得沉沉的，可能是做梦了吧，咕咕哝哝偎到我怀里，我怕惊醒他，就一动不动。这一夜好不容易过去了。我那天想，再也不能让他在这儿过夜了，天再晚都得赶他回园子里去。我害怕别人说什么——如果园艺场的人看到他一大早从我宿舍里钻出来，那就糟了。我并不像看上去那么满不在乎，我怕其他人误解……”

二

“那天天亮了，吃过早饭他要离开，我告诉他：你以后别来了。他有些蒙，问怎么了？我说没怎么，还是我去你们葡萄园吧。这孩子眼睛睁得大大的，让我又痛又爱。那会儿我真想扳过来亲亲他。我的心软了，不过我还是说：我会经常去你们园子玩的，这比你来这儿方便。他什么都不理解，或者说干脆就是装的，愣怔怔地看着我，直看得我脸都红了。他后来有点儿赌气的样子，说‘就不’。是啊，我已经管不住他了，他说‘就不’呢，几天后真的没听我的话，还是到这儿来了。一切都像过去一样，只是没有在这里过夜。不过到了中午他就蜷在那条长沙发上，小小年纪还打呼噜呢，像小猫一样。我这时就坐在一边看他，那张曼长脸儿上长睫毛高鼻梁，就像在哪儿见过的一个精致的艺术品。我忍不住捏了捏他的鼻子，他就醒了——一醒就伸手抱住了我的脖子,像个孩子一样拱我,贴在我的胸前……我知道他从小就没了母亲,怪可怜的。我当时慌得不知怎么才好。我一下下摸着他那一头细绒绒,只不说话。他就伏在我的胸口上、肩上,像是又睡着了。其实他根本就没睡,狡猾着呢。这也让我喜欢。

“我没有守住诺言,几天后还是让他在这里过夜了。我想起他偎在床上的样子就忍不住。我还想听他小猫一样的呼噜。天晚了,我并不催他回去,好像故意要等等看。他留下来了。我心里也多少明白,明白自己有多冲动,想冒险,也有些害怕。我不会让他看出我在害怕,只装着什么事也没有,轻轻松松的,像过去一样弹他的脑壳,说说俏皮话什么的。我如果有一点儿害怕的样子,他的胆子会更大,那样更麻烦。我们听音乐喝咖啡,一两个小时就过去了。他已经习惯了这样,一直到夜里很晚还不想睡——他说已经告诉了四哥,今天要回家,所以明天可以起得很晚。我明白了他有多么大的心计,原来这之前他在这里过夜时,都说要回家去的,这样你们就不会为他焦急了。不过我倒也放心了。玩到凌晨他真的困了,蜷到那张沙发上了,它不够长,他只好蜷上一夜。我觉得实在委屈了他。这一次是我主动把他喊到床上来的……

“到了床上他就再也睡不着了,翻过来转过去,说热。他本来穿了衬衣和背心什么的,这会儿脱得只剩了一只短裤。浑身上下都是铜一样的颜色,那是晒的。他自己一个被窝,睡着睡着就拱到我这边来了。我的手一碰他,觉得真是滑啊。我命令他快睡,自己也假装睡着了,心跳声自己都听得见。我知道这是危险的一夜,明白这是一个坎儿。睡不着,就摸了他一下。这一摸不要紧,他像个小马驹一样跳起来了。我问:你想干什么?怎么呼一下乱跳起来?他说着就乱跳起来!说着一下抱住了我。我做梦也想不到他的力气会那么大。没有办法,我浑身都抖。我哀求说让我再想想再想想——他什么也不听了。我压根儿就没反抗,我对你该说真话的……整整后半夜我们都没有再睡。不知是幸福还是难过,那真的是我第一次。天亮时我一直哭着,这让他害怕了。他安慰我,我还是哭。后来我又安慰他。我在心里说:对不起你们葡萄园,还有,也对不起母亲和父亲——他们让我来这里是做一件大事情的,可我就这么懈怠、放纵了自己。我在天亮时把什么都想过了,然后对他说:'就这样吧,反正错误犯过了,可是别再犯下去了。'他问那怎么办?语气颤颤的,也有点儿害怕了。我告诉他:'就是快停,再别这样了!'他看看我的眼神,知道事情很大,也下了决心,点点头。他说:'你以前不了解,我其实是很坏的人。'他这样一说我反倒觉得他可爱了。我告诉他:'我其实比你还坏。你别这样说了吧。'

"事情本来就该停在这里,可是后来才知道根本不可能。我尽力压抑自己,一直不到葡萄园里去,肖明子来了我也躲开。他安静了半个多月,以后就找起来,再也没停过。我总是躲、躲,最后园艺场都发现了这个小伙子在找人,在我门前转悠。我明白这样不行,因为他陷进去了,已经不能摆脱……我这一次真的害怕了。其实我比他还要难过。这种滋味就像下地狱。我要和他好好谈一次,想出一个办法——我们只做最好的朋友,不再越过那个界限,这是自欺欺人吗?就算是吧,可我们必须这样。我去了园子,他咬着牙关听我说,根本就不回答。最后他才勉强点了点头。我离开时他突然又追上,附在我耳边说:'最后在一起一夜,只一夜,然后再像你说那样,这总可以了吧?'

"我还能怎么办?只好答应。他那会儿的眼神谁看了都得答应啊。可是我知道这次犯下的错误更大。我不知该怎么办了,老宁!我现在最为难的就是这个,我想你能谅解我、帮助我——你能吗?"

罗玲的泪水又流了下来。我很少——不,我从来没有看到她哭成这样。因为她是一个心怀使命的姑娘,她很顽强,她不同于任何一个人。可是现在我终于明白了,使命感并不能抵消和缓解其他东西,这压根儿就是不同的两码事。她对自己太苛刻了,或者说,她真的犯了错误……不过我实在看不出她有什么过分内疚的理由——她真诚地爱他、喜欢他——尽管这种爱暂时还没有与婚姻联系在一起,但我又有什么理由去指责她呢?作为一个过来人,我知道异性的力量意味着什么。我只能如实地说出自己此刻的感受——我是说,我最后只能表达深深的理解和同情。但我惟独没有鼓励他们一直往前,没有明确表示让其继续走下去。原因多少有些复杂,也许因为自己内心深处潜隐的嫉妒和其他,也许因为不能回避的另一些理由——他毕竟比她小了许多;还有,他们两个人最终怎么办?

最后这两个问题当然是多余的,而且也是虚伪的。我心里想到的是:我如果遇到了同一类问题,又会怎么解决呢?

第十六章

惶　惑

一

因为谈得太久,回到园子已经很晚了。这个夜晚真是漫长而特别,它让我一下经受了这么多:惊异而痛苦,还掺杂着一丝苦涩。一种怅然若失的感觉,甚至还有一种愤懑。我这会儿才发现,自己与那个极其聪慧迷人的姑娘之间原来有着如此深刻的联结:这个关于往昔冤案的探求者、自己一家的悲伤和苦难的倾听者,多么强烈地打动了我。也许正因为某些相加一起的沉重,它们堆积成一座沙岭,阻隔了我们之间的另一些交流。我们已经无暇他顾,我们都在忽略其他。然而今夜,离开她的这一会儿,突然袭来的竟是莫名的惆怅,是沉甸甸硌着心口的什么东西。我好像一瞬间遭遇了背叛,是这样的一种情绪压迫着胸部。当我发觉这种陌生的突如其来的痛苦时,终于有点儿警觉了。我不知道自己贪婪的边界在哪里,心的深处到底藏下了什么?我知道从某个意义上来说,每个人的内心里都有一个阴影,问题在于你愿不愿意承认它。我以前面对的只是另一个人,是肖潇对自己构成的致命吸引——它的渐渐逼近让我不得不寻觅新的伦理依据:每个时代都需要,每个人都需要。所以某些阶层为了减轻心理上的重负,更为了缓解种种压力,也就自觉不自觉地寻找起这方面的代言人,需要和他们一起,制造出全新的理由。这些代言者一般都散布在艺术界和思想界,特别是艺术界。再也没有比那些放肆的艺术品具有更加可怕的宣泄力和说服力的了,它们即便糟糕,起码也会营造气氛,会使一种新的、似是而非的伦理观念像病菌一样蔓延开来,并得到自动传播。就这个意义上来说,我想谴责混迹于这个界别中的一类人,并愿意把那些人称之为趁火打劫的“小偷”,称之为人世间最不光彩的合谋者。可奇怪的是,有时候我又想成为它的受益人。比如当下,比如我站在梅子和肖潇之间、因为情感的纠缠而痛苦不堪的十字路口时,我需要更时髦更具伦理高度的一些言辞来说服自己。

当我在黑魆魆的夜色中缓缓走回园子时,那一刻甚至卑劣地想过:为什么我就不是肖明子呢?真该死,我问过之后随即用力地拍了一下脑壳,以表达对这种妄念的惩戒。

在一棵老葡萄树下,有一个火头时明时灭,那是拐子四哥在等我。我走过去。

很长时间都没有吭声。这些夜晚他很少愿意把心事敞开,他开始喜欢留下来自己咀嚼。四哥悟性过人,在这个葡萄园里,惟有他一个人对我洞察秋毫。他已经感到了我心中隐隐的不安、我的牵挂、我的不可名状的忧虑和烦恼之源——它们既是崭新的,又是由来已久的……园子里的事情再忙再乱我也能够应对,因为我已经找到了对付这一切的办法。什么老经叔、村头儿老驼,还有税务、公安,这个平原上各色各样的人物都足以应付;实际上最难以回拒的,可能还是那些潜隐的、突发的、不可排除的什么。它们无可逆料,无以名状,就掺在这深深的夜色之中……

我和拐子四哥一样,都曾经把这片葡萄园当成了今生远行的终点——今夜看来这似乎显得浮浅和简陋了……

万蕙手里提着一个小生铁锅走来,在一边默不作声地支起来,点燃了柴火。锅子里的水慢慢热了。这样的夜晚让人想起很多往事。时间真快呀,二十多年前的情景在眼前一闪而过——四哥和我在野外度过多少湿漉漉的夜晚。在芦青河边,他用玉米秸搭成了棚子,我们一块儿钻到棚子里过夜,一夜听着汩汩的河水,还有大鱼腾跃的扑通声。那时他还是一个真正的光棍儿,一肚子奇特的故事,还能教我怎样用脚踩鱼,怎样去挖螃蟹洞,怎样逮鳖。我们把刚逮到的东西放在棚子前的一个草堆上烧熟,然后对着酒葫芦,他一口我一口饮起来。那时我的酒量比现在大得多。拐子四哥一边喝一边告诉我:人哪,再年长几岁酒量还会更大;可是再接下去酒量又要变小……他醉酒之后的歌唱在河对岸都可以听见。有一天他唱着唱着,突然河那边的芦苇中有人与他应答起来。他止住了嗓子,立刻说:

“听见没?那也是一条光棍。那家伙不简单哩。”

“你怎么知道?你知道他吗?”

“不,你从嗓门上一听就懂,那些四处游荡、没家没口的人,他们的嗓子才会这样——甜沙沙的。你听不出,你还没长出那样的一双耳朵。”

那个夜晚他唱一句,河对岸的人也唱一句。他们唱的什么,我一句也听不明白。到后来,河对面的苇丛中发出了放肆的大笑。这边的拐子四哥站起来,也拍着手跺着脚哈哈大笑起来。

那个夜晚的露水把我们身上打得湿漉漉的,就像经受了一场毛毛雨。拐子四哥喝醉了,接着再也不愿干坐下去,领着我在河边急急地走着。他拍着腰部说,当年就在这个部位别着一支盒子枪呢——他的手在腰那儿一抹,又麻利地抽出,向着空中挥动,嘴里发出“啪啦啦”的枪声……走累了重新坐下来时,他开始讲一个故事:当年的兵工厂里有一个最漂亮的姑娘,胖乎乎的,比他大一点儿,常常和他在一起玩这手枪——有一次枪走了火,差一点儿把他们吓死……

小铁锅里的水沸滚着。万蕙走了,一会儿拿来一些半熟的玉米和红薯,还有刚刚鼓成泡仁的花生。她把它们投进去,又放了一点儿盐末。四哥从衣兜里掏出了酒葫芦。这个酒葫芦如今已经变成了棕黑色。我们用一根树枝搅着锅里的东西。火苗沿着锅底舔上来,水发出噜噜的叫声。一种特别的鲜味有些诱人,它和四周的虫鸣、和这湿漉漉的夜气妥帖地搅和一起。我挑出一块东西吹一吹,递给四哥。四哥又放在掌心里撩了一会儿,放进嘴里嚼起来。他嚼得好香。万蕙把身上的蓑衣脱下,盖住他那条伤腿,又把他的腿往火边上推了推。我问四哥:

“你这辈子大约有一半时间是在野外度过的吧?”

他点点头:“有了那个小土屋,有了万蕙,还是不能安生。我领着她四处奔哩。路上见过俺的人都大呼小叫,说看哪看哪。他们看个什么?他们才见过多少稀罕!万蕙是我的好老婆,”他说着伸过一只手,在万蕙的脖子后面捏弄着,“她听话,我的话就是她的话。我走到哪里,她就走到哪里。告诉你吧兄弟,”他说着又把手放在我的肩膀上,使劲扳着,“老婆是一辈子的伴儿,有了这样的伴儿,男人才能挨下去。你哩,伴儿在城里,你在这里也就扎不下根——我心里清楚着哩,知道你还得走。你一次次回城,其实就为了把自己的伴儿引出来。你走三步,回两步,那是做甚?是要引着伴儿往前走哩。你见过那些大雀儿怎么引逗别的雀儿出窝吗?也用你这法儿……”

我要过四哥的酒葫芦,一口一口喝起来。我好久没有喝这种瓜干酒了。这种酒呛得人直流眼泪。我央求四哥:

“唱支歌吧,就像过去在河边上一样……”

二

四哥两手按在窄窄的额头上,用力地抻理着那些皱纹。我记

得他额头四周有些微微发红的绒毛,如今已经变白了。我又一次劝说:

“唱一支歌吧。”

四哥一条腿伸得很长,一条腿蜷着,看着密不透风的黑黢黢的葡萄园,终于唱了。与过去不同,他的歌就像没有牙齿的人唱出的一样,低沉而含混,就像用鼻子发出的哼呀声。在这种声音里,我和万蕙都一声不吭,屏住了呼吸。我相信,久而久之,万蕙早已能够听懂男人的歌了。我一直认为他的歌是唱给我们这片平原的,唱给丛林,唱给无边无际的海滩,唱给曲曲折折永远走不到尽头的海岸,唱给各种各样的野物,唱给这里黑漆漆的夜晚的……他的歌能把这里的露水弄得更加浓重,把暮雾压低。我在这歌声里看到玉米怎样一丝丝抽出红缨,花生怎样展开黄花,西瓜在沙土上打滚,葡萄藤一寸寸攀上架子。有什么东西在丛林里急急行走,它们追逐撕咬,发出吱吱的叫唤……

四哥的歌没有开头儿也没有结尾。他从任何一个地方都可以唱起来。后来他闭了嘴巴,伸手去摸身边的枪。这枪离火太近了,他把它移开,用蓑衣角包起来。他打了一声口哨,远处的斑虎开始往这儿奔跑了。一阵刷刷的声音,它气喘吁吁地赶来了,舔着锃亮的鼻头,闻一闻锅子的气味,贴着四哥的腿坐下,又转头在万蕙的脸上嗅一下。万蕙像服侍一个孩子似的给它拍掉毛上的灰尘,擦去身上的露水,还抹了抹它的嘴巴。

一会儿斑虎昂起头来,长长的鼻梁指向一个方向。它一动不动,又抿了抿舌头。我四下里看看,什么也没有发现。再后来我们都听到了一阵急促的喘息声。万蕙咕哝了一句。四哥用腿碰了她一下。我蹑手蹑脚走开,刚绕过一个架子就看到了鼓额。她蹲在黑影里,手里捏弄着一片葡萄叶。我小声问:

“睡不着吗?”

她点点头。

我把身上的蓑衣脱下来给她披上。一个瘦小的姑娘披着这么大的蓑衣有些可笑。她说:“我看见你今夜走出去又回来了。”

我心里一动。原来这个小家伙在留意我的一举一动。我不知道该怎样回答这个苦命的孩子,不知该怎样迎视这对纯稚的目光。我想起了她的一家。我确信,从根儿上讲我也属于这个族里的人,属于千千万万这样的家庭。我懂得他们,他们也懂得我。我跟这样的家庭有着真正的血缘关系。鼓额甚至不识什么字,可是她读得懂我。她是这片平原上的草,血管里奔流着和我同样颜色、同样浓稠的液体……

三

和罗玲有过那场交谈之后,我一直想找一次肖潇。心里淤积的东西太多了。我想告诉她自己的迷惑和默想、我眼里的这个冰凉的秋天……我犹豫不决,最后还是去了。

谁知一见面她就对我说:“……好多天了,我一直想跟你讲。现在不用了,因为罗玲说跟你谈过了……”

我马上明白她全都知道了,点点头。

“那是一个非常困难的话题。真的。不过她已经狠狠责备了自己——她为这事儿难过得要命,有一天实在受不了,就来找我商量。她把心里话一股脑儿全说出来,比我磊落也比我勇敢。她说自己早晚会找到你,把全部经过都讲出来……她没有食言。”

我听着。肖潇又说:“罗玲是一个从不掩饰自己的人。”

我想这一点她错了。她并不知道这个女友心里装了更大的隐秘,因为对方正以明快爽朗以至于稍稍轻浮的外表,掩护着更大的心机和使命。

“刚开始的时候,她与肖明子还只是大姐姐和小弟弟的关系。

她领他看电影，到河里海里游泳。肖明子可以随便进出她的宿舍。她喜欢这个大男孩儿，没法抵挡那份诱惑。她说有时要不停地在心里喊着，让一个人原谅。这个人是谁她也讲不清。她只是让那个人原谅、原谅——那个人不是父亲也不是母亲，是讲不清的一个人……”

当肖潇述说这些的时候，我渐渐平静下来。我只是觉得有什么东西正在结束。是的，它们既然来临了，我们就得悉数接受下来。

我们一前一后走着，一直走到了一棵大李子树跟前。我倚在树上，在这儿耽搁了一会儿。我想起了几年前的一个夜晚，那时候我和她刚刚认识：暮色把李子花映照得红红的，我和肖潇就沿着芦青河边走去，最后又折回来，找到了樱桃树、山楂树，最后来到了这棵硕大无比、开满银色花朵的李子树下……它还认识我们吗？几年过去了，我和她之间仍旧像许多年前一样，温暖，矜持。是的，大致如此。我抚摸着它粗糙的皮肤，久久凝望。大李子树默默不语……我紧紧地贴在了它的身上。今夜，我突然感到了一种从未有过的惶惑、一种不知所措……

疲惫与焦渴

一

好像就为了改变这个秋天里的什么，所有人都暗中攒着劲儿忙碌。大家汗漉漉兴冲冲，全力投入园子里的事情。是啊，这绝不是懊丧的季节——拐子四哥和万蕙在园子里来回奔走，还有肖明子、鼓额，他们都不停地做活儿，高声谈笑。最繁忙的收获期已经过去,拐子四哥辞掉了从周围村里请来的短期帮手,剩下的所有活计都要我们自己来做。这些日子里大家的衣服上都结满了汗碱,却顾不得洗一下。我设法逗鼓额和肖明子笑,甚至挑起一个话题与万蕙辩论了一场,大吵大闹的样子。拐子四哥笑语连篇,在园子里一会儿喊这个,一会儿喊那个,这一切都让人想起几年前那些火火爆爆的秋天……

可惜无论是我还是拐子四哥他们,那种高兴劲儿好像都不太自然,而且硬装不了多久。那些秋天的收获离我们越来越远了,好像它根本就不曾属于过我,我只是匆匆走过的一个看客。可是这茅屋,这葡萄园,这片土地,至少留下了我几年的艰辛——因为我和大家一场漫长的劳作,一片凋落衰败的葡萄园才重新繁荣起来,它真的历经千辛万苦……时下令我怯懦的是另一种东西,它不同于沮丧和悲伤,是莫名的什么,在悄悄地、一丝一丝包围过来,离我越来越近……就是它让我犹豫不决,一次又一次驱赶着疲惫和焦渴!它让我屈服,让我时常变得六神无主。倦怠和渴望加在一起的折磨,这也许是从未有过的。

我一个人走出园子,避开那些喧闹的声音,一直向北。我这会儿只需要安静,需要一个人独处……我走到了海边,然后冒着稍稍的寒意跳到海里,痛痛快快地游了很久。这儿离打鱼人很远,浮在海里,只能看见远处那一溜儿活动的人影。他们的嘈杂只隐隐约约地传来。我游泳的技术很好,可以一口气游到很远。海岸线在我眼里越来越模糊了,前面,碧蓝碧蓝的,偶尔闪过一层墨绿的海水从我眼前掠过。我知道海底是深沟,长满了缠住泳人手足的长叶水草。

在这片孤立无援的大海上,我慢慢地安静下来。一个浪涌向我打来,把我的头发弄湿了,耳朵也灌进了水,那种难受的滋味使我想起了小时候听过的一个故事。那是一个真实的故事:有一个游泳能手,他一个人要游到一个海岛上去,并且以前成功了好几次。从海岸到那个海岛,通常都是坐帆船去。这一次他游到半路,突然腿抽了筋,半边身子痉挛。结果没有任何办法,就那么眼瞅着自己沉下去。他死了。当时有多少人传递着这个惊恐的消息!可是仅仅过了几年之后,也就很少有人提起他了。大家很快遗忘了他们曾经有过的一个游泳能手,以及他的不幸……我想这时如果像他一样,我在事故中消失了,那么没有一个人知道我在哪里。四哥和万蕙、肖明子和鼓额,还有肖潇、罗玲他们,都不会知道我的下落。四哥也许会告诉别人,说我终于抛下了葡萄园,不辞而别了——

“他大概像我一样,又到远处游荡去了……”

我继续向大海深处游去。在这里连一只海鸥也没有,很远很远的地方似乎只有一个帆影。一条飞鱼从我的左侧飞去了;一些跳荡的银亮的小鱼不时从我身边蹿起;有一个花花绿绿的东西在远处向我招手,游近了,才知道那是一个海蜇——它正伸展着令人眼花缭乱的彩色触角,如果沾到身上,那是真正致命的。那个触角离我最近的时候只有一二尺远。我飞快地逃离,脸上渗出了汗珠,手心儿里有些发凉。

太阳在头顶闪烁。我身上由于沾了海水,这会儿被太阳一烤,紧绷绷、火辣辣,像被烙铁烙过了一样。这样只消一会儿我的身上就会蜕去一层皮——实际上我来到这片平原后,已经不知蜕过多少次皮了。我的皮肤曾让阳子、吕擎他们好一顿惊讶。他们说我像一个黑人;后来吕擎又纠正说:“不,像一个落魄的手艺人。”……他的比喻让我很满意,“手艺人”的涵盖可是宽广极了的。我愿意他们说我是一个真正的流浪汉,说我是一个打鱼人。“打鱼人……”我这会儿正羡慕地看着远处的一溜儿黑影。他们日夜不息的号子声曾多少次给了我力量。我有时真想加入到他们的行列。他们大口地喝酒，赤身裸体在海滩上奔走，睡在海边的渔铺里，说着没完没了的粗话。他们有时喊拉网号子的时候，还能够巧妙地糅进一些猥亵的故事。我不愿挑剔他们，因为我羡慕他们。我知道在这些粗糙的表层之下，覆盖着的是最柔嫩最纯净的东西。我了解他们——他们在设法排遣毛孔里渗出来的一种奇怪的汁水——那是生命的汁水。而我面对自己的，却是一颗被扭曲了的、既不安分又不年轻的心，这是四十岁的心，我对它已经有点儿失望了……

在海岸上，我让身体沾了一层干沙，像穿了一件奇怪的汗衫。

我想起有一年夏末我与肖潇几个年轻人在这儿游泳的情景。这会儿，或其他一些安静的时刻里，我总是无法回避这个年轻的女教师。我知道两人之间有着深刻的差异，我们只在某一点上是相近的。可我知道这“某一点”恰好又是绝对重要的，它让我神往不已。在未来的岁月里，我也许会像感激葡萄园那样感激着她——我也许会在某个将要来临的告别中，把这句感谢告诉她。我会告诉她，一种永远无法表达的真实，就包含在这一句之中了。

二

正当我在海边上拧干短裤上的盐水准备穿上的时候，拐子四哥从远处走来了。他走得很急，一点儿也不像往日那么悠闲。他捐着枪，身后跟着斑虎。当他远远地看到我时步子越发急促了，走到跟前时已经气喘吁吁了。我问：

“四哥，有什么要紧事儿吗？”

他没有说话，站在那儿盯着我。他的目光里有一种奇怪的东西。

“怎么了四哥？”

他吐了一口气：“没怎么，找你哩。”

“谁?”

“都找你哩。”

斑虎用警觉的目光盯着我。我从它的神色里甚至看出了一丝怜悯。四哥说:“我知道你走不远,可还是不放心。也许是上了几岁年纪,我就不愿让你一个人走来走去然后一个猛子扎到海里呀。”

我笑了。四哥不再说什么,他把凑到跟前来的斑虎搂住了,手搭在它长长的鼻梁上。斑虎有些懊丧,只有它不会掩饰自己。它似乎变得沉默了。我突然记起好久没有听到它的吠叫了。我不知在这个季节里,它奇异的脑瓜正思索着什么?它在作出怎样的判断?四哥坐下来吸烟,吸了一会儿说:

“我什么都明白。从打小咱俩就在一块儿瞎逛嘛,有时一口气跑上老远,夜里也不回家睡觉。咱都是野性子。我的年纪大了,这条腿半夜里老疼,我如果不停地奔走一天,就疼得睡不着觉。这条腿拖累了我,要不我还会走哩。我看着万蕙厚墩墩的模样,老怕对不起她。我想这天底下只有你能明白我哩。要是我没有琢磨错,那就是你日夜让一个心事压着哩!”

我没有吭声。

“你往前走吧,你还年轻哩。不过我心里明白,前面什么也没有——顶多再有一处葡萄园……就为这个,我才在这儿待下去哩。我的腿伤了,里面的轴承老要咯吱咯吱响——我走了一辈子,再好的不锈钢轴承也会磨坏了呀。我要在这片挺好的园子里披上蓑衣,美滋滋地睡上一觉,渴了就吃一串葡萄。斑虎滑溜溜的皮毛磨在我腿上,让我怪舒服。再也没有比斑虎更懂事的啦,万蕙也不如……不过我知道拦不住你哩。你最后还会扔下这片园子。你不是嫌它不好,不是。你是要接上走。那就走吧,不过你真要走的那一天千万打个招呼……”

我心里真难过。我说:"不,我不会离开园子。我费了千辛万苦,我在这里老了好几岁……"

拐子四哥摇头:"可你让一个心事压着哩。"

我几次想告诉他:压住我的可远远不止一个心事啊,它起码是两个……

四哥伸手把我身上黏着的沙粒扫掉,按按我的脊背,"四十岁了,身子骨还结实;不过也没有多少年它就该走下坡路了。人哩,急匆匆地一辈子,还要这么慌慌地走、走。人为什么要活下来哩?就为了慌慌地走?嗯哼?谁能说得明白……"

他捏着我的胳膊,用力地捏,又用拳头在我胸脯那儿轻轻地捶了捶:"我像你这么大年纪那会儿,从来就没安分过,这时候倒规劝起你来。你还没像我那样闯荡过,没折腾掉一条腿或一条胳膊。"

…………

三

他走开时,我仍然躺在那儿。这儿离毛玉那片凋零的园子并不远。我一开始仰躺着,用胳膊遮住脸。一些大黄蜂在头顶叫了一会儿,然后又是更高处的百灵在闹。我鼻子里全是草棵的气味,是一阵阵艾草的药香。我偶尔移去手臂,侧脸望一下那座灰白色的海草房子,觉得在浓浓的荒滩底色之上,它真像是一个遥远的童话啊。我愿意这样一直看下去。童话里常常有大灰狼和狼外婆,这儿可真的有那样一个老太婆——她的样子蛮像,实际上却不是。我永远忘不了罗玲的故事留给心头的震惊,只是一时很难将眼前这个老人与当年那个逃难的姑娘融为一体。我倒真的愿意将她想象成一个狼外婆,如果再加上一条大灰狼,那个童话也就成了。因为生活太平庸了,我们需要传奇。

我正侧脸看着,突然发现这个面前的童话真的活动起来:在一圈围拢的木栅栏那儿,海草房子像是动了一下;从这儿看过去,因为太阳蒸腾的水汽的缘故,贴近地面的一切东西要不时地浮动几下……不过这一次是真的在动:一只大灰狼从小屋中走出来,细长的身子一出门就伏在了地上,这样足足有十几分钟。我一惊,马上坐了起来。这一下我看清了,它仍然伏在地上,一动不动。正这会儿从屋里出来了一个狼外婆,当然就是毛玉了。她蹲下看了看大灰狼,然后动手戳了几下……就像奇迹一般,那只大灰狼慢慢蠕动起来。老婆婆见它会动了,也就站起来,钻回屋里再也没出来。大灰狼竟能直立起来,望了望小屋,心有不甘地转过头,一拐一拐地离开了——当它走开一百多米远时我才转过神来,惊得差点儿大喊起来。我用力忍住,总算没有叫出那个名字。

我看得清清楚楚,这哪里是什么大灰狼啊,这不是太史吗?瞧他刚才肯定受了重伤,这会儿正拖着一条腿往南边走。阳光下,他颀长的身材还有脸部的轮廓,一切都是我最熟悉不过的,这不会错的。不过他究竟为什么受伤,又为何从毛玉的屋子里出来?这真让我大惑不解。我强抑着内心里的冲动,终于没有跑过去询问。

那个一拐一拐的身影渐渐消逝在远处。

我从草丛里爬起,往小海草屋子走去。像过去一样,那只叫老杆儿的黑花大猫从栅栏上一跃而起,跑回屋里报信去了。

我敲门时,里面传出一声:“进来吧,妈了个巴子。”开口就是一声粗骂,这早就让人习惯了。

进门还是那幅老旧的图景:头戴黑呢帽的老太太正用左边开口的大襟衣服包着大猫,双眼眯着。不过她似乎正在气喘,仔细些听,能听到哧哧的声音。有一点隐隐的呻吟掺在其中。我再细细端量,竟然发现她额上有一道浅浅的抓伤。联系到刚刚离去的太史,一幅打斗的场景竟在脑子里拼接起来:他们刚刚就在这儿厮打着,老人被一个强悍的男子欺辱,却决不认输,奋力反抗。两个人在炕上滚成了一团,又从炕上滚到了地上。不过我无法自圆的一个结局是:那个太史落荒而逃了!这怎么可能呢?一个六七十岁的老太太无论如何也不能战胜那个强悍的家伙……也许这全是无端的猜测,是误解。管他呢。我向老人问好,然后试着问道:

"我看到太史刚从这儿走了,他一拐一拐的……"

"那是他出车跌伤了。狗日的玩艺儿还不得找我来治?我给他上了跌打药,又正了一遍筋骨——要不他就得爬着回家……"

我吸了一口凉气。心头的疙瘩稍稍解开了一点。不过只一会儿又被新的疑惑给缠住了:他是怎么来的?爬进来的?这显然又不对了。如果是有人抬他进来,那么在治疗时那些人更不会走开啊。想不明白,也不愿再问下去。

老人双眼微微睁开:"你哩?为什么登门啊?"

我支吾了几声,"哦,我嘛,我不过是没事了来看看您老……"

"我老又有个什么好?又不是大闺女,又不能用急。"

她几句话必要沾粗。我低下头,磕着牙,想着怎么对付她。可我还没有想好怎样说,她又开口了:"来吧,让大婶给你相相面、看看手相、揣揣骨,给你算算命吧!这也是老邻居的缘分,换了人,你得先交上百儿八十块钱再说。"

我还没说愿意与否,她已经牢牢地拉住了我的手。看过了手,又扒拉耳朵,端量一番,最后伸手抓了老杆儿扔在一边,用力地探过身子。她离我很近的嘴巴真像一个又深又阔的黑洞,散发出一股浓浓的草药味儿。这样对峙了片刻,她突然一抬右手,张大五指箍在了我的头顶上,让人一阵阵发疼。我忍住了,知道这就是所谓的"揣骨"了,据说是民间最高级的算命方法。

她捏得很细,手指在我的头骨上按着摸着捻着,嘴里发出"嗯嗯"声,又像挑拣西瓜那样敲击一二下,最后做成剑指模样,直点在我的脑门上三两分钟。"得了,行了,你给我老实坐下,听大婶与你细细道来。”

我多少有些惶恐地坐下,像等待一个宣判。

“你呀,一肚子心事翻卷哩,顶得你坐立不安。老事,新事,糊成一坨。不过你说到底还是让一件事给逼坏了,逼得你半死不活——这事儿搁到谁那儿都受不了,搁在咱这儿咱也受不了;说到归总你还算好样的,换了别人,不死也得蜕层皮,嗯,蜕层皮……”

我的心怦怦跳,最后不得不央求她:“老太太,您有话倒是直说啊,您说我是怎么了?”

“怎么了?这话还用着我来直说?你是心里如明镜哩,咱是点到为止。”

“可我……真的不明白!”

老太太一下跌坐在炕上,然后不停地放屁。我不得不躲开一点儿。她这样一通,大口喘息,抹着鼻子,哼叫着,迎着我大声嚷着:

“这话还用我说吗?你分明是让那个大闺女馋得……啊、啊、啊……”

她连着打了两个惊天动地的喷嚏。

秋　诉

一

经过了大汗淋漓的秋天,肖明子终于挣脱了那份煎熬。这痛苦对于一个乡村少年来得太陌生也太突然了。我想他会把这个秘密对他的乡村隐瞒一辈子。尽管如此,我们的肖明子已经很难恢复往日的那种欢乐和健康了。虽然他的脸色渐渐恢复了红润,可他却从此学会了独自冥想。这使我不由得想到:一个人要真正地走向孤单,也许必须一种奇特的经历,他(她)必须遭遇异性。肖明子有幸也不幸,自然而然地迎来了这一切,这足够他咀嚼一辈子的了。

罗玲来葡萄园时像过去那样帮他做活儿:肖明子捆绑葡萄藤蔓,她就帮他绑。这会儿葡萄园多了一个多么好的帮手,她做得比所有人都快,一双手灵巧极了。当手中的柔草缠绕在一块儿的时候,她就从腰上飞快地抽出那个像匕首一样的工具刀,"噌噌"两下把它割断,然后又麻利地收刀系草,眨眼就理顺了架子上的藤蔓。他们做活儿时谈了些什么我没法知道,但我想那会是很好的劝慰。她一定在鼓励和安慰肖明子。我想整个事情的细节如果让肖明子的村子知道,我将遭受极大的谴责和非议。在他们看来我应该毫不犹豫地阻止这一切,这才是合情合理的。我却没有那么做,好像我有另一种充足的理由一样。我不想站到两人中间伸手把他们推开,我越来越明白:自己没有这个权利。但他们将走向什么结局我差不多已经看到了。他们的故事在一开始就与传统家庭的故事、与那个既淳朴又古老的民歌毫无关系。

虽然罗玲每一次到来都给肖明子增添了新的忧愁,后来他还是到园艺场里去了。他去了,回来时倒变得坦然,只有稍稍遮掩了的一点儿羞涩。他慢慢变得敢于注视我的眼睛了,我也没法再像对待一个孩子那样对待他了。拐子四哥和万蕙对他的那种无微不至的关切也渐渐少了。因为在我们眼里那一切都不再需要了,他已经长大了。

只有对鼓额,我们仍像过去那样小心翼翼,就像对待一个儿童——她是永远长不大的,永远需要我们的爱护;我想她即便长到三十岁也仍然有这种需要。她对葡萄园的那份依靠和寄托,想一想真是令人感动。一个无比贫穷的孩子,简直是一贫如洗,生活的碱水和盐水洗掉了附在她身上的一切多余之物，真正是干干净净。她没有任何让我们感到陌生的地方，健康而真实。阳光使她变得黑乎乎的，劳动使她不断地弯腰、活动四肢，让整个人变得那么舒展和柔软。她那双有着裂口、有着无数道黑皴的脚奔走不停，可以走很远很远的路而不知疲倦。这才是一双真正的“野蹄子”，踏遍整个原野却毫不费力。四哥像我一样的疼怜鼓额，两人一起守夜的时候，他半夜里总是让她把脚伸进自己的蓑衣下边，用自己的身体温暖她那双冰凉的脚。

鼓额的额头上常常印着斑虎的亲吻，她如今已像万蕙一样习惯于接受它湿漉漉的鼻头了。斑虎触着鼓额的脸颊，鼓额就笑着伸出那双被茧壳包裹的小手去抚摸它。我曾经因为这个呵斥过斑虎，那时斑虎就沉着脸退到一边。可它离开了我的眼睛，还是照样凑近鼓额。有一次鼓额像骑一匹小马那样骑到了斑虎身上，它竟然一点儿也不反抗，驮着她颠颠地往前走去。我看到肖明子也想这样做，不过那一次斑虎却恼怒了，它只一下就把他掀在地上。

我觉得斑虎、万蕙、四哥，还有肖明子和鼓额，是他们与我一起维系了一个特殊的家庭，葡萄园和茅屋就是我们生活和劳动的地方——我惊讶地发现一个新的家庭在这片平原上组建起来，发现自己正从一个家庭走向另一个更大的家庭。当然了，这两个家庭的色彩和性质绝不相同，可它们毕竟都是家庭。我急于从那座城离开的一个原因，原来是因为这里有一个奇特的家庭在吸引我。

四哥身背猎枪，有时一整天都在四处搜索。他在寻找那只野狼——一种预感弄得四哥不得安宁，只从鼓额出事之后，他从来不敢掉以轻心。可他又不知道这枪口应该指向什么人，只是坚信当那一刻到来的时候，它就会明确无误地喷吐愤怒。

二

我终于去了一次酒厂。我是来找武早的——也许这已经有点儿太晚了。

一进酒厂我就听到了一个消息,简直像晴天霹雳——武早已经在好多天以前被送到一个叫“林泉”的精神病院去了。天哪,怎么会是这样的结局呢?这可能吗?我在心里急急地念叨:坏了,一个放荡的女人就这样毁掉了一个天才!我恨死了那个象兰——我此刻该怎样诅咒你呢?

我急匆匆地去了武早的宿舍,那里当然不会有他。可奇怪的是大门敞开着,屋子当心竟然坐着一个女人:象兰。不可思议的是事到如今了,他还把自家的钥匙交给她——我一抬头见到了她,不愿说一句话,转身就要离去。可她却一声声喊我。我一边往外走一边说:

“不,来不及了。我要去看我的朋友——那个让你毁掉的老实人。”

象兰严厉地喝了一声。我忍不住回头一瞥:她满眼含泪盯住了我。

我只好止住了脚步。

“宁伽,我必须告诉你,告诉你这不怨我!我也不知道会有这样的结果。该怨谁呢?这些天我把武早所有的衣服都洗过了,把这个家也好好收拾了一遍。你知道,我离开已经很久了,只是偶尔才回来一次——我每次看见武早离开这个家到处游逛的时候,就回来一次。你知道,他缠我,让我重新回来,可我还是没法答应。这个家看看被他整成了什么样子了。打从跟他分手那天起,他就从来没洗过一件衣服,总是换穿一些脏衣服或者干脆去买一件新的。所有衣服都堆在屋角,柜子也塞满了。床单从来没洗过,也没刷过一次碗筷,他就蜷在一堆脏东西里睡觉,在糊满了饭粒的脏碗里重新盛饭……”

我真难受。我想问她:这又是谁、是哪个浑蛋造成的呢?

“我把屋子重新打扫一遍,把衣服搓过洗过,你知道我平常不愿做这些活儿。我一开始就不是一个好老婆。不过这一回我干得很仔细。洗着这些衣服,我明白了武早实在需要一个家,实在需要一个好女人——她要比我好才行,比我更有耐心比我更贤惠。我把衣领上厚厚的油垢洗下来,两手都沾上了他的气味。他很久以前穿过的衣服上都有我的气味。我的气味又把别的衣服给熏了染了,都混在一块儿。我闻见这种气味就想起过去,眼泪洒在衣盆里。我这时候觉得对不起武早,又实在想不出该怎么办。你知道我不能再回这个家里来了,我不能和他在一起了……”

我生硬地问:“为什么不能?”

“是啊,为什么?因为我只能在这个世界上活一回,谁也不能重新再试一次——没有那样的机会了,也没有时间。我要急着赶路,到最想去的地方。也许我花上一辈子也赶不到那里,可还是要往那里赶——人这辈子都在拼着命往前追往前赶,不过去的地方不一样罢了。我和武早走不到一条路上,这就是我要说的。你是多么聪明的人!你难道真的不明白我的意思,还是在故意逼我?我知道你可怜自己的朋友,不过除了他,你对别人都不管不顾了吗?在你眼里,我真的是一个最坏最放荡的人吗?”

“……”

她等着我的回答。我说不出。我心里百感纠结。她还要说什么,但我实在不能耽搁下去了。而且,我已经厌了。

匆匆奔向那个精神病院……一排排红砖平房掩映在绿得让人眩晕的青杨树丛下。我费力地打听,找武早和医生。医生告诉:这是一个奇怪的病人,与所有人都不同;他许多时候表现得比常人还要冷静,可他实在还是一个精神病人。

终于见到了武早。他果然十分冷静,像往常那样伸出两手拍拍我,让我坐下。我看着他的眼睛,看不出有什么异样。他说:

“知道你要来,我就在这里等你。我哪儿也不去,因为我知道你会顺着那辆车的辙印找到我。”

我不去追究什么才是那辆车的“辙印”,只问他:“你感觉怎样?”

“很好啊。感觉很好。在这个春天里,‘密友中有一张难忘的面容……’”

我纠正他:“不,现在已是秋后了,天快凉了。”

“春天、秋天,对,‘有那么一个忧伤的日子……’”

我告诉他:“我刚刚见到象兰了。”

他一把抓住了我的手腕:“她吗?在哪儿?”

“正在你家里呢。她把那儿好好收拾了一番,如今变得干净了……”

“那我也要赶快回去!”

“不,你现在正住医院,还不能回去。她把你所有的衣服都洗过了,给你整理了东西……”

武早流出了眼泪,泪水顺着浓黑的胡茬流下来。

“老宁兄弟,你知道我多盼这个女人。我不能没有她。我要和她老在一起。我们的白头发要相挨着,我要搀着她到你的园子里去玩……”

我听着,最后不由得有些气馁,拍拍他的胳膊:“别这样。是她毁了你,毁了一个天才——真的,你曾经是一个酿酒天才啊,你需要自己珍惜……”

武早气愤地噘着嘴巴,缓缓摇头:“你太不了解我了,宁伽。你不知道我怎样才能长进,怎样才能成为你说的那种‘天才’!你呀,哼……”

“……”

我望着他,后悔刚才的莽撞。

“认识象兰以前,我是一个蠢极了的家伙,什么都搞不明白。我就那么傻乎乎地活着。后来我们相识了,我才一点点变得灵巧了,脑子里忽然什么都一清二楚了,红的,绿的,连颜色都比过去鲜亮了。我脑子里有一道阀门,是她给我伸手打开的。我觉得从此什么都有了意思,一切困难也都不在话下了——就在这段时间我搞出了几种名酒——严格来讲这是她的功劳！真的,没有她我就一事无成！可你怎么能说是她毁了我呢？我又算个什么？你再也不要讲这样颠倒黑白的话了,老宁好伙计!”

我怔怔看着,他那双充满血丝的大眼睛变得真诚而吓人。此刻他说的全是真话。从情感的逻辑上来看,他阐述的原理丝毫也不像一个精神病人。我甚至觉得他即刻就可以出院了——难道还有比他更聪明的人吗?

整整一天了,我们俩分手非常艰难。最后武早向我许诺,说他会尽快地回到葡萄园,去看朋友,去喝四哥的瓜干酒。我握住他的手,久久不愿松开……

三

回到葡萄园已经很晚了,四哥他们都在等我。肖潇也来过——她在这儿等了一会儿没有等到,就回园艺场去了。我的心却留在了那个酒城……粉色的苹果花坠落下来,我双手接满了这些花瓣,捧在脸前,把它们的芬芳深深地吸进肺腑。我就在葡萄园一大家人的注视之下,默默走进了那间屋子里。我伏在了泥巴写字台上。他们都不愿打扰我。他们大概以为我在外面遇到了什么麻烦。在这样的时刻,他们都不愿打扰我,好让我能一个人安静一会儿。

没有爱就没有家,更不会有一片田园。

我仿佛又听到了辘辘的马车声——几年前就伴着这声音,梅子和小宁一起来到了这里——而今是我失去了他们,还是他们失去了大地上的居所?

天色不早了,我点上了罩子灯。我想读一本书来平静一下自己。读什么呢?我的手胡乱翻找,掀开了陈旧的纸页。我仍然在读我反复读过的一本书。那书上说:在几百年前的欧洲,有一个老人,老人在一个深夜,驾着一辆马车——离开了家庭——他走了——永远地走了……

我合上了书页。

正好这时拐子四哥进来了,万蕙他们也进来了。他们要叫我吃饭吗?可他们定定地站在那儿,没有吱声。他们认为我今夜作出了什么可怕的决定吗?我知道还没有。

我看着他们,最后目光落在四哥身上。我向他轻轻吐出几个字:

"不……不!"

我吐出的这个字包含了什么?到底包含了什么?为什么"不"呢?

"不!"

我看着他的眼睛,自语一般,又说了一遍。

第 十 七 章

外祖母和树

一

仍然是同一条小径……现在已经稍稍不同:每次踏向她的宿舍都要踌躇再三,在心里反复权衡,仿佛赶赴一个危险的约会。事实上我们在一起时真的不得不顾及其他的眼神,两人独处时的谈话也不像过去那样流畅自然了;尽管两个人都暗暗做过许多努力,也还是很难如愿。她沉稳庄重的外表很好地遮掩了内心的隐秘,可是突然变得绯红的腮部却又暴露出一丝慌促。我们不得不时常绕过眼前的话题,开始谈论遥远的往事,比如彼此的童年——她好像对我的往昔有了浓烈的兴趣,总是在我停息的时候睁着一双雪亮亮的大眼睛:“再后来呢?”她的眸子让我觉得自己关于往昔的回忆是那样重要。我只好讲下去。这是多么了不起的鼓励啊。

童年像一篇晦涩的诗章……它展开的是无数的折面;当它隐入细小的皱褶时,给予你的会是一片浑茫。你只能不厌其烦地、一次又一次地折叠和打开。这其中最显赫的标记就是那棵大李子树——它开满了银色花朵,无数蜂蝶围着它旋转,一整天都在嗡嗡鸣叫,好像一直在向这棵大树的精灵诉说着什么。它们如此之多。我总也弄不明白它们为了什么,又是怎样从何等遥远的地方赶来相会?

外祖母在大李子树下用一个木盆洗衣服,木盆边缘破损,里面堆满了白色泡沫。她的头发就像李子花和泡沫一样。我在她身边徘徊,一会儿就把整个身体的重量都移到了她的背上。她并不赶开我。我有时攀到大李子树上,从密密的银色花朵缝隙去看外祖母的满头银发。我发现外祖母的银发也落上了蜜蜂和蝴蝶。她毫无察觉,只是有节奏地搓洗衣服,弄得木盆发出咯噔咯噔的声音。我在树上把身体蜷起来,不吭一声——这样时间一长她就会忘掉我。我故意躲藏在这里,在花朵丛中观察那些忙忙碌碌的蜜蜂、各种各样的小鸟和蝴蝶;也就趁这会儿,在这样的时刻,我编织着自己那些千奇百怪的故事,心底被各种各样的幻想填满。

我真想在这片花海里长睡不醒。外祖母累了,站起来伸伸腰,呼喊我——她怎么也找不到我——这会儿妈妈回来了,她在园艺场做活儿,我听到她一走过来就问外祖母我在哪儿。外祖母搓搓手,到大山楂树那儿去找了。她以为自己专心做活儿那会儿我跑开了。

她们走开之后,我就从树干上悄没声地滑下来,一个人溜到小茅屋里……

当然,那是很久以前的事情了,那只能是温暖的回忆——那时的午夜里绝不像现在这样孤寂,那时我脸上还没有生出胡须,身边还有伴我入睡的外祖母……小茅屋里的一切都安慰了我,保护了我。漫漫的夜晚外祖母用故事滋润着我,使我在梦中结识了各种各样的精灵。我从不认为那仅仅是些虚构的故事。只是到后来我才发现外祖母的故事里常常要有一个不能贯穿到底的结局——组成这些故事的人或动物不知怎么就变得无影无踪了。

“他们后来呢?”

外祖母说:“后来就没有了。”

“怎么没有了?”

外祖母不得不告诉:故事里的人现在早已不在了——他们死了。

我惊讶极了:“怎么就死了?”

“他们老了。”

我的心咯噔一下:外祖母不是也老了吗?还有,那棵大李子树不是也老了吗?一种巨大的惊惧藏在了我心里,但我没有讲出来……不知停了多久,黑影里我又小声问了一句:

“我也会老吗?”

“谁都会……”

那么我也会死去——我第一次在心底作出了这样的推导。

一连好几天我都在思索这个问题。我觉得它让我不能接受。就这样,有一天晚上我在枕边哭了出来。外祖母把我搂到怀里,一连声地问我怎么了?我没有做声,只是哭。后来外祖母害怕了,不得不从另一间屋里把妈妈喊来。妈妈问我、摇动我:“你哪里不舒服了?”我不做声。但我终于不再想哭,可泪水还是顺着眼角不断涌流出来。

“你到底怎么了?”

我告诉妈妈:“我以后——会死。”

妈妈笑了。她笑出了眼泪。接着她和外祖母就去睡觉了。如此重大的事情她们竟会这样淡漠。不过她们一笑我也就真的不再哭了。

二

很久以后我还能想起妈妈和外祖母那个夜晚的笑声。世界上还有比死亡更大的事情吗?她们竟如此漠然。她们在死亡面前竟笑得出来——她们为什么要笑?!

在这个葡萄园孤寂的午夜里，我仿佛又听到了她们的笑声。现在我似乎明白了：那是个谁也不能走脱的结局、一个共同的结局。既然是早就预知的结局，并且已经无可争辩地确定，那么也就使人彻底地放松了，使人哈哈大笑了。

我还记得茅屋西边不远是那棵大山楂树——它是整个园子里的第二棵了不起的树，比我后来所见到的任何一棵山楂树都大——它似乎就是我在梦中与肖潇一起攀缘过的那棵山楂树，它们的模样简直一丝不差。在我的记忆里，我刚刚懂事时，那棵大山楂树就那么大了，它枝叶繁茂，真是旺盛得很。我攀过它粗粗的枝干，甚至在它斜向一边的那个大枝丫上躺过。我亲眼见过它奇特的花朵怎样一天天张开，又怎样结出小小的果实——那果实一开始像米粒那么大，然后就在夜间偷偷鼓胀起来，再后来长出了微微的棱角，生出像小女孩脸上的雀斑似的小小斑点。最后它们一束束都变得火红，就像朝阳的颜色。我吃过刚刚变红的山楂，所以只要一想到“山楂”两个字，立刻就要涌出口水。

有一天我正在那棵大山楂树上躺着，突然看到了一只大鸟飞来，它漂亮得没法言说。它差不多有鸽子大。我屏住呼吸。它没有察觉我——当时它离我仅有咫尺。我看到它的羽毛又厚又亮，颜色说不上是紫色还是红色，因为它们可以在阳光下闪烁变幻。它安静地伏在一个枝丫上，就像我一样在休憩、在默想。我觉得它那么安静，那么温顺。“这只鸟儿归我多好啊”——我在那一刻突然产生了攫取的欲望。我想占有它。至于说得到之后又要怎样，那倒没有好好想过。这愿望一时变得那么强烈。我觉得这只鸟太好了。我真的想得到它，想得要命。后来我躺在那儿一急，不知怎么把一个小枝丫弄折了，于是就把它惊飞了——它扑棱棱飞向远方，我攫取的欲望也随之被一下切断……

不过我再也没法忘记在山楂树上看到的那个彩色的大鸟。它的美丽的、优雅的姿态直到现在还让我感到奇异和着迷。后来我又见过各种各样的鸟，比如说在林子里，在后来的动物园里。可是它们都没有山楂树上的大鸟给过我那么深刻的印象。我明白，那不仅是因为它的美丽绝伦，更多的还因为我当时曾经涌起过一个占有的念头，这念头曾使我全身颤栗……

现在回忆起来，在我所经历的事物中，无论是什么——无论是人还是物，还是其他的东西，只要心中对它燃起了占有的欲望，那么它就会在我的心灵里留下至深的印痕，永除不掉。

外祖母的故事里包含了死亡的最初的讯息，而且它是绝对真实和准确的。

后来——不久的后来，我就亲眼看到了大树的死和人的死。

还是我们屋子西边的那棵大山楂树，大约在我十三岁的时候，有一次我突然发现它粗粗的枝干有了一道干裂，并且很深很深。接下去的秋天，我发现它比任何一棵树的叶子黄得都早，落得都快，它的一些枝丫在第二年春天发不出绿芽了，果实也明显减少——而前一年它密密的叶子就像乌亮的头发！可是如今这叶子变得稀疏发黄、没有光泽了。

第二年的春天，它终于没有发出嫩叶。大山楂树死去了。

我告诉了外祖母。外祖母说："这棵树太老了。"

她只是说了那么一句，口气同样是淡淡的。我却不能忘怀，夜里哭了一场。因为我这是第一次看到一棵粗壮茂盛的树怎样在视野里一点点变化，直到最后的完全消失……当年春天就有人把它挖掉了，园里落下一个大沙坑。沙坑不久就被填平，不久又补栽了另一棵小小的山楂树。这棵小山楂树要到什么时候才能长得像原来那棵树一样粗大？你要有耐性，你要看着它一点点长起来，长起来……

有一个人——那个人是个猎人——他每次到杂树林子打猎都

要路过我们的小茅屋。长了,他跟外祖母、妈妈,还有我,都成了朋友。我记得刚认识他时,他是个最愉快最有趣的人,给我讲各种各样的林中奇闻逸事,讲的时候还做出鬼脸吓人。只有他的那杆土枪绝对不让我碰。我走近了,他就赶紧收到怀里。我到现在还能记得,他的土枪筒子上堵了一朵白棉花,所以到后来我一想到枪,就能想到一朵白白的棉花。他到我们家来,外祖母就端水给他,摘果子给他。他是一个很和气的老人。

就是这样的一位好老人,有一天突然让我想起:他好久没有到我们家里来了——我们全家好像都把他给遗忘了。我这样突然想起了他,马上问外祖母。外祖母说:

"他不在了。"

"怎么不在了?"

"他死了。"

我吓了一跳:"你是说——老猎人——死——了?"

外祖母点点头:"没儿没女的孤老头子,死了有好多天了。"

"为什么?"

外祖母抬起头看我一眼:"他老了,他活得年纪可不少了。"

我再没吱声。使我不解的是,外祖母和妈妈后来再也没有提起那个猎人。要知道那个猎人来我们这个茅屋里是多么重要的一件事,他给我们带来了那么多崭新的消息,有趣的故事;总之他给我们增添了无数的欢乐。他的每次到来,对我来说都像一个节日。有一段日子我还真想跟他到林子里去,那是因为妈妈的阻拦才没有去成。可是如今他再也没有了——这能让人接受吗?更奇怪的是大家谁也没有感到有什么突兀,就是我,也竟然在很长的时间里把这个老人给忘记了——如果是因为我不知道他的死讯,这种冷漠还可以原谅的话,那么外祖母和妈妈呢?她们明明知道一个人从此在世上消失了,怎么就没有表现出一点点异样?怎么每天还像过去一样做活、洗衣服、逗着我玩，给我讲一些故事呢？她们为什么还笑？总之，她们为什么还像那个老人活着的时候一模一样呢？

我觉得这太可怕了，这太不应该了。多么好的外祖母，多么好的妈妈，她们到底怎么了？这又是为什么？难道她们觉得那个老人死去这件事情本身不是最巨大、最可怕，最令人触目惊心，永远难忘的吗？

三

这个想法一直缠着我，憋在我的心里。

那时我得出一个结论，认为这是大人们的事情，我长大了之后自然也会慢慢弄懂……直到今天，我脑海中还是不断闪过外祖母银色李子花一样的头发，看到她的银发上落满的各种各样的蜂蝶，听着它们嗡嗡的叫声。外祖母的微笑如在眼前。我觉得那些蜂蝶在她耳边喃喃叙说，句句叮咛。我想，一定是它们稚嫩的见解使外祖母发笑。我甚至觉得外祖母就是那棵大李子树，她们到处都一样。

从很小的时候起，我就懂得了黑夜要比白天漫长，黑夜才在一个人的生命中占据了最重要的一页。我睡不着时就大睁着眼睛，外祖母也不知道我在她身边就这样迎来了黎明。白天，我为了一人独处，就躲开家里人跑到杂树林子里——脚下踢飞了橡子和松塔，惊起一个个小蚂蚱。一些活蹦乱跳的小动物在四周嬉闹，它们听到了响动就屏息静气。野兔卷着那个像绒球似的尾巴在前边一颠一颠、不紧不慢地跑，后来一歪头看到了我，就箭一般射向远方。我在树隙沙土上仰躺着，阳光穿过枝叶，刺得我双眼泪水横流。哗哗的泪水把脸庞都浇湿了。我觉得这仅仅是阳光在使我流泪……那会儿我并没有去想那棵死去的山楂树，也没有想那个死去的老猎人啊,没有什么让我痛心的事情。

离开时,我总要在杂树林子里发现一些野果,摘下来带回家去。有时野果长得很多很密,我干脆就把它们连枝折下。我把它带回家去,外祖母就说:"挺好的一棵果子树,你为什么把它折了?你不想一想,它要用好多年才能重新长出这些枝杈;它会疼的。"我的心上一动。我怎么会把它们折掉呢?我想起了那只漂亮的大鸟——又是那种攫取的欲望支配了我,我于是就对这棵野果子树下手了。我没有逮到飞动的、自由自在的鸟,却能毁掉一棵静静生长的树……外祖母没有更多的责备,可我却忘不了这次罪过。到后来我再也没有无缘无故地折断树木枝条了。不过,当我在李子树或是其他树上攀缘时,却总要碰掉一些小小的枝杈——无论是有意还是无意,我发现自己都在不断地毁坏,毁坏了那么多。一些挺好的植物被我不经意地,或者干脆是因为我的恶劣的天性而毁掉了……

就像在大李子树上一样,我有时会长久地待在一个地方一声不吭。如果外祖母发觉她身边没有声音,一转脸看到我坐在那儿,就会问:"你的小脑瓜里在想些什么坏事?"我告诉她:我什么也没想,我只不过是盯住了树上的一个甲虫,它爬来爬去——我在那儿出神呢。外祖母就深深地瞥我一眼。我知道她不会相信。真的,我常常在这种时刻一个人想得很多、很远,究竟想了些什么,我都不记得了。可我知道从很早开始,脑子里就会转动一些奇怪的念头。这些念头我不愿跟外祖母说,更不愿跟妈妈说。它们是杂乱无章的,像一些彩色的图片被撕碎了,最后又被拼接——撕掉——拼接——再撕掉,就这样重复着无穷无尽的游戏。我不知道该做点儿什么才好,也不知道将来要做点儿什么。我的一生会像外祖母和妈妈一样吗?我不知道。那时候我有多么不安分,多么让人牵挂。外祖母责备说:

“一转眼你就把东西毁掉了。”

“我就没做过什么好事吗?”

外祖母笑了:“你做过什么好事? 你会做什么? 那会儿你还不会走,只会爬,就把窗上的玻璃砸碎了。那是些彩色玻璃,花花绿绿的多好看,你就不会好好看它们? 你用一个拂尘柄把它一下子敲碎了,还高兴得哈哈笑。你妈板着脸吓唬你,你也不害怕。后来你妈妈消气了,问你怎么把它弄成这样? 你就用拳头比画着……”

“我还毁坏过什么?”

“一张挺好的图画,只要你的手能碰到,就会被你扯成几瓣。你看看,你从小就是这么愿意毁坏东西。”

这些我都不记得了。外祖母说得不会错。我现在觉得奇怪的是:在我不懂事的时候,也无所谓有什么好的或坏的愿望,怎么能毁坏那么多呢? 仅仅是因为不会创造吗? 当然不是。挺好的一种东西,我偏要把它毁掉,这究竟是为什么? 外祖母还告诉,我有时候倒也表现出一种特别的耐心,也有点儿逞强好胜。她举个例子,她曾经教我用柳条编一个很好看的蝈蝈笼,我学了很久,很耐心地跟她学,总算能够编得又规整又好看。外祖母把它挂在茅屋里最显眼的地方,见了生人和熟人都要炫耀一番,说这是她的小外孙用多长时间编出来的一个蝈蝈笼……这些事情当然我也不记得了。外祖母夸奖说:“你的手一弯一弯,很快就把它编好了。开始你学不会,就气得把柳条都折掉了。再后来你不服气,重新编起来,编了拆,拆了编,后来就学成了;你有时一天能编好几个。”

我神往地听着。

“这有点儿像他——你的外祖父。他在最后的那些日子里,就一天到晚编鸟笼……”

“他编鸟笼? 为什么?”

“因为有一天突然飞进来一只大鸟,彩色的,一来就不走了。

它得有个窝啊,你外祖父就自己动手编起了鸟笼。那是个很大的鸟笼,是费工费时的细发活儿。笼子编好以后,他还不想停。他一边干活儿一边等人,等你父亲。你父亲是纵队上的人,你外祖父最后的日子里和他时常争吵。不过我知道他们的心还在一起。你外祖父恨的是你父亲身边的那些朋友。到后来,不知是你父亲的朋友,还是另一边的人——那些人是纵队的死对头,害死了你外祖父……”

彩色的鸟

一

“那些天总下大雨,有时会一口气下两天两夜。就是雨停了,天还是阴着。离这里几十里外的黑马镇上正有一场大仗呢,两边不知死了多少人。那时候八司令有两个被纵队消灭了,另一些也不像过去那么狂气了。可是官军因为要和纵队争夺地盘,就和土匪串通起来。纵队里也有人找他们联络,因为土匪和土匪也不一样,说到底他们也是人啊,就看这时候随上哪一帮了。你外祖父跟纵队上的交通员是多年好友,他有一段时间什么都听这个人的,这人叫‘飞脚’——听说跑起路来脚不沾地,半天工夫就能从海港跑一趟东部小城。有人说他的脚心里有一撮黑毛,我有一天在他洗脚时留意看了看:光光的脚板,什么都没有。开始的日子里飞脚与你父亲也是好朋友,他们两人就是在府里认识的。可是随着战事吃紧,什么都乱了套,你父亲不知为什么怀疑起了飞脚,还在黑夜跟踪过他。大约就为了跟踪飞脚的事情,你外祖父和你父亲闹翻了……

“说起来两个人都是纵队一伙的,可他们要分别接受不同的命令,因为上边管他们的首长不是一个人。你外祖父直到战争结束的前一年还是当地政府的参议，那些当官的都是咱府里的常客。有一年夏天热得要命，你父亲的大恩人，就是他的叔伯爷爷、那个上边的要员也来过府里。那一天我一直记得清清楚楚。他的叔伯爷爷一表人才，学问也好。两个人第一次见面高兴极了，谈得特别投机。你外祖父事后对你父亲说：‘如果政府里的官员全是你叔伯爷爷这样的人，江山几辈子都不会易手。’你父亲没有反驳，心里却一万个不同意。在他看来这可不是人的品性好坏所能决定的，而是有着更为重要的因果——世道要轮回谁也没有办法，其中的原因都写在一些新翻译过来的外国书上，你父亲一天到晚读它们。你外祖父也读过这些书，不过他们很少就书上的观点进行交流。你父亲与当时的城防司令、那个握有实权的港长关系密切——这些人最初都是你外祖父给他引见的，后来却又阻止他们来往。你父亲心里的一些打算不能及时与你外祖父交谈，因为这是上边订下的规矩。说到底就是这规矩把两个人最后的关系给搅散了。

“尽管这样，黑马镇的枪一打响，你外祖父就不吃不喝了，他挂记你父亲。他再也没有过一天安心日子。你外祖父是江北最好的医生，是年轻时候在国外学成的，就为了我才赶回这座小城。这真是难为了他。他自己对这个大宅其实一点儿都不喜欢，最后还得回来当它的主人。咱们大宅里的白玉兰是全城最大最好的，一到了春天全城的人都指着这里叫着，说‘老爷家的大花树又开了’。这是叫顺了口。咱们府里其实早就换了主人，新主人最厌恶别人叫他‘老爷’。他为穷人散了多少家财，还亲手在城里办了一座医院。就是这座医院，战时成了官军最倚重的地方，暗里还要为另一边的队伍运去医药，为好几位负伤的纵队首长治疗。府里原来的花园、饲养的一些动物，都被你外祖父好好管起来。那些动物有许多都是新添的，因为你外祖父最大的喜好就是饲养动物。有人说他能听得懂鸟语，这倒是夸张了。不过他能教八哥和鹦鹉说出长长的句子,有时还想把这个本事教给其他的几种鸟,可惜最后都没有成功。据他说这都是战争的缘故——是战争把人弄得心烦意乱,也把鸟儿变得心绪不宁了。他说它们深夜能听到远处的枪声,再就是,另一些鸟儿从不宁的地方飞过来,它们在笼里笼外交谈半宿,传递的净是吓人的消息,这样哪只鸟儿还有心思学说人话啊。

“就在战事最激烈的那一年里,一只彩色大鸟不知怎么飞了进来,它飞来了,一点儿都不怕人,就蹲在那儿盯着主人,再也不愿离开。这成了你外祖父最欢心的一件事。他除了这个没有什么高兴的事,因为传来传去都是你死我活的消息。这种鸟和大鹦鹉差不了多少,不过它们实在不是一个品种。就怕新来的鸟儿夜里被猫伤着,他要给它弄个住处,就自己动手编起了鸟笼——一方面当年早没卖鸟笼的地方了,另一方面他也喜欢起这个活儿了。他在等你父亲回来的日子里就不停地干这个,一口气把手艺练成了,结果上了瘾,一坐下摆弄那些竹条木片什么的就不愿停下。我这辈子都忘不了他站在那个彩色大鸟跟前的模样、他的眼神。他说这种鸟的舌头就像八哥和鹦鹉差不多,嘴巴长得比它们还要好呢。他说的什么软腭呀喉呀颌呀我都听不懂,只记得他的判定:用不了多久它就能学会说话。瞧他教它的耐心劲儿,比哄孩子还要细发,一遍又一遍说着,那只彩色的鸟儿真的专心听他,小脑袋一歪一歪,张大嘴巴想发出和他一样的声音来,只是试了几试没能成功,急得哭起来——真的,鸟儿也会哭。鸟儿哭起来眼皮一次次翕动,把渗出的泪刮去,不让人看出来,因为它好面子啊。它从东边飞过来,知道许多事情。你外祖父教它说话是为了好玩,也为了证明他的预言;鸟儿急着说话是为了告诉主人一个天大的秘密。只可惜,所有这些等咱一家人明白过来,什么都晚了。”

二

“你外祖父一遍遍教彩色大鸟说话时,我在旁边,就替他焦急。

他比我有耐心得多,每天里至少拿出三个小时待在鸟笼跟前。有一次我吐出一句:'真是急死人了!'谁知那只大鸟马上学会了一个字、一个最不吉祥的字,喊着:'死!死!'我惊得合不上嘴,看看你外祖父,说:'你听,它在说什么啊?'你外祖父压根儿就不信这个,摇摇头说我听错了,它发的不是这个音。那好吧,但愿我是听错了。后来大鸟再也没有发出这种声音。他教了它几天,它木呆呆地看着,然后就一下一下翕动眼睛。它在哭。他说:'真是奇怪啊,怎么就是不会说话呢?'他把手伸进笼子里,它就用头蹭他的手,像猫一样。你外祖父叹息着:'多好的鸟啊,可惜就是学不会说话。'

"又是一连两天的大雨。第三天雨停了,天阴得乌黑,随时都能下起来。你外祖父挂记着黑马镇的事情,待不下去了,非要动身出去一次不可。我和全家人一直挡着他,不让他走,可他哪里肯听啊。他真要走了,本来该坐医院里的那辆汽车,可是这回偏要骑家里的那匹红马。他牵着马,离开前在那只大鸟跟前站了一会儿。我记得清清楚楚,那只大鸟见了他,在笼里不停地跳、叫,拼命扑打翅膀,然后一连声迎着他喊!它这回喊的是'死——死——'我的心揪得紧紧的,你妈妈哭着拦他,不让他走。我说:'听孩子一次吧,这不是出门的时候……'

"他再没多说什么,骑上马就离开了。天阴着,雨一直没有下起来。人的关节都胀得发疼。他走了,奇怪的是那个城防司令和港长的人都来找他,这种事已经早就没了,实在有些蹊跷。我担心他们知道了什么。也许只是巧合?反正心里乱乱的,从他走了以后就一门心思等他回来。一天一天就这么过去。有一天半下午突然听到马的叫声,心里一怔:这是咱家的大红马啊!那么说你外祖父回来了!我跑出去一看,老天,哪里有什么人啊,只有大红马自己在那儿叫。我喊着:'大红马啊,怎么你自己回来了?你把老爷扔在了哪里?'它还是叫,先是用蹄子,再后来卧下,用下巴不停地磕打起木头台阶……不会说话的马啊,它为什么急成了这样?我伸手摸着它的鬃毛,觉得发湿,抬起来一看手上沾的全是血!我大叫了一声。红马接上也爬起来,转身出门。

“我们跟上它跑啊跑啊,出了城区,一直跑到西边的松林里。就在几棵马尾松旁边,你外祖父躺在那儿,我一眼看见身边的沙子是红的……人已经没了呼吸……

“原来他是中了埋伏。我们不知道谁是凶手、谁是这件事的主使。这对我们全家一直都是一个谜。这片平原和山区,无论是官军还是纵队,都有人想除掉他。事后很久你父亲还在怀疑那个人——飞脚。可是飞脚是你外祖父生前最好的朋友啊。奇怪的是这个人自从出事以后就再也没有露过面。我们认定是城防司令和港长这边的人下了毒手,因为你外祖父说到底是纵队的人啊!还有一个铁一样的证据就是:小城解放以后,你外祖父很快就被确定为烈士了……这些只有你父亲不愿应承,他内心里还有自己的疑虑,只是不敢明着说出。他暗里对我说过了‘六人团’的惨案,那次有五位首长遇难,主使就是自己这边的。我当时听了吓得一声不吭……出事以后那只大鸟再也不叫了,垂着头,像是什么都知道了。你父亲站在鸟笼跟前,看了它半天,然后把鸟笼打开。奇怪的是这次它很快飞出了笼子,绕了几圈,飞走了——以前它是自动投来的,你外祖父见它总也不走,才不得不为它编了这个笼子……”

悔　恨

一

外祖母的叙说让我一生难忘。同时我也为另一件可怕的事情,永远难以原谅自己。

有一天从那个园艺场里来了一些打鸟的孩子。他们带了气枪,那枪很漂亮,并且用它打下了一些鸟提在手里。我当时好奇,也没想什么,只急着亲手试一下。后来他们当中的一个与我交上了朋友,不仅让我玩了他的枪,而且还把枪留下来让我使用。

我背着那杆气枪在林子里转着,甚至忘记了吃饭。外祖母和妈妈到处找我。我跑到了杂树林子里,又想起了那个死去的猎人。我想,我如今也成了一个猎人了。当然我什么也没有打到。可是我很执拗。

有一天,我在一棵杨树下面听到了一声鸣叫,一抬头,看到了一只漂亮的鸟:它的肚腹一半黄一半蓝,下颏那儿还有一片红,光洁的头颅一动一动。它的尾巴长长,嘴巴也长长。我见到它的那一刻,它正踏在一个小树杈上,向着远处一声声呼叫。它呼叫什么我没有想过,因为已经来不及想了;那时只有一个念头,就是把它打下来。我把枪扬起,沉住气瞄准,然后扣响了扳机。

只是轻轻的、噗嚓一声,我眼见它的肚腹那儿一抖,像没有站稳一样,翅膀一仄,两只爪子试图再一次抓牢树杈——可是这已经不能了。它的翅膀伸出半截就缩回,斜着从树上扑落下来。它一边落一边滴血。

它就跌在我的脚下。它的两只爪子紧紧地蜷起来,再后来又想伸开——刚刚伸到半开的时候就停止了活动。它死了。

这是我杀死的第一只鸟。准确点儿讲,是我杀死的第一个会呼吸的生命。

我那时候没有什么惋惜,更没有怎么难过。相反,我像个胜利者一样地喜悦和骄傲。我提着它的两只爪子,背上了枪,心满意足地向我们的小茅屋走去。外祖母和妈妈都在等我,她们见到我,同时也看到了手中的猎物。外祖母马上“啊”的一声,嘴里咕哝:“就是它,就是这样的一只……大鸟……是它!”她两手抖得厉害,接过它,为它揩去身上的血,然后又贴在胸前,闭着眼睛祷告起什么。

我当时不知道那是一只什么鸟,也不明白外祖母为什么心疼成那样——后来听了她的故事,一切才都清楚了。

我一辈子都会记得它有多么美丽,记得它是一只彩色的、美丽的大鸟,它死在了我的枪口下。而我以前自认为自己是一个并不邪恶的少年。我是在一个无比善良的老人——外祖母的身边长大的,并且夜夜听着她的美妙的故事。在林子里,除了外祖母、妈妈,再就是一些小动物。是它们与我朝夕相处,一起嬉耍伴我成长。再就是一棵棵的树木,是无数的野花和小草……我就生长在它们中间。我差不多就是它们了。可恰恰是我的手把它们当中的一个给毁掉了,使它再也不能重返园林,不能活着了。由于我那罪恶的手指动了动,它就早早地迎来了死亡。我小小的年纪手上就沾了鲜血……

这类事情如果发生在别人身上我是不会感到惊讶的——因为无数人就重复着这种残酷的把戏。而我是那么喜欢周围那些小动物。我毫不怀疑:我的这种深深的眷恋,这种特别的情感,就是从我的童年直接培育起来的。可是当我回顾童年时,却发现了一次不同寻常的残酷,它就镌刻在我的历史上:既无法篡改又无法遮掩。

我的残忍、莫名其妙的杀戮的欢乐,这一切都是怎么形成的?也就是这些,一直使我感到痛苦也感到费解。我深深的悔恨还包括了对另一个人的,他就是身陷沉冤、一直没有得到昭雪的外祖父。对于这位可敬的老人,我什么都没做成,却亲手打死了他的彩色大鸟……

我无数次以不同的方式表达了我对原野、对大自然的一片眷恋之情,无数次地表达了自己缠绵的、遥远的思绪。我的渴望、我的温情常常就与这一片片的绿色、这一片片活泼鲜亮的生命紧紧相系。我实在离不开这生机盎然的原野,离不开泥土,离不开滋生这一切的大地。可是,我亲手打死了外祖父的那只彩色大鸟。

难道我的挚爱、我的留恋和呼唤都是虚假的吗？不,它同样是源于心灵的一种渴念……我由此发现了自己有两颗不同的心灵:它们对立着、矛盾着,互相仇视。我不止一次地立下誓言:我决不再亲手毁掉彩色的鸟了——当然,也不只是“彩色的鸟”,而是与之有关的一切……在葡萄园中,在一个人默默长思的午夜里,我细细地追忆和总结……我不敢质问自己。我只是不断地发出那种渴念的呼唤。

此时,我最为思念的一个人就是满头银发的外祖母。她永远站在了那棵大李子树下,她的白发就是李子树银色的花朵——它密得像浓雾一样,笼罩了一切。我沉浸其中,嗅着它浓浓的、稍微带点儿药味的香气。我的思绪被那一团一团的蜜蜂和蝴蝶给搅乱了,搅得十分缠绵,又十分琐细。我头脑里真的一片混乱。

只有一种思念清晰得不能再清晰了,那就是:我怀念那个善良的、深深地教导了我的童年的外祖母,那个与我有着血缘关系的老人……

二

那是个什么季节？不记得了——好像是秋天,我一个人到南山去了。那是纵队活动的地区,是发生了无数故事的地区。父亲以及那个大可怀疑的飞脚,就从这里走入平原和港城,进入外祖父的那座大宅。

就是那以后,是后来,我变得比童年更顽强也更有力量了。可是我同时也发现我的周围,还有我自己,都变得如此不可救药——我像一个强健的动物一样,懂得了防范和抵抗,也懂得了厮杀和奔突。我真的令人失望了……

这种变化到底是怎样发生的？它尽管是一种徐缓的发展和演变，但这其中肯定发生过一次突变，并且这次突变会有一个清晰的界限——那么那个界限在哪里？我想，那个界限就在那个春天的下午，在那个我一生都感到悲凉和失望的时刻里。

那个春天的下午，我的外祖母死去了。

她死去了，我就失去了一切。我觉得自己像突然明白了什么，明白了一个最为重要的答案。它曾深深地困扰我，迷惑我。我明白了我是那么可笑。我观察了植物的死，也看到了人的死，特别是与我朝夕相处的外祖母的死。满头银发的外祖母没有了，于是一切全都没有了。蓝天、小鸟，还有茅屋；四周的园林，也一块儿随之死去了。我知道早晚什么都要死去，一个人活得再久也要死去——而这一次是外祖母用她的近在咫尺的生命作出的证明。

我含着眼泪点点头，无声地告诉自己，叮嘱自己。我说：我记住了。

我的童年和少年就是从那条分界线上断裂开来。我不可能成为一个真正的彻底的人，不可能成为一个完整的、完美的人，因为我一开始就注定了要落在这个事先合计好的大结局里。一场没有希望的挣扎就这样开始了。既然如此，这一生一世，那些里里外外的埋怨我才不在乎呢。谁也用不着板着面孔吓唬我，发出过多的、严厉的指责，因为这没有意思。不仅是指责，连指责者本身、被指责的人，都没有太大的意思。还有，你的庄严肃穆以及不可救药的忠诚，也都没有意思。尽管有人编织了令人神往的图画，描绘了远处的高山、雷鸣电闪、惊涛骇浪，或者是过人的温柔、使人迷醉的梦想……我都觉得没有太大的意思。连同那些无比神秘奇妙的想象，聪明绝顶的创造，伟大的友谊，这会儿都该好好打个折扣了。

为什么？只有我一个人心里明白。我的回答简单而又简单，那就是:外祖母死了;在这之前,她还经历了更多可怕的事情,比如她就亲眼见过外祖父的死,见过他身边那片红色的沙子。

她离开了,带走了我的忠诚,我的热情,我原本应该具有的那一份激动。那个春天,我只是长久地望着那个荒草抖动的坟堆。坟堆旁边,是像旗帜一样的一棵马尾松。就在这样的一棵松树下,外祖父最后倒下来……

如今我已满脸胡须,我永生不会忘记的,就是外祖母在世时对我讲过的那个故事——关于外祖父,关于他的彩色的鸟,关于那匹红马。

人哪,永远不能忘却,也不能毁坏。我曾把自己的孩子唤到身边,说:“来,爸爸教你用柳条编蝈蝈笼。”小宁那一对大眼睛倏然一亮:“真的? 蝈蝈笼? 来吧!”他表现出了多么强烈的兴趣,这很可能像我当年一样。我去搞来最好的柳条,给他一些,自己留一些,很仔细地教他编起来。我告诉他怎样扭动柳条才不会折断,怎样使它的造型变得更好看;还有,它的内在奥妙,那些不得不称之为“技巧”的东西藏在什么地方——“对了,收缩笼口时应该这样;要拧实它的底部。完了,这就完成了,可以把它挂起来。”“里面装蝈蝈吗?”“那当然了。里面放上一小块黄瓜,最好再放上一朵南瓜花,蝈蝈喜欢它们。”他眨着眼睛,似乎很快学会了。我拍拍他又滑又黑的小后脑勺说:“你是个很聪明的家伙,是不是?”他不好意思,拿着刚刚编成的蝈蝈笼走开了……可是不久,他就把这个精美的作品毁掉了,这使我大为惊讶。一个人还只是童稚时期,却同时拥有了制作和毁坏的欲望,这真是奇怪。

记得有一次我出发到平原东部去,见到那里的人正在大兴土木,兴建一片庙宇。一问,才知道这里的荒地原来曾是一处宗教圣地,他们不过是要恢复它原来的样子。他们说:当年这里有很大很大一片庙宇,无论有多少人来赶庙会都不显得拥挤。它富丽堂皇,充满了神秘色彩,关于它的传说可以写好几本书。但也就是这座兴隆了几个世纪的庞大建筑群,后来还是在战争中,特别是在所谓的建设时期给毁掉了。反正从此再也没有了琉璃瓦在阳光下闪亮,没有了晨钟暮鼓……而今要重修这片庙宇,并且尽可能地按老年人记忆当中的样子修复,整个工程大约要花掉几亿元、费去整整一代人的时光。这是一次多么巨大的耗损和补偿——在这片还不太富庶的平原上要搞这样大的一个工程,需要多少人的汗水,多少人的劳动,多少人的节衣缩食。可庙宇是一定要盖的,那种昔日的繁华是一定要恢复的。因为那种急于恢复一段历史、恢复一段记忆的跃跃欲试的念头是从心底泛上来的,并且突然死死地缠住了这个平原上的人。他们哪怕历尽千辛万苦,也要把这片庙宇建起来。

毁坏和制作,无休无止,循环往复。这如同出生和死亡。这种预知是可怕的,很多悲剧就源于这种自觉不自觉的预知。也许我们根本就不应该被预告,我们不应该被告知结局。也许只有这样,一切才会是另一副样子?

三

人总要在一个固定的结局里面不停地奔波。在这方面,我从小就有一个活的榜样,他就是拐子四哥。他的奇特的命运和生活方式曾长久地使我入迷。我后来尽管作出了各种各样的选择,可我总是发觉,这一切其实都离拐子四哥的生活原则相去不远。尽管我们天各一方,却靠近着同一种精神,有着相似的宿命。

在这个安静的秋天里,我与他只隔开一道墙壁,如果屏住呼吸,我甚至可以听到他香甜的呼噜声。他睡着了。他的大半生都在奔波,已经十分疲劳。这时我不禁要问:一个人为什么要这样?一个人为什么能够这样?难道一个人奔波的乐趣不会被那种巨大的疲惫给抵消净尽吗？一个人如果看过了无数新奇的地方，看过了真正的大山、湍急的河水、无边的大海，领略了各种各样奇奇怪怪、美妙的或者是邪恶的女人，那么他是否仍会感到平淡索然？我发现，一个人无论是奔波还是滞留，疲惫总会有的。他们留下的问号实际上只是一个数学问题——从数学的角度讲，曲线总比直线要长。试想，从一地到彼地，它的路线稍微有一点儿弯曲，那就比一条直线要长。

人生也是如此，在共同的时间里，我们不甘于只留下一条生活的直线，因为生命太短暂了。拐子四哥他们不过是在尽量使自己奔波的踪迹来得曲折和漫长罢了。我突然明白了：他们以此与那个逐渐逼近的结局做着对抗。我也由此明白了自己为什么要在土地上急急奔走……

这一切原来不仅仅是脾性和嗜好，而是源于生命的底层，源于一种对抗的拗气。难言的疲惫和寂寞啊，生命的汁水在无声地流淌……我知道这种奔波早晚会把一切都消耗掉，像那棵山楂树就要失去了乌黑油亮的叶子，像那只彩色的鸟被一支枪口瞄准。

秋风把阵阵荒野的气息吹过来，这是多么好的让人沉醉的气味。它的气味就像童年的气味——我愿意在生机盎然的葡萄树下一直流连下去。我望着你，看着你的胸脯一起一伏。你可能完全沉入了我们家族的故事，泛起阵阵幽思。时至今日，我离开外祖母的那个故事已经如此遥远，而今满脸胡须，皱纹密布，却一事无成。我的皮肤失去了光泽，头发正一点点变得稀疏，却仍然没能接近那个家族的隐秘。时间的黄沙正一层层掩埋着它，而我，却没有像个男子汉那样奋力一挣，拼上命拓开这沉重的堆积……

秋风里的葡萄叶像小巴掌一样抚摸着我满是胡茬的脸，这使我想起了那双并不存在的手。这双温柔的手离我的脸颊很近很近，只是永远挨不到。它是昨天的手，是幻觉之手，思念之手，所以它才不会衰老。在那棵巨大的李子树下,我一次次看到外祖母那银白的头发和沾满了蜜蜂的李子花……思念中的一切芳香扑鼻。就是它让我在这儿滞留;就是它才告诉我幻觉本身也有体温、思念本身也有重量。它们不是风,不是舞动的纸片,也不是一片秋天的落叶。它们像土石堆在身边。我用它们垒起存身的住所。

只要我活着,我就不会忘记。我将用自己的一生,探究那只彩色的大鸟未曾吐露的隐秘。

第 十 八 章

茂长的欲望

一

我何尝不知道，概括自己鉴定自己也许是最为困难的事情。没有任何一个人能够进入另一个人的心界；我感到尴尬的是，我竟然难以进入自己心的深处。在我一个人安静下来的时候，我总企图窥视自己幽暗的底层——这种窥视常常让我胆怯。我像抗拒着一个陌生人似的，顽强地抗拒着另一个“我”。这真像一场奇怪的游戏，并且它很早以前就已经开始了。

回忆着与梅子分手时的彻夜长谈、与吕擎和阳子他们无数次的争辩，其中的无数繁琐令人疲惫……我不愿把家族的隐秘向他们吐露，而是深深地将其沉入内心。它时时压得我脚步踉跄。我害怕一种无声无形的销蚀，害怕在悄悄放弃自己历尽辛苦才获得的一点儿什么。得到与失去，放弃与固守，热情和冷漠，它们全部纠缠在一起。我简直有点儿进退两难，小心翼翼到了极点。我但愿自己已经触摸到了它的边缘，尽管视界里仍是一片迷茫。这以前我一直想弄懂的是，自己到底需要什么？寻找什么？走去又走回，似乎依旧两手空空。我也许比不上梅子——她总能以那个小窝为中心，上班下班、买菜购物，总能及时回返。她和孩子在一起，和亲友们在一起。那是一种充实的温暖,是一种拥有,是我得而复失的一种感觉。阳子和吕擎也开始有了自己的一份生活。吕擎让吴敏辞职经商,看上去比以往任何时候更迷恋金钱,但实际上却另有所图。没有比我再了解他们的了。这两个人没有多少金钱的欲望,而今却想方设法大笔赚钱。在这急遽的追逐金钱的表象之后,遮掩起来的却是一副更加难以揣摩的心肠。我似乎预感到,他们很快就会有一掷千金的时候——为了什么,那还要等等看。对于金钱本身,他们实际上比梅子更为淡漠。吕擎终于没有子承父业,没有当一个大学者和翻译家。吴敏也愧对了她那几年的钢琴专业——他们两人好像离正事儿越来越远。与此形成鲜明对照的是,如今谁也不像阳子那么执着于自己的专业,正所谓"把一切献给了艺术"……

几年的时光一闪而过,比起我逐步走入安定的朋友们,我终于只剩下了一副扔来扔去的背囊。在深夜,我最害怕的就是看到自己先人的目光——那是从遥不可及的深邃中望过来的,它仿佛在问:孩子,你把家族的一切都忘记了吗?

当然不敢!我只不过是走在一条漫漫长路上,这条路太长了,我需要一路祈求,需要滋养那颗不安的心灵——尽管这看起来好像有点儿贪婪:我想得到的是如此之多,如此之多。我的心翱翔得很远很远,它已经接近了某种虚妄。我不是一个耐得住清苦的人,而又偏偏要日夜追赶。我梦想着安逸和幸福,梦想着自由自在,却又命中注定了要把这一切可能性全部打碎。我想得到某一种东西的时候,反而要绕开,躲闪着回避着——好像我真的要拒绝它。不,只有我自己知道这并不一定。我在等待一个机缘。我的那颗幽暗的心是率直的,而我这颗明朗的心却是曲折的。

我的渴望像一株树,每天在午夜里生长壮大,午夜过后就开始走向自己的秋冬,走向衰败,枝叶脱落并挂上一层寒霜……我的渴望啊,正像河水一样不可遏制,冲刷着、拍击着胸中那条单薄的堤岸。我难以忍受,倚仗着年轻和气血旺盛,能够在黎明时分的一阵熟睡中,把一夜煎熬留下的倦容悄然抹去……人们也就不再知道我一夜一夜不能安睡,连长久的失眠带来的痛苦也被遮掩了。每天早晨,就在斑虎的吠叫声里,我独自把一脸疲惫洗掉。接着我在这令人健康的、清爽的晨风里伸展双臂,让肌肉再次注满血液和氧气,让身上充满力量。我深深地呼吸,然后走出茅屋,向葡萄园和海滩走去——树林里,葡萄叶上,到处都是露水,是朝阳的闪光。

一切都是这么生机勃勃,昂扬向上;我也没有理由表现出蔫蔫的、衰败的样子。

午夜里那茂长的欲望对我构成了一种永久的折磨。我不知该迎接这漫长的夜晚,还是逃避这样的夜晚。我甚至想不起从什么年纪开始走进了这样的夜晚。我从很早以前就发现,一个人最痛苦也是最幸福的时刻,就是他一个人所拥有的夜晚。他无论白天用双脚丈量了多么遥远的土地,最终也还是要回到午夜的田园。他将一遍又一遍耕耘着这片黑土,播下种子,又要赶在黎明之前把它收获。一夜一夜地耕耘,一夜一夜地收获,劳动使他既疲惫不堪又兴致勃勃。

我不知生活当中有多少人在重复着这种相似的劳作——难道我四周的人,比如说梅子,还有我童年与之相依相偎的外祖母、我的母亲,她们也是这样吗?

我想着肖潇——不知怎么我觉得她在很多方面都与自己十分相近。我曾到过她的住处,看过那个整洁的、一尘不染的小小居所:搭了白色网罩的整齐的被子、桌上的书,还有她常常弹响的那架破旧的风琴……她,以及与她接近的一切,都那么让我神往。她的一切都对我产生了深深的诱惑。我不止一次走近她又绕开她;当我与她一块儿散步、在长长的芦青河堤上走来走去的时候,那种莫明的痛苦会暂时离我而去。当她的气息环绕着我时,让我感到平静而又年轻:一个人被笼罩在一种诱惑里多么纯洁啊,它不像有人想象的那么可怕。诱惑并非遥远,它有时就在你的身边。可是你难以攫住。没有她,生活即顿失光彩。

我不知与肖潇进行了多少次长谈。我觉得来到这片平原上的一个最大收获,不仅仅是有了一个葡萄园,还包括结识了这个异常沉静的姑娘。不知怎么,我与她的交谈愈多,欲望却愈加模糊。我们好像无所不谈,又好像什么都没有谈过……这里正发生什么?是一个径直走进了另一个的心灵、悄悄化解着异性的隐秘,还是陡然茂长的、不可遏制的欲望?

我不知道。我讲不清。我所需要的也许是远比这些更为重要也更为实际、更为生气勃勃和更为长久不息的那么一点儿东西——它是什么?

二

也许只有一位高明的女巫才能洞悉我心底的幽暗。它并非肮脏,也不险恶。它仅仅是一味纠缠,使我不能解脱,令我永远绝望地笼罩其中。

我在这片原野上走来走去,大概是想摆脱它的纠缠。这真的越来越像一种残酷的游戏,像自己与自己展开的一场没有尽头的追逐,直到把我弄得精疲力竭,破绽百出;它使我在自己的田园上徘徊,步伐紊乱,神情恍惚。我担心长此以往,我所苦求的诚实和友谊,神圣的原则,做人的操守和禁忌——特别是我一生不可丢弃的家族使命……一切都在矛盾踌躇中抛洒一空。我会背弃各种各样的义务,甚至背弃亲情。一个人孤苦伶仃到处巡行,每天都沉浸于午夜的幻想——这终究会将一切消磨净尽。

既然是这样,那么像肖潇这样一个温厚而美丽的女性,也会有这种午夜吗?我几次询问,欲言又止。每当分手时,我总是长久地看着晚霞勾勒出的那个迷人的身影。只有这个时刻我才听到了自己心底的声音。我感觉着它——那是正在泛起的更深的思念——思念肖潇所唤起的那一切——它甚至不是一个具体的事物,因而它难以界定。它好比是一道无法言喻的绝妙诗章,朦胧中概括了一切也包容了一切。我无法接近,无法接近它所显现的那种辉煌。我想一夜一夜把这部诗章放在身边,领略并追求它无尽的意义。这样的时刻不需借助于光线,我在黑夜中也能够辨认神圣的字迹。我甚至可以用手去抚摸,去感觉它的温热。

没有什么可以阻止我的思念。我不停地回想,须臾不可分离。它就像油亮的姑娘的发辫一样从眼前垂下来,化为黑色的思绪:所有的思绪都与午夜一个颜色,像芬芳的丁香花一样的气味。我离不开它,它像姑娘的发辫,又像一匹小马圆润的、放着光泽的脖颈,倔强而又温柔。我迷恋我的思念,不止一次看见它就在前方。我那么急于得到自己的渴念,获取它的温柔,却一次次止步不前。我绕开你,绕开你很远很远——当你走近的时候,我就悄悄地退开;当你给我一个信息并来到我的身边时,我反而要东躲西藏。

为什么?因为你的名字就叫"渴念",因为你是一颗幽暗而率直的心。

贪婪啊,欲望啊,谁能把这种率直和渴念的呼叫踩在脚底?谁也不能。即便你用沉重的石块,用成吨成吨的泥土把它们埋葬……我也许会从这种毁灭的工作里看到希望,获得快感;我觉得这才是一个男人所应该具有的毅然决然……我觉得自己在这个过程里成长,成熟。我觉得这样才没有辜负神灵赐予我的一次生命……午夜的煎熬和狂想,没有起始也没有终止;我沉浸在午夜里,就像小时候沉浸在河水里一样。波浪在我的下颏那儿消失。柔柔的水抚摸着我的身体,我像一个被惯坏了的孩子一样向前划去、划去……水浪涌向我,我划过了水浪的波纹。

游啊游啊,我从没有游到尽头——它永远不会有什么尽头……

在我孤立无援的时刻,我一遍又一遍地想着母亲。我想到了年轻的母亲,我依偎在她的怀中吸吮——那个温暖的永远给予希望和幸福的母亲。我吮着,闭着眼睛。妈妈!妈妈!我伸开手拥抱着妈妈。妈妈用乳汁饲喂我,用手抚摸我。妈妈一生都不会离开我,那种感觉会伴我一生。我如果失去了这种感觉,也许就真的从这个世界上消失了。我愿一生都能这样默默地感受伟大无边的幸福。妈妈,我呼唤的是你的眸子;妈妈,我呼唤的是你那黑色瀑布一样的长发;妈妈,我呼唤的是你富有的乳房和甘甜的饲喂……当我有一天在镜子里、在水面上看到我的凝固了的那个苍老丑陋的面庞时,我知道只有一个人不会嫌弃我,她只会泪眼汪汪地看着我,那就是母亲。

母亲没有从这个世界上消失,她是化作了另一种永恒。她永远在这午夜里指引着我,饲喂着我。如果不是这样,那么在这没有尽头的挣扎里我早就完结了。黑夜给我疲惫也给我精神,使我恢复一个白天的奔波劳顿。我的头发仍能保持光泽,我的皱纹似乎也未变深。我知道这全是靠了母亲的乳汁,靠了她的饲喂。可是即便对于母亲,我也不愿说出藏在心底的全部隐秘。比如说我小时候做下的一切,我在外祖母的视线之外、在母亲的视线之外、在所有人的视线之外,我做过了什么;还有,在太阳、星星和月亮的视线之外,我又想过了什么?这一切没人知道。我也不想跟别人说起。也许就是这一切隐秘在午夜里浓缩、凝聚,汇成了一颗幽暗之核。它不仅没有随着我的成长而死去,相反,它在随着我另一颗心灵的成长而成长,并且逐渐变得强大,以至于要让我付出毕生精力与之搏斗。

我一面与它搏斗,一面又小心翼翼,像维护着一件珍藏——让它在那里骄傲而蛮横地盯视我。

我有时甚至想,最不了解我的大概就是母亲了。因为她总是从最好的方面去理解自己身体上剥离出来的这个生命——因而她也能加倍地原谅他。就像一个人不愿正视自己身上的弱点那样,她也忽略了我的弱点。温柔可以孕育也可以怂恿,就在这种温柔里,我的某些东西开始茂长,占有了湿润的泥土,像红薯的叶蔓,或者像蒺藜的藤蔓。太阳也照耀着它们,于是它们就疯狂蔓延。这儿终于荒芜了。有谁去手执锄头铲除它们呢?当然只有我自己。

而我又没有能力去改变这片荒芜,没有勇气挥起锄头。

后来母亲离去了。我再也见不到她了。在今后漫长的日子里,怎样才能使我重新获得那种温柔,使我永远那么可怜巴巴地偎在她的怀抱里呢?没有别的办法,只有依靠这午夜连绵不绝的长思。于是我越来越依恋我的午夜。

我依恋这漫漫无边的、混混沌沌的一片。在这个时刻里我才是真正自由自在的。我可以把记忆中的一切剪碎、拼接,以回到我的童年和少年。黑夜里谁都看不见我,我可以走向很远很远。谁也发现不了我,我可以日行千里。当我再次返回时,身上可以不带一点儿汗粒和尘土。只不过这样做也要付出代价,那就是:越来越孤寂,越来越失望;我的内心将由于一夜一夜的折腾而变得愈加空荡和荒凉。眼前的葡萄树,白色的沙土,还有那个园艺场里传来的劳动声息,都褪去了原有的斑斓。大海上打鱼人的号子也没有了往日的狂放与活力。阳光变了颜色,它照耀着土地上的一切,却越来越暗淡,最后还一个真实的黑夜。

我不愿在太阳落山之后的这段时间里与人共处,我非常珍惜,因为它才是自己的时光。我走向荒滩,走向密林,走向我自己弯弯曲曲的路径——这样不知多久再走回,回到那间茅屋……

深　夜

一

拐子四哥、万蕙、鼓额、肖明子……所有的人都渐渐懂得:不能在入夜的这段时间里来打扰我。他们也开始变得沉默。我发现鼓额突然变得瘦削了,那副软软的小身体更加单薄。我来不及去想什么。我把窗户关严,把门插好,准备度过自己的一个夜晚了。我知道,那个渴念又一丝丝地逼近了:就如同黑夜后面的黎明,它反正要来临……

多好的葡萄的精灵!她风姿绰约,诚实无欺。她在我眼里宽厚仁慈,是一个真实的存在——她启示我:一个人在背弃葡萄园的同时还会背弃更多的东西,包括背弃我的兄长和挚友拐子四哥……那真是一个极其可怕的梦魇——有一种力量正推拥我向它接近,正像有另一种力量在顽强地阻止我一样。我一时竟不知走向何方。我的足迹踏遍了原野,我的心灵也随之游荡。午夜里不能安歇的心灵在无休止地流浪。我知道它的周游也不会没有结果,它当然也会留下痕迹。

午夜里,我看见有什么在我的心底躲躲闪闪。它在那儿诱惑我,我只想捉住它,正是它催促我的肉体急躁地去实现什么,让我感到了无比的恐慌。可是我也明白,我有时又实在需要它来帮助,因为我实在太寂寞、太弱小了。时光如水,我像一片无根的浮萍在漂来荡去。无论是过去的回忆还是未来的畅想,以及我的朋友、我在城里的那个小窝,它们都不能使我免除这种飘零之感。我需要抓住什么以证实自己、安慰自己。我想获取来自这个世界上某个隐秘角落里的一份安慰——我不认为这有什么过分。我看到了无数的例子。我看到了我所崇敬的那些人也在经历这一切，而他们却并未因此受到什么严厉指责。事实上一切都是那么自然而然。

我实在难以摆脱这种诱惑的魔力。它不是我们所理解的那种明白无误的事物，而是一团混乱、灼热、不停旋转着的什么东西，它爆出了耀眼的光亮。有时它溅出的滚烫烫的东西灼伤了我，使我不能够安定，使我狂呼大叫，赤着脚在夜色里奔波……我一人独处，两手捂住了脸颊。

一个愚蠢的、不可救药的生命。如果迁就了那些荒唐的、不值得讨论的丑恶念头，我还可以拥有这片葡萄园吗？我还能够属于这片土地吗？葡萄园！葡萄园！我战战兢兢地提到了你，我知道你不可能永远这样枝叶繁茂。你也会荒芜——任何一片田园都会荒芜。尽管我可以像绣花那样尽心尽力，让你色彩斑斓，但另一只看不见的手还会把这儿重新搞得杂乱无章，使行人走过时连望都不愿望上一眼——就像几年前的那个春天、我与小村子签下契约的那个春天的夜晚一样：风沙多么凶暴地拍打小茅屋的门窗啊，它们就要涌进来，涌进来，像急着要埋葬什么……

我还忘不掉另一个夜晚——就是那天，当肖明子搓揉着困倦的眼睛从外面归来时，我马上就察觉到了一种不祥。从此有一个梦想在悄悄破灭。那种隐隐的不安就是从那天开始的。肖明子失去了什么还是我的园子失去了什么？我不知道。我心头发痛。那种痛楚留在心头，后来又沉淀下来。

到底是什么让我感到了痛楚，是我亲手建立的某种秩序被一位旁观者轻而易举地给打碎了吗？有没有更深一层的原因？

我不愿去想。只是这个问号总要一次又一次地回到面前，使我不厌其烦地追究。为什么？到底为什么？难道仅仅因为这是一片亲手筑起的园林，就要把一切都挡在外面，以赢得一份永久的安宁吗？这是何等的自私，而且显然难以如愿。我的企盼伴随着阵阵惊愕。这种惊愕混同着惧怕和费解，一度充塞了我心底那个幽暗。异性长长的两腿踏乱了我们园子里的土埂，在我和拐子四哥亲手搞起的地垄上留下了深深的印痕——有一次我在黄昏的光色里久久地盯着地上的一处印迹，刚开始不知这是什么，后来才发现这是她们踩上的脚印……

好像发生过一个很可怕的事件，它无论对于我们的葡萄园、对于肖明子，还是对于我和肖潇，都是极其重要的。好像大家受到了共同的伤害。后来，我甚至从肖潇欲言又止、轻轻活动的嘴角上察觉到了什么。当然她什么也没说。因为那一切是无法表达的。一丝嫉妒在我和肖潇身上同时滋生了，这就是我在那个黎明时分清清楚楚感到的……

一种火烫烫的东西在我胸间沸滚，它变得越来越热，越来越热，终于使我不能自持。

我再也没法忍受了。这种滚烫的东西到底是什么？是食物变成的热量吗？是欲念吗？它们反正要把我烧成黑色的灰炭。我像一个患了热病的人，搔着头发，眉间刻上了深皱。我一直担心的什么东西真的向我逼近过来，它们真的越来越强大了，足以把我击败。它们让我举手投降，让我跪在它的脚下。它们是另一个“我”，这会儿得到了夜晚的润养和默许，已经变得肆无忌惮。我没法抵御，没法抵御。

在这个时刻里，我想到的还是肖潇，我只有求助于她。我不止一次去找肖潇，与她讨论这片葡萄园的前途，它的未来。我们很少谈论别的，绝口不谈罗玲，不谈肖明子。我知道肖明子差不多再也不到她这里来了，同时她对他也没有了那样的热情和希冀。这使我想到了，对于一个生命的最大诱惑是什么，那种不可抵御的力量又是什么……

答案清晰地搁在一边,可我们都不愿把它拾起。

我与肖潇离得很近,彼此都听得见喘息。让我们谈一点儿城里的事情,谈一点儿那些愉快的、火热的城里的夜晚吧。那个像蜂巢一样拥挤的远方城郭,它留给我们的都是一些什么样的记忆?愉快的,恼恨的,羞涩的……我们即便谈一些最不感兴趣的话题也要装作兴致勃勃。让我们把什么东西远远地回避,远远地绕开……永远也不要走近它。

她是多么聪慧,她有多么好的悟性,她的成熟已经远远超出了她的年龄。这是一个多么好的姑娘。在明亮的光线下,我看到了她脸上那一层细小的绒毛……

二

现在我又回到了自己的夜晚。我需要经受一个又一个长夜,孕育出某种东西。我眼看着那种欲望长高,长成参天大树,长得再也没法约束……我将不再奢谈自己的纯洁,不敢靠拢我的另一种激情。不值一提的,极其渺小的……只有欲望的大树成长起来,我再开始动手砍伐。

午夜里它长到最高,紧接上就是砍伐的斧锯。黎明来临的时候,欲望的大树才被砍倒。它们已经堆积了很多很多,足以盖起一幢幢摩天大楼。每天,当第一声鸡鸣来临的时刻,也就是那棵大树轰然倒地的时刻。我看见它在倒地的那一刻,巨大的击打使地上涌起了一团团暴土,枝叶飞溅。周围的葡萄树都在注视,发出了惊讶的呼喊。而后,四周很静。这一瞬间整个世界都在发呆。远处,太阳从容升起。它微笑俯视。

大约也就是这一瞬的间隔,一切开始过去,到处都恢复了常态:鸟在欢鸣,葡萄树懒洋洋地歌唱,小甲虫又一溜溜地行走了。

我梦寐以求的就是这些,是这荒原上自己的夜晚吗?

它是我的梦想,也是一个圈套。我自己投进了自己的罗网。我不该抱怨,我只想体面地把它从身上拂掉,然后再从容潇洒地走开——只是这样想,可我没有办法,没有任何办法。

从大李子树下外祖母的微笑,到眼前的葡萄园,它们相距只有一步之遥。好像一切就在图片的另一面,只消你把它轻轻翻转过来。时光在午夜里擂鼓,咚咚的声音发出催促,让我没有一刻的安宁。焦躁、急切、燃烧的欲望,全部绞在了一起,结成了一个没法解开的谜团。它们又化为了长长的线条把我缠裹起来……一切都混乱了,失去了条理,就像我在一片土地上亲手播下的种子被各种野草和荆棘所覆盖。

它完全荒芜了,荒芜了。我实在没有力量去重新整理这些田埂。我没法把这些芜杂的藤蔓揪掉。种子萌发了,只得由它生长。各色种子——神灵播下的,人播下的,土壤自发的,它们一块儿在阳光和雨水下茂长。它们纠结在一块儿,最后你分不清哪些果实是甜的,哪些果实是苦的,哪些是有毒的,哪些是给人以滋养的;反正它们就在田野上诱惑着。就是这样一片乱糟糟的土地。

我渴望冬天的来临,让大雪,让肃杀的银霜把这一切全部杀死,再让北风把它们吹入沟壑。那时土地将重新变得一片坦白,变得单纯。那时候我们又可以重新设计重新播种了。

可惜时光擂响了咚咚的鼓声,一切都来不及了。我脸上的胡须一夜之间又在变长,皱纹又刻上了面颊。我知道再有不久,满头白发就会护上前额……多么可怕,时光擂响了咚咚的鼓声,我还在这里踌躇、踌躇。谁为我解下绳索?谁与我一起同行?

在这深长的午夜里,我的思绪开始远涉,一次又一次奔到那片山地。因为我梦见外祖父的红马最后就在大山间奔驰,它在寻找外祖父的魂灵;而外祖父,一直在大山里追赶纵队,痴心不改。最后的日子里,外祖父的灵魂在狂热奔跑,一刻都未能停歇。而外祖母却在等待它的归来,向她传递美好的讯息。

海潮循着夜色涌来。它徐徐的,漫漫的,没有尖利的声响。它可以把一切都淹没。漫漫的大海将把一切都消失在里面,就像一个没有星辰的漆黑漆黑的夜晚所做过的那样。那时一切都变得单纯了,地上没有了芜杂,心灵没有了恐慌,时光的咚咚鼓声也淹没在无边的潮声里了。那时只有太阳可以看到大潮之上漂荡的一切。

这种痛快的冲刷多么好,多么好,我渴望大潮的荡涤……

我离开了那个小窝;离开了梅子和小宁,寻找着心之一角。我历尽艰辛才赶到这个角落。我把它展平,剖开,用我的心汁去灌溉。我栽上葡萄,让它结出鼓胀胀的串穗,最后再由人酿成美酒。这就是我做的工作。我的各种各样的设计都在这个角落里展开。它们推动我,让我一天天地做下去,让我像所有的生命一样变得成熟、苍老,变成一个和蔼可亲的老爷爷。那时候我就有了一种伪装的坦然和超脱。我可以像所有年迈的老人一样,只对那些鲜活的生命表示出他心中的隐秘——老人可以扯着肖潇的手不再松开,拍打着、搓揉着,眼里有着无限的期待;他那火辣辣的目光使自己变得年轻,同时又使对方感到惶恐……那时候他反而会对咚咚的时光之鼓充耳不闻,只向鲜活的生命伸出充满贪欲的多肉之手;和那个更年轻的生命紧紧连接一起,让两种不同的生命顺着指尖默默流动。

我明白,一切都会变得苍老,只有欲念不会。所以我们总看到一些人写出了歌颂欲望的诗章,并把它当成鲜花在手中舞动。他们吻着土地,吻着少女。他们那时把一切都忘记了,幸福得浑身颤抖。他们不知道同时也在吻时光敲响的咚咚鼓声,在吻流逝的生命,在吻自己急切奔走的脚步,在吻光阴的花蒂,在吻时间的老茧——我已经摸到了这种疙疙瘩瘩的老茧,这茧花硌得我手疼。

时光的触觉多么敏锐，我刚一沾上，它就紧紧地把我抓住，要扯着我快些离开。我奋力抵御，身子弓了，往后用着力气。我说不、不，这里有我刚刚长成的葡萄树，有鼓额，有拐子四哥，还有他的大老婆万蕙；有园艺场里那些美丽纯洁的朋友，她们身上没有一丝污垢，她们多么可爱……我不能离开她们。我要留在这个崭新的世界……

那个模糊的、无形的大手开始拉扯我。一种平缓的、无所不在的、异常有力的声音说：你错了，什么东西都不能够停留，一切都在飞速旋转、奔走，然后再消失。你也在飞快奔走、旋转，你也要随上万物的脚步。你的停留微不足道。你只能在一个相同的画面上停留一瞬。你想喘一口气，你想歇息，你有那么多愿望和梦想。没有一个人可以实现这种梦想。你不要为做出来的这一切侥幸，这没有什么：它十分简单，就像风，像水，像泥土一样。这只是你的一个幻影。它将笑着在夜色里消失。

我不甘屈服但又无可奈何地盯着它——那里只有黑苍苍的一片夜色，什么都没有。

午夜的葡萄园啊！我听到了什么？看到了什么？我听到了露珠垂落的声音，我看到星星在天上的燃烧和陨落，我听到了徐徐的漫漫的海潮。这潮声啊，即将把一切都淹没。它漫过来，漫过来——我们的葡萄园，还有我们的茅屋、斑虎，我的所有的朋友们，都与我一块儿消失了，化为了泥土，化为了永恒。

泥土原来只是时间的灰渣。

我不知该待在原地让潮声漫过，还是迅速奔跑。我知道身上还有滚烫烫的血流，它在我身上奔流燃烧。

我要赶上血液奔流的脚步。

第 十 九 章

就地十八滚

一

铁力沌已经没有了任何办法。他看着这个跪下来的女子,咽下了一声叹息。在他发出那声应允之前,心中早就犹豫起来。一场巨大的恐惧和灾难就像大雨前的黑云,这个女子有可能就是赶在云彩前边的风。他本来是一个打五六岁起就开始练桩的人,早就脚下生根,这会儿却被这风吹得一晃三摇。眼前的女子弱不禁风,整个人却有一种摧心裂肺的力量,让他不忍拒绝。他在心里说了一声:"命啊",就把她从地上拉了起来。

从这一天开始他们在一起吃粗茶淡饭,摆弄葡萄藤蔓。她在他吞服丹丸的时候眼睁睁看着,最后伸手要讨一粒。他摇头:"从头做起吧。"他开始教她站马步、推手出拳,在地上翻滚,然后又是马步剑指、云手、力士推山。他为她换上了一身深色男人衣装,这是他的粗布旧衣,耐得住一天到晚在地上滚打。她几天练下来炕都爬不上去了,想让他扶一下,他只是不肯。她咬着牙说一声:"师傅!"他抄着手站在一边,看她挣扎,最后总算爬上了高高大大的炕。这时他才为她拉过铺盖,为她仔细掖好被角。他自己早在另一间搭了个地铺。夜里刮起风来,沙子打得窗子哗哗响,疲惫到极点的人却在炕上熟睡。他夜里醒过几次,因为一逢这样的大风天他就格外警醒。可能是南方人的缘故,只要一听到午夜海浪翻滚,他就会有一种深长的不安。刚开始在此定居时,他睡不着,甚至冒着劈头盖脸的风沙走出屋子,去看那滔天大浪。他对眼前泛着白沫的几丈高的大涌、对陡然的直立与瞬间的破碎感到极大的震惊。风凉刺骨,他却毫无察觉。就在颤颤的恐惧之中伏身,不由自主模拟起一片海浪:迅疾地冲腾而起复又轰然扑地。在狂舞的海边沙尘中,在伸手不见五指的夜色里,他感受到身体间正有一股奇异的力量时聚时散,最后凝结成一滴滴刚劲而又柔软的水珠,溅向无边的空旷。

因为不远处就是一个人的呼吸,这让他好生不悦。难以习惯。那只爱猫和他一样,起来徘徊一番,然后偎进了他的怀里。他在它小巧的鼻子处亲了亲。

一个月过去了,她的腿脚竟然再也不痛了,而且变得比过去轻快十倍。她欣喜的眼睛睁大后,让他第一次觉得这是个美丽过人的女子。他为其取名"毛玉",但没有告诉她:这是他出来学功时告别的邻家女孩之名,分手时她只有六岁。他在午夜时分常常想起她来。除了练功,每天照例是园子里的劳作。那些在暗处连接的通道、掩饰中的丹房,都让她一一熟悉。她最着迷的是那个丹房,里面的一个石人描了人身上各种穴位。她被告知:筋经门派的最大隐秘在于点穴。他让她背出所有的穴位,记住经络,搏击时每一拳都要打到穴心。人身上有三百六十穴,其中有十二穴能随时辰定生死。她听得大气不出,从头细细揣摩,不敢稍有懈怠。尽管如此,他还是摇头叹息:"恶补而已,不得已而为之。"

她觉得奇怪的是,即便是极为得闲的时候,眼前的这个男人也不问她的过去,比如老家的事、纵队的事——后者才是堵在心口里的一团麻,只要一触动就痛不欲生!她多么想有一个人从头听她说起,让她有一次倾吐。有时又正好相反,她需要遗忘,全部地、一丝不留地遗忘。那不是人的一生所应该经受的凶事。她觉得如今发生的一个最怪异的现象,就是她的内心里突然有了这样的认识:有些事情是人生当中绝对不该发生的。而这之前,却觉得人活着就没有什么不可以经历。这种细微然而又是巨大的改变,全都发生在这个男人身边。而这个男人绝对就是一个奇迹——当初她刚刚被他救下时一切还没有心情,整个人都蒙着,自然顾不得好好端量。而今就不同了,她可以从安静的地方打量他了。首先是他的沉默,是至少深入地表三尺的目光和恰恰相反的——淡漠……对一切都有心无绪,除了练功。惟有练功,惟有拳法经络。可能正是因为这种特殊的功法所致,他整个人已经变得与常人殊异:骨多肉少,双目如铃,不咳嗽,不笑;吃饭无声,大小解必要去园子深处;看着与自己朝夕相处的人,如同看一个生人;极其爱猫,与其亲如手足,相濡以沫。

毛玉有时忍不住要说起自己的过去,那时铁力沌总是马上重开一个话头——然后谈话自然转向葡萄收成、酿酒。她知道,这些都不在心的深处。倒是造药和制丹让他视为至大要事。他让她辨别一种前一天刚刚采拾的草药,如果认错了,他就会长时间无语。试丹的日子终于来临:这一天对她来说无比重要,因为这是她最感神秘之事。有几次她甚至想偷食红丹绿丹,被他发现后严厉制止。他先是备好了一种汤药,然后又为她号了脉象。几种丹丸一溜摆在桌上,按颜色分成了服用顺序。红丹服下后他就日夜不离左右,一直观测。她自觉一阵热力泛起来,渐渐化为一束小小的火苗,分散到身体的四周燎着,等全身都热起来时,这火苗就集中到了一处,从命门到尾闾,从腹股沟再到小腹,一直上升、上蹿,燎到了胸窝那儿时,她终于忍不住了。她两次挣开了衣服,不知不觉间露出了双乳,只是毫无察觉。可他总是及时为她掩上衣怀,系上扣子。

她不知在祈求什么,双腿绞拧,像是鲤鱼打挺。最后他不得不从一边帮她。他为她按起身上的穴位,从肩到背,再到胸。他的手不得不碰到双乳时,觉得她的一对乳头突然变得像钢铁一样坚硬。

二

她后来可以和他一起吞服丹丸了。两人一起熬制各种药膏时,她常常忍不住要亲口尝一尝。一年四季要服不同的膏丹,再加上练功及其他,毛玉看到自己的变化竟如此之大:不感冒,不困倦,有时竟达到夜不思眠的状态。那时她就披上衣服在屋里转悠,看着隔壁地铺上呼呼熟睡的男人、蜷在一边的猫。她睡不着,就抱走了他的猫。那只猫被她反复亲吻,终于恼怒,有一次抬起巴掌给了她轻轻一记。黎明时分她诉说了自己的忧虑,对不能安眠却又精神百倍的现象十分不安。他即叮嘱:半夜醒来可为之走一下经络;并说这是一个自然而然的过程,再有半年也就一切如常了。

半年期限既然还没到来,她只好一遍遍将其从熟睡中唤醒。他则为她从头到脚整治一遍:有时虚掌高悬,有时手心贴紧。按穴总是轻轻的。若十指掠过胸腹,必是若有若无。有几次她真想紧紧攥住这游走的手掌,放在嘴里咬一下,可最后还是不敢。那只猫蹲在一边专心观看,有时也搭上一手:毛爪软如棉花,能够长时间按在她的胸窝那儿一动不动。它也许同样知晓,她的病根其实就在心上。经过这番治疗或安慰,她觉得好多了,只需五分钟左右就会睡着。不过她每次都要抓住睡前这五分钟,好好想一遍梦一般的现实。偶尔她还要做一些可怕的梦,梦见自己就在那片沙林和灌木中间,再不就是在一幢简陋的农家小屋里,耳边响着嘀嘀的发报机声、一个人拖拖拉拉的脚步声。一个沙哑低沉的声音,很冷。这声音让她一开始起鸡皮疙瘩,而后才渐渐适应下来。梦中的人一闪不见了,再就是纵队的灰色服装,一丛丛的人影,另一个人,一个两手很大并生着老茧的人。这个人对她憨厚地笑着，抚摸她的头发，叫她“小鬼”。她也有了一支枪。这是那个人特别批准的。憨厚的人说：“给她一支手枪。”这令多少人嫉妒。她握紧了自己的枪，一直没有放响。

醒来时两手空空。她听见那只猫在炕边游动，偶尔探头观望，张着嘴巴轻轻一叫，仿佛在问：醒来了吗？她点头，问：“我的枪呢？”“枪”字将它吓了一跳，它立刻跑走了。不一会儿瘦瘦的铁力沌走到炕边。他的目光使她一下就从梦中清醒过来，说一声“对不起”，就赶紧穿衣下炕。她记起自己的诺言，要当他的弟子，照顾他的一日三餐。其实她总是做得不好，这一方面是因为她要好好适应环境，另一方面铁力沌早已经习惯了自己动手，往往还没等她开始，一切都弄得停当。她想尽快把家务接过来，可最后觉得很难。她想：在他的眼里，自己也许根本就不是女人。她长长地叹气。

他几乎没有空闲的时候，除了干活就是练功，再不就拱到丹房里。她见他时常趴在地上，只以一根手指着地做俯卧撑，身轻如燕。她惊羡中试着模仿，这才觉得自己的身体像泥坨一样沉。他告诉她先以整个手掌支撑，这样直练到七七四十九天再换成四指，如此逐一递减，功成大约需要五年有余。离这里最近处有一个小村，那里偶尔来一个螳螂拳友，可算多年的朋友了。两个人切磋到高兴处就要喝一杯葡萄酒，坐在木墩上，一下下敲着桌子。毛玉每逢来人就要藏起，听到声声敲打的暗号以为人已经走了，出来时却惊呆了。铁力沌却摆摆手说：“不必再藏了，我的这位师兄鼻子灵验，他来两次就嗅出有人。”她心噗噗跳着，赶忙为他们添酒，不敢多言。那个人端量她两眼，点点头说：“嗯。”铁力沌指着她：“徒儿，你师叔有个绝技，叫‘就地十八滚’，让他教你吧。”

一句话落地，那个螳螂拳师就作一个揖，然后把仅有的一点儿酒咽下，紧一下束腰，到外面院子里去了。他们跟出来。铁力沌一边出门一边摸出一杆铁叉,几乎没怎么招呼就往那人身上捅起来。毛玉一声惊呼还未出口,那个人已经呼一下翻倒在地。与此同时,铁力沌就用叉子频频捅着地上的人,那人却连连翻滚,双腿时弓时弹,挪动之快令人眼花缭乱,总能在铁叉着地的一霎躲闪而去。在不到十分钟的时间里,整个院子都给印上了密密的叉痕,可螳螂拳师却毫发无伤。不仅如此,到了后半截铁力沌的叉子已经没了力气,地上滚动的人却能趁机一个腾跃,用两腿夹住叉子,然后挥出一拳击中铁力沌的胸部——虽是虚虚一击,那叉子早已经易手了。

毛玉整个过程看得眼也不眨,有好几次差点儿喊出来。她头上的汗水哗一下流出,一下抱住了铁力沌。他随即推开她说:“不妨的,他不会伤我。”

从这天开始,螳螂拳师只要来这里就教毛玉几招。铁力沌和毛玉在一起时,他总让她手持那柄铁叉捅过来,她却一时下不了手。他说:“不妨的。”她两手颤颤捅来捅去,渐渐才放开胆子。如果换上她倒地滚动时,铁力沌就把叉子换成一根木棍。可惜每一回她都要被击中几次。最让她难堪的是某一回木棍捅在了不可言喻之处,她一声喊叫抱住了棍子,痛得在地上弓了许久。他将其抱至屋内,循痛处试按下去,她则奋力反抗。但他终于明白这处棍伤非同小可,因为她在被击中的那一刻内气未敛,故伤得比想象中严重许多。

铁力沌找出一些草药,又熬了敷膏。她双手遮面,让师傅仔细看了伤处。腿根处的淤伤很重,筋脉已损。羞涩与剧痛混合一起,那一刻毛玉生不如死。她强忍着让师傅换上敷膏,汗水已经湿透了衣衫。她想爬起,铁力沌制止,然后悬掌发功一刻有余,这让她顿时觉得疼痛减轻许多。

而后大约十多天毛玉未能下炕,甚至不能自理。铁力沌全程照应。这些天里她一声不吭,问也不应,于是他即不再问。这样直到伤处痊愈,她都一言未发。

三

那个螳螂拳师有个内弟,参军前也学了一点儿皮毛功夫,闲说起来让毛玉心上一动:那个人在纵队!她多想知道纵队的消息啊。再说下去,毛玉又差点儿喊出来:原来那个人就是纵队那位首长的警卫,最后就是这个不言不语的红脸小伙,按首长指示将其护送出来的——因为她在纵队的消息被机关上的首长知道了,于是一道密令发出……让她出逃等于是放了一条生路。

听两个人说话期间,她不得不捂上了嘴巴,因为害怕自己真的不小心喊叫出来。她不想说话,螳螂拳师问她怎么了,她就指指自己的喉咙。

这一天拳师走开时,铁力沌说了一句:"我不收哑巴徒弟。"她不敢看他。他又重复一句。她紧紧咬着牙关,只抬头瞥他一眼,突然"啊啊"大哭起来。她哭弯了腰,哭得伏在了桌上。铁力沌没有理睬。后来她收住了哭声,坐起来擦干眼睛:"我不能待在这里了。""为什么?""因为,"她低下了头,"你看了我。"

接下去是死一样的寂静。四周一点儿声音都没有,连一刻不停的海浪都平息下来。

"那怎么办呢?"铁力沌不像是问她。

"你娶了我。"

铁力沌摇头。

毛玉站起:"那我走了。"

铁力沌不吱一声,皱眉蹙目踱到门边,抓起了那柄铁叉:"行。不过你陪我最后练一次吧。"

她只得同意,泪痕未干就接过了叉子。他们来到院子里。天色接近黄昏,地上灰蒙蒙的。她有些犹豫了:"这,这看不清啊,我怕叉着了你……”

“你只管用力叉吧!”

她一叉下去,他就翻滚起来。她慢慢叉得快了。大约过了一刻来钟,她的叉子刚刚落地,只听得“啊哟”一声,他停止了翻滚。她慌得一下扔了叉子,伏下身,这才看到他的腿根那儿正冒出血来,一瞬间就染红了裤子。可他只用力按住,咬着牙不吭一声。她大叫起来,他伸出一根手指制止。她的手奓着,赶紧跑回屋里,翻找出上次没有用尽的草药和敷膏……他给她抱进了屋子,放在了炕上。她毫不犹豫地给他解了下身,一切按照上次他做过的那样。

一夜没有呻吟。大猫就守在他的身边,用恨恨的眼睛看着她。她无声地流泪。

奇怪的是第二天他就能下炕了。她一开始想阻止他,后来见他一拐一拐并不碍事,这才想起他与自己的不同:强大的自愈功法在起作用。第五天上,他竟照常练起功来,这终于让她惊讶得再也忍不住,非要让其躺到炕上。她要亲眼看一下那伤口到底怎样了。他只好依从。她给他一丝丝褪下衣裤,小心到不能再小心;最后,又揭去了那片药膏。那儿真的结疤了。看过了,他仍然躺着,并不起来。她催促一次,他说道:

“你也看了我。”

一股热流冲到头顶。她的脸和脖子涨得发疼。最后她一动不动地盯住他——他的目光僵住了一般望向屋顶。

这一刻她突然明白了:那会儿他是故意让她叉中的。

“好好学功吧,”他坐起来,一边提上裤子一边说,“我们俩这回扯平了。”

生离死别

一

毛玉和铁力沌在一起做活儿时不声不响。她的话本来就少，再加上对方有时一天都说不上一句话，也就一块儿闷起来。毛玉从来没有像现在一样想说话，因为心里鼓胀胀的，装了太多。她无法忘记这之前所有的事情，从小到大，到纵队，到首长身边。有时她流出泪来，让铁力沌抬起头看一眼，低头时叮一句："忘了吧。"

毛玉在夜里仍然睡不着。她知道这不是跟上铁力沌服丹练功的结果，而是其他。她无法平息自己。深夜里她问："这儿真是你的家吗？"沉默一会儿她点点头："是的，这是乱世里最好的家了，一个好男人，一片好园子。"这样答过之后又望向夜色，那边传来他轻轻的鼾声。这是一个特别牢靠同时又是一个特别不能指望的男人。一个好人。由于这个人从不倾听他人往事，所以她也不能打听他的往事，不能知道他的过去，他教门里的事情。这是一大遗憾。她不能忽略的一个事实是：他把一个逃过重重追杀、扑倒在地的女子搭救了收留了，并且收为弟子。这是男人的怜悯，女人的缘分。可是我们的缘分就止于此吗？深夜，呼呼的海浪又怒吼起来，扑扑的巨浪就像打在小屋的墙上、打在她的心上。这怒涛在替她说话，语气愤怒。她突然记起了另一个事实：我是一个战士呢。

她从炕上坐起来，只披了很少的衣服。她看了看自己光润的长腿，想着以前的模样：那是到首长身边之前的日子，那时她在纵队前线指挥部，穿了深灰色粗布军装，有时还要打上裹腿。当然，有枪。卧在战壕里的时候，如果身边的人少了，会有一只手摸过来。她不吭一声。当这只手摸到了要命的部位时,她就会飞起一脚踢向那人的正中。一阵极力忍住的呻吟,告诉了他的痛苦像夜色一样深长。那时她真是刀枪不入。问题出在退据后方的时期,是那个残忍的首长之前的时期——那时她跟从的首长是一个多么和蔼博学的人。同样会外语,同样可以作出果敢的决定。可惜,那个首长在一次撤离时牺牲了。问题是死亡之前发生的一些事情:他以过人的和善、父亲一般的仁慈,还有真诚的话语、深厚的学养,这一切相加一起的分量,把她给彻底压垮了。她给他压得倒在了地上。

那是一个午夜。午夜往往是发生大事的时刻,这被一次又一次证明了。当时他刚刚口授了一份电文,并让她休息,然后自己也要休息。后悔和幸运的是,他在最后一刻喊住了她,倒给了她一份炒面。他们一块儿吃过了炒面,身上热烘烘的,秋天的寒气立刻飞了个精光。他多看了她两眼,可怕的慈祥。她早就受不住这目光了。对方有四十一二岁,年龄上可以做自己的父亲。问题是他与自己没什么血缘关系,这么慈祥,又是无微不至的首长。她常常在他的目光里羞涩地抿着嘴唇。她的嘴唇红而厚,抿过之后首长会更加注意地看上几眼。总之午夜之后他们在一起,秋凉使首长掀开了棉大衣的襟子,她像只小鸟一样拱了进去。真是温暖啊。首长真好。

有了那样的一夜,再没有类似的第二夜。紧张而危险的转移、频繁的会议,饥一顿饱一顿的生活,是这些让首长忘记了快些复制那一夜。她有时长时间盯住他,想让他早些想起那一夜,结果白搭。他紧锁眉头,在屋里踱步——后来的另一个首长也爱踱步——首长都是如此。踱步之余会回头看她一眼,但目光里只有冷峻的现实,没有温暖的爱意。她知道他顾不得了,生死存亡的关头,纵队战士的大批牺牲,是这些可怕的消息把他推进了冷漠之渊。最后该离开了,出门时,首长在她的身上披了一件棉衣。她的脚再也迈不动了,回身伏在了他的胸前。他抚摸了一下她的头发,轻轻推她一下,她离开了。

想不到就在第二天黎明,竟是他们的永别。

她不敢去想那一天的枪声和喊叫。警卫战士的奔跑、呼号……她刚安顿下来就一声声问着首长,只见他们都在抹眼睛。黄沙卷到了半空,一只大鸟扑展着翅膀艰难飞向西天。首长没有了。

大海的怒涛一阵猛似一阵。她站在炕上,脸色凝重。她从来没有像这会儿一样,觉得自己真的是一个战士。她下了大炕,把披在身上的衣服揪紧了一下,然后往隔壁走去。

可能是海涛太大的缘故,地铺上的人没了鼾声,蜷在那里,怀里紧紧搂着那只大猫。她站在地铺前看着,对这个瘦瘦的南方男人怜惜到极点。她蹲下来,尽可能温和地将那只大猫从他的怀中赶开,然后掀开了他的被角。他用被子裹住自己,然后走开。她追上去。他走到屋子外边,一推门,一阵大风卷进一片片枯叶。他的身子往后仰了一下,她就趁势将其抱住。她扶他回到地铺,悄声说:"你就把我当成大猫好了。"

他没有说什么。她就像那只大猫一样,蜷在了他的怀中。

但她毕竟不是大猫。他只紧紧拥住。她在睡意蒙眬中说:"抓紧时间吧。""为什么?""因为就快转移了。""为什么转移?""因为换防。"出于怜惜,他擦了一下她的眼角,那里刚渗出一滴泪珠。这一拭,她立刻双眼大睁,迎着他大声说一句:

"抓紧时间吧!"

二

凌晨两点十分,他们合而为一。铁力沌这之前打坐似的端正身子向着南方,咕哝了几句什么,像是忏悔。他转向一边:“我违背了自己的誓言。”她一边为他褪去最后的衣衫,一边对着他的耳郭呵气说:“修改这誓言吧。”他无声地点头。

他用行动修改了誓言。那个时刻她闭着眼睛说了一句:“你才是我的……首长。”

从这一刻直到天亮,他们没有再睡。铁力沌觉得自己像一块蓝色的金属,光泽闪闪地投入了一种粉红色的水中,一丝丝投入。他闭着双眼,这时清楚地看到那发光的金属随着浸入水中,上面的蓝色光泽一点点蜕掉了。他幸福而绝望地叹息着:“命啊。”

“原来你不是第一次了。”铁力沌说。

毛玉拥紧他,两眼紧闭,像沉入长长的回忆:“是的。是首长。那个首长满脸深皱,大手像鹰,一下拿住了我。他在黑夜里箍住了我的两肋,一遍遍要下了我。他的胡子像针,刺人真疼。他是个多么慈祥的人。”铁力沌说:“我觉得那个首长不错。他身上也许该有功法。”“没有功法。”“你不懂,文有文法,武有武功,他是靠这个才把你拿住了。”“你也把我拿住了?”铁力沌点头:“正是,不过你也破了我一半的功法。”毛玉惊讶坐起:“我有这大罪过?”铁力沌闭上眼:“从明天开始,每日里要多一个时辰补功。”

从这一天开始,铁力沌结束了自己的地铺之夜。他回到了自己亲手筑的大炕上。那时他刚刚来到海边,不知道海风的厉害,照例睡木床不喝酒。不久他的关节和筋肉都有了闷闷的感觉。当地的螳螂拳师告诉他:一要睡炕,二要饮酒。他一一照办。一入秋天,夜晚必要在炕洞里添一把火。当这火烧起来时,大猫就打着哈欠伸着懒腰,然后蜷到他的枕边。告别大炕的日子,是大猫最不高兴的日子。他告诉毛玉:猫这种生灵一年里只有三天是对天气满意的。毛玉不解,问其他时间呢?他说那也只有人为它们调节了。她于是暗中想到:自己多像这只大猫啊,自己几乎连三天的满意都没有。她恨这个世界。她需要有人为自己改变一下,比如眼前这个男人。

在大炕上,她终于有机会好好看一遍他的身体了。高举烛火,嘬嘴拧眉,不时地惊叹。这是一件从筋经门里锻出的纯钢制品,没有瑕疵。筋络在他脚部茶砖色的皮肤下面游走,往上汇聚一起而后抵达双膝,于膝窝处开出一朵默默的暗莲,吐出淡淡的芬芳。她以手度量他的胯骨、臀与肘,还有阴茎和肚脐。中脘那儿有杏红色的一块胎记,大如鹅卵,在一片若有若无的藕荷色绒毛下闪动。她想这也许根本就不是什么胎记,而是功法聚敛了精气,就好比盖了一枚筋经门出品的合格印章。他的双臂一攥刚劲,可又如同婴儿般柔软。从胸骨的第一块凸起到腰线正好两拃,两腋各有一处葫芦瓢似的压痕。十指结实匀称,指顶仿佛无甲,更像是一个精铜打造的护帽套住般圆钝,正可用来点穴:一触则死,抑或稍碰即活。全身已无丝毫多余脂肉,瘦爽干练灵活如一个十五男童。当然,留了短发,稍窄的额头上紧覆的一层发绒密密挤挤,浓黑中泛着钢蓝。深陷的眼眶,双目闭合——睁开来马上乜斜她手中的烛火。她于是吹熄了它。她的双手按住他的头颅,自上而下地捋着,感受那紧密的骨节和交织攀结的筋脉。十指过处,封闭锁实的毛孔微微张开,洋溢出一种葡萄的香气。这是他常年劳作中吸纳的芬芳。这气息让人不能支持,她身子一软伏了上去,嘴里吐出一句:“我的……首长!”

从这一年秋天的凌晨两点十分起,铁力沌觉得身上有什么东西被移动了。一股灼热从身体的正中泛起,像水波一样环环漾开,一直扩展到四肢。黎明的第一缕光线中,他看到了手指和脚趾上生出一层米粒大的白点。他知道不出两天,这白点会遍布周身,然后蜕下一层浅浅的皮屑。

果然如他所料,皮屑出现了。毛玉看着他静卧的样子,心疼,迷惑,却不敢发问。第四天她实在忍不住了,问这到底是怎么回事。他答:“蜕出童子身。”“有害吗?”“无大碍。”

可是她发现从此他不再能用一根手指着地做俯卧撑了,而至少要用三根手指。服丹习惯也有改变,一枚红丹要分做两次。头发披起来,一直长到两耳、披散肩头。他就顶着这一头乱发在葡萄架间缓缓走动,月亮地里走得更慢。她伴在他的身侧,留意他的一举一动。她惊异万分的是,这个男人走路没了声音,就像那只大猫一样。再回身看大猫:它蹲在了最高的葡萄架上,以疑惑的目光看着他们。

秋天过去,初冬的第一场海风刮得真凶。炕洞里的火燃得旺旺的,噼啪之声令人欢欣。海鸥光顾海草房子,在冬瓜大的后窗上轻轻啄动。铁力沌将丹房里的器具搬到了炕下,一天三次练走桩和点穴。他让她重复自己刚刚做过的动作,不得停息。

深冬,白雪封门,大海滩一片洁白。两人一起走向无风的海边,纵目天地与大海:两面蓝镜辉映,一片大白世界。他们都穿了单薄的夹衣,只有脚上是生猪皮做成的大靴,名为一个单字:“绑。”抬脚时,“绑”像两团毛球。他起跃腾挪,落地时只留最小的痕迹;毛玉则重蹈覆辙,不敢稍有闪失。

冬天终于过去。春草萌发时,铁力沌又可以像以往一样,只用一根手指着地做俯卧撑了。

三

天一暖和海边多了杂毛人等。这些人里有猎人药匠和渔家,还有个把散匪。一个散匪瞄上了毛玉,三天两头来小屋里滋扰,讨酒索肉,趁着酒意摸她几下。毛玉想在他的酒里掺上勾魂水,铁力沌厉止。有一天中午散匪又来了,这次特意打扮了一番:上身穿了对襟丝绵青褂,下身是肥裤加束宽幅麻织腿带,斜背大号盒子枪,头顶麦秸梃遮阳帽。这种非冬非夏的打扮着实让海边小屋里的人吃惊不小。他们小心地将其礼让进屋,而后招待酒肉。谁知散匪刚喝了两口就推开铁力沌,嚷着要和毛玉去沙丘林间采药溜达。铁力沌好意劝阻,谁知散匪不知好歹,一把将其推开,拉着毛玉的手就走。毛玉一边笑吟吟跟上,一边对男人说:“放心吧,我也在屋里闷烦了,早想随上老总到林子里散散心。”铁力沌嘱咐一句:“好生照料,千万不得莽撞。”她答:“放心吧。”

两人刚进了林子,散匪就要剥她的裤子,毛玉两手提着腰带扭捏说:“这里离俺家忒近,俺还不好意思哩。”散匪只好住手,又牵着她往深处走。穿过了又一片林子,散匪又要动手,毛玉还是不依。林子后边是一片高低起伏的沙丘,在强烈的太阳光下散发出灿灿光泽。毛玉不走了,说这里的白沙细面儿似的,再上哪儿找去?散匪搓搓眼说:“这里好是好,不过也太敞亮了吧?”“敞亮了好啊!敞亮了心明眼明,不强似黑灯瞎火?”散匪“嗯”了一声,挽挽衣袖,两手一齐按到她的腰带上,使劲一剥,裤子不仅没掉,而且纹丝不动。“哼耶?”他深以为怪,再次用了大力,这次麻烦大了:两手被腰带勒住了,整个人动弹不得。“这是咋了?哼耶?”他看着她,想拔出两手。她就说:“多使些劲!连娘儿们的裤子都脱不下,这还像个男人?”散匪点头:“小骚巴货说得倒也是。”说着往上一蹿,一跺脚,大力按拉起来。谁知这一来两手给勒得更紧了,就像给缚住了一般。散匪终于大叫起来:“我日你妈这是怎么回事,我的手腕子快断了……”毛玉眯着眼说:“我也不知是怎么回事,我也急哩。”说着身子一晃,只听咔嚓两声,散匪的两只腕骨全断了。沙丘间响起的嚎叫惊天动地。毛玉松开他,看着他在沙丘上乱滚,就踹几脚,摘下盒子枪就往回走了。

铁力沌正在屋里捣药,门一开见女人拎了一把大盒子枪进来,立刻变了脸。他知道了事情原委,紧咬牙关:“咱家要出祸事了。

快些,快些随我返回那儿。”毛玉不肯:“咱就缺一把上好的盒子枪了,以后用得着的。”铁力沌不容再说,拉上就走。

那个散匪还在哆嗦哭号,见了他们赶紧跪下磕头。铁力沌扶他起来,一手给他重新挂上盒子枪,一手给他戴上滚落一旁的草帽,说:“这女子全不懂事。”然后攥定两只断手,捏弄几下,抻拉、一掰,咔咔之声清晰可闻——散匪随着大叫两声,汗水从两颊哗哗流下。铁力沌让其再忍耐些,然后悬掌运气。原本那两只腕子还肿如肥蹄,可这会儿眼瞅着就消下来,大呼小叫的人也汗干口合,竟傻傻地望向给他治病的人,连连合掌作揖。“我家女人不懂事理,多有得罪,老总休要怪罪啊。”这句话刚刚出口,散匪眼角渗泪,又要跪下。铁力沌扶住他:“使不得,男儿膝下有黄金啊,使不得。”

散匪抹着眼走了,临走告诉,自己姓范,单名一个字叫“坨”。

这是初夏的事情。到了秋天,有一天半夜突然有了嘭嘭的敲门声。铁力沌迅速爬起,顺手把毛玉揽到身后。他们一块儿来到门边,听了一会儿外面的动静。那个敲门的低低叫着,他们终于听出是夏天常来这儿的那个散匪,是“坨”。铁力沌拉开了门。“坨”立刻大张着手喊起来,然后又赶紧掩嘴:“不得了啊,这半月就有人在海边上转,装成了药匠和猎人,想劫毛玉哩!”

铁力沌盯住他:“为什么?”

“不知哩,反正要劫。那些人不是八司令手下的,也不像纵队的。他们没机会下手,就想买通几个身手好的散兵游勇,花了大钱。前些天也找了我……我可是知恩图报的人啊!”

铁力沌回头看看毛玉。毛玉抱紧身子对男人说:“如果我想不错,是那个首长追过来了。”

铁力沌琢磨着,看看外面漆黑的夜色,摇头又点头:“这都不好说……不过我明白,他们要劫你,先要设法除了我。这是肯定的。”

“坨”拍手:“师傅算是说对了,他们说别的先不用管,只要干掉你,就给这个数——”他伸出三根手指。

“我可不止那几个钱啊。”铁力沌谢过了“坨”,一只手搂紧了毛玉。“坨”建议他们逃开一段日子,铁力沌未置可否,再次谢他。“坨”走了。铁力沌说:“多亏了这一‘坨’啊!从今儿个起绷紧了过吧,挣命的时候来了。咱们俩躲到这个园子里,可终究还是躲不过这个命数。这是命数啊!”

他们当夜合计:要选个逃离的时机,因为那些人早就盯上了这里——从今儿个起毛玉就要睡在暗道里,白天却要装作没事人一样在园里劳作。毛玉说:“我们真该有条枪啊!”铁力沌摇头:“我从来不使枪。”“这是筋经门的规矩?”“规矩。”

第二天他们在园子里照常干活儿,一边看着远外林子里闪动的人影。那就是所谓的药匠和猎人。铁力沌突然明白:他们已经从初夏就开始了侦察盯梢。他悄声对葡萄架后边的毛玉说:“不出三日,这些人一定动手。”“那我们怎么办?”“先稳住神气。”

铁力沌将丹房后边的一只鸽子放走了。

小半天之后村里的那位螳螂拳师就来了。他一进门铁力沌就抱拳道:“事急还求师兄相助。这两天帮我抵挡一下,日后寻机会把我女人带回村里……”螳螂拳师问了前后缘由,一一应允说:“师兄尽可放心,这事不难办。”

四

一连两夜毛玉都在暗道里睡。铁力沌叮嘱她:“记住,那些人是冲着你来的——无论外边发生什么大事、无论多么危急,你都要沉住气,千万不要出来!”毛玉点头。铁力沌又叮嘱一遍,她再次点头。

他们把大炕的被子下塞了柴草,做成有人睡眠的样子,然后去隔壁搭了地铺。一连三夜没有响动。第四夜随着大猫一声尖嚎,门被猛地撞开,紧接着窗扇也轰一声掉下来。黑影里至少有四五个人一块儿往炕上扑去……与此同时铁力沌和螳螂拳师轻身闪到一角,又飞快跳出洞开的窗户。

他们发现栅栏门外、四周,至少有二十几个黑衣人。这些人见有两个人跳出,马上围了过来。铁力沌与螳螂拳师抵背而搏,边打边撤,不止一次闪跳出对方抛来的渔网。黑影里不断有人哑着嗓子提醒:“留活口留活口!”这让铁力沌更加相信了前几天“坨”的话:有人要劫毛玉。

一直周旋到黎明。黑衣人大半遍体鳞伤,他们不止一次被铁力沌点穴倒地,有的再也爬不起来,只眼睁睁看着别人打斗;有的被螳螂拳师打折了腿脚。两个人在天光里一看吃了一惊:原来除了围堵追赶的二十多个身手不凡的散匪,还有从林子里、沙丘中蹿出的十几个持枪人。他们明白,最后的关头对方一定会开枪的。这时太阳已经升起,一切清晰,正可以瞄准。铁力沌小声告诉螳螂拳师规避火器,话音刚落一颗子弹就溅起了沙子。“打他们的腿,往下使劲儿!”有人这样一喊铁力沌明白了:这些人仍然要留下活口,他们一心要找的是毛玉。他在心里祷告:毛玉啊,你可千万不要被这枪声引出来啊!铁力沌知道妻子毕竟是行伍出身,一听枪响血就发烫,会不管不顾……

子弹想击中两个人的下体,可是除了不断溅起沙子,一个钟头过去了,二人都毫发无伤。螳螂拳师被困得性急,最后一连几个翻滚往外突去,铁力沌大吼了几声想阻止:可惜已经太晚,老友已经中弹,摇晃了一下即倒地不起。有恶骂的声音,这才让铁力沌明白刚才的那一枪是致命的。他小心腾挪,总算接近了螳螂拳师,发现对方刚刚饮弹身亡,未能合上的眼睛沾满了沙子。他紧咬牙关,咽泪入心,抚了一下老友的额头,一个腾跃闪到了沙丘后边。

枪声突然停了。这安静让铁力沌心惊。他探头一看,最担心的事情还是发生了！原来是毛玉手持一柄铁叉奔出了屋子——所有持枪人都收起手里的家什盯住她。铁力沌大喊一声:“你好浑!”这声长喊使那些虎视眈眈的家伙一齐记起了什么,他们马上掉转枪口,一阵猛射。

“天哪！天哪……”

毛玉不管不顾往前疯跑,一下扑在了铁力沌身上。她托住他的头,见他的眼睛还在动。看他叫他,他只转眼睛,就是发不出一丝声音。

“我的……”她刚喊出两个字,铁力沌就咽了气。

珍　藏

一

潮声……潮声……日复一日,无始无终。这不是天籁,而是催促与围拢之声。是的,它们无形无影然而却在日渐逼近。我翘首四顾,惟见苍茫一片。

无数的幻念化为了灰烬。我把思绪磨得滚烫,但一切如旧……只有绵长的思念,只有你。

我要把你珍藏心间。我似乎没有机会将你牵出心灵的绿阴,只能在这个海角上遥遥探望。我祈求那种神秘之力,比如灵媒,比如无形的磁力,可以把我们沟通起来,可以让我们彼此感应。

好像在两个生命没有诞生之时,一切就先自决定了。从这个海角到那一端,从心到心。从此有了一个燃烧的生命,这种燃烧不会冷却,因为一旦冷却就是永别。

你长了一双无法描述的眼睛。我只觉得它很奇特,既是明亮清晰的,又是朦胧的。无数的人描绘过爱人的眼睛——但愿它们真的那么美丽,摄人魂魄、使人痴迷,让人一生不能忘却——不过太多的描绘终于使人倦怠。只有你的眼睛是个例外:它不是为了爱情而设置,而是先于爱情而存在。

那一天你往前走去,脚下是沙沙落叶。你一直没有回头。也许你什么都没想,没在意。

第一次是在园艺场招待所里,我正在与一个熟人说话,却不敢回头。我闻到了你的气息,听到了你均匀的、像小猫似的呼吸。那一天会一直留在记忆里。

这种细琐的思念会令人讨厌。不管怎么说,一个生命可以对散在四方的思念一无所察,浑然不觉。我也有不值一提的矜持和傲慢,不敢说那几个字。而今天,我却觉得整个世界都耽搁在一种可怕的虚荣和矜持里。在那段不长的时间里,我好像一直迂回前进。走向你吗?不,强大的磁力线直到现在还无情地切割着我的身心,它使我沿着另一个方向遁去。

我离你越来越远,越来越远,内心里却一直渴望……不过我如果真的挨近了你,那种巨大的热度一定会把我灼伤。真的是这样。这种关系就像人与太阳一样:多少人欢呼太阳,可是谁又敢稍稍接近呢?他们哪怕只挨近一点点,也就荡然无存了。连一粒尘埃都剩不下。

你就是太阳,你只能让人仰望。

二

有一天我那么急于见到你,可是到处都没有你的踪影。只要找人问一下也就知道了,可我没有那样做。这种思念太强烈、太巨大,它反而把简单直接的行动给阻止了。我那会儿甚至害怕有人提到你的名字。

我坐在了葡萄树下,四哥端来了水,他把水放在旁边,要陪我一会儿。我几乎是央求他离开。他说我脸色苍白,肯定是害了病。我站起来。他不愿离开我,我就离开了他。我小心谨慎地走向一边。可恨的是他一直跟在了离我五六步远的地方。没有办法。后来他总算离开了。我坐在树下,一声不吭。

我在树下坐了足足有一个钟头。我需要一人独处。

我在犹豫是否……没法表述……在不可遏止的阵阵袭来的思念里,我变得笨拙了。

不知道我们在一起的时候,我有没有力量克制自己,以准确地表达出什么。我想这是做不到了。我没法使自己镇静下来,没法使自己说出一句完整的、传情达意的话来。到时候肯定是这样。你呢?总是那么坦然。你只微笑地看着我。也许你会觉得站在面前的,只是一个普普通通的、你所见过的那些热烈忘情的男人中的一个。你一定会为我的磕磕巴巴、奇奇怪怪、颤颤抖抖的样子感到好笑。可是怎么说呢?我觉得你是一个奇怪的存在,一个象征,你自己也代表不了你所意味的那一切。你在我眼里重若千斤。你是一个无所不包的、神奇的、一个可以和整个世界相抗衡的神圣之物。

一个人为了自己的苦寻历尽艰辛,呕心沥血——而当她突然出现在面前的时候,他却陷入了茫然无措。

渐渐,他会觉得长长的旅行走到了尽头,一切都包含在她深沉含蓄的微笑里了。所有的疲惫都暂时收拢一起,装进包裹,轻轻地放在屋角。她端上一杯水,拿出一个简朴的蓝花瓷碟,放一点儿干净的、很少的食物。

生活从此变得无比清新,窗外盛开了一片金色的菊芋花。

她会问:“你走过了那么远的路,登上了高高的山巅,渡过了湍急的河流,一定什么都遇到了、遭逢了,是这样吗?”

我一直看着她,脑子里一片空白。

她仍然微笑着。

我嗫嚅着:“可是……可是我什么都不知道……”

她眼睛里泛出了惊讶的神色。

是的,我又重复了一遍刚才的话。“可是……”

“可是什么呢?”

“可是你想想一个人在窒息之后,他呼到的第一口清新空气的感觉;他因干渴而昏厥之后,醒来喝的第一口泉水的感觉……”

她听得明白吗?我只顾说着,似乎没有想过这个比喻有多么蹩脚。

陈旧的昨天像一块染得不好的布料,很快在阳光下褪色了。而我珍藏在心中的图片却永远簇新、艳丽,无论风雨怎么磨损,它都依然如故。

因为它有心房的保护。

这种归来只是一种假设。真实的情形是没法离你太近,我怕被烧成灰烬。

心怀微小却又执拗的希望,一次比一次走得更远。我的旅行漫无目的。我到那些注定要饱受苦难的地方寻找,两手空空,浑身瘢痂。割裂,碰撞,刺伤。我的旅行将不是越来越顺利,而是越来越坎坷。我似乎在消磨无情的时光。终有一天,我会在这种旅行中变成一个老人:两眼无神,满头灰白,两腿颤抖,不得不依靠拐杖归来。那时我说起话来嘴唇颤抖,发不出一个清晰的词。那时你就看不出我是由于激动不安,还是由于身体衰败才变成了这个样子,一切也就自然而然了。如果更幸运的话,心中的思念也会老化、磨碎,时间已经把它摧毁……

我在遥遥旅途上发誓:今生不再回到你的田园了,心中的鹂鸟,你在这儿做窝吧,用金丝玉缕编织摇篮,用天鹅羽毛铺就褥席,用白银镶嵌地板，用玛瑙点缀卧室。这就是你的小窝。

只有一颗心，它离你近在咫尺。

三

我已经难以追记走过的坎坷之路。我从十几岁离开那片荒原起，已经走过了十年的里程。

回望那座背弃的城市，好像注视一座痛苦和热恋的山峦。当我从这座山峦里走出，马上发现了眼前是一条质朴单纯的小路，路边上草叶青青，露珠闪烁。

于是，我就像这条小路一样清新，一切从头开始。

我所有的辛苦奔波，远行追寻的踪迹，都变成了一棵巨树上的枝杈。我回到了大李子树的身边。强烈的渴念开始阵阵泛起，它让我不能承受。我不知人世间是否还有第二个人像我一样，只把这一切留给了长长的夜晚。

我长久地失眠，入睡对我来说是越来越难了。我想在这个世界上大概没有什么生命不会失眠。夜里，我一个人走在树林里，觉得每一棵树都在大睁双眼。它们都没有睡去，同样心事重重。有时候，树木与树木之间也在不停地诉说。我没法听得懂它们说了什么，只觉得那种倾诉是不会停止的。人的倾诉也不会停止。有人是自言自语，有人是说给别人、说给周围的一切。

一座茅屋孤零零立于原野，立于了大地的中央。它仁慈地收留了我。

猝不及防，我们在这里遭遇了。

今夜，这儿只有我一个人了。我走来走去，望着满天星斗。多么神秘的星空，它真的是一种永恒吗？我们永远没法弄清它们有多远，它们是什么——小时候躺在外祖母身边，看七月的夜空。天气炎热，没有一丝风。水汽充盈，星星眨着眼睛。问外祖母星星、天空。外祖母好像刚刚由银河归来,无所不知。她讲了多少有趣的故事啊。银河里有鱼吗?牛郎织女隔岸相望,牛郎的担子里总该有几条大鱼吧。

所有的故事都是人们编织出来的,它们代代流传。我们就依靠编织的故事来安慰自己。我们需要做的永远是大睁眼睛看着夜空、听着重复了一万次的故事。可是外祖母没有说牛郎的担子里会有一条大鱼。这条鱼是我后来扔进去的。

每个人的夜晚都不相同。每个童年的夜晚也不会相同。我不知道外祖母的那一代是怎样度过童年的夜晚的。

今夜我像一只困兽,发出了痛苦的低吼。什么回声都没有。如果屏息静气,可以听到海上传来的号子声。冰凉的海面溶化了大洋彼岸的声音。星空下的地域多么辽阔……隐若闪动的,还是那对动人魂魄的眼睛了。四周没有一个人。没有人倾听,没有人注视。我只把满满的、充溢在胸间的滔滔话语说给这夜色,它与潮声轻轻呼应。

今夜我在喃喃自语。等待着,等待着最有意义的一击。到了那一天,你不要悲伤,不要难过:我必会流血,你必会孤独。

四

你正拥有这个夜晚吗?今夜,我正手捧一个田园,无始无终地思念着你。这种思念在每天午夜里成长为参天大树,在黎明的时候又被砍伐——就这样循环往复。我一次次寻找着你的目光,时光的乌云也遮不去它,时光的灰尘也挡不住它。岁月里的雷鸣电闪只会把它擦得更亮更清澈。

你还记得那个夏天的夜晚吗?那一天太阳落下,海上起了浓雾。再后来,弯弯的月亮升起来,雾就变得稀薄了。我们相距不远,坐看海里的灯火。你一声不吭,大概陷入了沉思。

我一连很多天都按时到那个海湾去。你却再也没有出现。你出生的地方离大海很远,来这儿之前从来没有见过真正的大海。所以就像外祖母可以为我讲银河那样,有的人也可以为你讲大海。有的人就出生在海边,一生都离不开大海,即便走开很远,大海还是要呼唤他,他也就归来了。他来到这里,或许有一个小小的使命,就是为了给一位好姑娘从头讲述大海的故事。

海风吹乱了他的头发。等不来听故事的人,他就下海了。身边的水花溅起很高,一个人游向大海深处,直游到茫茫苍苍、漆黑一片的地方。他如果一个人在深海里遇到了什么不测,那么一切也就完结了——再也不会有这午夜的纠缠了。真的,这一次把他折磨得太久……他在深夜里走来走去,听着自己的脚步声。他担心自己耗尽一生,所要编织的仅仅是一个追赶和背叛的故事。背叛了友谊,背叛了厚爱,最终还要背叛自己的土地。恐惧使他浑身颤抖。

一个男人年逾四十,满脸胡须两手空空,会有多么哀伤。

第二十章

落叶之秋

一

我们的葡萄园像个产妇那样歇息了。我从酒厂回来,一迈进沉寂的园子,心里竟有一种异样的感觉。许久才听到沙沙的踏动落叶声,原来是斑虎来了。它摇着尾巴迎上来,无声地倚到我的身上。它舔我的衣服,舔我的脸和手。我握住它肉乎乎的两只前爪,竟然相望无语。

太阳已经升起,大家都在茅屋里歇息。他们没有像往日那样一大早就到园子里去做活,因为这个秋天太让人疲劳了。所有的葡萄都拉走了,地上撒了一些折断的茎叶。我看着空空的架子,心里不知什么滋味儿。一个漫长的季节过去了,接上就是一片空旷的园子。我看见葡萄树怅然若失地盯视我,我把目光转向一边……

我在酒厂没能看到武早,因为他仍旧住在林泉精神病院,已经不能随我回葡萄园了。他不知道一个喜讯:这个秋天我们葡萄园的收成是历年来最好的一次。这在当地人看来简直是个奇迹——我们附近的园艺场葡萄收成一直不景气。他们的葡萄长势不好,而且多年滞销——不知什么缘故,他们与这片平原上最大的买主——那个著名的葡萄酒厂的关系一直很僵。

拐子四哥招呼着，让万蕙准备好一点儿的饭菜。他想在这场劳碌之后让大家高兴一次，同时也为我接风。茅屋里的人围上我说话，鼓额的话最少，总是一个人离开稍远一点儿微笑着。她的目光里含有一种怯生生的神气。鼓额的身材再不像过去那么单薄，而是显得丰腴而匀称。不过她的额头仍然很大，好像越来越多的沉重照旧压得她抬不起头来：微微低垂，像是永远在沉思默想。

我用凉水洗了一把脸，长舒了一口气：又回到自己的小窝了。

“大兄弟啊，你该把孩子和他妈接来。”万蕙用围裙擦着手，凑近了我说。

我真不知该怎样对她说。我以前总是一次次说：“他们很快就会来的……”

万蕙多么希望在这片葡萄园里看到我们全家团聚。可她的希望都落空了。她有点儿像我一样。梅子再也没有出现在这片田野上。我知道她不属于这片平原，她在这里待不久，就像我在那座城市里待不久一样。既然我躲开了她的城市，她为什么就一定要留恋我的平原呢？

葡萄树把自己的果实奉献出来，然后就要枝叶凋零，迎接寒霜普降的冬天，迎接大雪纷纷的季节。它要忍耐西北风的侵扰，等待那个姗姗来迟的春天。那时候芦青河水闪着暗绿色的光亮，打鱼人的号子隐约传来。葡萄树垂头丧气，期待着重新燃起热情。

万蕙在厨房不停地忙碌。拐子四哥吆吆喝喝。他们在准备一桌丰盛的饭菜。鼓额迟迟不愿到厨房里去，她想和我多待一会儿。肖明子忙着抱柴火，搬弄东西。后来鼓额觉得不好意思，也到厨房里去了。不过她只干了一小会儿，就被蒸气熏红了脸蛋走出来。她擦了擦脸上的汗，又重新返回。拐子四哥一拐一拐出了茅屋，要到海边或其他地方去弄一点儿吃物。

肖明子这时凑近来告诉我:“你出去的这两天,肖潇来过了。”

我心上一动。我突然想该把她和罗玲两人请过来,同时记起这天正好是一个周末。我对肖明子说:“你去请肖潇她们来好吗?”

肖明子心领神会,留下一个微笑跑走了。

这个小伙子正处在一生里无牵无挂的时刻,他已经挨过了惶惶不安的日子。现在他很幸福。

二

我想到园子里等她们。斑虎跟在身后,我们两个谁也不吭一声。脚下积了很多枝叶,这让我觉得收获葡萄的人未免太粗暴了,他们竟折腾下这么一地叶子,还有一些枝蔓。每一棵葡萄树上都有梗子折断流出的液汁,让人简直不忍去看。每一年收获的季节它们都要经历这么一次洗掠。好像人与葡萄树就是这样一种关系:先是精心喂养,一丝不苟地照料,当它结出果实,当一块儿迎来秋天的时候,人就要陡然变脸,发疯地剥夺这些葡萄树。它们就这样眼巴巴地放弃了一切,已经没有了眼泪。它们由于突然失去了果实,身体马上变得干瘪。

每年秋末来临,葡萄树都要接受这样的煎熬。我手搭葡萄架,抚摸着葡萄树上的累累伤痕。它们可能知道,自己生来就是要牺牲的,就像羊和牛一样。

斑虎离开我一点儿站着,当我走开时它才尾随;我站下,它也站下;我向四周端量,它也向四周端量。斑虎看到了什么?它对远处长尾巴喜鹊的叫声充耳不闻,连看都不愿看去一眼。是的,这时的灰喜鹊对我们的葡萄园已经没什么妨碍了……我这会儿似乎觉得,随着这一次收获,好像有什么东西正在悄悄完结。不知为什么,我好像再也没有热情去邀请城里的朋友到葡萄园里来了,我即便在夏天和秋天也没有邀请过吕擎夫妇、阳子和小涓。他们该到我的小茅屋里住上一段时间——即便是一个月、一年。那该是多好啊。

斑虎有时要低头嗅一嗅我踩下的印痕——它的这个动作渐渐引起了我的好奇,我转过头去观察:它见我在看它,就赶紧把头抬起。它长长的鼻子一动一动,掩饰着自己的羞涩。它用力嗅泥土那个动作包含了什么内容?难道它从我踏上的印痕可以判断我的行踪吗?一个奇怪的生灵,一个与我结下了深厚友谊的伙伴。我心里对它有说不出的爱。当我离开茅屋久了时,就不仅仅思念这里的人,有时候想得更厉害的倒是斑虎。我会想它那双纯真无邪的眼睛——它的眼睛和小宁的眼睛最为相像;想起它毛茸茸的嘴巴,它那柔软的身体。它那么忠诚——忠诚于友谊,而不仅仅是忠诚于自己的主人。它的主人是拐子四哥。我觉得它深深依赖着与大家朝夕相处中摩擦出来的、那种什么都不可替代的温情。

我停下来。它踌躇了一下走向了我。我捧起了它的脸。它故作镇静地随着我的手把脸仰起。我抚摸它的头颅、脖颈和长长的脊背。它和人表达事物的方式不同,生存的方式不同,体形外貌也决定了是完全不同的生命——可是彼此真的能够理解。我觉得所有的生物都一样,树木、动物和人,它们当中都有最优秀的一类。比如说走在海滩上的这些杂树林子里,总是可以发现最优秀的杨树、榕花树和槐树;有时候走到了一片杂树林子里,会感到四处都不对劲儿,感觉在告诉你:这是一片邪恶的树林。

我的脸与斑虎的脸靠得太近,这让斑虎有些害羞。它的呼吸变得急促,尽量把鼻孔扭向一边,大概怕自己的鼻息喷到我的脸上。看着它的面容,我在想它的思想——它是否也会像人一样长久地沉浸于一种思索和回忆?我见过它卧在茅屋前面的那棵大葡萄树下,当没人注视它时,它就那么静静地卧着,睁着眼睛,默默盯着前面的一片泥土——那就是思索啊,那就是它在想事情!很显然,它也会沉思,只可惜人们没法知道它想了些什么,没法进入它的内心世界……

三

拐子四哥从后面赶上来。他大概刚刚从海边归来,又到园子里寻我。他除了每天夜晚留给我单独安静的一段时间之外,总是尽可能地与我待在一起。他好像开始为我担心什么。

“我搞了两条鱼。你该好好歇一歇,你太累了……”

我想这片园子里最累的是他,他才是这个园子里最操劳的人。

四哥摇着头:“我心里明白哩,明白谁最累。你心累,牵挂的事情多哩。我就是一股心思侍弄好这片园子。”

我看着拐子四哥,不知该说点儿什么。四哥近来常说的一句话就是:“园子里的事情就由我来料理,你外面的事情多,就经常出去好了,这里的事你尽管放心。”可能他今天终于明白了:我是个不能指靠的人。他有一次说:

“你走吧。你要歇息的时候,就回这园子里。人啊,就像刺猬、鼹鼠,在泥土上找来找去,找上一辈子。人不光是找吃食,他们到处奔走的那股劲儿是身上的血脉在作怪。人要等着自己的血凉下来,那时才能停止奔跑。人如果直到老了气血还是滚烫烫的,那他还得跑个不停。我不行了,我老了,拖着这条拐腿走了不少地方——再早十年我也会和你一起跑,从东到西地跑哩!你知道宁伽,我没有孩子。为什么?就因为我不愿再生下一个四处奔跑的活物,俺不忍哩。再说他的心思咱也搞不明白,咱哪能把他生下来哩?”

我马上想到了小宁,我的孩子所必要经历的一切。冬天、夏天、春天,还有使人喜忧参半的秋天——他都要经历,无论愿意还是不愿意。这就是我们作为上一代人的粗暴。实际上我们没有权

力把未来的一切生硬地强加给后一代……算了,这个秋天已经够沉重了。我对拐子四哥说:

"葡萄卖掉了,我们又该去拜访那些'星宿'了。你备好礼物吧,哪一天我还要到四周去走一趟。"

拐子四哥笑了。

我很久没有见到村头头儿老驼和那个坐在扶手椅上的老经叔了。我不知他们为什么这么长的时间没有来打扰我,这反而让我觉得有点儿不真实。我刚刚与周围的这个村庄失去了联系,刚刚享受到一点儿从未有过的安宁,又觉得有点儿惶惶不安了。这是为什么?我不明白。

一群群鸟雀在摘空了的园子里旋转,吵闹得还是那么起劲。它们的胆子突然就变大了,真是奇怪。万物通灵,它们真的明白再也没人会驱赶它们、干涉它们,它们等于是收回了自己的园子。老鹰在园子上空盘旋,它大概盯上了什么。就因为它的出现,野兔,刺猬,一切都在突然之间销声匿迹了。一只像獾那种模样的、前爪很短的小动物从架子下钻出来,探头探脑看了一眼斑虎。斑虎像没有看到它一样,只轻轻瞥去一眼,立刻把头转到一边。有一只颜色斑驳的野鸡蹲在葡萄架上,拉长沙哑的嗓子叫了两声,当我们离它只有几尺远的时候,它才扑棱一下离开。麻雀的喧闹声使我和拐子四哥的谈话没法进行下去:它们就在前面,像故意戏耍我们似的,我们走近一些,它们就躲开一点儿,但并不飞到很远。麻雀们在这一片原野上很少获得与人交流的机会——过去我们自顾忙着侍弄葡萄,使它们扫兴;这会儿它们终于能赶来与我们嬉闹一番了。人和动物有着多么奇妙的关系啊!人与它们之间也需要建立一种深层的默契。我甚至想到,动物们也害怕寂寞,也在寻找一种新的激动和兴奋……拐子四哥这时突然站住了。为了压过麻雀的喧闹,他离我很近地大声说:

“宁伽,我觉得这枪快派上用场了。”

我还以为他要打麻雀呢。可他向茅屋那边瞥了瞥,沉着脸说一句:“我正等着那个人呢!”

我马上明白了,他是指那个欺负过鼓额的家伙。可他是谁呢?

“你等着吧,等他满身血沫趴在沙地上的时候,你就搞得明白了!”

我没有做声。斑虎向西边望了一眼。拐子四哥抚摸着怀里的枪:

“我也不知道是谁,我也说不准就是那个人。不过我的枪子儿可认得他……”

我现在更加认定,无论是谁都没法阻止这件事情的发生。即便那个人不再来骚扰我们的葡萄园,也不会改变什么。因为事情已经发生了——故事的下半截需要拐子四哥的那杆土枪去做了结。

拐子四哥并没有看到鼓额的父母,看到那个残破的家,可是我看到了。也许拐子四哥并不需要亲眼去看,他心里什么都明白。我直到现在仍不愿去想两个老人的模样,一想起来就有一种羞愧。我从那时才知道鼓额为什么不愿回家——因为那不该是她的家。

我多想让梅子亲眼去看看鼓额的父母,去看看那个村庄里一个普普通通的人家。她如果看见了,就会知道我们有着多么羞愧的昨天和今天。我们不要遮掩那些人、那种日子。我们,所有的人,谁也没有权利忘记种子和泥土。就为了寻找这颗本真的种子,把它们好好地植在心头,人就要不辞辛苦。人要依据这粒种子,去寻找自己的母体。

茅屋那儿传来了肖明子的笑声。

我的心开始噗噗跳起来……我知道,我们的客人到了。

初 探

一

我站在海草顶小屋北边,在扑扑的海浪边出神。海水越来越凉了,我刚刚把脚探入海水就抽了回来,然后就一直看着它。远处又是那个颀长的身影在晃动,我一眼认出他是太史。为了不让他发现,我就卧在了一尺多高的白茅中。

我这次看得清清楚楚,太史走入了小屋——的确是一个人进入的,而且身上并没有受伤的痕迹。如果一会儿太史再次一拐一拐走出来,而老太太又说这个人是来治病的,那就不能自圆其说了。

我一直在等那个男人出来。大约过了一个多钟头,仍然不见人影。我耐心地等下去。突然我听到了凄厉的叫声——原来是那只叫老杆儿的大黑花猫跳上了栅栏高处,它扬着长颈,叫得人心惊。

我迟疑了一会儿,最终在这叫声里忍不住,大步往小屋那儿跑去。

我几乎没有敲门就想拥入,谁知门关得紧紧的。里面是轻微的呻吟声。这样过了片刻,传来毛玉的长声:“谁呀?”我答了一声,里面又没了响动。我耐心等待。

老太太总算把门打开。我的目光马上去寻找太史:这家伙头也不抬地伏在炕上,头发蓬乱,呻吟声若有若无。老人旁若无人地爬上炕去,一下一下按着他的筋骨,咕哝:“都是几十年的劳伤了,得慢慢治哩!妈拉个巴子毒气出不来,早晚就是祸根……”

太史叫声渐大,最后求饶起来:“老天爷啊手下留情啊,我受不了啊,我快疼死了……”

老太太咬牙迸出一句:“疼死你!疼死你!”

太史忍不住,一点点爬起,一转脸让我不敢辨认:满脸的淤伤,眉头那儿还有血渍,腰上的铁鞭松拉下来一截。他与我懒懒地打着招呼,说:“老兄啊,我被这骚臭老娘儿们治个半死,她下手就像给牛马治病……”

老人打断他的话:“你也敢比畜生?”

太史不再搭理她,紧一紧腰带,勉强下了炕,一拐一拐地往门外走去,一边向我匆忙地做个告别的手势。

我一直怔怔地站着,忘了回应这个人。我一直看着他艰难地出门,一直走向远处。我回过头,发现老太太正憋着气,哼哼着,伸手在小腹处按着,见了我立即把手收回。她哼呀着:“这狗日的折腾死我了——让我为他治病,可我这把年纪怎么吃得消……按得重了就叫,按得轻了小鸡巴就翘起来了。早晚得给他动动刀儿。”

可我总觉得他们两个人在演双簧,从上次就是,只是越来越演不像了。再看这屋里的东西,有些凌乱,像是刚刚有过一场厮打。他们——一个壮年男子和老太太刚刚在这儿大打出手?这推测太玄了一点儿,尽管她曾经是筋经门弟子……事情远远不到揭破的时候,因为我对这里的一切还糊糊涂涂,没有一点儿把握。

老太太又按了一次小腹下边。我装作没见。接下的谈话不知该怎样开始。我心里像装满了沉沉的黄沙,只等她帮我清除——哪怕只搬掉一分沉重,我都将感激不尽……

“怎么不领那个大闺女来啦?”

“我……没来得及约她。”

老太太抓起烟末卷了支烟,大吸一口:“熟透的瓜儿了,快摘下吃了吧。”

我无心回她的话,只想着怎么开始这场艰难的询问。

“大闺女一天不见就想得慌不是?现在的年轻人多不实在,俺那会儿就不是这样——战争年代,活一天没一天的,都知道抓紧工夫办点实事儿,哪像你俩……”

我尽力镇定自己,接着刚才的话茬发问:

“您老是战争年代过来的人,是真正的前辈……”

“什么?”她像耳聋一样探头问着,一脸的厌烦。

她这副模样让人胆怯,也让人发笑。

二

“不管怎么说,您是前辈——革命的老前辈。就连小村里的人都知道。在平原这一带,再也没有比您的资格更老的了……”我说得很慢,因为我真的怕她听不清楚。其实我知道她是耳聪目明的。我这样说时,心里真的泛起阵阵感动。我一边说一边端量她的表情,发现她的脸上渐渐没有了厌弃的模样,一丝得意挂在了嘴角。她盘起腿,一时忘了吸烟。那只大猫被烟熏得跳到了一边。她把烟揉了,鼓着嘴巴听我说下去。我再重复一遍:“您是真正的革命老前辈。”

她收起嘴角,那丝微笑没了,用力拍一下腿:“那还用说?那是自然的了!”

可我发现她由于用力太猛,身上有什么地方痛了起来,这使她紧接着皱了一下眉头。

“战争年代过来的人了……”她咕哝,两手按着小腹。

我不知该早点儿离去,还是继续待下去。我在想怎样开始这场谈话。这些话憋在心里太久了,以至于让我发疼。我看着她那双灰色的、像是套了几层瞳仁的眼睛,时而钦敬时而惶惑。这个人半是伪装半是使性,反正眼前的面目与真实的往昔相去甚远。我在琢磨用什么办法将其尽快拉回以前的岁月。

“你们这些小毛糙蹄子不知道事理,人老了,经不住累了。太史那物还要找我治病,这一场折腾下来真够我受的……哎哎!”她又叹气。

她想赶我走吗?我卷了支烟递过去。她立刻高兴了:“小毛糙蹄子礼数不少。得了,坐下吧,有话跟大婶拉拉吧。不过我猜得出你为什么来的了,一趟一趟不嫌麻烦——是不是迷上了那个大闺女,想求大婶想个法子?要是这样,你就算找对了人!大婶有的是办法。大婶使个小招数,她就会吱溜一下钻进你被窝……”

我实在受不了这些话,赶忙打断她:“大婶还是说点儿别的吧。”

“别的,别的又不能解饥止渴。常言说‘话粗理不粗’,你记住大婶的好意就成了。”

我实在不明白她为什么总是围着这些事打转,是闲得寂寞无聊,故意找年轻人打趣,还是声东击西?我再次把话题扯到她的客人身上,说:“太史也是我的朋友啊,他进来时身体还挺好的嘛,怎么治过了反倒走不动了?”

她立刻把脸一沉,嘴巴瘪一下:“哼,这你就不知道了!他的骚性大得出奇,淤在心里出不来,这才积成了大病!上一回被车伤了一下,那是轻的。我给他发功点穴,毒气也就发散出来,看上去病是重了,其实是往好里走。大病就得一点儿一点儿治,经我治了,人就死不了……”

“照你说他还有生命危险?”

“那危险大着哩!弄不好他的小命就报销了!这一点儿都不玄。他要收不住心,躁起来,那就是往死路上走哩——我可告诉你,他这样的病,狗急跳墙也会伤人呢,到时候亲疏不认!你可得小心着点儿……”

我盯着她那双灰眼。我发现她口气发狠,那眼睛变得像动物的复眼一样,目光有些异样。我吸了一口凉气,问:“那怎么办呢?”

“怎么办?还得走着看呢!到时候我招架不住了,就会传话给你,请你的人来给我帮个忙,动枪动刀,使绳子把他捆起来,该送哪儿送哪儿……”

“哎哟,真有这么严重?”

“要不说你是小毛糙蹄子嘛!世上事你才知道多少?世上事蹊跷大了去了……”

我点点头,一边想着她的话。我发觉她的话中仍能听出一些南方口音,不过这得十分仔细才行。我不想再绕来绕去的了,就说:“所以,我一直想来告诉一些事情、请教一些事情……”

“唔?告诉?告诉什么?请教什么?”

“让我从头说吧。不过,因为话太长,我还是先拣主要的说……”

老太太因为不抽烟了,那只大猫一下跳上她的膝盖。她撑开大襟衣服,大猫熟练地钻入并立即挺起身子,由她裹卷起来,只露出一只猫头,神气地盯着我。

“您可能知道,园艺场南边有一个很小的果园,那里原来也有一座小茅屋。我就是那一家人的后代……”

老太太闭上眼,搂紧了大猫,身子一摇三晃。

三

我简要地叙说了自己的一家,特别是外祖父和父亲的冤案。我想这些至少能够对她有所触动。但我发现她一直摇晃着身子,就像听一个迷人的故事。如果她的身子不动了,我还以为她已经睡着了呢。

“我是因为自己的一家才到您这里来的。我一想起外祖母说的往事、母亲说起的父亲，心上就像压了黄沙一样。我其实是守在他们受苦受难的地方，这片大海滩让我走不开……我听说过您的一些事情——我想说，我已经了解了您的往昔，希望您能帮助我；您或许会知道我父亲，特别是我外祖父的一些事情——那天伏在半路上暗杀他的凶手到底是谁？是一个人还是一伙人？他们到底是纵队的人还是另一些人？我明白这可能太难为您了，因为这些历史已经十分久远了，要说明白也不容易……我们一家人，父亲、母亲和外祖母他们，到死都一直给蒙在鼓里。您哪怕仅仅提供一点点线索，他们的在天之灵都将感激您……"

我不知怎么说才好。因为焦急，我说得太多也太笼统，还有点儿颠三倒四。

老太太却没有表现出厌烦的样子，也没有打断我。她一直等我煞住了话头，才微微睁开了眼睛。

"你刚才说知道我过去的一些事——你知道些什么？"

"我知道……您是纵队的人……您是从首长身边走开的人……后来，就为了躲避追杀，您才来到了这片园子……"

她哼哼笑，搔着下巴："天底下的故事就是这样，妈拉个巴子越编越玄。我干过几天队伍那倒不假，不过后来咱脱队了，不干了！什么追杀，哪个来追杀？我那时候不过是年轻，一心想着找下个男人过日子，这才脱了军衣。年轻人的脾性你还不知道？想女婿啊！我男人在这里有个园子，我就跑来了……"

我绝望地看着她。她抹抹鼻子。大猫在她怀中东看西看。她低下头：

"反正，你说的什么父亲啊外祖父啊，这些人，我还是头一回听说哩……"

"我外祖父是有名的老参议，您既然在纵队、在首长身边工作过，就不会不知道他吧？"

她扶了扶黑呢帽，下巴往前探着，像一只老龟。

我不知道她做出这种样子是什么意思。她这样僵了一会儿，突然打起了嗝，越打越响。她弓下腰反手拍打自己的后背，我只好帮她。她的脸憋得紫红，大喘一口气说：“你看，我这人一急就会这样——你可不能让我急啊。”

“对不起，我……我没有让您老急啊！”

“还说没让我急、急，你想拿话噎死我啊！你觉得噎死人反正不偿命、不偿命——我看还得两说着！你再来说那些陈芝麻烂谷子，就别怪我不客气了——你领大闺女来讨喜药行，胡咧八扯可不行。什么‘首长’‘纵队’，那也是你提的？”

我愣怔怔看着，不知该说什么才好。

“你这个小毛糙蹄子……”

这时我一抬头，发现她的额上渗出了一层密密的汗珠。

第二十一章

中 蛊

一

我不止一次看到那只乌鸦立在小茅屋前的石桩上,孤苦伶仃,像打着瞌睡。斑虎从它旁边经过,它们互不理睬。我并不认为乌鸦有什么不祥,相反我倒觉得它可亲可爱。我记忆中的这片原野上曾有成群的乌鸦起起落落,看上去黑黑的一片。可这些年来乌鸦不见了,要有也只是三三两两。我过去很少见过独来独往的乌鸦,所以眼前这只也就格外令人迷惘——它总是执着地待在我们的园子里。我一走到园子深处,就看到它落在葡萄架上;我走近了,它又飞开。当我回到茅屋时,它就会落在屋前的石桩上。我仿佛听到了它期待中的询问:你准备好了吗?你想何时离开啊?

天开始落霜了,葡萄园准备过冬了。冬天可不是闹着玩的,每年的入冬前我们都要做好多事情。比如说要赶在最冷的天气之前施上冬肥,还要把茂长的葡萄藤蔓修剪一遍,把葡萄架的底部培上厚土。这样滴水成冰的日子里葡萄树就不会冻死。如果遇到一个比较温暖的冬天,那么葡萄树还将赶在春天之前泛青。通常每年冬天总要有葡萄树冻死,但大致并不影响来年的收成。我们要在葡萄架的中间地带挖一条沟,把翻上来的土一部分叠在葡萄根部,一部分留做覆盖基肥用。所有工作都是在拐子四哥的指导下完成的,后来罗玲又给予了至关重要的技术指导。

罗玲与我们这个葡萄园的关系日益密切,对于我们葡萄园的日常工作显然比肖潇更为重要。拐子四哥刚认识她时一点儿也谈不上信任,对她的一举一动都看不惯。可是自从那一次她挽救了我们的葡萄园之后,他的看法就大大改变了。不过后来我不知道这个背枪的人是否知道发生在园子里的另一场变故,也不知他对此会有怎样的看法。假如他真的知道了,他和斑虎还允许她跨进我们的园子吗?我想也许会的——拐子四哥有着非同一般的宽容和谅解。我甚至觉得我们的友谊就赖于此。他走过的路太多了,他经历的事情太多了,他年轻时甚至跟异族人有过很长的交往。他已经是个奇特的人物了。在那个兵工厂里,他有过狂热动人的爱情生活;他在流浪过的土地上有令人揪心的、销魂荡魄的各种各样的故事。从这些故事当中随便分离出一个,也够我们咀嚼半天的了。

罗玲到我们园子里来时总打扮得怪模怪样,万蕙拍着手说:"看哪看哪。"拐子四哥就盯大老婆一眼。他觉得这不值得大惊小怪。

罗玲甚至用海上的一种彩色贝壳做成项链挂在脖颈上——她把这串项链又挂在了鼓额的脖子上,鼓额试图把它摘掉,可罗玲怎么也不让。我鼓励了鼓额,鼓额也就把它戴在了身上;但只是一两天的时间,这串项链就不见了。问她哪去了,她努努嘴,意思是放在宿舍里了。

罗玲还穿了一件出眼的背心,那背心钉了奇怪的花边,后背上还有口袋一样的装饰。

"那个地方的口袋能放什么?"鼓额这样问我。

我说:"那不是装东西用的。"

“那是玩的吗?”

“对,是玩的。”

罗玲的衣服还常常缀满了一些镀铬的金属圆环,令人眼花缭乱。它们把万蕙的头都给弄晕了,让她老嚷:“啊哟这姑娘,笑不笑死个人。”

罗玲迷上了我们的葡萄园,迷上了我们葡萄园里这个细长的、神气有点儿奇怪的肖明子。也许是罗玲要故意打扮他吧,让他穿上了牛仔裤,还戴了一顶奇奇怪怪的帽子。那帽子的帽檐特别长,看上去很像一个大兵。有一次他还穿上了一件皮革衣服,衣服的周围被剪刀剪成了长长短短的毛边和穗头,这在我们这儿是绝对罕见的打扮,即便在我生活过的那座城市里也未曾见过。

肖明子并未打算隐瞒罗玲的杰作,见我们在一旁打量,只不好意思地笑一下。

他们的事情会有怎样的结局呢?我想事到如今,结局也许并不重要了。

这个初冬是我来到平原以后所经历的最为特异的时刻。一股焦愤与渴念混合一起的情绪蓄满胸间。从毛玉那儿离开之后,我几次想找肖潇,最后好不容易才克制下来。有一天我不经意来到了园艺场的那条小径上,当我意识到从这儿一拐就是那个红砖平房时,就赶紧转向了另一条路……一辆卡车停在那儿,我马上认出这是太史的车!他在整整一个秋天里都没有为我们做什么,而只派车队里的人来过几次,他们的理由是老板“身体不好”。

我快走几步,拍拍车窗——里边的人喊一声跳下来,真的是这家伙。他比过去瘦了,两只眼睛显得大而尖亮,见了我立刻握住手拍打说:“嘀呀,在老太太那儿没顾得说话!我病了,那时我被她整得……现在身上好多了。”太史瞥瞥远处,做出一个心怀隐秘又是若有所失的表情,叹着:“那老太太可是个怪人。不过我们以后都得躲着她了，咱们招惹不起。”我问为什么？他立刻咬咬牙做个狠样：“她年轻时跟男人在黑道上混过，学会了下蛊，谁要是中了她的蛊，那就惨了，死的时候只剩下一张皮……不瞒你说，我就中了她的蛊！我得慢慢折磨着死去……”

我屏住呼吸看着他。

“你别瞪眼，这是真的啊！你想想我哪还有心思去老哥你那儿啊……如今我的小命就握在那个老妖婆手里了。千央万求她才答应为我解蛊——中蛊容易解蛊难啊，那得一点儿一点儿来……”他万念俱灰的样子，摸一下我的肩膀，脚板一翻爬进了驾驶室。

我心上怦怦跳，大喊着追问：“她会无缘无故地给人下蛊？她怎么了？”

“这事一两句话说不清。反正你小心着点儿，躲开她没错……”他一边说一边打开了引擎。

二

葡萄园开饭早，晚饭后刚刚是黄昏时分。这是四哥和万蕙的习惯，天一冷活儿闲下来，他们就尽早上炕。两人在炕上抽烟拉呱儿，吃点儿零嘴，有时还摸摸纸牌——他们总把鼓额和肖明子喊到炕上去玩。我在那儿待了一会儿，四哥就赶我说：“你出去吧，你到园艺场里去吧。”

他的意思再明白没有，那是让我去找罗玲或肖潇。他甚至搞不明白我正与其中的哪一个“有点事儿”，但口气里显然意味深长。他不想让其他人听出来。我心里感谢，可又不想解释什么……我真的走出来，站在园边耽搁了一会儿，斑虎也跟上来。它总在这里止步，除非我专门招呼它一声，不会再随我向前。我犹豫着，看看西边尚未消尽的火红的霞光，心里烫烫的。我往前走去，不知是否该一直走下去——这样就会穿过园艺场——如果不再停步，就能看到那个海草小屋了。

我琢磨着太史的话,还有那天老太太奇怪的神情、她对我的全力搪塞,以及那些极为苍白无力的应付、那些闪闪烁烁的遮掩之词……一切只能让人生疑。我更加确信,她拥有隐秘,这不仅是对罗玲的母亲而言,也还包括了我们一家。至此我似乎愈加明白,那个老红军当年千里迢迢赶来园艺场,在这里生活和工作了那么多年,显然是大有深意……直到走出园艺场的边界,我仍然没有止步。我走得十分缓慢,当看见那个被晚霞勾勒出清晰轮廓的海草小屋时,这才稍稍加快了脚步。这时又听到了细碎的海浪声——我有些忍不住,伫立了片刻,然后迎着冰冷的海风走去。天真的凉了,湿气甚重,风往骨缝里钻挤。我想再有不久这里就会下起第一场雪,那时又是另一番情致了。在开阔的海边雪野里我曾看到一个人,是个姑娘,她戴着火红的围巾,穿了浅灰色高筒皮靴,远远地向我举起手……那是三年前的肖潇。那时候我们刚刚认识不久。

走着走着,这才发现黄昏的光色里还有一个人,这人正从海边走过来,显然早就来到了这里。她正一边走一边呵手,那不是别人,正是肖潇啊。我心底的兴奋陡然涌起,接着大声喊了起来。她抬起头,当看清是我时,高兴得两手一块儿摇动着,马上加快了步子。“风有些大,千万别着凉。”她走到近前时,我发现她的两颊已被海风吹得通红,可能那会儿长时间站在了海边上。她总是这样,喜欢一个人到海边上来。我想送她回园艺场,她却摇摇头,说让我陪你再走一会儿吧。

我们不再迎着海风往北了,而是不约而同地向西——那个海草房子的方向走去。风吹着脚下的沙参叶子沙沙响,它的种子已经被严霜洗成了粉白色。百灵精致的小窝偶尔偎在一丛莎草里,肖潇只要看到都要驻足研究一番。沙锥鸟以令人难以置信的速度奔跑,像是一直在我们前头领路。路过海草小屋时,又见到那高高低低的木栅栏上蹲了尽职的大猫老杆儿，它伸直了脖子探望，待我们离它只有二十几米远时，倏地跳了下来，回头就跑。肖潇与我对视一眼，然后一块儿往小屋走去。

像过去一样，敲门时听到一声吆喝就可以推门而入了，因为不会有谁来开门。一脚踏入才发现小屋里早就掌灯了，一盏大号桅灯照得到处明晃晃的；再加上一种动听的声音和好闻的气味，这里比白天可爱多了。屋里暖煦煦的，飘着淡淡的水蒸气。这时我才看到毛玉盘腿坐在炕上，旁边是隔了一道矮墙的灶火，上边正煎着老茶，冒着白汽，小锅发出噜噜的声音。茶香沉重而浓烈，格外诱人。老太太并不理人，只取过几只陶杯，伸了勺子舀茶。其中有两只杯子是给我和肖潇的。肖潇看了看我，见我端起杯子，也只好摘下手套取茶，一边说“谢谢”。可是她并不喝下，而是仔细看着杯缘。我知道肖潇在研究它的卫生状况。她总算开始喝了，这说明杯子还干净。

黑茶咽下后会有一种甘味迂回在口腔里。这与我们常喝的那些茶迥然不同。它的颜色太深了，夜色里看去很像墨汁。

我们一起喝茶时，老太太脸上这才有了微笑，叩着一口发黑的短齿看着肖潇，咕哝一句：“真好大闺女哩。”

肖潇被夸得不好意思，只低头品茶。

老太太转向我：“奶儿不算大——”

我大声打断她令人尴尬的话，只问：“天冷了，该生炉子了吧？”

我以前就发现，小屋外面有一个大大的土坯炉，它巧妙地通向屋内的大炕，又有烟道盘转在墙壁间，一旦燃旺了屋里即温暖无比。这小屋的冬天想来是最为可人的。外面，近在咫尺处可以是连天大涌伴着狂雪，里面却有一个盘腿而坐的老人在耐心煎茶，用明晃晃的茶刀撬动一块茶砖。

这会儿老杆儿跳腾了一下，老太太举着巴掌做出威吓状。老杆儿跳到我和肖潇身上,又在肖潇胸部拱着,像个婴儿似的。我抱过这只雄壮的、显然已经有些年岁的大猫,它马上发出噜噜的鼾声。它闭上双眼时,会让人感到它的心中正装满了深长的忧愁。我抚摸它,只一会儿它就伸出了阴茎。我小声说:“请别这样。”它睁眼看看肖潇,又看看我。“请别这样。”我又说一句。

老太太哈哈笑,挤着眼睛,一边往我和肖潇的杯子里加了一勺茶。

肖潇喝了一口,马上停住了瞥我一眼。我喝了一口,这才发觉它变得稍稍苦了一点——还有些涩。我放下了杯子。

“这茶啊,越煎越浓,越浓越苦。快喝,喝吧!”老太太催促我们。

我和肖潇端起杯子,一饮而尽。

老太太搓着手笑了,笑得脸上开花,让人害怕。

离开前她又让我们再喝一杯。这茶顺着喉咙流进肚里,心里烫烫的,就像酒一样。这热力渐渐顶得人在屋里待不下,很想跑到外面让海风吹一吹。毛玉挤着眼说:“身上热乎了是吧?这茶就是这样儿,受不住就得赶紧出门走,你俩这回保准再也不怕冷了,不信出去试试……”

三

外面的风好像更疾了,吹在脸上尖利利的,足够锋利。可奇怪的是它半点儿都不再让人畏惧,有时还真想扯开衣襟迎着北风吹一会儿呢。“这茶真有点儿像烈酒。”我看看肖潇,尽管是朦胧的月色里,仍然能发现她的鼻尖上渗出细细的汗粒,脸红得像桃子。我们的目光撞在一起,似乎让我听到了“咔嚓”一声。就为了抵挡北风吧,我紧紧扯住了她的手,说了一句“我们快走吧”,就相扯着往前一直走了十几米远,这才觉得有些突兀,赶紧又松开了。而肖潇却一直微笑,就像什么都没有发生似的,身子离我很近。

我们在接近园艺场的时候不由得站了下来。身上是一阵强似一阵的热浪在翻动,有一股火苗从腹股沟那儿往上烧着,让人难以支持。耳郭圆周也有些发烫,我想捂一下耳朵,却不知为什么捧住了肖潇的脸庞。我慌促地缩回了手,她却并没有推开我,而是将额头一下顶在了我的胸前。我的头嗡嗡响,不由自主地紧紧拥住了她,感受着一个异常柔软的胸部。我觉得浑身的血液都在加速奔腾,泪水在眼眶中旋转。这样许久,我才抬起头,一眼看到了挂在树梢上的月亮。她还伏在我的胸前。我对在她的耳边小声说:“我们——走吧。”她的额头碰着我的胸前,点点头。

我们进入园艺场之后,仍然相挨很近地往前——似乎并不怕别人看见,也没有商量,竟一直走向那条小径,然后又走向了那幢红砖小屋。

她打开门,我们进屋。

屋子里装满了浓稠的夜色。我们相拥,毫不停歇地亲吻。我觉得对方的泪水哗哗流动,一直流进了我的嘴里。我一点儿声音都没有,她也一样。她的手在我的脖颈上急急寻索,不知寻索什么。后来我才知道,这手在寻找一个入口——它在我的脊背上游走,又转向我的胸前。我把无言的乞求都咽下心头,只感受她烈酒一样的双唇。全身的热量都一点点集中到一起,往一个方向攻伐。我自信直到现在,这会儿,我仍然拥有巨大的自制力,她也一样;可是这陌生的火力却越来越猛,越来越猛。我喘息着,在心里哀号:“快些过去吧,快些饶了我、我们吧……”

黑影里她明亮的眸子离开一点儿,照出了我脸上的恐惧。我听到了若有若无的呻吟。这是我自己在呻吟,还是她?但有一点可以肯定,就是她,此刻身上突然释放出一种奇怪的芬芳,只一瞬就充满了整个空间。我在这种气息中如果找不到一个足以呼吸的窗口,很快就会窒息而亡。

我寻找的是一扇窗口,而不是其他。这窗口就在她的身上,在她身体的某个部位,这是我最为清楚的。可是我没有力量打开那个窗口,也没有权利。这会儿我宁可窒息而死,已经做好了牺牲的准备。我可能只需坚持几分钟,一切也就结束了。真的,我渐渐游入了无声无息、无知无感的黑暗之中,然后就浑然无觉地倒下来。

我只记得我们紧紧依在一起。为了防止溺水一般,我们两个人都牢牢地抓住了对方,只要有任何可能的机会,我们就不会放开。哪怕有一根救命的稻草也好——找到了,是一根垂下的电灯拉绳。扯了一下,于是黑暗马上被驱走了。刺眼的光线下,我的眼睛能够看到这个世界了:她身体的一部分显然在刚刚的水流中冲掉了遮掩,此刻已经显露无遗。像金合欢一样的身体,像大麦芒一样的身体,像紫色蜀葵一样的身体。我终于得知了她为什么芬芳扑鼻,因为她周身都在这春天的花蜜中浸过,整个人已经变成了蜜饯。我将她捧在手中,想掂出这芬芳的分量。我亲眼看到她全身都在幸福地泣哭。

为了看得更加清晰,我又打开了另一盏壁灯。她在这披挂的银丝中撩动,双手像一个泳者。她双臂遮面,又一丝丝褪开。她最后环住我的颈部,让我把她改为坐姿。就在这一刻,旷野的凉意让我们同时都感受到了。我赶紧为其掩上衣服。我站了起来。

她眼角的泪水凝住了。

我觉得最陌生的一个人就是自己。我再也不敢看她。当我听到窸窸窣窣的声音时,知道她在整理自己的衣装——我再次回过头,看到的果然是一个穿着齐整的肖潇。她努力驱赶无处不在的羞涩,只可惜难以成功。我们都一样。

“我们刚才……可能中蛊了——我是说,她趁我们不注意,在茶里放上了东西……”

肖潇惊诧之极，盯住我，嘴巴张开。她的牙齿晶莹闪亮。

"准确点儿说，是她配制的一种'喜药'……也许她想恶作剧，可是真的对不起……我不知道该怎么说。幸亏没有造成更坏的结果……"我这一刻尴尬到极点，找不到任何像样的语言。只有无边的羞愧和难堪，它们像山峦一样压下来。

"真的……怎么办啊？"肖潇躲开我的眼睛，像问自己。

我摇头。我咬紧牙关。

"我就把你当成一个兄长——一个有血缘关系的自家哥哥吧！如果你信任我……"

她这样说时已经走近了许多。

我看到了她的泪水又一次滑下脸庞。我深深地点头。

有根的老人

一

天越来越冷。猛烈的风沙终于吹起来了。大风旋着沙土，一会儿就堆成了一个沙丘。沙子打在脸上，把头发吹得灰蒙蒙的。我们的葡萄园也搅在沙雾里。原野上到处都在呼啸，连鸟雀也不见了踪影。我知道大风之后往往就有一场大雪。下雪的时候，风会慢慢平息。那时候会有一片宁静的雪原。可是，当再一次起风时就会把沙土和大雪搅在一块儿，接上去就是更为寒冷的冬天了。

由拐子四哥指挥，我们把小茅屋里堆满了过冬的食物和柴草。他让人在海滩上拣了很多干柴，用镐头和铁锹挖出了很多树桩，又把它们劈成柴火，在院子里堆起很高。这里没有煤炭，冬天只能用这些木柴取暖。屋子中央有一个噜噜响的小火炉，别提有多么惬意。看来这个冬天我仍然要在这个茅屋里度过了。这时候我想起了城里那个小窝,那里有暖气,而且房子密不透风,倒是一个度过冬天的好去处。

我在这个茅屋里想着那里的冬天,闭了闭眼睛。

拐子四哥让万蕙、鼓额和肖明子都在大风天躲在屋子里。园子里的活儿大致做完了。在这个冬天里,我们除了修修枝条、在大雪天里出去铲铲雪,把雪块堆到葡萄树的根部之外,就没有多少正经事情要做了。往年的冬天里,拐子四哥要和武早出去打几次猎——说白了只是一种游荡。他们真正给我们的小茅屋添上的一点儿美味,是从海边弄回的鱼和螺。可是这个冬天已经不可能了。他一个人不愿到远处去,他说那条伤腿老要痛。

只要风沙平息下来,拐子四哥就掮着枪往大海上走去了。他是去找那些看渔铺子的老人玩。

冬天里,打鱼的人都回家歇息了,可是船和网具都要丢在海边,于是就需要一些喜欢孤寂的老人待在海边渔铺子里看网。拐子四哥常常约我一块儿到渔铺里去。就在那里,我结识了很多有意思的老人。那些老人差不多完全一样:穿着厚厚的羊皮大衣,抄着手坐在铺子里,不吭一声。他们从不过多地流露热情,用眼瞥瞥你,就算是最大的欢迎了。渔铺子都是半截埋在地下的,冬暖夏凉。每个铺子里都有一个烧得旺旺的小炉子、一个小铁锅。铁锅里面常常煮了鱼。海边上的老人随便在浪印上走一趟,就可以捡回很多吃物。比如说三两个乌鱼、一条被海浪打昏了的梭鱼,几只海贝,等等。他们在这个寒冷的冬天里最离不开的就是酒。他们可以没有朋友说话,但不可以没有酒滋润喉咙。

他们对拐子四哥和我的到来总是非常高兴。三两个渔铺子里的人有时聚在一起,喝上一壶烧酒,就算度过了很好的一天。我在交往中知道,几乎所有看渔铺子的老人都没有妻室儿女,他们都是一些在海上奔忙了一生的光棍汉。年轻的时候出过远海,打过鱼,也争斗过,有的身上留下了一尺多长的伤疤。可是年纪大了,他们身上的血也就凉下来。他们可以安稳端坐在这个铺子里,可以一连几天不说一句话。他们大约从四五十岁开始就做起了看铺子的"铺佬"。打鱼的人都很尊敬他们,因为再也没有比他们更懂得大海的人了。海的另一面,海里面的岛子,大海中哪里有潜流、哪里有大鱼、哪里有凶险的妖怪,他们都一清二楚。所有到铺子里来的人在他们眼里都是些毛头小子,无论对方有多大的年纪,老人们都不愿和他们正经说话,因为他们懂得总是太少了。

不过拐子四哥算是一个例外。他尽管没有打过鱼,没有出过海,在一些铺佬眼里还算一个人物。由于我是由拐子四哥领去的,所以他们对我十分客气。喝酒了,拐子四哥当然算一把手。我基本上不会喝酒,这就使他们很不高兴——我不能喝酒,也就不好意思吃鱼了。锅里的大鱼在水里翻滚,散发着诱人的香味。鱼煮熟了,他们再把它放到案板上,用一把小刀吱吱地把肉从大大的鱼骨上剔下来,然后用刀柄拨成一堆一堆,每人一堆。我发现他们拨给我的那一堆最小,可我不能挑剔。我就像他们一样,喝着酒,把自己的那一份吃掉了。

二

外边下起了大雪,我们与铺佬不急不忙地喝着酒。拐子四哥喝得很多,他终于有些醉了。就在这漫漫大雪里,我扶着他归去,一步一步穿过海滩、杂树林子,向小茅屋走去。半路上,我发现万蕙、鼓额还有肖明子三个人,身上披挂着满满的雪粉迎接我们。天还不黑,他们不放心,怕我们在黑夜里迷了路,冻坏在野地里。我们几个人一块儿,跌跌撞撞、热热闹闹地回到了茅屋。

我因为喝了酒,浑身燥热,就走出来,一个人走到了葡萄园里。

我发现所有的葡萄树都被大雪糊住了,它们像我一样,头上、脸上、脚上,到处都是厚厚的雪粉。我的脚印很深很深。我差不多要在每一棵葡萄树下停留一会儿,听一听它们在大雪天里的喘息。我心里说:葡萄树,我实在惦念你们。我来了,在这大雪天里来看看你们。最老的那棵葡萄树——那是葡萄园易手之前就活着的葡萄树,它现在就像一个老人那样:满头白发,皮肤粗糙。它身边则是一群毛孩子,是我和四哥后来亲手培植的一些小葡萄树。它们太稚嫩了,在这个冬天里冻得直打哆嗦——年老的葡萄树伸过手去,把它们搂在怀里,拍打着,安慰着,给它们讲几句笑话。

老葡萄树看着我,笑容凝在脸上。我看见那个老乌鸦又蹲在远处那个石桩上向这边注视。这只孤独的乌鸦离群索居,到底为了什么?它在等待什么?它为什么待在这里不愿离去呢?它在这里失落了什么?寻找什么?它究竟为什么离开了自己的朋友、亲人,在这寒冷的葡萄园里游荡……后来它突然叫了几声——这声音闷闷的,很快就在大雪地里消散了……

我迎着它举了举手,它无动于衷。

我紧紧地贴靠在那棵最老的葡萄树前,感受着它的脉搏——我觉得它的心在噗噗跳动,那是一颗有力的心脏在搏动。它的血液在周身奔流,那同样是滚烫烫的。

"你要走了,我们本该送你一程,可你知道,我们是有根的人。"

是老葡萄树在说话,它一语道破玄机。我无望地看着它,心上发紧。四周空寂无人,真是交谈的佳期……我知道首先要取得葡萄树的谅解,但这不会是一件易事。我说:"请你们原谅我的背叛。我是说,我如果真的离开这儿……"

老葡萄树没有责备什么,它伸出那双饱经风霜的大手按住我的头发,一下下抚摸着:"你是一个四十多岁的人了,你该看重自己的主意。你走吧,愿意回来就回来看看我们;如果忙,就不要回来,我们会梦见你——梦见你在我们身边流过汗,还像个孩子一样蹦蹦跳跳快活过,笑哩。”

“我会回来,还有,拐子四哥他们每天都在你们身边……”

葡萄老人笑了:“那个拐腿人也会离开。只有我们自己不会离开,这不是因为别的,就因为我们是有根的人,我们生在哪里,就得把根扎在哪里,扎得越深越好。扎得越深长得越壮,活得越久。你看看,老风婆子要把我们连根拔起,大雪要把我们的血冻僵。我们就这么牢牢地用根抓住泥土,因为抓住它才能活下来。一个人有一个命,我们的命就靠死死地抓住泥土。我的孩子,你不要感到心愧难过,你要明白——你已经是和我们做伴最长的一个孩子了。没有人像你这么好心、这么耐心。他们总是嘻嘻哈哈,打一个照面就跑。他们不愿意在我们身边久待,因为我们不会帮助他们玩耍,不会给他们逗乐子。他们伏在我们身上吮吸糖汁,吮得肚子溜圆,满嘴白沫,吃饱了喝足了,一撒丫子就跑。他们跑开了就再也不回来,有时候还要回头欺负我们。我亲眼见到我们当中有些人就伤在镢头和镰刀上,伤在铁剪上。他们啊,心变坏了,要把我们连根刨了。你知道,多么凶险的野物都不能把我们从泥土里连根拔出,只有你们当中那些无情无义的人才会这么做:拔了,又放在阳光下晒干,最后再扔到火里烧……”

三

我把葡萄老人身上的雪粉和泥沙一点点拂掉。在昏暗的光亮里,我看到粗糙的老皮下有青青的颜色。在这滴水成冰的日子里,我从它粗糙的皮肤下看到这样的颜色,心上不禁一动:这就是生命,是永远不甘屈服不甘死亡的那种力量。它潜藏在这里。我又看到了那些敛起的叶芽,它们原来就是这样抵挡严寒——紧紧地收拢一起,握成一个紧紧的拳头。我用手扒了扒,发现它们攥紧了在那里准备着,抵挡着。它们要挨过这个严寒的季节,一旦春风吹来,就挺直腰身,迎着阳光疯迷一样蹿起——什么植物也不能像葡萄那样迅速地抽出新的枝条,常常只是一夜之间就长满了长须。这些长须可以让你想到在原野上蔓延的金色地衣:它攀缘上升,抓住岩石、抓住树木的枝杈、抓住铁丝和石桩、茅草——一直向上。它们可以把自己藤蔓的巨索伸得很长很长……我听见葡萄老人喃喃自语:

“你知道我们是有根的人,我们不能到处跑动。我们依恋着那些忠诚的、好胜的人,是他们不让那些坏人连根刨了我们,不让风沙把我们埋住,好让我们活下来,生儿育女。我们一有机会就结出甘甜的葡萄,这就是我们对人的报答。我们不是没有复仇的力气,只是我们不愿那样做。我们可以用藤蔓把人缠住,像捆一个不肖子孙那样把他捆绑起来——在黑夜里,有人就是被我们紧紧地捆起,捆住他的手,捆住他的脚,捆住他的脖颈,最后让他不能喘气。他死在葡萄桩上,没人知道这是为什么。有人说他是自己把自己弄死的。我们默不作声,只有我们葡萄树才知道他是怎么死的。有一个人在这里,在你的园子里做下了恶事,他欺负一个小姑娘,他就在我们身边滚动……那一天斑虎也在这里。我们只待黑夜,到了黑夜那个人出现的时候,我们就把他捆绑起来。我们用长须把他缚住,然后不再放松。我们要用葡萄老人的手把他扼死。这就是我们对待恶人的办法。”

我想起了拐子四哥的预言,想起了他那支沉得可怕的土枪,我说:“是的,是的,会有这一天,会有这个结局。”

我觉得我们的葡萄园已经织成了罗网,它会结束那些背叛,结束那些可怕的凶残和强暴。

葡萄老人说:“你是我们的老朋友了,好孩子你知道,我们也是儿孙满堂,也有自己的家、自己的土、自己的住处、自己的小窝。你看到这大雪天了吧,我们把大雪挡在了外面,用头发和后背把大雪给遮住了。你可以到我们的小窝里来取暖,来躲一躲这漫天大雪……”

我用力地蜷缩身子,试图从葡萄藤蔓的缝隙当中走进去。好密的葡萄藤。我费力地往前走,有一个手臂不断地在牵拉我,那是些顽皮的小葡萄树。我听到了呵斥的声音,那是长辈在斥责晚辈。我发现,在宽宽的葡萄架下,有一个地方温暖如春,那里没有一片雪粉,到处都暖融融的。葡萄开出了米粒似的花朵,清香扑鼻。在葡萄架下,最深处有一个石桌,一个白发苍苍的老人坐在那里。他招呼我坐下。我知道这就是整个葡萄家族里的长辈。他目光里充满了慈爱,这目光让我觉得似曾相识。我想了想,想起了我的外祖母。我发现他的头发像外祖母一样白,不过他是位老爷爷。我在他面前简直弱小可怜、单薄到了极点。我的智慧也远远比不上这位老人。我突然想向他请教远行的道理。于是我就道出了心中的隐秘。

“有一天,假使我因为什么,非要离开这片葡萄园不可……”我这样说着,声音发颤。我知道那是因为胆怯害怕。

葡萄老爷爷点点头:“只管说下去,孩子。”

我说:“我不是一个安分的人,这一点您可能也知道了。不过我想,我做不到的事情也不该向您隐瞒,我不会发一些空洞的誓言。告诉您老爷爷,我心上揣了家族的大事,我不会一直待在这里,因为我要追赶一匹红马——也许,到了那一天,我会突然离开……”

乌　鸦

一

我说着,说着,满脸红涨。老爷爷拂须点头。

我又告诉:只要葡萄老爷爷能够原谅,我就会得到宽恕……

老人微微一笑:“小茅屋里的人会吗?”

“……会的。”

“新结识的那些朋友会吗?”

“也……会的……”

老人又问:“那么,那个额头鼓鼓的小姑娘? ……”

我迟疑了一下。

葡萄老人沉默了一会儿,说:“你可以离去了。不过你不要走得太远,特别不要在杂树林子里迷路。你刚离开的时候可以走得慢一些,还可以常常回去;当你认准了路径,觉得体力也还受得了时,再放开步子快走。”

我多么感激老人。我伏到他的身上,紧紧搂住他的一只胳膊。这时我觉得他像我的外祖母一样可亲可敬——“我永远忘不了您的指点,忘不了您宽阔的胸怀。”

老人说:“用不着。在这大雪天里,所有活物都要躲避寒冷。你知道寒冷才是最可怕的,它能把所有的东西都冻僵,使它们的血脉停止流动,然后再把它们杀死。你看——”老人说着把宽大的袍子抖了抖,从里面涌出了许多小兽。我看到了小野猫、小兔子、乌雀、小狐狸、獾、小刺猬,特别让我奇怪的是还有一只乌鸦。

“老爷爷,我认识这只乌鸦!”

“是吗?”

“是的——已经很久了,它就蹲在我们的葡萄架上。”

那只乌鸦用悲哀的眼睛看着我。我伸出手来,它跳到了我的手掌上。

老人告诉:“这只乌鸦被它的族人赶出来了。”

“为什么?”

“因为它做了背叛家族的事情,就再也不能回到族里去了。从今以后它就没有家了,它要到处流浪,随遇而安——它这些天是在寻找一个远行的伴儿,它觉得没有人可以与它同行。”

我说:“可能它在打我的主意,它也看出我是无根的人。因为它一直就在这园子里注视着我——它已经注意我很久了。”

老人笑笑:“那么你就带上它走吧。你不要嫌弃它是个乌鸦,不要听那些关于它的奇怪的传言。它不过颜色黑,那是被同族的人染的,它其实是挺好挺好的一只鸟,没有什么古怪毛病。它不会吵闹你,你需要它的时候,它还可以为你唱一支歌子哩。”

我抚摸着乌鸦的双翅,它笨拙的嘴巴在我的手背上碰了碰,我知道它在吻我的手掌。我发现这还是一只很年轻的乌鸦。我想:这么年轻的一个小生命,会有什么过错呢?

“它生在一个黑暗家族里,族长是个心狠手辣的家伙。就因为它在家族祭奠先人的时候,一不小心咳嗽了一声,就惹怒了族长。”

我问乌鸦:“你为什么咳嗽?”

乌鸦说:“因为我嗓子发痒,你知道,它们祭祖的烟火太旺了,那些黑烟我受不了,呛得我老要咳嗽。开始我忍着,后来眼泪都憋出来了,终于忍不住咳了一声……”

我深表同情。我看到年轻的乌鸦又涌出泪水来。我对它说:“你一个人并没有什么不好,离开了家族,你可能会活得更好,更自由自在。不信你试试看。”

乌鸦点点头又摇摇头:“我明白,不过——我的家族……”

“一时的畏惧总是难免的。不过你一定要离开,一个人飞远些去吧。”

“我,我飞?”年轻的乌鸦直直地望着我。

“因为你生在一个黑暗家族里,你离这个家族越远,就越能活得健康。你自由了才会健康——这也是对生命最好的报答。”

葡萄爷爷也深以为然。乌鸦若有所悟地点点头,厚重的嘴巴又一次碰到了我的手掌。

二

葡萄爷爷领着我们在他的园子里转着。这时候我才发现：外面大雪铺地，而这里的春天却宽阔得没有边缘。到处是一些幼小的葡萄。它们在春天的艳阳下伸展腰肢，做出了各种各样的舞蹈动作。它们的腰那么柔软。这都是绝妙的、我从来没有见过的神奇舞姿。这就是原野上植物群落的欢舞，自由而且奔放。我想：这种舞姿即便是罗玲也没有啊。

我往前走着，后来就发现了两个人：一位老人，一个少女，坐在葡萄架下的石凳上。我差点儿惊奇地喊起来。乌鸦在我耳边上小声地咕哝了一句，我才明白。原来这就是罗玲，她身旁的人，就是那位老红军。我不愿打扰他们，只远远看了一眼老人的那头白发。我发现罗玲正挽住老人的一只胳膊。

葡萄老爷爷对我说："不要紧，在我们这儿的春天里，你做什么事情都不会受到责怪。"一边说着，他向两个人招手。老人被罗玲搀了起来，一起过来了。罗玲像对待一个久别重逢的朋友那样，老远就张开了手臂。她拥抱了我和葡萄老爷爷，满脸欢欣。她喊着我的名字，问我从哪里来，到哪里去？我告诉她，我来自那间平原上的小茅屋——我从拐子四哥、斑虎他们那儿来。她沉思了一会儿，突然问："你不是要出发到远处去吗？"

"是的，去追赶外祖父的那匹红马！我是来告别的，找葡萄老人告别……"

罗玲不做声了，她看一眼老红军。他很惊奇的样子，一会儿又垂下了那双饱经沧桑的眼睛——他以为我什么都不知道。我真想问问他那个悲惨的冤案："六人团"；我还想从头述说我们一家人的故事，特别是外祖父和父亲最后的日子——我最想说的还是外祖父的那匹红马……我好不容易才忍住。罗玲低下头,咬了咬嘴唇,望了望春天的太阳。看得出,她很难过。我只有这时候才明白:她愿意在这片平原上有我这样的伙伴,我们将一起洞穿那些历史隐秘,移开沉重的黄沙。她心里并不愿我独自远行。也许当我离去时,她才会真正体味到失去的是一位多么重要的朋友。

天渐渐暗下来了,已经不能再谈下去了。葡萄老爷爷挥了挥手,我们就离开了。

到哪里去呢?我随着那只年轻的乌鸦往前走。走啊走啊,一口气走到了春天的草地上:我觉得脚下这么柔软……我伸手抚摸着,发现到处都是大朵大朵的粉色的苹果花,它们播散出的香气使我一阵眩晕。我好像觉得那棵无比高大的李子树就在离我不远的地方,它那云雾一样的银色花朵密密地向我涌来。可我看不到它,我只能感觉它;我只能感觉这满地厚厚的粉色的苹果花。它们还在降落,降落,像雪粉一样,一挨上我的身体就慢慢融化,变为一滴晶莹,就像泪滴。这是肖潇的泪滴,是她依在我的身旁,无声地泣哭。

我躺在这片花的海洋上,一点点睡去。梦中我看到一匹红马在原野上奔驰……

不知睡了多久,突然我听到了一阵阵的呼喊。这喊声由远而近——接着是一只狗的吠叫,这声音是那么熟悉,我没有睁开眼就知道它是斑虎。我知道斑虎正迅猛地跑过来,跑过来,它吠叫着,最后揪住了我的衣袖。我觉得手脚有些僵硬,我想挽住斑虎的脖子,可两手怎么也伸不开了。啊,我的身边原来站了这么多人:拐子四哥、万蕙、肖明子,还有那个哭哭啼啼的小姑娘——鼓额。

“你怎么哭了?”

“宁伽哥,宁伽哥,我们到处找不见你,找不见你。后来,斑虎在这里叫啊叫啊,我们就跑来了。”

“我正在睡觉……”

“你昏过去了。你冻昏了,倒在葡萄架下。宁伽哥,你好吓人哪。”鼓额哭着说。

我发现万蕙也在揉眼睛。拐子四哥一拐一拐地走近,把我搀起来。肖明子这时弓起了瘦瘦的脊背,我就伏到了他的身上。他和拐子四哥把我搀扶着往茅屋走去。我想起了什么,回头望了一眼——那个葡萄老爷爷没有了,满地的春花也没有了。

我失望地闭上眼睛,马上听到了一声粗粗的喊叫——原来是那只乌鸦,它就站在离我不远的一个石桩上。我向它点了点头。

你在高原 我的田园

卷四

第二十二章

病　卧

一

一场雪地事故之后，我的身体明显衰弱下来，以至于长时间昏昏沉沉，像进入了漫长的冬眠……

春风吹响了屋顶海草，并把积了一个秋冬的沙土撒到窗子上。斑虎迎着西风吠叫，那是一种焦虑的、呼唤的声音。海边传来了断断续续的号子声，打鱼的人要出海了。

这场冬眠使我耗尽了体能。拐子四哥取来镜子，我发现自己眼窝深陷，脸色蜡黄，头发变得又脏又乱。万蕙要替我洗洗头发，我谢绝了。但愿春天进一步深入之后，我的冬眠也随之结束，那样就再也不必蜷曲在这个大炕上了。只要我的双腿能够挪动，我就会离开这个茅屋。

在我病卧不起的这些日子里，拐子四哥从小城里请来了最好的医生。他们都觉得我没什么大病，严格讲是没病；而我却不能康复。我十分虚弱，起来行走时要拄着拐杖。在最困难的几天，我差不多做不到生活自理。肖潇来了，罗玲也来了。罗玲流出了泪水；肖潇长时间坐在炕边，握住了我的手，用平静的目光看着我。

我对肖潇说："我没有病，只是太疲乏了。秋天紧张了一阵，冬天的葡萄园没有多少活儿,我心上一松就倒下来了。不发烧、不咳嗽,身上也不痛,只不过是太懒惰了,一步也不愿活动。”

“你瘦得这么厉害,脸上没有血色……”是罗玲的声音。

我想这是因为长久不活动,食欲不好的缘故。很长时间了,我每天只喝一碗稀粥。拐子四哥弄来了玉螺和红鱼,这在往日里都是美味,现在让我闻一下都要呕吐。到后来他们干脆只给我喝玉米糊糊,吃一点儿咸萝卜条,这种情形大约已经拖延了一个多月,我的气色怎么会好。肖潇叹着气。

万蕙见罗玲哭了,也在一旁擦眼睛。女人的泪水让人心酸,好像真的要发生什么大难似的。我觉得万蕙,还有跟在她身边的那个小鼓额,是最使人难过的两位了。她们没有更多的话来表达心中的忧虑,只会哭哭啼啼。为了证明自己和安慰她们,我不止一次强撑着站起来,扶着墙壁走一会儿,豆大的汗粒立刻挂在我的腮上。大约四周的朋友从来也没见过我像现在这么糟吧。我这个赤脚在大地上奔走的人,渴了就喝路边的生水,却很少生病,怎么这会儿突然就倒下了?拐子四哥总是说我因为晕在雪地里,长时间躺在那儿,寒气顺着毛孔进入了内脏。他把自己的想法告诉了医生,医生笑了。他们是西医,压根儿没有“寒气”这个概念。四哥见说服不了医生,最后就自己捣鼓起什么东西来了。他找来了浓浓的黄酒,又在里面掺了什么,熬了几大碗让我每天喝一点儿。这些东西喝进喉咙里辣辣的,又香又酸又甜,咽进肚里又觉得隐隐发烫。不出半个钟头,浑身就涌出了豆大的汗粒,衣服都湿透了。拐子四哥说:“你知道吗?黄酒、姜、红糖,这些可都是祛寒的东西!我有时在野地里着了凉,就用这法儿,你试试看。这是赶长路的人留下的一个老法儿,百发百中!”

拐子四哥的药果真见效。两天之后我觉得身上轻松了一些;又待了几天,我竟然能够扔下拐杖,也不用扶墙,直接在屋里挪动了。我多么高兴。我想这样下去,剩下的问题大概就是慢慢地恢复体力了。

我希望他们不再理我,让我好好清静一会儿。我催促拐子四哥领上鼓额、万蕙和肖明子他们到园子里做活儿去——要知道冬雪开始融化了,葡萄园里要有很多活儿等人去做。被冬天的风暴吹坏了的葡萄藤蔓需要他们重新捆绑到架子上,还要修剪枝条、追肥;过不了多久,当天气变得再暖和一些时,就要开始浇第一场春水了。拐子四哥终于扔下我,领人到园里做活去了,这样屋里就剩下了我自己。

我发现经过这一场折腾,身上一切多余的脂肪全耗尽了,整个人既变得衰弱不堪,又显得异常轻松。我的眼睛陷在里边,可它仍然有一股尖尖的神气。我的头发脏了,可它们蓬散着,遮去了前额上那几条浅皱。鼓额常常从窗上往里望,我不止一次安慰她说:鼓额,你别在那儿看我了,得病是经常的事。你去做活儿吧,再不要从窗上偷看我——这样养病的人会生气的。后来她就不再偷偷地观察我了。

二

肖潇是一个例外。她几乎每天都来这儿一次。在她看来,我的这场重病与她是绝对有关的——她没有这样说,但我们两人都心知肚明。她坐在旁边,有时长时间不说一句话。她常常将手放上我的额头,那是在试温度。有时她带来一本书,声音低低地读上一段。当她停止朗读时,眼睛一定在观察我。在这安静的时刻里,在听她朗读的时候,我是幸福的。我觉得葡萄园里的这个春天很好,多少年来,我难得有这样悠闲的、平心静气的时刻。我的心被一种柔柔的东西安慰了。与我不同,我发现肖潇在这个冬天里保护得很好,风沙没有把她的面庞和手弄得粗糙,她的皮肤闪着青春的光泽。她穿了一件边缘上有着一圈毛绒的呢子上衣,领口那儿被灰蓝色的毛绒覆盖着。这件衣服做工讲究,使她整个人看上去显得既时尚又端庄。她告诉我,她那个子弟小学大约有一半学生考上了市里的重点中学,她和她的学校都受到了表彰。看得出这种荣誉对她依然重要。我问:“你为这个很高兴吗?”她点点头,“那当然了。你知道这很不容易。我们在全市的小学里排列第二,你知道这有多么难吗?”

我点点头。这是她的事业。

肖潇是认真的,她高兴得有道理。她把整个身心都献给了孩子们,这个世界上还有什么比这个奖赏更值得她兴奋和愉悦呢?这大概比我们葡萄园的丰收更有意义。

“你在大雪里昏过去了,那一天真吓人。你当时什么都不知道……真傻。那一天是怎么回事?”

我没有做声。她可能不会明白,当一个人浑身灼热,处于从来没有的幸福和不知所措的特殊时期,有时就会忘乎一切,就会疯狂,他甚至会过高地估计自己的耐受力,不顾所有危险和漠视所有的危险——这个冬天里的我就是这样。在大雪覆盖的深夜里,特别是月色通明的时刻,我一瞬间陷入了可怕的畅想或幻觉。在那样的时刻,我一个人在屋里是待不下的——我只想倾诉、奔走或相告。但是没有一个人,如果有另一个人,那就是藏在心底的你了。然而我们之间的秘密没有任何人知道,他们不懂我为何彻夜不眠——从那个夜晚之后我真的常常如此。我在自己的泥巴写字台前翻书、走动,只是不再舍得每一个美好的夜晚。我可以一连几个小时回味那个时刻,它的每一寸光阴,并不时地陷入羞愧和喜悦。我不知道在天亮以后、在某个时刻,再次见到那个美丽的容颜时,我将怎样去应付那种突如其来的惶恐和错乱……就在这样的情状之下,在一天晚上,我竟然像喝醉了一样,摇摇晃晃,冒着铺天盖地的大雪走向了园子深处,而且谁也不曾发觉。

“你太孤单了。我觉得你在这片园子里,无论怎么说,还是太寂寞了。你过惯了另一种生活,你也许需要一大帮朋友,可惜他们离你那么远。”

我听着。我不知这是她的一种真实判断、一种忧虑,还是话中有话?难道我们之间,我们的那个夜晚、我的不顾一切的迷恋,全是因为这种告别了城里朋友的“孤寂”所致?不,你知道事实上完全不是。更真实的情形是,对我来说,这片园子和你早就构成了一种深刻的、双重的吸引——这是从那次初识开始的。我几次想将这些话一吐为快,几次又忍住。这些深藏心底的隐秘,即便在那个夜晚都未曾吐露,以后也就很难说到了。我经过了那样的一夜,开始明白什么叫“饮鸩止渴”:至爱与迷恋等同于不可救药之毒,从此深入骨髓,我将不再有一丝转活的机会。我将在绵绵不绝的思念之中、沉湎之中死去。在今后的日子里,我的魂灵将幸福而又不幸地漫游下去,在余生的旅途上,在一切我们曾经流连过的地方,耽搁或游走。我断断续续、自语一样说道:

“我终于明白了,明白了武早为什么会那样……”

肖潇随我重复一个名字:“武早……”

“他今生都不会康复。”

“天哪,他会的。”她握起我的手。

“他也许会从墙里走出来,可是只要还有记忆,他就不会康复。”

肖潇站到窗前一会儿,又靠近过来。这屋里很静。我这一段才发现,只要她来到了这儿,其他人很快就会离开。包括罗玲,他们都想让我们俩有单独说话的时间——这是我得病以来刚刚注意到的一个现象。眼前的肖潇却未有一丝不安和羞涩,落落大方。这对我是多大的安慰啊。我这会儿又记起了她的许诺——不,那是我们共同的约定:今后她要待我像一个兄长——一个有血缘关系的兄长……这是怎样的情分,又需要怎样的适应和理解。我看着屋顶说:

“我从来也没有这样矛盾过、犹豫过。这些夜里再也睡不好了。我知道这样煎熬下去会有什么结果。睡不着,吃安眠药也没用——奇怪的是那样反倒让我更精神。有时我半夜离开屋子,在葡萄园里走着。有的鸟儿被惊起来,它们扑棱棱飞走了,就飞向了园艺场的方向。我的思路也给牵到了你那一边——我想自己这会儿变成一只鸟该有多好啊,那样我就可以自由地飞到你的窗前了。你到底年轻,有更健康的神经,一个人住在这儿,远离父母和家庭,竟然生活得那么好,有滋有味儿的。比如说你一天到晚那么愉快,还常常弹琴,唱一支歌……”

肖潇故意打断我的话:“我真的愉快!我现在有了一位兄长,还有一群可爱的娃娃。我一看到他们红苹果似的脸庞,什么忧愁都没有了。你看看他们两汪清水似的眼睛,弯弯的眉毛,娇嫩娇嫩的小脸蛋,你会想:人生多么好啊,这里的一切多么好啊……”

我在想她的话。是的,她和孩子在一起——任何动物在幼小的时候都是那么美。我看到那些刚刚羽毛丰满的小鸟,像肉团团似的小鸡小鸭,它们都很美;特别是刚刚学会奔跑的拳头大的野兔,让人又疼又爱;胖胖的小狗,走起来一晃一晃站不稳的样子,看它们灰色的眼睛、湿漉漉的鼻头,再看看它们软和和的绒毛,还有那个可笑的、饱鼓鼓的肚子……它们能够唤起你多少柔情,让你充满了爱。这是当然的。问题是她真的像看上去那样轻松吗?一个人永远和孩子们在一起,就能够有效地挽留自己的童年吗?

大概我今生最大的缺憾,就是过早地离开了童年——我的心里装满了沉沉的黄沙,使我从很小的时候就告别了欢畅和跳跃。仅仅依靠美好的回忆,这是远远不够的;除此而外,我更多地依赖劳动,依赖劳动的汗水冲走心上的沉郁。我的不安和焦躁也只有在劳动中分解和遗忘。劳动是永恒的,劳动就是希望和粮食。可是除此之外,其他呢?那个夜晚呢?我怎么办?我仍然只能求助于劳动吗?

我无法回答……

三

当谈话停止时,我就闭上了眼睛。我的思绪一霎时就能跑得很远,沉入遥远的往事。不知怎么,各种各样的思念很快从四面八方把我围拢……我的牵挂是那么多,我在病榻上回想起的是那么多。在这场冬眠里,我几乎不吃不喝,就靠回忆和思念来维持自己的生命。我回想又痛苦又幸福的学生时期,回想了我的友谊——被扬弃和被珍藏了的各种各样的友谊,还有我的铭心刻骨的关于爱的纪念;我的无数次的被中伤、被欺骗、被可怕地出卖……我不明白这是为什么。我严厉地责备过自己,可有时候我又的确找不到什么理由。我想请求原谅,可是找不到根据。如果我伤害了你们,如果我伤害了你,如果我真正负有责任,那么我将严厉地惩处自己——可是你总得给我一个理由、一个依据……人哪,只要是一个人,就必得承认自己有顽劣的一面,不可理喻的一面。发脾气、暴躁、毫无来由地发火……你回忆一下,回忆吧!即便对你至亲至爱的母亲,那个无比慈祥、对你千疼万爱的母亲,对你一夜一夜牵挂、愁白了头发的母亲,你是否也呵斥过她?是否也毫无来由地责备过她、埋怨过她,使她泪眼汪汪?我们对自己的母亲尚且会这样,那么对路人、对朋友、对兄弟、对身边的人呢?让我们彼此都如此追索,寻找这种不近情理、指认这种丑恶和残酷吧!让我们在安静的时刻里去自我责备吧!让我们去寻找自己身上不可原宥的一切……

那个夜晚我们手扯手地往前,在呼鸣的北风里竟然一丝都不觉得冷,站在一块儿,无所不谈。一颗心,一双手,都是滚烫的。你的眼睛啊,像深深的湖水一样闪亮。我吻你的眼睛,你后颈上柔柔的毛发,让你像小猫一样用力地缩起脖子。我们走啊走啊,离那片园林终于不远了……无论何时回忆起这些,我都会感激和沉醉。我不知道一个生命还可以经历这样的恩惠和考验——不错,它也是一种考验……

我请肖潇讲一些故事,讲一些自己的,特别是童年的故事。

肖潇讲的时候,我听得很用心也很愉快,可是后来却再次陷入了沉思默想,思路再也不能保持开始的清晰。最初我还可以与她的故事共鸣,后来思绪就混乱起来,再后来就开始了自言自语。肖潇惊讶地瞪大了眼睛,不得不停止叙说。可她不愿打断我。

我不知自己说了些什么,我吐出的声音回荡在耳畔,好像要去矫正自己证明自己……我说我把一切都梳理得井井有条:你看园子里刚刚垒好的地垄,它们用锹拍过,用耙子耙过,一排排的葡萄架,白色的石桩。你远远地看一眼,会觉得它像手工绣成的织锦。不过你会遗忘的,那时它们很快就会荒芜——条理只是人绷紧了心弦的那一会儿。你要一直绷紧心弦——可谁也不能总是这样绷着,你稍一放松它也就混乱了。我们只得任其自然,不敢责备荒芜——多少人责备荒芜,那是荒唐的。荒芜实际上是一种非常自然的状态,荒芜可不是一个道德概念,荒芜就是荒芜……我们也不能让梦境停留——梦就像海市蜃楼一样,它是晃动的、短暂的。它本身只是幻觉,是人的一种幻想。强烈的思念,巨大的热情,滚烫滚烫,像火山爆发时的红色岩浆往前滚流,一切都被它们融化了——不过它们最终还是要冷却——勤劳的人不要厌弃百无聊赖的人,清晰的人也不要嘲笑满口梦呓的人。因为这不过是又一次走进了荒芜,荒芜可不是一个道德概念。武早就是一个失去条理的人,他也同样可爱;象兰头脑明晰,人又美丽,好像幸运的男人都该去爱她似的……象兰那么美丽,可我觉得她就没有武早可爱。那个天才的酿酒师在我眼里是一个无与伦比的男子汉,刚劲有力。尽管有时头脑陷入了荒芜,他还是了不起——那是一种伟大的荒芜。我觉得我们俩才是志同道合的人,一起清晰,一起紊乱。我们应该和着一个节拍在大地上舞蹈,一直向北……海浪也在舞蹈,我们要在大海边上跳舞,你看那一群群拉网的人,他们呼喊的号子就是最强烈的音乐,节奏分明。那震响在荒野和大海分界线上的强烈音乐啊,美妙绝伦。还有天上的闪电、雷声,那是彩色的音乐。那种音乐不仅有颜色、有激光,还有气味——就是如今最流行的"气味音乐"。轰轰的雷声响过,雨点——音乐的细丝扫过整个天宇,然后你就可以嗅到一种甜丝丝的气味。那种气味清新甘美。这是老天爷的音乐。让我们大家手扯手,拐子四哥、鼓额、肖明子、罗玲,所有人都手扯手,围成一圈,围着天底下最大的一堆篝火——太阳——跳个不停……

肖潇握住我的手,大睁着双眼。她又一次被我的呓语惊住了。

春　天

一

肖潇不知什么时候把手缩回去了。她站起来。

我睁开眼睛,觉得眼角有什么流出来。我赶紧闭上眼睛。屋里太亮了……

"你站起来走一走好吗?站起来走一走。"

我扶着墙壁站起,试着往前挪动,一直走出了茅屋。肖潇跟在我的身后，准备随时帮我。阳光刺眼，外面到处都像水银在反射光亮。这个春天哪，就像小村里点起的那种雪亮亮的煤油汽灯，直刺我的眼睛。春天就是一盏巨大的煤油汽灯。我看到葡萄树在阳光下扭动，绿芽开始伸展，长长的须蔓也开始长起来，一种不可遏制的兴奋鼓舞着我，让我忘乎一切地奔向田园深处——可惜我再也挪不动脚步。做活儿的人都回头看我，我只能在原地抖动。有一柄铁锹插在身旁，我就试着抓住了它。奇怪的是我的手一沾到锹柄上就立刻变得有力了。

我试着把锹拔出来，没有成功。拐子四哥走过来，我没有做声。他看了一会儿就走开了。肖潇重新把我扶进屋里……

我的葡萄园哪，它又开始了自己的春天。我坐在门前看着，这是很长时间里第一次看着别人在艳阳下劳动。劳动，多么好的劳动啊。劳动可以让人把一切不快都忘却，劳动也可以带来全新的希望。劳动才是深深的安慰，劳动才是一杯真正的醇酒。我甚至站到离门口最近的一个葡萄架前。一束藤蔓散在了地上，我把它们理顺，重新整理到架子上。粗粗的藤蔓开始蜕皮，又脏又老的旧皮剥离之后，露出的是清嫩的新皮——这让人想起婴儿的肌肤。我觉得它们的血液都是新鲜的，汁水丰富，蓬勃旺盛。一簇簇的叶芽鼓胀着，一些绿色的长须仿佛在一路欢叫着往上蹿动——这是生命的舞蹈！在春天的太阳照耀之下，绿色的生命在狂舞、奔腾、喷射。这是历经了一个冬天的压抑之后突然迸发的激情……

汗液沾在我的脸上、手上，我觉得全身都火烫烫的。小甲虫在土缝里活动；一些小蚂蚱，刚刚生成的雏儿，跳过来又跳过去。葡萄藤蔓在我手中缠绕，在架子上缓缓蠕动。它们扯起手来把我环绕在中间。满园的葡萄树都在舞动、呼喊。它们把巨大的篝火围在了中间，欢呼，啊啊歌唱。风沙远去了，它们舞动着，踏在高高的葡萄架上，脚不沾地一阵阵狂舞。在这样的时刻，各种小动物也赶来凑热闹。我看到一群长尾巴喜鹊在园子上空掠过,雄鹰在高处翱翔,野兔从葡萄架下一蹿而过。枝叶间隙到处都是麻雀,它们在石桩上滚成一团,那也是一种奇怪的舞蹈。高空、林梢、地面——这种立体的欢舞、这种强烈的节奏、这种不可压抑的春之狂涛,溢满了整个葡萄园……

鼓额在远处呼喊,肖明子"哎哎"应答;万蕙和拐子四哥他们在高声谈笑。各种喧闹的声音从四方汇拢而来,又从葡萄架下迸溅而出……

春天越来越深入,整个原野变得一片葱绿,灌木丛密密匝匝,鸟雀在里面尽情闹腾。杂树林子又变得密不透风、遮天蔽日了。各种各样的野花在盛开,只要仰头,一股股药香味儿就会扑鼻而来。

打鱼的人多起来,他们又开始与拐子四哥交换东西了。四哥给他们蘑菇和蔬菜,对方就给他一些大鱼。他还给他们一些瓜干酒,让这些贪杯的家伙乐得合不上嘴……

这个春天比起记忆中的另一些春天,好像更加变得鲜花遍地,酒香遍地;茅屋里的每一个人都由于良好的营养和清新的空气而兴奋昂扬。大家皮肤上闪着光亮,眼睛里满是光彩。我觉得身上的力气在一点点增多,只是到了每天的半下午时分,才需要爬到炕上躺一会儿:这时候我的头颅沉沉的,整个人昏昏欲睡。每天的这段时间肖潇会准时过来陪伴,携来一些吃的东西,并长时间坐在我的身旁。这个时刻屋里空无一人,她会一直握住我的手。我并未睡去,但一直闭着眼睛。她身上的气息就是良药。她坐在这里,春天即在身旁。我夜里没法不做关于她的梦,许多梦境总是与眼前的人连接一起,让我难以启齿。我至少想亲吻一下她的手,可惜没有这个勇气。我像梦呓一般念道:

"我,多想那天晚上,我真想再次'中蛊'啊……"

肖潇马上生气地站起来，但后来还是坐下了。她口气有些严厉——当然是故意的："你真的这样想？你真的这么固执？"

"只有你知道我的病根！可是你只能袖手旁观……"

肖潇再次站起来……待她重新坐下时，眼睛里流出了委屈的泪水，有些哽噎："你别这样——你别这样好吗？你如果真的要那样、非要那样，而且不再原谅，真的那样固执，认为那样自己就会一好百好，那么就把我交给你惩罚吧……可是我们有过承诺——那其实就是誓言，是咱俩的誓言啊……你听到我说什么了吗？你如果听到，就点点头吧！"

我点了点头，愧疚难言。她于是再次握住了我的手。

外面，拐子四哥动不动就唱起来，他和朋友们都不知道这间屋内正有一场怎样的谈话。他们当然也不知道这场病的真正缘由，不知道那个初冬里发生了什么……四哥拖着一条拐腿走来走去，有时还顺路到园艺场，走向西边那个海草屋。有一次他竟敲开了那个老太太的门，回来时满脸酒气，对我说：

"这老妖婆子，正和小村里的老经叔喝酒呢！这两个人还想把我灌醉呢！其实他们两人加起来也不是我的对手！不过我以后得经常去了，那老妖婆屋里好吃的东西可真不少……"

关于那个老人的一切都让我好奇。我用心听着。

"她做的酱菜可真多！有些是海滩上长的，有的就是从海里、从河口那儿捣鼓来的，什么蟹子虾米，冒油的马面鱼肝，还有腌了一冬的蜊子糊……老妖婆净吃些古怪的好东西，她知道去哪儿搜来可口的吃物，这比我和万蕙还多了一手。那天她喝酒时候还问了你，我说你这个春天过得可不怎么样，你病得不轻啊，现在刚刚好了一点点，脸还蜡黄、人还不能走远路呢！谁知她一听就不喝酒了，咕哝一句'好可怜的孩子'，然后向着窗子念叨了好一会儿。老经叔小声对我说，她这是给你园子里的人祷告呢！我说咱才不信这一套,老经叔立刻虎起脸说:没有什么比她的祷告更灵验,不信你回去看看吧,你家那个小子一准见好些了!我就这么急着赶回来了——哎,我说呀,你这会儿真的觉得好些了吗?”

我笑了。我伸伸胳膊踢踢腿,说可能吧,身上蛮有劲呢。

四哥端量着我,又退开一步,摇摇头:“老妖婆说,‘你回去看看吧,要是再不见好,早些回来告诉我,我给他去下服药——以后有病就早些吱声,神医离你们这么近,让病缠上还不冤枉?’妈的,说得活活像……不行的话,咱真让她来看看,吃她儿服药?”

我赶忙摆手拒绝:“算了吧,千万别!她如果给我下了蛊,我就真的活不成了……”

二

在我们谈话的整个过程中,鼓额都伏在窗前,她不愿离去。我知道她的小耳朵正在用心地捕捉呢。我明显地感到她越来越忧心了——她怕我出事,也怕我有一天会突然离开。她总是担心我不会在这片园子里待下去,这可能也是别人的议论影响了她。她知道那样就会失去葡萄园——在她眼里,她下半生的命运就与葡萄园连在一起了,她想一直在这儿干下去。她当然明白我对于这个葡萄园意味着什么。她强烈希望这片葡萄园能够永恒,那样她就不必回到那个黑苍苍的家,不必再回那个倒霉的村子了。她觉得那里的一切都没有希望,而这片葡萄园给了她全新的生活,全新的希望。我很难忘记她说过的一段话,那话的大意是:她打生下来就没想到生活还会这么有意思!本来就是做活儿啊、忙这忙那啊,可这儿真是有意思,真是让人快活……在她眼里这才是理想之地,青春之地,她愿把自己的一生都献给这片葡萄园。我那会儿听了多么感动,只是忍住了什么也没说。我最担心的是我们的葡萄园使她伤心失望,我甚至因此而有些害怕……

她的父母有时实在想念她，就赶来看她。不过那两位老人并不进屋，他们就在园边站着，一声不吭地等着自己的女儿，等她到园里做活儿时再小声把她唤到身边——有一次我发现了他们一家三口站在那儿，心里一阵难过：两位老人哪，你们为什么不到茅屋里来，为什么呢？你们有什么好惧怕的？难道这里有谁不欢迎你们、嫌弃你们吗？可是当我走过去时，他们就躲到葡萄藤后面去了——只有鼓额转过身来面对着我，她以为我没有看到她的父母。我说：

“鼓额，让大伯大娘进茅屋里来吧。”

“没有——他们早走了，他们离开了。”

“不，他们就在葡萄架后面。”

我喊着他们，走过去。可是两个老人正在弓着身子躲开，钻到了园子旁边的树丛里。他们简直是跑着逃开了。

我站在那里，心里难过到了极点。

我不知这是为什么。我又不是一个豺狼虎豹，他们为什么那么害怕啊？我哪里犯下了过错？哪里对不起他们？我百思不解。

有一次两位老人又来了——因为他们实在不放心自己的女儿。这一次我没有走过去，只在离他们不远的地方注视着。我听不到他们说什么，但我想那是鼓额在责备父亲和母亲。她不愿让他们来这里。为什么？不知道。我看见这一次鼓额哭了，一根草梗在手上缠来缠去。她的父母一声连一声地叫她。后来鼓额靠到妈妈怀里，妈妈把孩子的额头贴在胸口上。我差不多听见母亲在说：“我的好孩儿呀，我的好孩儿呀。妈妈也不愿来这儿给你丢人现眼，妈妈没有好衣服穿，可是妈妈想你啊，你该回家去，回家去……”

我低下了头。这一幕我大概很难忘记。我心里说：鼓额啊，你的父母是天底下最好的人，就像这片平原上千千万万的树木和人一样,活得堂堂正正。他们不停地劳动,就为了把你喂养起来。他们流尽了汗水。你不该这样,不该这样!

我看见鼓额从怀里掏出一小卷包得整整齐齐的东西,塞到了妈妈怀里。妈妈掏出,她又给她放进去。她们就这样推搡着。最后,做母亲的从那个小包里抽出了两张票子还给了鼓额,鼓额又重新还给了妈妈——那是我们葡萄园里发的月薪,鼓额一直保存着,这时候全部交给了妈妈。

我不愿再看下去。

两个老人又待了一会儿,互相叮嘱着,走了。我明白了:鼓额不好意思让我看到贫寒的父母。鼓额啊,你不觉得我也是这世界上最贫寒的人吗?我一无所有,一无所有,既没有青春,又没有父母。我的父母早就不在了……我是一个孤儿,我在这片平原上比你还要贫寒。这么多年来,我只是一个人走来走去。鼓额啊,你的自尊用错了!你就没有想一想,贫寒是他们的过错吗?是这片土地的过错吗?你怎么能因为贫寒而羞愧呢?如果你是贫寒的,那么其他人呢?

我不愿回忆自己的过去,因为那不仅仅是贫寒,还有永生不愿提及的深深的屈辱。也正因为这样,我才敢于面对那一切说出一声“不”……就因为这贫寒,你的身体没有很好地发育起来,但心灵已经足够丰富。你刚刚长成一个少女的模样,有人就要欺侮你,可是你能够奋起反抗,能够回击,力量之大让他们大吃一惊。实际上那些恶棍们错了:他如果侵犯了你,必将付出生命的代价!是的,他将不被饶恕!

鼓额,你如果真的不愿自己的父母来葡萄园,那你就经常回家吧,回家吧……

我坚持让鼓额回家,因为再三劝导,她就不得不回家了。

为了安全起见,她每一次离开我都让肖明子或是拐子四哥陪伴——直到接近村口时他们才返回。她回葡萄园的时候，则由父亲送上一路——接近园子的时候，鼓额总是让老人回去。有时我正好可以在园边看到他们父女分手。

血　迹

一

那一天我们围在一起吃晚饭，谁也想不到鼓额会回来这么早。太阳还没有完全落下，葡萄园沉浸在灰蒙蒙的暮色里。突然，斑虎在饭桌旁抖了一下，接着就抿了抿嘴昂起头来——它肯定察觉了什么，这时呜吠一声冲了出去，箭一般投向园子深处。我们看见它一路呼号，一直向南，又拐向西，钻到了那片杂树林子里。

我觉得有什么不对劲儿。拐子四哥立刻掮起枪跑了出去。我艰难地随上他。

他向着斑虎吠叫的地方跑。斑虎在那儿狂吼，接着是呜呜泣哭的声音。他一边跑一边呼喊着它……我同时听到了一个女孩压抑的哭声，我马上在心里喊了一声："鼓额！"

我预感到有什么事情出现了。肯定是发生了什么。拐子四哥一拐一拐地跑，我紧紧跟上……

鼓额和斑虎待在了一块儿。我第一眼看到的是，鼓额满是血痕的胳膊紧紧搂住了斑虎的脖子，斑虎鼻子一耸一耸，发出了那种抽泣的声音。鼓额这时看到了我们，哇的一声哭出来——她的头发和衣服全都撕乱了，连头发都沾上了血迹。

从地上的印痕看，她爬了很远很远。我没有问什么，只与四哥沿着印痕往前。在一棵橡子树下，我们发现了血迹，发现了我们在葡萄园里曾见过的那样很大一片扑打的印痕。地上有头发、有鼓额留下的发卡。

不用说,那条恶狼又出现了,他先于我们下手了。

拐子四哥吼了一声,看了看昏暗的天色,低身钻入了杂树林子。

我们都知道那个人这时不会跑远。万蕙和肖明子也赶来了,他们在安慰鼓额。四哥在林子里招呼斑虎。我们一起在杂树林子里到处寻找。四哥像斑虎那样伏在地上瞄着……没有一点儿声息。乌鸦嘎嘎乱叫,老野鸡发出了咯咯的声音……

什么都没有。但我们都相信那个恶狼逃不远。他一定是爬到了树上或是钻到了草窝里。

我们一直找到了午夜,手和脚到处都被荆棘划破了。后来我们只得无望地返回。

回到茅屋,我看到鼓额紧紧咬住了牙关,嘴唇发青。我叫她,她不吱一声。我于是决定什么也不问,只由万蕙照顾她。万蕙给她洗了头发,擦去身上的血迹和沙土。

第二天来临。我一夜很少睡眠。我听见隔壁的拐子四哥也不时地起来走动。我的眼睛满是血丝,胡茬好像一夜之间长了很长,皱纹也加深了。万蕙整整陪了鼓额一夜。

我把万蕙叫出屋来。万蕙擦着眼睛,把拐子四哥关在门外。

万蕙说:“也怨这孩子自己。她让爸送进来多好。可她总是离园子老远就把她爸打发走。结果她爸一走,那个恶狼就扑过来。你知道那个恶狼已经盯了他们半路。唉,小鼓额咬他,撕他,小鼓额说把他满脸满身都撕破了。可你知道那是一只恶狼啊。这一回他得手了。鼓额说她不活了,怎么也不活了。我劝了她一夜。宁伽啊,她要听你一句话——你该过去,过去看看她。作孽哟……”

我走进了鼓额的屋子。拐子四哥在门口,掮着土枪,像站岗一样在那儿走来走去。我把门关上。鼓额坐在炕角。

我把她攥成的双拳捧在手里,看着上面细小的血口。鲜血已经凝固。她脸上的伤痕有好几处,不过只有一处较深的伤口还在流血。鼓额把手从我的手掌里挣出来,使劲护着自己的脸,护着自己鼓鼓的额头。我把她的手拿掉。她就把我的手拨开,哭着,哭着,下唇咬出了血。我阻止她,但不知说些什么才好。鼓额说:

“宁伽哥,我要回家了,我要离开园子了。”

“你怎么能离开呢?你知道你只是受了一点儿伤——谁都会受伤的。你养好就没事了。”

“我一辈子也养不好了。你让我走吧,你不知道……我能走路的时候就回家去,宁伽哥……”

怎么安慰这个小姑娘呢?我知道她在想什么,她现在已经长大了。到后来我只得告诉她:你不要想那么坏,让一切都过去吧。你赶紧好起来,园子里还等着你去做活儿呢。

鼓额的泪水一下子涌出那么多,她攀着我的肩膀从炕上站起,沉甸甸的额头抵住胸口,然后又抬头看我。一会儿她的小身体就颤抖起来,像害冷一样。我不知该怎么安慰她。

“好鼓额,不要哭了……一切都会好起来,都会的……你要好好吃饭,好好喝水,当你能走路的时候,我们就一块儿到园子里做活儿,好吗?”

一个星期过去了,鼓额终于能够站立起来,能够走路了。

但她从此变得沉默寡言。我鼓励她到葡萄园里,让她和大家一块儿做活儿。

二

日子一天天过去。拐子四哥愈加瘦削,整天不吱一声。他总是背着土枪,招呼也不打一声就到园艺场、到四处的村庄里。他在寻找一个人。

他告诉我:下半辈子的一个主要事情就是要寻到那个人。他和我的想法差不多。我差不多有几十天里都把注意力放在寻找上了。我差不多嗅到了那个人的气味。找啊找啊,复仇的欲望弄得我坐卧不宁,有时很多天都没有沾一沾茅屋。我向无数的人打听过那个人的去路,他们的手指把我引向很远。

一天又一天过去了。葡萄藤蔓疯一样茂长。雨水充盈,阳光热烈,葡萄长得好快。它们慢慢地结出了颗粒。

鼓额恢复了往日的健康,脸色又开始转红、转黑。肖明子已经懂事了,他想故意逗她笑,逗她玩。我和拐子四哥都松了一口气。只有万蕙还时不时地记起那天的场景。

这是一个阴雨天。从一大早就开始下毛毛雨,但总也下不大。远处不时传来隐隐的雷声。我的骨节有些奇怪的酸痛,再加上阴雨天不能干什么,就赖在了床上。大约是半上午时分,我听到斑虎叫了一阵,接上又是四哥招呼万蕙的声音——一会儿他就进来了,身上掮着枪,凑到我跟前说:

"她出诊来了!"

我坐起来:"谁啊?"

"那个老妖婆嘛。她一般不出门啊,这回进了咱的园子,还说要给你瞧瞧病——万蕙在外面支应着她。"

我和四哥一块儿走出门去。真的是她,正在与万蕙说话,一见我们立刻扬扬手,脸上笑吟吟的。她还像往常那样头顶一个黑呢帽,不同的是身上背了一个布褡子,大概那就是医生的行头了。她的腰没有弓,身子也还硬朗。她凑近了我时,并不说话,只是围着我转了半圈,观察我的脸色。我说自己早就好了,您如果看病也该早来啊。她倒剪两手,盯住我说:"你离好还早哩!大寒入骨,不用热药攻出来,来年春天还得倒下……"

我们进了那间大屋子,万蕙和四哥跟在后边。她让我静静躺下,然后就是号脉,扒我的眼皮,还攥了攥我的四肢,狠狠掐了掐我的手指顶。这样做过之后她对四哥夫妇说:

“都出去吧,这会儿瞧不得。”

四哥和万蕙顺从地离开了。她马上回身关了屋门。我立刻觉得她有点儿故作神秘,不知她要干什么。她坐在床边,一只手长时间搭在我的腕上,一声不吭。我闭着眼睛。这个巫婆也许在用特殊的方法施加魔法。关于她的故事曾经深深地感动了我,她,以及那个非同凡响的男人……可是自从她把那种奇怪的东西掺到我和肖潇杯中的那一刻,一切都发生了变化。我心里在惶惑。我甚至认为眼前这个人已经在漫长的岁月中蜕变,成为一个真正的怪人,用拐子四哥的话说,就是“老妖婆”。我再也记不起这是一个身穿粗布军衣的姑娘了,因为她周身全然没有了一丝战士的痕迹。

“你该好好吃我几服药了……”

我仍然闭着眼睛:“像上次一样‘中蛊’?”

她的笑声压在嗓子里,使人有些害怕:“你知道了?嘻嘻,药力怎样我也不知道,好久没使了——我最想知道的就是这个,到底怎样呢?”

我不知是愤怒还是好笑,只觉得她做得太过了——她的这种行为通常可以看作犯罪。我忍不住说:“你这样做,有一天会犯罪的。”

她笑嘻嘻地探过头来问:“是吗?吓唬大婶?大婶这辈子见得多了,没那么容易。我只想问问你——那天晚上你‘犯罪’了吗?”

她的脸皮可真够厚。我不再理她。

“你是怎么‘犯罪’的,要跟大婶好生说说,这里又没有外人——瞧两个好成了一个,还要好好谢我哩,除了我,这海边上没一个人能帮你……村里人要想这样,还不知怎么求我哩,送来多少酒啊肉的,我全不稀罕。”

这引起了我的好奇:“老天,村里人也为这个求你?”

“那自然是。那都是刚找下婆娘的汉子。有的女人刚进门扭扭捏捏,瞎客气,男人等不及就来讨一服喜药。吃吃不害事的。”

“可是你在我们毫不知情的时候下药,也太过分了!将来不会饶你的……”

老太太笑了:“是吗?啊哟哟吓死老革命了。不过我双手使盒子枪的那会儿,你俩还没生出来呢,这会儿也吓唬起老娘来了,笑不笑死个人……”

我想起了什么,坐起来:“别的先不说,我只想问你一句话,请你如实告诉我——因为园子里刚刚发生了一起恶性案件,这事可能和你说的有关……我是说,太史和你演了一出双簧,他根本就没什么病,这是我早就察觉了的。你今天要告诉我是怎么一回事,他到你那里干什么去了?去讨喜药吗?”

老太太的脸一下沉了。她的这副脸相真是吓人。这样一会儿,她努着嘴巴问:“你这里发生了什么?告诉我。”

我就把鼓额的事情从头说了一遍。

老太太拍腿:“我来晚了!我没想到这么快……这是一条狼,一条狼!”

“到底是怎么一回事?”

老太太没有理我,抓起旁边的一个水杯大口灌了起来,砰一下放了,抹抹嘴,吐出一口长气:“孩子啊,我告诉你,那是个外来的恶狼,他哪是来演双簧!他是我的死对头——我和他是你死我活啊;我那会儿没敢告诉你,因为时候不到……我只想着私了……他瞅个机会就钻到那儿逼我,逼我,往死里折磨——要不是我身上存了点儿功夫,早就被他整个半死。他再逼,我也不会依他……他往死里打我,打我下身,因为我不能解开裤子让人看……”

我迷惑起来，终于忍不住：“难道，他想强暴您？”

一句话出口又立刻后悔：我问得太唐突、太不着边际了。老太太果然气得发抖，马上大声呵斥：“你想哪去了！他是用这个法儿羞辱我！他是条色狼，不过专门在四周村子欺负穷人家的孩子，说到底是个狠心的胆小鬼……”

我盯着窗子说：“四哥不会饶了他，他会打出他的肠子来！”

“我知道他不会回来了——那边有人叫他，他走前想使出这个坏招。我该早些让你提防啊……”

“您现在就告诉我吧！他在哪里？我们怎样才能找到他？”

她低下头，咬着牙关，像下一个决心。最后她摇着头：“我刚才不过是估计——我可没说一定是这王八羔子干的啊！”

她又在躲闪。我又急又气，在屋里走了几步。我简直不知说什么才好。

三

老太太像龟一样的下巴长时间探向窗子，不吭一声。一会儿她转过头来，摇晃着脑袋，把黑呢帽摘下。我一抬头愣住了，因为我还是第一次见到她不戴帽子的模样——一头白发拢向后边，整个人显得饱经沧桑，持重而又慈祥。原来她诡谲怪异的样子有一多半是来自那个黑呢帽。她伸手搓了一下眼睛，说：“孩子，一切都不到时候。不是不报，时候不到——不过我估计也差不多了。我总有一天会让你找到这个人，他在世上逍遥不了多久。等到另一个人不在了，也就没人护着他了。他坏到了骨头，跑来折磨我这么大年纪的人，侮辱我，掏出那个脏东西在我眼前晃，还踢我下身……我想点他的死穴，力气又不够。我把自己男人教的招数全用上了，也只够防身……”

我压住了心中的惊异，这会儿想着在她的小屋里看到的情景：

她双眉紧锁,不停地按着小腹下边——原来进门之前她和那个家伙正有一场打斗,他踢伤了她的下身,发泄着可怕的阴毒……谜团推到了眼前,却又不能破解,掌握隐秘的人就在眼前!她直到现在还要守口如瓶,理由是"时候不到"——究竟为什么,她却不置一词。

老人揉着太阳穴,梳理着一头白发,像是全力抵御突然袭来的头疼症一样,双手抱着耳郭转动着,嘴里发出了轻轻的呻吟。我大概猜中了。刚才这番话深深地刺激了她,她毕竟这么大年纪了。我心里涌过一阵怜惜。这样过了一刻多钟,老人捂住耳郭的手才放下来,抄手坐了。她慈祥的目光又一次从我脸上掠过,半晌叹息一声:

"孩子,那天晚上大婶做了对不起你的事,以后扯平吧!其实我知道你心里装的事情太多,最讨厌你一直缠着我——我只想把你的心思引到别处,让你和她热乎起来。我从第一眼就看出你俩好,只有一层窗户纸还没捅破,就想帮帮你——我原本没有坏意。我不过是想帮帮你俩,为你俩焦急——我们战争年代过来的人可不一样,实话实说吧,那时候一个闪失就丢了性命,谁要喜欢上了一个人,最好立马告诉,该亲就亲该搂就搂——要不的话一躲闪一客气,这辈子的机会就没了!我亲眼见一个姑娘看上了一个指导员,结果几天过去哭得泪人似的,为什么?就因为指导员牺牲了!她哭着对我说,'咱真该给他啊,他苦苦求咱……'我批评她说,这是什么年头啊,男人天天刀口上打滚,你又能帮人家什么?你给了他,他下辈子都会感激你,得了,你现在欠他一辈子!她哭得死去活来,没用……"

我低声说了一句:"对不起,现在,现在不是战争年代了……"

"那也差不多!在我眼里,战争还没结束呢!孩子,战争真的、真的还没结束啊!我在这海边不过是隐蔽下来,等于是坚壁清野!

敌人还在盯着我呢,他们一直在我小屋四周转悠……孩子,你没经历过战争啊,不知道战争是怎么一回事。你也没见过死人,没见过亲人流血……"

她的泪水在眼眶里打转。这次我清清楚楚看到了。我咬咬牙关:"不,我亲人的血洒在这里——我是说,他们像你一样,我的父亲和外祖父,他们都是纵队的人!我的父亲直到临死冤案还缠在身上,如今都没有昭雪!我的外祖父被敌人伏击,给暗杀在半路上,只有大红马跑回来报信……这一切都发生在我们家,他们的血迹到今天还没有干!这和'六人团'的惨案是一样的!这些,无论是那个老红军还是罗玲的母亲、我们,也还有其他人,都不会忘记的!我们要顺着血迹找下去,一直找下去……"

老太太大口呼吸,大惊失色地望着我。

我站起来:"如果您能告诉我——哪怕只是一点点线索、一点点可能性,我们都会感激不尽。我是为了自己家族的沉冤才来找您的,因为我不能忘了他们不明不白的冤屈,像个没事人一样待在那个城市!这是真的啊,大婶,我想您会理解这些的……"

老人伸手在衣服里摸着,摸出了一支喇叭烟。

"您难道从来没有听过外祖父的名字,不知道那个有名的府邸、那座医院?还有,真的不知道这位老参议?"

她丢了烟蒂,像瞌睡一样将头抵在胸口。这样半晌,她抬起了头,看着我:"我……知道你外祖父。"

"啊,您终于说了,您啊!您说啊!"

"不过我不敢肯定凶手是谁。我只知道有个叫'飞脚'的人,他还在。这个人当年不光是交通员,还在暗中领导一个'锄奸队'……我要告诉你的是,他的女人就是你外祖父大宅里的人,她就是当年失踪的小慧子……"

我一下跳了起来:"啊?天哪,会有这样的事?"

“她为他生了两个孩子……”

我觉得屋内的空气都凝住了。

“那个警卫班长也执行过一些密令。不过这个人死了。他的本家后人还在,就住在那片大山里。你该找找这两个人了。飞脚——当年只有飞脚了解你外祖父的行踪啊……”

第二十三章

人在旅途

一

即便没有与毛玉的这场交谈，屋角的那个背囊也盛满了焦灼。我不能再耽搁下去——这次远行迟早都要开始，因为那个模糊而遥远的呼唤一直没有停息，它回响在白天、午夜、黎明和黄昏，在我试图安静下来的每一个时刻，让我猝不及防……原来老太太惊人的讯息正声声暗合着那些呼唤——它在远方，此起彼伏，让人血脉偾张。待我抬头寻觅时，那匹腾跃的红马早已驰入了地平线，变成一道急速收束的赤色光点。

"我早就要出去走一走了，但我会尽早赶回。"

四哥点头。只有万蕙有些不安，说了句："可别撇下园子。"

我摇摇头，抬头看着远处的浮云。我知道，追逐红马的日子、具体而模糊的里程，就这样徐徐展开了。我会寻找那两个人，不辞艰辛。在这之前，一种不安和沮丧——不，比沮丧还要糟糕一千倍的情绪，曾死死地攫住了我。我无法解脱。我既不能任其摧折，又不知如何抵御。而今我终于找到了真实而具体的出口，于是只想走、走，只想奔向那个远途……

我与拐子四哥分别时并没有提到外祖父和他的红马。因为在

他来说,任何一次远行都不需要理由。他点点头:

“早些走吧。早走早回。”

当然。就是这个春天,不仅是鼓额,而是我们大家被深深地伤害了。我们的葡萄园在一滴滴汗汁中浇灌起来,每一条藤蔓都印遍了温热的指纹。眼见火热的夏天就要来临,葡萄串穗一天天胀大,它们像饱满的乳房一样等待着哺育……我告诉肖潇:我要赶在葡萄收获的季节归来。“我觉得你有什么要紧的事情。”她看着我。我点点头:“是的,比任何事情都要紧……”

我从茅屋里拽出那个令人厌弃的大背囊——它鼓鼓的,因为里面除了简单的洗漱用具之外,还有一个小小的单人简易帐篷,它们平时就一直塞在背囊里……跨出葡萄园时,最后一眼看到的是鼓额。这个时刻我心里更加明白:今后我的远行将一直伴随着寻找和复仇——为了葡萄园,也为了一个贫穷无告的少女。拐子四哥站在园边,他用目光送我远行,肩上是那杆威力十足的土枪。

当车子途经东部小城的时候,我想起了武早。但踌躇了一下,还是没有停留。灼热的脚板已经不能停止,任何耽搁都让人不能容忍。我走开,我绕开,我想一步跨入那座大山……经过一个冬春的折磨,我消瘦了许多。病后我恢复得很慢,却又要在旅途上迎来炎热的七月。整个东部那么干燥,地上的玉米苗蔫了,花生棵也蔫了。在城市与城市之间、乡村与乡村之间的空地上,已经很少看到绿蓬蓬的庄稼。干旱折磨着这么大一片田野,到处土地龟裂,渠水干涸,平原上的河流差不多都变成了可怜巴巴的小溪,有的地方连小溪也停止了流动。河堤内是一片黑色的淤泥,淤泥上就是一些像人工画出的那样的裂纹。一些孩子正把黑泥翻过来,从里面掘出泥鳅。他们把泥鳅穿在了柳条上,弄成一串一串。泥鳅的血顺着柳条滴下来,滴在他们的手上、胳膊上。他们在干枯的河底仰天呼叫,像是做着什么祈祷仪式。

直到走开很远,一群孩子仰天长叫的样子还留在我的脑海里,使我久久不快。

由东向西地势逐渐加高。火车跑了一天一夜,穿过一片潟湖平原,然后进入了石英石、正长岩和长石斑岩构成的山岭。这一条路我是何等熟悉。我多次穿越的这些山峰都是东北西南走向,最高的那一座就是界河与芦青河之间的分水岭。两条河都注入渤海湾,流经了宽阔的谷地。苍苍大山是它们的源头,那些大山的皱褶里有密密细流,织成无数水汊,又在山麓西南交汇。界河与芦青河平行跋涉了很远才分手:界河独自向东,匆匆流过了潟湖平原;而芦青河在丘陵间一直向北,奔波了一百多公里才抵达自己的目的地。它一路绕来绕去的这些山岭最高的只有二百多米——上面布满了螺壳化石……

火车穿过一条黑黑的隧道。这时总有一种不可抑制的恐惧袭上心头。火车吭吭哧哧,那憋闷的声音在石壁上发出阵阵回响——朦胧中一阵闪亮,火车驶入蓝野。

二

傍晚,我在一个简陋的小站下了车。这里有不少人在为自己的旅店招揽顾客。迎面是各种各样的牌子,上面写着诱人的字眼。牌子上全是慷慨的许诺,是骗人的把戏:随他们走去,会发现那种破烂地方与牲口棚差不多,睡床满是跳蚤,没有自来水,也没有便所。半夜里你还会被奇怪的吵闹声给惊醒。好在这些我早已习以为常了。我知道人在旅途上什么事情都会遇到。

招徕顾客的大部分是年轻姑娘。她们穿得极为单薄,超短裙,浓浓的胭脂,耳环,张大血红的嘴唇向你保证,让你到她们店里去度过一个“愉快的夜晚”。我不需要这样的夜晚。我这个满脸胡茬的男人已经被原野上的风吹得浑身发黑,走起路来咚咚响,像一个打扫烟囱的清洁工。那些闪闪跳跳的霓虹灯,在我看来就像一堆剖出的鱼下水。

拉客的女孩们瞥瞥我,兴味索然。她们极力掩藏着满腹凄凉,令人怜悯。天离彻底黑下来还有一段时间,我只想快些走开,走出这肮脏拥挤的街巷和密密的人流。我差不多来不及辨析一下方位就往前追赶,专往人影稀疏的地方插脚。很快,我看到了灰蒙蒙的原野、远处起起伏伏的坡地、上面的一层绿草和灌木、刚长成不高的庄稼,这才长长地舒了一口气。

这是镇子四周的一片田野,差不多已被人们抛弃了。与街巷上的嘈杂形成强烈对比的是这里的荒芜和沉寂。土地有的被耕播过,有的已经不知闲置了多久,上面长满了苊草、细柄草、白茅,最多的是莎草;靠近干涸沟渠的地方,狼尾草长得又高又密。一两丛灌木棵子点缀着荒地,它们是杞柳或罗布麻、垂丝卫矛等。沟渠底部长满了褐穗莎草和由于干旱变得瘦小的蓼科植物。一株长得又直又高的小叶杨正歪向镇子的方向,好像在遥望那里热烈而又荒唐的夜晚。这儿没有鸣叫的生物,甚至看不到一只鸟或奔跑的兔子。

我的远行总是这样:先乘车向着一个方向猛驰,穿越密集的城镇,而后则是全新的泥土、稼禾,是一望无边的原野或山岭叠嶂的景象。我像逃离一个险境一样蹿出,然后就是“到站了”——我的双脚落在了熟悉的野地上……那么眼下呢?我是谁?我在哪里?热风扑面,太阳正迎着我的视线,变得又红又大,散发出烤人的热力,贴紧了地表。我被它直盯盯地逼视着,不免有了小小的惶悚。这会儿我仿佛被一辆飞驰的车子从懵懂中拖出,在暮色里打了个愣怔:我刚刚逃出的是自己的园林,这会儿站在了异乡的荒野中。

我好像在狂奔中错过了什么至为重要的地方。它是什么?想得头疼也没有记起。重要的是没有滞留。在车上度过了多长时间？不知道。浑浑的感觉弥漫了全部思路，我只是寻到了久违的兴奋。有时对于生命来说，旷野就是一切。旷野解放了人的眼睛、四肢，更有人的心。人应该有野心，原野之心。重新开始移步时我想：好好计划一下吧，记住你要寻的人与事——你为何急切狂奔，为何怦怦心跳？你的原野之心今天要一丝一丝收束、一点一点舒展……

我紧靠着一丛灌木坐下。这是一棵茂盛的野椿树，一些枝条被碰折了，流出的树汁发出了刺鼻的气味。植物与动物一样，有的虽然长得俊模俊样却能散发出难闻的气味……记得大学时期的一位朋友：她与我在一个晚会上相识，一开始那光洁的额头和火热的生气勃勃的面庞强烈地触动了我；我甚至发现她那比常人稍长一些的内眼角散发着特殊的魅力。她柔和而温存，简直不像二十左右的少女。有的姑娘就是这样，容颜美丽性格绵软，有一种少妇们才有的火热和宽容、明了事理。她们真是让人依恋。我那时是一个奔跑了十几年的山地野孩子，好不容易才战胜了自己的惊慌失措，只留住了一份流浪汉的狂热和经验，操着一口乱七八糟、起码是吸收了五六种方言的怪腔跟她搭讪。我们很快就沉入了一场迷狂之中——恰恰在这时，我嗅到了一种刺鼻的气味……我实在没法忍受。她像一棵野椿树一样，只可以让人退到五米之外欣赏。我尝试着克服这种气味带来的种种障碍，结果还是失败了……

一阵又一阵刺鼻的气味飘过来，逼迫我不得不离开这棵灌木远一些。天眼看就要变得乌黑了，我盘算着怎样把这个夜晚对付下来，以便养足精神赶路。明天是身负背囊迈开大步的日子了，我要一直地走下去——穿过眼前的莽野，就是我要找的那片重重叠叠的大山……

我打开背囊准备过夜的东西。烧水的小锅子和茶缸、干粮与帐篷。我抬起眼睛寻找一汪水、一个可以搭帐篷的地方。我把背囊提到了一丛杞柳旁,它离那丛野椿树只有十几米远。杞柳四周全是莎草,这种可爱的柔软的草总是给人一种特殊的安逸。在我的出生地,在那个东部平原上,到处都是这种草。水在哪儿?我这时摇一摇水壶,发觉它差不多是空的。我后悔跑得太快了,竟然没有记起在镇子上把它灌满。我顺着渠畔走了不知多远,才发现了一丛绿蓬蓬的蒲草。我知道它的落脚地一定会有水,即便没有也可以在地表挖出渗水。我估计得不错,蒲草根部被一层水掩住,原来它处于两条走向不同的沟渠的交汇点,这儿形成了一处低洼。水里有鱼或青蛙的蹿跳声,这使我高兴得不知如何是好。我蹲下看了一会儿,然后才把水壶灌满。

火苗儿一明一暗,野地里烧烤东西的气味让人有说不出的兴奋。它使我想起了无数次野外奔走的情景,那时也是一个人。这个夜晚多么惬意。我只有在这个时刻才发现自己又回到了一个原来。我明白:自己属于一片无边无际的野地,我只有与泥地、泥土上滋生的这一切面面相对时,才会感到安逸和愉悦。沉默的夜晚来临了,我燃起了美丽的篝火,而且只有一个人。这个简单的事实让人激动。大概就为了这样的夜晚,才有许多人——包括奔走一生的父亲和外祖父——他们的万难不辞和历尽艰辛……

我看着红色的火苗舔着锅子,望着渐渐变得一片灰黑的四周,一颗心噗噗跳动。这个夜晚真像偷来的一样。我想起了一支歌,它唱:“我是一只狼……”那是一声声的低嚎。那种声音在这个黑夜里引起了我的共鸣。多少年了,我真的一直像是被催逼和追逐,跑得浑身上下汗水淋漓,没有了一点儿力气,有时可以说是陷入了完全的绝望。从东部平原开始奔跑,然后又进了南面的大山,再蹿入那座城市,最后是慌慌地逃离……最终,我还是在自己的出生地,在那个迟迟发现的葡萄园里得到了稍许喘息。

可是当我渐渐恢复时,这一切就即将过去了,因为那儿最终还是一个无法隐匿的园林。

茫茫荒野是我的归宿吗？既然“我是一只狼……”那么对于我任何地方都比不上一片荒野。我梦中还有一片高原，那里会是真正的苍莽，它将接受一切融解一切吗？我将在它的怀抱中变成一撮土末，平平淡淡地汇入永恒吗？

帐篷之夜

一

水开了，我将几块干结的馒头投进去。随着一串冒出的水泡，它们很快分解。我用干树条做成的筷子在沸水中将它搅开，搅成糊状。香气扑鼻而来，但我觉得还缺少点儿什么。借着火光四下里寻找，发现了几棵小蓟，水灵灵的，在灌木的荫护下长得很肥。我把它们揪下，投入锅中，又撒了一点儿盐末。没有比这样的晚餐再能撩拨胃口的了，这是主食，又是汤菜。我在野外常做这样的糊糊，这是跟流浪汉们学的。

小蓟有点碱味儿，这使我想起它与东部平原上的有点儿不一样。我早就注意到：同一种植物，生长在不同的地方就会有不尽相似的模样或气味。比如我在芦青河湾看到的东方香蒲，长长的蒲棒像小擀面杖，叶鞘边缘的白色膜质又宽又亮，基部开裂的抱茎也要比其他地方粗壮得多。流浪汉也是一样，不同区域的流浪汉除了口音和衣着不同之外，其他方面的差异也会很大。我注意到来自西南方向的流浪汉矮小机灵，而且更为沉默——我记得有一天正在河湾洗澡，突然发现了有一个小人儿正在摸鱼。他穿了一条小得不能再小的短裤，身上白白的，像个轮子一样在水面上飞旋，每转一圈儿,手里都有一条乱跳乱扭的银鱼给甩到岸上。这简直是一大奇观,我一下就给惊呆了!后来我上了岸,专门蹲在那儿看:原来他翻身扎猛子时,双手就飞快插入近岸的水草中,旋即把藏在里面的鱼给捉到了。我蹲的地方到处都是奄奄一息的鱼儿。这样待了一会儿他终于爬上岸,让我得以从近处看着这个来自西南的流浪汉:短小精干,沉默寡言;一旁的一堆破衣服和一卷布袋正好说明了他的身份。

我那一次向他请教捉鱼的妙法,他却蹙蹙鼻子做了个鬼脸。所有的鱼都被如数装入布袋——不过总算慷慨,邀我一起烧鱼吃:在河岸的一株大杨树下边点一堆火,把搓了盐的鱼从嘴巴那儿插入一根柳条,然后就在火上不停地转动。鱼烧好了,他又掏出一个黑黑的锅子,做起了野菜糊糊。他说吃饭没有“汤糊”可不行。结果他一口气吃掉了三条半大的鱼,还喝了一碗汤糊和半碗烧酒。我问他酒是从哪儿弄来的,他说是“杂烂”东西换的。他掀开了布袋,我于是看到了各种“杂烂东西”:铁丝、破布、煤块、马蹄铁和干鱼……喝过了酒,他的脸色开始转红了,但仍旧不愿说话。不过他后来借着酒力唱起歌来,声音忽高忽低、时断时续;有时并不是唱,而是一种“喃喃自语”,并且越念越快,声音也越来越低,像念经似的。那一刻他的头转向了西南方向,我想他大概记起了老家吧。我至今仍能想得起他当时的肃穆和忧郁……

这是我少年时代与另一个年轻流浪汉的交往。那时我还没有走进南部的大山。

我动手搭帐篷了。这是我用了多年的一架轻便帐篷,它小得只能容下一个人。吕擎和阳子出发时曾经借用过它,后来他们有了更好的,就把它还给了我。我把它的脊架慢慢套好,一点点绷紧脚绳。做这些时我甚至有一阵感激,为什么,说不清。它搭起来了,基部又塞了些茅草,东南方开口,想借那道水渠的豁口收进一些风。展开垫子,它的下面一层是防水胶布,中间有夹层,可以放进一些隔湿保暖的充填物——通常只是装上临时找来的干草。帐篷前边几尺远处就是那堆冒着红烟的炭火。我看着它,感受着野地里特有的一丝水汽和凉意。终于听到了第一声鸟鸣。是沙锥的声音。它细小的叫声让人想起羞涩的姑娘在生人面前的模样。它甚至使我想到了这儿离海不远——这当然是不可能的。

我找出了那幅折旧了的旅行图,辨析这儿的大致方位。我发现这儿离大海的最近距离也有六百多华里。我企图继续捕捉那只沙锥的叫声,但它飞远了。后来我又听到了大山雀的鸣叫,而且不止一只;再后来又是某种四蹄小动物的奔跑:它们小心翼翼地接近燃火的地方,可能是炊烟引起了它们的好奇吧。仰起脸,马上看到了一天的星星——像被水洗过一样,晶莹湿润地缀在夜幕上。我不知多长时间没看到这样的夜空了,它当然不在那个城市,也不在东部平原,而只存在于陌生的旅途上。我的夜晚哪,我一生追逐和寻求的野地的夜晚啊,你总像独自等待……

我突然明白了刚才那种感激的心情从何而来。

二

躺在帐篷里,野风吹过,浓烈的田野气味让人迷醉。我恍惚间忘掉了一直追赶的里程,仿佛又回到了以前生活过的山地。那时我像现在一样,也是一个人,只是没有一顶帐篷。这顶可爱的帐篷还是我从那所地质学校出来之后,重返山区考察时添上的一件宝物。同时增添的还有其他一些必备品:地质锤、指南针、各种图表。我从此开始发现这一座座大山里隐而不彰的一些秘密。当然,这要深深地感谢我的专业和我的导师。进入地质学院,这对我来说真是一种宿命般的选择。

那些日子里我登高攀险,敲击石头,心头填满了无尽的怀念。

我想起了无数的故人,他们都与我这个生命紧密相依、血脉相通。我在那些个山风轰响的长夜里一遍遍想着外祖母和妈妈,还有我的父亲——当年我被他们送出茅屋,从此变成了一个流离失所的少年。那些流浪的日子里,我常常匍匐在石头上做梦和恨人,偶尔幸运地从山溪里捉到一两条不起眼的鱼解解馋。我委屈流泪,因为远处的大海边上还有我的家、我的亲人,他们曾是我永远的娇惯者和庇护者。后来,很久很久之后,我才将这深深的委屈丢掉——因为它变得没有用处。

我进入了地质学院,可是我的亲人早就没有了,海边的茅屋也塌掉了。我从此成为这个世界上真正的孤儿——这个孤儿后来背着一把地质锤回来了,叮叮当当的锤音就像他自己的心跳。我不敢想父亲,不敢,他曾长期囚禁在这片大山里,留给全家的也是大山一样沉重的苦难。我是一个孤儿,可是我恨着父亲。那个黄黄瘦瘦的男人貌不惊人,他到底用什么挑衅了半个世界,我一辈子也弄不明白。

那时我利用整个的暑假在大山里钻挤,敲击石头,企图把隐入其中的什么秘密敲打出来。要知道父亲在大山里熬了一年又一年,妈妈和外祖母扯着我的手站在茅屋前面,一动不动地张望,就是想望穿这层层雾霭的大山啊……

这个夜晚睡不着,想了那么多。我还想到了学校花坛旁边那条丁香树掩映的小径。我的关于小径上的令人垂泪的故事啊……那时我只想飞一样奔跑,赤脚跑向大山,再沿着一条土路或是渠畔疯跑下去——到哪儿去都成,只要是向前,只要是不停地走——我只需要匆匆地追赶……我不能忍受一个孤儿在陌生的城市独处煎熬的事实,不能忍受一个孤儿令人心寒的回忆和默想。

她比常人要长一些的内眼角透露着一种凄凉的美,这更加使人无法回避又无法接近。因为谁也无法诠释这样一双眼睛。她的目光转向什么,什么就有了光彩。我曾在她的注目之下第一次摆脱了寒酸。山里人、山里的野人,她几乎一辈子也遇不到这样有趣而粗糙的一个生命了。我爱你,可是我受不了那种刺鼻的气味。你的哭泣像芦青河午夜的流水。你听我讲讲那条又凶暴又温柔的季节河吧,来自闹市的细腰姑娘。我要给你讲迷人的河妖和会变人的黑鱼的故事。这些你从来都没有听过,我非常同情也非常理解。因为你从小待在那么挤那么小的巷子里。我的故事戛然而止,因为我又闻到了那种奇特的气味……

这个时刻我那么想念你,我也许正为自己可怕的背叛而痛疚。在这个荒野里,我明白所有的流浪汉心上都会发痛,因为那里装了数不清的哀伤。

从丁香花径旁边走开,我走进了新的故事。就是这个新故事使我忘记了自谴。可我做梦也想不到关于你的一切,它们会连接在我生命的发条上,不断地拧紧、拧紧,让我无法摆脱……我有时想这真是对于背叛的惩罚:如果真能如此,那么我们的这个世界仍然会秩序井然。让人难堪的是关于惩罚和背叛,不能自圆其说的地方太多了,谁都会发现这是个荒唐的世界、各行其是却又胆大妄为的世界。我不敢接着想那个新故事;是的,这虽然对于我是个永远也不会陈旧的故事,可是我在这个夜晚里不敢想它了。因为我要有一个平静而宽松的长夜,我要好好地享受这里的静谧和点点星光、偶尔响起的一声鸟鸣,还有一丛丛灌木的黑漆漆的影子。

我屏息静气,捕捉夜之声息。我想听到啪嗒嗒的声音,即夜露垂滴在叶片上又落入地表的那种声响。没有。风很微弱,空气微湿。我忍不住站起,到帐篷外面去抚摸草尖。仅仅感到了一丝丝潮意。天太旱了,白天的太阳已经很难蒸发出更多的水汽了。这就可以让人想象出那些城镇,那儿的人正有一个多么难过的夏夜。小虫鸣叫起来,声音弱小得几乎听不到;一只山椒鸟在远处的灌木上干渴得跳起来，叫着，往我傍黑取水的地方飞去了。它的声音让我也感到了喉咙里有些焦，就起来喝了一点儿水。

水很甜，这可不同于城里被漂白粉弄糟的自来水。

红 马

一

大约已经是午夜时分了，仍然没有睡意。很久没有度过这样的夜晚了，它是我长途跋涉之路上的帐篷之夜。空中有嚓嚓的翅膀摩擦空气的声音；声息远去，然后又是更远处的一两声低鸣。它大概是一只离群的鹭鸟。这让我想到了那些独自往来的流浪汉，不知他们在这个夜晚宿在了何方？对于他们，我不能理解的只有一点，即他们为什么离开自己的母亲？我为他们与母亲的分别而难过。白发苍苍的母亲啊，她曾经流着泪让我走开，让我到大山里去——去吧，再也不要回来。那是母亲在绝望中为儿子寻一条生路，分明有了一颗决绝之心。她准备把惟一的儿子托付给山野，让他在这个可怕的世界里找到一个藏匿之处。她宁可相信那些出没无常的野物，包括狼与蛇，也要躲开另一些人。母亲并没有错，她的儿子果然熬过来了，可是她自己却在茅屋里送走了丈夫，送走了外祖母，然后就是自己……

我一生都要遥望东部平原上那棵大李子树，望着它那白发一样的银花。它慈祥的目光一直送我远行。我永远忘不掉母亲和外祖母的故事——红马、彩色大鸟、染红的沙子……“你为什么不能停下来，不能安安稳稳地过日子呢？”梅子不止一次这样询问，流露着一个好女人才有的怜悯。她除了为自己的岁月担心而外，还要像搭救一个不幸的朋友那样来搭救我。在她的不解、焦虑和痛苦的目光里,我也有点儿手足无措了。我不知该怎样回答。我苦于无语。

如果事情可以像脱口而出的话语那样简单,也就无须让一个人历尽艰辛和往复奔波了。我多少也像在追赶那个询问——"你为什么不能停下来呢?"

我只想说:我好比一颗等待落土的种子,我急于寻找一片可以使我萌生的泥土——你看这座嘈杂的、到处是水泥和柏油、到处是拥挤的人流的城市,没有水,没有阳光,烟雾弥漫,显然不能让一粒种子落土……我这颗种子一旦萌发并成长起来,伸长了根须抓住了泥土,最终就会长成一棵树——我是一棵树,这个结论使我久久地兴奋。我一次次地想象一棵树的形象和风采,想着与它有关的一切:气候、水土;想着它挺立在风雨中的情景。我高兴自己成为一棵树。

我的出生地有无数的树,成片成林,高高矮矮混生一起。我记得小时候投入密林时的那种忘我的兴奋——原来我是它们的同类。只有在林子里我才没有了孤单和苦恼,才无拘无束、自由自在。白杨,表皮光滑,高高大大,长了一树多么好的叶子。橡子,苍黑油亮,沉甸甸的。柳树,即便生在干干的沙土上也水汪汪的,它们一棵棵离得很近。而我是一棵什么树?没有名字,也没有性别,我只是一棵树。

真的,再也没有比树更美的了,它挺拔、英俊而又潇洒。怎么过去就没有发现这个呢?在所有的生命中,有什么比得上树?我可以据此与任何人辩论:首先,一棵树比一个人高贵得多,它沉静和蔼,洁净纯美。哪一个人都要经历鼻涕眼泪、窝窝囊囊的阶段,真是可怕又可怜,无论是自己还是别人,都有不堪回首的日子。我崇拜一棵树,像它那样,一生都要抓住一片泥土。

于是我走向了那片平原。我认定那里土质肥沃。书上说那是一片河潮土,直接发育在河流沉积物上,受潜水作用形成;棕壤,土体深厚,剖面可见明显的淋溶淀积。它滋生了万物同时又使它们保有富足。我的茅屋就在这片土地的中央,它的旁边就是那棵大李子树。我发觉自己环绕它徘徊了几十年!这让我惊讶不已。我真的离不开了——无论是现实的生活还是心中的幻念,我都要依靠它、贴紧它、拥有它。

我站在葡萄园里,可以随时注视那棵大李子树,一遍遍回想外祖母的故事,在午夜里侧耳倾听那匹红马的蹄声……

二

我在此度过了多少日日夜夜?当暮色四合,罩住梦想,我的根就开始扎下去——这片泥土让人充满深情和恐惧,因为这里埋葬了自己的先人。我记起父亲对母亲说过的话:自打来到这个小城之后就开始遭难。这不是抱怨,而是走入了对命运的悟想。

联系亲人的厄运,我对任何一点曲折和伤害都非常敏感。是的,那些痛不欲生的时刻,我正在忍受中扎下根脉。我将一直努力下去,经受天灾人祸,冷热寒暑,长成一棵树。也许是这片土地不如想象中的那么松软,也许是惧怕——我渐渐感到了做一棵树的危险:不能随意移动,就不能流浪,只得坐等风霜雨雪的摧折——而我却是生来就要奔走,走向陌生的远方。那里有我的渴求,让我难以掩藏。这与我梦想抓牢一片泥土的意愿同样强烈同样真实。

有一次我无意中发现了一条讯息:在一片大漠里,由于地质勘测、猎手的残酷,一批野马被逼得四处逃窜不能安生,马上就要面临灭绝的危险……那时我的眼前立刻出现了一群野马狂奔逃跑的形象。我觉得它们真是生不逢时,可怜而又悲壮。它们不得不迁离世世代代生息的地方,向着未知的陌土寻找生存。在另一片戈壁滩上,规模浩大的狩猎使用了直升机,动用了机枪——野马四处奔逃……

究竟做一棵树还是做一匹马?不同的命运在感召。我无限迟疑,矛盾重重,久久低回。一棵树是世上最迷人的形象:不亢不卑地立于原野,英俊秀美,阳光在叶片上跳跃,它在风中歌吟或舞蹈,把珍贵的水汽吐放到四周,那是它最温柔的呼吸。只要有水,有泥土,它就会活下去。各种鸟雀飞到枝丫上,它们成为树的挚友。它们飞来飞去,传递各种音讯:十里外的一棵老梨树结出了令人惊讶的一堆果实;一株百年古槐死了;一群贪玩的孩子烧东西,烧死了一棵年轻的树……伐木人远在十里之外它们就被告知,可惜它们不能逃避。因为它是一棵树,不能移动。一棵枝叶繁茂的大树尤其要提心吊胆。如果我是一棵树,我将无法避免可悲的命运。

我要掩泪入心,做一匹马。

你或许被马的故事所惊扰。这匹马没有食物,饥寒交迫,雨和泥把一身毛皮弄得块块板结,抖一下身子就钻心地疼痛。可为了活下去,它还要没命地奔跑。妈妈,我不得不又一次上路了。在这个炎热的夏夜,我伏在地上喘息,积蓄明天追赶的脚力。我会追上外祖父的那匹红马,并记住最后的时刻:它把一家人领到了那片马尾松下,所有人都伏在了外祖父身边。大家哭成了一团,谁也没有注意红马。等到大家醒过神来,这才发现它没了踪影——外祖母说它随着外祖父的魂灵一起走了,要在另一个世界里驮上他四处奔跑,追赶着死敌……

妈妈,而今我也变成了一匹马——原来我的命运就是奔驰和复仇啊。远行者的背囊里装满了谴责,但没有遗忘和背叛;远行者会记住一切许诺、一切誓言。

“孩子啊,路上只要听到远处的马蹄声,那就是你外祖父的红马!”外祖母的声音从夜气里透了出来。我点点头,迎着无边的夜色。

也许我明天就能追上那匹红马。外祖母,我不敢回想那片浸透了心血的园子。我在那儿度过了多少长夜,我像爱最完美的一个姑娘那样,为之丢魂失魄。我不敢说从此断掉了归路,因为牵着我的是一棵又一棵葡萄树。园子里的朋友弄不清我的焦渴和急躁到底是为什么,更不知道我在追赶一匹复仇的红马……

蚊虫一团团从渠汊那儿搅闹过来,我一次次掖严了纱幔。帐篷里闷极了,汗水开始渗出。我毫无睡意,一次次走出,听夜声里的各种琐屑。那堆火渐渐熄了,我看看表,已是凌晨三点了。再有一会儿东边就会出现一条灰白的线,然后就是日出天明。我得想个办法睡一觉。可是这同样也需要忍受。杞柳棵上的露气能够感到了,用手扫一下叶片,有一种湿润润的感觉。小蚂蚱撞在我的身上,像箭镞一样有力。一只长耳鸮在远处发出了凄凉恐怖的叫声,这叫声极像是一种幸灾乐祸。我钻入了帐篷。

昏昏入睡。不知过了多久,一睁开眼就看到了阳光把杞柳那一团叶子照得碧绿。我赶紧爬起来。在帐篷里睡懒觉是再荒唐不过的事了,我一定要赶在一早把该做的事情做完。我只用了一杯水就擦洗了脸,然后又到昨夜留下的灰烬那儿熬粥。小锅子里的汤糊被我加上了一点水,接着就是搅煮。淡淡的晨雾在不远处展成一长溜儿,横着悬起。这使我想起了葡萄园北部的海面,上面的帆和岸上的人。

奇怪的是我这时真的听到了类似打鱼号子那样的呼叫。可能是起早赶路或做活儿的人动身了吧。一群翅膀发黑的鸟儿无声地从前方掠过,我飞快地数了数,大约是十七只。它们好像是野鸽子。十七只,单数,那么说有一只过着独身生活……粥开始沸动了,我想起什么,又到地上寻找昨夜的小蓟。没有。沿着渠岸找了找,只找到了几棵蒲公英。它们的叶子不太嫩,因为缺少水分,长得十分瘦小。我把几片叶子投入锅中,又加了一点儿盐。

这儿的蒲公英真苦。

第二十四章

脚步与心音

一

我跟随的是无影无形的一条小路,它没有尽头——并非被芜草所掩没,而是压根儿就没有行迹。但我望得见它,即使眯上双眼也会准确无误地跟定。

像被一股奇特的力量所牵引,我的双腿轻捷畅快,背上的行囊也不似从前那样沉重。没有饥饿的折磨,没有困倦的侵扰。说不清走了多久、多远,我只凭天上的太阳定个大致方位。每天,当太阳即将落入泥土的那一刻,我的双眼总是发出光亮,直盯盯地看住它,像盯视一枚硕大的成熟之果。我倾听着藏在心底的呼叫,在这黄昏的一个关键时刻飞也似奔跑。我在喊:天哪,等等我,我来了,哪怕只等那么小小一会儿……很可惜,它一次次都在我的呐喊中徐徐地滑入土地。

"你们看啊,这个怪人闭着眼走路哩!"旁边有几个人议论着,伸手指点。我没有搭理,继续往前。我心里明白,我已经不需要大睁双目辨别路径了——与所有人不同的是,我的后边有一只大手推拥,前方有另一只大手扯拉,我完全可以放心地把自己交出去。我听见自己的脚步刷刷有声。

“这是个急性子呀，看他那个穷赶劲儿!”他们指着我的背影说。这一次让他们说对了，我心中的滚烫热流正不停地冲撞，使我再也不能停止。这时除了自己的脚步和心音，各种声音都消逝了。我在一片野地里奔波，只守住了心底的默念——我学会了孤单时的自言自语，并靠它抵挡炎热。我自语，我倾听，我告诉自己是一个无牵无挂的人。我知道一个人只要稍有拖累就不能远行，欲念会把他淹死在一道窄窄的辙沟里、一条浅浅的水洼里。

可是……我不能追问。我只用一连串的默念将泛起的什么压住。

我想起一位独行的天真的师长。他崇尚艺术，被誉为旷世奇才，后来皈依了佛门。先是试着摒弃饮食，结果走到了极其清明远达的境界，听到天地间俱是万千生物“嗷嗷”之声……师长的这个情节曾让我感动不已，让我在想象中满足了自己的好奇，甚至愿意一试。没有这个机会，也没有这个能力。我明白这需要的首先是一种内心的纯美。那个师长走入了一出清纯脱俗的戏剧，然后再用自己的生命演下来。有好长时间我留意了有关他的一切，极力想找出某种隐秘。

时至今日，我终于在野地上有了断炊的机会，那时我仰躺在帐篷里，忍着盼着，结果只有饥饿的感觉折磨下来。后来我不得不爬起，摸索着去折不远处的河柳枝芽，把米袋中最后一撮屑末掺上熬粥。一连多少天过去了，我严重地消瘦，两腿变得轻飘飘的。我知道前面的路尚且遥远，我必须有力气走下去——为此我不得不一次次奔向村落……

每到了夜晚我尽可能走出村子，回到被遗弃的土地上。由于干旱，越来越多的农田正被闲置，人们已经失去了挽救的希望。干燥的空气耗尽了人的热情，他们比我想象的更为冷漠。走进村子，总看到三三两两的人，看到他们萎靡不振的面容和焦愤的眼神。

有时他们也嘻着脸,但流露的只是简单而强烈的欲望;一会儿这种嬉笑也消失了,我又看到了可怕的陌生。

街巷上,不止一次有人误认为我是淘金者或贩卖皮货的商人,竟然提起入伙之类的事情。我当然使他们失望。每逢看到肮脏的黝黑的面孔、破烂的衣衫,我心中就涌过一阵酸楚,接上是莫名的亲近之情,像是在远乡遇到了一个族人……好在这种感觉一瞬间就会飞个精光。我有时在炎夏中也能察觉彻骨的寒凉。我只得离开了,回到我的田野,背靠一株青杨或是苍榆搭起帐篷。坐在帐子口上,看着一地金灿灿的矛叶荩草和求米草,总是禁不住长舒一口气。

土地上滋生的绿色生命总能引发我的柔情,使我暂且从焦躁的痛楚中走出,回到一个平静。我已经不能离开它们,甚至觉得自己正是它们的同类。这种感触实在真切,是我常常都会碰到的……坐在渐渐沉入夜色的旷野上,我会一次又一次感受着一种绵长的情意。好像有什么总是潜藏在这儿,在稀稀疏疏的稼禾灌木和河渠沟汊之间。这儿正唤起而不是掩埋了我的依恋。忍不住的思念泛起来,我回避着它,又怕伤害了它。我不能不想这会儿走了多远,又是从哪里走来?我一次次想到了那座城市,还有葡萄园,以及我不停奔走中穿越的所有村庄。

能够牢牢记住的只是我出生地的那片丛林、丛林中的果园;我们的茅屋、大李子树……我从那儿走出来,一直走到了这个夜晚。

我正在看着一片发黄的荩草浸入夜色……

二

从大李子树到荩草地,中间这个开阔的世界竟变得一片模糊。如果我没有弄错的话,当年的那个纵队的传奇就是在这里展开的。这里发生了多少残酷的故事、柔情拳拳的故事。这儿的某一处低洼地边的红麻林边，受那个可怕的“六人团”案件的影响，一夜之间杀掉了四十多位最勇敢的战士……鲜血比麻秆还要红……这故事过去了多少年？五十年前？昨天？好像一转眼我就坐在了这儿，伸手一摸脸庞，已经满是刺手的胡茬了。我正走向老迈，除了粗糙的手足，还有一颗心。我一闭上眼睛就能望见这颗心的疲惫和无望，以及它衰老无为的神情。可是它却时时被某种东西击中，顷刻间变得激动起来——在很长时间里它不能停止这种激动，并催逼着整个躯体匆匆上路，奔上一个遥远的未知。

这大概就是对于衰老的不安和惶恐，还有厌恶和逃脱。心的热情像个儿童，心的执拗才像个老人。一个人的生命总是由童年和老年这两种状态混合而成，总是在两个极端上摇摆。从一端滑到另一端，仿佛做得毫不费力。比如说我在这个夜晚仍能寻到一个自然地理方面的脉络：从东部平原到中西部野地——从一片潟湖平原到冲积平原。我搭帐之处正是这样一个地方：它处于构造沉降区，很久很久以前曾大量接受了黄河及山地侵蚀的物质来源，堆积成了一片大平原。从历史记载中可以看到，黄河不厌其烦地在这片大平原上改道，它属于典型的游荡型河流——就好比是一个居无定所的流浪汉，在大地上流浪……

这片平原的确衰老不堪了，而我那片生长着绿色丛林、大李子树开满了银色小花的潟湖平原却是一派纯稚。我没法不一次次依偎在童年的默想里，特别是在这漫漫的长旅中。我一直想弄懂的是：一个人的全部恐怖到底来自哪里？它是怎样滋生又是怎样消逝的？我欠下了童年一笔巨债，还是恰恰相反？我只知道直到前不久我还羞于讲述自己的过去——关于我的、我的至亲那短短的一段历史……

我总试图有个机会能够总结自己，总结我因各种原因而招致的伤害。它们无论如何给我留下了印记，它们就像岁月留给我的深皱一样加剧了自己的衰老。我常常想:我是懂得爱的,也像所有人一样时常为爱而悲伤。可是我的爱从童年起就没有得到一点点回报。我爱山楂树上的那只彩色的鸟,我爱母亲和外祖母,爱一种叫着獴的小动物,甚至爱我九死一生的父亲——虽然它很快又转成了恨。只有恨是常常存在的,仇恨、嫉恨、恼恨,只要是恨就会长存不朽;而爱总是容易被消解,化得无影无踪。

"你找得到你爱过的什么——她还在原来的地方吗?"我有时这样自问着,结果总是摇头。我童年爱过的一切都死亡了,而我这会儿才四十岁多一点呢;仍然活着的是我后来旅途上重新结识的,她们和它们却没有连接在童年的根脉上——我常常因此而产生深深的怀疑。是的,我不断地使用外来人的目光去看待这一切。于是我发现了善良而顽固的梅子、她那刻板而又平庸的家庭;还有,我同时还发现了一个满怀敌意的人,一个城市。

伤害或误解、不能搭言的痛苦,一块儿掺在那座城市干燥的气流中……向谁诉说?

那一天是个命定的机会——我在园艺场招待所里结识了你:头发光滑,两眼真的像葡萄。你穿了花格连衣裙,昂首挺胸,得意时上唇就微微翘起。就这样,你悄悄开启了我久久关闭的一扇门。从那以后我们有过多次相会,吸着烟慢慢交谈——我的大黑烟斗让你喜爱,你抓过去试了一下,呛得泪花闪闪。你坦率,善解人意,还不知从哪儿学来了那么多深奥的理论;有人说我丑,但我很温柔;而你渊博,但你很温柔。我不止一次看到因为苦研学问而变得眉头紧蹙的女人,她们一息尚存,就要对付这个头绪万端的世界。你真挚而放松,从从容容。接下去少不了谈你的城市童年:穿了外婆亲手做的小棉袄啦,水边看到的野鸭子和百合科属的花儿啦,最大的痛苦是妈妈因粽子问题而发的一场火啦……总之都是杯水风波。你问我的童年,我却长长地沉默。你再三追问。

你可以接受一些残酷的故事,但从不愿把它们还原成真。这一回由一个异性朋友亲口说出来,你就有点儿受惊了。但只一会儿你就理解了,令我有些感激。你的温柔润泽了我的昨天,你的眼睛促进了我的回忆。我愿意与你一起顾盼这个世界、叙谈自己。

那天我们把不同的记忆掺在一块儿,一起惊讶和喜悦。我从来没有这样放松地、毫无警觉地谈出心头的隐秘。它们一直像石块一样压迫着我,使我在长长一段岁月里手不能举,口不能张。没有人能够理解这个,因为他并没有类似那种刻骨铭心的经历,不能感同身受。如果有人蹙蹙鼻子,我也只能无言。这是来不及咀嚼的悲伤。一颗被愁苦之汁浸透的心,无法与人沟通。

从那时起我们之间的交流愈加频繁,简直是前所未有地相互信赖。你讲了爱情的故事,它让我闻到了雨后榕花那种清新的气味。我想这是一个多么纯洁的城里姑娘,就像我心中珍藏的一段关于爱的记忆。但是我从来没有对你谈起那匹红马。

对它我不敢轻易触摸。它是神圣的奔驰,是复仇之旅……

三

我对你说过,每个人都会厌倦。人们总是不由自主地跌入一个厌倦的圈套。对此,我有着足够的警惕。我懂得厌倦是怎么一回事,知道它在多大程度上会妨碍我。我觉得一个男人单单为了对付它而振作一次冲动一次,太不值得。比如那座城,我并非因为它的陈旧无趣而背弃,真正的原因是我无法忍受……究竟是什么在伤害人心?它们清清楚楚罗列在那儿,一个没有眼障的人一抬头就可以发现处处破败,那是致命的、无望的、无需等待的……为了掩饰这种悲伤和绝望,人们往往急不可待地寻求爱的补偿。没有釜底抽薪的办法,只有扬水止沸的重复。

我曾试着将“爱”切换成“恨”,幻想过“恨”的力量,误以为它会比“爱”更锋利。后来,只是不久我就发现了:它们对于我差不多是同一个东西。我只能在原地徘徊,我只能沉吟和倾诉——面对着你。

有一天早晨,大约是个初冬天吧,我像以往一样找到了你。我第一次发现了你心不在焉。你形容憔悴,头发似乎失去了光泽,双手让人想起一对陈旧的船桨。你怎么啦?沉默寡言,半晌才吐露一点儿心思。天哪,原来你也开始“中蛊”。

痛苦是自然而自然的,可是我们怎样使这段故事重新变得新颖起来?你自顾自地工作着,遗忘了所有美好而庄重的构想。于是从那个冬天的早晨开始,我们有了双重的悲观。借此我想了一遍少年时代。充满了艰辛和不幸的山区生活,今天看接近一部传奇。我那时食不果腹,却有很多伙伴。我在山隙里寻找果子,追逐野物,在草窝里倒头酣睡。常常是一觉醒来,发现草窝里又多了一个人:他们像我一样破衣烂衫,脸上涂满了灰痕。天太冷了,他们挨不住就拱了进来。那时候流浪少年是一家,用不了三言两语就成了挚友。我们激动时就互相拥抱,感觉着彼此嗵嗵的心跳。我记得自己曾把绑在胸口上的一块玉米饼掏给了一个黑黑的女娃,她还来不及谢一声就大口吞食,噎得泪流满面。她扯着我的手蹦蹦跳跳,在太阳地里,一不小心让荆子划破了脚踝,通红的血洒在地上,就像散开的菊花瓣儿。我们夜间紧紧搂抱抵挡严寒,醒来时就彼此讲叙自己过去最隐秘的事情……她说她偷过邻居家五毛钱,并且是崭新的票子;我说我最恨父亲,一个月夜里想用刀杀了他。她吓得哭了,小鼻子揉得锃亮,像个惊吓回首的小山兔一样呆望……接上她说了什么我都听不清了,因为我一想到父亲就想到了茅屋,想到了妈妈。“妈妈,妈妈……”我呼叫着,浑身发抖。她把一双脏脏的小手捂在我的脸上,安慰着我。这样待了很久我们才平静下来,开始踏着被山风扫净的小路往前走了。

我们要一块儿寻找吃物。河谷里那些房屋稀疏的小村子里，我们总能遇到一个好心的大娘，总能得到一块掺了糠末的地瓜饼子、一个蒸熟了的蔓菁。大娘说："一对苦命娃儿，是兄妹俩吧？"

短短的日子里我们结成了比兄妹还要亲密的关系，有说不完的话，相互没有一点儿秘密。我们就是这样诉说衷肠。

像所有山里朋友一样，她后来也消逝了。

大山里再也找不到她的踪迹。我知道可能是在外地流浪的哥哥遇到了她，也可能是外出打工的父亲揪回了她……我这一辈子都像在寻觅一个可以诉说的人，那就是她、像她一样的人。

没有这样的人。他或她的冷漠和背叛总算让我明白了人是怎么一回事。我这一生大约都得收心敛口，掩住心上的一点儿什么……我想象着一个人旅途上的某一次偶然、它与命运的关系。比如我如果一生都不能走出那片大山的话，就将备受肉体的折磨；可那样我也将免去不能诉说的哀痛。我也许会与那样的女娃携手一生。我要用初夏里温暖的山溪为她洗去脸上的灰痕，用金黄色的桑皮为她束起头发。也许我们会拥有河谷里的一幢小草屋，养一条身子细长的黑狗。

这种想象使我沉醉，也让我幡然醒悟。从此我可以更达观地看待机遇和物利得失，却不能根除潜在心底的躁气和动荡。它们在那儿冲撞回旋，让我一次次把目光投向背囊，投向更远更远的莽野……

四

这个夜晚，在异乡，在一片被遗弃的田垄上，在野草喷香的气息中，暂且让我遗忘吧，让我好好地睡上一觉。

一堆篝火快要熄了，我折一些枯干的枝条放上去，看着它重新腾起火苗。一团蚊虫被烤疼了，旋转着躲到更远的地方。我隐隐感到在夜色里正有一些不知名的小动物盯视这团火光。它们伏在四周,小蹄子正不安地敲打着泥土。这儿比我走过的那片原野更为干旱,绿色已经明显减少,连深深的沟渠底部也干硬得长不出一株像样的蒲草。小野物们倒毙了,它们不止一次让我在渠畔和草丛中看到。在最后的时刻里,它们大概仍然在寻找水和绿色植物。

我恨不能一步跨出这片被折磨的土地,可一连奔走了很久,看到的情景依然如故。我只得像那些干渴的野物一样趴下来,一口一口喘息。水到哪里去了?书中记载的那场毁灭人类的大水何等神秘,它肯定是从广袤的大地上一点点搜刮聚积的——我一想到水就感到恐惧,水是土地的血脉啊。

高空里有嘶哑的鸟鸣划过,接上是长长的沉寂。这与我几年前的长途跋涉何等不同。那时只要燃起篝火搭起帐篷,立刻就会听到野物们激动的奔跑和呼号相告之声,还会听到水流的汩汩声、水滴从树叶上溅落的声音……只是十几年的时间,一切竟改变了这么多,像有一只神秘的手在不知不觉间开始了行动。我相信那只鸟的嗓子是因干渴而嘶哑,在暗影里徘徊的小动物也在祈求着一口清凉的水。

入睡前我摘下水壶摇了摇,只有半壶水了。我想着河湾和海岸那不急不慢的水浪,好不容易睡着了。

早晨,我翻找东西时碰着了叠成一沓的地图,刚打开来却又推到了一边——我在一直往西,不必将所在方位弄得更清;因为这似乎对我并无益处。我需要做的只是默默地走下去。那片葡萄园在东部的海滨平原上,它正迷惑不解地遥遥注视我呢。我只需看看日出的方向,就会与它的视线相撞。那是不能多看一眼的目光啊,我从它那儿看到了类似女性的温煦和期待;我已经为它把自己烧灼得差不多了。

一边整理背囊,一边谋划这一天的行程,盘点我所需要的水和食物。天大亮了,吃过了简单的早餐,把小巧的钢制小锅牢牢地塞到了一个帆布口袋里——这个小锅子曾让大学里的一个同学好一顿嫉羡,他不止一次想把它偷走,由于我防范严谨他才未能得手。我直到现在还能记得分手时他的那种怅怅的眼神:那目光不是落在我的脸上,而是久久地盯住我的挎包。他知道鼓鼓囊囊的挎包里就装了那只小钢锅。我尽管偶尔也动动恻隐之心,但最终还是没有放弃这件器具。因为没人知道它还曾是我们的一个信物呢:那年暑假我到山区考察,一个小姑娘送给我这个小锅,千叮咛万嘱咐,好像她肯定是我未来的小妻子……

我把背囊带子耸了耸,微微弓下身子往前走去。

晨雾消散得真慢,直到太阳热辣辣烤着后背了,远处的景色才变得清晰起来。整个泥土都像被烙铁烙过了,所有的植物都蔫蔫的。一般而言,在上午七八点钟之前,草木该是有几分生气的,因为它们刚刚经过了一夜的喘息调养。可见泥土里的确已经没有多少水分了。上一年秋后被翻开的土垄至今没人理睬,上面长满了白茅和狗尾草。香附和阿穆尔莎草的茎叶紧贴在地上,萎缩成小小一团。所有富含汁水的植物都蔫了叶子,只有粗粗的主茎还有几分活气,像马齿苋等。那仅有的几丛灌木由于根系发达,可以吸取深部的水分,在晨风里抖着叶片,算是迎接了我这个远路而来的客人。有一只嘴巴长长的鸟儿从灌木下钻出,瞥了我一眼就跑开了,它跑得真快。在消逝的那一瞬间我认出是一只蚁鴷——它那长长的锥形嘴巴可以直直地插入蚁穴。一只小小的麻雀落在一丛毛白杨棵子上,呆呆的,形单影只分外可怜。我走近了它,直到离开几米远它才飞开……脚下的田垄在上一年被人翻过,全是秋天收获的痕迹,可以看出这儿原来种过红薯。本来接上应该播种麦子,可现在一律荒着。很明显,当时墒情不好,错过了播种季节,要改种其他庄稼时又遭逢了更大的旱情……远处的小村落静静地伏在那儿,所有的房子都小得不能再小了。它们没有一点儿声音,也听不到鸡狗鹅鸭的叫声,没有一个人从街巷上走出。

我不知该走进这些村庄还是该绕开它们?它们不发一言,安守泥土。我对看到的一切毫不惊讶,好像所有的逢遇都是自然而然的,我们早就约定了要在远途相逢——此刻,我们彼此注视一眼,也算是了却了一个心愿。

这是我从未走过的地方,仍然没有交通车。我大约已经走进了最荒凉最沉默的一角,可是它仍然没有接近目的地,甚至连它的一个边缘都算不上。我知道穷乡僻壤会挽留我这样一个汉子,但我将继续远行。

为此,我久久地看着这个小村庄。我想在心里把它们记住。

山　地

一

地势渐渐增高,我知道快到丘陵地带了。目的地在山的那边,前面有一段至为艰难的路程——因为我的内心深处早就标划了一条地理界限,所以我必须翻越那道有名的山脉,才算走进了这次旅程……我满怀希望地期待,像突然之间接近了什么昭示般地激动。我终于急急地翻开地图,寻找那个山脉了。我估摸了一下行程,计划着花费几天时间才能走完这一段路。我明白这与我多次攀缘的东南部山区完全不同,这儿的山不仅高大——海拔高度比南部山峰高出三百至五百米——而且植被稀薄,几乎没有像模像样的一棵树、一片草。丘陵地带全是浑圆的秃石山和黄土山,差不多没有人烟。而要穿越这片丘陵大约需要不停歇地走上三至五天。

收起地图的这一会儿，我不由得自问了一句：要不要走下去？绕山搭车？这个问号只是一闪就被我赶跑了。不可能再犹豫了。我的远行从未面对如此具体的目标。如果说我以前寻找的只是一种未知的磨砺和含混而坚定的目标，我只为它含辛茹苦的话，那么今天却有一个等待回答的声音——它就在大山的那一边。我需要做的只是迈开双腿，走下去，走下去。这条路径当然还有另一种走法，那就是乘车从山左绕过，但那是更遥远的里程了。

天黑下来时，我走进了一个小村。我准备在此做翻越山区的最后一次准备。

村子小得不能再小，我想这么小的村子简直不可能有什么领导和组织系统——结果我错了，这里大小头儿一应俱全。他们按部就班地盘问过之后，还看了我身上带的一切。对于我翻越那道山的目的他们尤其关心，表示了莫大的不解："大热天出哪门子憨力干个啥啦？"我琢磨着怎样回答，也为了少些麻烦，说是搞地质考察来了。"哦哦，俺不知道这些鬼名堂呀——你只管宿下吧，有事情天大明再说。"可我想就在这个夜晚就把事情办妥，比如我想把米袋装满，把水壶和一个胶布水囊都灌饱。盐还有。其他东西我出走时并未忽略，如一点儿钱、护身的刀子，等等。这会儿我还想对山里的大致情况有些了解，比如说我这会儿必须决定是否找一个同路的伴儿——一般讲这是违背本意的。我不愿让人在旅途上打扰我，除非万不得已。

晚上，我给安排宿在了村子一端的废弃马棚里。蚊子多极了，要点起艾草熏。有一个大通铺，铺上是一个看棚子的老光棍，又老实又淫荡，夜间睡不着净想讲一些花哨的故事。我非常厌烦，说实在困了。他缠着不放，威吓说：

"我可知道你是哪号的人。"

我坐了起来，直盯盯地瞅他。

他说:“你不摊了祸,能往大山里跑? 大热的天……”

我笑了。我说就算“摊了祸”吧,又怎么样? 他说也不能怎么样,捆上就结了。

这个话题倒让我来了兴致。我让他随便讲吧。他告诉,以前就有人从这儿进山,还没等挪脚,就被追来的人捆走了——原来那是两个“谋反”的人! 我实在不能理解,因为他使用的古老的概念让我多少有些迷惘。再问下去,他仍然讲不明白。后来,我问他谁家里有余下的吃食? 他骂着粗话爬起来,然后弯腰在一个角落里折腾一会儿,点起油灯,让我看了一个小瓦罐,里面装了半罐碾碎的地瓜干。他要把它分出一半,但价钱贵得可怕。他还答应天亮了为我找村里人买几斤玉米面。

食物问题总算解决了,我有些放心,就想好好地睡一会儿了,可谁知我刚刚合上眼,那汉子又咿咿呀呀地唱起来……

整个夜晚我都没有睡沉,不时地要被那个人给吵醒。由于来了个生人,他多少有些兴奋,不愿入睡。睡不着,干脆就拉呱儿。他讲了大山里纵队的浴血奋战,还讲了八司令——“厉害啊,杀人不眨眼,一刀一颗人头,从来不用枪。”“为什么?”“就为了节省子弹;还有,就是痛快。”“幸亏纵队消灭了八司令。”“那是,那是哩……”汉子说起即将进入的那片大山显得格外起劲:“八司令和纵队在这里拉兵最多,为什么? 就因为穷山恶水出刁民哪,这里的人个个都不要命……”

天亮了,我这才可以清清楚楚地端量他:一脸的深皱,皮肤粗得可怕;他大约有五十多岁的样子,或许还要大一些;只有那双眼睛有点儿水灵气,其余部分全都干燥得像阳光下的土板。想一想他夜间的频频活动,觉得五十多岁的人有这样旺盛的精力也算难能可贵了。吃着早饭,我们一边交谈。我问山里的情况,他马上来了精神,像是故意吓我:“里面的野物也能把你‘咔嚓’了。”我明白那是指“吃掉”“杀掉”的意思。我问他都有些什么野物?他说有虎、狼,还有狐狸野猪什么的。他的话不可漠视,因为这是完全可能的。只是我不信它们已经多到了足以对人构成威胁的地步。

村头儿来了,我问光棍汉讲的是否属实,村头儿不停地点头。他建议让光棍汉送我一程——“一程”是多远?村头儿说:“翻过岭子为算。”这当然是有诱惑力的,我看了看那个五十多岁的汉子,汉子揉着鼻子:“给五十块现大洋吧!”我明白那是指五十元钱——这显然是值得的。我们就当场讲定付钱。

二

离开村子的第一个夜晚要在岭子里过了。光棍汉子背了一点儿干粮和水、一个小小的蒲荐子。最初踏上的岭子都是黄土堆成的,很少看到岩石露出。再走下去,就可以发现被山水切割出的谷地边缘上的酥石。岭子上没有树,也没有成片的草,只在山阴低湿的地方有几株黄黄的小草,看来已经没有力气结出种子了。没有风,天似乎比平原地区更蓝,一两只小鸟——可能是云雀,在高空里鸣唱。汉子仰脸看了看,啊啊地叫两声,算是与之应答。这儿的太阳一出来就炙人,我后来不得不戴上长檐儿凉帽,这惹得他愣愣地看了半天。他身上除了一条黑黑的短裤几乎再没穿什么。一路上他不断地询问,特别感兴趣的是这样一个问题:为什么不从南边绕开——那里是通火车的呀。我告诉他我要走近路,也要好好看看这片丘陵和大山。他乌黑的脸上除了惊讶还有幸灾乐祸。我懂得他的意思,那是藏住的一个不祥的判断。他从来不相信一个外地人可以在炎夏穿过这一地区。他反复向我暗示:他是不能奉陪到底的,只能送我到那片蓝乎乎的山影下边一点儿。从这儿抬头望去,已经可以看到远处耸立的一架大山了。我想大山的阴坡一定会凉爽一些,而且很可能会有绿色植物和溪水。我知道一条有名的大河就发源于这里，它的上游肯定会出现一个汇流的水网系统——汉子听了我的话，伸伸舌头说狼都渴死了，“如果你两天里还翻不过山去，你也得在那儿伸腿。”我问：山那边呢？他说山那边一马平川了，有人家了——不过也得走上老远哩……

再往前，海拔二百米左右的低山多起来。山坡上的土层很厚，只是由于干旱才没能长出树木来。山阴处开始出现绿色了，尽管很少，但仍然让人感到了一丝安慰。我常常在一丛小草跟前停留一会儿，这就使得汉子很不高兴。我在这儿发现了华北粉背蕨、凤尾草，还有芒萁和石韦。它们一律长得黄弱瘦小，最先发出的叶子差不多都干枯了。但它们仍然在顽强地活着。山的顶部裸露着石头，那是各种混合岩和花岗岩。翻过几座低山之后。风明显地增大，这使人有些舒服，身上的汗水很快被吹干。这儿找不到一条路，连人走过的痕迹也没有。我问汉子村里人有进山的吗？他说这些年狗都不来。他自己的水早喝光了，就不断地要水喝。他的贪婪让我多少有些害怕。

天黑下来，我们要寻找地方过夜了。我把帐篷搭在离一道谷裂三四十米远的地方，想享受顺着山谷吹来的凉风。这条山谷东南西北走向，西北端越来越狭窄，渐渐消失在山岭之间，在那儿转向了。汉子可能这半辈子都处于饥饿的恐惧中，所以只要一燃起炊火就高兴得不能自禁。燃火的柴草总是成问题，汉子却毫不作难地跑开。在我看来到处光秃秃的，惟一能烧的是挂在石隙里的几缕细细的草丝，但要把它们汇成一堆做饭，起码需要耐心地干上一年。汉子在陡陡的坡坎处歪头端量，后来把手插进了滚落下来的粗沙砾中掏摸。只是一会儿他就搞来了一些拇指粗的植物根茎，它们埋在沙砾中不知多长时间了，已经变得焦干。

我们将玉米粉和瓜干碎块掺在一起煮粥，把所能采到的任何一点绿叶子都投进汤水里，又加了盐。汉子说这是他吃到的最好的伙食了,如果有点儿酒,再有个……他正说着听到了什么,停止了咕哝,像个警觉的老猫一样直着脖子倾听。天黑得很快,山影一片模糊。有一种呜呜的声音,像巨兽在远处低吼,还有类似枭鸟那样的叫声从山背传了出来。他低头小声对我说:“怎么样,天一黑该有麻烦了吧!”我在辨别那低吼。后来我终于明白过来:那是风顺着谷裂吹过,在远处形成的回响。我让他放心。汉子伸手指指空中的叫声说:“那么这个呢?”“一只鸟你也害怕吗?”他揉着鼻子躺在蒲荐上:“这种鸟叫起来要死人的啊!”

他在那儿蜷着,一会儿就发出了鼾声。

三

我却久久不能入睡。天上的星星不停地闪跳,弯月明亮得让人心生疑窦。一种强烈的身在异乡的感觉袭来,有点儿发冷。这果然是一个凉爽的夜,与白天的炙热形成了鲜明的对比。我抑制着什么,好像有一对目光在我的脸前扫来扫去。芦青河湾呼呼的水浪声清晰透明,仿佛就在耳畔震响。这是家乡的讯息。我把头埋在了手里。今夜的拐子四哥他们也像我一样在星光下不能安眠吗?还有肖潇……我的心猛地抽动了一下。尽可能去想别的,想那个沉沉的、鼓鼓额头的小姑娘。可怜的孩子今夜仍在企盼着什么,她像我那时候一样,向往着一片田园。她不知道:人世间没有一片土地可以永不沉落;即便它存放着,也会荒芜。我无法忍受,无法忍受自己的肌肤被一点点划破,让鲜血日夜渗流。我不忍看下去,我害怕那必将来临的一天。面对这一切,我宁可闭上双目……那是我用生命筑起的田园啊。我仍要不时地回过身去,去观望和寻找。

路上,这个汉子曾问我一个奇怪的问题:没有家吗?我只能如实地回答。他大为不解地拍打着膝盖:这就奇了,有家口的人怎么好胡乱窜悠？他真的不解。我也无言以对。在这长长的没有尽头的苦旅中，我多想牵上另一只手。这是痴想。没有一个同行者。“你需要什么？你想干什么？”类似的询问以前、在别处，也曾不断地催逼过来，我仍然回应一个沉默。我只有面对着一片莽野、足踏着一片泥土时，心里的回答才能变得清新。我想投入的是肉体和心灵——我的全部。我想在其间消融自己，献给一个苍莽……我只是无法忍受，无法忍受心灵的荒芜，头上的白发衍生，喉管焦干，双目在忧郁和切盼中被灼伤。怀念远远逝去，我已不想追逐。我记住了你、你的叮嘱、你的埋怨，还有滚烫烫的举世无双的情谊——可是我今生仍不能回心转意。

我的眉梢躯体四肢全是粉粉的黄土末子，我离那个梦想之地已经不远了。也许我真的有一天站在金色的高原上回眸，能望见我们小小的茅屋和那棵巨大的李子树。

时下，在这个无法指认的荒野土岭间，我不由得想起了一位决绝悲伤的朋友：他高高的颧骨上刻满了刚毅不屈，他忧愤的双目间盛着无望和悲悯。他坐在那儿微微喘息，像我一样不需要同行者。有一天他疯了，把从不离身的一支黑烟斗当成了枪管，狠狠地击中了一位当地政要。他疯了，可是这儿还没有一条宽宥疯子的法律，于是他在铁窗中哈哈大笑，亲手逮光了烂囚衣上的虱子，又随口吟诵了一首又一首叛逆之歌。由于可怕的囚禁，他粗壮的双腿在一年之后瘪下去，后来干脆不能行走。他瘫在了地上，成了一个瘫坐的疯子。他的热情仍然没有耗干，只有躯体慢慢枯槁，最后只剩下了一个又大又硬的头颅。他的眼睛已经变成了神圣的光源，厚唇紧闭封锁了最后的秘密。所有亲人都围拢来让他辨认，他连头也不摇一下。一个看守靠记忆默写了他随口吟出的诗章，在背光处订成了厚厚两本。他把这珍藏交给妻子，然后坐到了铁窗里面去陪伴。看守原想营救他，可是又战胜不了深深的胆怯；后来他终于战胜了,又发现面前的人已经不能行走。他去拉扯他,却遭到了严厉的拒绝。于是看守就坐下来,看着那一颗巨大的头颅和如火的双眼。

我的朋友啊,我的朋友至今仍悲坐一方,不久就将迎来肉体的死亡,那原因简单而又奇特。

他是不能忍受啊,他不过是不能忍受……

光棍汉子躺在那儿,大仰着打鼾,突然猛一个滚动坐起来,大呼小叫,伸手在身侧不停地抓挠。我被他这个举动吓了一跳,但很快就明白他在做梦。"它的黑爪子把我抓住了哩,伙计……呜呜妈呀快快帮我……"他爬过来,双手在头顶扑打,满脸惊恐地拱进帐篷。一股浓烈的汗湿味冲进鼻孔,我大叫着为他赶走梦魇,谁知他呆坐着一动不动,嘴巴张大像一个吃人的怪兽。连我也有点儿害怕了。他讷讷地问:"没睡?"我点头。"那你是看见了!"我告诉他什么也没有,那不过是一个梦。"不哩,嘿呀,咱俩要遭事啦……反正我是不敢往前走了,再走也回不了村了……"他说这些地方以前都是纵队和八司令干架的地方,冤鬼多了去了。他咂着嘴问我一个问题:为什么这里净出不怕死的人?我答不出,他就说:因为活着还不如死了好!我多少能同意。我在想自己苦苦寻找的那个人,他原来就因为生在这样的艰辛之地,所以才那么勇敢、那么残忍……

就这样他一直坐着待到了天明,我也只睡了很少一会儿。

接下去的行走更为艰难,因为山岭愈加陡峭,太阳似乎离得更近了。我建议白天在山阴歇息,趁着月亮地赶路。汉子一连声拒绝,说那样在山隙里一脚踩空非跌个半死不可。他像换了一个人,原来的乐观没有了,东张西望,动不动就疑神疑鬼地叫。我为这个旅伴而后悔,但又觉得有人在身边总算可以说上几句……

那些比较平缓的丘陵被甩在了身后,眼下的山都变得陡峭了,海拔明显地高起来。这儿处于山脉的东北方,承受了北麓的落水,形成了一道道水汊,虽然如今干干的,但仍然能让人想象出水旺季节大水冲刷的气势。当年的水流硬是切开了玄武岩,那坚硬的裸露熔岩上留下了明显的水流切割的痕迹。从这儿望去,可以看到连接那条东西走向的山脉之间,是高高低低的山岭,它们一律由西南向东北依次降低;沿东北看去山势愈低,当年的山洪就涌向那里。汉子怅怅地问:“看个啥?又没有水。”他说得很对。我问他有水的时候来过没有?他说没有,能来这儿的只有打猎的人——他告诉这儿最多的野物是狐狸,但没人敢碰它一下,因为它们是些精灵顽皮的东西,谁得罪了它们,谁就会死无葬身之地。接上他一口气数了十几个因此而死、死法不能再怪了的人。

这天晚上他似乎睡得不好。我最后一眼看到的,还是一个不停翻动的身子。我实在太困了,一会儿就睡过去了。醒来时太阳已从山凹那儿升起,我揉揉眼,第一个发现就是旁边那个蒲荐没有了,上面的汉子也没有了。我觉得不好,赶忙爬起来寻找,喊了几嗓子,只有回音从山隙间传来,空空洞洞。“他跑掉了!”我咕哝了一句,不知怎么有点儿轻松。我又剩下一个人了,与以往不同的是我现在是在炎热逼人的荒山里,我面前横着的是一架从未见过的大山。我将翻过它,一直向西走去……但是,接着我发现了更坏的事情:汉子临走时偷偷取走了干粮和水——虽然还给我留下了一点儿,但他拿走的那一份实在是太多了。我禁不住骂了几句,我想我真是愚蠢得不可救药。这就是对我的怯懦和软弱的又一次报偿——我仍然希望在困难孤单的长旅中能有一个陪伴,这太奢望了,结果就遭到一个报应。剩下的路因此将变得更为凶险,不过我从此真的要一个人了——我再不会寻找同伴,不会寻找那个百求不得的安慰。

准备野餐时我不由得总结了一下,回顾了记忆中走开的一个个同伴——他们都是在各种各样的情势下,因为各种各样的原因离我而去的。我未敢说那全是他们的过错,但我敢说我从未在这艰苦的远行中有过背叛……

无论如何,一个人到了中年仍然还要忍受走失同伴的痛苦,这不能不说是太凄凉了一点儿。

第二十五章

荒　原

一

我曾经拥有这样的时刻:无论是冬天或春天,哪怕是狂风怒吼也赶不走我的那份温馨。那时我在妈妈或外祖母身边,她们的细声细语伴我入睡,她们的故事和暖融融的被子一块儿包裹着我幼小的躯体。屋外,大李子树的枝丫摇动着,发出一连串吱吱声为我们伴奏。夜鸟偶尔一叫。母亲的体息使我沉静,我把头伏在她的身上。她抚摸我圆圆的脑壳,分理我有些黄的头发。无论是睡着或醒着,我都能分毫无差地感到母亲给我的温热和照料。她半夜里为我掖被子、加盖什么、把我压在体下的手轻轻抽出……妈妈润湿温热的嘴唇常常印在我的脑壳和腮部,她有时还要拥起我,为我擦去莫名的泪水。

那是一段极易消失的日子,又是一段永不褪色的记忆。

我离开妈妈后,在大山里,在任何一个地方,只要一个人安静下来,独自一人沉浸到自己的世界里时,那种特异而温馨的感觉就会从心底丝丝缕缕地泛起,把我整个人轻轻托起来。这时如果有一声吆喝、一句询问,都会像一只无形的长爪一样把我从幻梦中扯出来。我一下子落在了冰凉的冻土上,因浑身赤裸而瑟瑟发抖。

我的一生都特别珍惜夜晚——它是沉寂羞涩的，温驯而又随和，静谧而又安详。从精神上讲，我一生都在吸吮着母亲的乳汁成长。这种无可比拟的依赖和温煦使我懂得了生命对于自己和别人同样重要、懂得了它的一些特别的用处，以及它来自何方、它应该托付给谁，等等。我寻求的仅是原来的那一份柔情，它差不多是与我这个生命一同抵达的，应该一分不少地属于我自己——对于任何损伤和掠夺，我都会拼尽全力去反抗。我从来不信我会变得冷酷和邪恶——从骨子里变成那样；无论多少诱惑多少胁迫，我都将好好地守住一个真实。因为我牢牢地获得了那一份：它给了我生命，并照料我长大；我从一开始就懂得了一个生命活下来所必需的那个温室。我并非有太大的勇敢，我的维护和抗争只是出于人的一种本能。除此而外，我的奔波不停完全可以有另一种解释——那就是我在不适宜于生命的严寒中不可能久久站立，而只能不停地移动双脚去抵御……

夜又来临了。在我眼里无论是闹市之夜和山野之夜都应该是完好无损的，都应该是自己的。我听着山风呼啸，暂且忘掉了孤单和惶恐，缩向了自己的内心。也许那个汉子不失时机的逃窜是一件好事呢，这可以使我在孤旅中保持一个又一个完整的夜晚了。

我蜷在那儿，这种睡姿甚至也让我感到了特别的舒适、一种适合回想和怀念的需要……在大李子树吐放的香息中，我就这样依偎在妈妈和外祖母身边。只有唤回那样的一种感受才可能驱赶全部不幸，思绪才能滞留。牵挂变得淡远，思盼也空前减弱，我只牢牢地认定了眼前这片夜色的温和与珍贵，紧紧地拥有它。我相信天明之后，全部的跋涉之力都会来源于这个夜晚。

二

风在变大，夏风在山隙里鸣响并不那么可爱。不知为什么，在我今夜听来，它的尖叫很像一个女人躲在黑暗的角落里打着口哨。记得海边上看渔铺子的老人经常讲述这类故事——海事中淹死的女人魂灵一直漂泊在海上，她们浑身湿淋淋的，在月亮地里走上海岸，通体闪着冷光。她们用一种凄凉柔美的哨子引诱贪嘴的男人。男人如果迎着哨子走去，就会入迷发痴，由她一点一点领到海水深处……夜晚，茫茫山影如同浪涌，我显然已经走入了大山的深处。为了不致沉没，我在手脚并用奋力划动……我的祈求响在心底，我一闭眼睛就能望见那棵巨大的李子树。我不孤单，因为我投入的大山充满了心愿和向往……一阵沙沙的声音引起了我的警觉，我坐起来。

揿亮手电一看，原来是一只小沙鼠。它竟然不懂得畏惧，在离我很近的地方昂头看我。我伸出手去，它眨眨眼睛，但并不跑走。我取来了一点饭屑，它竟从容不迫地吃起来。接着它就偎在了一个角落里，大概要与我一同迎接黎明。

我把小沙鼠装在口袋里上路了。因为我早晨收拾帐篷时，它一动不动地看着我。我像受到启示似的，认为它想与我一同翻过大山——山那边的荒漠是它的故地吗？带着这个模糊而美好的判断，我带上它开始了攀登。

太阳出来不久我有了饥饿感，口也渴得厉害。我必须对食物与水的享用限定在最低限度，差不多一天只喝两次稀粥，并尽可能地少喝水。如果在其他地方，那么我可以采大量野菜来填充饥肠，咬吮那些秸秆汁液来代替饮水；在这不毛之地，一切都无从谈起了。这是我以前从未遇到的尴尬。对于我来说，脚下的山地也是完全陌生的。一般而言，从那些高山峻岭间辐射出来的河流都有比较宽阔的谷地——可是这儿的每一道沟谷都那么逼仄和曲折。我找不到一条沿河谷而上的小路，只得顺着干涸的溪流之痕往岭顶爬去。一些零星小草在石隙中小得可怜，在一点点土屑中钻挤着,看来绝对活不过这个夏天。可以想象,稍微大一点儿的雨水就能有一次强烈的冲刷,因为山的北坡总是很短,陡峭的山势可以使水头蜂拥而下。植被稀薄,简直谈不上水土保持:这大概就是我在几天前看到的下游那些黄土岭形成的原因了。

正像那个汉子所说的一样,在整个丘陵地区我都没有发现一个村落。这么大的一片土地处于无人管辖的状态简直令人称奇——也许在理论上不是这样,它正属于某某行政区划;但实际上却没有什么力量可以伸长到这里。我想象可能是旷日持久的干旱把这里的希望断送了,有人才不得不放弃他们的祖居地吧。土地对于人,一般而言并不构成负担,即便是极为贫瘠的土地。那么眼前的情况又该怎样解释呢?我在旅途中想发现一两处村庄的旧址,结果都没能如愿。动物稀少,我在两三天的时间里大约只看到了五六只小鸟。奇怪的是有一天我在头顶的蓝天中看到了一只骄傲的大隼。当时它正漫不经心地做着飞行表演,翅膀仄着来了个漂亮的滑翔;但它也许很快发现了我,立刻就使自己平稳地飞行,保持了一副优雅端庄的样子。这显然是一只有修养的大鸟。不过它的修养并不能使之免于饥饿。我不禁有点儿为它担忧了:在这样的地方究竟有多少油水可捞?我遥遥观望,不知为什么对它的面对荒漠的勇敢、对它的那份孤单滋生出一丝敬意……

汉子曾说过,山的那一面是一马平川,到了那里就不难遇到人迹了。一般说人们是不轻易翻这座山的——为什么要拼死拼活往那顶尖上爬?为了显示你的憨犟气吗?山把人隔开,就是为了让人安安稳稳地分堆儿过日子,谁不安分谁死得也就快了……我想着汉子的这些话,不知不觉陷入了对命运的悟想,几乎感觉不到攀缘之苦了。如果我倒下了,那倒也平淡多了;不过我正在证明自己不是那么容易倒下。这是问题的关键。如果放弃了这次旅行、这座大山,我又到哪里去寻找这次证明?

这片越来越陡峻的山岭正处于那条有名山脉的毗连地带。越是靠近山脉,岭上的植被越少,山坡越短促。它们由石英斑岩构成,裸露的岩石在阳光下不时发出刺目的光点。从这儿望去,那条山脉的轮廓异常清楚,它在这儿从东南走向西北,海拔最高点约两千米;它的东南段稍高,而东坡则比较平缓。山顶凸起的光秃秃的峰峦远看有点儿像秃鹫的脑壳。从脚下的山岭到秃峰那儿,正好要经过那个平缓的东坡,而我翻过岭子时就可以避开最高处。

瞅准了这个大致的方向,我该好好划算一下了:如果翻过山脉需要一天半到两天的时间,那么我最好在前一天的傍黑赶到山底宿下。这样就可以缩短在山地徘徊的时间——我是平原出生的,我想,到了平坦的地方一定会安然一些。

就怀着这个希冀和念头,我加快了脚步。

三

从地图上看,山结处的几个豁口恰是两条大河的发源地。那是标划极其清楚的。可是愈加接近山脉,我对图上的标记越是感到茫然。图上的两条河都一直向东、东北方向走去,千绕百折冲出丘陵,在一片平原上开拓出宽宽的河道。有一个路经的小村应在其中一条河道几公里远的地方。两河最近处相距只有十几公里,最终却注入了不同的水系。

我相信这两条河在这个季节里也全都干涸了,如果登高远望,谷地里绕来绕去的水网干干的,没有闪闪发亮的水流,要寻出个脉络是极其困难的。可见当年这里有多么壮观了:水网纵横,蒲荻茂长,水鸭子和各种涉禽嘎嘎飞动。一旦失去水也就恢复了死寂,像这个世界刚刚开始时一样。我不知那些对这片土地肩负更大责任者,面对这样的干涸会有什么想法,他们是否会感到颤颤的惊恐?如果不是如此,那么他们只配去干点儿小孩子营生,比如到一个百货商店跟前去摸彩什么的。

我倒是对他们迟迟走不到摸彩的柜台前面而有点儿焦急了。一个人最大的幸福也许就是做点与自己的能力相匹配的事情,例如我认识一个喜欢繁殖动物的老人,他在自由开放的年代里经营了一个畜类配种站,结果收入颇丰,整个家庭都其乐融融。

为了不损失过多的水分,我不得不在阳光正烈的那段时间里避开一会儿。我找个背阴处坐下,把背囊垫到身子与石块之间。我呼呼喘息,可真够疲惫的了,想伸一下腿都很困难。我的手由于要设法去抓挠点火的柴草,已经割开了好儿道口子。我翻转手掌看着,看到了厚厚的、令人信任的茧子。行了,这双手弄成眼前这副模样,大概也对得起它了。很想喝一口水,但我知道对付这个念头最好的办法就是用力忍住。巨石下有一株嫩芽借了少有的一点儿湿气,长了三四寸高,我毫不犹豫地揪下来吃掉了。它的味道有点儿苦,这使我想起在入口前该弄明白它的来路。再有几颗浆果该有多好。我想着东部平原上的那片丛林,那里面的浆果多么红,简直个个甘甜如蜜。我想念浆果有点儿像思念心中的恋人。

不知过了多久,我明白该继续向前了。山谷中或许比我刚坐下来时还要热,整个的山地都被太阳烤烫了。在这种季节、这个时刻千里迢迢赶到这个鬼地方的人,该生了一颗怎样的心？这颗心韧忍、执着,为了一个真实,会不管不顾地跑遍整个世界,走穿这一架架疯迷的大山。我想到了纵队,那些千里迢迢投奔它的人,特别想到了那位老警卫员——他当年也像我一样,为了一个真实翻越这片大山吗？毛玉告诉我,这个人在这一带有一个特别的外号,你一叫这个外号,大山四周的人都知道——“老煞神”……

我只盼望黑夜早早来临。我那时可以舒一口气,可以为自己充充“电”了。太阳像定在了山口上似的,令人绝望。面前的石壁陡得差不多像一道墙,我只得寻找新的路径。从地形上看,这儿在很久以前是一条大纵谷，由于剧烈的剥蚀和泥流填充，深谷早被淤塞了。回头望一眼，前些天走过的山岭变得那么矮小，它们像一些高高低低的农舍一样踞在那儿，又像些破败的城垣。太阳的强烈光线扫出一道道浓重的暗影，反衬得山岭阳面更为凸出。谷地和干涸的水溪大半罩在阴影中，整个儿组合成一幅幅奇怪的水墨画。

此刻正是下午时分，一片山峦没有一点儿声音，风没有，鸟的叫声也没有。万物都在忍耐和顽抗，都在等待每天里的那个转换之机。我端量了一下，此刻已在山脉半腰，从山麓到分水线那儿有一半里程多一点儿，但山势却愈加陡峭。下半截的艰难可想而知。我下意识地摸了摸瘪下去的水囊，突然记起了一件要紧的事儿——我差不多把小沙鼠给忘掉了。我赶忙伸手到衣兜里摸了摸，它还在，正呼吸呢。我把它托在掌上看了看，见它一对晶亮的眼睛湿润着，小鼻子一动一动。它一点儿离开的意思也没有，这使我更加坚定了把它带过山岭的决心。倒了几滴水在掌心里，它嗅了嗅，急急地喝起来。

"我会把你带过去的，我们一开始就那样约定了，是吧？"它抬起头，抿着小小的红舌。它很可爱。它竟然不怕人，寻到了这个人的住所，任由他携去。这可真是一种了不起的信任，这种信任毕竟来自另一种生命。

当我正视这种信任时，就多少有点儿沉重和感动了。我明白这种相逢可不是一件小事儿，尽管对方只是一只小到一掌可托的沙鼠，但它会一起一伏地呼吸，它是一个生命。生命与生命的微妙关系，这会儿正在向我验证什么哩，这是一件小事吗？它多少让我想到了斑虎——那条护园狗。哦，我多么想念它！

太阳就要逝去。天明显地变得凉了一点儿。这本来是个非常理想的赶路之机，可惜在生疏的山地摸黑前行太危险了。我只得把这段难得的时光留在帐篷里，尽量鼓起劲儿做每天里固定的功课:找宿营地、搭帐篷、燃起炊烟……这不能不说是一种享受,可惜我真的精疲力竭了。搭帐篷时,我觉得手腕没有了起码的力气,差不多没能绷紧它的绳索。这种感觉只在我刚到葡萄园时有过:那时,一天的繁重劳动让我浑身散了架一样,连炕都爬不上去。我记得自己有一次累瘫在地上,禁不住哈哈笑起来……这会儿却怎么也笑不出了,因为我的嘴唇不知干裂了几道口子,饥肠辘辘,随时都有昏厥的危险……

这个夜晚之初,我蹲在刚刚搭起的帐篷口上不禁问了一句:这够得上一场折磨了吧?

在我们东部平原那儿流行一种说法:一场真正的折磨可以免灾。这是一种人生补偿的思维方式,我多少有些信服。在这个夜晚的星空下,我忍不住又想起了我的城里朋友,想起了吕擎和阳子他们的那次远行。他们去的只是南部山区,计划中的西行还没有开始,那场奔走就停止了。他们比我今天容易得多,因为他们是一伙人……我的这帮热血奔涌的伙伴!我们曾有过多少绚丽的想象,这些想象如今看离开我们那么遥远,就像这高空的星斗。

小钢锅里的水沸动了。我盯着它,小心地往里投放地瓜干碎块。火苗舔着,饭的香味儿越来越浓。

老煞神

一

如同毛玉所说,山后这一带的村子都知道那个"老煞神"。一些上年纪的老人为我指指点点,说:"你找他呀,人早不在了不是?"我不得不说明,自己找的是关于他的一些故事——特别是他的后人。“哦哟,是这样。他的故事多了去了,后人嘛,就难说了。”原来那个老警卫员自十几岁就离开了老家,投奔了队伍,是个没爹没娘的孩子——“要说后人嘛,那顶多也就是他的侄子、那些本家本族的人啦?”老人吸着旱烟,咝啦咝啦吸着口水。他说从这个河口往前,拐过那个山脚就是那个小村了,那家伙就是那里的人。“别看地方苦,出怪人啊,咱这地方几辈子就出了这么个怪人。讲不清哩……”老人最后用这样几句话送我走开。

我的心事像背囊一样沉重。我知道自己正一步步走向了隐秘的边缘,并将努力走入它的核心。也许一切才刚刚开始,完全不是想象中的那么简单。真实已经湮灭在这一架架大山的深处,并且不可打捞。可我不会轻易退却,不会放弃。毛玉那一天疑惑的目光盯得我难受,我只想让她相信:我会用自己的余生来做这件事情。“哦哟哟,你这孩子! 哦哟?”她重新戴上那顶怪模怪样的黑呢帽,噘着嘴看我。我知道她最动心的时候才有这样的表情。果然,第二天她就找来了南边村里的老经叔,让他细说路径,以便让我真的能够成行:“你说说吧,怎么去找那个冤魂?”老经叔对她言听计从,点头接口:“是不是冤魂我可说不准。不过前些年我见过他的后人,本家侄子。这人为他本家叔可算折磨个半死……”老经叔为我详细写下了村名人名,还为我吭吭哧哧写了几行字:“老侄见字如面……今有我小友访听老事,你见他不妨直言直语……”

我一路揣紧了这张字条,并在半夜火堆旁拿出来看了几次。那种口气绝非今天的知识人所能拥有,它让我平添了几分信任和牢靠感。我时常在想这位老人与毛玉的关系,想不清晰,却有一种深深的感动。如果我能稍稍正视那段历史的话,那就会发现它有多么惨烈,而他们的友谊正是在这种逼人的惨烈之中培植起来的。这里面可能包括了共同的怀念,以及深切的同情和照料的义务。我不能不清楚眼前的一个基本事实:毛玉是一个孤老太太,一生坎坷,无儿无女,身处异乡,来日无多——只要将思绪稍稍转到这里,心里就会有一种特别的难过。真实的情形也许是:她心上堆积的黄沙远远超过了任何人……

终于踏入了这个小小的山村。它沉默质朴,无一例外地贫穷,所有的街巷房屋都是石头和泥土垒起来的。一些孩子追逐背了大背囊的人,他们觉得这真是好玩极了。街上除了孩子就是老人,像别的村庄一样,青壮男子和年轻女人早就到村外打工去了,剩下的就是老弱病残来看家护院了。我打听那个人的名字,仍然没人知道;当我换上了那个不恭的叫法,他们立刻就说:"你是找'老煞神'啊,找他的侄子'小煞神'啊!这不,那里,那里……"他们不止一个凑过来,积极指点着,把我引到了一个更矮更小的土石小屋跟前。一群孩子冲那沉默无声的屋子喊着:"小煞神,快开门吧,别在屋里装死了,有山外人找你来了!"我朝他们摆摆手,然后一下下敲门。正敲着旁边过来一个老婆婆,说:"你这么敲能敲得开?你得这样——"说着用脚"嗵嗵"踢了起来。我刚要阻止她,屋里即响起了拖拖拉拉的脚步声。老婆婆得意地走开,嘴里咕哝着:"你那样弹脑壳似的,哪行!"

一群孩子和我一起候在门边。他们兴味大极了。

门开了,走出来的是一位六十多岁的男人,灰眼珠灰头发,耳朵奇大,一见我们就以手拢耳。我刚说了句"您好",孩子们就嚷:"'小煞神',给你把人领来了啊!"他像根本就没看见这些孩子似的,只看着我。我说出了老经叔的名字,他马上一怔,让我进门了。一群孩子全给关在了门外。

二

他的本名叫"姜立","老煞神"是本家叔,叫"姜岫",一位私塾老先生取的,当地人没文化,都以为是"姜油",说:"怪不得这个人这么坏,就是油啊,老兵油子啊!”前前后后的山村都知道这里出了个大叛徒——光这样说还远远不够,说那应该是“大叛贼”! 前些年有人提到这个早就身亡不存的人,还恶狠狠说:“呸! 这个大叛贼,光那样死还不行,最好得活抓了他,然后按在砧板上,用切菜刀一寸一寸剁了他才解气!”

姜立把老经叔的纸条看了又看,放在腿上擦了擦又看,说:“没人相信俺叔是冤枉的。只有我。我为这个蹲了好几年监,死了几回。可我还是相信俺叔是冤鬼。”

我想让他从头讲讲“老煞神”,可是他反而一声不吭了。再催促,他就说:“等天黑再说吧。你是老经叔派来的人,我对你不能乱说,咱得好生说——夜里点上灯,咱对着灯说。对着灯说出的话,该是良心话吧。”我有些不解:“对着灯说出的话才算?”他点头:“山里人都知道是这样哩。所以山里人凡要起誓、立言,都得等到天黑了点上灯才行——这叫‘冲着灯说’。”

当时天只是半晌。为了等来黑夜,我们就一起做饭。老光棍的饭原来十分简单,不过是一碗地瓜干、一点儿咸茶。为了招待远客,他又从角落里找出了一些绿豆,熬起了绿豆粥。喝着绿豆粥吃着绵软的甜甜的瓜干,再吃一点儿咸茶,一餐饭十分可意。当然,如果日复一日地这样吃下去,那也会受不了的。他吃过饭又熬起了茶,是一种比在毛玉处见过的更黑的茶,问了问才知道是当地一种植物叶子,可以代茶。这种茶香气浓郁,据说还有提神的作用。有了这样一壶茶,今夜将有一场好谈。不过我的心沉沉的,越是接近黑夜,越是一下下跳得生猛。我知道,到了午夜时分,只要闭上眼睛,就会听到那匹红马嘚嘚的蹄声——它正连夜驰来,驰向我们身边的这片大山。

天黑得很慢。但屋里终于变得不辨人脸了。他满是深皱的脸写满了苦难,鼻子两旁各有一道弧形大纹,像打了一个大大的括号。我沉沉的声音根本就不像是商量他,我说:“点灯。”他不吱声,从间壁上挖的那个方洞上端下一盏老式煤油灯,划了火柴点上,两手捧着放到喝茶的小桌上。放下灯之后,就像是害怕风把灯吹灭了似的,直护了一会儿才挪开两手。他这个动作让我觉得好生奇怪。然后就是默默坐在灯下了。这真的是一个庄严的时刻。他看看我,那目光恶狠狠的,好像在说:你不是一直让我讲吗?那我就讲了;我讲出来以后,你只要别吓着就行;不过你可得相信我的话,因为我是冲着灯讲的,你信也得信,不信也得信。

我只好洗耳恭听。灯苗在他开口时一跳一跳。他刚刚讲了几句,突然大嘴一张哭了起来,说:“看,看到这灯苗子了吧?没有风就跳这样厉害!你当怎地?这是俺叔回来了!俺叔这辈子冤屈大了,我要跟山外的来人讲他的大冤屈了,他听见了风声,魂儿就飘进来了……”他说到这里不再面向我,而是直接对着那盏灯念叨了:“俺叔啊,你就坐这边上听吧,我说得不准,你就噗一声把灯吹灭,我再接上重说;这回是老经叔派了山外的人来啦,我估摸啊,冤有头债有主,十有八九会有人替你伸冤哩。我说了啊,从头说了啊,叔啊,你死得冤啊……”

他的泪水顺着一脸的深皱流下来,像小溪一样,在灯下亮闪闪的。这之后他的所有话都不是面向了我,而是一直面向着灯说的。他目不转睛,泪水渐干,一直说下去。

“俺叔自小命苦,孤儿一个。他人小志气怪大,十二岁出门打工扛活,挣的工钱比得上壮汉。十三岁遇上拉兵的,他商量俺爷,俺爷说,‘你反正没爹没娘的,快去个毬的!说不定给司令提着盒子枪什么的,回来让俺瞻仰瞻仰!’真叫俺爷说准了,俺叔入的那一伙不是八司令,是纵队——你听准了,那可是革命的队伍!要不说人这一辈子怎么都是命呢,遇上拉兵的人,跟上走了,咱庄稼人大字不识一个,谁知道哪帮才是革命的队伍啊!说来也巧,俺叔入的这一伙是革命的！你说这不是命又是什么？不光是命好，俺叔后来还真的跟上了首长——这也等于司令了，替他背着大盖枪，还是一伙卫兵的头儿。听说首长是个有大文化的人，外国话说得嘎啦嘎啦响，成宿价不睡觉啊，那是在想全国的大事哩！人家身边还有女电报员，嘀嘀嘀，一天到晚有电报发进来发出去，那是首长发布命令——'我命令'，人家首长都是这样开口。

"首长谁的话也不信，只信俺叔的。俺叔就是他的'贴心小棉袄儿'，这是山里人的叫法，那意思是最可心最依靠的人。俺叔就是首长的'贴心小棉袄儿'。那空当儿时局凶险哪，一个老大的官儿如果身边没个得手的悍人，还不知要死多少回哩！俺叔我跟你说了，十二岁就挣壮汉工钱，不悍又怎么？他能使枪也能使刀，大刀片子一抡，十个八个人近不了身。就凭着这一招，首长不喜欢又能怎么？首长对他信任，他对首长忠诚，这就叫两好合成一好。首长在屋里办公，溜溜达达想大事，俺叔就站在外面打更。冬天多冷啊，俺叔站在雪地里霜地里，一动不动。首长有时想起外面还有个打更的，就把他叫进去，给他一碗油炒面喝。俺叔那时早就冻成了冰人儿。这就叫忠啊，不从战争年代过来的人就不知道什么叫忠。俺叔忠得能给人垫背，能为首长死，别说吃什么苦了，连命都能豁上去。只要首长一声令下，俺叔瞪着牛眼就冲上去了，那叫执行命令不走样。

"那年头儿凶险哪，我说过，有时候敌人内奸和自己人看上去模样都差不多——我是说都分不成个儿，他们这些人，好家伙，都搅在了一块儿，有时连首长也得好生辨着点儿，一有闪失就会杀错了人。不过时候不等人啊，又不能因为一时半歇辨不清就停了手，要知道事急不等人啊，你不杀他，他就会勾连了敌人来杀你呀！所以有时也就不得不痛痛快快下手了，这叫先下手为强。看来自古都讲究一个先斩后奏——那架电报机就专门为了奏，它一天到晚嘀嘀哒嘀嘀哒，谁知道什么时候传来了杀声？反正有一天死信儿真的传来了，首长一声令下，杀！俺叔对杀人这种事儿烂熟，从不手软，可这一回听了倒吓坏了个毬的——你当咋地？这回是杀另一些首长的！俺叔以为是听错了，再问，人家还是这样说……老天爷啊，这回好比做买卖，弄到最后连本钱也贴上了不是？说是说，干还得干，没法儿啊。俺叔夜里传着口令，领上人，提着大砍刀，把那几个倒了血霉的首长押到了刑场……

“这场血案也叫闹‘六人团’，杀了五个跑了一个，最后还不算完，还要追查‘六人团’牵连一起的那些人，有一算一，得一个一个择巴清了，漏下一个都要出大事哩！他们都藏在暗处，像没事人一样。最后找到了一些戴眼镜的，眼镜多少也算个记号吧。结果又是俺叔领人干了，把他们拉到一片红麻地边的一个下洼子那儿，使用了老法儿：砍刀。那几天血把大下洼子都染红了。

“反正俺叔干的就是这档子难事。这不管怎样都是执行命令，是忠哩！可是谁知道这就算惹上了大祸，他的一辈子好日子完了！那些冤魂不散，他们不怪别人，只找提刀的算账。原来鬼怕恶人啊，他们不找那个电报机，也不找首长，只缠上了俺叔。后来的日子一道命令又来了，说以前两次大开杀戒都错了，这肯定是有内部敌人在捣鬼，要不哪能一批一批净杀自家好人呢？追查一天比一天紧，首长就对俺叔说：‘招了吧！’俺叔还没弄明白是怎么回事，就给五花大绑押了起来。这一大堆杀人大祸一股脑儿推给了俺叔，俺叔哭得蹬腿喊冤的，首长就披着大衣从屋里出来了，对他说：‘要革命就会有牺牲，哭个什么？你还像个警卫班长？立正！’俺叔一听也对，就打了个敬礼，不哭了。他不哭了，敬礼也打了，该押法场还得押法场。俺叔平时对手下弟兄好啊，行刑的前一天夜里，一位弟兄用酒把另一位灌醉了，然后就把俺叔放了。他是个实心眼的人哪，一放开就想起了老家——向着这片大山撒开丫子跑来了。

他以为丢了枪回家种地也就没事了,哪知道这回是非杀他不可,跑哪里也不成。他往老家的山里跑,这条路太熟趟了,人家首长一想就能明白,一个指令下来,不光纵队的人跟上来,连老区这些民兵也围上去,还有他的活路?”

三

“那时俺也是民兵。俺正在家吃窝窝呢,估摸也是这个钟点,还没等点上灯,只听噌一声,院里飞进一个人来。我刚要喊,那个人一下捂住了咱的嘴,说:‘别吭气儿,我是你叔。’我转头一看,嚯呀,可不是咋的,只不过比走时壮多了,个子又高我一头。他身上有血,我还以为中了子儿,后来才知道是跳崖时摔的。他说这回出了大事了,我问他什么大事?他慌里慌张说不齐全,最后才没头没尾说了一些。我当时听不明白,只知道他饿得慌,就找出几个窝窝让他狼吞虎咽了。他吃了喝了这才定定神儿,又从头说一遍。我总算听得明白,也有些蒙。他说先得在屋里藏上几天,风声息了再说——他还指望进山开石头、像老街坊一样种地哩。我说恐怕不中吧?他问为什么不中?我就告诉他,这里可不比你走那时候了,这会儿所有村子都成立了民兵,连我也是民兵;村村联防,有营有连有团,使的是鸟枪、粪叉、长矛什么的,武器不好,可是眼神尖消息灵,谁家里来了个生人,不出半天就能知道。俺叔一听傻了眼,知道回老家算是错了,只得重新返回大山里。他搂住我哭了一会儿,然后趁着黑影就要走了。我给他包了一些窝窝,出去为他望着人。他出门时又回头对我说一句:‘咱家老侄,你千万记住,你自家叔是冤枉的。’我说我一定记住。

“他又跑回了大山里面。幸亏他早走了一步。因为那时候有了电报这东西,消息传得比叫驴还快,天刚到半宿就有民兵在街上跑了,接着村子里外就像铁桶一样了。民兵头儿挨家找人,特意把俺本家几户搜了个底儿掉。地瓜井多深啊,那也要钻进去看看。草垛子掀了,后园旮旯巡查一遍。最后这才传出话来,说了不得了,咱这村子出了个‘大煞神’,在自家纵队窝里反,反叛了,杀了不少人,这回十有九成是奔老家来了——所有见过的人如果藏了,就和他同罪;隐了不报的,半罪。这就是说,我如果被人知道刚刚见了俺叔,俺叔砍五刀,我至少也得挨上两刀半。我吓得心噗噗跳,只咬着牙不说,像大伙儿一样,肩上扛着粪叉出门去了。头儿指挥大家往山上围,说这家伙跑进大山里是肯定了,不过只要全民皆兵,他能钻进石头缝里不成?就是钻进去,也得把他挖出来;除非他变成了石头——那也要把这块臭石头凿个稀巴烂,凿成豆粒那么大。

“民兵和纵队的人一连几天围在大山里。纵队来的人不多,他们主要是指挥几个村的民兵。夜晚有灯笼火把,有狗,你想想这还有俺叔的好?我可怜他,心里想,老天爷啊你可怜可怜一个庄稼人吧,他本来该留下种地开山的,那才是他的本分啊,谁让他去当兵啊,这真是好铁不打钉,好人不当兵啊!这回真是惨了,俺叔凶多吉少,十有八九得带着一身冤屈去了。我最怕的是那些人抓住他会怎么折磨,因为我知道这里人对付敌手的办法多了去了,能折磨他十天八天还让他活着,最后一天再交给上级。我想我如果是俺叔,实在没有活路走了,宁可一头撞死在大山里,也决不能让他们逮个活口啊!我这样想着,哭着,和大伙儿一块儿搜山。有人见我哭就死盯着,问怎么了?我说害了风溜眼。

“我记得清清楚楚,搜山到了第四天,也就是下午三两点钟吧,俺叔现形了!他给围在了一个不高的岭子上,一跳一跳地跑,所有人都看见了。有人放枪,那不过是吓唬他,因为早就有人叮嘱这次要留活口。我当时急得心都跳到了嗓子眼,不住气地暗中念叨‘俺叔俺叔’,嘴巴使劲闭着。我怕一不小心会喊出声来。俺叔跑得像兔子一样快,一拨拨人都给他甩到了后边。可民兵依仗人多,还是没让他脱身。结果他最后给围到了一个最高的山崖边上,再也没路可逃了。我那时急得直跺脚,心想俺叔啊,这回真的给逼到了绝路上了。我一辈子都忘不了最后那一场:日头老大老大,从后边照着俺叔,我见他的长脖子往上伸了伸,大约是想看一眼山那边的村子吧——他肯定最后也没看上一眼自己的村子,有大山挡着呢——然后,俺叔,俺叔就一头栽到了崖子下边。那是几十丈的深沟啊,俺叔这回连个囫囵尸首也没留下。我就在这会儿没有忍住,随着俺叔那一跳,撕破嗓子大喊了一声:'冤哪——'

"就这么着,四周的人一个愣怔,然后一把扯住了我。我就是不停,一声连一声地喊那句话。他们当中有人说:'揍、揍',有个头目就过来拨开那些人,问我:'他冤在哪里?嗯?你说说看!'我什么也说不清楚,只一边骂一边喊冤。就这样,当天我就给押到了乡里,再往上一级一级押送。我给审了一遍又一遍,挨了无数的打。我闭口就是不提见过俺叔。他们什么办法也没有,更没有证据。我说俺叔当的是纵队的兵,吃的是革命的饭,最后落成这样,不是冤又是怎么?我说俺叔干的所有事儿,都是听了上边的,鸟无头不飞——他又不是头……我给关了一年又一年,最后放出来时,嘴里的牙都掉了好几颗。回到村里以后,越传越离谱儿——有人说我也跟俺叔一块儿杀过人,他是'大煞神',我就是'小煞神'。从那会儿我就没了天日,民兵动不动就押上我,说'走吧小煞神,咱开批斗大会去',然后就得站在台子上被批上一天、一夜。我这些年啊,就是这么过来的。我一时一刻也没忘俺叔最后喊给我的那一嗓子:'你自家叔是冤枉的。'我就是死了,也要把这一嗓子传下去。山外的人哪,我告诉你吧,前些年那个老经叔也来找过我,是秘密的,好像也受了什么人托付。他在这里跟我拉了三天三夜,句句不离战争年代,不离俺叔和他的纵队……"

他泪水干了许久,这会儿又流出来,伸出乌黑的大手去抹。

我终于忍不住问:“请你回忆一下,你叔说没说起执行过另一道命令,他亲手——或间接参与——对一位政府老参议的伏击?”

他低头认真想着,最后摇头:“没有,他没说过这个,从没说过参议……”

第二十六章

与魔鬼订约

一

毛玉看到铁力沌和螳螂拳沙原丧命的那一刻,肝胆俱裂。她一个眩晕倒下时,那些一直不敢近身的散匪就拥上去把她攥个铁定。他们将她绑上,绑了一道又一道,还不放心,又用一块渔网围缠了,放在担架上。这伙人见她醒来也不搭理,只是抬上走。她问往哪里抬?一个留了小胡子的头儿说:"你如今值了大钱了,咱是要把你送到窑子里去。"一旁的人哈哈大笑。毛玉知道这是他们故意用荤话蒙人,如果真为了这个也就不会下这样的狠手了。事到如今,她并不怕死,今生还从来没有这样无畏过,因为她现在觉得死去更好。一种不可承受的深责把她彻底压垮了。她直到死的那一刻都会明白:男人铁力沌是死于自己的蒙和昏!那枪声噼噼啪啪一响她的血就往上蹿起来,让她一瞬间什么都忘了!这会儿,只有躺在担架上的这一刻她才突然醒悟:男人在事发之初反复叮嘱的一句话,就是外边无论发生什么都不要她管……老天,这些人要的只是她,而不是任何人——她现身了,其他人也就了无价值。趁着躺在担架上的这一会儿,她合目蒙头,心里急急算着一笔大账——从这里到前线、再到纵队机关、八司令和散匪、铁力沌、筋经门——这一切的恩怨纠结之中,有什么致命的诱因在起作用?如果说有,那么最大的可能又会在哪里?她永远记得最初的情景、记得听到那个报信的散匪“坨”的一席话——那时她马上想到的不是别人,就是那个阴沉踱步的首长!她脑海里随即出现的,就是那个漫天扬起黑沙的河口之夜——直到现在想起来,她都全身发冷。她一动也不能动,拼命挣扎却无济于事。只觉得火烫烫的泪水流出眼窝,这泪水是红色的,像血一样。她紧闭双眼,任烫人的血在脸上漫流开来。她使出全身的狠力才算忍住,没让自己哇哇大哭。

可是她只有放声大哭一场才能活下来。不然心弦就会绷断,这是肯定的。她为了活命,不顾尊严和廉耻,最后像河水决堤一样“哇”的一声大嚎起来……

“哭吧,奶奶的,到了窑子里,老鸨的肉夹板一上,胳膊上刺了青的大汉一挟,你就是想哭也没工夫了。那时候是忙了下边闲了上边,你一天到晚歇着嘴巴就是。哭吧,可着劲儿哭呀,哭呀,爷爷我听着就像唱小曲儿似的。告诉你吧,咱今儿个送的可是挂了红绸子帘的城里大窑子,人家买卖做得大,也就不差那仨瓜俩枣儿的,佣金使得足,给你卖笑的钱也多。爷爷我告诉你一句不吃亏的行话:多笑少哭,到了窑子一见大爷们儿老鸨儿,要立马收声。听见没?”小胡子嚷着,卖弄着口才,一边的几个土匪笑得脸上开花。小胡子又说:“干我们这一行的也不易,看看,为弄来你这么个骚臭物件,整整搭上了十一条兄弟的性命,还不算给抓掉了蛋子的。你家男人手狠,一指点穴一脚踢蛋子,这真不是个人种做的,我操他八辈祖宗……”

土匪骂着骂着气恼无比,狠劲儿上来了,伸手在她胸部用力扭了几把,又往她脸上吐了几口。她闭眼屏气,一心想的只是死,快些死吧。

到了半下午,一帮人押着她来到了柳树林里。小胡子嚷叫:

“不行了,累死了,停下歇歇吧,把骚臭娘儿们放下。”一些人扔下她就散开找水喝,吃东西,只有一个年轻的匪兵扛着枪守在一边。这样过了半个钟点,突然从柳林深处冲出了一个骑马的人,这人冲到离担架只有几步远的地方,扬起枪朝半空里扫了几发子弹,大呼小叫的。守在一旁的小匪扔下枪就跑,跑了两步又回来捡了枪。接着一大群穿了粗布军衣的士兵出现了,他们一个个单腿跪地,认真地向跑去的几个匪兵瞄准。那群散匪可能是毫无防备,做梦也想不到会遇上这群军人吧,鬼哭狼嚎,不堪一击,转眼逃得没了影子。这一切毛玉在担架上看得清清楚楚,她声声喊着:“纵队!纵队!”

果然是纵队的人。战士们迅速把她从捆绑中解开,又把她扶坐了,问她话。一个络腮胡子让战士做好警戒,然后细细地伏到担架旁边问了起来。她不想回答,只想哭,泪水把胸前的衣服打湿了一大片。她最后吐出一个字:“冤……”“什么冤?”“俺男人。”“他怎么了?”“他是个老实本分人,种了几亩葡萄园,土匪就盯上了他。”络腮胡子似乎完全相信她的话,说:“现在好了,这会儿不碍事了。”她大哭:“我男人不在了啊……”

纵队的人把她扶到马上,护着她往前。她问:“这是要去哪里?”他们答:“去连部。”

二

一伙人有的骑马有的步行,并不特别急促地走了小半天,到了驻地正好天也黑下来。这是一个平原村庄,庄子不小,连部驻扎在离开村子一百多米远的西边,那是几间散乱闲屋。除了络腮胡子偶尔与毛玉说几句话,其他战士不太搭腔。她给送进一个单间里,伙食尚可。她吃不下,一连多少天只喝一点儿稀粥。这样三天过去,毛玉对络腮胡子说:“放我走吧,救命大恩记在心里了,我得回啊。”对方摇摇头:“不是不放你,是不放心!你想想,那些人起了心要劫你,还会饶了你? 你现在是被狼盯上的一块肉,咱纵队可得想方设法保护你呀!”他还劝她且莫悲伤,哭也没用,俗话说得好:留得青山在,不怕没柴烧,先站稳了脚跟,先活下来,再想报仇的事——“不行的话你就留在队伍里,只有枪杆子才能为你报仇,要不一个弱女子家,一眨眼就给掳去了!”毛玉想起什么,将信将疑问:“土匪这回真的是要卖我到窑子里去?”

络腮胡子说:“这还有假? 难道他们还能办出什么好事来?”

“就为我一个女人?”

“男人他们还不要哩。”

“搭上那么多条人命?”

络腮胡子吭吭哧哧:“这……也说不准哩。就看那边出钱多少了,这些人要钱不要命……”

“窑子会为我出这么多钱?”

他直眼盯着她,上下打量,咧着嘴:“这……说明你不是一般人呀。你,我说不好,反正……土匪真是要钱不要命的主儿。”

一个星期之后,毛玉实在待不下去了。她强烈要求离开。这次络腮胡子鼓着嘴巴,说:“这可得请示一下了。”

第二天络腮胡子一见了她就虎着脸说:“可不得了,战事又吃紧了,你得转移啊! 天一黑就有战士送你走,把你送到更安全的地方去。”她问:“我们一起吗?”他摇头:“我们还得在这里守一阵。你先走,我们随后就来。”她只好听从了安排。

天黑后又由几个士兵把她扶上马,不紧不慢往前走了。也不过是个把钟头的时间,战士们就催她下马,说到了。她下来一看,四处黑黢黢的,好像有一些柳棵在微风里摇摆。几排平房就在柳棵中间,一些小窗户亮着微弱的灯光。穿了粗布灰军衣的士兵扛着镶了刺刀的枪站岗,样子冷肃。这地方似曾相识。这里出奇的安静,也让她想到了许多年前的情景。她自然而然地想到了那个首长。士兵将她带到最后一排房子里,给她倒了一杯水就离开了。她端量这里,发现一大间屋子除了一个简单的木床、一把热水瓶、一张小桌,什么都没有了。这又使她想起了从前的日子。那是怎样的日子啊。她不能不想到那个牺牲了的第一位首长——他憨厚的笑容、他将她包在大衣里取暖的情景。她在遇到铁力沌之前一直觉得自己一生都是这位首长的人,尽管他人不在了。奇怪的是后来,是与铁力沌生活在一起以后。从这一天开始她才知道,女人可以有不同的男人,只要这个男人真的好,就会让女人牢记和感恩。铁力沌对她来说是个真正的陌生人,是做梦也想象不出的那种特异的生命:克制,坚毅,外冷内热。其贮藏起来的内在热量大约有几千度,能够化掉铁块。这些只有一个与之朝夕厮磨的女人才能体会得到。这样一个男人,她整整拥有了三年。三年,这已经足够了。她把整个余生用来回忆他,都回忆不完。开始的日子她决定不再活着了,想跟了他去。只是后来一天天延续下去,她又有了活的打算。活着可以峰回路转,可以报仇雪恨,可以等待时机,可以干一些想干的事情。

半夜到了。这是发生大事的时辰,从战争年代过来的人都明白。她喝了一杯水等着,预感这天半夜还会发生什么。果然,随着门吱一声打开,几个表情冷冷的警卫伴着一个人进来了,这个人摆摆手,警卫马上离开了。她一转脸马上捂住了自己的嘴巴——老天,这个人不是别人,这是首长"沙"啊!她肚子疼一样从床沿上出溜下来,使劲弯着腰,头也不敢抬。沙坐着,不说话,像等待什么。

她镇定了好大一会儿,这才轻轻叫了一句:"首长……"

沙的手指叩着桌子,低沉沙哑的声音仍旧没变:"哦,回来了。"

"不,是他们——纵队的人,送我来的……"

"你落到了土匪手里?"

她琢磨着怎么回答。她还没想明白这是怎么一回事,一切都像梦境。

沙看了看窗子,站起来踱步:“我叫你来,是想谈谈几年前的那场惨案。嗯,当然是‘六人团’嘛。事情早过去了,我们损失惨重。我们自己的同志,战士,死在自己人手里……这个案件的起因嘛,是因为环境太险恶了,那时完全不同于现在。问题是我们内部常常有敌人混进来,这方面教训惨痛!当时那样解决‘六人团’,尽管是非常时期,也只能有如下两种可能——一是那个警卫班长领人搞了暗杀;二是更上边的决定……你认为是哪一条呢?”

屋子里凝住了一般。她不敢想那个黑沙漫天的夜晚。她浑身发抖。但她这会儿盯住他的脸,坚决地摇了摇头:“两条都不是。警卫班长只听你一个人的;当时也没有上边的一行电文。是你行使了自己的‘最后决定权’。”

沙踱着步,似乎对这个回答并不吃惊。他这样走了一会儿,又坐下了:“有人认为你就是那个警卫班长的同伙。”

她“啊”一声大叫。

“不要喊。这就是我今天请你来的原因。”

“这是栽……赃!太毒了,太狠了……我……”她的牙齿都快咬碎了。

沙笑笑:“开个玩笑嘛。我根本不信这种推断。其实这完全是那个警卫班长一手干的,现已查明,这个人是八司令的埋伏。所以,我已经把他处治了——你放心吧。你不必害怕。”

这时候她终于明白过来:那些散匪完全是受雇于这个人,那些骑马的人就约定了在柳林里接她!天哪,这是多么阴险的计谋……她比任何时候都更加清楚,对方真正要做的就是封口,而且要在封口之前亲自确认——除她之外还有谁知道整个案情?她迫使自己迅速镇定下来,这可是生死存亡之际啊!她的脑子飞快过了一遍,从头想起,久久闭着眼睛。

“你害怕了吗?”沙问。

她最后睁开了眼睛,盯着他,字字清晰:“我想告诉首长,我已经不想活着回去了。这是我和男人早就料到的一天。我们细细做了打算,把这案情——已经发生的、就要发生的,全都一丝不差地留给了江湖上的朋友。”

“啊? 他们是谁?”

“这就不是你该知道的了。铁力沌被你们害死了,可他那帮江湖朋友还在。他们发了血誓、立下约定:只要我死得不明不白,就立刻出手,让‘六人团’的冤情大白天下! 这是他们说到做到的! 这是一丝也不会有什么闪失的,这个,首长你就放心吧……”

沙噘着嘴听完,站起又坐下,额上满是冷汗。这样半晌他才吐出一句:

“我不会杀你……你会活得好好的……”

她心里冷笑,只一声不吭。

沙探过头来,又问:“怎么样呢?”

“你说呢?”

“我们两清了……”

“那就井水不犯河水。”

三

这就是那一夜。这好比与魔鬼订了一份契约。她要走了。沙问她想去哪里,毛玉答:“回我的园子。”

“园子? 那个兔子不拉屎的地方? 为什么?”

“那是我的园子,我男人的魂儿在那里。”

沙好好宴请了毛玉,和警卫班的人一起摆了满满一大席。这些警卫战士都是新人,毛玉一个都不认识。沙在席间说:“你们得好好敬上她一杯啊,一位老革命战士了,因为身体原因,去了后方——这等于是换防啊……”

像来时一样,一队人马护送她,她骑在了高头大马上,一路往东走去。

她重新待在了园子里。园子一角有两个坟:一个是男人铁力沌的,一个是螳螂拳师的。她每天除了侍弄这片园子,就是练功。半夜里她常常听见铁力沌在后窗上喊她,她一个滚动爬起来,没穿好衣服就跑到屋外,结果什么都没有。有时她梦见铁力沌清清楚楚坐在对面,两人一人一碗老茶;后来这茶喝过了,男人一搁茶碗说一声“去海边”,就出门去了。只要夜里有梦,她天一亮就起来,只觉得步步都踏在了男人的脚印上,一直向着海边追去:那里全是一些拉黎明网的光身子男人,有的见了她就调笑起来。她视而不见,只在其中细细寻找自己的男人。有的在她挨近了时就翘起下身触动一下,她便轻轻一弹说:“这样的鸟玩艺儿老娘见多了!”被弹的人捂住下身大喊大叫,在沙子上打滚许久。

时间一晃过了十年。有一天葡萄园里来了一个穿旧军装的人,年纪比她小不了多少。这人进了园子就直奔园角的坟,然后跪了下来。

这个人就是复员归来的小村人,是老经——那个螳螂拳师的内弟。老经说:“就让我们当成亲戚走动吧!你今后有什么事情招呼一声吧,那个小村由我说了算。”

后来每年都有乡里县里的干部过来看她,带来一些吃的用的,临走还问:“有什么生活不方便处呀?有就言语一声。上级打过招呼了,您是一位老革命哩,有功有劳啊!”她把东西收下,其余无话。

有一年中秋节的前一天突然下来了车辆和士兵,他们在村子通向葡萄园的小路上转着,修好了路上的几处破损。而后这些人就不再离开,十步一岗五步一哨,夜间都不撤离。

天亮了,是中秋节。几辆小车开到了海边。几个人拤着腰到处瞄着,看着这边的海草小屋。最后只有一个年长的人弓着腰走来。毛玉一切都看在眼里,只是不知端的。她站在木栅栏口望了一眼,索性回到屋里,盘腿坐在大炕上吸烟。敲门了,她咳了一声。门推开,进来一个六十多岁的男人,个子不高,清瘦。这人穿了中山装,毛发稀疏,但留了背头。他的小腹鼓得厉害,两腿却细得快要站不稳。他站定了,咳了两声。毛玉这才正眼看他,看了又看,搓搓眼睛跳下炕来:

"首长……"

首长轻轻摇手:"坐着吧。哼,多年不见,吸上了关东烟儿?"

毛玉紧咬牙关,不再吭声。

"怎么样,这些年过得还好吧?"

"感谢首长记着我。过年过节的东西我都收下了。"

首长上下打量她,哼哼着坐在一边。突然他附在了她的耳边,低声恶气问:"过得规矩?别忘了先烈……"他口中吐出的气息让她想到了阴曹地府。她躲开一点儿,他却再次凑上来:"当年我要一口气把你日死、日死,也就没今天这些麻烦了……"

她站起来,大吸了一口烟:"你今天这么高的职位了,还能憋出这样的下流狠话,听听,真不愧是你哩!"

"我怎么了?"

"你就是——你啊!记住,你就是——你啊!"

热城与古镇

一

我从山下的村庄走开,去那座令人生畏的大城。我知道那里居住了各种各样的人，就像一架架大山里有各种各样的动物一样。不同的动物有不同的窝，不同的习性。我一直琢磨着这个飞脚，他会在那儿安下怎样的窝，又养成了怎样的习性？我从外祖母嘴里知道他的许多故事，他的嗜好，他的怪癖。战争年代他是一个特别人物，来往于山区和平原之间，不必在两军交织的火网里钻进钻出，却享受着丰饶的物质生活。比如说在外祖母口中常常提到的那顶礼帽吧，那时什么人才戴这样的帽子？达官贵人，巨贾，再不就是叛徒。在五六十年代的影视和戏曲中，凡是叛徒都戴了这样的一顶礼帽。这给我很不好的印象，让我多少有点儿先入为主地往极坏处想这个人。

父亲既然与他多有摩擦，还侦察过他的踪迹，与外祖父激烈争吵过，那么这其中就必有缘故。他们两人当中，既然不是简单地因为性格不同而发生了剧烈摩擦，那就只能是敌我之争。谁是敌人？当然只能是飞脚——想想看，一个头戴礼帽、穿了黑色香云纱、扎了宽幅腿带子的家伙，动不动就跑到东部小城的府邸，在这儿一住就是好多天，想方设法诱骗丫鬟使女的男人，会是什么好东西不成？据说当年的外祖父私下为其辩护，说这正是身份的需要，是遮人耳目等。我就不信那年头儿出生入死的革命者会有这么便宜的事：喝上等美酒，穿丝织品，踏千层底鞋，与富家女子打闹调笑。

外祖母说到这个人与父亲的冲突时，曾经话中有话。大意是他嫉妒父亲的一切：美丽的妻子，一个来往于上层社会最好的通行证——大宅里的姑爷。事实上父亲命中拥有这一切，这已经是无法改变的了。他尽管后来与岳父有些冲突，但毕竟是深爱着他的亲生女儿啊。对这两个男人之间的矛盾——父亲与外祖父最后的吵架，我却有着另一种解读。我认为飞脚利用了自己作为一个交通员的优势，以自己的三寸不烂之舌，尽其所能地挑拨了女婿与岳丈的关系。这其实是十分卑鄙的。在瞬息万变和极为险恶的战争年代,这种挑拨也就尤其显得可恶。

所以,无论于公于私,这个飞脚都成为我厌恶和憎恨的人物。

就目前掌握的情况看,飞脚在五十年代初就已经功成名就,为首长所珍爱,入城后先是当了一段时间的行政主管,然后又成为什么局长。他由于经常来往于首长身边,身份竟然有些暧昧。人是相当奇怪的,他们喜欢起某个人某种东西,有时是无论如何也说不明白的。就我所看过的飞脚的一张照片来说,这个人怎么说都难以引起他人的好感:翻鼻孔,三角眼且有轻微的斗鸡眼,招风耳,鬓角秃得过分;因为是照片,有一点还不能肯定,即此人十有八九会是鸡胸。我就此问过母亲和外祖母,她们都说没有注意。可我注意了。我认为他是一个鸡胸,还长了双罗圈腿——外祖母说:"这个你倒是猜对了,他有点儿罗圈腿。"

令人格外不能容忍的是,在战争年代,他除了脚上长有一撮黑毛这个纯属编造的神话,多少起到了哗众取宠的效果之外,简直没有任何过人之处,也没听说有任何超人一等的贡献。可他后来却可以身居高位,并且温饱思淫欲,对一位少女垂涎三尺,最后竟然挟持了她。这位少女不是别人,正是当时外祖父大宅里的使女小慧子——她与母亲情同手足,她的失踪急坏了外祖母和母亲,可她们直到去世都不知道这个惊人的消息……一个外祖父和外祖母身边的人、母亲的友伴,竟在长达几十年的时间里杳无音信,这里藏下了怎样惊人的隐秘?在母亲她们的口中,小慧子个子不高,面容姣美,心地善良,是大宅里人人喜爱的一个人。残酷的时代啊,就这样改变了一切,毁坏了一切,将一切不可能变为了可能,令人心碎,猝不及防。小慧子失踪的年代我还没有出世,可因为外祖母和母亲的讲叙,她已经在我心中成为不可或缺的存在。

那个大宅只剩下了残痕旧迹。对它来说,小慧子就是世上惟一活着的见证者。

仅仅是这个事实本身,就让我心潮翻涌……

二

我不担心那个飞脚能将陌生的客人拒之门外。我很少拥有今天一样强盛的信心与恒念。一个家族的追溯者与讨伐者,气势汹汹的寻衅者——类似的一种愤怒与勇气在胸中鼓荡,使我几次掩泪入心。跋涉的艰辛,远途的磨砺,难耐的韧忍,夯实的奋勇,这一切都化为力量携了一路。我抵达了这座城市,最后听到的一声火车鸣笛,像是一记重重的叮嘱。踏上城街的第一个感受就是热,燥热,仿佛这里的季节与山地和平原完全颠倒了。也可能因为这里的人太多——是的,这个世界上再也没有人与人之间相互较劲、那种剧烈的摩擦再炽热的了。在城里生活不易啊。我想那个小慧子来自海滨平原,她在这里过活不啻于一场煎熬,半辈子下来一定是半昏的。我想象着即将的见面:当她第一次弄清出现在眼前的人是谁,一定会像看一个天外来客那样吧?我最为好奇的是,人世间究竟有怎样巨大的力量,会将她与一些情同手足的人、一个血肉相依恩重如山的宅院彻底隔绝呢?

按照已知的线索寻觅,这个城市的某个角落,果真有这样一位飞脚存在——但已经是过去时了。我被告知:这位传奇人物早在三年前去世,如今还有他的遗孀和两个孩子住在那座西式小楼里。那是整个城市最著名的街区,那里有许多外国人留下的独栋别墅,有点儿像另一座城市:那儿同样有类似的街区,也同样变成了胜者之所。

我进入这个长了茂盛的苦楝树、大叶梧桐的院落之前,好好端详了一番。尽管它占地不足两亩,但在这个人口稠密的城市里已经算是一处大宅了。小慧子由一处大宅来到了另一处大宅,并做了这里的女主人,会有怎样的感慨?这会是她隐名埋姓的全部理由吗?

天真是热啊,我伸手敲着刷成了南瓜粉色的宽宽木门,汗水一直在流。长时间没人回应,只有一只孤寂的猫在门后鸣叫。我耐住性子再敲。有了脚步声。我的心开始嗵嗵跳。门拉开的一瞬,我投过去的激动不安的目光马上被折了回来:一个三四十岁的苗条女人警惕无比地瞪着来人。她穿了与古代仕女相似的服装,也留了那样的发型,脂粉浓厚。那双深陷眼眶里的大眼又黑又亮,只是极不友好。我自我介绍一番,说成是来自小慧子娘家的亲戚,远远地来探望她了——我满指望这会引起她相当的新奇与注意,比如马上礼让进屋或通报母亲(婆母)等,谁知完全没有这样的效果。可见面前的人是一个利益熟透处变不惊、早就习惯了各种打扰的女人,对我撇撇嘴眯眯眼:

“我婆婆不在。”

“请问她什么时候回来?”

“谁知道呢。她回老家了——你不是从老家来吗?”她警觉地看我一眼,这一次眼神稍稍用力。

我赶忙解释:“是的。不过我在大山里有事耽搁了一阵——您是说她去了您父亲的老家,那个古镇?”

“两边都住着。她在城里住不惯。嗯——怎么了?”

我无话可说。不怎么。我犹豫半天,不知就此转向那个古镇是不是太莽撞也太过急促了? 在这个隐去了小慧子大半生的居所前,我竟然连踏进半步的机会都没有! 此刻我多想看一看它的内部,它所有的摆设,它有关主人生活起居的一切痕迹……可是有这样一个假仕女把门,一切都似乎难以办到。我低头看了看自己的双脚,这才发现两只鞋子上沾了泥巴,裤脚也脏脏的。同时我也意识到了肩上的大背囊,它十分破旧。整个装束绝不像个体面人士,即便是亲戚,也属于避之惟恐不及的那一类。我只好暗中叫苦,告辞一声,极不情愿地缓缓转身。

谁知正走开没有几步,一阵低音喇叭响了起来。一辆轿车在催我让路——驾车的人歪头探出窗子向前边的女人招手,又转脸问我:“怎么啊?你找这里谁啊?”

原来他正是这里的男主人,飞脚之子!这马上让我涌起了浓浓的兴趣。有其父必有其子——这场遭遇太好了,我不知该怎样对待“小飞脚”。我同时在心里提醒自己:他也是小慧子的孩子啊……就怀着这样矛盾和怪异的心理,我又一次详细地从头说了来这里的缘由。小飞脚热情高涨,一边礼让进门,一边不断发出“啊、啊”的声音。遗传的因素是强大的,他的这种自来熟和出乎意料的情感,肯定适合当一个战地交通员。

这是一处并不太大的房子,不像外部看起来那么大。它大约有三百多个平方,带一个小阁楼。啊,客厅,油滋滋的皮沙发,花草;墙上的黑白照片迅速吸引了我的注意,我寻找全家福,特别想看到那个小慧子。不用小飞脚介绍,我一眼就认出了他的母亲:照片上的人当时正是五十左右岁的样子,可是姣好的面容仍然使其从一簇人中凸显出来。她那双眼睛凝视着远方,我认为那就是当年大宅的方向。瞧她为这里孕育出两个孩子,再加上儿媳和女婿、外甥孙子孙女之类,正经有了一大堆人。这当中最主要的一部分生命,没有她的存在显然是不能来到这个世界上的。我的目光在她脸上停留了太久,而后才去看头号人物——飞脚。老天爷,比起我以前见过的那个三十多岁的男人的照片,眼前的人胖多了。因为胖,斗鸡眼反而不再明显。像一只幸福的老鼠,古诗里说的那种“硕鼠”。他的个子不高,和蔼平易,笑眯眯坐着,两手放在膝盖上。

“他如果戴上一顶礼帽,该是……”我咕哝了一句。

“谁戴礼帽?”

“哦,我是说……您父亲显得多么和善!”

小飞脚笑了:“想不到吧？一位老革命,当年厉害着呢,都叫他‘飞脚’呢。”

我转头看着他。他如此直率地提到父亲的外号,而且颇有几分自豪。我又问:“您母亲身体好吗?”

“还算好吧。人老了就不愿住在城里。她一个人住让人不放心——我们老家有亲戚,但那是两回事。父亲在世时他们老要吵,现在想吵也没人了。母亲这些年不停地说起你们的大宅,不过她说那里一个人都没有剩下——好人不长命啊。她为你们家哭了一场又一场,谁劝都劝不住！这是父亲生前告诉她的,今天看来他这回搞来的是假情报……”到了什么时候,这个小飞脚还想幽默一下。

我心里百感交集,一肚子话无从说起。我甚至差点儿迎着小飞脚的眼睛说出一个可怕的、对他来说也许无法承受的真实:你父亲飞脚当年掳来了你的母亲,他一直把她挟持到这座城市,让她生了你们,你们再生下后一代……我想起了不同物种之间可怕的强行繁殖。我们的世界多么混乱啊,这种荒唐的繁殖可能也是原因之一。我终于绷住了,没有说出这种无法表达的感慨和恼愤。我只是必须问他:

“您父亲在世时说到了与我父亲和外祖父的关系了吗?”

小飞脚下巴一收:“那当然！那是当然了！他说与那个开明士绅——就是你外祖父啊,真可以说是深厚的忘年交,还说老人家对革命贡献太大了……”

“可是他却死于暗杀!”

“是啊,我父亲写了一本回忆录呢,里面就谈到了这一节,”他说着回身对那个假仕女说,“找找,找一本去。”

女人转身,一会儿取来了一本印刷粗糙的小书,书名《战地实录点滴》。我接到手里,恨不得一口气当即把它读完。小飞脚见我急，就从我手里拿走，飞快翻到一个地方，伸手指点着："你看你看！"

"'斗争形势犬牙交错，非常险恶，开明士绅、老参议归家途中不幸蒙难，时年六十五岁……'"他把书还给我。

"再没有其他记载了？"

小飞脚"嗯"一声："'实录点滴'嘛，我琢磨也只能记个大概吧。哎，要是父亲在世，你俩见了会谈得多好啊！他还以为你们一家人都牺牲了呢！"

我心里说：在你父亲阴暗的心灵角落里，他还巴不得真的是这样呢！

三

我必须找到小慧子。这成了今次旅程最为挂心的一件事。我必须看到她衰老的面容。我觉得她就是全部的昨天，是我们家活着的历史。她曾经屈辱地活过，直到那个掳走她的人不在人世了，这才敢逃出那个窝巢——可她没有自己的居所，只好躲到那个古镇上去……这样的逻辑似乎也有问题，但好在她逃出了那个老妖的巢穴啊，因为那里真的是飞脚的老窝。我不知道她对于自己生下的这俩孩子，还有孙子辈们，会是一种怎样复杂的情感？

我想不明白。我第一次觉得小慧子长久以来承受的一切，也许超出了我的经验与预想。

我尽快告别了两个人：一个假仕女和一个公子哥，重新上路。

我把这本不可多得的回忆录装到了背囊里，并且相信这是自己旅途中最重要的收获之一。我将一字不落地通读它，寻觅字里行间可能隐下的一切秘密。

古镇在这座城市西边几百里的平原上，靠近一个古代商贸码头，不过已经衰落了几百年。走在这座古镇上，觉得天气与那座城市迥然不同,已不再那么热,而是出奇的干燥和凉爽。由于古运河的水干涸了,这里缺少水气,树木长不旺盛,突出在视野里的倒是一些古老的建筑。它们年代久远,颜色深沉,给人一种压抑的沧桑感。街上行人稀稀,即便最热闹的地段,也远远不像其他城镇那样人声鼎沸。老石板路偶尔出现,给人十分亲切的印象——它使我一下想起了那座海滨小城。上午的阳光落在老墙上,照着一些凌霄藤蔓,会使人觉得这是被岁月遗忘的某个地方。这样一个地方竟然生出了一个行走如飞的怪人,真有点儿不可思议。我试着在挨近他的老宅处问了一下,想知道他老家的人怎么评价这个人——他们当中只有上年纪的人才知道他,而年轻人根本没听说过有这样一个人。我问老年人:当年那个衣锦还乡的人总是带着夫人吗?对方说:“咗!他老伴不怎么来。他死了,他老伴倒来过几次。”

在几个老人的指点下,我来到了一条斜巷里。这个巷子窄而阴,野猫跳来跳去,泥墙根上生满了青苔。在斜巷的尽头有一座小屋,只有三间,矮矮的,青瓦上挂着上一个季节焦干的南瓜秧。窗户是老式小木格子的,不过窗纸现在被玻璃取代了。整个小屋给人十分亲近的好感,让我马上想到这里最适合居住的,就是那样一位孤独的老太太了。

敲了许久的门才出来一位五十左右岁的妇人,当弄明白我是来找人的,就说:“噢,我家老婶啊,她一直没回来——打了个照面就走了,留下我看着这个老屋……”

“可是我刚从城里来,说她就在古镇上嘛。”

“哪里啊。她这些年一直打听娘家人——从俺老叔不在了就开始打听。她从小走散了,是个孤女,没家没业的出了门,这么多年过去了,上哪儿找去?可她不甘心哪,可能人一上了年纪就是这样。她一找就找了三年,去年还真让她找着了!原来她的老家就在西边一个叫‘大河浜’的地方,本家侄子还有呢,他们腾了间闲屋给她住下,然后她就踞在那里不走了,像个出家人似的。俺去搬了她几回,她就是不回——我琢磨这就是叶落归根了吧?”妇人擦起了眼睛,“俺老叔要是还在,他一句话她就得回来……她的儿女说不听,咱当侄女的更是白搭。”

“她的本家侄子待她好吗?”

“好是好,他们都忙日子,这年头儿谁都不易哩。俺老婶其实是一个人过,好像不打谱再回这里,也不想回城了。我年后看过她,人说老就老了,打扮也变了,腿带子一扎,和乡下婆婆一个模样……”

第二十七章

遗弃的家园

一

一股稍稍有点儿凄凉的倔强之气在平原上吹拂,一直吹到我的心里,吹得我胸扉鼓胀。车子从古镇奔向西边的“大河浜”,走下来一看才知道这里远远近近都没有什么村落,而是一片旷野。芦草和灌木,沙子,遥远的几声鸟鸣,这都很容易让我想起那个海滨。横在面前的这片荒野可真够劲儿:没有人烟,土地龟裂,除了干草就是一些死去和即将死去的树木。小叶杨和紫穗槐棵奄奄一息,稍高一些的槐树已经死去了好几年,树皮正大部脱落。有一些小飞虫在枯树下飞动,除此而外看不到任何活着的生物。我想哪怕能看到一只兔子也好,这就可以证明这儿仍然有水,有可以吃的东西。

我想到了进山之初遇到的那只小沙鼠,几天之后它与我真的有了情谊,常常把嘴巴贴紧我的掌心,伸出小舌头舔我。我把很少的一点儿水分出一些喂它,又给它几粒地瓜屑末。它急急地喝水吃东西,然后就静静地蹲着看我。“到家了,小家伙……”我过了山地就把它放开了。现在这儿又有什么生灵呢?从古镇出来我就没有喝一滴水,水囊也忘了装满,这大概因为我对平原地区过于信任了。

走了一会儿,我看到了一丛绿草。我想在它旁边找到水——地表是一层细沙,剖开之后又是褐土,只有一丝丝湿润的感觉。显然凭双手是挖不出水来的。如果在这儿找到蒲草、两栖蓼或盐角草,那么才有可能找到水。其实这儿的地下水位已经相当低了。我只想充实我的水囊,如果眼前出现一道海岸,我也许会捧起苦涩的海水畅饮一顿。记得有几次在旅途上实在渴得不能忍受,连水面上的浮藻已经变臭、开始发酵的水我也喝过,那会儿甚至来不及把它烧开。这会儿我就到了那样的时刻,全部心思都被一个"水"字占据了。

我把希望寄托在可能出现的村庄上:它将是我此行的目的地。我已经没有力气再往前走了,因为突然袭来的焦渴让人不能忍受。我只好把准备用来熬粥的一点儿水抿了一口。我试着嚼过有点儿绿气的树叶和青草,发现它们又干又涩,早已榨不出一丝水分了。我行走的速度比以前慢多了,拖拖拉拉的步伐有点儿像老人。

从太阳升起走到半下午时分,只有一片片衰死的草在阳光下闪着白光。偶尔有一只小蚂蚱从乱草中跳起,让我视为生的奇迹。后来总算找到了一处村落,但未等走近我就看出:这是一处废墟。我大失所望又是急不可待地奔过去,看着尚未倒下的一截屋墙。这儿总该有一两口水井——我怀着这样的念头在断垣残壁间搜索,最后竟然真的找到了两口枯井。它们很深很深,只是没有水。显而易见,干渴正是村庄被遗弃的原因。走出废墟,四周的土地上满是烂草和死去的树棵,这说明人们迁离了很久,到处已经没有了耕作的痕迹。我闯入的是一个被遗弃的家园。

"遗弃"对于我一直是一个可怕的概念,它差不多等同于"背叛"。我一生的痛苦总是与这两个字紧紧系在一起,全部欣悦和不安也似乎源于对它的诠释和理解。我难过地闭上了眼睛。这儿勾起了无法言说的一切：昨天、茅屋的故事、大学里的遭遇，还有我与那个城市及葡萄园的关系……够了，离开这个焦渴的地方吧。

当我走开一截，回首望着这个荒凉的废墟时，心里却滋生出无限的同情：为这片不能生存的土地，也为了那个不知去向的人——这里该不会就是大河浜吧？

二

继续往西……这是我心中一个奇怪的方向。记忆中出生地的西边是没有尽头的莽野和丛林，我几乎从来没有穷尽过它。它有那么多的秘密，连妈妈和外祖母也不能把它讲个周详。大约也就是童年给我的感觉吧，西边总是给人一个未知、苍凉、茫然的意象。是的，我看到无论是太阳还是月亮，最后都隐入了西部。那儿不是太阳的生地，却是太阳的隐地。就是这种种不可解的一切引诱了人，让其忍受和向往，一步步踏向那个遥远。人这一生只知道希求，为此而忍饥受渴，却不知道前方到底有什么。

脚下的沙子变得更软，这说明硬硬的褐土被深埋在流沙之下，我已经步入了真正的沙漠地带——这儿多少有点儿像绵绵海滩。抬头远望，果然看到了沙岗，起伏的沙丘链，看到了早已死去的灌木枝条从埋葬它们的沙子中伸出一截梢头。沙子反射着阳光，烤得人脸上火辣辣的。前面不远处有一团白色的东西，我好奇地走过去——一堆白骨，牛的骨架；它的旁边有一摊黑黑的掺了沙土的杂物。我吸了一口冷气，脑海里出现了这样一幅图景：一个人赶着牲口或驮着东西走入这片沙漠，后来开始挣扎——人和牲畜都渴坏了。最后他留下它去寻找水源，或者倒毙在半路上，或者独自逃走……这个推断使我不禁有些害怕了。我下意识地摸了一下水囊和粮袋。

接着我又在前面看到了一些动物白骨。它们已经被沙土盖住了半截,被阳光晒得快要粉碎,轻轻碰一下就散了。再往哪里走?继续往前吗?我差不多看到了那个结果……我屏住呼吸倾听自己的心音——这种追赶和证明似乎可以稍稍放得缓慢一些了。

我大概需要好好琢磨一下了。于是我坐下来,放下背囊,取出了地图。我在急急地搜寻那个地标、古镇的名字,再找那条大河——图上标记了从山脉发源、流向西北的一条大河;还有,离大河十几公里远的铁路线——沿线就是一些村镇。地图上的标记和名称显然是这片沙漠化形成以前的……我下车的地点有误,一口气急奔下来又加重了这种失误。现在应该走向哪里是不容置疑的了,问题是我能否弄清我现在的准确方位、能否来得及赶到河边和铁路沿线的村镇。火焰在心中烧灼起来,两眼有些发疼。显然没有什么好选择的了,我又一次把自己推到了一个边缘上。我这会儿差不多看到了一个男人冷冷的笑容——那是飞脚。好了,我该运用自己那点儿地质学的本钱,来试一试运气吧。

我开始认真推敲。凭借那条山脉的走向以及我离开它的大致距离判断,我正处于那条大河的南部;如果这个判断没有问题,那么我往正北走上一段就会望到河堤。可怕的是这个判断有没有错误:接上去的这个错误将会是致命的。我尽可能地镇定自己,不止一次地研究那张图、远处山脉的影子。我最后仍然回到了原来的判断。重新起步时我好好休息了一下,并用最后的一点儿水做了热粥喝掉。我想这一餐饭多少也表明了我孤注一掷的决心。那条救命的河流出现之前,我大概不会有机会吃这么丰盛的一餐饭了。

夜晚的凉爽帮了我的大忙,也许这是走出山地后最大的一种收益:我可以在夜间赶路了。凭借星斗的指引,我很容易找准方向。午夜天籁常常引发我的好奇和幻觉,我常常听到大河流淌之声。这当然是不切实际的。我不得不一次次绕开那些沙丘,尽管是低低的沙岗,但我仍然没有力气去翻越了。走着走着,有时实在不愿举步,就在沙丘旁坐一会儿。有一次刚坐下,有一个兔子大小的野物突然从旁蹿出,它跃了一下又停住——月光下我看清了它美丽的小脸,原来是一只小沙狐!我那种兴奋不能自抑,张口喊了一声,虽然哑哑的很弱,它还是吓得跑走了。这个发现真是让我惊诧,我不由得想到了生命的顽强——它是怎样在这片干枯之地活下来的?我推断这儿一定离水源不远。我心中又燃起了希望。沙地上有了一溜小沙狐的蹄印,沿着这蹄印,我的脚步也加快了。

一夜走走停停,天亮时分竟跌倒在地上。醒来时觉得两臂发疼,原来太阳升起后我不自觉地在用它护住了头部,这会儿被晒得滚烫。背囊歪在一边,带子勒得两个臂膀有些麻木。火辣辣的太阳把大地烤得一片焦灼。四周都是白白的沙粒,几乎没有一点儿可以逃脱阳光的地方。我努力使嗡嗡响的脑袋镇静下来,尽可能准确地辨别方向。现在大约是上午十点钟的样子,太阳应该在我的东南方——我发现自己在踉跄倒地的那一刻,仍然面向了大河。我爬起来,一丝丝向前挪动。一种可怕的感觉掠过心头,身体在微微颤动。也许我再一次昏厥就起不来了,烫人的沙子会把身体的最后一丝水气烙干。我想起了那一堆堆动物白骨……为了节省体力,我尽量走得缓慢一些。

这次远行的目的是为了绝望中的证明,还是为了焦渴的大河?果真如此,如果找不到那条大河呢?我不敢想下去了……

前面有一道沙岗,光秃秃的。我只能再一次绕过它,因为我已经没有力气攀登了。

可是它横在前面,简直长得没有尽头!正在困惑,突然一阵极大的喜悦使我连连呼叫起来:它是长长的河堤!一定是的,不会再是别的什么了……我的力气陡然增大了,差不多是大步跨跃了一下,登上了河堤。

真的是一条大河,很宽的河道——但它是——干的……

母亲与水

一

我这次真的不想起来了。就在高高的河堤上,我直直地躺下了。

太阳照着我。太阳将把我在大堤上炙干,变成黑炭;我今生再也不必躲避它的光芒了……我歪过头去望着太阳,想一直这样看着它。

对面河堤上好像有个移动的黑影,它很小,但是它在移动。这么说那是一个生命!我的双眼一下睁大了。我喊了一声,可惜太微弱了。后来我目不转睛地盯视:真的不是幻觉,而是一个真实的会动的影子。我挣坐起来,令我吃惊的是自己竟然又一次站起,并往河心里艰难地走去。河心的淤土有些硬,我跌疼了膝盖,但每一次还是站起。走啊走啊,我的眼睛只不离对面那个移动的影子……渐渐看得清一个人的轮廓了,再后来又看见了飘飘的、在阳光下闪亮的银发。她是一位老太太,手里提着一些东西!我喊了一声,双眼一阵发烫。"外祖母……"

老人直着走过来,然后奔下河堤。

外祖母的头发像李子花一样白,上面落满了蜜蜂。我的外祖母,她弯下腰拉着我的胳膊,把我弓着的腰拉直了——我去寻找那双熟悉的眼睛,呆呆地望着这位拾柴火的老人。

"你是哪来的汉子?"

"我渴我渴……"

"你是赶路的汉子?"

“我渴我渴……”

“走吧……跟上吧……”

老人一手牵上我,一手提着那捆小小的柴草往前走了。

原来河对岸不远就是一个小村庄。我又看到了那些矮小的屋顶,心里一阵热烫。我像见到了母亲,但还是把泪水忍住了。“我渴我渴……”“别吵了汉子——怎么像个娃儿?”在村头的第一个小屋前,她放下东西,拍响了门板进去,一会儿端来了一个粗瓷碗。她一手扶着我的头,一手把碗对在我的嘴上。我不停歇地喝光了一碗水。“我渴我渴!……”“走吧走吧,家去!”她还了碗,继续抓紧我的手向前走。

村子另一头有一间更小的茅屋,门板薄薄的。她开了门,说了声“到家了”——我顿时觉得心头一亮,恍惚间认为千里跋涉就为了这一刻:找到这样一座茅屋……“我渴我渴……”老人的瓷碗刮着缸底的声音。她端过来了,说着什么。我却倚在炕上,一歪头睡过去了。

这真是一场漫长的睡眠,像睡了一年。我差一点儿就要长睡不醒了。

后来我听到有人在蹑手蹑脚走路,还觉得有一双暖暖的目光抚摸在我的脸上。我睁开了眼睛……“好孩子,你可有一场好睡哩!”老人站在炕边,笑微微的。她说我睡了两天两夜了,有时还要喊几声梦话。我使劲想让自己振作,费了好大力气才坐起来。我望着这位老人、这个屋子。这是个搭救了我的老人,我想按照东部传统的礼节,给她跪一个。她坚决地阻止了我,说人这一辈子,路上讨一碗水的事儿是常有的……

我搓着眼睛,急着要问的第一件事就是:这里就是那个叫“大河浜”的村子吗?老人点头,伸手往外指了一下:

“这方圆一百多里的地方,都叫大河浜。”

我吃了一惊:“那么,我想打听的一个人,她的亲戚告诉我,说她就住在大河浜,她叫……”

老人像是一愣,身子往后歪了一下,“哦,那得问问——你找的是这个人呀,那你是她家里什么人?”

几句话又怎么能讲得清呢?我只好说:“亲戚,我也是她的亲戚……”

老人不再说话,“哦哦”几声,转身忙去了。

二

这个小屋子里和我熟悉的东部平原的那些情景差不多:泥做的锅台、泥做的碗橱和柜子。几乎没有其他木质家具,只有风箱是木头的。还有两个三脚凳,一个小桌子——那是用来吃饭的。炕上没有席子,只有一个水泥袋糊成的大饼模样的椭圆形垫子。垫子中央发黑,老太太晚上就躺在那儿。我问老人家里还有什么人,她缺少牙齿的嘴巴费力地说:

“富了。”

我听了好久才明白,她是说“去了”——她的男人死去了。这么说她没有儿子和女儿,是个孤寡老人。她又一次弯腰到小陶缸里去舀水,盛水的是一个破了角的葫芦瓢。她好费力才舀出了一点点。我喝下了这浑浊的水,觉得这好像是泪水和泥汗汇集起来的。我不知该立刻出门找人还是怎么——我身上有了力气。后来我说:

“让我去提些水吧。”

大娘摇着头。

“怎么?”

“要到大清早才……”

原来村边那口深井平常不让人提水,因为白天水很少。村里有个约定:必须到清晨水多起来的时候才允许提水。可我不能等待,只想为老人做点儿什么。我从院子里找到那个提水的陶罐,上面有很长的绳子。我不管老人怎么阻拦,提着罐子走向了村头。街上有好多人看着我,一时不知我要做什么。井边上没人,我往下望了望,见是一个四方砖井,很深处有点儿光亮,就是说有水。我好费力才把水汲上来,提着它穿过街道两旁那些责备的目光,回到了小屋里。水倒进陶缸,她感激得不知怎么才好,只说:

"啊呀好孩儿,啊呀哪里来的大胆孩儿。你是哪里人啊?"

我告诉她:我是从东边来的,从海边上来的。

"海边上?那是什么地方啊……"

我告诉她:就是海边,一个村子不远,那里有一处葡萄园……

"葡萄园,葡萄园……"老人念叨着,从窗上往外望着,好像那个园子就在她的目力所及之地。我望着心慈面软的老人,觉得她真像在旅途上等候我的一位亲人。这样待了一会儿,她又问起了我要找的那个女人——"那到底是你的什么人啊?你怎么知道她一定住在大河浜啊?"

我只好从头告诉,稍稍说得详细一点儿:我是刚刚得知她的下落——我们一家人苦苦牵挂了她半辈子;我的外祖母和母亲在世时,一直想着她……

"啊呀……好孩子,好孩子你就这样一直找过来?"老人的眼珠灰灰的,盯得我心上发紧。

"我刚从城里见了她的儿子儿媳,又去了古镇……"

老人听着,像是没了兴趣,慢慢转身出了屋子。她在院里抄起一把扫帚,一下下扫着。

我出门帮她,她却紧紧揪住扫帚不放。这双抓住帚柄的手又瘦又小,突然抖得厉害……

夜里老人坐在我睡觉的那间屋里,久久不愿离去。她想听听海边的事情,问着问着,又问起了我家里的老人——父亲、母亲和外祖母,他们什么时候去世的,他们生前的事。屋里没有点灯,我看不清她的脸,只听她一句句问着。我在黑影里诉说,声音越来越小,越来越小,最后睡着了……

早晨醒来时,老人已经出门取水回来了。她站在门边对我说:“这几天我没事了打听你要找的那个人,她的远房侄子出外打工了,因为她也早就不在了——她古镇上的亲戚一准是弄错了,这个老太太早就不在了啊!她不在了……”

“她去了哪里?”

“她啊,她早就不在人世了——她死了……”

老人说着也为那个人难过起来,泪水哗地淌了下来。我一下凝住了:

“这,怎么可能?她的亲戚……”

“孩子,相信我的话吧,那个可怜的老婆子真的死了,再找也是白费工夫……”

我呆呆地看着她。我还是摇摇头:“您弄错了,如果真是这样,她的儿子儿媳也会知道吧!”

老人再次弓腰舀水,头都快要探进水缸里了。她在咕哝:“那不一定啊,她和他们常年不住一块儿……”

我心存疑虑,可又万念俱灰。果真如此,那对我、我们一家,更有小慧子本身,该是多大的不幸。一个漫长的故事由此结束,心有不甘。我不想再问她了。我想自己真的该离开了,走出这个村庄前,我还要再打听一些人——所谓的大河浜一带,到底还有多少这样的村庄呢?面前的老人会不会真的搞错呢?

走前,我只想帮老人到河边上去捡些柴草、为她打水,帮她把塌了半边的院墙垒好,可她全都阻止了……天一大早,我只好提起了背囊。老人千叮咛万嘱咐,像对待第一次出门的孩子。我在她

的目光下默默地往前,走了一段又转回:我想给老人一些钱……可她马上沉下脸说:

“好孩儿,我怎么能要你的钱?你把我当成了什么?”

没等我说话,老人就把钱搁下,然后回身。她满头的白发束成了一团,随着她的迈步一下下颤抖。我捡起钱,跟上她走了回去……

老人说:“你心里要是不过意,就帮我垒起院墙再走吧。”

我搁下背囊,用了多半天的时间,堵上了残破的院墙豁口。整个做活儿期间老人就站在旁边,一言不发。

这个夜晚我怎么也不能入睡。老人把我让到那惟一的土炕上,她自己睡在角落的一个蒲垫子上。刚开始我和她争让,到后来她生气了,我只得睡到了炕上。

夜晚我听到了她均匀的呼吸。这不能不使我想到自己的外祖母和妈妈。“妈妈。”我轻轻呼唤一声,眼泪夺眶而出。老人的土炕啊,平坦、坚实、光秃秃的,我和衣而卧,汗水不停地流下来……

剩下的时光让我睡了一个好觉。天刚蒙蒙亮,村里的鸡就一声声啼叫,把我给吵醒了。我睁开眼睛的第一件事,就是听外面露水滴落的声音。蒙眬中我觉得这是在葡萄园的小茅屋里。隔壁的呼吸声应该是拐子四哥的,再有一会儿肖明子就会欢叫跑出,再接下去就该是鼓额了……我坐起来,两手抱膝看着窗外。窗外是几棵杨树、破草垛子、远处稀稀疏疏的房子。这里没有葡萄园,也没有那种开阔的荒原景象。我想这会儿葡萄该结成枣子那么大了吧?这个时候该是忙着把多余的枝杈折下来的时候。这个季节葡萄园里的活儿很忙,拐子四哥他们此刻大概早就起床了;斑虎也该在园子里四处巡行……

我揉了一下眼睛,屋里没有人。我想起该提陶罐去为老人取水。

趁着老人没有回来，我还是想把一点儿钱留下。我把钱压在了纸垫底下：老人会发现它的。我实在没有别的办法表达自己的一点儿心意。可我想了想又觉得不妥，就把钱取出，放到抽屉里——拉开抽屉，里面竟然有一本书，那粗糙的封面让我一打眼，全身就抖了一下……一点儿没错，这是飞脚的那本回忆录！

我哆哆嗦嗦拿起了书。是的，这与我背囊中的那本一模一样。天哪！我心上突然明白了什么，拿着书就冲到了院门那儿……

飓　风

一

这是一场艰难的告别。我极力从一张衰老的脸上辨认着昔日的痕迹。那双眼睛的深处仍然闪着动人的光彩，那一头白发似乎贮藏着玉兰花的香息。谈到海边小城的大宅，往昔的繁华，外祖父一家，她一次次泪水盈眶。"我听家里那个畜生、那个畜生念叨，他一遍又一遍告诉，说你们全家都给镇压了——我那时哭干了眼泪，也死了心……"

我无法言说，这一刻心里的震惊和淤愤交织一起，极力想冲决什么。可就是没有一个出口，也没有一个发泄的对象。我尽力克制着自己，好让她细细地回忆。我请她从头想一想飞脚在世时谈过的一切、她与之相处时听到的事情——只要是有关我们一家的，请连一个细节都不要遗漏……这也许是一个漫长的缓缓的回忆，需要一个过程，需要等待更多的从容的时间。可是她想了想，然后肯定地说："老爷，就是你外祖父，确实是他的朋友；他心里恨的只是你的父亲——我想暗杀老爷的人不会是他；再说他毕竟是纵队的人啊!"

这会成为一个永远的谜团吗?

我又问:"但我知道他在相当长的一段时间里,是在领导那个'锄奸队'的!那就是一个暗杀团伙——在杀害外祖父和陷害父亲的那些人中,总该有他一份吧?"

她摇头,一遍遍摇头,语气十分肯定:"说到底他不过是高兴你父亲遭殃——他说你父亲跟踪他的时候,打过他一枪,没有打中。他说这一来,'这一枪之仇就不用我来报了',还说'恶有恶报'——我说你父亲从来不是恶人,他就跟我拍桌子、吵叫……"

……我陷入了一种少有的绝望状态。这一瞬我不知该做点儿什么才好。最后我请她到葡萄园里去住一段时间:我会陪她看看我们一家最后的居所,那个小茅屋的遗址;我们还要一起去海滨小城,去找那幢大宅——如今它的原址只可模模糊糊地辨认,那儿只剩下了很少一部分老建筑。她流着泪水说:"好孩子,我会去的,会去的。"她一遍遍重复最后那几个字,然后突然拉住我的手,扳住了我的头:"孩子,你长得多像你的母亲啊,你真像她啊……"她又一次泣不成声了。

她再三挽留,我又住了几天。夜里谈到很晚,谈小城,谈她后来的生活。她说离开那个小城大宅之后,她觉得自己就像一棵离了水和土的树,正在一截一截枯死……"跟了那样一个人,我死也不甘哪!"

我开始从头体味她的不幸与甘辛,最后只能对她发出这样的安慰:"可无论怎样,他还是纵队这边的人……"

她叹息,有时哽噎:"黑马镇出事以后,就是在府里最后那些日子,他把我强暴了。我不敢吱声。不久小城就解放了,他和他的人有一天趁我外出买东西,开一辆吉普车把我劫了。这就是我和你们一家分别的日子……我其实成了他的囚犯。在家里,他骂你父亲的时候,我听不下去,有一次就骂‘你是钻到府里的一只老鼠’,他就动手打了我。我恨他,直到最后都在恨他。可是我为他生了两个孩子,这让我只好认了命……他死了,我住在乡下,心里好受一些,半夜里想的全是前半辈子,是你们一家蒙受的大冤。我越来越觉得自己是个罪人。有一段,我还想到了出家——这里要比出家好……”

“你没有罪。你也是受害者。你一辈子受得苦够多了,你别再那样说自己了……”

我安慰她,心里却在低低呼喊着什么,我是喊给外祖父和父亲、母亲和外祖母他们听的。我喊的是:你们听听吧,这就是昨天啊,为了寻找昨天,我历尽艰辛翻山越岭,从平原到大山,又从大山到了城里,再返回平原……我终于找到了让你们牵肠挂肚的这个人。她现在老了,来日无多了,被愧疚和思念折磨得奄奄一息。她就像我的母亲一样——活着的母亲。我是说,我从来没有像现在一样,需要有一个活生生的亲人……

我们一起生活了一些天,这让我们两人都经历了久违的温情。我一闲下来就帮她干活儿,她不再阻止,而是和我一起做。我们吃的是粗茶淡饭,却无比可口,我知道这是许久以来最能滋养身心的饮食。小泥屋安静,除了鸡鸣再无其他。这里甚至没有一台电视机,也没有报刊。老人了解时事只靠一台小小的收音机,她将它摆在了屋子正中的木桌上。

有一天早饭时分,我们正听着新闻,我突然跳了起来。老人吓得一愣:“怎么了孩子?你怎么了?”

“我的……葡萄园!”

“怎么了?”

“你听,你听……”

收音机里还在说:那个半岛上刚刚刮过一场强劲的台风,那里的人正在奋力抗灾……

老人也愣住了。

“葡萄园,葡萄园……”我口中喃喃,感到了揪心的疼痛。我仿佛看见那场飓风已经把整个园子连根卷走,还有我们的小茅屋。我怕极了。

只是一刻钟的时间,我的右腮开始肿疼。

二

我匆匆告别了老人。我行前再一次与之约定:等我安顿好了一切的时候,马上就来接她。她千叮万嘱遇事不要慌急,最后我郑重答应。

在老人的指点下,我急急去搭汽车,这样半天之后即可转乘火车。

在摇摇晃晃的火车上我才明白:那个葡萄园一直连着我的心肺呢,它稍稍一动都会引起撕裂一般揪痛。

就这样,经过了几天几夜的奔驰,我离那儿越来越近……

火车进入了那个半岛。果真如此,一看到满路上一辆又一辆载着救灾物资的车子,什么都明白了。看来整个半岛灾情严重。车子往前飞奔,我看到了倒地的庄稼——像有一只巨手把刚刚长到半尺高的玉米猛地一扫,全部撕碎并按在了烂泥里。有的地方洪水冲决了堤坝,有些石桥也被大水冲毁。

踏着满地狼藉,我一路奔去。

路过园艺场,我看到那些果树有的东倒西歪,大多已经没有一个果子了,树叶大部分被风扫掉……

我的葡萄园呢?我的斑虎呢?我的伙伴呢?

我离园子很远就屏住了呼吸。我简直给吓得大气不出……斑虎出现了,葡萄园出现了,拐子四哥掮着土枪出现了。拐子四哥不是一拐一拐地走，而是拖着一条腿。他见了我一怔，然后大喊一声。我们相扶着。

我一声不吭。

万蕙跟在他的身后，所有人都出来了。

可是他们当中没有鼓额。鼓额呢？

“大伙儿都急死了。天灾人祸啊，天灾人祸……”万蕙在说。

拐子四哥扯紧了我的手，拉着我向茅屋走去。他直接把我领到了那间小屋。土炕上正睡着那个又瘦又小的女孩。她蜷在那儿，侧着身子，瘦瘦的小脸朝向墙的一面。四哥蹑手蹑脚的，看了看就拉上我的手出来。

“她怎么了？”

拐子四哥拍着那条伤腿：“她病得好重……用车把她拉到市医院去，也查不出什么。前些天那个毛玉老婆婆知道了，就拖着瘸腿来了，给她按了按，喂了几服药，这才好起来。人弱得不行，让她睡一会儿吧。”

我可怜的葡萄园啊，一地的枝叶被收起，只剩下光秃的粗枝。许多石桩都歪倒了，可见这是怎样凶的一场灾难。我们的邻居园艺场也在全力救灾。这灾后的日子里，大地突然出奇地安静下来……我的脑子里一片空白，仿佛刚刚从一场噩梦中脱身。四哥闲下来开始描述这场狂风：“天哩，风伴着冰雹来了，刚刚中午时分天就黑了，大海像站了起来——浪头往前扑了半里路；风一过不光是树木枝叶铺在地上，还有死去的鸟、其他小动物……咱们从头开始吧，大家都得咬紧牙关。要紧是遇事不能慌急。”

四哥的话与我和老人分手时听到的叮嘱一模一样。我说：“嗯。”

就在我刚刚搁下背囊不久，甚至还没有展开炕上的行李休息一会儿，一个从未到过我们葡萄园的人踉踉跄跄迈进了门槛，他就

是老经叔。老人一进来就回身掩门,然后轻声低语说:

“你算回来了。跟我走一趟吧,毛玉不大好……”

“怎么了?生病了?”

“你刚走不久她就病了。唉,年纪也到了。她让你去一趟。”

三

海草小屋里是一种檀香味儿。大白天关门堵窗,所以光线极暗,好像到了黄昏时分。老经叔将我领进门就退出了,离开时将炕上的那只大猫也一起抱走。我的眼睛渐渐适应了,这才看清躺在炕上的毛玉,看到她一团白发散在枕头上,就像李子树的繁花。一阵难过让我抿紧了嘴巴。

她费力地睁开眼睛,拍拍炕边。我坐下了。她又拍一拍,我就坐得更近些。我往她身边挪动了两次。她的手摸到了我的手,我马上觉出她在发烧。一只烫烫的手握住了我,长时间不再松开。

“大婶,您该去医院啊!”

“孩子,什么医院比得上我的药呢。这不是治不治的事儿,这是气数。我先得问问你:找到该见的人啦?”

我点头,握紧她的手,俯身去看她的眼睛。我发现她已经连睁眼的力气都没了,眼里的那一点儿火星随时都要熄灭似的。我嗓子眼发热,一时说不出什么。

“好孩子,你得给我从头说细发一点,从头说吧……”

我点头,但只好扼要说了一遍。

老人长时间没有吭声。这样停了一会儿,她喉咙里突然发出几声咕噜——像笑又像喘;然后她示意我扶她坐起。她倚在了一大摞被子上,大口呼吸了一阵,这才说道:

“我今个要你来,是要告诉你个大事,那个人——就是那个首长,前天死了。”

“啊,您怎么知道?”

“都……知道。广播了,不过没人听……我听到了。这不会错的。他真的死了……这一回你就能找那个太史算账了,再没人护着他了。这个无恶不作的人是他的亲外甥……”

我的心一下下沉着有力地跳着。我听下去。

“他前几年见到一份关于‘六人团’惨案的内部资料,然后就慌了,怀疑是我透露了什么,就派外甥来盯我、缠我、折磨我。我让他放心,说与魔鬼订的契约还没到期呢,我这边说话算数。他逼我扎紧嘴巴,威胁我……”

原来如此。我说:“你知道罗玲为什么来这里吗?她母亲的前夫就是‘六人团’的成员。还有那个老红军,他是当年脱险的一个……”

“我都知道。可我还要遵守跟魔鬼订的契约。你会骂我是个胆小鬼,骂吧——我今天说出这一切,也许太迟,也许还不算迟。今明两天,你再叫上罗玲,我要从头细说一遍。再不说,我闭不上眼啊……孩子啊,我男人铁力沌以为种片园子就能躲开,最后还是死在那些人手里。原来天底下没有一片园子能藏住人啊,你记住,这是我们搭上命才弄懂的一个道理!我的孩子啊……”

我的泪水在眼里旋转。我咬咬牙关,点头。我站到窗前,轻启一点儿缝隙,看着一地残枝。

“不用看了,这个好办,老经叔他们这几天会领人来拾掇。园子好办,只要心里有就成。我说的不是这个……孩子,我回头看自己这一辈子,悔得要死的事不知有多少,都不一一说了。我这辈子只干对了一件事,找了个好男人,这也是最大的事啊!他不光有一身好功夫,还有一颗真心。真心抵万金啊,真心无好报!他要是听我的话备上一件火器,也许会好些。他只信那身功夫,不信火器。他要死得晚,会把一身功夫传给我。我学点穴、就地十八滚,其实差得远呢……他手上有十八个字：擒拿封闭浮、沉吞吐抓拉、撕扯刮挑打、盘驳压；脚下有十个字：双拉牵虎式，暗藏金龙形。晚了，都随着他去了。乱世难存真人，剩下的是飞脚这一类，他们得了善终。”

“可是，我不甘心……”

“孩子，我看中的就是你的‘不甘心’。好孩子，记住这三个字啊，咱今后可全靠你这三个字了！”

“大婶……”我嗓子里有些堵。

“大婶还有件事对不起你啊，那一夜我使了喜药……多担待吧。”

我这才想起应该叫上肖潇来此。我忍住泪水，悄声说：“对您说假话是可耻的，我们俩相爱，但我们那天发誓一生要像亲兄妹一样……”

老人闭上眼睛，牙齿轻轻磕打：“抓紧时间做真人吧，时间比飞车还快的……”

附　记

在毛玉最后的时刻，她身边站了葡萄园所有的人：有肖潇和罗玲，老经叔和村头儿老驼。简短的送别仪式之后，她给安葬在园子一角，铁力沌和螳螂拳师的身边。事后来探望的有地市乡三级官员及园艺场的领导。

大约一个星期之后，我走在海边，被前边浪缘上的一个黑影吸引了。走到近前一看，原来是那只黑白大猫，它溺水而死。它最后也葬在了园角墓旁。

在整整一年多的时间里，我几乎再也没有离开葡萄园一步。

为了它的再生,我们所有的人都付出了所能付出的一切。这期间武早像获得了保释一般,被我们迎回了葡萄园。但他最终未能久待,再次返回林泉治疗。

第二个春天,这里又开始出现了一片碧绿……

我接来了小慧子,从此葡萄园成为她暮年的又一处落脚点。

为了这片田园,我已经做好了准备,准备在将来迎接无法测知的各种磨难。

1990 年 4 月至 2001 年 11 月,一至三稿于龙口、台北

2009 年 11 月五稿,于济南、龙口